LA PREUVE ULTIME

DU MÊME AUTEUR

Les enquêtes de Roy Grace disponibles chez Pocket

Comme une tombe, Pocket, 2007
La mort leur va si bien, Pocket, 2008
Mort… ou presque, Pocket, 2009
Tu ne m'oublieras jamais, Pocket, 2011
La mort n'attend pas, Pocket, 2012
À deux pas de la mort, Pocket, 2013
Aux prises avec la mort, Pocket, 2014
Que ta chute soit lente, Pocket, 2015
Que sonne l'heure, Pocket, 2016
Pour l'éternité, Pocket, 2017
Lettres de chair, Pocket, 2018
Toucher mortel, Pocket, 2019

Des enfants trop parfaits, Pocket, 2015
La Maison des oubliés, Pocket, 2020

PETER JAMES

LA PREUVE ULTIME

Traduit de l'anglais (Royaume-Uni)
par Raphaëlle Dedourge

fleuvenoir

Titre original :
Absolute Proof

Première publication par Macmillan, une marque de Pan Macmillan

MIXTE
Papier issu de sources responsables
FSC® C003309
www.fsc.org

Fleuve Éditions, une marque d'Univers Poche, est un éditeur qui s'engage pour la préservation de l'environnement et qui utilise du papier fabriqué à partir de bois provenant de forêts gérées de manière responsable.

ISBN : 978-2-265-14405-7

Dépôt légal : février 2020

À la mémoire de Harry Nixon

1

Janvier 2005

Ce bar miteux de Los Angeles était au diapason de son humeur. Mike Delaney remarqua un tabouret libre entre un couple plus tout jeune qui se roulait des pelles et un pilier de bar en jean, chemise de bûcheron et gros godillots, amateur de bourbon, qui n'avait pas l'air commode.

Il se percha sur le siège en cuir craquelé, intercepta le barman et commanda une bière. Sur un écran passait un match de football américain, volume à fond, auquel personne ne prêtait attention. Le poivrot lui jeta un regard inquisiteur, de ses yeux globuleux injectés de sang.

— Je vous connais, vous ! baragouina-t-il. Vous êtes le mec de l'émission, pas vrai ? Ça fait un bail, maintenant. C'est vous, hein ?

Le barman posa une pinte devant Mike Delaney.

— Vous payez tout de suite ou je vous ouvre une ardoise ?

— Ardoise, merci.

C'était le genre d'endroit qui acceptait sans problème les ardoises.

— Je peux avoir votre carte bancaire ?

Delaney sortit une American Express de son portefeuille usé et la posa sur le comptoir.

Le barman s'en saisit.

— Mickey Magic, c'est bien ça ? renchérit l'ivrogne. Je suis sûr que c'était vous, à la télé.

— Vous vous souvenez de mon émission ?

— Oh, oui ! Vous étiez nul à chier.

— Merci, vieux.

— Je suis sérieux. C'était il y a combien d'années ? Dix ?

— À peu près.

Le type finit son verre.

— Vous étiez vraiment mauvais. Je suis pas étonné qu'ils aient arrêté de vous produire.

Delaney but une longue gorgée de bière et choisit d'ignorer son interlocuteur. Il n'y avait pas que l'émission qui avait été abandonnée. Une heure plus tôt, son agent, Al Siegel, l'avait lourdé.

Il s'était fendu d'un coup de téléphone passé depuis ses bureaux chics sur Wilshire Boulevard.

« Il faut que tu comprennes que tu te fais vieux, mon pote. J'avais déjà du mal à te trouver des spectacles avant que tu pètes un câble, alors maintenant... Ta carrière est terminée. Tu vas bientôt avoir 60 ans. Prends ta retraite, installe-toi à Palm Springs, mets-toi au golf, par exemple... J'ai un double appel, je te laisse. Désolé, mec, c'est la vie. Sans rancune ? »

C'est la vie.

À Hollywood, la dégringolade commence à 40 ans. Mike Delaney ne le savait que trop.

Lorsqu'il traînait dans son ancien repaire, le Magic Castle, il ne croisait plus que des types de moins de 30 ans. À sa dernière prestation, lors d'une fête organisée par une star à Bel Air, il avait merdé. Il avait raté un tour, puis perdu les pédales et menacé d'éclater la gueule d'un gars qui s'était moqué de lui.

— Vous m'écoutez ? insista le soûlard. Vous étiez merdique, avouez-le !

Il le dévisagea.

— Et vous ne ressemblez à rien.

Delaney se sentait merdique.

L'alcoolique interpella le barman.

— Un autre bourbon, double, avec glace. Vous buvez de la bière ? grommela-t-il en se tournant vers son voisin. Un truc de fillette, la bière.

— Ah bon ?

Le barman posa un verre avec des glaçons devant son client et le remplit de whisky.

Celui-ci le prit et porta un toast.

— Vous devriez boire un truc fort, comme moi, espèce de magicien au rabais. Allez, tchin !

Il but une gorgée, qu'il cracha aussitôt.

— Nom de Dieu ! Qu'est-ce que vous m'avez servi, bordel ? C'est pas du Jim Beam, c'est de la bière !

Le barman, un homme triste d'environ 70 ans, dont cinquante années derrière un comptoir, secoua la tête.

— Désolé, monsieur, mais vous vous trompez. Peut-être avez-vous assez bu pour aujourd'hui…

— C'est de la bière, putain ! Vous essayez de m'empoisonner ou quoi ?

Le barman lui montra une bouteille de whisky à moitié pleine.

— Voilà ce que je vous ai servi.

— Vraiment ? Eh bien, filez-m'en un autre !

Agacé, le barman s'empara d'un verre propre et le remplit de Jim Beam. Le liquide se mit à mousser et à déborder.

Mike Delaney se contenta de sourire en silence.

2

Avril 2005

Ross Hunter se leva avec la gueule de bois qu'il s'était promis de ne pas avoir. Comme le vendredi précédent et celui d'avant. Comme tous les vendredis depuis qu'il avait rejoint *L'Argus* en tant que journaliste junior, dix-huit mois plus tôt.

Ce qu'il ne savait pas encore, c'était que sa journée serait très différente des autres.

Ross, qui allait sur ses 23 ans, était grand et élancé, cheveux bruns coupés court, traits réguliers et visage sérieux, comme s'il était tout le temps en train d'analyser quelque chose – ce qui était d'ailleurs souvent le cas. Sauf maintenant.

À l'instant présent, son horrible mal de tête l'empêchait de réfléchir à quoi que ce soit. Il sortit du lit, bâilla et se dirigea vers la salle de bains, en quête de paracétamol. Il s'en voulait terriblement de s'être mis, encore une fois, dans cet état. Chaque jeudi soir, il se promettait de boire un verre, et pas plus, avec ses collègues, pour ne pas avoir l'air asocial, et chaque jeudi soir, il quittait le Coach House, un pub du centre de Brighton, en titubant.

Imogen Carter, une jeune journaliste de la rubrique judiciaire, n'était pas étrangère à son comportement. Elle lui plaisait depuis le début, mais semblait davantage intéressée par l'un des intérimaires. Et elle tenait mieux l'alcool que tous ses confrères réunis. Pourtant Ross avait l'impression qu'elle commençait à le remarquer et à flirter avec lui, un peu plus chaque fois.

Merci pour cette énième gueule de bois, Imo, et merci de m'avoir offert ce spectacle : j'ai adoré te voir t'engouffrer dans un taxi, à moitié ivre, avec cet enfoiré de Kevin Fletcher.

Récemment diplômé de l'école de journalisme de Goldsmiths, Ross, qui était extrêmement ambitieux, se réjouissait chaque matin de rejoindre la rédaction. En tant que débutant, il pouvait être amené à couvrir n'importe quel sujet : un accident de la circulation, la mort subite d'un nourrisson, un procès, un événement organisé par une association caritative, la journée portes ouvertes d'une école… Tout était bon à prendre. Il avait rejoint ce quotidien local connu et respecté afin de se former sur le tas et de se faire les dents.

Une séance à la salle de gym, suivie du long trajet à vélo jusqu'à son bureau, l'aiderait sûrement à reprendre des forces. Il enfila son survêtement et laça ses baskets, tout en écoutant les informations de Radio Sussex sur son radioréveil et rêvant au grand sujet qu'il signerait, un jour, à la une d'un journal national.

Il avala les cachets avec un verre d'eau et se rendit dans la kitchenette de son petit appartement mal isolé, situé au premier étage sur Portland Road. Les odeurs de cuisine indienne, provenant d'un restaurant mitoyen, n'arrangeaient pas la nausée qui accompagnait sa migraine. Une banane et quelques gorgées de jus de pomme lui firent le plus grand bien. Il remarqua un Post-it qu'il avait collé sur la table : *carte anniversaire papa*. Il irait en acheter une dans la journée.

Il descendit, passa devant son vélo attaché dans le hall de l'immeuble et sortit. Il faisait encore nuit et il pleuvait quelques gouttes.

Il courut à un rythme soutenu pendant dix minutes et arriva juste après 7 heures. Plusieurs personnes s'entraînaient déjà dans la salle aux murs recouverts de miroirs. Ça sentait légèrement la transpiration. Certains couraient sur un tapis, pédalaient sur un vélo ou une machine elliptique, tandis que d'autres faisaient de la musculation ou du fitness, seuls ou avec un coach. Un titre de Queen passait à fond dans les enceintes. Ross se dirigea vers un vélo elliptique et programma une séance de vingt minutes.

Alors qu'il prenait de la vitesse, son rythme cardiaque s'accélérant – 110, 120, 130 –, il fut surpris d'entendre soudain son frère Ricky crier son nom, tellement fort qu'il eut l'impression qu'il se trouvait juste à côté de lui.

Sauf que c'était impossible. Ricky vivait à Manchester, à 420 km de là, où il travaillait comme assistant manager dans un hôtel. Ils ne s'appelaient que rarement, mais son frère lui avait envoyé un e-mail la veille pour discuter du cadeau qu'ils allaient offrir à leur père pour son soixantième anniversaire, la semaine prochaine.

Une seconde plus tard, il sentit des décharges électriques dans ses mains accrochées aux poignées de la machine. Il ne pouvait plus faire le moindre mouvement. Ses pieds cessèrent de pousser sur les pédales. Sa tête se mit à tourner comme s'il était sur des montagnes russes. Hypoglycémie ?

Ou était-ce une crise cardiaque ?

La pièce vacilla et sa vue se brouilla. Il fut aspiré dans un long tunnel sombre. Son corps entier tournait. Il s'agrippa désespérément à la machine. Au loin, il vit une lumière qui grandissait chaque seconde. Des images défilèrent devant ses yeux. Un embryon. Un bébé. Le visage de sa mère. Celui de son père. Un ballon qu'on lui lançait. Un professeur furieux, brandissant un marqueur devant un tableau blanc. Sa vie. Sa vie défilait devant lui.

Je suis en train de mourir.

Quelques secondes plus tard, la lumière au bout du tunnel l'enveloppa. Elle était chaude et éblouissante, et il flottait désormais sur l'océan, sur un matelas pneumatique. Le visage de son frère était penché sur lui.

« On fait la paix, d'accord, Ross ? »

Ricky. Il le détestait depuis toujours. Il méprisait sa manière d'être et de parler, son rire et sa façon de manger. Et il savait pourquoi : Ricky était son jumeau. Son vrai jumeau. Quand il le voyait, il avait l'impression de se regarder dans un miroir.

On pense souvent que les jumeaux ont un lien spécial, indéfectible. On pense qu'ils s'aiment. Mais ça n'avait jamais été le cas.

Ross ne ressentait à l'égard de son frère qu'une aversion profonde.

C'était en grande partie dû au fait que ses parents avaient toujours préféré Ricky et que celui-ci ne s'en était jamais aperçu.

Dès qu'il avait eu l'âge de voler de ses propres ailes, Ross s'était éloigné autant que possible de lui. Il était parti dans une autre université, une autre ville. À un moment, il avait même été tenté de changer de nom.

Et à présent, son frère s'éloignait de lui, absorbé par la lumière blanche, le visage tourné vers lui, les bras tendus, comme s'il essayait désespérément d'attraper ses mains. Mais lui reculait à vive allure, comme emporté par le courant.

Ricky criait son nom, désespéré.

« On fait la paix, d'accord, Ross ?

— On fait la paix », répondit-il.

La lumière avala son frère, puis l'éblouit.

Des visages étaient penchés sur lui. La lumière avait changé. Il sentit des odeurs de transpiration, de moquette poussiéreuse et de cheveux sales. Il entendit de la musique pop. Son cœur battait à toute vitesse.

Quelqu'un était agenouillé à côté de lui.

— Ça va ?

Ross regarda autour de lui, désorienté. Il se demandait s'il était mort. Des bras l'aidèrent à se lever et on l' accompagna jusqu'à une machine de musculation sur laquelle on le fit s'asseoir. Un entraîneur baraqué lui tendit un verre d'eau.

— Tenez, buvez.

Ross secoua la tête.

— Peut-être que tu as un peu trop poussé, dit une voix.

— Non, non, j'ai...

Il s'arrêta au milieu de sa phrase, confus.

— J'appelle un docteur ? suggéra une autre voix.

Il secoua de nouveau la tête.

— Non, ça va. J'ai peut-être besoin de sucre, c'est tout.

— Restez assis quelques minutes, jusqu'à ce que ça aille mieux.

On lui mit une cuillerée de miel dans la bouche.

— Vous êtes diabétique ? lui demanda un employé en le dévisageant avec inquiétude.

— Non.

Il dut attendre dix minutes avant d'être capable de se tenir debout sans appui. Après avoir persuadé le personnel qu'il se sentait mieux, il quitta la salle et rentra chez lui dans un état second, indifférent à la pluie et au froid. Indifférent à tout. Il ouvrit la porte du bâtiment et monta l'escalier avec les plus grandes difficultés.

Il avait affirmé à tout le monde qu'il allait mieux, mais ce n'était pas vrai. Il se sentait toujours aussi faible. Au moment où il entra dans son appartement, son téléphone sonna dans sa poche, affichant un numéro qu'il ne reconnut pas.

— Allô ?

Il entendit la voix d'une femme en pleurs.

— Ross ? Mon Dieu, Ross !

C'était Sindy, la petite amie de Ricky.

— Sindy ? demanda-t-il d'une voix tremblante. Qu'est-ce qui se passe ?

Elle éclata en sanglots. Il attendit qu'elle parvienne à parler.

— Ricky.

— Quoi, Ricky ?

— La police vient d'appeler. Il faisait son jogging dans un parc. Il a été écrasé par un arbre. Un arbre… Il y a une demi-heure… Écrasé… Mon Dieu, Ross… Ricky est mort !

3

Juillet 2009

Après des années de bombardements et de combats de rue, il n'y avait plus aucun hôtel debout à Lashkar Gah. Le personnel qui n'avait pas fui avait été tué par les talibans. Comme de nombreux journalistes avaient été enlevés, et parfois tués, dans cette région, elle était considérée comme une « no-go zone ». Les membres de la presse internationale qui s'y aventuraient étaient hébergés sous une tente au sein de la base militaire fortifiée de la coalition de la province du Helmand.

On leur conseillait par ailleurs, pour passer inaperçus, de se laisser pousser la barbe, de s'habiller en beige, de ne jamais se déplacer seul et, surtout, de ne jamais porter, sans escorte, leur dossard « presse », qui ferait d'eux la cible des ravisseurs.

Peu après son arrivée, Ross Hunter avait réussi – après une journée de tentatives infructueuses – à envoyer à sa femme le texto « Bienvenue en enfer ». C'était sa première expérience dans une zone de guerre et il redoutait que ce ne fût la dernière. Ses confrères sur place étaient tous plus expérimentés que lui. La plupart du temps, le soleil était caché par la dense fumée des tirs d'artillerie et des bâtiments incendiés. Dans l'air flottait une odeur de corps en décomposition, d'égouts et d'explosifs. Les cinq appels à la prière quotidiens, diffusés par les mosquées, étaient noyés dans le vacarme des hélicoptères.

Assis sur le lit de dortoir qui lui avait été attribué, Ross essayait d'envoyer un article au *Sunday Times*, en connectant son ordinateur à son téléphone satellite. Sa barbe le démangeait toute la journée. Il ne se sentait pas à sa place dans cet endroit. S'il se retrouvait là, c'est parce qu'un an auparavant il avait rédigé un papier en hommage à un ancien camarade de classe qui avait perdu la vue et l'usage de sa main droite à la guerre, et qui avait réussi à se reconstruire, se marier, avoir deux enfants, et même retourner skier. Il avait notamment insisté sur la bravoure des troupes sur le front.

Cet article avait enthousiasmé les gradés de l'armée, qui l'avaient invité à se rendre dans une zone de guerre pour rencontrer des soldats, et avait également déclenché une avalanche de messages de militaires de tous rangs, certains témoignant de façon anonyme, d'autres pas, lui racontant des histoires horribles sur la gestion du gouvernement britannique qui laissait tomber ses hommes, les coupes budgétaires entraînant un manque cruel d'équipement de qualité et des morts pouvant être évitées.

Le *Sunday Times* lui avait fourni tous les papiers nécessaires et lui avait payé une formation obligatoire de trois jours de sensibilisation au milieu hostile, dans le Hertfordshire. Il avait voyagé dans un avion militaire qui avait emprunté un itinéraire complexe afin de brouiller les pistes. Ross avait exigé de la part du journal que rien ne soit imprimé avant son retour, sain et sauf, au Royaume-Uni – il n'avait pas envie de se mettre à dos les personnes qui assuraient sa sécurité sur le terrain.

Il se rendit vite compte qu'il y avait beaucoup à redire sur la manière dont le gouvernement britannique traitait ses troupes. Certaines armes s'enrayaient, des véhicules blindés ne résistaient pas aux mines et, sur le champ de bataille, rien n'était prévu pour éviter les décès dus à ce qu'il est convenu d'appeler les « tirs amis ».

Dans son dernier papier, Ross avait cité, sous couvert d'anonymat, un haut gradé qui comparait les équipements dont ils disposaient à des téléphones portables de première génération, complètement dépassés. En outre, quand ils étaient rapatriés grièvement blessés, et souvent handicapés à vie, les soldats recevaient peu de compassion, de soutien et de soins. Pour se concentrer, Ross tentait de faire abstraction des tirs d'obus, des échanges de coups de feu et des bombes qui explosaient plus ou moins loin – parfois beaucoup trop près –, aussi bien de jour que de nuit.

La plupart des correspondants étrangers, dont le photographe qui lui avait été attribué, semblaient bien se connaître. Ross se sentait exclu de leur groupe. Ses confrères étaient en train de jouer au poker avec un jeu de cartes usé, sous un ventilateur qui brassait l'air chaud et humide sans le rafraîchir. Les mains moites, il transpirait abondamment et se languissait d'une douche froide, alors même qu'il en avait pris une quelques heures auparavant. Ces deux dernières semaines, il avait peu dormi. Il était épuisé en permanence et sa peur lui donnait la nausée.

Mais l'émotion qui l'animait en ce moment, tandis qu'il pianotait sur le clavier de son ordinateur, c'était la colère. La colère d'avoir assisté au viol et au massacre de femmes et d'enfants par les talibans. La colère contre ce dont il avait été témoin la veille, dans une maison qu'il avait investie avec des soldats. Ils avaient d'abord découvert un homme âgé pendu et le corps nu d'une jeune femme à la gorge tranchée. Puis ils avaient entendu les sanglots d'une femme et avaient trouvé l'épouse du pendu cachée dans une armoire, à l'étage. Elle répétait en boucle le même mot. Un soldat afghan le traduisit à Ross.

« Pourquoi ? »

Lui-même se demandait ce que Dieu fabriquait. Trouvait-Il ce carnage amusant ?

Depuis qu'il était arrivé en Afghanistan, et qu'il était, chaque jour, confronté aux pires atrocités, il se disait que Dieu avait l'esprit bien tordu. Qu'il fallait une sacrée dose de perversion pour avoir créé ce monde-là. Qu'essayait-Il de faire ? Voir jusqu'à quel point les gens pouvaient bafouer le peu d'humanité qu'il leur restait ?

Au petit matin, allongé dans son lit, conscient qu'il pouvait, d'une minute à l'autre, mourir sous un tir de mortier, Ross écoutait de la musique au casque, afin de tenter d'oublier les explosions. Imogen, qu'il avait épousée deux ans auparavant, lui avait préparé, pour ce voyage, des playlists de ses artistes préférés : Maroon 5, The Fray, Kaiser Chiefs et les chanteurs et chanteuses de country qu'il adorait – David Allan Coe, Willie Nelson et Patsy Cline.

La nuit précédant l'attaque, il avait, comme chaque soir, essayé de lui envoyer un texto :

> Je t'aime, baby. Peux pas dire que j'aimerais que tu sois là, je le souhaite à personne. Je pense à toi, ça m'aide à tenir le jour et la nuit. Pas réussi à lire les poètes de guerre, le bouquin que tu m'as donné.

> Trop triste. Surtout “Si je devais mourir, ne pense que cela de moi”, parce que au final il meurt. Je rêve d’être dans tes bras. J’ai vu des trucs horribles. Comment les hommes peuvent-ils faire ça ? Je t’aime.

Il fut soulagé de constater que, pour une fois, le texto partit au premier essai.

Le lendemain matin, le vendredi 17 juillet, resterait pour toujours gravé dans sa mémoire. Les forces de la coalition étaient enfin sur le point de remporter la victoire. Les talibans avaient dû se replier. Deux unités avaient été envoyées pour sécuriser un quartier de la ville dont ils avaient été chassés la veille. Les journalistes avaient été informés qu’il s’agissait d’une opportunité de faire des photos et témoigner des exactions des talibans, même si, ils devaient en être conscients, les risques de tirs de snipers n’étaient pas négligeables.

Après en avoir discuté avec Ben Haines, le photographe vétéran de guerre, ils avaient décidé que, sous la protection d’une vingtaine de soldats de la Force internationale d’assistance et de sécurité des Nations unies, ainsi que de plusieurs soldats et guides locaux, ils seraient relativement en sécurité. Tout cela était nouveau pour Ross, mais il avait envie d’aller sur le terrain. Il apprendrait vite et ce serait bon pour sa carrière.

À 7 heures du matin, il était dans la ville en ruine. L’air humide était lourd de relents de corps putréfiés. Tels des cafards géants, des hélicoptères survolaient la zone à basse altitude. Ross et Haines portaient un casque, une tenue militaire, un gilet pare-balles et leur dossard « presse ». Tout autour d’eux, les murs affichaient les stigmates de balles, de bombes et d’obus. Certains étaient couverts de graffitis haineux.

Le feu s’abattit sur eux alors qu’ils sortaient d’une petite rue étroite débouchant sur une place. Les tirs semblaient venir de tous les côtés.

Une embuscade.

L’espace d’un instant, Ross s’immobilisa, plus curieux qu’effrayé. Puis un tir de roquette arracha la partie supérieure de la tête de l’homme qui se trouvait devant lui, l’éclaboussant de matière grise et de sang. Une grenade explosa tout près. Il sentit le souffle et vit des soldats, des journalistes et des photographes projetés au sol. Il y eut une nouvelle explosion et une tête décapitée roula dans la poussière, bouche ouverte, les yeux écarquillés, pleins d’incompréhension.

Ben, qui filmait accroupi, hurla et roula au sol.

Ross se tenait au centre de tirs croisés provenant des fenêtres et des toits des maisons. À sa gauche se trouvaient les vestiges d'une grande banque qui avait été bombardée et dont les portes avaient été arrachées. Paniqué, il fonça vers l'entrée, entre les balles et la poussière soulevée par les tirs et les éclats de pierre. L'intérieur du bâtiment dévasté était sombre.

Dehors les coups de feu continuaient. Il s'arrêta et regarda derrière lui. Ses yeux plongèrent dans ceux de Ben Haines, qui gisait dans une flaque de sang. Sa caméra était à quelques mètres de lui. Il essayait de ramper jusqu'à elle, en vain.

— Ross, aide-moi ! Putain, aide-moi ! cria-t-il d'une voix désespérée.

Les soldats, journalistes et photographes étaient tous au sol. Certains gigotaient, d'autres gisaient, inanimés.

Une nouvelle rafale s'abattit. Quelques-uns cessèrent de bouger.

— Ross, par pitié, aide-moi, répéta Haines, à l'agonie.

N'écoutant que son courage, Ross courut en zigzag vers son ami, comme on le lui avait appris, déterminé à mettre le photographe à l'abri. Mais au moment où il allait l'atteindre, Haines, mitraillé de toute part, s'agita, telle une poupée de chiffon. Ross vit ses côtes transpercer ses habits. Le casque de son ami s'envola, une partie de sa boîte crânienne se détacha et sa tête retomba dans la poussière.

Terrorisé, Ross courut de nouveau vers le bâtiment. Il entendit d'autres coups de feu, les balles sifflèrent et de la poussière se souleva juste devant lui. Un projectile heurta son casque et il eut l'impression de recevoir un coup de marteau sur la tête. Au moment où il atteignait l'entrée, il trébucha et ressentit soudain une douleur atroce au niveau du pied droit. Il se retrouva K.-O. au sol.

Il fallait absolument qu'il se relève.

Des soldats talibans se précipitaient vers lui avec leurs AK47. Sous les balles, il se releva et courut à toute allure à travers le bâtiment en esquivant les tirs. Il remarqua des bureaux et des ordinateurs couverts de poussière dans les décombres. Il sauta par-dessus une table et se tapit dans un coin. Il avait perdu son casque. Il sentait le sang battre à ses tempes, et comme une pointe métallique plantée dans son pied droit.

Il entendit une nouvelle rafale, dehors, puis un silence irréel.

Personne ne l'avait suivi. Il leva les yeux. Le plafond se mit à tourner. Il se sentit faible, comme si son sang n'irriguait plus son cerveau. Son visage heurta de nouveau le sol, sans qu'il s'en rende compte.

Un peu plus tard, il fut réveillé par un bruissement. Dans l'obscurité, il se retrouva nez à nez avec un rat de la taille d'un lièvre.

— Dégage, siffla-t-il entre ses dents.

L'animal déguerpit.

Ross entendit une énorme explosion.

Une voiture piégée ?

La tête lourde, la gorge sèche, il s'agenouilla et tendit l'oreille. Les souvenirs remontaient peu à peu à la surface. La table derrière laquelle il s'était caché… Le silence, à présent. Il tenta de se lever, mais son pied le faisait trop souffrir. Sa botte était maculée de sang. Il se passa la main dans les cheveux pour dégager son visage et sentit une matière visqueuse. Ses doigts étaient couverts de sang. Tout lui revint et il frissonna.

Je suis vivant.

Il se releva lentement pour jeter un coup d'œil au-dessus du bureau. Il entendit, au loin, un appel à la prière. Il faisait encore jour de l'autre côté du hall qu'il avait traversé. Il regarda l'heure à sa montre. 17 h 30. *Mon Dieu, il était à peine 7 heures du matin quand…*

Il se traîna jusqu'à l'entrée et regarda à l'extérieur. Il y avait des corps partout. Des soldats de la coalition, des journalistes avec leur dossard et des talibans gisaient dans la poussière. Il ne pouvait détacher son regard du photographe qui avait partagé son quotidien de misère ces dernières semaines.

Ben Haines. Des mouches tournoyaient déjà autour des cadavres. Il allait sortir quand il entendit des voix, au loin, mais qui se rapprochaient. Il revint sur ses pas et courut jusqu'aux bureaux des rotateurs, tout au fond. Il ouvrit une porte et découvrit un escalier en pierre. Il s'y engouffra après avoir tiré les verrous de la lourde porte derrière lui. Il descendit un étage, puis deux. La chaleur était moins oppressante. Il se retrouva devant une chambre forte, dont la porte était légèrement entrouverte.

Il lui fallut plusieurs secondes pour réussir à ouvrir suffisamment la porte blindée afin de se faufiler. Éclairé par la lampe-torche de son téléphone, il chercha une poignée intérieure, mais il n'y en avait pas. Il tira le plus possible sur la porte pour se cacher.

Immobile, il mit son téléphone sur silencieux, même s'il n'y avait pas de réseau.

Son cœur battait tellement fort que c'était la seule chose qu'il entendait. Penché sur l'entrebâillement, il guettait le moindre mouvement, le moindre coup qu'on frapperait contre la porte qu'il avait verrouillée, deux étages plus haut.

En proie à de violents tremblements, il consulta l'écran de son téléphone. Imogen n'avait pas répondu à son dernier message. Peut-être n'était-il pas passé…

Les hurlements du photographe résonnaient dans sa tête. Ross le revit ramper et se faire scalper par un projectile.

Il dut se retenir de vomir.

Il s'assit sur le sol dur. Il avait très soif. Il n'avait pas bu la moindre goutte depuis qu'ils s'étaient mis en route, au petit matin.

Il retira sa botte et sa chaussette pour inspecter son pied à la lueur de la torche. Il y avait un trou à quelques centimètres de ses orteils et un autre à l'arrière. Une balle avait dû le traverser. Il porta une main à la tempe et sentit une petite indentation, comme une encoche, du côté droit.

Avait-il été touché à deux endroits ?

Il devait y avoir des toilettes dans ce bâtiment, une cuisine où il trouverait de l'eau, et peut-être une trousse de premiers secours. Il s'y aventurerait plus tard.

Il se roula en boule et s'endormit.

Dix minutes plus tard, il fut réveillé par quelque chose qui rampait sur son visage.

4

Juillet 2009

Vais-je mourir ici ? Seul avec les rats ?

Dans son sommeil, il avait rêvé d'eau et de nourriture. De choses simples : des œufs durs, des frites, des cheeseburgers avec du ketchup et du piccalilli, de la compote de pomme.

Quand il s'était réveillé, dans l'obscurité, son téléphone était déchargé. Tout ce qu'il avait désormais pour se repérer, c'était sa montre. Il se sentait fiévreux.

Il n'arrêtait pas de penser à son frère Ricky. La culpabilité et les regrets le dévoraient. Peu après la mort de celui-ci, il était tombé, lors d'un mariage, sur Jim Banting, un ancien camarade de classe. Jim lui avait dit que Ricky savait que Ross ne l'aimait pas, mais qu'il n'avait jamais compris pourquoi.

Ross s'en voulait terriblement de la façon dont il avait traité son frère. Il ne pouvait pas non plus oublier l'image de Ben Haines, dont le corps pourrissait en plein soleil. Ç'aurait pu être lui… Aurait-il pu sauver le photographe ?

La veille au soir, il avait gravi l'escalier, déverrouillé la porte et entendu des voix parler arabe. Paniqué, il était redescendu sans refermer la porte.

Il avait tellement soif que sa langue, desséchée, était comme un corps étranger dans sa bouche. Ses lèvres gercées s'étaient collées l'une à l'autre. Il se sentait mieux à présent mais, à la lueur de sa montre, il vit du pus sur son pied. La plaie était en train de s'infecter. Il fallait qu'il se mette en quête de matériel de premiers secours.

Il ressentit une douleur aiguë à la main droite. Il ouvrit les yeux. Un rat venait de le mordre.

— Mais casse-toi !

Il chassa l'animal et, en se levant brusquement, faillit perdre l'équilibre. Son pied droit était en feu.

— Dégage, sale bête !

Il entendit un bruit au-dessus de lui. Des pas.

Il s'immobilisa.

Merde, il s'était fait repérer.

Les pas se rapprochaient de plus en plus.

Quelqu'un descendait l'escalier.

Il se colla contre le mur.

La personne n'était plus très loin.

Il réfléchit.

Il allait prendre son assaillant par surprise. Lui sauter dessus.

Il entendit un faible grognement. Quelqu'un tirait sur la lourde porte.

Celle-ci s'ouvrit.

Ross tremblait de peur.

Puis il entendit la voix timide d'un enfant demander avec un accent étranger :

— Quelqu'un ?

Ross appuya sur le bouton de sa montre et découvrit un petit garçon aux cheveux noirs, ou plutôt gris à cause de la poussière, en haillons. Celui-ci le fixait, hébété.

— Tout va bien, petit. Tu me comprends ?

— Hum hum. Talibans partis. Partis, répéta-t-il avant de déguerpir.

Ross l'entendit grimper l'escalier.

Il se demanda si ce n'était pas un piège, puis se résigna à le suivre. Il avait besoin de boire et de manger. Il vit la lumière du jour et regarda l'enfant passer les portes du bâtiment, les mains en l'air. Il traversa la pièce en restant dans l'ombre, d'un pas incertain, en se cognant aux meubles, puis observa la grande place.

Les corps avaient été enlevés. Les taches de sang noircissaient au soleil. La ville était quasi silencieuse, pour la première fois depuis qu'il était arrivé.

Il entendit le bruit d'un moteur et vit un tank. Il s'agissait d'un Challenger 2, l'un des rares engins perfectionnés que le gouvernement britannique mît à la disposition de ses soldats. Ross commença à courir tant bien que mal, en agitant un mouchoir blanc.

Le char s'arrêta juste devant lui, la trappe s'ouvrit et la tête d'un homme apparut.

— Je te dépose quelque part ? lui proposa le soldat avec un accent cockney.

— Londres, ça irait ?

— Monte, je mets le compteur.

Ross tituba jusqu'au véhicule. Deux hommes le hissèrent à l'intérieur.

— Journaliste, pas vrai ? fit un soldat chauve, dont le biceps droit portait un tatouage de crâne surmonté d'un aigle aux ailes déployées.

— Hum, murmura Ross.

— Pour quel canard ?

— *Sunday Times*.

— J'ai arrêté de lire les journaux il y a longtemps. Tous pourris, j'ai pas raison ?

Ross esquissa un sourire. Il n'avait pas la force de protester.

— Tes chefs, ils devraient venir ici, voir le merdier en vrai.

— Je peux avoir de l'eau ? l'interrompit Ross d'une voix suppliante.

5

Juillet 2009

Dix jours plus tard, après en avoir passé quatre dans un hôpital militaire américain, puis avoir attendu qu'un vol soit programmé, Ross atterrit enfin sur la base de la Royal Air Force Brize Norton, dans l'Oxfordshire. L'avion avait décollé un jour plus tôt que prévu et il avait décidé de faire une surprise à Imogen, qui ne l'attendait pas avant le lendemain.

Il arriva en début d'après-midi à la gare de Brighton et prit un taxi, sous une légère bruine. Il demanda un premier arrêt chez un fleuriste, où il acheta un énorme bouquet, et un second chez un caviste, où il choisit une bouteille de Veuve Clicquot, le champagne préféré de sa femme.

Peu après 15 heures, le chauffeur s'arrêta devant un immeuble légèrement décrépit, proche des Seven Dials, où ils vivaient au dernier étage. Ross régla la course et laissa un pourboire, sortit avec son gros sac, la bouteille et les fleurs, et boita jusqu'à la porte d'entrée du bâtiment. Dans le hall, il respira les odeurs familières d'humidité et entendit une musique assourdissante provenant de l'appartement du rez-de-chaussée.

C'était bizarre, presque irréel, d'être chez soi. Comme si ces dernières semaines n'avaient été qu'un mauvais rêve. Sauf qu'il avait bel et bien une cicatrice à la tête et que son pied lui faisait souffrir le martyre. Et qu'il avait des visions d'horreur dès qu'il fermait les yeux.

Il regarda l'heure à sa montre. Imogen, qui dirigeait le site d'un magazine en ligne à Brighton, ne rentrerait pas avant deux bonnes heures. Cela lui laissait le temps de se doucher et de se raser, de mettre le champagne au frais et les fleurs dans un vase. Il avait hâte de la revoir, de la prendre dans ses bras, de ressentir la douceur du quotidien. Hâte de lui faire l'amour – cela faisait tellement longtemps – et de lui parler, tout simplement, de lui raconter le cauchemar qu'il avait vécu et de lui confier que c'était en pensant à elle qu'il s'en était sorti.

Ils iraient peut-être au restaurant. Ils adoraient tous les deux la cuisine indienne et il avait hâte de retrouver une vie normale.

Il monta les trois étages, enfonça la clé dans la serrure et ouvrit la porte. En entrant dans le hall, dont les murs étaient couverts de livres, il entendit un titre de The Fray, l'un des groupes qu'ils aimaient, ce qui le surprit. Était-elle déjà rentrée ?

Dans le salon, sur la table basse, il remarqua une bouteille de vin entamée et deux verres à moitié vides. Un blouson d'homme était étalé sur le canapé. Il fronça les sourcils. La musique provenait du fond de leur appartement.

— Imogen ? Chérie ? fit-il d'une voix cassée.

Il posa son sac, le champagne et le bouquet et se dirigea vers leur chambre. Il y avait toujours la musique, et un autre son. Des gémissements. Il hésita, puis poussa la porte.

Extatique, la tête renversée en arrière, ses petits seins ronds tendus, sa femme chevauchait un homme barbu, nu.

D'interminables secondes s'écoulèrent avant qu'elle se rende compte que Ross était là.

6

Neuf ans plus tard
Mercredi 1er février

Le vieil homme qui gravissait lentement la colline du Somerset, plongée dans l'obscurité, avançait d'un pas tremblant, ployant sous le poids qu'il portait dans son cœur. Le poids de toute l'histoire de l'humanité. L'éternel combat entre le Bien et le Mal. L'amour et la colère de Dieu. Satan et ses railleries.

Ignorant qu'il était sous surveillance, dans le collimateur de lunettes à vision nocturne, il progressait à pas mesurés pour ne pas glisser sur l'herbe humide, éclairé par une petite lampe-torche, guidé par les coordonnées rentrées dans son téléphone et la mission qui l'animait.

Son destin au creux des mains.

Il avait les pieds mouillés, dans ses vieilles chaussures trempées, et le vent glacial traversait son manteau léger. Il avait pris avec lui une lourde pelle et un détecteur de métaux.

Il était 3 heures du matin. Un frisson lui parcourut l'échine.

Un écheveau de nuages filait dans le ciel. De temps en temps, la pleine lune l'éclairait de sa lumière froide. L'espace d'un instant, il distinguait la tour en ruine au sommet de la colline, non loin de lui, à sa droite. Cette nuit possédait quelque chose de surnaturel. Les nuages semblaient se déplacer comme dans un travelling d'un vieux film hollywoodien. Comme dans une scène dont il se souvenait, où Cary Grant et Grace Kelly roulaient à vive allure dans une voiture décapotable sans être décoiffés.

Mais, ce soir, il ne devait penser à rien d'autre qu'à son destin.

Ce soir, sa mission commençait.

Il était faible et il ne savait pas combien de temps il lui restait sur cette terre. Il avait attendu l'Appel si longtemps qu'il s'était mis à douter qu'il viendrait un jour. Et, quand il l'avait enfin reçu, c'était par des voies impénétrables.

On lui avait dit que quelqu'un pourrait l'aider, mais il ne l'avait pas encore trouvé. Parce que le temps était compté, il avait décidé de passer à l'action seul.

L'air était chargé d'électricité, hérissant les poils sur sa peau. Le vent murmurait des mots qu'il n'arrivait pas à déchiffrer.

Le parfum de l'avoine odorante l'enveloppait. Soudain, il entendit un couinement. Un renard avait dû attraper un lapin. Le cri devint de plus en plus désespéré, puis cessa.

Il comparait sans arrêt les coordonnées sur son téléphone à celles notées sur le bout de papier qu'il avait dans sa poche.

Il n'était plus très loin du but.

Il s'arrêta pour reprendre son souffle. Il transpirait abondamment, malgré le froid. Il avait roulé deux heures et demie, puis avait longuement cherché un endroit où escalader la palissade. Il avait oublié ses gants dans la voiture, mais, comme il avait déjà bien avancé, il ne voulait pas revenir sur ses pas.

Il sortit le bout de papier et relut les coordonnées, notées à la main d'une écriture appliquée.

51° 08' 40" N 2° 41' 55" O

Il était proche. Il sentit un regain d'énergie. Il fit plusieurs mètres vers la gauche, puis reprit sa marche vers le sommet.

Quelques instants plus tard, les chiffres sur la boussole du téléphone indiquèrent qu'il était enfin arrivé.

51° 08' 40" N 2° 41' 55" O.

À ce moment-là, les nuages s'écartèrent et la lune l'éclaira. Quelqu'un, là-haut, lui montrait le chemin. C'était le signe.

Son destin !

Il se mit à creuser fiévreusement, en serrant la pelle le plus fort possible entre ses doigts noueux et gelés. Il l'enfonça dans le sol, l'écrasa de tout son poids et souleva la première motte de terre. Des vers se mirent à grouiller. Il la déplaça de quelques centimètres et recommença.

C'est à ce moment-là qu'un faisceau lumineux, venu de nulle part, se mit à danser dans l'obscurité. Ce n'était pas la lune, mais une puissante lampe. Deux torches. Un homme en colère l'interpella.

— Hé, vous !

Il se retourna et fut ébloui par le faisceau dirigé vers son visage.

Clignant des yeux, il éclaira à son tour ses interlocuteurs et découvrit un jeune policier en uniforme et un homme entre deux âges en parka.

— Il est ici, exactement là où je creuse. Juste sous mes pieds !

— Vous vous croyez où ? Vous êtes fou ?

— Je suis là pour sauver le monde.

— Vous êtes sur une propriété privée.

— Écoutez-moi, je vous en supplie !

— Non, c'est à vous de m'écouter, répliqua l'homme à la parka. Vous n'avez rien à faire ici. Qui vous a donné la permission de donner des coups de pelle sur une terre sacrée au beau milieu de la nuit ?

— Dieu, répondit le vieil homme en toute humilité.

7

Jeudi 16 février

Mihi enim vivere CHRISTUS est, et mori lucrum.

Cette citation en latin était fixée sur une porte en bois de la chartreuse de Parkminster, un monastère situé au cœur de la campagne du Sussex, à vingt-cinq kilomètres au nord de Brighton.

Christ est ma vie, et la mort m'est un gain.

Derrière cette porte, dans l'intimité de sa cellule spartiate, assis à son bureau, le frère Angus était plongé dans la lecture. Il vivait, depuis de longues années, une existence solitaire et consacrait plusieurs heures par jour, sept jours sur sept, à la prière.

Mais, ces derniers mois, il s'était souvent aventuré hors de sa cellule, dans les couloirs du cloître, jusqu'à la grande bibliothèque lambrissée de chêne. Lors de chacune de ses visites, il avait soigneusement sélectionné des œuvres qui l'intéressaient, parmi les milliers d'ouvrages reliés en cuir, certains datant d'avant l'invention de l'imprimerie, pour les lire dans sa chambre.

Ici, les moines pouvaient choisir de ne jamais sortir de chez eux. Chaque matin, un plateau-repas était glissé à travers la trappe par l'un des frères. Mais Angus était un homme tourmenté et il ne croiserait personne à qui se confier avant plusieurs jours et la promenade dominicale, pendant laquelle ils avaient le droit de s'entretenir, une heure tout au plus.

Il aurait 63 ans dans un mois et il ne savait pas combien de temps il lui restait à servir le Seigneur. Pas longtemps, il le sentait. Sa maladie ne lui permettrait sans doute pas de voir un autre hiver. Peut-être pas le prochain été. Il était satisfait de son existence, même si ça n'avait pas oujours été le cas. Né dans les années 1950, il avait mené la grande vie. Après avoir arrêté ses études, il était devenu guitariste d'un groupe de heavy metal, Satan's Creed, et avait longtemps carburé à l'alcool et à la drogue, jouant tous les soirs dans une ville ou l'autre, tantôt dans des clubs, tantôt dans des festivals, en général en Allemagne, enchaînant les orgies sexuelles avec les fans.

Jusqu'à ce qu'un jour il voie la lumière.

Plusieurs lumières, en fait. Celles des médecins penchés sur ses pupilles dilatées, suite à une overdose. Celles du bloc opératoire. Et la plus lumineuse de toutes : la lumière qui l'appelait.

Dans une clinique du nord de Londres, une infirmière grecque de religion orthodoxe l'avait sevré, lui sauvant la vie au passage, et lui avait raconté que son frère, moine, vivait dans une communauté monastique sur la péninsule sacrée du mont Athos. Angus avait toujours été attiré par la Grèce et quelque chose, dans la foi orthodoxe, lui plaisait. Il s'était converti. Puis, avec l'aide du frère de l'infirmière, il avait obtenu un visa pour se rendre dans ce monastère.

Au lieu des cinq jours prévus, il était resté cinq ans, et avait découvert une profonde spiritualité dans un régime strict fait de prières, de travail, de silence et de peu de sommeil. Jusqu'au jour où Dieu l'avait rappelé en Angleterre, à Horsham, dans le Sussex : sa mère âgée, atteinte de la maladie d'Alzheimer, avait besoin de lui.

Il s'était occupé d'elle pendant sept ans, jusqu'à ce qu'elle meure. Il avait l'intention de retourner au mont Athos, quand, un jour, peu après les funérailles, il était passé devant les portes de la chartreuse de Parkminster et avait vu la lumière à nouveau plus forte que jamais. Il avait fait demi-tour, s'était garé et avait donné les clés de son véhicule au prieur en lui disant de le vendre et d'utiliser le produit de la vente pour l'entretien du monastère.

Il y vivait depuis et n'en partirait plus jamais. Il était chez lui, c'était sa demeure temporaire jusqu'à ce qu'il… rejoigne sa vraie maison.

Peut-être.

La chartreuse de Parkminster avait été construite pour servir de refuge aux moines français fuyant la Révolution à une époque où l'ordre des Chartreux était riche. Mais peu s'y étaient installés. Comme ailleurs, ces derniers siècles, les nouveaux frères étaient rares et, lorsque les anciens mouraient, ils étaient difficiles à remplacer.

Conçue pour accueillir plus de deux cents religieux, la chartreuse ne comptait aujourd'hui que vingt-trois moines en résidence, en incluant le prieur et son adjoint. Le silence régnait de fait, car ces moines, venus des quatre coins de la planète, parlaient dix-sept langues différentes. Et, comme il n'y avait plus assez de moines, ce monastère accueillait des frères de tous ordres.

La discipline et la routine étant particulièrement difficiles à observer, ceux qui y passaient ne restaient pas longtemps. Ils devaient se coucher avant 20 heures, puis se lever à 23 h 50 pour une prière qu'ils faisaient soit dans la solitude de leur chapelle privée, soit dans la chapelle communale, présidée par le prieur.

L'habitation du frère Angus était plus spacieuse que les autres. Répartie sur deux niveaux, elle disposait d'un jardin muré dans lequel il pouvait faire pousser ses propres légumes. Au rez-de-chaussée, dans la chapelle, un portrait de Jésus était accroché au-dessus d'une statuette de la Vierge Marie, posée sur un piédestal fabriqué dans un tronc d'arbre. Dans un recoin le long d'un petit couloir, le frère stockait, à côté d'un établi, les outils dont il avait besoin pour nettoyer sa cellule et entretenir son jardin.

À l'étage, deux petites pièces accueillaient son lit, une chaise, un bureau et un lieu de prière. Une bouillotte turquoise était suspendue à un crochet à côté d'une minuscule salle d'eau, et un poêle à bois fournissait l'unique source de chaleur pendant les longs mois d'hiver. Il frissonna et songea qu'il était temps de l'allumer, sa tenue monacale ne le protégeant que très peu des courants d'air glacés. Mais il était profondément plongé dans la lecture d'un livre en vieil anglais, qu'il déchiffrait page à page.

De son bureau, sur lequel étaient posés divers ouvrages de la bibliothèque, la Bible et des recueils de prières, il disposait, au-delà du mur de son jardinet, d'une vue sur le cloître néogothique et sur le paisible cimetière. Des rangées de croix en bois toutes simples témoignaient, de façon anonyme, du passage des frères qui l'avaient précédé. Un jour, son enveloppe terrestre reposerait parmi eux. Mais où son esprit irait-il ?

Jusqu'à peu, cette question n'avait jamais suscité de problème chez lui. Mais il en avait discuté avec le prieur à de nombreuses occasions et avait chaque fois été moins convaincu par les propos de celui-ci.

Plus il lisait et analysait, plus sa foi était mise à l'épreuve. Et s'il n'y avait rien, rien du tout ? se demandait-il de plus en plus souvent.

Et s'il avait gâché toutes ces années à prier pour rien ? Il cherchait dans les pages de ce livre un passage qui lui apporterait des réponses. C'était indispensable. Le monde extérieur lui était étranger. Trop de choses avaient changé depuis qu'il était entré dans les ordres. Il avait connu une parenthèse lorsqu'il s'était occupé de sa mère, mais la technologie ne lui inspirait pas confiance. Il utilisait peu le téléphone, même s'il commençait à maîtriser Internet.

Bientôt, il ne serait plus qu'un tas d'ossements sous une croix anonyme, comme tous ceux qui l'avaient précédé.

Mais, il y avait quelques mois de cela, il avait reçu un message dont les conséquences potentielles l'effrayaient.

Quelque chose était en train de se passer. Le tumulte religieux divisait plus que jamais les peuples. Dieu lui envoyait des signes toutes les nuits, dans son sommeil. Il l'invitait à se connecter et à aller de l'avant, mais tout cela ne faisait que renforcer sa confusion.

Il y avait des jours, des semaines parfois, où tous les signaux s'emmêlaient, et où le frère Angus se détournait des écrits religieux pour lire des textes scientifiques. Il s'était retrouvé à étudier les représentants de la pensée latérale, dont un homme en particulier, le professeur américain Danny Hillis. Cofondateur de la société Thinking Machines Corporation, inventeur de l'ordinateur parallèle, son credo était : « Nous construisons une machine qui sera fière de nous. »

Et un extrait d'une interview que Danny Hillis avait accordée au milieu des années 1990 l'avait frappé : « Je ne pense pas que l'Homme trouvera Dieu dans une cathédrale gothique. Il est plus probable que nous Le trouverons dans le cyberespace. La technologie pourrait bien être le moyen d'accéder à cette fréquence que nous recherchons. »

Angus avait risqué la colère du prieur, voire l'exclusion de la chartreuse, quand il avait essayé de convaincre son supérieur d'offrir à chaque résident un ordinateur connecté à Internet, plutôt que de se satisfaire de la vieille bécane de la bibliothèque, mais celui-ci n'avait rien voulu entendre.

« Dieu nous dit ce que nous avons besoin de savoir. Le jour où nous arrêtons de Lui faire confiance est celui où nous cessons d'être moine. Peut-être traversez-vous une crise de foi, frère Angus. Tout ce qui a été est encore. Tout est en Dieu. Cherchez, et vous trouverez. Demandez-Lui, et Il vous répondra. »

Dans ses prières, le frère Angus Le questionnait avec une urgence de plus en plus grande. Sa réponse était : quelque chose est sur le point d'arriver, très bientôt.

Quelque chose d'aussi fondamental pour le monde chrétien que la venue du Christ.

Sa seconde venue ?

Ou celle d'un grand imposteur ?

8

Jeudi 16 février

Ross avait failli ne pas répondre à l'appel, l'écran de son téléphone fixe indiquant « numéro masqué ». Sans doute l'un de ces pénibles appels automatisés. Il devait rendre avant 16 heures à la rédac chef du *Sunday Times*, Natalie McCourt, un article révélant que six footballeurs de première division avaient mis en place un système d'évasion fiscale par le biais d'une boîte de production de films. Il lui restait 20 minutes pour le boucler.

Montmorency, son labradoodle gris foncé, allongé par terre à côté de son bureau, semblait préoccupé par deux questions : finirait-il cet os qu'il rongeait bruyamment avant que son maître l'emmène en promenade et réussiraient-ils à sortir avant la tombée du jour ?

Dans les jours qui suivirent, Ross se demanda souvent pourquoi il avait décroché. Mais il était devenu un journaliste en vue, et ce n'était pas dans son intérêt d'ignorer les appels inopinés. Il y avait des années de cela, alors qu'il faisait ses armes à *L'Argus*, il avait obtenu son premier scoop grâce à l'un de ces appels inattendus. Le scandale sexuel qu'il avait alors révélé avait entraîné la démission d'un membre du Parlement.

— Ross Hunter, j'écoute ? fit-il en regardant, par la fenêtre, la rue sombre de Patcham, sur laquelle donnait son bureau sous les toits.

Après ce terrible après-midi, où, de retour d'Afghanistan, il avait trouvé sa femme au lit avec un autre homme, ils avaient changé d'appartement, espérant ainsi repartir de zéro.

Elle l'avait supplié de lui pardonner, lui expliquant qu'elle redoutait tant le coup de fil lui annonçant sa disparition qu'elle avait cherché du réconfort auprès d'un vieil ami. Prêt à tout pour retrouver une vie normale, il avait accepté et pardonné. Par la suite, il avait découvert qu'elle ne lui avait pas dit toute la vérité et que cet adultère datait d'il y a longtemps. À partir de ce jour-là, leur relation n'avait plus jamais été la même. Quand on recolle les morceaux, l'objet cassé redevient intact, mais les fêlures sont toujours présentes. Ils avaient essayé de tourner la page en déménageant. À présent, elle était enceinte, mais il avait encore des doutes.

Il ne pouvait plus lui faire confiance. Plus tout à fait. Les jours où elle rentrait tard du travail, il avait du mal à croire à ses excuses. Parfois, elle raccrochait subitement quand il entrait dans la pièce. Et les souvenirs remontaient à la surface. Son corps nu chevauchant un homme dans leur lit.

Une camionnette de livraison passa lentement, phares allumés. Une de leurs voisines gara son break et aida son fils, un petit brailleur, à détacher sa ceinture de sécurité.

La voix au bout du fil était celle d'un homme âgé, apparemment cultivé.

— Vous êtes bien Ross Hunter, le journaliste ?

— Lui-même. Et vous êtes ?

— Dieu soit loué, je vous ai trouvé. Il m'a fallu un moment avant de tomber sur vous. J'ai appelé tous les R. Hunter de l'annuaire du Sussex.

— Vous auriez pu me contacter sur Internet, je suis relativement actif sur Twitter et Facebook. Ou m'envoyer un e-mail, mon adresse se trouve à la fin de chacun de mes articles.

Ross but une gorgée de thé.

— Ce que je vais vous dire ne peut pas faire l'objet d'un message sur les réseaux sociaux, ni même d'un e-mail. Je ne pouvais pas prendre ce risque. J'ai lu plusieurs de vos papiers. J'ai d'ailleurs été très impressionné par celui que vous avez publié dans le *Sunday Times*, il y a quelques années, sur les manquements de notre gouvernement vis-à-vis de nos troupes en Afghanistan.

— Vous l'avez lu ?

— Mon fils est mort dans la province du Helmand, sous des tirs amis. S'il avait été équipé d'une balise, il serait peut-être encore avec nous aujourd'hui.

— Toutes mes condoléances.

— Ce n'est pas pour cela que je vous appelle, mais merci. Avec ma femme, nous avons essayé de ne pas vivre dans l'amertume.

Ross commençait à se dire qu'il était en train de gâcher les précieuses minutes dont il disposait pour terminer et relire son article.

— Je vous assure que je ne suis pas fou, monsieur Hunter.

— Ravi de l'apprendre.

— Je m'appelle Harry F. Cook, vétéran de la Royal Air Force et ancien professeur d'histoire de l'art de l'université de Birmingham. Ce que je vais vous dire va vous paraître étrange, mais j'ai récemment reçu la preuve de l'existence de Dieu, et on m'a dit qu'un journaliste respecté du nom de Ross Hunter pourrait m'aider à être pris au sérieux.

— Pardon ?

— Cela doit sembler bizarre, je vous l'accorde.

— C'est le cas. De quel Dieu parlez-vous ?

— Il n'y a qu'un seul Dieu, monsieur Hunter. Plusieurs prophètes et de nombreux cultes, mais un seul Dieu.

— Et puis-je vous demander qui vous a dit que je pourrais vous aider ? poursuivit Ross en regardant sa voisine accompagner son fils jusqu'à la porte de leur maison.

— Dieu en personne, répliqua Harry F. Cook sans la moindre hésitation. Pouvez-vous m'accorder un peu de votre temps ?

Ross regarda sa montre.

— Vous allez devoir faire très vite, professeur, car je dois rendre un article dans quelques minutes.

— Je vais être aussi succinct que possible. Préférez-vous que je vous rappelle plus tard ?

— Non, allez-y, je vous écoute.

Il prit un stylo et griffonna le nom de son interlocuteur et ses anciennes fonctions. Puis il but une nouvelle gorgée de son thé, qui était désormais tiède.

— Pour tout vous dire, monsieur Hunter, il faudrait qu'on se rencontre pour que je vous explique la situation dans les moindres détails. Je vous garantis que vous ne perdrez pas votre temps avec moi. J'imagine que vous êtes sans arrêt sollicité par des illuminés, mais accepteriez-vous de me consacrer une demi-heure ? Je peux vous retrouver là où cela vous arrange. Je pense que vous avez très envie d'entendre ce que j'ai à vous dire. J'ai un message personnel pour vous.

— Ah bon ? De qui ?

— De votre frère Ricky.

Ross garda le silence, déstabilisé. Il avait du mal à y croire.

— Un message de la part de Ricky ?

— Oui.

— Vous pouvez me le transmettre ?

— Pas par téléphone, monsieur Hunter.

Un courant d'air traversa la pièce. Dans la rue, les lumières vacillèrent, telles des flammes de bougie au vent. Ross frissonna et nota quelque chose d'une main tremblante.

— Vous avez vraiment un message de mon frère ?

Il aperçut le gyrophare bleu d'un véhicule d'urgence et entendit une sirène. L'espace d'un instant, il se demanda s'il n'était pas en train de rêver.

— Qui êtes-vous, exactement, professeur Cook ?

L'ambulance passa.

— Un homme comme tous les autres, qui fait ce qu'il a à faire, monsieur Hunter. Je vous en supplie, pouvons-nous nous rencontrer ?

Au fil des ans, Ross avait dû se débarrasser de nombreux hurluberlus prétendant avoir des révélations exceptionnelles à lui faire. Mais il y avait dans la voix de cet homme quelque chose de sincère qui l'intriguait.

— Une demi-heure, d'accord ? Je veux bien vous retrouver autour d'une tasse de thé. Si vous parvenez à me convaincre que vous avez besoin de plus de temps, nous aviserons.

— C'est très gentil de votre part. Je peux vous retrouver où vous voulez, indiquez-moi simplement le lieu et l'heure.

9

Jeudi 16 février

Perché en équilibre instable sur le bureau qui se trouvait dans sa grande cage, Boris pianotait maladroitement sur un clavier d'ordinateur. Bien que plus intelligent que la plupart des mammifères, ce singe capucin au visage rond et ridé ne l'était pas assez pour mémoriser les touches. Ce qui apparaissait devant lui ne l'intéressait pas. Tout ce qu'il voulait, c'était qu'une récompense – une cacahouète ou une chips de banane – glisse le long du toboggan.

Il avait remarqué que, quand il s'arrêtait, il n'avait plus droit aux fruits secs. Il en avait conclu que, s'il pianotait sans arrêt, il serait régulièrement récompensé. Ce qu'il avait compris aussi, ces trois dernières semaines, c'était qu'il n'avait pas intérêt à faire ses besoins sur le clavier. Sous peine d'être privé de friandises.

Ainsley Bloor, ancien professeur de biologie à l'université de Brighton, qui avait vendu son âme au diable depuis bien longtemps, était à présent le P.-D.G. d'un des géants pharmaceutiques les plus agressifs : Kerr Kluge. Leurs féroces détracteurs n'avaient pas manqué de souligner la ressemblance entre les initiales du groupe et celles du Ku Klux Klan, et ils n'avaient pas tort. La seule différence notable entre ces deux organisations était que le géant pharmaceutique était, lui, capable de changer la couleur de peau des gens.

Mais Boris, qui ne connaissait rien d'autre que son environnement immédiat, se contentait de pianoter sans interruption pour que les cacahouètes continuent à tomber.

Ainsley Bloor était l'un des militants athées les plus actifs du Royaume-Uni. Cinquante-cinq ans, plein d'énergie, cheveux longs grisonnants, ce qui était inhabituel dans son milieu, il avait un visage taillé à la serpe et des yeux perçants. Il était un fervent disciple du groupe connu à l'époque comme les « quatre cavaliers de l'athéisme » : Richard Dawkins, Daniel Dennett, Christopher Hitchens et Sam Harris.

La plupart de ses prédécesseurs néo-athées avaient tenté de prouver, par la théorie dite du singe et de la machine à écrire, que le monde était né par le plus grand des hasards, et non en vertu d'un prétendu dessein intelligent.

Cette théorie était simple et séduisante : dans un temps infini, une succession de singes, ou une infinité de singes, finirait, en tapant au hasard sur un clavier, par écrire l'œuvre de William Shakespeare.

Jusqu'à présent, tous ceux qui avaient tenté l'expérience avaient abandonné. Un collègue du professeur Antony Flew, l'un des plus célèbres athées britanniques, aujourd'hui décédé, avait échoué et conclu que le nombre de particules sous-atomiques de l'univers était infiniment plus grand que la probabilité qu'un singe tape ne fût-ce qu'un sonnet shakespearien de quatorze vers. Les conclusions du collègue de Flew étaient en partie responsables de son désintérêt pour l'athéisme et de sa foi en Dieu, en tant que dessein intelligent.

Entre 20 et 30 ans, Bloor avait publié trois livres – *Oh mon Dieu !*, *Dieu a-t-il un père ?* et *1 + 1 = Dieu* – visant à ridiculiser la notion de Créateur.

Sa démonstration, et le théorème inhérent étaient vieux comme Mathusalem. Aristote, Blaise Pascal, Jonathan Swift, Émile Borel et Arthur Eddington avaient tous essayé d'expliquer l'origine de la vie par les mathématiques et la loi du hasard.

Mais, selon Bloor, la façon dont Antony Flew et les autres avant lui avaient mené l'expérience était faussée.

Ils étaient tous passés à côté d'un élément fondamental.

Assis dans son bureau, devant l'algorithme qu'il avait mis dix ans à perfectionner, il constata qu'un motif émergeait de ces trois premières semaines d'expérimentation.

Ce n'était que le début, mais il y avait des progrès. De réels progrès !

Parmi les six singes enfermés dans six cages, dans l'orangerie du manoir où il vivait avec sa femme, l'un d'eux sortait du lot : Boris.

Le voyage de mille lieues, songea-t-il. Comme dirait Lao Tseu : « Un voyage de mille lieues commence toujours par un premier pas. »

Ou une première touche.

10

Lundi 20 février

À 15 h 50, dix minutes avant son rendez-vous avec Harry F. Cook, Ross reçut un texto. Il était en train de regarder, par la fenêtre de son bureau, une petite Nissan Micra blanche immaculée se garer devant leur maison, tout en songeant qu'un certain dirigeant du National Health Trust n'allait pas apprécier l'article qu'il écrivait pour le *Sunday Times*.

C'était un message d'Imogen auquel il répondit aussitôt.

> Je vais rentrer tard, vers 19 heures. Je prends un truc à emporter ? Thaï ? Fais gaffe au type fêlé, je veux pas te retrouver en morceaux dans le frigo ! Je t'aime.

> Volontiers ! Chicken satay & curry vert au poisson, STP. TKT, je suis armé jusqu'aux dents ! Je t'aime.

Il essaya de se concentrer sur son travail, en vain. Elle rentrerait de nouveau tard. Pourquoi ? Qu'avait-elle prévu ? Il observa, distrait, l'homme dans la petite Nissan.

Quelques instants plus tard, alors qu'il descendait dans le hall, on sonna à la porte. Il était 16 heures pile. Il ouvrit.

Un homme de 75 ans environ, grand, costume rayé, cravate et pochette assortis, se tenait devant lui, avec un énorme attaché-case.

— Monsieur Hunter ? demanda-t-il en lui tendant la main.

— Professeur Cook ? Vous avez trouvé facilement ?

— Oui, le GPS fait des miracles.

Ils se serrèrent la main et Cook se pencha vers lui pour lui confier, les yeux humides, l'air implorant :

— C'est très aimable à vous de me recevoir, monsieur Hunter. Êtes-vous conscient que vous et moi sommes chargés de sauver le monde ?

Ross esquissa un sourire hésitant.

— Eh bien, je vais faire de mon mieux !

En voyant son interlocuteur si élégamment vêtu, Ross regretta d'être resté dans son vieux jean et son pull large, avec ses chaussons élimés.

— Monsieur Hunter, vous n'imaginez pas à quel point c'est important pour moi – et pour l'humanité.

— Nous allons voir ça. Entrez. Puis-je vous offrir quelque chose à boire ?

— Je prendrais très volontiers une tasse de thé.

Un aboiement retentit dans la cuisine.

— Silence, Monty ! ordonna Ross.

Le labradoodle traversa le couloir carrelé noir et blanc, la queue basse. Ross le caressa, puis se tourna vers son invité, qui considérait l'animal avec appréhension.

— Il est très gentil, très doux. Vous n'avez pas peur des chiens, j'espère ?

— Oh non, pas du tout. Il s'appelle Monty ?

— Oui, c'est le diminutif de Montmorency.

— C'est aussi le nom du chien dans ce livre extraordinaire, *Trois Hommes dans un bateau*, si je me souviens bien.

— C'est de là que ça lui vient. Ma femme adore ce bouquin.

C'était l'un des livres qu'ils avaient emportés lors de leur lune de miel en Italie. Ils l'avaient lu ensemble, lui pour la première fois et Imogen pour la troisième au moins, et avaient beaucoup ri, notamment quand, dans le premier chapitre, le personnage se plaint d'être trop nauséeux pour manger quoi que ce soit sur un bateau. Imogen et lui avaient bénéficié d'une croisière gratuite, offerte au journaliste de la rubrique Voyages du magazine pour lequel elle travaillait alors, et ils avaient été malades comme des chiens les deux premiers jours de la traversée du golfe de Gascogne, en pleine tempête.

— Ma femme et moi étions plutôt chat que chien.

— Nous avons eu un chat aussi, Cosmo. Il avait été abandonné. Il était bizarre, il disparaissait parfois pendant des jours.

— Il est très difficile de savoir ce qui se passe dans la tête d'un chat.

— Absolument. Un jour, il a disparu pour de bon. Peut-être a-t-il trouvé mieux ailleurs.

Le vieil homme gloussa.

— Peut-être.

Ross l'invita à prendre place sur le canapé de leur salon moderne et spacieux, puis il se rendit dans leur cuisine high-tech, choisie par Imogen, qui avait coûté le PNB d'un pays en voie de développement, soit beaucoup plus que ce qu'ils pouvaient se permettre. Il mit de l'eau à bouillir, prépara les tasses de thé, trouva un paquet de sablés au chocolat dans un placard, les répartit sur une assiette, puis posa le tout sur un plateau, qu'il apporta dans le séjour.

Quelques instants plus tard, assis dans un fauteuil face à Cook, avec à ses côtés Monty, qui dévisageait l'étranger d'un regard insistant, Ross lança la conversation :

— Vous avez un message de la part de mon frère, c'est bien ça ?

— Je vais y venir.

Cook but une gorgée et hocha la tête, comme perdu dans ses pensées.

— Permettez-moi de commencer par le commencement.

Ross acquiesça.

— Ma femme, Doreen, était elle aussi professeur, dans la même université que moi, mais en physique. Elle est morte du cancer il y a six mois.

— Je suis désolé de l'apprendre.

— Toutes mes condoléances.

— Je vous remercie. Lors de ses derniers jours à l'hospice, elle m'a supplié de lui promettre d'aller voir un médium pour essayer d'entrer en contact avec elle dans l'au-delà. Pour être tout à fait franc, en tant que fervent chrétien, je n'ai jamais adhéré à ce genre de pratique, mais elle a insisté, donc je lui ai fait cette promesse. Et après sa mort, j'ai voulu la tenir, bien entendu.

— Bien entendu, opina Ross en se demandant où le vieil homme voulait en venir.

— J'ai trouvé une dame très gentille, qui m'avait été recommandée, et je suis allé la voir trois semaines environ après les funérailles de mon épouse. Mais, à la place de Doreen, s'est présenté un homme qui prétendait avoir un message de Dieu en personne. Selon lui, Dieu se faisait du souci sur l'état actuel du monde et pensait que, si l'humanité retrouvait sa foi en Lui, cela nous éviterait de sombrer dans le chaos. Comme preuve de sa bonne foi, il a ajouté que Dieu lui avait demandé de me communiquer, à moi seul, trois informations sous forme de coordonnées géographiques, en ajoutant qu'un journaliste respecté, du nom de Ross Hunter, m'aiderait à être pris au sérieux.

— Vraiment ? Je ne savais pas que j'étais dans Ses petits papiers.

— Cet homme avait, auprès de lui, quelqu'un qui voulait vous délivrer un message. Votre frère Ricky. Il m'a demandé de vous dire qu'il savait que vous ne l'aimiez guère, qu'il n'avait jamais compris pourquoi, mais qu'il vous pardonnait.

Ross le fixa, fasciné.

— A-t-il dit autre chose ?

— Oui : que vous deviez me faire confiance. Il m'a donné deux noms, Bubble et Squeak, en me demandant de vous dire : « Tu te souviens quand Squeak t'a mordu ? »

Ross se figea.

Bubble et Squeak étaient deux gerbilles que leurs parents leur avaient offertes pour leur neuvième anniversaire. Un jour, Squeak l'avait mordu à l'index. Comment cet homme pouvait-il le savoir ?

— Tout est là-dedans, monsieur Hunter, conclut le vieil homme en jetant un coup d'œil à sa mallette, posée par terre.

— Très bien.

Cook l'ouvrit et en sortit une énorme liasse de feuilles au format A5 maintenue par des élastiques.

— Le mieux, c'est que vous commenciez par lire ceci. Ce texte m'a été dicté par Dieu les jours suivant ma visite chez la voyante. J'ai, bien sûr, raturé les coordonnées géographiques, au cas où ce document tomberait entre de mauvaises mains, précisa-t-il en tendant le dossier à Ross.

Il était lourd. La première page, vierge, était froissée et cornée. Le journaliste feuilleta la liasse. Il n'y avait pas de chapitres, juste un texte continu, rédigé d'une écriture appliquée, minuscule et oblique, à l'encre noire, avec des petites touches de Tippex çà et là, et des annotations sous forme de flèches et de commentaires. Les pages étaient numérotées en bas, la dernière étant la 1247.

— Bon, si vous voulez bien me le laisser, je regarderai.

Le vieil homme secoua la tête.

— Je suis désolé, mais ce n'est pas possible, c'est le seul et unique exemplaire.

— Vous n'avez pas fait de copie ?

Cook prit sa remarque comme un affront.

— Je ne peux pas prendre le moindre risque. Je dois être là quand vous le lirez.

Ross se renfrogna. Comme il l'avait redouté, son interlocuteur déraillait. Sauf qu'il ne pouvait pas balayer d'un revers de la main ce qu'il lui venait de lui dire à propos de Ricky et lui. Il n'avait jamais écrit quoi que ce soit sur ses gerbilles et n'avait parlé à personne de la fois où il avait été mordu.

Il souleva le manuscrit et le compulsa de nouveau.

— Il va me falloir quatre jours pour lire tout ça !

— À peu près, lui confirma son visiteur.

— Et vous allez rester dans mon canapé pendant quatre jours ? s'enquit Ross en souriant.

— Je veux le garder à portée de main.

Ross secoua la tête.

— Professeur, ça ne va pas être possible. Pour commencer, je n'ai pas quatre jours devant moi, je suis désolé. Soit vous me faites confiance, et je le lis quand je peux, sur mon temps libre, soit vous le reprenez avec vous. Et avant de commencer, j'aimerais en savoir davantage sur ce que je vais découvrir et sur cette preuve de l'existence de Dieu que vous prétendez avoir. Quelles sont les trois informations dont vous disposez ?

— Des coordonnées géographiques. Les premières désignent l'endroit où se trouve le Saint-Graal.

— Le Saint-Graal ?

— Tout à fait.

— Impressionnant, fit Ross en prenant note.

— Pas autant que les deuxièmes, qui nous permettront de localiser un objet ayant appartenu à Notre-Seigneur Jésus-Christ.

— Y aura-t-il un certificat d'origine ?

— Monsieur Hunter, je vous en prie, écoutez-moi. Les troisièmes coordonnées auront, je vous l'assure, un énorme impact positif sur le monde.

— Et vous allez me dire ce dont il s'agit ?

— En temps et en heure, mais pas maintenant. Il faut d'abord que je sois sûr que vous êtes l'homme de la situation. Les troisièmes coordonnées ont à voir avec la Seconde Venue.

— La Seconde Venue ?

— Oui.

— Avez-vous vérifié ces informations, professeur ?

Cook but une gorgée et hocha la tête, pensif.

— Absolument. Celles du Graal correspondent au Chalice Well de Glastonbury.

— Vraiment ?

— Comme vous le savez, il s'agit de l'endroit où Joseph d'Arimathie est censé être enterré. C'est l'un des plus anciens puits de Grande-Bretagne. Il se situe dans la vallée d'Avalon, entre la colline de Glastonbury et celle du Chalice.

— Il se trouve que j'en sais pas mal sur le sujet. Il y a quelques années, j'ai rédigé pour le *Guardian* un reportage sur le festival de Glastonbury et les mythes qui entourent le Glastonbury Tor. Toutes les légendes arthuriennes sur le Saint-Graal viennent de là.

— Très bien, vous voyez donc de quoi je veux parler. Bien sûr, les ennemis de Notre-Seigneur pratiquent la désinformation, mais je suis persuadé que vous êtes armé pour la déceler et passer outre. C'est sans doute l'une des raisons pour lesquelles votre nom m'a été donné.

— Avez-vous mené l'enquête ?

— Je me suis rendu sur place avec une baguette de sourcier et un détecteur de métaux, j'ai couvert une zone plus large que les coordonnées, et je suis sûr qu'il y a bien quelque chose, dit le vieil homme.

Ses yeux brillaient d'une ferveur mystique.

— Le puits est géré par une fondation que j'ai approchée pour leur demander de mener à bien des fouilles archéologiques mais, malgré mes explications, ils ont refusé.

— Vous ont-ils donné une raison ?

— J'ai fait tout ce que j'ai pu pour les persuader, mais je crois qu'ils ne me prennent pas au sérieux. Je pense que ce serait différent si cela venait de vous. Vous avez la réputation d'être un homme intègre.

— C'est très flatteur.

— La simple vérité, monsieur Hunter.

— Il y a un gros problème, souligna Ross. D'après mes recherches, il est possible que Joseph d'Arimathie soit venu en Angleterre après la crucifixion.

— Je confirme. Il est vraisemblable qu'il ait traversé en bateau les plaines inondées du Somerset, transportant avec lui le calice contenant quelques gouttes du sang de Jésus crucifié, et qu'il soit arrivé jusqu'à l'île légendaire d'Avalon, une colline aujourd'hui connue sous le nom de Glastonbury Tor. Pour le protéger, il aurait enterré le calice dans un endroit secret. L'abbaye de Glastonbury a ensuite été construite, sept siècles après la mort de Jésus-Christ. En 1191, des moines ont affirmé avoir découvert les sépultures du roi Arthur et de la reine Guenièvre. Je crois que toutes les archives ont disparu pendant la Réforme anglaise, sous Henri VIII. Et suite au schisme anglican, la plupart des monastères ont été rasés et leurs reliques, détruites ou perdues à jamais.

Ross but une gorgée de thé.

— Oui, mais lorsque j'ai écrit mon article, j'ai découvert que certains moines du Moyen Âge étaient d'avides commerçants et que les revenus du tourisme représentaient, pour les monastères de l'époque, ce qu'ils sont pour les stations balnéaires aujourd'hui. Un certain nombre de chercheurs ont affirmé que ces tombes avaient été inventées de toutes pièces afin de promouvoir le tourisme religieux. Que savez-vous sur le sujet, professeur ?

— Je suis tout à fait au courant. En tant que sanctuaire, l'endroit a dû attirer des milliers de pèlerins. Il y a très certainement eu des charlatans pour vendre toutes sortes de souvenirs sacrés et de reliques prétendument magiques. C'était la norme, dans la plupart des monastères, mais vous avez tout à fait raison de rappeler ce point, monsieur Hunter. Et dans la mesure où tant d'objets ont été détruits pendant la Réforme anglaise, il est impossible d'établir la vérité des siècles plus tard.

— Avez-vous également examiné les deux autres coordonnées ?

— Oui, mais je ne peux pas vous les révéler avant d'avoir un engagement total de votre part.

Ross oscillait toujours entre un certain scepticisme, son envie de croire cet homme à la sincérité touchante qui avait, apparemment, été en contact avec Ricky. Ce qui était sûr, c'était que Cook croyait dur comme fer en ce qui lui avait été communiqué.

Mais d'un autre côté…

— Professeur, Dieu pense que, si l'humanité retrouvait la foi, elle retrouverait le droit chemin, c'est bien ça ?

— Absolument.

— Mais le monde n'a jamais été particulièrement stable, n'est-ce pas ? Revenez plusieurs millénaires en arrière… La plupart des gens vénéraient un ou plusieurs dieux. Cela ne les a pas empêchés de commettre des crimes atroces, et c'est encore le cas aujourd'hui. (Ross fit une pause pour observer son interlocuteur, qui suivait attentivement son raisonnement.) S'il est vraiment Dieu, et veut nous voir retrouver l'équilibre – quel que soit le sens qu'Il donne à cette expression –, pourquoi ne fait-Il pas Lui-même le nécessaire ?

— Parce qu'Il nous a accordé le libre arbitre. Il a envoyé Son fils pour nous sauver, et qu'avons-nous fait ? Nous L'avons ridiculisé et assassiné. Nous en subissons les conséquences depuis. À présent, il nous offre une seconde chance, qui sera la seule.

L'instinct de Ross lui disait que tout cela ne mènerait nulle part. Le professeur avait pu découvrir sur Google que son frère jumeau était mort dans un accident. Mais *quid* de Bubble et Squeak ?

Il décida de bluffer.

— Eh bien, c'est tout le temps que j'ai à vous accorder, malheureusement. Je ne sais pas quoi vous proposer à présent. Soit vous reprenez votre manuscrit, vous en faites une copie et vous me l'envoyez, si vous voulez que je vous aide davantage, soit…, fit-il en se levant et en regardant sa montre. J'ai été ravi de faire votre connaissance.

Cook resta assis.

— Je vois, concéda-t-il en réfléchissant. Je vais vous faire confiance, monsieur Hunter, et vous laisser le manuscrit si vous me promettez de ne pas le photocopier.

Ross hocha la tête.

— Si vous pouviez le lire le plus vite possible, nous pourrions nous rencontrer de nouveau et mettre au point notre stratégie pour sauver l'humanité.

— J'accepte, à une condition.

— Laquelle ?

— J'aimerais avoir les trois coordonnées dont vous disposez.

Cook hésita, suspicieux.

— Pourquoi ?

— Je vais consacrer beaucoup de temps à votre demande. J'aimerais les vérifier par moi-même.

— En gage de bonne volonté, j'accepte de vous donner les coordonnées précises du Chalice Well, monsieur Hunter. Ce n'est pas que je ne vous fasse pas confiance, mais je ne veux pas prendre de risques. Êtes-vous conscient que beaucoup de gens paieraient cher pour les connaître ? Si elles tombaient entre de mauvaises mains, ce pourrait être extrêmement dangereux.

— Quel genre de danger ?

— Vous voulez que je vous fasse un dessin ?

Le professeur employa un ton qui cachait mal son agacement, comme s'il s'efforçait de ne pas blesser un étudiant naïf.

— Lucifer, voyons... Satan ! Quand il a été chassé du Ciel, il a promis de revenir et son heure approche.

— Je vois, lâcha Ross pour faire plaisir à son interlocuteur.

— Quand je sentirai que le moment est venu, je vous indiquerai les autres coordonnées. Mais promettez-moi de ne pas aller fouiller autour du puits sacré ni près des autres lieux sans moi.

— Vous avez ma parole.

Non sans une certaine réticence, Cook ouvrit son portefeuille, sortit un petit bout de papier de cinq centimètres sur cinq et le tendit à Ross.

Celui-ci eut du mal à déchiffrer les chiffres et les lettres écrits à la main. Il plissa les yeux et lut à haute voix :

— 51° 08' 40" N. 2° 41' 55" O. 14 5 21 6 13 5 20 18 5 19 19 20 7.

Il dévisagea le professeur.

— À quoi correspondent ces nombres ? Ce ne sont pas des repères géographiques.

— En effet.

— C'est un message codé ?

— Honnêtement, je ne sais pas. J'ai regardé autour du puits quand je me suis rendu sur place, mais je n'ai retrouvé ces nombres nulle part. Mais ils ne sont pas là sans raison.

Quelques minutes plus tard, ils se dirent au revoir sur le pas de la porte.

— Vous allez faire attention au manuscrit, n'est-ce pas monsieur Hunter ?

— Je ne le quitterai pas des yeux.

Ross regarda le professeur monter dans sa voiture, allumer les phares et démarrer. Il était un peu moins de 18 heures. Il ferma la porte, monta dans son bureau et commença sa lecture.

L'homme dans l'Opel gris foncé garée dans la rue baissa ses lunettes de vision nocturne, arrêta la vidéo qu'il réalisait et prit quelques notes sur sa tablette, avant de démarrer et de s'éloigner.

11

Lundi 20 février

Tout le monde était content, et Wesley Wenceslas aimait ça. Ce pasteur de 46 ans n'était jamais aussi heureux que lorsqu'il partageait la parole du Seigneur, du moins telle qu'il la comprenait. Une interprétation qui plaisait beaucoup, d'ailleurs. Une version positive du texte sacré.

Le nombre de fidèles augmentait chaque semaine dans tout son ministère. Son église à South Kensington, qui pouvait accueillir 1 700 personnes, faisait salle comble à chaque office depuis plusieurs années. Et quand il prêchait en personne, habituellement le dimanche soir, ils étaient des centaines à le suivre sur écran géant, dehors, quel que soit le temps, à prier et partager l'amour. Et c'était la même chose dans ses trois autres églises anglaises, à Manchester, Leeds et Leicester. Aux États-Unis, trois de ses établissements étaient bien implantés, et il prévoyait d'en développer davantage. Quand on a Dieu à ses côtés, tout est possible. Et l'enrichissement n'est pas que spirituel.

Les chiffres étaient en nette croissance sur sa chaîne YouTube. Avec 5,2 millions de vues, il battait ses concurrents à plate couture et faisait le bonheur de ses annonceurs, de son banquier, ainsi que des boutiques de bijoux, souliers et robes sur Westbourne Grove à Londres, et Rodeo Drive à Beverly Hills, étant donné qu'il aimait gâter sa femme, Marina, qui passait le plus clair de son temps avec leurs trois enfants en bas âge. Pour des raisons de sécurité, et par conviction personnelle, ceux-ci étaient scolarisés à domicile, dans leur château de Gethsemane Park, dans le Surrey, qui était à la fois leur lieu de vie et le quartier général de son ministère.

Ses concessionnaires de Rolls-Royce étaient, eux aussi, très contents. Le coupé Phantom Sport, deux portes, couleur sable d'or, qu'il conduisait actuellement sortait tout juste du showroom, et le pasteur possédait cinq voitures similaires de moins de deux ans, dans son immense garage pouvant accueillir dix véhicules. Jésus avait été pauvre, à l'époque, mais aujourd'hui c'était différent. Le monde avait changé, les aspirations avaient changé, Wesley Wenceslas rédigeait des sermons et prêchait. Et qui était le mieux placé pour toucher ceux qui avaient besoin d'un guide spirituel ? Un moine en sandales à vélo ou un homme en costume dans une belle cylindrée ?

Dans le monde occidental, les églises chrétiennes perdaient leurs fidèles et se demandaient pourquoi. Pour séduire les jeunes, elles choisissaient des curés rock qui jouaient de la guitare électrique et transformaient les hymnes religieux en concert de U2 au rabais. Mais elles n'avaient rien compris. Harry Cohn, le vieux producteur hollywoodien, avait raison quand il disait : « Donnez aux gens ce qu'ils veulent et ils viendront jusque chez vous vous en demander davantage. »

« C'est le Seigneur lui-même qui a dit que le "profit" finirait par arriver. Ou peut-être parlait-il du "Prophète" ? » aimait à plaisanter Wenceslas.

Les gens voulaient de la couleur, de la lumière, des rires et de la beauté. Ils étaient friands de drame, de frissons et de miracles, mais ce qu'il leur fallait avant tout, c'était de l'argent. Dans un pays chaud, il est possible de vivre pauvre. Tant qu'on a à manger, on peut se balader pieds nus en haillons, pas besoin de toit sur la tête. Mais avec un climat froid et humide, comme en Angleterre, ce n'est pas la même histoire. Et tout ça coûte de l'argent. Il aimait bien l'Évangile de la prospérité : plus on a d'argent, plus on est béni.

Il était bien placé pour le savoir. Il avait été pauvre, il n'y avait pas si longtemps de ça. Le calcul n'était pas compliqué, mais la plupart des églises traditionnelles, aussi bien aux États-Unis qu'en Angleterre, n'arrivaient pas à le faire, et ce depuis des siècles. La taille de ses congrégations était parlante. Il rassemblait des milliers d'adorateurs qui partageaient l'amour et le message de Dieu. La véritable interprétation des enseignements de Son Fils.

Combien de confessions avaient rendu ce mot tabou pour leurs ouailles, tout en s'engraissant allègrement ? Il est bien pratique d'ignorer le fait que ce sont les riches qui font les choses. Les médicaments efficaces, les avions, les voitures, la nourriture, les écoles, les bibliothèques, les hôpitaux ou encore les routes. Si Jésus avait vraiment dit qu'il est plus facile à un chameau de passer par le trou d'une aiguille qu'à un riche d'entrer dans le royaume de Dieu, à quoi devait ressembler le Paradis ? Le pasteur Wesley Wenceslas avait sa petite idée sur la question.

Il devait être peuplé de pauvres, ce qui ne lui faisait pas particulièrement envie, car qui a envie de passer l'éternité avec une bande de losers ?

Il avait d'ailleurs toujours eu un problème avec cette parabole, car il savait, de par ses études, que Jésus était un homme juste. Il était infamant d'impliquer que tous les riches étaient des méchants et tous les pauvres des gentils. Comme il savait que les Écritures avaient parfois été mal traduites, il avait approfondi le sujet et découvert qu'en araméen *gamla* pouvait signifier à la fois *chameau* et *corde*. Certaines versions annotées de l'évangile selon saint Matthieu, chapitre 19, verset 24, le signalaient parfois dans une note de bas de page.

Le pasteur avait alors eu une révélation. Ce que Jésus voulait vraiment dire, c'était que, s'il voulait entrer dans le royaume de Dieu, un homme riche devait être aussi concentré que s'il voulait faire passer une corde dans le trou d'une aiguille.

Et cela faisait sens. Les religions monothéistes avaient assis leur statut et leur pouvoir grâce à des systèmes de contrôle. Dont l'argent. L'immense richesse que le Vatican avait amassée, et la culpabilité qu'il avait fait peser sur les riches pendant près de deux millénaires, tenaient dans cette simple phrase.

Et sa traduction erronée.

L'erreur était-elle volontaire ?

Dans son confortable siège en cuir, tenant le volant du bout des doigts, il écoutait sa propre chaîne Internet, Wesley Wenceslas Radio.

« L'Évangile selon saint Matthieu, s'entendit-il dire, chapitre 5, verset 5 : "Heureux les débonnaires, car ils hériteront la terre !"

Une minute, réfléchissons un peu. Qu'est-ce que cela veut dire exactement ? Que si vous défendez une cause, vous êtes damné ? »

Le portail en fer forgé de Gethsemane Park s'ouvrit quand la Range Rover noire qui le précédait, dans laquelle se trouvaient deux gardes du corps, s'en approcha, dans l'obscurité. La Rolls suivit et une seconde Range Rover noire, avec deux autres gorilles, ferma la marche. Différentes caméras enregistrèrent le passage du convoi remontant la longue avenue bordée d'arbres.

Wenceslas sourit en découvrant, à sa droite, son terrain éclairé de milliers de lampes. Une vue digne du Seigneur. Des hectares d'herbe verdoyante ondulant vers un lac, sanctuaire orné de fontaines en son centre. C'était là qu'il aimait passer du temps seul, à prier et à méditer sur les Saintes Écritures, tout en jetant régulièrement un coup d'œil à ses finances, sur son ordinateur, pour vérifier que ses ouailles soutenaient financièrement l'appel qu'il avait reçu du Seigneur.

Après des mois de pluie, l'herbe était bien verte, comme il l'appréciait. Parfois, les mois d'été, quand il faisait sec et que le système d'arrosage n'empêchait pas les brins de jaunir, il procédait à un traitement chimique pour que l'herbe garde toute sa fraîcheur. D'importants personnages lui rendaient visite, et il voulait que tout soit parfait pour eux. Y compris la pelouse. Il ne voyait pas où était le problème. Tout le monde avait besoin d'un coup de pouce de temps en temps, même Dieu. Surtout en cette époque sombre et tourmentée, qui l'était d'autant plus depuis qu'il avait pris connaissance d'une certaine information dérangeante plus tôt dans la journée.

12

Lundi 20 février

— C'est servi et ça refroidit ! s'impatienta Imogen.

— J'arrive ! répliqua Ross.

— C'est ce que tu m'as répondu il y a cinq minutes !

— Désolé, j'arrive tout de suite !

Il posa délicatement le manuscrit que Harry Cook lui avait confié. La seule copie existante. Heureusement, songea-t-il, car cela impliquait que personne d'autre que lui n'avait à le déchiffrer.

Il consulta rapidement ses comptes Facebook et Twitter, sans rien remarquer de particulier, puis s'empressa de descendre.

— Alors, qu'est-ce que ça t'inspire ? lui demanda Imogen quand il entra dans la cuisine avec vue panoramique sur les lumières de la vallée résidentielle de Patcham.

— J'allais descendre quand tu m'as appelé la première fois, mais j'ai vu un truc que je pensais intéressant. Au final, ce ne l'est pas vraiment. Encore désolé.

Il s'assit à la petite table en bois, sur laquelle elle avait disposé un poulet satay, un curry vert au poisson et une salade de tomates.

— Ça sent super bon ! s'exclama-t-il. Et Dieu que j'ai besoin d'un verre !

Il ouvrit le frigo et en sortit une bière.

— J'aimerais bien t'accompagner ! dit-elle en levant son verre d'eau minérale.

À côté d'elle se trouvait une pile de factures.

— Tu peux boire un verre de temps en temps.

— Je reste sage. Je me rattraperai quand Caligula sera né.

Il garda le silence. Il n'avait aucun doute là-dessus.

Ayant découvert, lors de l'échographie des trois mois, que c'était un garçon, ils l'appelaient, pour plaisanter, du nom du cruel empereur romain, par clin d'œil aux nausées matinales qu'Imogen avait dû surmonter durant son premier trimestre. Et comme elle avait déclaré qu'elle ne serait jamais, au grand jamais, une maman poule du genre que tous les deux détestaient, ce surnom était resté.

Quand ils s'étaient mariés, ils avaient décidé de ne pas avoir d'enfants, du moins dans l'immédiat. La plupart de leurs amis étaient comme eux, aucun n'avait d'enfants. Après son retour d'Afghanistan, le désir de Ross de s'abstenir s'était renforcé. L'état du monde l'inquiétait et il ne voyait pas quel avenir il aurait à offrir à sa descendance. D'autant plus qu'il n'était pas sûr de vouloir passer le restant de sa vie avec Imogen. Il ne pouvait ni lui pardonner son infidélité ni lui faire confiance. Devenir père dans ces conditions semblait périlleux.

Les premiers mois après son retour, à un moment où il avait vraiment besoin d'elle, Imogen, sans doute rongée par la culpabilité, avait eu un comportement exemplaire. Tandis qu'il souffrait de stress post-traumatique, avait du mal à dormir et faisait des cauchemars toutes les nuits, elle avait tout fait pour se faire pardonner et pour l'aider à se remettre. Mais, par la suite, il avait senti un vide grandir entre eux. C'est à ce moment-là qu'elle était tombée enceinte.

Elle lui avait assuré qu'elle n'avait jamais oublié de prendre la pilule et il ne l'avait pas crue, ce qui en disait long sur leur relation. Selon lui, elle l'avait fait exprès, peut-être parce qu'elle sentait son horloge biologique tourner, peut-être dans une tentative désespérée pour sauver leur couple. Alors même qu'ils ne faisaient l'amour qu'une fois par mois, voire moins.

— Tchin ! fit-elle en levant son verre.

Ils trinquèrent en se regardant droit dans les yeux – Imogen tenait à ce rituel.

— À ceux qui vont sauver le monde ! dit-elle.

— Je ne suis pas convaincu que, s'Il voulait aider l'humanité, Dieu aurait choisi un professeur d'histoire de l'art à la retraite.

— La dernière fois, Il a choisi le fils d'un modeste charpentier. Et cette fois, Il t'a choisi, toi. Tu n'es peut-être pas le fils d'un modeste charpentier, mais tu t'intéresses aussi peu à l'argent que Jésus, ajouta-t-elle en désignant les factures à côté d'elle.

— Il y en a des salées ?

— Tous les mois, on reçoit des factures astronomiques, Ross. Tu fais comme si j'étais une magicienne, et que je les faisais disparaître, mais ce n'est pas le cas. Je suis juste douée pour jongler entre nos différentes cartes de crédit. Il faudrait que tu décroches une ou deux missions bien payées. Et qu'on mette un peu de côté pour mon congé maternité.

— Je pense que ce papier a beaucoup de potentiel.

— Ross Hunter, l'homme qui devait sauver le monde.

— C'est beaucoup demander.

— Mais mon mari est à la hauteur, pas vrai ?

— Ton mari est à la hauteur.

Il hésita à lui parler de ce que Cook lui avait dit à propos de son frère, et s'abstint. Il avait partagé avec elle son expérience étrange au moment de la mort de Ricky, mais elle s'était montrée sceptique, ce qui l'avait surpris, car elle avait été élevée dans la religion. Ou peut-être était-ce justement pour cela qu'elle refusait d'y croire.

— Et comment se passe sa lecture du manuscrit qui devrait lui permettre d'enrayer la déchéance du monde ?

— Il en est à la page 53, sur 1 247, et a déjà envie de mourir.

— Persévère, brave soldat !

Il but une gorgée de bière.

— Peut-être que c'est toi qui devrais le lire, vu que tu te considères comme chrétienne.

— Oh, je ne suis pas une croyante exemplaire. Mais si tu avais lu la Bible, tu saurais ce que Dieu pense des médiums : Il appelle à ne pas croire tout ce qu'ils affirment.

— Parce qu'on peut croire tout ce que la Bible affirme ?

Imogen le gratifia d'un regard désapprobateur.

— Excuse-moi, reprit-il, mais je trouve cette affaire très étrange.

— Est-ce que cela t'ouvre des perspectives ou seulement de vieilles blessures ?

— Tu veux parler de Ricky ?

Elle acquiesça.

— Je ne sais pas. Tu sais que je suis ouvert d'esprit. Ces derniers jours, j'ai beaucoup réfléchi sur Dieu et la religion, j'ai fait des recherches et j'ai regardé quelques débats entre Dawkins et des croyants. Il y a une chose qui me fait de la peine pour Dieu, s'Il existe.

— Quoi donc ?

— Comment peut-Il gagner ? À droite, tu as un pasteur qui Lui demande un ciel bleu pour que la fête du village soit un succès. À gauche, tu as un fermier qui Lui demande de la pluie pour ses plantes. Comment fait-Il pour décider ?

— Il vient en aide aux plus nécessiteux.

— Vraiment ? Prenons le cas d'une petite fille de 8 ans qui est en train de mourir d'une tumeur au cerveau. Qui est le plus nécessiteux : la fillette qui veut vivre, ses parents qui veulent désespérément qu'elle reste en vie, ou la tumeur qui veut la détruire ? La tumeur a-t-elle été placée là par Satan, par jeu, ou par Dieu, dans un but précis ?

— Tu ne peux pas voir les choses comme ça, mon chéri.

— Bien sûr que si. La question que tout le monde se pose, c'est : si Dieu existe, pourquoi ferme-t-Il les yeux sur toute cette souffrance ?

— Tu veux te lancer dans un débat théologique ?

Il sourit et secoua la tête.

— Non, j'ai un pavé à lire. Et il est tellement tarabiscoté qu'en comparaison la notice d'utilisation de ma voiture se dévorerait comme un thriller. Le livre qui sauvera l'humanité ou le manuscrit de l'enfer ?

— S'il a été dicté par un voyant, je vote pour l'option numéro deux. Tu vas toujours à Bristol demain pour une interview radio ?

— Oui.

— Et si tu prenais le train, au lieu de la voiture ? Ça te donnerait quelques heures supplémentaires de lecture.

— Je veux faire un crochet par le Chalice Well au retour.

— Prends le train à l'aller et loue une voiture au retour. Les frais de transport sont pris en charge par le journal, n'est-ce pas ?

— Bonne idée, je vais faire ça. Dommage que le messager de Dieu n'ait pas donné à Harry Cook un livre audio : j'aurais pu l'écouter en conduisant.

Elle désapprouva.

— Trop dangereux, tu risquerais de t'endormir au volant !

Il sourit.

— Pas faux.

— J'ai dû refuser un projet de rêve à cause de Caligula, lâcha-t-elle.

— Lequel ?

— Une semaine de plongée dans les Maldives pour deux. Il aurait suffi que j'écrive un papier pour un nouveau magazine de voyages en ligne. Classe affaires et tout le tralala.

Ils aimaient ce sport et étaient tous deux certifiés. Ils avaient passé plusieurs vacances de plongée ensemble à l'étranger. Mais, avec l'arrivée du bébé, l'occasion ne se représenterait pas de sitôt.

— Dommage. On lui fera bien comprendre, un jour, ce qu'il nous a fait rater, ce petit lascar !

Elle sourit et leva son téléphone.

— Regarde, cent neuf cœurs sur Instagram.

Elle lui tendit une photo de Monty assis à côté de lui, l'air résigné, alors qu'il lisait dans son fauteuil. En légende, elle avait écrit : « Montmorency attend patiemment que son maître ait fini de lire le manuscrit pour pouvoir aller se balader. »

— J'adore, dit-il.

À la fin du repas, après avoir descendu une demi-bouteille d'un shiraz australien tout à fait correct et assez puissant, en plus de sa bière, Ross monta dans son bureau avec la bouteille et son verre. Il s'assit dans son fauteuil, se resservit et reprit sa lecture. Les passages de la Bible étaient nombreux.

« Mais pour les lâches, les incrédules, les abominables, les meurtriers, les impudiques, les enchanteurs, les idolâtres, et tous les menteurs, leur part sera dans l'étang ardent de feu et de soufre, ce qui est la seconde mort. » Apocalypse 21:8

Une demi-heure plus tard, Ross posa le manuscrit par terre et décida de faire une pause, les pattes de mouche et les annotations lui donnant mal à la tête. Il s'installa à son bureau et se connecta à Twitter.

Quelqu'un a un avis sur ce qui constituerait la preuve ultime de #lexistencedeDieu ? #EstcequeDieuexiste ?

Il envoya le tweet, ouvrit Facebook et répéta l'opération. Il retourna vers le manuscrit et se replongea dedans. Il bâilla. Il avait de plus en plus de mal à se concentrer. Il bâilla de nouveau et ferma les yeux.

13

Mardi 21 février

Un bruit sourd réveilla Ross, qui était en train de rêver que des démons en toge blanche fonçaient vers lui comme des missiles, en hurlant. Il se redressa en sursaut et cligna des yeux, désorienté. Puis il vit la lumière de la lampe à côté de lui et les pages du manuscrit éparpillées au sol.

Merde. Quelle heure il est ?

Il regarda l'heure à sa montre et découvrit, horrifié, qu'il était 2 h 20 du matin. Il s'était endormi dans son fauteuil.

Merde, merde, merde !

Il devait partir tôt pour Bristol afin de donner une interview à midi, sur la BBC locale, à propos de l'influence secrète et illégitime des lobbies politiques sur de nombreuses décisions prises au Parlement. Cette invitation faisait suite à un article qu'il avait écrit pour le *Sunday Times* et qui avait soulevé une controverse telle que le journal voulait qu'il rédige une suite. Il envisageait d'ailleurs d'écrire un livre sur le sujet et cet entretien, mené par une présentatrice radio respectée, pourrait lui permettre de négocier un contrat d'édition. Il fallait qu'il soit au top de sa forme. Bristol était à près de trois cents kilomètres. Il avait prévu de prendre le train avec un changement à Londres. Il aurait devant lui trois heures de lecture. En survolant quelques pages, il en déchiffrerait une centaine. S'il ne jetait pas l'éponge avant.

Il était de moins en moins convaincu que consacrer autant de temps au professeur Cook soit une bonne idée.

Il laissa tout en plan, éteignit la lumière, se glissa dans sa chambre, se déshabilla et se brossa les dents, puis rejoignit sa femme, qui dormait profondément.

Il prenait parfois un somnifère, mais il était trop tard pour cela. S'il en avalait un maintenant, il serait vaseux toute la matinée. Il posa sa tête sur l'oreiller et repensa à sa discussion avec le professeur.

Vous et moi sommes chargés de sauver le monde.

D'après ce qu'il avait vu jusqu'à présent, il avait affaire aux divagations d'un illuminé. Des passages de la Bible côtoyaient des réflexions existentielles, dont des phrases et des mots étaient surlignés. Passait-il à côté de l'essentiel ?

Adolescent, Ross avait, à de nombreuses reprises, tenté de lire la Bible en entier. En vain. Les cours d'éducation religieuse qu'il avait suivis à l'école l'avaient ennuyé à mort. Mais il n'avait jamais rien lu d'aussi soporifique que ce manuscrit-ci. Et il n'en était qu'à la page 85. Est-ce que ça allait devenir intéressant ? Il en doutait, mais il voulait aller jusqu'au bout, ne serait-ce qu'en le survolant.

Trois heures de lecture. Le manuscrit de l'enfer.

Un enfer pavé de bonnes intentions ?

14

Mardi 21 février

L'orangerie se trouvait suffisamment loin de leur maison pour que Ainsley Bloor et sa femme ne soient pas dérangés par le bruit et l'odeur des six singes en cage.

Dans chaque cage, un ordinateur était connecté à une réserve infinie de papier. Chaque matin avant de partir et chaque soir en rentrant du bureau, Bloor vérifiait où en était son expérimentation.

Pour le moment, au bout de trois semaines, cinq singes sur six n'avaient pas compris l'objectif, même s'ils recevaient automatiquement une friandise après avoir tapé sur un certain nombre de touches. Ils faisaient leurs besoins sur le clavier, le lançaient à travers leur cage, déchiraient le papier, le mâchaient et le recrachaient.

Sauf Boris, dans la cage 6, qui incarnait tous ses espoirs.

En jogging et baskets, le P.-D.G. du géant pharmaceutique Kerr Kluge se mit à courir dans l'obscurité, en serrant fort une feuille de papier. Il passa à côté de son énorme hélicoptère et traversa le terrain de croquet. Il entra dans la maison par une porte à l'arrière du bâtiment, traversa un couloir et monta dans la chambre à coucher.

— Regarde, Cilla ! Regarde, ma chérie !

Yéti, leur shih tzu blanc, sursauta et sauta du lit.

Il était 6 h 45. Cilla n'aimait pas se lever tôt. Il savait qu'elle serait de mauvaise humeur toute la journée, s'il la réveillait avant 8 heures, mais le jeu en valait la chandelle.

Bloor alluma une lampe de chevet et plaça, devant son nez, un document imprimé. Un grand sourire victorieux aux lèvres, il était impatient de recueillir sa réaction.

Elle cligna des yeux. La page était pleine de lettres, de chiffres et de symboles.

— Qu'est-ce que tu veux que je regarde exactement, mon amour ? lui demanda-t-elle d'un ton sarcastique.

— Ça ! s'exclama-t-il en lui montrant une lettre entourée en rouge. Le « a ».

— J'ai raté un épisode ?

— A !

— Tu as bu ?

— À cette heure-ci, certainement pas.

— «A» ? Tu m'as réveillée pour me montrer ça ?

— Tu ne comprends toujours pas ? s'impatienta-t-il.

— Je vois juste la lettre « a », désolée.

— Tu ne vois pas la lettre « a », tu vois le mot « a ».

— Le mot ?

— Il y a un espace avant et après ! Tu ne comprends pas ce que ça signifie ?

— Je suis perdue. Tu m'expliques ?

Il leva un bras en l'air, le poing fermé.

— C'est complètement inédit. C'est le début de la preuve ultime que Dieu n'existe pas !

Elle le considéra avec méfiance, les yeux mi-clos.

— La lettre « a » ? Tu es ivre ou quoi ?

— Tu ne comprends donc toujours pas ?

— Non, et j'aimerais bien que tu arrêtes, avec tes devinettes.

— C'est Boris !

— Ton singe ?

— Oui ! C'est Boris qui a écrit ça. Tu comprends, maintenant ?

— Non, désolée. « A » avec un espace devant et derrière, ça veut dire quoi ?

— C'est un mot, ma chérie. Un mot intelligible ! Il lui a fallu trois semaines, mais il y est arrivé ! Un singe a tapé un mot !

Elle se pencha sur la feuille.

— Tu crois qu'il en a conscience ?

— Peu importe ! D'ailleurs, je n'arrive pas à croire que tu poses cette question. C'est l'événement le plus important de tous les temps !

Un singe a écrit un mot. Personne n'avait jamais réussi cette expérience jusqu'à présent.

— En ce qui me concerne, je serai impressionnée une fois qu'il aura rédigé l'œuvre complète de Shakespeare.

— Mais ce n'est pas la question !

— Tu ne crois pas que c'est toi qui t'emballes un peu ?

— Un ami d'Antony Flew a fait le même test. En vingt-huit jours, son singe a écrit quarante pages de charabia. Pas un seul mot intelligible. Pas le moindre « a » avec un espace devant et derrière. Il en a conclu que le singe n'écrirait jamais quoi que ce soit de compréhensible, ce qui, selon lui, prouvait l'existence de Dieu. Il avait tort ! Note la date d'aujourd'hui : c'est le jour de la preuve de la non-existence de Dieu !

— *Eurêka* avec accent, fit-elle d'un ton condescendant.

Elle appela le chien, ferma les yeux et se rendormit.

15

Mardi 21 février

— Merci, Ross Hunter, conclut Sally Hughes, la journaliste de la BBC.

Elle se pencha vers le micro de son petit studio pour enchaîner :

— Si vous voulez lire l'article fascinant de notre invité sur le lobbying politique, vous le trouverez sur le site du *Sunday Times*.

Elle donna le lien et poursuivit :

— Vous êtes sur BBC Bristol. Il est bientôt 13 heures et Rory Westerman va vous parler du temps qu'il fait. Après les informations, place à la cuisine avec Charlie Bouvier, vainqueur de l'émission « MasterChef ». Quant à moi, je vous retrouve à 14 heures avec ma prochaine invitée, la romancière Val McDermid.

Elle se pencha en avant pour appuyer sur un bouton. La lumière rouge s'éteignit. Elle sourit à Ross.

— C'était bien ? lui demanda-t-il.

— C'était parfait !

Il but la dernière goutte du café qu'il avait commencé avant d'entrer en studio et ramassa son sac à dos, contenant le manuscrit.

— Vous avez d'autres interviews à Bristol aujourd'hui ?

— Non, je vais louer une voiture et rentrer en faisant un crochet par Glastonbury. Il y a quelque chose que je veux voir avant la tombée du jour.

— Glastonbury ?

— Oui.

— Vous y êtes déjà allé ?

— Il y a quelques années.

— Vous devriez prendre le temps d'aller au Chalice Well. C'est un endroit merveilleux, quasi mystique.

— Vous avez dit le Chalice Well ?

— Oui.

— C'est drôle que vous en parliez, c'est précisément là que je comptais aller. Que savez-vous sur ce puits ?

— Pas mal de choses, en fait. Mon oncle est membre de la fondation.

— Votre oncle ? répéta-t-il, abasourdi.

— Oui, il s'appelle Julius Helmsley, il est marié à la sœur de ma mère. Pourquoi ?

— Quelle coïncidence !

— Dans quel sens ?

Il regarda sa montre, puis l'horloge du studio.

— Vous avez le temps pour un sandwich ? Vous devez êtes revenue pour 14 heures, c'est ça ?

— Oui. Il y a un café à deux minutes à pied et il faut que je grignote quelque chose.

— Moi aussi.

Dix minutes plus tard, ils étaient attablés. Sally Hughes commanda un sandwich au thon et un thé vert et Ross un panini jambon fromage, un double espresso et un Coca Light.

La présentatrice, qui devait avoir la trentaine, dégageait quelque chose de chaleureux, qui l'avait immédiatement mis à l'aise. Son visage, encadré d'une cascade de boucles brunes, et sa voix grave lui plaisaient beaucoup. Elle n'était pas d'une beauté classique, mais son intelligence et son énergie la rendaient sexy.

Elle avait l'air très décontracté, dans son pull à col roulé, son jean et ses bottines noires. Elle portait une chaîne en or et plusieurs bagues, mais aucune à l'annulaire.

— On se tutoie ?

— Absolument.

— De quelle coïncidence voulais-tu parler ?

Il lui raconta toute l'histoire, depuis sa rencontre avec Harry Cook. Elle l'écouta en silence.

— Qu'est-ce que tu en penses ? l'interrogea-t-il.

— Qu'est-ce que tu en penses, toi ?

— Je me disais que c'étaient des foutaises, jusqu'à ce que tu mentionnes le Chalice Well.

— Tu es croyant ?

— Agnostique, plutôt. J'étais athée, adolescent, et puis il s'est passé un truc, quand j'avais une vingtaine d'années.

— Qu'est-ce qui s'est passé ?

— C'est un peu embarrassant… Du moins, très personnel.

— Tu as vu la lumière sur la route de Damas ?

— Ce genre d'expérience. Et toi, tu es croyante ?

— Je ne crois pas au Dieu de la Bible, mais je pense qu'il y a quelque chose. Une intelligence supérieure. Ce serait dommage, selon moi, que l'on prouve un jour la non-existence de Dieu et l'absence de vie après la mort. Aucune récompense, aucune punition. Notre existence serait désespérément vaine, non ? Qu'est-ce que tu en penses ?

— Je ne sais pas trop. Ça m'allait bien, de ne pas croire, jusqu'à…

— Jusqu'à cet événement ?

— C'est ça. Et ton oncle… comment s'appelle-t-il déjà ?

— Julius Helmsley.

Elle secoua la tête.

— Il est directeur d'une compagnie pharmaceutique. Il n'est pas croyant.

— Pourtant, il est membre de la fondation du Chalice Well, un lieu sacré…

— Parce qu'il a une résidence secondaire dans la région et que sa société finance l'entretien du puits. Ils ont un département recherche et développement dans le Somerset.

— Tu penses que ton oncle accepterait de m'en dire un peu plus ?

— Sur Cook ?

— Oui, et sur le Chalice Well en général.

— Je vais lui demander s'il a entendu parler de ton professeur et je te tiens au courant, ajouta-t-elle avec un sourire énigmatique.

Il la trouvait très attirante, mais il ne voulait pas lui envoyer de signaux dans un sens ou dans l'autre. Même si ses sentiments envers Imogen n'étaient pas très clairs, il se sentait un certain devoir à son égard maintenant qu'elle était enceinte. Il regarda l'heure.

— Dans combien de temps dois-tu être de retour au studio ?

— Dans vingt minutes, si je ne veux pas que mon producteur panique. Tu ne m'as pas donné ton avis sur le manuscrit.

— Pour le moment, je ne suis pas emballé, je trouve que c'est n'importe quoi.

— Sauf les coordonnées du Chalice Well.

— C'est ça.

— Et les deux autres, que tu n'as pas encore, elles t'intéressent ?

— D'un point de vue journalistique, oui.

Elle lui décocha de nouveau un grand sourire.

— Ravie d'avoir passé un peu de temps avec toi.

— Moi aussi.

— Préviens-moi si tu reviens dans le coin.

— Sans faute.

— Tu as une carte de visite ? Je vais demander à mon oncle de t'appeler ou de t'envoyer un e-mail.

Ross lui en tendit une et lui fit une bise maladroite sur la joue.

— Je te tiens au courant.

— Ça me ferait très plaisir. Tu pourrais peut-être parler de Harry Cook dans le cadre de mon émission, la prochaine fois.

— L'homme qui a sauvé le monde ?

— Et le journaliste de talent qui l'a aidé !

Ross tapota son sac à dos, posé par terre à côté de lui.

— Peut-être que tout est là-dedans.

— La responsabilité te va bien.

La présentatrice radio fonça vers son studio et Ross se dirigea vers le comptoir pour payer. La coïncidence était étrange. Très étrange. Était-ce un signe si on lui parlait du Chalice Well deux fois en deux jours ou un simple hasard ?

16

Mardi 21 février

Depuis son bureau du quarante-quatrième étage, au sommet de la tour KK, que les employés surnommaient « le pilulier », Ainsley Bloor présidait son empire hégémonique avec un détachement glacial. Depuis les immenses baies vitrées, il disposait d'une vue sublime sur la Tamise, la City et le Gherkin.

Son département recherche et développement était beaucoup moins tape-à-l'œil. Situé dans la campagne du Somerset, il se présentait sous la forme d'un bâtiment de deux étages. Du moins, à première vue, car il en comptait sept de plus en souterrain. Une partie du travail consistait à faire des tests sur les animaux – à l'insu des activistes –, mais surtout à séquencer le génome, de façon totalement secrète. C'était dans ce bunker que se trouvait le plus grand laboratoire génétique du Royaume-Uni.

Bloor et son conseil d'administration entendaient, à terme, breveter des séquences génétiques pour réduire les effets des maladies chroniques comme le diabète, le psoriasis, l'arthrite et la dépression, et en endiguer d'autres plus dangereuses, comme Parkinson, Alzheimer ou le cancer.

Bloor était de bonne humeur. Du moins, jusqu'à il y a peu. Il venait de signer un contrat avec le plus gros distributeur pharmaceutique en Afrique centrale, qui avait accepté de racheter tous leurs médicaments périmés, ainsi que l'un de leurs antihistaminiques que les États-Unis venaient d'interdire pour cause d'effets secondaires potentiellement mortels. Une semaine plus tôt, il avait redouté que cette décision leur fût néfaste. À présent, c'était l'inverse.

Il se réjouissait de partager un bon déjeuner avec ses collaborateurs les plus proches, pour fêter cette bonne nouvelle.

En secret, il célébrerait aussi les progrès de Boris.

Un jeune professeur récemment diplômé qui venait de rejoindre l'entreprise se souviendrait longtemps de son entretien avec le P.-D.G.

« Steven, il n'y a qu'une seule chose que tu aies besoin de savoir à propos de Kerr Kluge, lui avait dit Bloor dans ce même bureau. Notre branche, c'est le profit, et c'est la seule chose qui nous intéresse. Que les gens se sentent mieux grâce à nos médicaments ou pas, je m'en fiche. Tu vois ce que je veux dire ? »

Mais, présentement, le P.-D.G. avait un tout autre problème.

Assis à son bureau, le téléphone rivé à l'oreille, il regardait un remorqueur tirer une barge sur la Tamise. Il faisait beau, le ciel était bleu… Le genre de temps qui faisait honneur à Londres, selon lui, la plus belle ville du monde.

Un monde composé de marchés à conquérir et d'opportunités à saisir. De nouveaux brevets à déposer.

Parfois, quand il rencontrait des gens pour la première fois, à un cocktail ou ailleurs, il prenait un malin plaisir à répondre : « Dealer », quand on lui demandait ce qu'il faisait dans la vie.

Mais il n'était pas d'humeur à plaisanter après ce coup de fil.

Il aboya une instruction au téléphone.

Sa compagnie pharmaceutique et les autres, qu'elles soient petites ou grandes, dépendaient d'une seule chose : que personne ne trouve le remède miracle à toutes les maladies.

Elles ne faisaient de profits qu'en maintenant en vie des personnes souffrantes.

Le plus longtemps possible.

Sans jamais les guérir.

17

Mardi 21 février

Au volant d'une petite Toyota de location, dans la banlieue de Bristol, Ross essayait de trouver sa route grâce à l'application Google Maps de son iPhone. À un rond-point desservant Bath, Shepton Mallet et Wells, il choisit la direction de Wells, puis suivit la A37. Selon son GPS, il arriverait à destination dans cinquante-quatre minutes.

Les trombes d'eau avaient cédé la place à un ciel partiellement bleu. C'était un soulagement pour lui que de ne pas avoir à faire son repérage sous la pluie. Mais il avait l'impression d'avoir oublié quelque chose.

Il se pencha pour trouver une fréquence radio, et choisit la station Heart, qui passait une nouvelle chanson des Passenger, un groupe qu'il aimait bien.

L'impression ne s'estompait pas, tandis qu'il écoutait la musique tout en repensant à sa conversation avec Sally Hughes.

Soudain, il se rendit compte qu'il avait laissé le sac à dos contenant le manuscrit de Harry Cook par terre, à côté de leur table, dans le café.

Merde !

Comment avait-il pu foirer ainsi ?

Sans doute était-ce la fatigue.

Il chercha désespérément un endroit pour faire demi-tour. Le trafic était dense sur les deux voies. À droite, il aperçut l'entrée d'une ferme. Le cœur battant et en sueur, il mit son clignotant et attendit de pouvoir s'engager sur la petite route. Il s'arrêta net, regarda derrière lui et fit marche arrière dans l'autre sens. Sous les coups de klaxon exaspérés d'un chauffeur de camion, il appuya sur l'accélérateur, direction Bristol.

Nom de Dieu !

L'unique exemplaire. Si quelqu'un avait volé son sac, en espérant qu'il contienne un ordinateur, comment l'expliquerait-il au professeur ?

On lui avait fait confiance pour sauver l'humanité et il avait échoué au premier obstacle.

Merde, merde, merde.

Un tracteur devant lui roulait à vingt à l'heure.

Allez, avance !

Il se décala pour avoir davantage de visibilité. Il vit plusieurs voitures en sens inverse et la crête d'une colline.

Comment avait-il pu être aussi bête ?

Il avait rapidement survolé le millier de pages, à l'aller, et avait trouvé le texte incompréhensible. Il l'aurait volontiers renvoyé au professeur, mais il voulait tenir son engagement. Il lui devait bien ça, au nom de l'humanité, n'est-ce pas ?

Même s'il n'était pas du tout convaincu.

Sauf que cette histoire d'oncle de Sally ressemblait fort à un signe.

Pourvu qu'il soit toujours là !

Vingt minutes plus tard, il se garait devant le café et y pénétrait en trombe. Il n'y avait presque plus de clients. Il courut jusqu'à la table où ils s'étaient assis et regarda par terre.

Son sac n'était plus là. Il ressentit un grand vide à l'intérieur. Quelqu'un l'interpella et il se retourna. Derrière le comptoir se tenait la jeune femme rousse qui les avait servis.

— Je peux vous aider ?

— Oui, j'ai déjeuné chez vous il y a une quarantaine de minutes et j'ai oublié mon sac à dos.

— Ah, vous avez de la chance qu'il reste des gens honnêtes. Un monsieur me l'a rapporté.

Elle se baissa pour attraper le sac sous le comptoir et le lui présenta.

— C'est celui-ci ?

— Vous êtes un ange ! s'exclama Ross.

Il ressentit un soulagement tel qu'il faillit serrer la serveuse dans ses bras.

Il ouvrit son sac pour vérifier que le manuscrit était bien là, puis s'empressa de retourner à sa voiture.

La circulation se révéla dense et Ross n'arriva à Glastonbury que peu avant 16 heures, une demi-heure avant l'heure limite d'accès au site. La route, bordée de maisons modestes à gauche et d'une haie à droite, était si étroite, que deux camions auraient eu du mal à se croiser. La voie rétrécit encore davantage et commença à grimper. Il longea un haut mur gris et découvrit un panneau vert et blanc en forme de flèche.

« Fondation du Chalice Well ».

Cinquante mètres plus loin, il tomba sur un panneau beaucoup plus large. Il le suivit et se retrouva sur un parking avec deux voitures et une douzaine de places libres, devant une rangée de jolies petites maisons qui ressemblaient à des salons de thé.

Il déchiffra plusieurs panneaux :

« Bienvenue aux jardins et au puits de Chalice Well ».

« Ce lieu est un sanctuaire ».

« Parking réservé aux handicapés ».

Un panneau plus petit indiquait qu'un autre parking se trouvait à deux cents mètres.

Il fit demi-tour et trouva rapidement le panneau vers le parking du Chalice Well et un magasin d'usine. Il emprunta une voie dont le revêtement venait d'être refait et arriva devant un entrepôt moderne qui était l'outlet de la marque de chaussures R. J. Draper & Co. Il remarqua une place libre et une notice stipulant qu'il fallait payer les 2 livres de stationnement à l'intérieur du magasin.

Pour ne prendre aucun risque, il décida d'emporter son sac à dos. Il régla les frais de stationnement et se dirigea vers le puits. Il emprunta un chemin pavé et passa devant les jolis cottages, qui laissèrent la place à une palissade. Un dessin de téléphone barré indiquait qu'il était déconseillé d'utiliser son téléphone portable.

Il mit le sien sur silencieux, dépassa un petit bâtiment et arriva devant une hutte – la caisse du site historique. Il acheta un billet à 4,20 livres, la guichetière lui tendit une brochure contenant une carte et prit le temps de lui expliquer l'agencement des lieux.

— Est-ce que ce chemin mène en haut de la colline ? lui demanda-t-il.

— Non, il faut que vous passiez par là, indiqua-t-elle en désignant la gauche. En montant, vous verrez des panneaux.

Il la remercia et se pencha sur la carte. Tout était beaucoup plus ordonné qu'il ne l'avait imaginé. Il s'engagea sur un chemin bordé de haies et de parterres de fleurs. Les pelouses, très pentues, étaient agrémentées de buissons et d'arbres. À sa droite, dans un très beau jardin, il remarqua un bassin circulaire avec de l'eau couleur rouille provenant d'une fontaine, s'écoulant entre les pavés, puis sous un pont en pierre. Il s'agissait, selon la carte, du « Vesica Pool ».

Il remarqua deux superbes ifs. Un peu plus haut se trouvait un joli portail surmonté d'un panneau « Chalice Well ». Il prit une photo avec son téléphone.

Un homme âgé en tenue de jardinier poussait une brouette. En le croisant, il lui souhaita un bon après-midi. Quelques mètres plus loin, Ross vit un autre panneau indiquant la direction du puits. Il regarda autour de lui, mais ne remarqua, de prime abord, que quelques branches d'immenses arbres et des buissons qui avaient besoin d'être taillés.

En suivant l'allée, avec la colline du Tor en toile de fond, il tomba sur un muret circulaire et quelques marches. Le puits lui-même se trouvait au centre.

Il ressentit une vague déception. Le puits, qui faisait moins d'un mètre de diamètre, était plus petit qu'il se l'était figuré. Il ne savait pas trop à quoi il s'attendait, mais pas à cela.

Il descendit les trois marches. Le sol était couvert de dalles irrégulières. Une grille protégeait des risques de chute. Le couvercle, orné de symboles, était relevé, posé contre une pierre et retenu par une chaîne.

Selon le fascicule, l'eau, qui n'avait jamais cessé de couler, représentait, de par sa couleur rougeâtre, le sang du Christ.

Il prit plusieurs photos et regarda les coordonnées de Cook, qu'il avait programmées dans son téléphone. Il avait encore à parcourir quelques mètres pour se trouver à l'emplacement exact. Il traversa un jardin et grimpa deux cents mètres.

51° 08' 40" N. 2° 41' 55" O.

C'était là que le professeur avait détecté la présence d'un objet métallique.

Quelqu'un avait creusé.

Ses poils se dressèrent.

La tranchée mesurait cinquante centimètres de large et un mètre de long. Elle avait été fraîchement replantée de graines et les pousses commençaient à sortir de terre.

Qui avait bien pu s'affairer ici ? Harry Cook ? Il n'y avait pas d'autre solution. Ross eut une sensation étrange. Le soleil était bas et il entendit un mouton bêler. L'ambiance avait beau être irréelle, le magasin de souvenirs était, lui, bien réel. Des moines du Moyen Âge avaient-ils créé ce mythe autour de Joseph d'Arimathie simplement pour promouvoir le tourisme religieux ?

Le Saint-Graal était, selon les légendes, soit le calice dans lequel Jésus avait bu lors de la Cène, soit la coupe dans laquelle son sang avait été recueilli, alors qu'il était sur la croix. Ou bien les deux.

D'après ce que Ross avait trouvé sur Google, Joseph d'Arimathie était un homme riche qui tenait à entrer au paradis. Ancien disciple caché de Jésus – il n'était pas très bien vu de s'afficher comme tel à l'époque –, il avait été autorisé par Pilate à emporter le corps du Christ et à le mettre dans le tombeau qu'il avait prévu pour lui-même.

Dans l'un des passages les plus clairs du manuscrit de Cook, il était dit que Joseph avait, pour des raisons obscures, dû quitter son pays à la hâte. Il avait emporté avec lui quelques souvenirs, dont le calice, et s'était réfugié en Angleterre, où il avait fondé la première église chrétienne, à Glastonbury, selon certains.

Ross réfléchit.

Bon, je suis Joseph. J'ai dû m'enfuir après avoir enterré le Fils de Dieu dans le tombeau que j'avais préparé pour moi-même. Je me retrouve dans ce pays païen, près de cette colline étrange et de ce puits profond. J'ai avec moi un souvenir de mon grand neveu, le Fils de Dieu. La seule preuve de son existence. Pas grand-chose. La coupe dans lequel il a bu ou dans lequel son sang a été versé. Il faut que je mette cet objet en sécurité pour que les générations futures le découvrent un jour.

Je dois le cacher pour éviter que les païens le trouvent et le détruisent. Où ?

Ross regarda autour de lui.

Je creuse un trou sur un terrain en pente ? Non. Je suis beaucoup plus malin que ça.

Cook avait peut-être détecté quelque chose sous ses pieds, mais ce pouvait être n'importe quoi. Rien ne prouvait que le calice était en métal. Peut-être était-il en bois. Moins précieux et ostentatoire, plus conforme à ce qu'on attend d'un homme humble. Auquel cas il ne pouvait pas avoir été repéré par le détecteur de métal du professeur.

Il regarda dans la direction du puits, caché par les feuillages, détailla les arbres et les buissons.

Il essaya de remonter deux mille ans en arrière. Quelle cachette se serait imposée d'elle-même, à l'époque ?

18

Mardi 21 février

Ross descendit à travers les jardins et entra dans le magasin de souvenirs avec l'espoir de trouver quelque chose pour décorer la chambre du bébé. Les étagères étaient couvertes d'huiles essentielles, de répliques du calice et de bougies. Rien qui convienne à un nourrisson.

Déçu, il acheta un guide et sortit de la boutique. Il se dirigea vers l'allée qui longeait la palissade, côté extérieur, et passa devant une maison au mur décoré, style New Age, d'une immense peinture florale. Il remarqua un temple construit au-dessus d'une source et, un peu plus haut sur la colline, vit la clôture en bois qui délimitait le site, bâtie au-dessus d'un mur en pierre pour dissuader quiconque d'entrer sans payer. Ross calcula qu'il devait se trouver dans l'axe du puits.

Il vit un panneau en direction du sommet de la colline et un petit parking. Il emprunta le sentier et, quand il aperçut la tour, s'arrêta pour reprendre son souffle.

Avec ses sept terrasses parallèles, Glastonbury Tor jouait un rôle important dans la mythologie du roi Arthur et d'Avalon. L'histoire habitait ce paysage un peu étrange, qui lui rappela la Nouvelle-Zélande, visitée avec Imogen quelques années auparavant.

Il reprit sa marche vers la tour Saint-Michel. Quand il arriva au sommet, il déambula parmi les ruines, puis regarda la ville de Glastonbury en contrebas, ses bâtiments épars et les champs environnants. Il découvrit aussi le mouton qu'il avait entendu bêler.

Le soleil était très bas dans le ciel et l'obscurité allait bientôt s'abattre. Il regarda l'heure : 17 h 10. Il lui restait au moins trois heures et demie de route. Il en avait assez vu et sa décision était prise.

Un chemin menait directement au pied de la colline. Ross l'emprunta et fit une pause pour envoyer un texto à Imogen, afin de l'informer qu'il rentrerait un peu avant 21 heures.

Au sommet de Glastonbury Tor, de l'entrée de la tour Saint-Michel, protégées par les ruines de sorte à ne pas réfléchir le soleil, les jumelles restèrent braquées sur lui.

19

Jeudi 23 février

Ross Hunter avait rencontré le révérend Benedict Carmichael à l'époque où celui-ci était vicaire de l'église Saint-Pierre à Brighton. Avec l'aide du pasteur, il avait révélé l'existence d'une secte satanique qui se livrait à des abus sexuels sur des enfants. Cette affaire lui avait valu sa première une dans un journal national et une amitié avec l'homme d'Église. Il avait d'ailleurs été surpris de découvrir que celui-ci était rongé de doutes à propos des Écritures.

En off, alors qu'ils déjeunaient ensemble à Lewes, pendant le procès des principaux membres de l'organisation, Carmichael lui avait avoué qu'il avait un problème avec les interprétations littéralistes de la Bible. Sa foi était forte, mais il n'adhérait pas à certains des enseignements de l'Église.

Ross avait été ravi d'apprendre, quelques mois plus tard, que Carmichael s'était vu offrir le poste d'évêque de Reading. Puis tout aussi enchanté quand ce dernier, qui parlait couramment le gallois, lui avait appris, il y avait un an de cela, qu'il était désormais évêque de Monmouth.

En rentrant de Glastonbury, il avait appelé Carmichael, qu'il n'avait pas vu depuis des années, pour lui demander s'il pouvait lui rendre visite.

Deux jours plus tard, il garait son Audi A4 gris foncé devant une élégante maison en pierre au centre de Monmouth. La journée était belle et ensoleillée. Après de longues heures de route, il s'étira et pénétra dans la demeure. Il patienta quelques minutes et la secrétaire de Carmichael, une femme souriante, entre deux âges, l'invita à monter et à emprunter un étroit couloir pour rejoindre l'évêque dans un bureau encombré, mais chaleureux.

Carmichael portait une veste noire ouverte sur un col romain violet. À son cou pendait une immense croix ornée. Il avait pris du poids depuis la dernière fois que Ross l'avait vu, ses cheveux étaient un peu plus grisonnants, mais son visage était toujours aussi juvénile et ses yeux brillaient d'une lumière ardente.

Ils s'installèrent dans des fauteuils et se racontèrent leur vie. Puis la secrétaire entra avec du café et des biscuits.

— Ross, vous m'avez confié que c'était urgent, lui dit l'évêque d'une voix profonde et amicale, capable aussi bien de galvaniser une cathédrale que de tenir tête à un présentateur radio.

Ross ouvrit son sac à dos et en sortit le manuscrit de Cook.

— Vous avez écrit un livre ?

— Non, celui-ci est signé Dieu, précisa-t-il en souriant.

Carmichael lui jeta un regard interrogateur. Ross lui raconta toute l'histoire, depuis le coup de fil du professeur, jusqu'à sa visite du Chalice Well, en passant par son déjeuner avec Sally Hughes.

Quand Ross eut terminé, l'évêque trempa un sablé dans son café, songeur.

— Vous connaissant, j'imagine que vous avez vérifié le profil de ce professeur, n'est-ce pas ?

— Absolument, et je n'ai rien trouvé de suspect. Ancien de la Royal Air Force, il a enseigné l'histoire de l'art à l'université de Birmingham, où sa femme Doreen travaillait également. Leur fils unique, qui était soldat, est mort en Afghanistan. Son casier judiciaire est vierge, un vrai Monsieur Tout-le-monde. Enfant, il a participé à plusieurs tournois d'échecs. Il était doué dans de nombreux domaines, dont l'anthropologie et la biologie. Il a publié quelques articles universitaires remettant en cause les théories darwiniennes, pour mieux défendre celles de Lamarck.

— Jean-Baptiste Lamarck ?

— Oui.

Carmichael constata, légèrement irrité, que la partie imbibée de son biscuit était tombée au fond de son café. Il la repêcha avec sa cuillère et la déposa dans la soucoupe.

— Très intéressant. Lamarck m'a toujours intrigué. Vous le savez sans doute, mais tandis que Darwin avançait que les organismes évoluaient selon un processus de sélection naturelle, Lamarck pensait, lui, que c'était par nécessité. Sortez une grenouille de l'eau et, en quelques générations, ses pieds palmés se transforment en pattes non palmées.

— Mais il était tout aussi déiste que Darwin, n'est-ce pas, Benedict ?

— Eh bien, c'est discutable. Si Lamarck avait entendu parler des gènes, il aurait peut-être soutenu que le cerveau de la grenouille avait demandé à ses gènes de développer des pattes non palmées. Mais qui aurait informé le cerveau de la grenouille ? Bon. J'imagine que ce n'est pas pour cela que vous êtes ici. Vous souhaitez que je lise ceci ? demanda-t-il en tapotant le manuscrit, l'air inquiet.

Ross secoua la tête et l'évêque soupira de soulagement.

— Non, j'aimerais savoir ce que vous pensez de ce que je viens de vous dire, du récit du professeur Cook.

— Honnêtement ?

— Bien sûr, c'est pour cela que je fais appel à vous.

— Selon votre professeur, Dieu est d'avis que, si l'humanité recevait une nouvelle preuve de son existence, cela remettrait le monde sur le droit chemin. Pour cela, il offre les coordonnées pour localiser le Saint-Graal, un objet important en lien avec Jésus-Christ et le lieu où se produira la Seconde Venue.

— Exactement.

— Cette thèse contredit l'argument selon lequel la preuve est l'ennemie de la foi. Ou, tout du moins, offre une approche différente.

— Que voulez-vous dire, Benedict ?

L'évêque ferma les paupières.

— Il me faudrait plus que trois misérables coordonnées pour être convaincu de l'existence de Dieu. Personnellement, j'aimerais quelque chose de plus convaincant. Et à la place de Dieu, je serais plus généreux.

— Je vois. Il y a quelques jours, j'ai demandé, sur les réseaux sociaux, ce qui constituerait la preuve ultime de l'existence de Dieu.

— J'imagine que vous avez dû recevoir des réponses un peu particulières, fit Carmichael d'un ton lourd de sous-entendus.

— Certains m'ont promis la damnation éternelle pour avoir ne serait-ce qu'osé poser la question, mais j'ai également eu des réponses intelligentes.

— Par exemple ?

— Découvrir une double hélice d'ADN gravée au dos de la tombe du Christ.

Carmichael ne sembla pas plus impressionné que ça.

— N'importe qui pourrait prétendre qu'il s'agit d'un faux.

— C'est vrai. Quelqu'un a suggéré la résolution d'un des problèmes mathématiques encore non résolus. L'existence de la théorie de Yang-Mills avec un gap de masse, par exemple. Voire les sept.

— L'idée n'est pas mauvaise, mais les sceptiques l'attribueront à un algorithme informatique perfectionné.

— Que faudrait-il pour vous convaincre, Benedict ? À la place de Dieu, que feriez-vous ?

L'évêque se renfonça dans son fauteuil et croisa les mains.

Ross brisa le silence en croquant dans un biscuit.

— Il me faudrait quelque chose qui pourrait convaincre les athées purs et durs, reprit Carmichael. Quelque chose d'impossible à écarter d'un revers de la main. Quelque chose qui défie les lois de la physique. En d'autres termes, un miracle, et pas n'importe lequel.

— Aussi impressionnant que le passage de la mer Rouge ?

— Nous vivons à une époque extrêmement sceptique. Nous savons ce dont sont capables les plus grands prestidigitateurs. Il nous faudrait quelque chose de spectaculaire, d'impossible à réfuter par la science.

— Voir le soleil se lever à l'ouest, par exemple ?

— Voilà.

— Et si quelqu'un réussissait ce miracle, que se passerait-il ?

— Vous voulez vraiment savoir ce qui se passerait, selon moi, si quelqu'un de crédible prétendait apporter la preuve ultime de l'existence de Dieu ? demanda Carmichael en esquissant un sourire désabusé. Je pense que cette personne serait assassinée.

20

Jeudi 23 février

Peut-être était-ce son imagination qui lui jouait des tours, mais Ross eut l'impression que le ciel s'obscurcissait. Dos à la fenêtre, il n'avait pas vraiment envie de se retourner.

— Assassiné ? Que voulez-vous dire, Benedict ?

L'évêque leva les mains en l'air.

— Je ne suis pas du tout convaincu que prouver l'existence de Dieu remettrait le monde sur le droit chemin. Je pense, au contraire, que cela aurait l'effet inverse. Imaginez les conséquences. La plupart des religions se retrouveraient dans une situation chaotique, en proie au désespoir. Tous ceux qui, pendant des siècles, ont affirmé que leur religion était la seule valable seraient furieux. Et les fanatiques de tous bords monteraient au créneau. Tous ceux qui ont un intérêt commercial dans un système de croyances commenceraient à paniquer. Que deviendraient les religions abrahamiques ? Ce dieu est-il celui des catholiques ? Des anglicans ? Des juifs ? Des musulmans ? Des hindous ? Des sikhs ? Les fondamentalistes hurleraient au blasphème et les scientologues seraient dans de beaux draps.

Ross l'écoutait, fasciné. Carmichael poursuivit sa démonstration avec un sourire ironique.

— Beaucoup de gens se retrouveraient au chômage, et mécontents de l'être.

— À commencer par le Vatican ?

— Le Vatican se trouverait effectivement dans une position très inconfortable. Comme ils se considèrent comme la seule vraie Église chrétienne, ils chercheraient à tout prix des moyens de réaffirmer leur suprématie. La preuve que Dieu existe pourrait légitimer la revendication des juifs d'accéder à la Terre promise, ce qui aurait des conséquences dramatiques sur Israël et la Palestine. Même si la religion commence à être acceptée en Russie, Poutine considérerait toute forme d'autorité susceptible d'être accordée à l'Église comme une menace pour son pouvoir. Et ce serait pire encore en Chine. Ce pays, qui s'impose sur la scène internationale, repose sur un équilibre fragile entre ouverture au capitalisme et contrôle toujours très strict de la société. Même s'il existe un courant religieux officieux, la population est majoritairement athée. Si l'existence de Dieu était prouvée et si les gens prêtaient allégeance à un être supérieur, l'autorité de l'État s'en trouverait sapée.

Ross garda le silence. Il essayait de rester calme mais, intérieurement, il bouillait d'excitation. Cette histoire avait un potentiel incroyable, si ce que Cook affirmait était vrai. Et peut-être même si ça ne l'était pas.

— Je n'y avais pas pensé, Benedict, je comprends mieux les enjeux, maintenant.

L'évêque esquissa un sourire indéchiffrable, puis reprit son sérieux.

— La plupart des religions du monde sont autant des entreprises que des systèmes de pensée. La preuve de l'existence de Dieu les mettrait toutes sur la paille. Des boucliers se lèveraient. Et il y a autre chose à considérer. Quelque chose de très important, ajouta-t-il, troublé.

Carmichael marqua une pause et Ross attendit patiemment.

— Ce qui m'inquiète, c'est qu'une grande partie de cette information provient d'un médium et que les voyants sont dangereux. Et si c'était l'œuvre de l'Antéchrist ? Selon la Bible, le Diable excelle dans l'art de se déguiser. Vous allez rencontrer beaucoup de gens partageant cette opinion. Des personnes dangereuses.

— Dangereuses ? répéta Ross en essayant de tout bien comprendre. Vous êtes en train de me dire que Cook se trompe ? Que le message ne provient pas de Dieu, mais de l'Antéchrist ?

— Il y a bien, dans les Écritures, une occurrence où Dieu, dans des circonstances exceptionnelles, semble avoir autorisé un mort à s'adresser à un vivant. Je veux parler de la fois où le roi Saül consulte un médium à Endor. Le prophète Samuel se tourne vers le ciel et annonce à Saül qu'il va bientôt mourir. Peut-être la situation est-elle suffisamment dramatique aujourd'hui pour que Dieu fasse une nouvelle exception. J'essaie de vous présenter les différentes perspectives et leurs ramifications. Prouver l'existence de Dieu, tel que vous l'entendez, ne sauvera pas la race humaine. À mon avis, cela créera des fractures encore plus grandes. Si vous voulez mon avis, celui d'un vieil ami, rendez le manuscrit à votre professeur en lui disant que vous êtes désolé, mais que vous n'êtes pas l'homme de la situation.

— C'est le conseil de Dieu ? Vous ne pensez pas qu'il pourrait s'agir de la Seconde Venue annoncée dans le Nouveau Testament ?

— Dans les Évangiles, Jésus dit qu'avant Sa seconde venue il y aura des faux prophètes, des catastrophes, des guerres, des famines, des séismes, des désastres, ainsi qu'une violente persécution. L'apôtre Jean va encore plus loin en affirmant qu'un antéchrist apparaîtra avant la venue de Jésus.

— Je ne me souviens pas bien de la Bible, mais je pensais que la Seconde Venue constituait le moment où Jésus revenait juger les vivants et les morts, sauver le monde de l'extinction et établir de nouveaux cieux et une nouvelle terre.

— C'est ce que croient la plupart des chrétiens, mais les religions chrétienne et musulmane ont différentes versions de l'événement.

— Pas les juifs ?

— Les juifs orthodoxes croient en la venue du Messie.

— Et ce n'est pas Jésus ?

— Non, ils pensent que Jésus est un faux messie. Mais la Seconde Venue n'arrive pas d'un coup d'un seul. La Bible mentionne l'existence d'un précurseur, comme l'a été Jean-Baptiste. Les juifs croient qu'Élie apparaîtra avant le Messie pour annoncer le Royaume. Jésus a d'ailleurs clairement suggéré qu'Élie ferait une réapparition sur terre.

Ross fronça les sourcils.

— C'est très compliqué. Et alambiqué.

— Je suis d'accord. Ce serait un fait de grande importance.

— Quel est votre point de vue à ce sujet, Benedict ?

L'évêque fit une longue pause en esquissant de nouveau un sourire énigmatique.

— Ross, je vais vous dire le fond de ma pensée, car je me fais du souci pour vous. Vous vous apprêtez à nager en eaux troubles. Vous, ou quiconque à votre place, risquez d'être dépassé par les événements. Au-delà de la complexité des systèmes de croyances et des fanatiques de différentes factions, certains empires commerciaux, à l'intérieur comme à l'extérieur des divers cultes, risquent de voir leurs intérêts gravement menacés. Par exemple, comment vont réagir les fabricants de poudre de perlimpinpin si vous découvrez un remède miracle qui marche mieux que leurs potions magiques ? Que feront-ils pour se l'approprier ?

— Le véritable retour de Jésus-Christ n'apportera-t-il pas une réponse impossible à contester ?

— La première fois que nous nous sommes rencontrés, vous m'avez dit que vous n'étiez pas croyant, mais que votre point de vue avait changé après la mort de votre frère jumeau, c'est bien ça ?

— Oui.

— Vous êtes donc prêt à accepter l'existence de Jésus ?

— Éventuellement. Quant à savoir s'il était le Fils de Dieu ou un homme comme les autres… mon avis n'est pas encore tranché.

— Quand Il est venu, il y a plus de deux mille ans, Il a été mis à mort. Vous pensez que ça se passerait autrement aujourd'hui ?

— Harry Cook en est convaincu.

— Le retour de Jésus, à notre époque, devra s'accompagner d'un miracle extraordinaire, universel et fédérateur.

— À quoi pensez-vous ?

— Je ne sais pas. Quelque chose d'inédit ou d'inimaginable, conclut l'évêque, dont le visage conservait la même expression indéchiffrable.

21

Jeudi 23 février

Le pasteur Wesley Wenceslas mettait un point d'honneur à passer deux nuits par semaine chez lui, dans sa résidence de Gethsemane Park. Il aidait alors son épouse Marina à donner le bain et à coucher leurs trois enfants, Matthew, Mark et Ruth, âgés de 8, 6 et 4 ans, avant de lire à chacun un passage du Nouveau Testament. Ensuite, il s'agenouillait et priait avec eux pour demander à Dieu de les aider à être bons et à suivre Ses voies et, de les bénir généreusement.

Après cela, il partageait avec sa femme un dîner préparé par le chef à domicile et servi par leur majordome. Ils commençaient par un verre de champagne, suivi d'un excellent vin, blanc ou rouge selon qu'ils mangeaient du poisson ou de la viande. Il se retirait par la suite dans son bureau pour parcourir ses rapports Excel quotidiens listant les rentrées d'argent de chaque église, ses ventes de livres et de produits dérivés, ses services de prière en ligne et par téléphone, ainsi que ses autres sources de revenus.

Quand il n'était pas chez lui, les cinq autres jours de la semaine, il vérifiait quand même ses comptes, qu'il soit en Grande-Bretagne ou aux États-Unis, car il était terrifié à l'idée de connaître de nouveau la pauvreté.

Sa mère, qui avait été abandonnée enceinte par son père, qu'il n'avait jamais connu, faisait le ménage dans des bureaux, la nuit, pour manger et financer son addiction au loto. Très religieuse, elle le traînait chaque semaine aux deux messes dominicales d'une église anglicane. Le petit garçon qu'il était aurait préféré les cérémonies plus joyeuses des évangélistes, mais elle prônait l'austérité.

Elle refusait qu'ils aient la télévision chez eux et les seuls ouvrages qu'elle le laissait lire étaient la Bible et des livres sur la Bible. La nuit, seul à la maison, il se mit à lire le livre sacré en boucle, dès l'âge de 7 ans. Les histoires l'intriguaient et l'horrifiaient.

Il fut surtout marqué par la cruauté du Dieu de l'Ancien Testament. À l'époque, il le trouvait égoïste et arrogant. L'enfant qu'il était avait l'impression qu'il n'y avait pas le choix : c'était l'adoration ou la mort. Ou le sacrifice de quelqu'un qu'on aimait. Ou une série d'épreuves. Ou, dans le cas de Job, tous les malheurs du monde. Mais Dieu avait créé le monde, donc Il avait le droit de faire ce qu'Il voulait, y compris piquer des crises de nerfs.

Il ignorait, à l'époque, que cette connaissance intime de la sainte Bible lui servirait un jour.

Les seules choses qui l'intéressaient, à part ça, c'étaient les voitures et la musique, surtout le reggae. Il aimait Bob Marley & The Wailers, mais comme il n'y avait pas de radio chez lui, il ne pouvait l'écouter que sur le walkman de son copain, à l'école.

Les voitures étaient plus faciles d'accès. Ils vivaient dans un appartement au rez-de-chaussée qui donnait sur Old Shoreham Road, une rue très fréquentée. Leur maison était remplie d'objets religieux, dont une cloche qui sonnait l'angélus trois fois par jour, à 6 heures, midi et 18 heures. Il se mettait souvent à la fenêtre pour regarder passer les véhicules et rêver. Rêver qu'un jour il conduirait une Porsche, une Lamborghini, une Ferrari ou une Aston Martin. Il savait tout sur elles : leur prix, le temps qu'elles mettaient à atteindre les 90 km/heure, leur vitesse maximale, la taille du moteur et le nombre de chevaux.

Un jour, alors qu'il avait 14 ans, sa mère avait gagné au loto. Un joli pactole. Elle était rentrée à la maison, les yeux brillants, et s'était mise à jeter en l'air des billets de 5 livres comme des confettis.

Selon elle, Dieu lui avait soufflé les numéros en rêve, parce qu'Il voulait qu'elle fasse à son fils un cadeau spécial, pour compenser tous les Noëls où elle n'avait rien pu lui offrir de beau. Dieu avait précisé qu'elle devait utiliser ses gains pour l'emmener à Disney World. Elle avait d'abord hésité, parce que fréquenter ce genre de parc d'attractions était contraire à sa foi, mais à deux reprises, la nuit,

Dieu avait insisté pour qu'elle offre ce voyage à son fils, qui était un garçon exemplaire.

Quand arrivèrent les vacances d'été, ils s'envolèrent pour Orlando. Des films étaient proposés pendant le vol, mais sa mère lui interdit de les regarder. Elle lui donna la Bible à lire, par respect pour le Seigneur, qui leur avait fait ce cadeau. Et la Vierge Marie, qui n'était peut-être pas pour rien dans le nom de leur compagnie aérienne, Virgin. Il essaya en vain de se concentrer. Il était tout excité par ce voyage. Au-delà des attractions de Disney World, il avait hâte de voir de belles voitures américaines en vrai. Il était aussi distrait par l'écran du passager à sa droite. L'homme avait un casque, donc il n'entendait pas les dialogues, mais il était fasciné par l'actrice du film, à la poitrine énorme, qui apparaissait parfois en sous-vêtements ou en bikini. Il savait que c'était irrévérencieux, mais il était reconnaissant que la Bible, posée sur ses genoux, dissimule la bosse dans son pantalon.

Dans le taxi qu'ils prirent à l'aéroport, il guetta les belles américaines. Il aimait tout particulièrement les voitures puissantes, qu'elles soient neuves ou vintage, les Camaro, les Corvette, les Mustang et les Firebird, mais aussi les gros camions comme les Mack. Quand il vit pour la première fois l'un de ces poids lourds, il adora les customisations du chauffeur, les énormes klaxons et les mascottes.

Quand ils arrivèrent à l'hôtel, il attendit à la réception que sa mère donne son passeport et les enregistre, elle, Marigold Smith, et lui, Thomas Smith, comme il s'appelait alors. Il regarda un groom en uniforme pousser un chariot doré rempli de bagages en espérant qu'il s'occuperait aussi des leurs. Mais sa mère précisa qu'elle ne voulait pas d'aide, non merci, et lui chuchota à l'oreille, alors qu'ils tiraient leurs valises : « Il aurait fallu que je lui donne un pourboire », comme s'il s'agissait d'un pacte avec le Diable.

Maintenant qu'il avait vu de belles voitures, il avait hâte d'aller à Disney World, le lendemain, et de tester les attractions dont ses copains lui avaient parlé à l'école. Mais sa mère avait une autre idée en tête. Ils devaient d'abord trouver une église pour demander pardon au Seigneur de visiter un parc dédié au plaisir.

« Pourriez-vous nous recommander des lieux de prière ? Une église anglicane, de préférence ? demanda-t-elle au concierge.

— Vous avez de la chance, lança l'homme en costume noir avec un enthousiasme non feint, vous allez pouvoir assister à une cérémonie très spéciale. Demain, au stade d'Orlando, nous avons l'honneur d'accueillir le pasteur Drew Duane !

— Drew Duane ? répéta sa mère en fronçant les sourcils.

— Il est unique dans son genre, je vous le promets. Si vous ne l'avez jamais vu, ne passez pas à côté de cette occasion.

— Est-il membre de la Haute Église ?

— Aucune idée, madame. Tout ce que je peux vous dire, c'est que c'est le meilleur prêcheur du monde. Il fera la messe devant 18 000 personnes, à guichets fermés, vous voyez ce que je veux dire ? »

La femme hésita.

« Bon, on est en vacances, après tout. »

Elle se tourna vers son fils.

« Qu'est-ce que tu en penses ? Tu veux essayer un truc typiquement américain pendant qu'on est ici ? »

L'adolescent acquiesça, indécis.

« J'imagine que le Seigneur nous pardonnera de nous tourner vers une autre Église, exceptionnellement, à l'étranger.

— J'en suis sûr, et vous n'allez pas le regretter. J'y serai moi-même. »

Elle ouvrit son porte-monnaie et glissa un billet de 10 dollars sur le comptoir.

« Dieu soit loué ! ajouta-t-elle.

— Merci beaucoup, madame. Je vous fais envoyer une contre marque dans votre chambre. Et Dieu soit loué ! » répéta-t-il en glissant le billet dans sa poche.

Le lendemain, ils firent quelques tours de manège après avoir longuement patienté, et Thomas eut l'occasion de discuter avec Donald, Mickey et Pluto. Puis à 14 heures, après avoir avalé un hamburger, ils se rendirent au stade en taxi. Le pasteur n'était pas attendu avant 18 heures, mais sa mère voulait être suffisamment proche du grand évangéliste pour qu'il les voie, sinon Dieu lui-même ne pourrait pas les remarquer.

Ils trouvèrent des sièges au dixième rang, mais Drew Duane ne fit son apparition qu'à 19 heures. Les yeux rivés sur l'un des écrans géants du stade, Thomas Smith fut fasciné par l'arrivée du pasteur dans une Rolls-Royce blanche et son accueil triomphal par cinquante majorettes chantant l'hymne « Tell Me the Old, Old Story ».

C'est la voiture qui l'impressionna le plus. Il regarda l'évangéliste descendre par l'une des portières arrière, et entendit les hurlements de la foule.

Je veux cette voiture, songea-t-il. *À tout prix.*

22

Jeudi 23 février

Les deux heures de route depuis le domicile de Benedict Carmichael, dans une circulation intense, sous une pluie battante et à la nuit tombée, furent particulièrement pénibles, mais ce sas laissa à Ross le temps de réfléchir à ce que l'évêque lui avait dit.

Il trouva Imogen allongée sur le canapé devant la télévision, une cuillère plantée dans un pot de glace au caramel, sa passion du moment. Monty, installé à ses côtés, la langue pendante, attendait visiblement quelque chose de sa maîtresse et ne daigna pas gratifier son maître d'un regard.

Ross embrassa sa femme.

— Comment s'est passée ta journée ?

Elle attrapa la télécommande, appuya sur pause et grimaça.

— Bof… Après ton départ, ce matin, je me suis sentie trop mal pour aller au bureau, donc j'ai travaillé ici. Maintenant, ça va mieux. Comment ça s'est passé pour toi ?

— C'était très intéressant !

— Je t'envie. Vu que je n'ai pas bougé, j'ai cuisiné. Tu veux manger quelque chose ?

— Tu me laisses une demi-heure ? J'aimerais vérifier un truc, tant que c'est frais dans mon esprit. Après, je te raconterai ma journée.

Il se tourna vers l'écran de télévision.

— Qu'est-ce que tu regardes ?

— Un vieil épisode de *Frasier*. Il y a une scène vraiment drôle, avec son frère.

Il fit un crochet par la cuisine et se prépara un espresso, qu'il emporta à l'étage. Comme tous les jours, des dizaines d'e-mails l'attendaient dans sa messagerie, mais rien d'urgent. En sirotant son café, il repensa à sa discussion avec l'évêque.

Il me faudrait plus que trois misérables coordonnées... Quelque chose qui défie les lois de la physique. En d'autres mots, un miracle.

Soit.

La preuve est l'ennemie de la foi.

Ce n'était pas une formule neuve, il l'avait déjà entendue, mais quelque chose en elle le dérangeait, d'un point de vue logique. C'était certes un argument de taille pour toutes les Églises : « Croyez en moi, hommes de peu de foi. » Pourtant, ce manque de foi était la raison pour laquelle, selon Cook, Dieu avait communiqué avec lui. La raison pour laquelle il lui avait donné des preuves.

Il entra dans Google la phrase : « La preuve est l'ennemie de la foi. »

Il tomba d'abord sur une citation de Thomas Jefferson, qui lui sembla sans rapport. Puis sur une autre d'Anaïs Nin, qui disait : « Quand nous adoptons aveuglément une religion, un système politique, un dogme littéraire, nous devenons des automates. Nous cessons de grandir. »

Il fit une autre recherche et tomba sur une phrase de Henry Adams, datant du XVIIIe siècle : « Même les théologiens – même les grands théologiens du XIIIe siècle – saint Thomas d'Aquin lui-même ne faisaient pas confiance à la foi seule ni ne tenaient pour acquise l'existence de Dieu. » Saint Thomas d'Aquin, mort en 1274, avait notamment écrit : « Pour celui qui a la foi, aucune explication n'est nécessaire. Pour celui qui ne l'a pas, aucune explication n'est possible. »

Ross connaissait un peu l'œuvre de saint Thomas d'Aquin, qu'il avait étudiée après la mort de son frère, dans l'espoir de trouver une explication à ce qu'il avait vécu au club de gym.

Ce philosophe soutient que tout – les organes sensoriels, la chaîne alimentaire, le cycle de l'azote, etc. – fonctionne selon un but précis. Que l'ordre du monde ne peut pas être le fruit du hasard, mais qu'il a été conçu, et que cette création est le produit d'une « intelligence divine », selon la théorie du « dessein intelligent ».

Ross fut interrompu par la sonnerie de son téléphone. À l'écran, il vit s'afficher un numéro de portable qu'il ne connaissait pas. Il hésita, puis décrocha.

— Ross Hunter, j'écoute.

— Salut, c'est Sally de la BBC Bristol, tu me remets ?

— Salut ! s'exclama-t-il, immédiatement enthousiasmé par sa voix solaire. Ravi de t'entendre. Comment vas-tu ? Ça m'a fait très plaisir de te rencontrer.

À la vérité, il était surpris qu'elle le recontacte. Il s'était dit qu'elle l'avait sans doute oublié, depuis leur interview.

— Ça m'a fait très plaisir à moi aussi. Comment s'est passé Glastonbury ?

— Bien, c'était intéressant.

— Je t'avais dit que je discuterais avec mon oncle, Julius Helmsley, qui fait partie de la fondation du Chalice Well…

— Oui, tu en as eu l'occasion ?

— Je lui ai parlé de ton ami, le professeur Cook.

— Merci, c'est très gentil de ta part.

Elle sembla hésiter.

— Désolée, mais les nouvelles ne sont pas particulièrement bonnes. Mon oncle connaît bien cet homme et, selon lui, il est fou. Apparemment, ils l'auraient surpris au milieu de la nuit, il y a quelques semaines, en train de creuser près du puits. Ils ont dû appeler la police. On ne sait pas trop comment, mais il a réussi à obtenir le numéro de téléphone de mon oncle et d'autres membres de la fondation, et il les appelle au beau milieu de la nuit pour les insulter, leur reprochant de lui mettre des bâtons dans les roues au lieu de l'aider à sauver le monde. Il y a une semaine, il a même traité Julius d'Antéchrist !

— Tu plaisantes ?

— Pas du tout. Je pense qu'il lui manque une case, si tu vois ce que je veux dire.

— Je vois, lâcha-t-il, découragé.

— À ta place, je laisserais tomber. Il ne te causera que des problèmes.

Ross la remercia et raccrocha, non sans lui avoir promis de la tenir au courant s'il se rendait de nouveau dans la région de Bristol.

Imogen l'appela pour dîner, mais il ne l'entendit pas.

Il regarda le manuscrit posé sur son bureau, à côté de son clavier. Sur la première page se trouvaient l'adresse et le numéro de téléphone de Harry Cook.

— Ross ! cria de nouveau Imogen. Descends, le dîner est prêt et je meurs de faim !

— J'arrive dans deux minutes, Imo !

Il composa le numéro du professeur, qui décrocha après plusieurs sonneries.

— Monsieur Hunter ?

— Professeur, vous ne m'avez pas dit que vous avez entrepris de creuser un trou au Chalice Well, que vous avez failli être arrêté et que vous avez insulté plusieurs membres de la fondation.

— Je suis navré, répondit son interlocuteur d'une voix sincère. C'était stupide de ma part. Je cherchais désespérément une preuve, je me suis dit que j'allais la trouver moi-même, mais je ne suis pas allé bien loin. Ils m'ont vu et arrêté au premier coup de pelle.

— Un seul ? Vous n'avez pas creusé davantage ?

— Non ! Un policier a débarqué avec un homme, sans doute un membre de la fondation. Il m'a menacé de poursuites judiciaires. Il était très remonté.

— Me dites-vous toute la vérité ?

Ross avait en mémoire la tranchée d'un mètre, fraîchement comblée.

— C'est la vérité. J'avoue avoir réagi comme un imbécile. J'ai perdu mon calme. Ces gens ne veulent pas accepter ni même savoir le trésor qu'ils possèdent. Je ne suis pas fou à lier, comme ils essaient sans doute de vous le faire croire. Il faut absolument que vous me fassiez confiance, monsieur Hunter. Pour une raison que j'ignore, ils essaient de me bloquer.

— Professeur Cook, je reviens à l'instant du Chalice Well. Quelqu'un a fouillé à l'endroit correspondant aux coordonnées que vous m'avez communiquées.

— Quoi ? rétorqua-t-il, sous le choc. Comment ça, *fouillé* ?

— J'ai vu une tranchée comme celles que font les archéologues. Elle avait été rebouchée.

— C'est une très mauvaise nouvelle !

— Qui d'autre connaît ces coordonnées ?

— Personne, monsieur Hunter. Vous devez me croire. Vous êtes le seul dans la confidence.

— N'est-il pas envisageable que d'autres aient reçu le même message de Dieu ?

L'universitaire réfléchit.

— Je pense que j'aurais été prévenu, si tel était le cas.

— Eh bien, quelqu'un d'autre est au courant. Vous savez qui ça peut bien être ?

— Je n'en ai parlé à personne d'autre que vous, je vous le jure.

Sa voix était sincère.

— Mais vous avez été découvert par un policier et un membre de la fondation. Ils savaient où vous trouver.

— Je n'ai jamais communiqué les coordonnées aux membres de la fondation.

— Ce n'était pas la peine, vu qu'ils vous ont surpris.

Ross se demanda si Cook lui disait la vérité. Peut-être n'étaient-ils pas aussi discrets ou aussi futés qu'ils le pensaient. Joseph d'Arimathie était censé avoir débarqué à Glastonbury avec le calice, ce n'était un secret pour personne.

— Il m'est insupportable de penser que le Saint-Graal soit tombé entre les mauvaises mains, se lamenta Cook. C'est pour cela que vous m'appelez, pour me parler de ces fouilles ?

— Non, en fait je voulais vous dire que je ne suis pas l'homme de la situation.

— Monsieur Hunter, je vous assure que vous l'êtes, rétorqua le professeur avec force. Depuis que nous nous sommes parlé, j'ai trouvé quelque chose qui vous fera changer d'avis. Ne me prenez pas pour un vieux cinglé. Laissez-moi vous expliquer ce que j'ai découvert.

— Je vous écoute.

— Je ne peux pas vous le dire au téléphone, c'est trop dangereux et trop important. Il faut qu'on se voie. Je vous en supplie, accordez-moi cette possibilité. Quand vous saurez ce que j'ai conclu, grâce aux coordonnées et aux chiffres, je pense que vous comprendrez. C'est lié aux fouilles que vous avez vues. Je vous en prie…

Quelque chose, dans le ton du vieux professeur, ébranla le scepticisme de Ross. Il n'était pas convaincu, mais il hésitait. Son instinct de journaliste lui soufflait qu'il y avait, à proprement parler, une histoire à raconter.

Peut-être pas celle que le professeur avait en tête, mais ça valait le coup de le revoir. Peut-être parviendrait-il à convaincre le *Mail* de la publier, un jour pas trop chargé en actualités. « L'homme persuadé de pouvoir sauver le monde arrêté en train de creuser autour du Chalice Well ».

Il regarda dans son ordinateur ce qu'il avait prévu pour le lendemain. Rien. Ce serait peut-être intéressant d'aller chez Cook et de prendre quelques photos.

— D'accord. Ça vous va si je viens chez vous demain, en fin de matinée ?

— Vous ne le regretterez pas, monsieur Hunter, je vous le promets. Vous pouvez emporter le manuscrit ?

— Volontiers.

23

Vendredi 24 février

Peu après 11 heures, obéissant aux indications du GPS, Ross traversait un joli petit village à quinze kilomètres environ à l'ouest de Birmingham. La veille, quand il avait raconté à Imogen sa rencontre avec l'évêque de Monmouth, le coup de fil de Sally Hughes et sa conversation avec le professeur Cook, elle lui avait conseillé, sans ménagement, de laisser tomber. Selon elle, le gars était complètement timbré, et il perdait son temps avec lui.

Le GPS lui indiqua : « Tourner à droite dans 2 km. »

Il passa devant un pub et une station-service, puis traversa une zone industrielle déprimante. Deux minutes plus tard, il remarqua un panneau en partie caché par les arbustes. Il s'engagea à droite sur une route étroite, enjamba un petit pont sur une rivière, vit un garage, puis une ferme qui vendait des œufs frais et du fromage, et poursuivit son chemin dans un paysage boisé. Le GPS entama un compte à rebours, un drapeau à damier s'afficha, et une voix féminine quasi triomphante annonça : « Vous êtes arrivé ! »

À sa droite, en haut d'une courte allée, se trouvait un joli pavillon avec un garage et une pelouse parfaitement tondue. Une Nissan Micra d'un blanc immaculé, qu'il reconnut, était garée au milieu.

Il gara son Audi derrière la Micra, puis sortit de voiture. Il se rendit compte qu'il avait fait pas mal de kilomètres, dernièrement… Le froid était mordant et une douce odeur de feu de bois flottait dans l'air. Un moineau faisait sa toilette matinale autour d'une flaque d'eau. Heureux d'avoir opté pour une parka doublée de polaire et des bottines chaudes, il verrouilla la voiture, se dirigea vers la porte d'entrée, une bretelle de son sac à dos sur l'épaule, et sonna. Il entendit un carillon à deux tons, mais personne ne vint lui ouvrir.

Il recommença. Toujours rien.

Il essaya encore et toqua.

Un véhicule approchait. Une Land Rover sale tractant une remorque à chevaux passa.

Il souleva le clapet de la boîte aux lettres, jeta un coup d'œil par la fente et découvrit un hall d'entrée étroit. Il toqua de nouveau.

Le professeur était informé de sa visite et avait son numéro. Il l'aurait prévenu s'il s'était absenté pour faire des courses, n'est-ce pas ?

Ross sortit son téléphone et appela Cook sur son portable. Il entendit l'appareil sonner à l'intérieur. Au bout de dix sonneries, le répondeur se déclencha :

« Bonjour, c'est bien Harry Cook. Désolé, mais je ne peux pas vous répondre pour le moment. Laissez un message et votre numéro, je vous rappellerai dès que possible. Merci beaucoup. »

Ross raccrocha sans laisser de message, inquiet. La voiture de son hôte était là. Il rouvrit la boîte aux lettres et cria :

— Professeur ?

N'obtenant pas de réponse, il décida de faire le tour de la maison.

Il enjamba une petite haie de lavande et s'arrêta devant une fenêtre pour jeter un coup d'œil à l'intérieur. Ce qu'il découvrit lui glaça le sang.

Le salon, meublé d'un vieux téléviseur, d'un canapé et de deux fauteuils assortis, d'un buffet en noyer décoré de figurines en porcelaine et de photos posées sur le manteau de la cheminée, dans laquelle avait été installé un poêle électrique, semblait avoir été bombardé. Les coussins, le canapé et les fauteuils avaient été éventrés. Les bibelots du buffet gisaient sur le tapis, brisés en mille morceaux. Les tiroirs d'un petit bureau en bois, au fond de la pièce, avaient été ouverts et vidés.

Le professeur s'était fait cambrioler, et ce devait être tout récent. Mais où se trouvait-il, lui-même ? L'idée que le ou les vandales puissent encore être là fit réfléchir Ross.

Devait-il appeler la police ? S'il le faisait, il lui faudrait expliquer la raison de sa présence et cela pourrait empêcher le vieil homme de lui dire ou lui montrer ce qu'il voulait. Ross s'agrippa à son sac à dos afin de s'en servir d'arme, au cas où, longea les poubelles et se retrouva derrière la maison.

Le second jardin était aussi bien entretenu que celui de devant. Des parterres d'arbustes couraient le long de la pelouse, agrémentée d'un étang. Il y avait au fond un cabanon en bois. Une petite véranda avec portes coulissantes donnait sur la cuisine.

Ross s'approcha et toqua à la baie vitrée, toujours protégé par son sac. Il se rendit compte, en faisant glisser la porte, qu'elle n'était pas verrouillée. Un chat roux passa entre ses jambes, tel un boulet de canon.

Il entra dans le jardin d'hiver meublé de deux sièges en osier. Des magazines sur le jardinage étaient disposés en éventail sur la table basse.

— Professeur ? Il y a quelqu'un ? cria-t-il.

Il entendit une horloge cliqueter, puis deux coups retentirent, qui le firent sursauter. Il était 11 h 30.

Il appela une nouvelle fois, mais personne ne répondit.

Il se dirigea vers la cuisine, où il découvrit des preuves supplémentaires que quelqu'un s'était introduit ici. Toutes les portes des placards étaient ouvertes. Des débris de tasses, de bols et de vases gisaient sur le sol en linoléum. Les boîtes de thé, de sucre et de café avaient été vidées.

Il hésita.

Un petit déjeuner entamé se trouvait sur la table. Un exemplaire du *Daily Telegraph* reposait contre un pupitre de lecture. Ross remarqua un paquet de corn-flakes, un pot de lait, un bol de céréales sale, une assiette avec deux œufs durs écaillés, un petit tas de sel et de poivre, et une cuillère propre. La tasse de thé était remplie à ras bord. La chaise en bois était éloignée de la table, comme si Cook s'était levé précipitamment. L'espace en face était vide, alors qu'on aurait pensé y voir une autre chaise.

Encore plus inquiet, il chercha du regard une arme potentielle et trouva une butée de porte en laiton. Il ramassa l'objet pesant et tendit l'oreille, prêt à l'utiliser. Il s'approcha de la table, trempa un doigt dans le thé et constata qu'il était glacé. Il toucha également un œuf, tout aussi froid. Cook devait avoir quitté cette table depuis une heure, peut-être deux ou trois.

Il se rendit dans le hall et cria plus fort :

— Professeur Cook ? Vous êtes là ?

Seul le cliquetis de l'imposante horloge de parquet lui répondit.

Sur le mur, il vit une citation brodée, encadrée :

Arrêtez, et sachez que je suis Dieu – Psaume 46, 10.

L'endroit sentait un peu le renfermé, le chat mouillé et le moisi, le genre d'odeur qu'il associait à la maison de ses grands-parents.

Le hall donnait sur trois autres pièces. Derrière la première porte se trouvait une chambre avec un lit double. Tous les draps avaient été arrachés et le matelas éventré. Des habits sortis des placards gisaient au sol. Les tiroirs des deux tables de chevet étaient ouverts.

La porte suivante était celle d'un petit bureau, avec une table et une chaise, un câble de Mac, alors même qu'il n'y avait pas d'ordinateur, une box Internet et une corbeille à papier. Ross remarqua trois meubles de rangement en métal. Tous les tiroirs étaient ouverts et les dossiers dispersés au sol.

Sur le bureau se trouvaient une souris et des crayons et stylos dans un pot, ainsi qu'un bloc-notes, sans doute celui sur lequel le professeur avait noté les coordonnées du Chalice Well qu'il lui avait données. Il vit une discrète indentation sur la première page du bloc, une ligne courbée en bas à gauche, en forme de crosse de hockey, et des signes, sans doute des chiffres. Il se baissa pour regarder dans la corbeille. Il n'y avait qu'une seule feuille de papier froissé. Il déplia précautionneusement le papier. Il devait s'agir de la page précédente. Une ligne au stylo-bille noir correspondait à l'indentation. À côté se trouvaient les nombres qui ressemblaient à ceux qui avaient accompagné les coordonnées, mais il n'en était pas certain.

14 5 21 6 13 5 20 18 5 19 19 20 7

Le petit dessin lui sembla étrange et piqua sa curiosité. Il le plia, le glissa dans son portefeuille et observa attentivement le reste de la pièce. Puis il retourna dans le hall, passa devant l'horloge et se dirigea vers la dernière porte. Il découvrit un salon meublé d'une table pour quatre personnes et d'un buffet en chêne, décoré d'une reproduction du palais des Doges de Venise. Le tiroir central était ouvert, tout comme les deux portes. À gauche étaient rangés les verres, à droite les sets de table et les serviettes.

Sentant une ombre bouger derrière lui, il se retourna brusquement, serrant fort le butoir. Mais il n'y avait personne. Il sortit de la pièce, traversa le hall et observa de nouveau le séjour mis à sac. Au-dessus du faux poêle à charbon se trouvait dans un cadre une photo de mariage en noir et blanc, représentant Harry Cook jeune, dans un costume noir, main dans la main avec une jolie femme aux cheveux bruns ondulés.

Il retourna dans la cuisine, le cœur battant, regarda autour de lui et découvrit alors une porte fermée qu'il n'avait pas remarquée auparavant.

Derrière se trouvait un escalier en bois menant à une cave ou un sous-sol.

— Professeur ? Il y a quelqu'un ?

Ross avait la gorge serrée par l'anxiété et sa voix sonnait étrangement aigu.

Il trouva un interrupteur. Une ampoule, au bout d'un fil marron, jeta des ombres contre les murs et une autre s'alluma au bas des marches.

Si le vieil homme n'était pas ici, Ross appellerait la police.

Il entreprit la descente, lentement, en serrant fort son arme de fortune. En approchant du sol en béton, il constata que la pièce était dans un état chaotique, avec des fichiers éparpillés, deux vieilles valises ouvertes...

Et...

Mon Dieu !

Merde.

Non.

Pas ça.

Il comprit pourquoi il n'y avait pas de seconde chaise à la table de la cuisine. Elle se trouvait là. Harry Cook était attaché, nu, à cette chaise, la bouche barrée de gros scotch. Il avait les bras écartés et les mains clouées au mur.

Ross s'approcha. Le vieil homme avait les yeux ouverts, figés dans une expression de terreur. Son corps et son visage étaient marqués de brûlures de cigarette. Il avait été égorgé et son sang s'était coagulé sur sa poitrine.

Ross tourna les talons, grimpa l'escalier, traversa la cuisine et courut jusqu'au jardin de derrière. Là, il vomit sur la pelouse. Il sortit son téléphone et essaya de composer le numéro d'urgence de ses mains tremblantes. Il s'y reprit à trois fois. Il entendit une sonnerie, puis, soulagé, la voix d'un opérateur.

24

Samedi 25 février

— Vous savez tous ce que vous voulez ? leur demanda le serveur souriant du Curry Leaf, dans le quartier des Lanes, à Brighton.

— On a toujours du mal à se décider, chez vous, répondit Imogen. Vous pourriez nous apporter une sélection d'entrées et de plats ? Choisissez pour nous.

Elle consulta du regard les trois personnes assises à table. Ses deux amis hochèrent la tête. Ross semblait perdu dans son monde.

— Ross ?

Il sursauta.

— Désolé, j'étais… je repensais à hier. Je…

— J'ai commandé plusieurs entrées à partager, ça te va ?

— Bonne idée.

— Parfait, dit le serveur. Avez-vous des allergies ou des intolérances ?

Il se tourna vers Ross et Imogen, puis vers leurs deux meilleurs amis, Hodge et Helen.

— À part une allergie aux bébés qui pleurent…, lâcha Helen, une chiropraticienne adepte du second degré.

— Rien d'autre à signaler ?

— Ne nous servez rien de trop bon pour la santé, objecta Hodge, directeur financier pour une marque internationale.

Le serveur joignit les mains.

— Je récapitule : pas de bébé et pas de plat allégé. Rien que des bonnes choses.

Il s'éloigna et Hodge leva sa bière.

— Tchin !

Ils trinquèrent tous les quatre.

— Dis-moi, j'ai cru comprendre que tu avais eu une expérience assez traumatisante hier, dit Helen à Ross.

— Oui, on peut dire ça comme ça.

— Tu es tout pâle.

— Je n'ai pas beaucoup dormi.

— Je ne suis pas surpris, mec. C'est d'ailleurs impressionnant que tu aies réussi à sortir ce soir, convint Hodge.

— C'est pas plus mal de retrouver un semblant de normalité, après ce dont j'ai été témoin et les interrogatoires de la police.

— C'était comparable à ce que tu as vu en Afghanistan ? lui demanda Helen. Pardon, je n'aurais pas dû poser cette question.

— Non, je peux essayer de répondre. Je pensais que plus rien ne me choquerait, mais je me trompais. Je n'avais jamais vu une victime de meurtre ici, en Grande-Bretagne.

— Qu'est-ce que tu as ressenti ?

— Je me suis senti super mal, dit-il en terminant sa bière et en cherchant du regard le serveur pour en commander une autre. D'autant plus qu'ils m'ont embarqué au poste et interrogé pendant trois heures, comme si j'étais un suspect potentiel. Mais bon, au moins, je tiens mon histoire.

— Quelle histoire ? demanda Hodge.

— La quête de la preuve de l'existence de Dieu. Ou plutôt l'histoire de l'homme qui pensait la détenir.

— Et toi, tu l'as, cette preuve ?

— Pas encore. Du moins, je ne suis pas convaincu.

Hodge, qui avait les cheveux coupés en brosse et une barbe bien taillée, se fendit d'un sourire sardonique.

— La Bible a été écrite sous la supervision de Dieu, n'est-ce pas ? De nombreux croyants pensent qu'il s'agit, sans l'ombre d'un doute, des paroles de Dieu, non ?

— Je n'étais pas particulièrement fan des cours d'éducation religieuse, mais c'est ce dont je me souviens, confirma Ross. J'ai lu le Nouveau et l'Ancien Testament, et je me souviens vaguement que la Terre était décrite comme plate et posée sur un piédestal. Et dans l'Apocalypse, elle est carrée. « Après cela, je vis quatre anges debout aux quatre coins de la Terre ; ils retenaient les quatre vents de la Terre. »

Hodge leva les yeux au ciel.

— Si Dieu a créé la Terre, ne savait-Il pas qu'elle était ronde, et certainement pas montée sur un piédestal ? J'ai l'impression qu'on a pas mal de trucs à lui apprendre.

Ross esquissa un sourire.

— La Bible est truffée de métaphores.

— Les contes de fées aussi, répliqua Hodge.

— Ce professeur avait-il des enfants ? s'enquit Helen.

— Oui, un fils mort au front dans la province du Helmand. Quelque part, ça avait résonné en moi.

Sa bière arriva.

— Il y a un mobile ? La police t'a dit quelque chose à ce sujet ? s'intéressa Hodge.

Ross secoua la tête.

— Non.

— On dirait un cambriolage qui a mal tourné, suggéra Helen.

— En début de matinée ? s'étonna Imogen en se tournant vers Ross. Il était en train de prendre son petit déjeuner quand c'est arrivé, c'est une heure bizarre pour un cambriolage, tu ne trouves pas ?

— Pas tant que ça, les informa Ross. D'après la police, une camionnette qui rôde la nuit peut sembler suspecte, mais elle n'attire l'attention de personne le matin.

— Qu'est-ce qu'ils ont pris ? demanda Helen.

— C'est ce que j'espère savoir.

Ross termina son verre. Il était sur les nerfs.

— Si tu veux laisser tomber le golf, demain, n'hésite pas, mec, lui fit Hodge.

— Non, je pense que ça me fera du bien, quelques heures à l'extérieur. Et il devrait faire beau.

— Tu es sûr ?

— Je vais te laminer.

— Dans tes rêves.

Ross sourit. Il savait très bien que Hodge le battait régulièrement.

— 10 heures sur place ?

Ross hocha la tête.

— Ça te fera du bien, l'encouragea Imogen.

Il se tourna vers elle et acquiesça, mais ses doutes ne le quittaient jamais. Elle allait avoir quatre ou cinq heures de liberté. Le soutenait-elle en bonne épouse attentionnée ou avait-elle d'autres idées derrière la tête ?

— Tout a commencé par un coup de fil étrange, n'est-ce pas ? Pourquoi n'as-tu pas raccroché ? reprit Helen.

— Je suis journaliste, je suis à l'affût d'histoires à raconter.

— Tu n'es pas inquiet, après ce qui lui est arrivé ?

— Moi, je le suis ! intervint Imogen. J'ai dit à Ross de lâcher l'affaire. Quand on s'intéresse de trop près à la religion, on s'attire des problèmes avec toutes sortes de fanatiques.

— Comme le disait Helen, c'est peut-être juste un cambriolage qui a dérapé, dit Hodge pour tenter de la rassurer.

— Ben voyons… C'était un professeur d'université à la retraite, pas un dealer, répliqua Imogen. Vu comment ils l'ont torturé, ils étaient à la recherche de quelque chose.

— Le manuscrit ? suggéra Hodge.

— Pas obligatoirement, intervint Ross. Certains cambrioleurs sont sadiques. Pas tous, mais ça arrive. Peut-être qu'ils étaient convaincus que ce vieil homme possédait un coffre-fort.

— Je n'ose pas imaginer ce qui se serait passé s'ils avaient été encore là quand tu es arrivé.

Imogen leva son verre à vin et l'approcha de la bouteille, puis s'arrêta. Hodge sortit la bouteille du seau à glace et s'apprêta à la servir.

— En fait, non, je ne peux pas boire plus d'un verre en ce moment. Même si j'aimerais descendre toute la bouteille. Dire que Harry Cook était chez nous lundi dernier… Je n'arrive pas à croire que ce pauvre homme ait été torturé et assassiné. Je suis certaine que c'est à cause du manuscrit, même si tu dis qu'il n'a aucune valeur.

— Je le confirme, intervint Ross.

— Mais peut-être que quelqu'un pense qu'il en a, de la valeur, fit Imogen.

— Tu as parlé du manuscrit à la police ? demanda Hodge.

— Non.

Imogen se tourna brusquement vers lui.

— Quoi ?! Tu as menti par omission ?! C'est un délit, non ?

— Je me suis dit que, si je leur en parlais, ils exigeraient que je leur remette comme pièce à conviction.

— Et ce serait quoi, le problème ? dit Imogen.

— Qu'est-ce que tu en as fait ? demanda Hodge.

Ross hésita.

— Ne me dis pas que tu l'as toujours en ta possession ?! s'emporta Imogen.

— Je ne voulais pas m'en séparer. Pas avant d'en avoir fait une copie, Imo.

— Et où est-il, maintenant ? enchaîna-t-elle.

— En sécurité.

— C'est-à-dire ?

— Dans le garage. Je le confierai à notre avocat lundi, et il le déposera dans un coffre-fort.

— Mon Dieu ! S'il ne vaut rien, pourquoi est-ce que tu y tiens autant ? Et qui en voudrait ?

— Les gens qui ont tué Harry Cook, suggéra Hodge.

— Ce n'est pas forcément pour ça qu'il a été assassiné. Autant que je sache, personne ne connaît l'existence de ce manuscrit, à part une journaliste de la BBC Bristol, mais il ne me semble pas qu'elle ait l'âme d'une meurtrière.

— Peut-être Cook voulait-il que tu penses être le seul au courant, objecta Imogen.

— Je vais vous dire ce que je crois, lança Ross. Je crois que Cook était un illuminé rempli de bonnes intentions. Mais si je me trompais ? Si c'était lui qui avait raison ?

— Et tu es prêt à risquer ta vie pour ça ? lâcha Imogen.

Ross n'avait pas de réponse. Peut-être était-ce la bière qui lui donnait du courage, peut-être se sentait-il en dette envers le professeur… Le fait est qu'il n'était pas prêt à tout laisser tomber.

— Imo, tu sais que ça fait partie de mon métier. J'écris des trucs qui énervent les gens. J'ai déjà reçu des menaces. Le jour où je serai convaincu que ta vie ou celle de notre enfant est en danger, je lâcherai l'affaire.

— Espérons que, financièrement, le jeu en vaille la chandelle, répliqua sa femme d'un ton sec.

25

Dimanche 26 février

Qu'il se trouve en Grande-Bretagne ou aux États-Unis, le pasteur Wesley Wenceslas présidait deux cultes, dans deux églises différentes, le dimanche. Un le matin et un le soir. Il changeait régulièrement entre les sept qu'il dirigeait, se déplaçant soit par jet privé, soit par hélicoptère. Ceux-ci étaient aux couleurs de son ministère, ornés d'élégantes initiales WWM en blanc et d'un logo emblématique représentant un poisson ailé enroulé autour d'une croix.

Prêcher, transmettre la parole du Seigneur à ses fidèles, sentir et entendre leur amour, voilà ce qui lui apportait de la joie. Presque autant que d'admirer les magnifiques voitures qu'il possédait, aussi bien en Angleterre qu'aux États-Unis. Presque autant que de choisir l'Angélique, ou les Angéliques – il aimait quand elles étaient plusieurs –, qui passeraient la nuit avec lui.

Mais ce matin, malgré le ciel bleu qu'il voyait par le hublot de son hélicoptère et la vue magnifique sur la Tamise, le pasteur ne ressentait pas la joie qu'il avait d'habitude dans le cœur.

Il avait un mauvais pressentiment.

Et une colère sourde grondait en lui.

Une menace existait. Pour le moment, elle était minime, mais aussi minime soit-elle, elle pouvait faire de gros dégâts. Dans ses sermons, il aimait citer le Dalaï-Lama : « Si vous avez l'impression que vous êtes trop petit pour changer quelque chose, essayez donc de dormir avec un moustique. »

Sa piqûre peut provoquer une simple démangeaison – ou transmettre la malaria, la dengue ou le zika. Et donc tuer. C'est pourquoi il ne faut pas prendre le moindre risque : quand on repère un moustique, on l'écrase illico.

Et il avait remarqué la présence d'un moustique.

Le monde est un endroit dangereux, sans cesse à l'équilibre entre le bien et le mal. Sa mère avait disparu parce qu'il n'avait pas été là pour la protéger, et lui tenir la main quand elle avait traversé la rue. C'était sa faute. Il aurait dû être présent. Il ne laisserait plus rien ni personne lui voler quoi que ce soit. Jamais plus il ne se laisserait prendre au dépourvu.

Dieu l'avait fait soldat et il avait gravi les échelons jusqu'à devenir Son général. À présent, il devait gérer la menace comme le font tous les généraux.

Une secousse le fit paniquer. Il aimait faire une entrée solennelle dans un premier hélicoptère, suivi d'un second, absolument identique, transportant son entourage – sa coiffeuse, sa maquilleuse, son cuistot et quatre gardes du corps. Il recevait régulièrement des menaces de mort de la part de fanatiques d'autres confessions qui ne souscrivaient pas à ses enseignements. Ils le rendaient paranoïaque, mais voler en hélicoptère lui faisait presque aussi peur. Même si le Seigneur le protégeait sûrement. Enfin, il n'en était pas certain. Ils perdaient rapidement de l'altitude, dans leur descente vers l'héliport de Battersea, à Londres.

Il était à cran. Aujourd'hui, il avait prôné le message suivant : « Concentrez-vous sur le positif. Il y a beaucoup de choses négatives dans la vie. Le négatif nous tire vers le bas, tandis que le positif nous tire vers le haut. Notre-Seigneur est revenu de parmi les morts grâce à toute l'énergie positive qui l'entourait. »

« Soupape », comme il surnommait son directeur des opérations, était assis dans le fauteuil de cuir crème face à lui. C'était un homme relativement petit, mais élégant, avec des cheveux noirs toujours bien peignés. Il portait l'un de ses habituels costumes trois pièces gris à rayures, une cravate rose et des mocassins noirs Gucci immaculés. C'était Soupape qui l'avait prévenu de cette nouvelle menace, après avoir été contacté par un officier de police du Somerset, membre de leur congrégation.

Soupape était en train de relire le sermon en fronçant les sourcils et en l'annotant d'un stylo de luxe délicatement tenu entre ses doigts manucurés. Son vrai nom était Lancelot Pape et, quand Wenceslas l'avait rencontré pour la première fois, il lui avait dit : « Je veux absolument vous embaucher. Je veux pouvoir dire à tout le monde que le pape travaille pour moi ! »

— Je ne suis pas du tout sûr de cette phrase, patron, dit-il d'un ton sec.

— Quelle phrase ?

— « Satan est partout, mais pas sous l'apparence d'un diable à queue fourchue. Satan traîne dans les supermarchés, au rayon confiserie. Quand vous mangez mal, c'est lui qui vous empoisonne, petit à petit. »

— C'est quoi, votre problème avec ça ? C'est un message important.

— Je pense à nos annonceurs sur YouTube.

— Et moi, je pense à nos obligations morales. C'est tout à fait pertinent. C'est le message du jour.

— Je ne suis pas à l'aise avec cette idée.

Lancelot Pape souriait rarement et, quand ça arrivait, c'était un rictus sans chaleur. Mais bon, grâce au Ciel, Wenceslas ne le payait pas pour sourire. Il le payait pour gérer son empire d'une main de fer, pour vérifier tout en détail, y compris chacun de ses sermons, et gérer les problèmes.

Et c'était exactement ce que Soupape faisait. Tatillon, efficace, impitoyable, perfectionniste au possible, c'était le seul employé qui ose répondre à son patron, voire le critiquer. En partie parce qu'il en savait beaucoup trop sur lui.

Tous deux étaient conscients que Lancelot Pape pouvait détruire l'empire d'un simple communiqué de presse. Et tous deux savaient qu'il ne le ferait jamais, vu les parts de l'entreprise que Wenceslas lui avait cédées. Jamais il ne tuerait la poule aux œufs d'or qui l'avait fait millionnaire et qui, si tout se passait comme prévu, le rendrait aussi riche que Crésus.

Wenceslas savait que Dieu lui avait envoyé cet homme pour les protéger, lui et ses valeurs.

Car pendant longtemps il n'avait eu personne pour prendre soin de lui. Le lendemain de leur retour de Disney World, sans doute fatiguée à cause du décalage horaire, comme l'avait noté le médecin légiste dans son rapport, sa mère avait regardé du mauvais côté de la rue en traversant Old Shoreham Road et était passée sous un bus.

À partir de ce moment-là, l'enfant avait perdu toute foi en Dieu et s'était rebellé à l'école. Il s'était mis à voler et s'était rendu compte qu'il n'avait aucun mal à convaincre les autres de faire des choses pour lui. N'importe quoi. En moins d'un an, il avait mis en place un réseau de cinq élèves qui distribuaient de la drogue pour lui.

Quand il avait fini par se faire prendre, le proviseur, M. Collins, lui avait parlé d'un ton calme, exprimant toute sa sympathie pour la terrible tragédie qu'il avait vécue. Mais il n'avait pas eu d'autre choix que de le renvoyer.

« Thomas, tu as beaucoup de charme et je pense que tu es un jeune homme bien, qui s'est égaré en chemin. Tu as un très bon contact avec les gens. Tu pourrais travailler dans la vente ou les relations publiques. Ne détruis pas ton avenir, ne plonge pas dans la délinquance. Si tu avais le choix, qu'aimerais-tu faire, plus tard ?

— J'aimerais gagner beaucoup d'argent, monsieur Collins. J'aimerais avoir une Rolls-Royce avec chauffeur.

— Ah bon ?

— Oui.

— Tout est possible si tu crois en toi et si tu travailles dur. C'est ce que j'essaie de transmettre à tous les élèves. Tu n'es pas obligé d'être un criminel pour devenir riche. Il faut juste que tu fasses les bons choix.

— Quels sont les choix, quand on s'intéresse à l'argent ?

— Si je voulais être riche, je pense que je deviendrais promoteur immobilier ou banquier. Ou peut-être que je fonderais une nouvelle religion », dit-il en souriant, après un temps d'hésitation.

26

Dimanche 26 février

C'était l'un de ces magnifiques matins de février où la pelouse du golf de Dyke était couverte d'une rosée d'une indicible beauté. Le sport ayant toujours été pour lui une façon de gérer le stress, Ross avait décidé, malgré le traumatisme, d'aller jouer ce jour-là. Il espérait aussi que l'exercice l'aiderait à se débarrasser de sa gueule de bois. Mais son esprit était ailleurs : il repensait à ce qui était arrivé à Cook et aux coordonnées qu'il n'aurait jamais. Était-ce à cause d'elles que le vieil homme avait été assassiné ?

S'il voulait écrire un article sur le sujet, il les lui fallait absolument. Il sortit son driver du sac flambant neuf qu'Imogen lui avait offert à Noël et chercha une balle au fond. Il en trouva une et annonça :

— Titleist 4.

Il marqua une pause pour admirer la vue spectaculaire sur la campagne environnante, la cheminée de la centrale électrique de Shoreham, et la Manche en toile de fond. Mais il avait la tête ailleurs.

Hodge, qui avait gagné à pile ou face, commença. Il planta son tee rouge dans le sol humide et plaça la balle dessus, plia les genoux et arrondit le dos. Il fit quelques swings pour s'échauffer, puis avança d'un pas, tapota l'herbe de son club et réalisa un coup puissant.

Il y eut un léger clic, très net. Furtivement aveuglé par le soleil, Ross suivit du regard la balle qui s'envola dans les airs et atterrit cent cinquante mètres plus loin, au beau milieu du fairway.

— Très joli coup !

Hodge acquiesça d'un air suffisant.

— Je te le fais pas dire !

Ross enfonça son propre tee et posa sa balle, qui tomba. Il réessaya et elle retomba. Il avait l'impression d'avoir la tête prise dans un étau. La troisième fois, la balle resta en place.

Il se mit en position, fit un swing pour s'entraîner, s'avança et joua. La tête du club passa bien au-dessus de la balle.

— Trois coups ratés..., le mit en garde Hodge en allumant un cigarillo.

Ross fit quelques coups d'essai supplémentaires, se mit en place et joua. La tête du club heurta le sol et propulsa une motte de terre à plusieurs mètres d'eux.

— Merde !

Il remit le monticule à sa place et remarqua que quatre joueurs attendaient derrière eux. Ils l'observaient, impatients.

À la troisième tentative, il réussit un coup honorable, mais la balle n'alla pas aussi loin que celle de son ami et roula derrière un buisson.

Complètement perdu dans ses pensées, il ne fit pas mieux aux deux trous suivants.

Alors qu'ils attendaient que le sixième se libère, Hodge ralluma son cigarillo et lui demanda :

— Qu'est-ce qu'elle fait ce matin, Imogen ?

— Elle avait l'intention d'aller à la messe. Elle essaie d'y aller une fois par mois.

— Tu l'accompagnes parfois ?

— Quand il pleut des cordes et que je ne peux pas jouer au golf, lâcha Ross en souriant.

— Tu en es où, par rapport à la religion, ces temps-ci ? Je sais que tu mènes la vie dure aux charlatans, mais à part ça ?

Son ami faisait référence à un long article qu'il avait écrit pour le *Sunday Times*, cinq ans plus tôt, consacré à l'un des plus riches évangélistes du monde. Les avocats du ministère britannique du pasteur Wesley Wenceslas avaient menacé de traduire le journal en justice. Ils avaient cependant abandonné après que le journal eut menacé de publier le casier judiciaire de l'homme d'Église.

— Nos parents n'étaient pas particulièrement religieux. J'avais 14 ans quand ma mère, qu'on adorait, mon frère et moi, a eu un cancer. J'ai prié chaque nuit pour elle, ce qui ne l'a pas empêchée de mourir trois mois plus tard. Après ça, j'ai perdu la foi.

Notre père nous a élevés seul. Et puis, il y a quelques années, j'ai vécu cet événement très étrange, que je ne m'explique pas.

— Quel événement ?

— Je ne te l'ai jamais raconté ? Le truc avec Ricky, mon frère jumeau.

— Non.

— Il est mort dans un accident improbable. J'étais à des centaines de kilomètres, mais j'ai ressenti une connexion très forte avec lui, pendant au moins deux minutes, et il se trouve que c'était à l'instant même de sa mort.

— J'ai lu quelque part que les vrais jumeaux pouvaient parfois communiquer par télépathie. Peut-être est-ce ce qui t'est arrivé...

Ross secoua la tête.

— Non, c'était beaucoup plus puissant que ça. C'était une expérience mystique, difficile à expliquer sans avoir l'air dingue, donc j'ai tendance à ne pas en parler.

— Et tu es devenu croyant, du coup ?

— Je ne crois pas en Dieu, mais je crois qu'il y a peut-être quelque chose de plus grand que nous.

Hodge tira sur son cigare.

— Et ton gars, le professeur Cook, c'est bien ça ?

— Oui.

— De quel Dieu est-ce qu'il parle ? Anglican, catholique, juif, musulman, hindou, sikh, rastafari ?

— Je ne sais pas trop, fit Ross en esquissant un sourire énigmatique. Toi, tu es un athée pur et dur, pas vrai ?

Son ami hocha la tête en regardant, derrière un nuage de fumée, les quatre joueurs s'éloigner enfin du tee.

— Ouais, et j'ai un gros problème avec tout ça. Stephen Fry a dit une chose très juste, selon moi. Si Dieu nous a vraiment créés, il faut qu'Il soit sacrément malade, par exemple pour avoir créé un parasite qui creuse des trous dans les yeux des enfants, et dont le but unique est de les rendre aveugles.

— Certaines religions ont une explication pour ce genre de phénomènes.

— Toutes les religions ont des explications plus ou moins farfelues pour justifier la souffrance. Mais les religions monothéistes et leurs sous-groupes : les anglicans, les catholiques, les sunnites, les chiites, les séfarades, les hassidiques… au fond, qu'est-ce qui les différencie ? C'est quoi leurs arguments ? Je vais te le dire, moi. Elles prétendent toutes que leur ami imaginaire est le meilleur.

Ross sourit.

— De toutes les confessions monothéistes, celle que je comprends le mieux est le christianisme. À quelques exceptions près, elle est passée, au fil des siècles, d'un courant tyrannique – pense à l'Inquisition – à une structure sociale inoffensive.

Ils se tournèrent vers l'un des quatre joueurs, un octogénaire sénile qui avait envoyé une première balle à une cinquantaine de mètres, et qui préparait son deuxième coup avec une lenteur incroyable.

— Le christianisme, cette religion qui mise tout sur la résurrection ! Deux mille ans de croyances basés sur un tour de passe-passe à base d'ossements ! s'exclama Hodge en tirant sur son cigare. Est-ce que ton professeur avait quelque chose de mieux à offrir ? Ça doit être cool de croire en Dieu. Enfin quelqu'un à qui tu peux déléguer toute responsabilité et que tu peux blâmer pour tous les malheurs du monde… Voyons, Ross, tu es un journaliste intelligent, reviens sur terre !

— Peux-tu expliquer pourquoi nous sommes ici ? Comment tout ce qui nous entoure est arrivé là ? Si tu as lu Stephen Hawking, tu as compris ce dont il parle ? Peux-tu expliquer la présence de la race humaine ?

— Est-ce que j'ai besoin d'expliquer quoi que ce soit pour apprécier ma vie, pour aimer ma femme, pour profiter de notre partie de golf en cette magnifique matinée ? Qu'est-ce que Dieu a à voir avec tout ça ?

— À part le fait qu'il a peut-être tout créé ?

— Pourquoi pas, mais alors, qui a créé Dieu ? Tu as une réponse ? Devrais-je l'honorer en espérant qu'il me réserve une bonne place à la table de l'au-delà ? Est-ce que Dieu tient les comptes et nous accorde du crédit chaque fois que nous caressons un chien ou donnons de l'argent à musicien de rue ou un SDF ?

— Tu ne remets jamais en question la notion même d'existence, Hodge ? C'est pas ce qu'on est censés faire, avec notre supposée intelligence ? « Une vie sans examen ne vaut pas la peine d'être vécue. » C'est Socrate qui a dit ça. Tu ne trouves pas ça bien vu ?

— Tu es en train de dire que si je ne questionne pas la notion même d'existence, ma vie ne vaut pas la peine d'être vécue ?

— Non, pas du tout ! Ce que j'essaie de dire, c'est que…

Il laissa sa phrase en suspens.

— Je t'écoute.

Ross réfléchit quelques instants. Il repensa au vieux professeur. Qu'avait-il en tête ? Sa mort s'inscrivait-elle dans quelque chose de plus grand ? Allait-il retirer de cette histoire davantage que quelques lignes dans un journal ?

— Dis-moi, Hodge : qu'est-ce qu'il faudrait, pour un athée comme toi, pour être convaincu de l'existence de Dieu ? Ou, du moins, de celle d'un Créateur, d'une Intelligence supérieure ?

Hodge sortit son driver de son sac et se dirigea vers le tee.

— Tu m'en demandes beaucoup pour un dimanche matin.

— Je suis sérieux, ton opinion compte beaucoup pour moi.

— Il faudrait que je voie quelque chose d'inexplicable. Quelque chose qui ne relève pas du tour de magie.

— Du genre ?

— Je ne sais pas, peut-être que si la marée ne montait pas… Non, ça pourrait être dû à une éclipse ou autre.

— Si le Soleil se levait à l'ouest, tu croirais en Dieu ?

— Pas sûr. Je me dirais d'abord que les physiciens ou les astronomes se sont trompés dans leurs calculs, que c'est quelque chose qui arrive une fois tous les 36 du mois.

— Continue, il te faudrait quoi ?

— Quelque chose d'impossible selon les lois de la physique.

— Et si ça arrivait ?

Hodge se baissa pour planter son tee.

— Réveille-toi, Ross, ça n'arrivera jamais !

Quand il joua, la balle dévia vers la droite et atterrit dans un épais bosquet.

— Ça, c'est Dieu qui désapprouve !

27

Jamais de la vie.

Pour Pete Stellos, cette expression sonnait comme un mantra. C'est ce qu'il avait répondu à sa mère quand elle lui avait demandé s'il allait rencontrer un jour une jeune femme et lui offrir des petits-enfants. Il ne s'intéressait pas aux filles, ni aux garçons d'ailleurs, et n'avait jamais ressenti ce désir sexuel que tout le monde est censé ressentir.

Il ne tissait pas de liens avec les gens, ne les aimait pas, et cela lui avait posé des difficultés par le passé. Pour éviter toute forme de relation, il avait passé la première partie de sa vie professionnelle à exercer des petits boulots solitaires. Il avait d'abord travaillé de nuit dans un McDonald's à Des Moines, en Iowa. Il avait ensuite eu envie de découvrir le monde, ou du moins son pays, et avait passé son permis de conduire pour devenir chauffeur de poids lourds. À l'aller, il transportait des pièces automobiles, au retour des céréales.

Enfant, il avait été élevé dans la religion orthodoxe, même s'il n'avait jamais, par la suite, montré le moindre intérêt pour la foi. Mais, lors des funérailles d'une grand-tante, il avait rencontré un cousin, Angus, qui était moine et vivait, depuis quelques années, sur le mont Athos, en Grèce. Angus lui avait confié que l'endroit était susceptible de l'intéresser, mais qu'il ne suffisait pas de se présenter pour être admis. Le processus était long et une existence solitaire l'attendait.

Pete l'avait prié de lui en dire davantage.

28

Dimanche 26 février

À 15 ans et demi, viré de Blatchington Mill, Thomas Smith ignora les conseils avisés de son proviseur et, pressé de gagner sa vie, devint rabatteur pour le dealer qui lui avait fourni le cannabis et l'ecstasy, entre autres, qu'il avait distribués au sein du collège.

Pendant six mois, il se fit de l'argent facilement en refourguant de l'héroïne dans Brighton et Hove, jusqu'au jour où il se fit arrêter avec l'équivalent de 3 000 livres en drogue sur lui.

Il passa deux ans dans un établissement pour jeunes délinquants, où il se constitua un joli réseau de futurs revendeurs et planifia l'empire qu'il avait hâte de bâtir. À 19 ans, il était l'heureux locataire d'un bel appartement en bord de mer, avec vue sur la Manche. Étant donné le loyer, il n'amassait pas assez pour la voiture qu'il convoitait, mais il avait quand même réussi à mettre 50 000 livres de côté, dans ce qu'il appelait sa « cagnotte Ferrari ». En attendant, il conduisait une Porsche noire de dix ans d'âge, avec plaques d'immatriculation personnalisées.

Peu avant son vingtième anniversaire, à 5 heures du matin, sa porte fut défoncée et son monde s'effondra quand six flics firent irruption chez lui en hurlant : « Police ! Police ! »

Ils découvrirent 20 000 livres de crack, cocaïne et héroïne. Il avait sans doute été balancé par un rival. Il écopa de quatre ans fermes, et sa Porsche et sa cagnotte furent confisquées, ce qui lui sembla aussi douloureux.

C'est Dieu, qu'il rencontra en prison, qui le sauva. Ou plutôt, comme il aimait à le raconter, Dieu le trouva. Ses nombreuses lectures de la Bible, enfant et adolescent, se révélèrent utiles. Il se rendit compte qu'il avait un talent naturel pour le prêche et une excellente mémoire, ce qui lui permettait de la citer en long, en large et en travers.

Grâce au soutien du directeur de Highdown, où il purgea la majorité de ses quatre ans, il put organiser, chaque dimanche, son propre « culte » dans la zone des activités de détente. Au bout d'un an, il avait une centaine de fidèles. À la fin de la deuxième année, il en avait deux cents. Son sermon devint si populaire qu'il commença à le proposer tous les jours, après le petit déjeuner, dans la cantine de la prison.

Et puis une nuit, dans sa cellule, Dieu s'adressa directement à lui. Il lui demanda de rentrer dans le droit chemin et de ne pas retomber dans le trafic de drogue, à sa sortie. De suivre une nouvelle voie. Celle du Seigneur. De choisir un nouveau nom, un patronyme charismatique. De se forger une nouvelle identité. De prendre un nouveau départ.

L'un des détenus, qui était devenu un fidèle, était ami avec un homme d'Église, qui possédait un lieu de recueillement désaffecté à Tooting Bec.

Trois mois après sa libération, le pasteur Wesley Wenceslas commençait à prêcher la parole du Seigneur dans un hangar rouillé, rempli de chaises en bois pliantes.

Et, comme il était fier de le raconter à tous ceux qui voulaient bien l'écouter, la suite était connue. Gloire au Seigneur !

L'hélicoptère fit une embardée et piqua du nez, puis tressauta plusieurs fois.

Wenceslas eut un instant de panique. Il ferma les yeux et pria en silence.

Seigneur, protégez-nous.

Il rouvrit les yeux. La piste d'atterrissage approchait rapidement. Il distinguait les marquages au sol.

— Ça secoue ! plaisanta Pape.

Wenceslas lui jeta un regard glacial.

— Dieu nous protège, vous vous souvenez ?

Au dernier moment, l'hélicoptère se stabilisa sur un coussin d'air, puis se posa sur la terre ferme et Wenceslas ressentit un soulagement certain. Au-dessus de leurs têtes, l'hélice continuait de tourner. *Clac clac clac.*

Il retira son casque et Pape l'imita, remit de l'ordre dans ses cheveux et regarda dehors.

— On est pile à l'heure.

— Grâce au Ciel, précisa son patron.

29

Dimanche 26 février

Quand Ross revint du golf, peu après 14 heures, Imogen n'était pas chez eux. Elle avait laissé un mot disant qu'elle était sortie promener Monty avec une copine qui avait un chien, elle aussi, et qu'elle rentrerait vers 15 heures. Elle lui rappelait que c'était à lui de préparer le déjeuner dominical.

Il se demanda de quelle « copine » il pouvait s'agir, tout en étant plutôt content de se retrouver seul. Comme il avait préparé le repas la veille, il n'eut qu'à enfourner le poulet et les pommes de terre et mettre en route le minuteur de son téléphone, avant de monter à l'étage. Quinze minutes plus tard, douché et changé, il se rendit dans son bureau, se connecta et ouvrit l'application Google Earth. Il entra les coordonnées que le professeur lui avait données, à savoir celles du site qu'il avait visité mardi après-midi.

51° 08' 40" N. 2° 41' 55" O.

Cook était persuadé que le Saint-Graal était enterré là, au milieu d'une pelouse qui, il y a deux mille ans, était sans doute un champ.

Je ne peux pas vous le dire au téléphone, c'est trop dangereux et trop important. Il faut qu'on se voie. Je vous en supplie, accordez-moi cette possibilité. Quand vous saurez ce que j'ai conclu…

Que voulait-il lui révéler de si précieux ?

La signification des chiffres qui suivaient les coordonnées ?

Il sortit le bout de papier qu'il avait trouvé dans la corbeille à papier, le déplia et observa le drôle de trait.

14 5 21 6 13 5 20 18 5 19 19 20 7

Les chiffres et le dessin étaient-ils connectés ? S'agissait-il d'un code ? Un code informatique, peut-être ?

Il envoya un e-mail à Chris Diplock, son informaticien, pour avoir son avis. Comme d'habitude, la réponse de celui-ci arriva instantanément, bien qu'on soit dimanche après-midi.

> On dirait un code, Ross, mais je n'ai aucune idée de ce qu'il signifie. Je pense que les espaces sont aussi importants que les chiffres, et que les répétitions ont également un sens. Tu trouveras tout plein de sites et de forums consacrés à la résolution de ce genre d'énigmes. En voici quelques-uns.

Diplock joignait à son mail une longue liste de liens.

Ross hésita à poster des messages sur Twitter et Facebook pour solliciter l'avis des gens, mais y renonça, ignorant qui allait lui répondre et quelles questions on lui poserait en retour. Puis il eut une idée. Quelques années plus tôt, dans le cadre d'un article sur les hackers, il avait rencontré un gars un peu bizarre du département d'informatique de l'université de Brighton, qu'il avait trouvé attachant, quoique imprévisible. Il s'appelait Zack Boxx.

Créature nocturne à tendance asociale, Zack semblait ne s'intéresser qu'à deux choses : les ordinateurs et les bières artisanales. Un soir, Ross avait passé deux heures avec lui à la faculté et Boxx lui avait montré comment hacker des sites gouvernementaux classés top secret, non seulement en Grande-Bretagne, mais aussi dans d'autres pays, ou des installations militaires, dont une opération américaine en Iran, sans laisser la moindre trace. Le lendemain, ils s'étaient soûlés ensemble à un festival de bières artisanales à Horsham.

À la grande surprise de Ross, Zack n'avait jamais été arrêté et travaillait désormais en indépendant, en tant que consultant en cybersécurité. Ross était resté en contact avec lui et le retrouvait régulièrement à des festivals dans la région car il était, lui aussi, amateur de houblon, et il appréciait le personnage, mais aussi parce que, après quelques verres, Zack avait tendance à laisser filtrer des infos confidentielles.

Conscient que le geek ne serait sans doute pas encore réveillé, il lui envoya un e-mail pour lui demander s'il avait une idée de ce que les chiffres pouvaient bien représenter, en ajoutant qu'il était temps qu'ils se revoient pour une bière.

Il avait d'ailleurs très envie d'en boire une maintenant. Il avait beau avoir passé une agréable matinée avec Hodge, dont il appréciait la compagnie, il était encore très marqué par les événements de vendredi. Il descendit dans la cuisine, sortit du réfrigérateur une Peroni fraîche, ouvrit la bouteille et l'emporta à l'étage, non sans boire une gorgée en route. Il s'assit à son bureau et fixa l'écran de son ordinateur, l'esprit ailleurs.

L'image de Harry Cook sur sa chaise lui revint. Merde ! Si le meurtre était en lien avec le manuscrit, devait-il tout laisser tomber ? Imogen avait peur. Nageait-il en eaux troubles, comme Benedict Carmichael l'avait laissé entendre ? Cela valait-il de risquer sa vie et celle de sa femme ? Il essaya de se souvenir des mots du professeur :

Cet homme avait, auprès de lui, quelqu'un qui voulait vous délivrer un message. Votre frère Ricky… Ricky a dit que vous deviez me faire confiance. Il m'a donné deux noms, Bubble et Squeak.

Comment Cook pouvait-il savoir que son frère était mort ? En lisant un récit de l'accident dans les journaux, peut-être. Mais cela datait d'il y a longtemps. Sur Internet ? Dans tous les cas, il lui était impossible de connaître le nom des gerbilles.

Que recherchaient ceux qui avaient torturé et tué le professeur ? Le manuscrit ? Les coordonnées ? Ou pensaient-ils que le vieil homme avait de l'argent caché quelque part ?

Qu'est-ce qui enthousiasmait tant le professeur quand il lui avait parlé au téléphone ?

L'ordinateur de Cook avait été emporté, mais les enquêteurs lui avaient dit que l'alliance de sa femme avait été retrouvée, dans sa boîte. Le ou les malfaiteurs avaient découvert 2 000 livres en espèces dans l'un des tiroirs ouverts de la chambre, mais ne les avaient pas volés non plus. Tout cela semblait indiquer qu'ils cherchaient autre chose. Des informations sur quelque chose ou quelqu'un ?

Ross pensa de nouveau au manuscrit.

Il n'aimait pas l'idée de le conserver chez eux. Demain, comme il l'avait dit à Imogen, il le confierait à son avocat. Ou peut-être le déposerait-il dans le centre de stockage, près du port de Shoreham, où ils avaient loué un box pour leurs meubles avant de déménager dans leur maison actuelle.

Il chercha Glastonbury Tor sur Google. Une église en bois avait été construite au sommet de la colline au Xe siècle, puis détruite un peu plus tard. La structure actuelle, la tour Saint-Michel, avait été érigée dans les années 1200. Si Joseph d'Arimathie s'était réfugié en Angleterre en emportant avec lui le Saint-Graal, c'était mille ans avant la construction de la première église.

En approfondissant ses recherches, il comprit que la seule chose présente à l'époque était le puits.

Si j'avais voulu cacher le calice, aurais-je creusé un trou quasiment en haut de la colline ou aurais-je opté pour un endroit plus évident, comme le puits ?

Cependant les coordonnées indiquaient un lieu apparemment choisi de façon aléatoire, à mi-chemin du sommet de la colline.

Qu'indiquaient les autres coordonnées, celles que Cook avait gardées pour lui-même ? Avaient-elles disparu pour toujours ?

Il n'arrivait pas à se défaire de l'idée que la mort de Harry Cook évoquait une version moderne de la crucifixion. Une sorte de réinterprétation morbide.

Il tenta une réflexion différente.

Admettons que je sois Dieu et que je veuille révéler au professeur l'endroit où se trouve le calice. Je lui donne des coordonnées exactes ou approximatives ? Car je sais très bien où il se trouve, on est d'accord.

Apparemment, le Dieu de l'Ancien Testament aimait bien lancer des défis et compliquer les choses, d'après ce dont Ross se souvenait. S'agissait-il de cela ? Était-ce ce que Cook voulait lui dire ?

La matinée avait été superbe, mais le ciel s'était assombri et quelques gouttes commencèrent à frapper contre la fenêtre. En repensant à la liasse de papier, il prit soudain peur.

Ne devait-il pas tout brûler, au risque de ne plus rien avoir à raconter ? Il avait déjà de quoi proposer un article aux tabloïds. Qu'il mette ou non la main sur le Saint-Graal, il trouverait preneur. Mais il manquait une pièce importante à son puzzle. Qui, au final, ne changerait peut-être pas grand-chose…

Un e-mail arriva, signé Zack Boxx. Il l'ouvrit.

Il y a un festival de la bière à Yapton, près de Bognor, samedi prochain. Possible que j'y aille. On y trouve de bonnes versions locales des bières blanches allemandes. 14 5 21 6 13 5 20 18 5 19 19 20 7. Sans doute un code où chaque chiffre correspond à une lettre. Ça donnerait : « Neuf mètres S (sud ?) T (tourner ?) G (à gauche ?) ». Ça t'aide ?

Ross se tourna vers Google Earth, visualisa le Chalice Well et regarda le trait en forme de crosse de hockey.

Ça collait !

Il attrapa son portefeuille, ferma Google Earth et entreprit de faire quelques emplettes en ligne.

Au moment où il validait sa commande, Monty aboya.

— Ross, je suis rentrée ! cria Imogen.

— Super, je meurs de faim, répondit-il. Le poulet sera prêt dans dix minutes.

— Comment s'est passée ta partie de golf ? Tu as gagné ?

— Non, mais je suis arrivé second !

Trempé, Monty s'ébroua, puis trotta vers lui, s'assit et posa les pattes avant sur son maître.

— Salut, mon gars, tu as fait une belle balade ? dit-il en caressant le ventre du chien.

Cet instant de normalité le réconforta. Cela faisait longtemps qu'il n'en avait pas connu. Il était à la fois excité et anxieux. Il répondit à Zack Boxx :

Tu es un génie !

Zack répondit quelques secondes plus tard :

Je sais. Je peux retourner me coucher ? Il est tôt pour moi.

30

Lundi 27 février

Monaco convenait parfaitement à ses différentes activités. Le Rocher, deuxième plus petit pays du monde, jouxtait la France et la Méditerranée. Ses deux kilomètres carrés de surface laissaient peu d'espace aux gratte-ciel qui semblaient s'y empiler les uns sur les autres. Il n'y avait ni mendiants ni SDF, juste des gens riches qui essayaient de faire croire que leur argent était propre.

Ce paradis fiscal, au climat ensoleillé, très proche de l'aéroport de Nice, présentait bien des avantages, mais la raison principale pour laquelle il l'avait choisi, c'était l'anonymat qu'il offrait à tout le monde.

À Monaco, on pouvait se retrouver à faire la queue dans un supermarché avec un pilote de Formule 1, un investisseur russe et un exilé du Brexit. Ou Big Tony. Qui, en réalité, était petit. Même si personne n'avait vraiment envie de se retrouver à côté de lui. Non qu'il sente mauvais. C'était son aura, qu'il portait comme un manteau noir.

Big Tony n'avait pas une présence exceptionnelle. Il avait le teint pâle. Il sortait peu, sauf pour avaler les virages de la corniche, la route de montagne sinueuse entre Nice et Monaco, sur l'une de ses puissantes motos. Il aimait avoir le choix entre sortir ou pas, ce qui n'avait pas été le cas pendant la moitié de sa vie d'adulte, qu'il avait passée dans une prison de sécurité maximale, dans le Colorado. Petit et voûté quand il était entré en tôle, à l'âge de 26 ans, il était encore plus tassé, encore plus maigre et encore plus nerveux aujourd'hui, à 63. Et il avait des raisons d'être nerveux. Nombreux étaient ceux qui voulaient lui régler son compte, notamment les deux détenus qui lui avaient fait certaines confidences pour se la raconter et qu'il avait balancés en échange d'une réduction de peine. Toute sa vie, il regarderait par-dessus son épaule – et sous sa voiture.

Avant son vingt-cinquième anniversaire, Big Tony avait effectué, avec succès, dix-sept missions de tueur à gages. C'est la dix-huitième qui lui avait coûté cher. Pas à ses clients, qui, pour 200 000 dollars, n'auraient plus jamais à négocier avec les sous-merdes qui les embêtaient alors, mais pour lui. Il n'avait vraiment pas eu de chance. Sa Durango de location avait crevé sur la 401, au nord de Toronto, alors qu'il se rendait à l'aéroport. Sur la bande d'arrêt d'urgence, il avait été percuté par un camion dont le conducteur, comme il l'apprendrait plus tard, était en train de jouer sur son téléphone portable. Pendant les trois mois qu'il avait passés à l'hôpital pour soigner ses multiples blessures, la gendarmerie du Canada avait eu tout le temps de découvrir une arme dans le coffre de sa voiture et d'analyser le contenu de son ordinateur portable. Quelques mois plus tard, il était extradé pour être jugé aux États-Unis.

Aujourd'hui, douze ans après sa sortie de prison, il était parfaitement opérationnel. Choisissant ses missions avec le plus grand soin, il ne travaillait plus que pour les très riches. Dans un film qu'il avait vu, le général Patton disait : « Le principe de la guerre n'est pas de mourir pour son pays, mais de faire en sorte que le salaud d'en face meure pour le sien. »

Ces temps-ci, il était surtout sollicité pour régler des problèmes, comme récupérer des trucs indûment acquis, et parfois, tout simplement, acquérir indûment des trucs.

Et ce type arrogant, en costume bien coupé, lunettes rouges ridicules, mallette remplie de petites coupures, qui venait d'entrer dans son appartement, au douzième étage, avait besoin de ses services. C'était marqué sur son front, même s'il essayait de le cacher.

Ils avaient pris place près de la baie vitrée qui donnait sur l'héliport et la Méditerranée, plein sud, et un petit parc, où une femme promenait un chien. L'Anglais tenait à la main un verre de Glenfiddich 12 ans d'âge. Big Tony, qui ne buvait jamais pendant le travail, avait opté pour un Virgin Mary – un Bloody Mary sans alcool –, cocktail des plus appropriés, car il serait bientôt question de la Vierge Marie.

— On a un problème et il paraît que vous pourriez nous aider à le résoudre, dit l'Anglais.

— Dans ce cas, dit Big Tony avec un accent lent du Mississippi, d'une voix beaucoup plus grave que son physique le laissait supposer, vous en avez deux.

L'Anglais fronça les sourcils.

— Deux ?

— Je ne résous pas les problèmes, monsieur, je me contente de faire des trucs pour les gens.

— Ah, on est sur la même longueur d'onde.

— Ça dépend de ce qu'il y a dans votre mallette.

L'Anglais l'ouvrit et lui montra des liasses de billets de 500 dollars.

— Vous avez demandé 2 millions, c'est bien ça ?

— Et la même chose, une fois le service rendu.

— Vous n'êtes pas donné.

— Je ne suis pas donné ?

— Non, vous nous revenez cher.

— Fermez la mallette.

— Pardon ?

— Vous m'avez bien entendu.

— Pourquoi voulez-vous que je la ferme ?

— Parce que vous pouvez la rapporter chez vous. Je ne suis pas la personne que vous recherchez.

— Comment ça ?

— Qu'est-ce que vous ne comprenez pas dans ma phrase ?

Confus, l'Anglais but une longue gorgée de whisky.

— Bon, je pense qu'on est partis sur de mauvaises bases. Votre prix me convient.

— Pas à moi. Il vient juste d'augmenter.

— Désolé, je vous paierai avec joie.

— Parfait. Le nouveau prix est de 8 millions.

— Quoi ?

— Vous m'avez bien compris.

— Mais il a doublé.

— Je sais pour qui vous travaillez. Pour lui, l'argent n'est pas un problème. Revenez avec la somme et on discutera.

L'Anglais s'étouffa.

— Et si on… Je vous en prie…

— Si on quoi ? Écoutez-moi bien. Il y a deux choses que vous devez savoir si vous voulez qu'on fasse affaire. Premièrement, ne jamais négocier. Deuxièmement, ce n'est pas une bonne idée de se brouiller avec moi. Vous voyez ce que je veux dire ?

— Je vois, je peux revenir demain matin, dit l'Anglais en regardant sa montre.

— Pas avant 11 heures. J'ai un cours particulier de Pilates.

— OK, mais en attendant, j'aimerais que vous jetiez un coup d'œil à ça, dit l'Anglais en tendant à Big Tony une clé USB.

— Je jetterai un coup d'œil quand j'aurai vu l'argent. Et pas de négociation.

— Plus de négociation. Comme vous l'avez dit, mon patron a les moyens, il a des actions en Bourse.

— Et il aime bien qu'on joue avec ses bourses aussi, pas vrai ?

L'Anglais grimaça.

— Vous nous avez été chaudement recommandé.

— Vous pouvez arrêter de faire de la lèche. Si vous ne revenez pas demain, adressez-vous à quelqu'un d'autre. Que vous veniez ou pas, ça ne changera rien pour moi.

— Je serai là juste après 11 heures, avec l'argent.

— Je m'en doute.

31

Lundi 27 février

Ross avait commencé sa carrière de journaliste à *L'Argus*, à Brighton, puis avait rejoint la rubrique finances du *Daily Mail*. Il avait ensuite travaillé au sein de l'équipe chargée des grandes enquêtes du *Sunday Times*, où il avait véritablement eu l'occasion de pratiquer le journalisme d'investigation et de se rendre compte que c'était ce qu'il préférait faire. Trois ans plus tard, après avoir noué suffisamment de contacts avec les rédacteurs en chef des plus grands quotidiens, il avait pris la décision, soutenu par Imogen, de se mettre à son compte.

Il n'avait jamais regretté ce choix, même si, parfois, la vie sociale et l'énergie de ses collègues lui manquaient.

Il lui avait fallu plusieurs mois pour s'habituer à travailler de chez lui. Il aimait avoir le luxe de travailler dans n'importe quelle tenue, et la liberté de ne se consacrer qu'à des histoires vraiment intéressantes, mais souvent le temps lui semblait long et il rythmait sa journée de micro-événements.

L'arrivée des journaux du matin. Le passage du facteur. La livraison de colis, parfois. Et il prenait toujours le temps de faire une longue promenade avec Monty en début d'après-midi.

Le courrier était, jusqu'alors, distribué à 10 heures pile, mais leur postier venait de prendre sa retraite et celui qui le remplaçait n'avait pas d'horaires précis. Il arrivait qu'il vienne l'après-midi. C'était le cas aujourd'hui, mais Ross avait passé la majeure partie de la matinée à ranger le contenu des trois colis Amazon, dont deux volumineux, qu'il avait commandés la veille.

Il avait tout caché au fond de leur garage, là où ils stockaient du matériel, pour ne pas avoir à se justifier auprès d'Imogen.

Alors qu'il retournait à son bureau pour répondre à la suggestion d'un rédacteur en chef qui lui proposait d'enquêter sur la richesse personnelle et la situation fiscale d'un géant du prêt-à-porter récemment fait chevalier, il entendit un bruit en bas et Monty aboya.

Le courrier venait enfin d'être distribué. Il regarda sa montre – 12 h 35 – et descendit. Une liasse de lettres retenues par un élastique se trouvait bien sur le paillasson.

Il les emporta dans la cuisine et les passa en revue. Une grosse enveloppe de son comptable (certainement pas de bonnes nouvelles), un pli dactylographié adressé à Imogen, une enveloppe kraft des impôts, qui ressemblait dangereusement à une relance, et en bas de la pile une autre petite enveloppe, manuscrite, qui lui était adressée, postée de Birmingham.

Il reconnut immédiatement l'écriture, qui était celle d'une personne âgée.

Il posa le pli pour Imogen sur la table de l'entrée, monta et s'assit pour ouvrir l'enveloppe manuscrite.

À l'intérieur, il trouva une lettre.

> *Cher monsieur Hunter,*
>
> *Ce qu'on m'a dit, ce que je vous ai transmis, est pour moi source d'inquiétude. Au cas où il m'arriverait quelque chose, j'ai confié les deux coordonnées restantes à mon avocat, M. Robert Anholt-Sperry, du cabinet Anholt-Sperry Brine, à Birmingham, qui les a mises au coffre. Si les coordonnées du Chalice Well venaient à vous convaincre de ma bonne foi, ce que j'espère sincèrement, il a pour instruction de vous les confier, sur présentation d'une pièce d'identité. S'il m'arrivait quoi que ce soit, vous porteriez seul la responsabilité de sauver le monde.*
>
> *Bien cordialement, Pr Harry F. Cook*

Ross lut la lettre une seconde fois.

— Sympa, Harry ! s'exclama-t-il à voix haute.

Il souriait presque malgré lui de l'absurdité de la situation, mais au fond de lui il tremblait de peur. Il sursauta quand on sonna à la porte.

En regardant par la fenêtre, il découvrit une camionnette UPS. Il se pressa de descendre ouvrir.

Il s'agissait d'une commande qu'il avait passée la veille.

Il accepta la livraison et partit promener Monty. Il traversa le pont piéton au-dessus de l'A27, puis des champs vallonnés en direction du Chattri, ce magnifique temple érigé lors de la Première Guerre mondiale à la mémoire des soldats sikhs morts des suites de leurs blessures au front et incinérés à Brighton.

C'était une promenade que Monty adorait, car il pouvait explorer le secteur sans laisse, ce qui permettait à Ross de se consacrer à la réflexion.

Malgré ses doutes à propos de l'étrange professeur, une idée l'emportait : et si Harry Cook avait raison ?

Neuf mètres vers le sud, puis tourner à gauche.

Il allait tenter un dernier truc, il lui devait bien ça, et si ça ne donnait rien, basta, il passerait à autre chose.

Le mardi soir, Imogen participait à un club de lecture. C'était pour lui le bon moment pour sortir. Si tout se passait bien, il serait de retour avant elle. Mais il n'y avait rien de moins sûr. Il était nerveux, mais il savait que, s'il ne le faisait pas, il se poserait des questions toute sa vie.

Le fait que quelqu'un d'autre ait creusé non loin du puits le dérangeait. Une autre équipe avait-elle pris de l'avance sur eux ?

Avaient-ils déterré le Saint-Graal ?

C'était peu probable. Mais, même s'ils ne l'avaient pas encore, ils étaient sans doute à sa recherche.

Était-il possible qu'ils l'observent et qu'ils attendent qu'il les conduise au calice ?

Une fois rentré chez lui, il prit son portefeuille et ses clés, monta dans sa voiture et parcourut les 15 km qui le séparaient de Lewes. Le marché aux puces, situé dans un monument historique, contenait deux cents stands de vieux meubles, tableaux, bibelots d'avant guerre et d'après guerre et tout un bric-à-brac de peu de valeur, mais susceptible de plaire à des collectionneurs.

Il ne lui fallut que quelques minutes pour trouver ce qu'il cherchait.

32

Lundi 27 février

Dans son habit de moine à capuche noire, l'Américain de 48 ans transpirait abondamment, tandis qu'il portait une pile de draps propres dans l'escalier en pierre de la buanderie du monastère, située au sous-sol. Les phalanges de sa main droite, à vif, étaient douloureuses. Il se sentait horriblement mal, mais faisait comme si rien ne s'était passé.

Après les matines, le frère Pete avait défait les lits des hôtes qui avaient passé la nuit au monastère, lavé les serviettes, draps et taies d'oreiller, et les avait étendus au soleil. Ici, à Simonopetra, au sommet d'un promontoire rocheux donnant sur la mer Égée, la tradition monastique consistant à offrir le gîte et le couvert aux visiteurs était observée scrupuleusement. Mais les invités n'avaient le droit de ne rester qu'une seule nuit, avant de rejoindre à pied un autre monastère, à plusieurs kilomètres de là.

Il traversa un dédale de couloirs sombres avant d'arriver au dortoir des invités. Celui-ci avait des allures de prison, avec ses rangées de lits superposés en métal, ses murs nus et ses minuscules fenêtres avec vue sur le bleu de la mer, plusieurs centaines de mètres en contrebas. Parfois, il avait envie de se baigner, mais c'était considéré comme un péché, car tous les plaisirs étaient interdits dans cette communauté ascétique qu'il avait choisie et qu'il ne se voyait pas quitter.

L'électricité était rationnée, la radio et la télévision, interdites et les communications avec le monde extérieur, limitées au strict minimum. Une fois admis, un moine ne pouvait pas quitter le monastère sans l'aval de l'abbé.

Depuis l'an 800, année de création du premier des vingt monastères, une seule femme avait foulé le sol du mont Athos, cette longue péninsule montagneuse étroite du nord de la Grèce. La République monastique du Mont-Athos, dirigée par le Patriarcat œcuménique de Constantinople, était d'obédience orthodoxe chrétienne depuis dix-huit siècles. Elle comptait dix-sept monastères orthodoxes grecs, plus un russe, un serbe et un albanais. À moins d'une urgence vitale, et uniquement avec l'approbation de leur abbé, les moines ne parlaient jamais entre eux.

Séparée du reste du pays par une montagne infranchissable, la péninsule n'était desservie par aucune route. L'accès se faisait par ferry, depuis Thessalonique, et il n'était autorisé qu'à douze hommes non orthodoxes à la fois. Tous les visiteurs devaient se présenter au bureau monastique de Thessalonique, où ils étaient inspectés pour vérifier qu'aucune femme déguisée ne s'était glissée parmi eux. Les bateaux sur lesquels pouvaient se trouver des femmes devaient naviguer à plus d'un kilomètre des côtes. Les seuls animaux femelles qui étaient tolérés étaient les poules. Même les chiennes et les chattes n'étaient pas admises.

Tout cela convenait parfaitement au frère Pete. Ce grand homme à l'allure dégingandée, avec une grosse barbe et le crâne rasé, avait passé de nombreuses années en paix. Son travail consistait à accueillir les invités. Quand il était arrivé, il y avait de moins en moins de moines, ce qui était source d'inquiétude dans tous les monastères de la région.

Quelques années avant son intégration, quand l'abbé était mort, il n'y avait pas suffisamment de moines pour porter son cercueil. Fort heureusement, Dieu était intervenu et, ces vingt dernières années, le nombre de résidents était passé de deux à vingt-cinq. Des gens qui, comme Pete, avaient pour des raisons personnelles décidé de quitter ce monde matérialiste afin de se dévouer à la cause de Dieu. Les autres monastères de la péninsule avaient connu la même croissance.

Le Mont-Athos n'avait aucun moyen de recruter des moines. Pour remplacer ceux qui mouraient, le sort de la communauté reposait entièrement sur les visiteurs qui décidaient de rester. Comme Pete Stellos l'avait fait, lui-même, après être venu sur les conseils de son cousin, et avoir entendu l'appel du Seigneur dès son arrivée.

Ses journées de travail et de prière et sa dévotion l'aidaient à passer outre les désagréments, notamment la chaleur l'été et le froid l'hiver. Le matin, il se levait à 2 heures et allait prier dans la chapelle jusqu'à 6 h 30, heure à laquelle était servi le premier repas, six jours par semaine, le septième jour étant consacré au jeûne. La salade, le poisson, le fromage et le vin blanc étaient avalés rapidement, en silence, tandis que l'abbé ou un suppléant entonnait la lecture du jour au pupitre du réfectoire.

Après le repas, Pete priait de nouveau jusqu'à 9 heures, puis préparait les lits des invités, lavait le linge et priait de nouveau jusqu'au repas du soir, composé également de salade, fromage et vin blanc. Il priait derechef jusqu'à 22 heures, puis allait se coucher.

Si un visiteur voulait lui parler, il devait en faire la demande à l'abbé, qui lui accordait en général quinze minutes après le repas du soir. Il préférait ne pas avoir à parler à qui que ce soit, mais il savait que ces rares occasions constituaient parfois une opportunité de convaincre quelqu'un de rester. La plupart des visiteurs étaient de fervents fidèles ou des hommes recherchant désespérément Dieu pour aider un proche mourant, traverser un deuil, ou guérir leur âme.

Mais le visiteur qui avait demandé à lui parler la veille au soir l'avait consterné et plongé dans un trouble profond. Il avait passé la nuit à demander pardon. Ce journaliste américain, agressif et sceptique, avait obtenu un permis de cinq jours sur la péninsule. Il avait calculé que le frère Pete consacrait seize heures par jour à la prière et lui avait demandé s'il ne s'ennuyait jamais.

« Bien sûr, avait-il répondu, mais tous les métiers ont des aspects routiniers.

— Vous considérez la prière comme un métier ? s'était étonné le journaliste d'un ton condescendant et dubitatif.

— Oui.

— Vous priez pour quoi ?

— Je prie pour que Dieu intervienne. Qu'Il restaure la paix en Syrie et en Iran, qu'Il fasse en sorte que Boko Haram cesse de persécuter les enfants au Nigéria, qu'Il aide les victimes de séisme au Japon, en Italie et ailleurs. Je prie pour tous ceux qui sont persécutés pour leur foi.

— Mais vous n'avez ni radio, ni télévision, ni journaux. Comment pouvez-vous savoir ce qui se passe dans le monde ?

— C'est Dieu qui nous le dit, avait répondu le frère Pete en toute simplicité.

— C'est ce que vous croyez ?

— Absolument. Pour être moine, il faut croire.

— Et vous ne doutez jamais ?

— Pourquoi est-ce que je douterais ? Quand vous décidez de vous mettre au service de Dieu, Il vous délivre de tous vos doutes.

— Et s'il se trouve que Dieu n'existe pas, vous aurez gâché votre vie pour rien, non ? »

Pete avait regardé sa montre. L'abbé lui avait demandé d'accorder quinze minutes d'entretien. Il constatait avec soulagement qu'elles s'étaient presque écoulées.

« Je vais devoir vous laisser, maintenant.

— Une dernière question. Qu'est-ce qui vous manque le plus, de votre vie d'avant ?

— Ce qui me manque ?

— Oui. Le cinéma, la liberté, les hamburgers, Internet, tout ce que vous avez laissé derrière vous ?...

— Rien. Dieu m'apporte tout ce dont j'ai besoin.

— Et vous comptez rester ici pour le restant de vos jours ? »

Le frère Pete s'était tourné vers la fenêtre, qui n'était pas vitrée. En contrebas scintillait le bleu profond de la mer.

« Avez-vous une vue comme celle-ci depuis votre bureau ?

— Vous appelez cette cellule votre bureau ?

— Pourquoi pas ?

— Et la prochaine étape, pour un moine, c'est quoi ? Le penthouse ?

— Pourquoi est-ce que je voudrais être ailleurs qu'ici ? avait-il répondu simplement, en ignorant la provocation. J'irai là où Il aura besoin de moi.

— Une dernière question, frère Pete : vous n'avez jamais le moindre doute ? Jamais l'impression d'être enfermé dans votre chambre alors qu'il y a une fête au salon, et que vous n'avez pas été invité...

— Non, monsieur, je n'ai jamais eu le moindre doute depuis que je suis arrivé ici. J'ai confiance en Dieu. Et j'ai l'impression que ce sentiment est partagé, mais que vous ne voulez pas l'admettre.

— Vous vous trompez. Je respecte votre point de vue, mais je ne suis pas un genre de croyant refoulé. J'ai l'esprit ouvert, c'est pour ça que je suis ici.

— Vous allez rentrer chez vous, aux États-Unis, et écrire un article pour le *New Yorker* sur ces pauvres moines délirants du mont Athos ?

— Je vais écrire que vous me faites pitié, vous et votre bande de tarés. »

Pete lui avait envoyé en pleine figure un coup de poing suffisamment puissant pour lui casser le nez.

33

Mardi 28 février

À 17 heures, une heure avant qu'Imogen rentre du travail, Ross chargea le coffre de sa voiture avec tout l'équipement dont il aurait besoin, matériel qu'il avait reçu la veille et stocké dans le garage. Il était content qu'il pleuve et que le ciel soit lourd – cela lui faciliterait les choses. Il espérait que le mauvais temps allait perdurer, comme c'était prévu.

Il laissa un mot sur la table de la cuisine.

> Je suis sorti pour le boulot, je rentrerai peut-être tard. J'ai nourri Monty. Passe une bonne soirée à ton club de lecture ! Bisous

Puis il entama son long trajet, dans la circulation dense de cette fin d'après-midi, son GPS programmé sur Glastonbury. Il était tellement concentré sur la mission qui l'attendait que, pendant longtemps, il ne remarqua pas la berline de couleur sombre qui resta à deux ou trois voitures derrière lui sur l'A23, la M25, la M3, *via* Basingstoke, puis Salisbury, puis pendant les trois heures de route jusqu'à Stonehenge, sur l'A303.

C'est à ce moment-là qu'il se rendit compte qu'il était peut-être suivi – juste après que la voiture derrière lui eut tourné à gauche et que les feux du véhicule suivants lui semblèrent familiers. À ses yeux, la plupart des phares se ressemblaient, sauf ceux des Audi récentes, équipées de LED particulières. Quelques minutes plus tard, une voiture le colla, puis le doubla à vive allure. Il reconnut l'arrière d'une Porsche 911.

Il constata avec soulagement qu'il n'y avait plus personne derrière lui. La voiture qui le suivait avait dû tourner.

Mais il resta sur ses gardes.

Peu après 20 h 30, quand il arriva enfin à Glastonbury, la météo était parfaite : il pleuvait à verse. Il n'aurait pas pu espérer mieux.

Soudain, il pensa voir quelque chose dans son rétroviseur. Il ralentit et vérifia à chaque passage sous un réverbère. Rien.

C'était juste son imagination. Il avait les nerfs à vif. Il se dirigea vers le parking devant le magasin d'usine où il s'était garé la fois précédent, et attendit. Aucun véhicule n'approcha. Il pleuvait trop pour que quiconque, à part peut-être ceux qui sortaient leur chien par tous les temps, ne se hasarde à l'extérieur.

Son téléphone, qui bipa, le fit sursauter. C'était un texto d'Imogen.

> J'espère que tout se passe bien pour toi. Ici, grosse dispute à propos d'un bouquin !

Il savait qu'il s'agissait de *Shantaram*. Il lui répondit :

> Dis-leur que tu penses que c'est le nouveau *Cinquante nuances de Grey* !

Il démarra et sortit du parking pour vérifier qu'aucun véhicule ne s'était mis en embuscade. Rien à signaler.

Il tourna à gauche dans l'allée entre le Chalice Well et Glastonbury Tor, qu'il avait empruntée à pied lors de sa dernière visite, puis se gara à l'endroit où commençait le sentier vers la colline.

Il y avait suffisamment de place pour sa voiture. Il était seul. Impeccable.

Il ouvrit le coffre et en sortit trois cabas à fermeture Éclair imperméables contenant tout ce dont il allait avoir besoin. Il les porta jusqu'à la barrière, prêt à se cacher dans les bosquets au cas où une voiture passerait. Il sortit une discrète lampe frontale à réflecteur, à faible portée, jeta chacun des sacs au-dessus de la barrière et passa tant bien que mal de l'autre côté.

Il attendit que ses yeux s'habituent à l'obscurité. Allait-il y arriver ? Son téléphone sonna de nouveau. Réponse d'Imogen :

Ah ah !

Il sourit, mal à l'aise, honteux de ne pas lui avoir dit toute la vérité sur ce qu'il faisait ce soir. Mais il ne voulait pas l'effrayer. Il mit son téléphone en mode silencieux.

Deux petites lueurs rouges brillèrent dans l'obscurité, de l'autre côté de la palissade. Il éteignit sa lampe frontale. Son cœur battait la chamade et il avait des sueurs froides. Immobile, il tendit l'oreille.

Rien.

Deux minutes plus tard, trempé, il ralluma sa lampe, souleva les sacs et se mit en route vers le puits. Les marches étaient très glissantes. Il arriva au puits, dont le couvercle était soulevé.

C'est n'importe quoi. Rentre chez toi.

Frigorifié, il sentit la peur l'envahir.

Tu déraillles. Laisse tomber.

Des visions d'horreur de Harry Cook lui traversèrent l'esprit. Ceux qui l'avaient torturé et tué étaient-ils tapis dans l'obscurité, prêts à se jeter sur lui ?

Il frissonna.

Lâche l'affaire, lui hurlait son cerveau. *Rentre à la maison, trouve une autre façon de sauver le monde.*

Mais il était déjà allé trop loin.

Il posa les sacs, s'approcha du bord du puits et regarda l'eau d'un noir d'encre, à travers les barreaux. Il sentit des odeurs de mousse et d'herbe. Il repensa au papier froissé retrouvé dans la corbeille de Cook, aux coordonnées et à l'e-mail que Boxx lui avait envoyé, qui lui avait permis de déchiffrer le code.

Neuf mètres S (sud ?) T (tourner ?) G (à gauche ?). Ça t'aide ?

En faisant neuf mètres vers le sud puis en tournant vers la gauche, on tombait exactement sur le puits.

Il se pencha, ouvrit l'un des sacs et en sortit une clé à molette. Il batailla plusieurs minutes pour défaire chacun des boulons qui sécurisaient la grille et n'avaient pas été dévissés depuis des années, voire des décennies. Quand il eut terminé, il était en nage. Au moment où il s'agenouilla pour essayer de soulever la grille, en espérant qu'elle n'était pas trop lourde, il entendit une voiture.

Elle roulait lentement sur l'allée, de l'autre côté de la palissade. Il retint son souffle. Si c'était une ronde de police, peut-être se demanderaient-ils ce que son Audi faisait là, ou supposeraient-ils qu'il s'agissait d'un simple promeneur nocturne ?

Les phares passèrent et le bruit du moteur s'éloigna. Il se concentra sur sa tâche, empoigna deux des barres métalliques et tira de toutes ses forces.

Rien. Merde. Il essaya plusieurs fois, jusqu'à ce qu'il trouve la solution du problème : il n'avait dévissé que cinq des six boulons.

Il était tellement agité qu'il avait du mal à se concentrer.

Il s'attela au dernier écrou, se pencha et tira. Plus légère que prévu, la grille se souleva facilement.

Il soupira de soulagement, la posa délicatement à côté du puits, puis sortit d'un autre sac l'équipement qu'il avait préparé dans la journée : sa caméra GoPro, dans le boîtier *waterproof* qu'il utilisait pour faire de la plongée, équipée d'une torche LED *waterproof*, elle aussi, accrochée au bout d'une corde en polypropylène, lestée par une autre clé à molette.

Il alluma la lampe et la caméra, puis entreprit de faire descendre l'appareil au fond du puits en comptant approximativement : cinq mètres, dix, quinze…

D'après le guide, le puits devait faire environ vingt-cinq mètres de profondeur. Vingt. Vingt-cinq. Il sentit du mou. Il tira légèrement sur la corde, puis la fit vriller pour faire tourner la caméra, lentement, sans à-coups. Il entreprit ensuite de la remonter en faisant des pauses régulières pour regarder autour de lui. La torche de son téléphone éclairait faiblement le muret circulaire d'une lueur rougeâtre.

Soudain, il crut entendre des pas.

Il s'arrêta, éteignit la lumière et s'immobilisa, attentif au moindre mouvement. Il pleuvait toujours des cordes. Il remonta la caméra de quelques mètres, puis s'arrêta de nouveau.

Le seul bruit notable était celui de la pluie.

Tremblant de froid, il ralluma la lampe. La caméra remonta à la surface avec un petit *plop*.

Il la sortit de l'eau, ouvrit le boîtier et la protégea sous sa parka, avant d'appuyer sur le bouton « play ».

Pendant une minute, peut-être plus, l'image montra un mur, parfois de la mousse et des sortes d'algues, puis trembla. Ce devait être le moment où la caméra avait touché le fond.

Puis elle se mit à tourner. Il vit un certain nombre de pièces de monnaie, et, une fois que la caméra eut terminé un tour complet, soulevant de la vase, il dut admettre qu'il n'y avait rien.

Merde, merde, merde.

Mais maintenant, au moins, il savait que Harry Cook s'était…

Soudain, il remarqua quelque chose.

Il appuya sur le bouton « pause ».

Il y avait quelque chose qui ne faisait pas partie du puits. Une forme sombre gisait au fond. Il revint en arrière. Ses yeux s'étant habitués à l'obscurité, il la distingua mieux.

Il ressentit une sorte de décharge électrique. Qu'est-ce que c'était que ce truc ? Il visionna cette partie une troisième fois. Il y avait bien quelque chose dans le limon, mais impossible de savoir quoi. Peut-être s'agissait-il tout bêtement d'une grosse pierre.

Il sortit d'un des sacs une échelle flexible achetée sur Internet et l'équipa de maillons rapides, les mains tremblantes.

Quand il eut terminé l'assemblage, il attacha l'échelle, puis la fit descendre dans le puits jusqu'à ce qu'elle soit entièrement déployée.

Du troisième sac, le plus lourd, il sortit son équipement de plongée. Puis il s'arrêta pour inspecter les alentours, grelottant. C'était de la folie pure. Le diamètre du puits était à peine assez large pour lui.

Ricky a dit que vous deviez me faire confiance. Il m'a donné deux noms, Bubble et Squeak.

La voix de Harry Cook le hantait. Maintenant qu'il était là, plus question de reculer. Il se déshabilla et enfila sa combinaison, ses gants et ses chaussures en néoprène, fixa la bouteille et mit le régulateur de pression en place. Il l'alluma et regarda la capacité : il ne lui restait qu'une demi-bouteille d'air. Il s'en voulut de ne pas avoir vérifié avant de partir, mais ce serait largement assez, vu qu'il n'avait pas à descendre bien profond. Il noua sa ceinture lestée, fixa son couteau de plongée et sa puissante torche sous-marine à ses jambes, enfila sa veste, ajusta sa frontale et serra son ordinateur de plongée à son poignet. Enfin il attrapa son masque et le plus petit des sacs, enjamba le puits et, agrippé à l'échelle, entama la descente.

Caché non loin de lui, l'homme qui le suivait depuis Patcham et le filmait grâce à la caméra fixée à ses jumelles à vision nocturne attendit que Ross ait disparu de son champ de vision pour zoomer.

34

Mardi 28 février

Ross descendit les premiers échelons instables et atteignit rapidement la surface de l'eau. Il hésita. Tout lui disait de renoncer et de rentrer chez lui mais, au bout d'un moment, il trouva le courage de mettre l'embout en plastique dans sa bouche, d'ajuster son masque et de poursuivre.

Dès que sa tête passa sous la surface, le froid devint encore plus intense.

Des algues lui caressèrent le visage et il frissonna. Un peu plus bas, il s'arrêta pour attacher à un barreau le cabas, et tout ce qu'il contenait.

Faiblement éclairé par sa lampe frontale, il poursuivit sa descente dans une atmosphère irréelle. Les seuls bruits ambiants étaient sa respiration, quelques bulles qui se formaient à son passage, et les battements de son cœur.

Il avait l'impression d'être là depuis une éternité. Il avait peur. Il s'arrêta et envisagea de faire demi-tour. Malgré la protection de sa combinaison, l'eau était de plus en plus glaciale et il n'était qu'à mi-chemin. Il se demanda s'il ne descendait pas pour rien. Sa respiration était de plus en plus forte et des algues lui collaient au visage, telles des toiles d'araignées. Son pied se posa sur le dernier échelon. Il s'était enfoncé de six mètres. Il lâcha prise et se laissa sombrer à un rythme régulier, rapide.

Il sentait qu'il prenait de la vitesse. Dix mètres, douze mètres, quinze mètres.

Il avait exploré des épaves dans les Caraïbes et des grottes de la mer Rouge, avait longé de profonds récifs aux Maldives, mais jamais il n'avait été terrifié comme il l'était dans ce conduit étroit, d'un noir d'encre.

Dix-huit mètres.

Il pensa à son enfant à naître. À Imogen. Plonger seul était fortement déconseillé. Plonger seul dans un espace confiné et inconnu relevait de la folie. S'il rencontrait le moindre problème, personne ne viendrait à son secours et il ne connaîtrait jamais son fils.

Vingt mètres.

Stressé comme il l'était, il avait commis une erreur de débutant : il n'avait pas vérifié son lestage et atterrit lourdement sur le sol boueux.

Furieux contre lui-même, il dut attendre que la vase retombe. Il constata qu'il n'avait plus que quinze minutes d'air environ. Dans sa panique, il en avait utilisé plus que d'habitude.

C'était idiot de sa part de se mettre dans un tel état. C'était le meilleur moyen d'avoir un accident. Il devait se calmer, d'une façon ou d'une autre, mais il n'arrivait pas à canaliser ses pensées. Il lui avait fallu sept minutes pour descendre et il allait lui en falloir un peu plus pour remonter. L'eau était encore trop trouble pour qu'il y voie quoi que ce soit.

Plus que onze minutes.

Dix minutes.

Il distingua enfin quelques pièces de monnaie, un emballage de KitKat, un bout de carton désintégré et un vieux téléphone Nokia. *Ce n'est pas possible que ce soit ça ! Ça avait l'air beaucoup plus gros, à la caméra.*

Il tourna sur lui-même et souleva de nouveau de la vase. Il s'agenouilla et plongea ses mains dans la boue profonde, non sans un certain dégoût. Quelles sortes d'animaux, morts ou vivants, pouvait-il bien y avoir là ? Il toucha quelque chose qui ressemblait à une grenouille morte et frémit. Puis il tomba sur un objet solide, recouvert d'une substance visqueuse.

Était-ce la forme qu'il avait aperçue avec la GoPro ?

Il la souleva et l'approcha de son visage, mais ne distingua, à la faible lueur, que les algues qui la recouvraient.

Il les retira et constata, déçu, qu'il s'agissait d'une botte d'enfant rouge.

Après avoir vérifié qu'il n'y avait rien d'autre, il amorça sa remontée.

Plus que huit minutes d'air disponible.

Il remonta aussi vite que son biper l'autorisait, fit une brève pause à l'endroit où il avait attaché son sac, le dézippa, laissant entrer un peu d'eau, et le referma. Il atteignit la surface, retira l'embout de sa bouche et respira goulûment une bouffée d'air frais, avant de balancer son sac sur la terre ferme.

Tétanisé, il constata alors qu'une silhouette le surplombait. Il reçut un coup violent au visage qui lui fit lâcher l'échelle. Il tomba dans le puits et chercha à se rattraper à l'échelle, tout en buvant la tasse.

Quand il réussit enfin, respiration bloquée, il grimpa le plus vite possible à la surface. Il recracha de l'eau dans une quinte de toux et brandit son couteau de plongée. Il monta quelques échelons, puis ralentit et attendit. Dans l'obscurité totale, il avait du mal à évaluer à quelle distance était la margelle du puits.

Soudain, il entendit le vrombissement d'un moteur, un crissement de pneus et le bruit d'une voiture qui s'éloignait à vive allure.

Sale bâtard.

Il gravit les derniers échelons et s'arrêta, sous le choc.

La grille en métal avait été remise en place.

Il avait le nez bien amoché, mais cela ne lui importait guère. À travers la grille, il vit que son plan avait fonctionné.

Les deux grands sacs étaient toujours là, mais son assaillant avait emporté le plus petit, celui qu'il venait de sortir du puits. Celui qui contenait ce qu'il avait acheté au marché aux puces la veille : une boîte à biscuits des années 1930 et une timbale de baptême plaquée argent emballée dans du tissu.

Il tendit l'oreille – rien.

Il poussa fort contre la grille, mais celle-ci ne bougea pas d'un iota.

Il était bloqué.

35

Mardi 28 février

Ross poussa contre les barreaux de toutes ses forces, puis retira un gant et tâtonna le pourtour de la grille. Une vis et un écrou avaient été remis en place et ils étaient trop serrés pour être défaits de ses doigts gelés. Il vérifia tous les points d'attache et compta trois boulons sur six.

Les salauds !

L'espace d'un instant, il paniqua. Allait-il passer la nuit agrippé à l'échelle ? Quelqu'un l'entendrait-il crier, demain matin ?

Allait-il tenir aussi longtemps ?

Il retira sa ceinture lestée et l'accrocha à l'échelle, puis fit de même avec sa veste et sa bouteille. Allégé, il réussit à mettre de l'ordre dans ses pensées. Il n'y avait rien au fond du puits. Mais si, comme il le supposait, Joseph d'Arimathie avait voulu cacher le Saint-Graal ici, où l'aurait-il fait ? Et qui avait nommé cet endroit « le puits du calice » ?

Joseph n'avait pas d'équipement de plongée. S'il n'avait pas laissé tomber le calice au fond, il avait donc dû le cacher au-dessus de la surface, n'est-ce pas ?

Ross regarda sa montre. 21 h 07. Les premiers jardiniers arriveraient dans une douzaine d'heures. Il réfléchirait plus tard à ce qu'il allait bien pouvoir leur raconter. En attendant, il avait douze heures pour explorer chaque aspérité entre l'eau et le rebord du puits. Il trouverait plus tard un prétexte pour justifier son absence auprès d'Imogen.

Il opta pour une approche méthodique. Il retira son masque et, en partant du haut, poussa chacune des pierres, testant les joints de son couteau, et poursuivit de façon circulaire.

Il était sur le point d'abandonner, lorsqu'il remarqua qu'un moellon, juste au-dessus de la surface, était bancal.

Il gratta autour à l'aide de sa lame et le sentit se désolidariser de la paroi. En poussant, il eut la surprise de le faire tomber dans une cavité.

Le cœur battant, il sortit sa lampe *waterproof* et dirigea le faisceau vers l'intérieur. Il découvrit alors une sorte de tunnel étroit et sentit un courant d'air froid sur son visage.

Il entreprit de déloger une autre pierre, qu'il poussa également vers l'intérieur. Quand il réussit à en faire tomber une troisième, le trou fut assez large pour qu'il puisse passer la tête et les épaules. Le courant d'air froid lui sembla d'autant plus puissant.

Qu'y avait-il à l'autre bout ? Une sortie ?

Il se glissa à l'intérieur et sentit une toile d'araignée lui caresser le visage. Au loin, deux minuscules points rouges brillèrent, avant de disparaître. Un rat. Depuis l'Afghanistan, il les avait en horreur.

Les parois rocheuses semblaient sèches, malgré l'odeur d'humidité. Était-ce une cavité naturelle ou un tunnel creusé par l'homme ? se demanda-t-il en se glissant à l'intérieur. Avec sa lampe frontale et sa torche, il y voyait à un ou deux mètres.

L'endroit n'était pas suffisamment haut pour qu'il puisse s'y tenir à genoux et le plafond irrégulier était couvert de petites stalactites. Il rampa et le conduit devint encore plus étroit.

Merde !

Il n'avait jamais été à l'aise dans les espaces confinés. Il n'aimait pas, par exemple, être assis à l'arrière d'un véhicule trois-portes. Il décida de s'aplatir au maximum.

Dans le faisceau de sa torche, il vit une autre paire d'yeux rouges briller. *Dégage.* Il entendit un couinement et le bruit d'un animal qui décampait, puis plus rien.

Il prit sa respiration et recommença à avancer, sa tête frôlant le plafond. Le souffle froid, de plus en plus fort, lui laissait espérer une ouverture au bout du tunnel.

L'espace se rétrécit encore. Son menton touchait désormais le sol.

Il avait de plus en plus de mal à respirer.

Allait-il réussir à aller plus loin ?

Du calme. Respire profondément.

Il se sentit oppressé comme dans un cercueil. *Tu as réussi à aller jusque-là, continue.*

Et si je restais coincé ?

Il chassa cette pensée. Une vingtaine de mètres plus loin, le tunnel semblait déboucher quelque part. Rempli d'une énergie nouvelle, Ross continua à ramper. Une minute plus tard, il se trouvait dans une caverne suffisamment haute de plafond pour qu'il puisse se tenir debout. Au fond, elle se rétrécissait et donnait sur un autre conduit.

Il se leva, instable, mais soulagé. Il éclaira les parois rocheuses de sa torche et découvrit une petite alcôve sur sa droite.

Des morceaux de pierre taillée, au sol, lui indiquèrent qu'il ne s'agissait pas d'une encoche naturelle. Quelqu'un avait créé ce renfoncement. Curieux, il s'approcha et aperçut quelque chose, tout au fond.

Il tendit le bras pour l'attraper. Il s'agissait d'un objet en bois, irrégulier, de la taille d'un ballon de rugby, recouvert de poussière, composé de deux moitiés assemblées par une colle extrêmement résistante.

Cet artefact avait été façonné par un être humain. Il en eut la chair de poule.

36

Mardi 28 février

Envoûté par l'objet, Ross n'arrivait à penser à rien d'autre. Toutes ses peurs s'étaient envolées.

Était-ce là ce que Harry Cook cherchait ? Était-ce pour cela qu'il était mort ? Qu'allait-il trouver à l'intérieur ? Il résista à l'envie de le forcer avec son couteau, là, tout de suite.

Mais sa priorité était de le protéger et de sortir de là sans tomber de nouveau sur son assaillant. Car, tôt ou tard, celui qui l'avait frappé au visage et qui s'était enfui avec son sac découvrirait son contenu et reviendrait.

Peut-être le second tunnel menait-il à l'extérieur.

Il n'y avait pas d'autre choix.

Ross reprit sa progression, le dos courbé, puis à quatre pattes, puis de nouveau à plat ventre, en poussant sa torche et l'objet en bois devant lui.

Il rampa longtemps dans un espace à peine assez large pour lui, tout en sentant que l'air devenait de plus en plus frais. Vingt minutes plus tard, il distingua la sortie. Devant lui se trouvait un mur en pierre, dans lequel quelques marches avaient été taillées, et une autre cavité où il put se redresser.

Tenant sa torche d'une main et l'objet de l'autre, il gravit cinq mètres environ et découvrit, au-dessus de sa tête, une grille circulaire en métal rouillé. Au-delà, l'obscurité était totale.

Il essaya de la pousser, mais elle ne bougea pas d'un millimètre. Il enfonça son couteau le long de sa circonférence et sentit qu'il pénétrait une matière souple. Des grumeaux tombèrent, l'aveuglant momentanément.

Il se frotta les yeux, remit son masque de plongée, puis continua à faire glisser la lame tout autour de la grille.

Il poussa de nouveau et sentit un peu de jeu. Il recommença et réussit à gagner quelques millimètres. À la tentative suivante, elle se souleva avec un bruit de succion, comme si la terre la cédait à contrecœur.

Il grimpa les deux dernières marches, se hissa à l'extérieur et éclaira autour de lui.

La végétation était dense. Il se fraya un chemin jusqu'à un pré et comprit où il se trouvait.

Les ruines de Glastonbury Tor s'élevaient à une centaine de mètres au-dessus de lui. Il avait émergé dans un bosquet d'arbres et d'aubépines apparemment impénétrable.

Debout dans la nuit, toujours sous la pluie, il contempla le Chalice Well. Le puits du calice.

37

Mardi 28 février

Ross se dirigea vers le puits, vérifiant que son assaillant n'était plus dans les environs. Les deux sacs qu'il avait laissés étaient toujours là. Il enveloppa l'objet qu'il avait trouvé dans une serviette et le plaça dans l'un des cabas. Quand il eut terminé, il entreprit de tout remettre en ordre.

Il dévissa la grille, sortit l'échelle, sa ceinture lestée et la bouteille d'oxygène, et mit le tout dans un sac. Il revissa la grille sans prendre la peine de replacer les pierres qu'il avait délogées, retira sa combinaison de plongée et se rhabilla. Quand il fut prêt, il jeta ses sacs de l'autre côté de la palissade, l'enjamba et tendit l'oreille.

Il quitta Glastonbury et roula plusieurs kilomètres en direction de Brighton avant de chercher un endroit discret où s'arrêter. Quand l'occasion se présenta, il se gara derrière un *food truck* fermé. Il verrouilla les portières, éteignit toutes les lumières dans l'habitacle et ouvrit, les mains tremblantes, le sac mouillé posé sur le siège passager. Il contempla l'étrange objet ovale, poussiéreux, emballé dans une serviette.

Il le secoua doucement et entendit quelque chose cliqueter à l'intérieur : l'objet semblait creux.

Il essaya de séparer les deux parties, en vain. Il allait devoir attendre d'être rentré chez lui.

La prédiction de Cook était-elle en train de se réaliser ?

Ou bien allait-il être profondément déçu ?

Il n'osait pas croire que ce puisse être le calice. Quelqu'un, Joseph d'Arimathie ou un autre, s'était donné beaucoup de mal pour cacher cet objet, qui n'avait pas été découvert pendant des siècles.

En regardant dans le rétroviseur, il vit du sang séché sous ses narines et sur ses lèvres, ainsi que des égratignures sur son front et ses joues. Il humidifia un mouchoir et se nettoya sommairement le visage. Dans le clair-obscur, il crut discerner des cernes sous ses yeux, signe que son nez, douloureux, était sans doute fracturé.

Quand il arriva chez lui peu après 2 heures du matin, il sentait encore les effets de l'adrénaline. Il se gara devant leur garage, à côté de la Prius d'Imogen. Ils utilisaient leur garage comme espace de stockage et comme atelier. Ils ne mettaient jamais leurs voitures à l'intérieur.

Avant de sortir, il s'assura qu'il était bien seul. Il ouvrit la porte du garage en faisant le moins de bruit possible, alluma la lumière et déchargea ses sacs. Il referma la porte et vérifia qu'elle était bien verrouillée.

Il s'empressa d'accrocher son équipement de plongée au-dessus de ses deux vélos – un VTT et un Brompton pliant –, ouvrit la porte qui menait à la maison, passa devant le panier de Monty, qui dormait, et posa le sac humide à côté de l'évier, sur l'égouttoir. Le chien ouvrit un œil et le referma. Sur la pointe des pieds, Ross monta dans leur chambre.

À Imogen, il ferait croire que son nez cassé et ses égratignures étaient dus à une rencontre malheureuse avec un financier furieux de l'article qu'il avait écrit sur les évasions fiscales dans le milieu du cinéma.

Elle avait laissé la lampe de chevet allumé de son côté à lui et semblait dormir profondément. Bien. Il allait ressortir discrètement quand elle murmura :

— Comment s'est passée ta soirée ?

— Rien de particulier.

— Cool.

— Et la tienne ?

— Le livre n'a pas fait l'unanimité. Certains l'ont trouvé trop long, mais je ne suis pas d'accord.

Il s'approcha d'elle pour l'embrasser.

— Dors bien.

— Je t'aime.

— Moi aussi, je t'aime.

Il essaya d'y mettre du cœur, mais il avait du mal à prononcer ces mots. Il ferma la porte et redescendit dans la cuisine, attrapa une bouteille de whisky et but une gorgée au boulot pour essayer de se calmer. Puis il enfila une paire de gants en caoutchouc, sortit délicatement la curiosité du sac, la posa dans l'évier sur un torchon propre et prit une photo avec son téléphone.

Il essuya légèrement la poussière avec un chiffon. Il ne voulait pas utiliser une brosse pour ne pas risquer d'effacer des choses écrites ou peintes à la surface. L'objet était apparemment en chêne. Il semblait contenir quelque chose, avec ses deux parties sculptées dans deux moitiés d'un tronc, collées ensemble.

Le bois était sombre et semblait très vieux, comme ces choses que l'on voit parfois derrière une vitrine, dans les musées. Il ne pouvait pas s'empêcher d'être fasciné. Fasciné et intrigué.

Professeur, est-ce cela que vous cherchiez ? Est-ce l'objet que Dieu voulait que vous trouviez ? Le premier d'une série de trois ?

La lumière faiblit une fraction de seconde, vacilla, puis retrouva son intensité habituelle. Ross frissonna en levant les yeux vers les spots. Il tendit l'oreille pour s'assurer qu'Imogen ne s'était pas levée. À part Monty, qui lapait l'eau de sa gamelle, la maison était calme.

Que devait-il faire ? Ne rien toucher, ne pas essayer d'ouvrir l'objet, au risque de l'endommager, et le montrer à un expert ? Peut-être au British Museum ?

Mais il lui faudrait alors expliquer comment cet objet était entré en sa possession, et partager ce qu'il savait sur son contenu potentiel. Et, pour le moment, il souhaitait garder cette information secrète.

Il prit quelques photos supplémentaires, et choisit un grand couteau à côté de l'évier et entreprit de briser le sceau. Mais celui-ci était plus dur que de la pierre. Dur comme du diamant. Après plusieurs tentatives, il se rendit compte qu'il n'arriverait pas à glisser la lame. Fatigué et frustré, il emporta l'objet dans le garage, le plaça dans l'étau qu'il avait acheté avec l'intention d'améliorer ses talents de bricoleur – un vœu pieux – tourna la manivelle et serra un peu, sans prendre le risque de le briser. Il s'empara d'un marteau et d'un burin.

Il donna quelques coups au niveau de la jointure. Rien. Il insista et réussit à émailler la colle.

Un quart d'heure plus tard, il avait fait le tour de la circonférence. Il dévissa l'étau et glissa le burin dans la fente avec un mouvement de vrille.

La partie supérieure s'ouvrit comme une huître, avec un craquement bruyant. À l'intérieur de la partie inférieure, il découvrit un tissu marron, enveloppant un objet, entouré de fibres qui ressemblaient à du raphia.

Il posa les deux moitiés sur un tissu qu'il avait étalé sur l'établi et sortit l'objet qui se trouvait à l'intérieur. Il était léger et dur. Il déroula l'étoffe dans laquelle il était enveloppé. Le matériau, très vieux, s'effrita en partie entre ses doigts. Après avoir effectué plusieurs tours, il dévoila l'artefact.

Il fut parcouru d'un frisson étrange.

Il s'agissait d'un récipient sculpté dans du bois. En d'autres termes : un calice.

Il prit plusieurs photos, puis le souleva pour mieux l'observer. Il était irrégulier, mais magnifique. Plutôt délicat, avec sa timbale elliptique et sa petite base ronde, plate.

Au fond de la coupe, une croûte sombre.

Il se demanda s'il s'agissait d'une plaisanterie très élaborée ou du trésor que la chrétienté recherchait depuis deux millénaires.

Était-ce possible ?

La porte du garage trembla soudain comme si quelqu'un essayait de l'ouvrir. Il se figea, puis retrouva son calme. C'était juste le vent. Il se tourna de nouveau vers l'objet. Pouvait-il avoir mis la main sur le Saint-Graal ?

Celui qui l'avait suivi jusqu'au Chalice Well et qui l'avait frappé avant de s'enfuir avec le sac contenant une babiole de vide-greniers le pensait certainement.

Jésus avait-il bu dans cette coupe ? Était-ce son sang qui, selon la légende, avait été recueilli alors qu'il se trouvait sur la croix ?

Était-ce le calice que Joseph d'Arimathie avait emporté et caché dans cette grotte, près du puits ?

Ross se demanda combien de temps s'écoulerait avant que son agresseur s'aperçoive qu'il avait été dupé et repasse à l'attaque.

Faisait-il partie de ceux qui avaient torturé le professeur ?

Ross devait dissimuler ce trésor.

Il regarda autour de lui. Quelle serait la meilleure cachette ?

Son vieux sac de golf gisait, vide, dans un coin du garage. Il glissa la coque en bois dans une poche latérale et la zippa. Puis il emballa le calice dans sa veste de golf imperméable, alluma sa lampe frontale et se rendit dans le jardin de derrière. Il entra dans la remise et prit une pelle.

Derrière la remise, il y avait un espace d'un peu moins d'un mètre carré où ils entassaient leur compost. Il en déplaça une partie, creusa un trou relativement profond dans la terre, hésite un instant, la veste dans les bras, puis reboucha le trou et égalisa la surface.

Quand il eut terminé, il retourna dans la maison, retira ses chaussures sales et, lessivé, monta dans leur salle de bains. Le coup qu'il avait reçu lui avait causé un mal de tête lancinant. Il prit deux cachets de paracétamol et les avala avec un verre d'eau, se brossa sommairement les dents, se déshabilla, prit une douche rapide et alla se coucher.

Le réveil affichait 2 h 45. Il était épuisé, mais beaucoup trop agité pour s'endormir. Il s'allongea sur le dos et réfléchit. Le moindre bruit le faisait tressaillir. À quels dangers les exposait-il, Imogen et lui ? Quelle était la prochaine étape ? Il appellerait une entreprise pour installer une alarme et tous les équipements de sécurité nécessaires, dès le lendemain, à la première heure.

Les souvenirs du professeur crucifié le tourmentaient. Il repensa à sa soirée. Celui qui l'avait piégé dans le puits ne lâcherait pas facilement l'affaire.

Il imagina sa déconvenue quand il ouvrirait le sac et esquissa un sourire. Cela faisait longtemps qu'il n'avait pas souri. Puis ses craintes reprirent le dessus.

38

Mercredi 1er mars

Le réfectoire de Simonopetra était une salle austère et haute de plafond, suffisamment grande pour accueillir les trois cents moines pour lesquels le monastère avait été construit.

Elle était meublée de tables pour dix, taillées dans le marbre blanc de la péninsule. Les moines en occupaient trois. Ils mangeaient en silence leur repas du matin, tandis que l'abbé, debout derrière le pupitre, au centre, récitait la Bible d'un ton monocorde.

À l'écart de ses pairs, le frère Pete était assis à une table dans un coin, tel un enfant puni. C'était l'endroit où étaient envoyés les moines transgressifs, pour expier.

Pendant un mois, il n'aurait pas droit au vin. Il mangeait donc le poisson tiède, la feta, les tomates, la laitue et le pain, seul, absorbé dans ses pensées, son poing droit toujours douloureux suite au crochet qu'il avait envoyé au journaliste.

Quelques heures après l'incident, il avait été convoqué dans la cellule de l'abbé, qui l'avait admonesté – il avait discrédité le monastère.

— Frère Pete, vous vous rendez compte que, sans les subventions, notamment celles de l'Union européenne, ce monastère, comme toute la communauté du mont Athos, ne pourrait survivre ?

— Oui, mon père.

— La violence est-elle trop profondément ancrée dans votre âme pour que vous puissiez vous intégrer ici ? À votre arrivée, vous m'avez confessé avoir passé deux ans en prison suite à l'agression d'un homme qui s'était montré malpoli envers vous, dans le restaurant où vous travailliez. Peut-être que cette violence est toujours dans votre cœur…

— Non, mon père. J'adhère de tout mon cœur à ce que nous faisons ici et aux valeurs que nous défendons. Ce journaliste voulait nous calomnier. J'ai eu peur que ses écrits nous privent des bourses européennes dont nous dépendons. J'ai ressenti le besoin de prendre position et de nous défendre.

— La violence ne fait pas partie de nos valeurs.

— Je vous prie de m'excuser. Je suis déstabilisé par les visions que j'ai, ces temps-ci. J'ai l'impression que Notre-Seigneur essaye de communiquer avec moi, de me guider.

— Vraiment ? s'étonna l'abbé en fixant le frère Pete de ses yeux mi-clos. Qu'est-ce qui vous fait croire cela ?

— C'est difficile à dire, mais je le ressens profondément en moi.

— Que vous dit-il ?

— Que Notre-Seigneur Jésus est peut-être de retour sur terre et que personne ne s'en rend compte. Qu'Il est venu pour sauver le monde, mais qu'Il a besoin de notre aide.

— C'est une affirmation forte que vous faites là, mon fils. Et si vous vous trompiez, vous pourriez avoir de gros ennuis. Pourquoi Notre-Seigneur parlerait-il avec vous alors qu'il désapprouve la violence ?

Pete baissa les yeux.

— J'ai péché et je vous demande pardon, mais mon intuition est extrêmement forte.

— Nous savons tous qu'Il va revenir. Ses messages ont toujours été d'amour et de pardon. Nous devons partager la bonne parole. Que pensiez-vous obtenir en agressant un journaliste influent ?

Pete eut la décence de rougir.

Mais aujourd'hui, isolé, il regrettait amèrement que son cousin Angus ne soit plus là. Avec lui, il pouvait s'épancher comme avec personne d'autre.

Il se demandait de plus en plus souvent si son cousin éprouvait la même sensation que lui.

Cette impression que quelque chose d'historique était en train d'arriver, que Notre-Seigneur s'apprêtait à revenir pour nous sauver et que personne ne s'en rendait compte.

39

Mercredi 1er mars

L'enseigne de la boutique, dans le quartier des Lanes, à Brighton, annonçait « Derek Belvoir – Antiquités et restauration ». Installé à l'arrière du minuscule magasin, dans un bureau à l'abri des regards, Ross Hunter retira les lunettes de soleil qui cachaient ses coquards.

— Alors, qu'en pensez-vous ? demanda-t-il à Belvoir.

Ross avait rencontré le vieil escroc dix ans plus tôt, à l'occasion d'un article sur les arnaqueurs qui, à l'époque où Brighton était connue pour ses trafics d'antiquités, faisaient du profit sur le dos des personnes âgées, en leur achetant pour une bouchée de pain leurs objets les plus précieux.

Derek Belvoir s'était ouvert à lui sans la moindre honte. Il s'était vanté de savoir reproduire une table ou un buffet georgien et lui avait expliqué en détail comment falsifier des chaises modernes afin de les faire passer pour des antiquités.

L'antiquaire aux cheveux d'argent, élégamment coiffés en arrière, portait un costume en tweed et une cravate jaune. Assis derrière son bureau, équipé d'une loupe à l'œil de joaillier, il examinait la première des deux parties du conteneur en bois que Ross lui avait apportées. Il avait enfilé une paire de gants blancs en coton et placé un tissu en velours noir sur son bureau pour protéger l'objet.

Sa petite voix aiguë, son accent populaire, ses mocassins gris de piètre qualité et sa boucle d'oreille en or trahissaient ses origines modestes, alors qu'il soignait son style aristocratique. Mais Belvoir connaissait son métier et Ross le respectait pour cela. Il était d'ailleurs reconnu dans son milieu, au point d'avoir participé à une émission télévisée sur le sujet, avant d'écoper de trois ans de prison pour trafic de contrefaçons.

La dernière fois que Ross l'avait vu, l'empire de Belvoir occupait deux étages dans une boutique avec pignon sur rue. Mais, depuis quelques années, plus personne ne s'intéressait aux vieux meubles. Les antiquaires respectables de Brighton s'étaient reconvertis dans les bijoux ou les curiosités orientales, tandis que les moins scrupuleux se recyclaient dans le trafic de drogue.

— Mes aïeux, Ross, où avez-vous déniché ceci ? lui demanda-t-il avec un regard curieux.

— Que pouvez-vous m'en dire ?

— C'est du chêne. Je ne saurais le dater, mais le scellant devrait nous fournir de bonnes indications.

— Le scellant ?

— La colle qui maintenait ensemble les deux moitiés.

Ross hocha la tête.

— J'aurais du mal à répliquer cet objet, même si je ne suis plus du tout dans la contrefaçon, ne vous méprenez pas, je suis revenu dans le droit chemin.

— Pas de soucis, Derek, je n'essaie pas de vous piéger. J'aimerais juste connaître la provenance de cet objet.

Derek dévisagea Ross.

— Jolis coquards ! C'est pour cela que vous vous êtes battu ?

— Très drôle.

Belvoir se reconcentra.

— Je n'ai jamais rien vu de tel.

Ross sortit alors de son sac le calice et le déposa sur le tapis de table noir. Belvoir le souleva, l'approcha de son visage et le fit tourner plusieurs fois, lentement.

— C'est fait avec beaucoup de talent. Cette coupe est le travail d'un vrai charpentier, mais avant l'invention du tour à bois. Elle est très ancienne, vous me suivez ? Ancienne au point que je ne saurais la dater. Il y a comme une croûte au fond. Peut-être le sédiment de ce que son propriétaire a bu. La colle pétrifiée aussi est intéressante. Un laboratoire pourra vous en dire plus, mais je pencherais pour du goudron ou, plus vraisemblablement, de la résine.

— À quelle époque utilisait-on la résine, Derek ?

— Il y a mille ans, peut-être plus.

Ross essaya de ne rien laisser paraître.

— Ah bon ?

Belvoir déposa délicatement la coupe sur le tissu et retira son oculaire.

— Je peux vous demander d'où tout cela provient ? demanda-t-il après quelques instants, avec un regard inquisiteur.

— Je l'ai déniché dans un vide-greniers.

— Et vous l'avez payé quoi… trois fois rien ?

Ross leva l'index.

— Une livre ?

— Ouais.

— Eh bien, vous avez fait l'affaire du siècle ! Je ne saurais pas en évaluer la valeur, tant cela me paraît inédit. Les deux parties m'évoquent un conteneur. Je pense qu'elles devaient être utilisées sur un bateau. Le chêne est l'un des bois les plus résistants à l'eau. Et, comme je vous l'ai dit, la coupe est une pièce très ancienne.

— La résine était utilisée comme colle il y a plus de mille ans, c'est ça ? Donc la coupe pourrait avoir cet âge-là ?

— Je suis bien incapable de vous le dire. Un laboratoire pourrait dater tout ça au carbone 14. La précision dépendra de la façon dont cela a été conservé. Vous aimeriez le faire estimer ?

— Pas vraiment, je m'intéresse davantage à sa provenance.

— Je vous propose cinq cents livres pour le tout, la coque et la timbale.

— C'est tout ?

— Dommage que vous n'ayez pas plus d'infos, c'est peut-être inestimable. C'est peut-être le Saint-Graal ! fit-il en souriant.

— C'est vrai, ça ! Qui sait ?

Belvoir posa sur lui un regard insistant.

— C'est un ensemble unique, Ross, et c'est bien là le problème. On ne peut le comparer à rien. J'imagine qu'il n'y en avait pas d'autre à vendre, là où vous l'avez trouvé…

— Mais si ! Mon supermarché en a un rayon entier.

40

Jeudi 2 mars

Le lendemain matin, Ross prit un train bondé pour Londres. Il observa la plupart des voyageurs pour vérifier s'il n'était pas suivi, conscient que les meilleures équipes de surveillance savaient se rendre invisibles.

Après avoir traversé la capitale en métro, de Victoria à Euston, il s'installa dans un Intercity pour Birmingham. Imogen avait pris sa matinée pour accueillir l'entreprise qui devait installer des détecteurs de mouvement, des boutons panique et des verrous aux fenêtres. Pour la rassurer sur les coûts, Ross lui avait menti en affirmant que le *Sunday Times* lui avait alloué une grosse somme en liquide pour couvrir ses frais.

Il consulta son compte Twitter. Il continuait à recevoir des réponses à son post de la semaine précédente, dans lequel il demandait ce qui constituerait une preuve de l'existence de Dieu. La plupart des commentateurs étaient de fervents chrétiens qui citaient la Bible. Il y avait également la contribution d'un musulman citant le Coran. Quelqu'un lui avait conseillé d'admirer un simple coucher de soleil en été, et une autre personne lui avait annoncé qu'il brûlerait en enfer pour avoir osé poser la question.

Inspiré par sa rencontre avec Benedict Carmichael, il commença à prendre des notes sur la preuve ultime et les conséquences qui en résulteraient :

Dans un monde occidental majoritairement laïque, quelle différence cela ferait-il de prouver, sans l'ombre d'un doute, l'existence de Dieu ? tapa-t-il sur son clavier.

Le train s'arrêta dans une gare et de nouveaux voyageurs montèrent. Une femme s'arrêta pour désigner le siège vide à côté de lui, sur lequel il avait posé son sac d'ordinateur. Elle lui jeta un regard hostile mais, comme il ne voulait vraiment pas que quelqu'un puisse lire ce qu'il écrivait, il baissa les yeux. Soudain, son visage se convulsa involontairement. La femme s'éloigna et il soupira de soulagement. C'était Dieu qui l'avait fait grimacer ! Il sourit à cette idée et se reconcentra sur son travail.

Le chariot-bar passa. Ross commanda un café, une bouteille d'eau et un sandwich aux œufs, qu'il dévora.

Il parcourut les notes qu'il avait prises lors de son entretien et ajouta : *La preuve est-elle l'ennemie de la foi ?*

Par la fenêtre, il découvrit un paysage de bâtiments gris et de cheminées imposantes crachant de la fumée dans un ciel déjà bas. Le centre de l'Angleterre lui faisait penser à Ricky et il ressentit, comme chaque fois, une pointe de culpabilité.

Son frère avait toujours essayé d'être gentil avec lui, mais Ross n'avait eu de cesse de le repousser. Cela faisait plus de dix ans que Ricky était mort mais, à ce moment précis, son souvenir était encore très vif dans son esprit.

Il ferma les yeux, le cœur lourd. Son frère jumeau avait dû le trouver d'une méchanceté sans nom. Les années précédant son décès, ils s'étaient à peine croisés.

Ricky avait-il, au moment de sa mort, essayé de recréer un lien entre eux, de lui envoyer un message ?

Ne devrait-il pas tenter d'entrer en contact avec lui par le biais d'un médium, comme l'avait fait Harry Cook ?

Cette idée ne lui plaisait pas, mais il n'arrivait pas à la rejeter complètement.

Il s'assoupit et fut réveillé par une annonce au haut-parleur :

« Nous allons bientôt entrer en gare de Birmingham New Street. Terminus. Assurez-vous de ne rien oublier à bord du train. »

41

Jeudi 2 mars

Assis à l'arrière du taxi, concentré sur le rendez-vous qui l'attendait, Ross passa en revue sa semaine tumultueuse. Harry Cook avait nié avoir creusé un trou au niveau du Chalice Well. Si c'était vrai, quelqu'un d'autre avait mené des fouilles après lui. Cook avait aussi affirmé n'avoir communiqué les coordonnées à personne d'autre, et pourtant, quelqu'un s'était affairé exactement au même endroit.

Pourquoi ? Qui ? La ou les personnes qui l'avaient mis K.-O. et emprisonné dans le puits ? Le professeur avait approché les membres de la fondation et se les était mis à dos.

Il ne s'agissait pas d'un groupe secret. Ross avait trouvé leurs noms et vu leurs photos sur Internet. Leur objectif était clairement énoncé : préserver le puits et les jardins.

Étaient-ce eux qui avaient entrepris des recherches *in situ*, alertés par le comportement de Cook ? Celui-ci leur avait-il livré des informations supplémentaires ?

Avaient-ils voulu vérifier par eux-mêmes que le professeur était un illuminé ?

Ou bien…

Il regarda par la fenêtre du taxi. Ils roulaient sur une grosse artère. Les façades des maisons en brique rouge, à trois étages, avaient besoin d'être ravalées. Le chauffeur s'arrêta devant l'une d'elles.

— Numéro 33 ?

— C'est bien ça.

Ross regarda l'heure à sa montre. 11 h 50. Il était parfaitement à l'heure pour son rendez-vous de midi.

Il régla la course en laissant un généreux pourboire et grimpa les quelques marches du porche. La plaque en laiton, qui n'avait pas été astiquée depuis des lustres, annonçait : « Anholt-Sperry Brine, avocat. »

Ross sonna et entendit un déclic. Il poussa la porte et entra dans une réception démodée, aussi décrépite que la façade. Une femme aux cheveux blancs, coiffés en un chignon strict, le dévisagea depuis un haut comptoir en bois.

— Que puis-je faire pour vous ? demanda-t-elle d'une voix suspicieuse.

— J'ai rendez-vous avec Robert Anholt-Sperry.

— Et vous êtes ?

Il déclina son identité et elle lui désigna un siège. Cinq minutes plus tard, une jeune femme mieux lunée l'invita à gravir trois étages de marches étroites puis ouvrit une porte. Il entra dans un espace très encombré, où des piles de dossiers couvraient la majeure partie du sol et du bureau.

Un homme âgé se leva pour le saluer. Il avait un visage particulièrement joufflu, des verrues sur les joues et le menton, et une mèche rabattue pour dissimuler sa calvitie. Le col de sa chemise à carreaux était élimé et sa cravate rayée mal nouée. Il semblait porter sur ses épaules tous les malheurs du monde et se déplaçait lentement, comme si, conscient de ne plus avoir beaucoup de temps, il ne voyait pas pourquoi il se presserait.

— Monsieur Hunter ? demanda-t-il d'une voix grave et tonitruante, aussi distinguée que son nom le laissait supposer.

Ross serra fermement la main couverte de taches brunes qu'il lui tendait.

— Prenez place, dit l'avocat en désignant le fauteuil en cuir usé installé devant son bureau. Thé ou café ?

— Café, merci.

— Deux cafés, s'il vous plaît, Sandra, dit-il à sa secrétaire.

Aux murs se trouvaient des étagères couvertes de livres, dont de volumineux dictionnaires juridiques, ainsi qu'un diplôme encadré depuis des décennies. La fenêtre, sale, donnait sur l'avenue passante.

L'avocat observa le visage de Ross, notamment ses yeux, dont les cernes sombres étaient encore bien visibles.

— Vous revenez de la guerre ?
— J'ai pris une porte.
— Ah oui, c'est redoutable, les portes.
Les deux hommes échangèrent un sourire complice. Le vieil avocat n'était pas dupe. Il se cala confortablement dans son fauteuil et changea de sujet.
— C'est terrible, ce qui est arrivé à notre cher Harry. Si j'ai bien compris, c'est vous qui l'avez trouvé, n'est-ce pas ?
— Absolument.
— Vous le connaissiez depuis longtemps ?
— Quelques jours seulement. Et vous, vous étiez des amis de longue date ?
— Depuis plus de cinquante ans. J'étais le parrain de son fils mort en Afghanistan. Harry vous a dit, non ?
— Oui. Tombé sous des tirs amis.
— C'est ça. Harry avait été très impressionné par l'article que vous avez écrit dans le *Sunday Times* sur le manque d'équipement de nos soldats.
— Il me l'avait confié.
— Harry était un homme bien, vous savez ? Il se faisait sincèrement du souci pour le monde, dit-il en esquissant un sourire mélancolique.
— C'est l'impression que j'ai eue.
— Après vous avoir rencontré, il m'a dit qu'il vous faisait confiance. Avait-il raison de vous faire confiance, monsieur Hunter ?
— Si vous voulez savoir toute la vérité, je lui avais annoncé que je n'étais pas l'homme de la situation mais, au téléphone, il m'avait dit quelque chose qui m'avait assez intrigué pour que je lui laisse une nouvelle chance. C'est pour cela que j'étais allé le voir. Avez-vous des informations de la police ? A-t-on une idée de qui a bien pu l'assassiner ?
— Pas pour l'instant. Tout ce qu'on sait, d'après le premier rapport d'autopsie, c'est qu'il est mort d'un arrêt cardiaque. Peut-être suite aux tortures qu'il a endurées. J'ai un contact dans la police qui m'a promis de me tenir au courant. Pour le moment, ils penchent pour des cambrioleurs sadiques. Ils recherchaient quelque chose, ça, c'est sûr. Apparemment, il y aurait eu des incidents similaires dans le quartier,

des agressions de personnes âgées vulnérables vivant dans des maisons isolées. Mon gars m'a dit qu'ils ne vous avaient pas encore éliminé de la liste des suspects, ajouta-t-il avec un regard dur.

Ross se sentit mal à l'aise. Ils avaient dû trouver ses empreintes digitales dans toute la maison. Il leur avait donné sa version des faits, mais quel mobile lui prêtaient-ils ?

— Vous ne pouvez pas croire que j'aie pu faire ça ! Pourquoi l'aurais-je tué ? C'est lui qui est venu vers moi et qui m'a demandé de l'aide.

— Que vous a-t-il dit de suffisamment intriguant pour que vous lui rendiez visite ?

— Il avait découvert quelque chose qui, selon lui, me convaincrait de me ranger à ses côtés. Il m'avait supplié de ne pas le considérer comme un vieux cinglé – ce sont ses termes – et de le laisser m'expliquer. Il avait ajouté qu'il fallait qu'on se voie, qu'il était trop dangereux de parler au téléphone. Je ne savais pas ce qu'il voulait dire par là.

— Et vous n'avez jamais su ?

— Quand je suis arrivé chez lui, j'ai rapidement compris que sa maison avait été vandalisée. Je n'aurais sans doute pas dû entrer, j'en suis conscient.

— Alors pourquoi l'avoir fait ?

— La police m'a posé la même question : pourquoi est-ce que je ne les ai pas appelés immédiatement ? Je ne savais pas s'il se trouvait à l'intérieur ou pas. Je me suis dit qu'il était peut-être blessé. Je sais que, dans mon quartier, la police ne se déplace pas pour tous les cambriolages, que ce n'est pas une priorité pour eux, donc j'ai pensé qu'il valait mieux jeter un coup d'œil par moi-même.

L'avocat hocha la tête.

— Et vous avez trouvé quelque chose d'intéressant, avant de découvrir Harry ?

— Oui. Un bout de papier dans une corbeille de son bureau. Peut-être est-ce ce que les agresseurs cherchaient. C'est du moins mon opinion.

— Qu'est-ce que c'était ?

— Quand le professeur m'a donné les coordonnées, elles étaient accompagnées d'une série de chiffres, mais il ne savait pas à quoi ceux-ci correspondaient.

— Quels chiffres ?

Ross sortit son iPhone, ouvrit l'application Notes et les lut à haute voix.

Anholt-Sperry fronça les sourcils.

— Très intéressant, dit-il après plusieurs secondes de réflexion.

— Je pense qu'il avait déchiffré le code et qu'il voulait partager cette information avec moi.

— Mais qu'avez-vous trouvé dans la corbeille ?

— Une sorte de schéma, dit Ross en sortant de son portefeuille le bout de papier froissé.

Il le posa sur le bureau, où l'avocat l'observa attentivement.

— On dirait une crosse de hockey.

— C'est ce que je me suis dit aussi.

— Et vous savez maintenant ce que les chiffres veulent dire ?

Ross chercha les photos de l'objet en bois dans son application iPhone et montra l'écran à son interlocuteur.

Celui-ci chaussa une paire de demi-lunes et passa en revue les images, l'une après l'autre.

— Vous avez trouvé ceci là où Harry pensait que vous le trouveriez ?

— J'ai déchiffré le code. Les nombres correspondent à des lettres. Le message signifie en substance : « Neuf mètres vers le sud, tourner à gauche. » À partir des coordonnées, en parcourant neuf mètres vers le sud, sur la gauche, on tombe sur le puits lui-même. En creusant à l'emplacement des coordonnées, Harry, et celui ou ceux qui ont fait des fouilles après lui, se trompaient d'endroit. La coupe, protégée dans une coque en bois de chêne, se trouvait dans une grotte, à laquelle on accède par le puits. Un expert en antiquités m'a indiqué que l'objet avait mille ans, voire plus.

— Doux Jésus. Vous vous rendez compte de ce que c'est – ou pourrait être ?

— Absolument. Et je ne suis pas le seul. Celui qui a essayé de se débarrasser de moi s'en doute aussi.

— Celui qui vous a claqué la porte au nez ?

— Voilà.

— Mais vous êtes un jeune homme plein de ressources ! s'exclama Anholt-Sperry en changeant complètement d'attitude. C'est incroyable.

Tout bonnement incroyable. Vous comprenez la signification de cette découverte pour le monde ?

— Oui.

L'espace d'un instant, il eut l'impression que l'avocat, fou de joie, allait faire le tour du bureau pour venir le prendre dans ses bras.

— Vous les avez mis en sécurité ?

— Le calice et la coque se trouvent dans un espace de stockage à Shoreham. Le manuscrit que le professeur Cook m'a confié est dans le coffre-fort de mon avocat, à Brighton.

— Il avait raison de vous faire confiance à vous qui êtes jeune. Moi, je suis vieux. J'ai des problèmes de cœur, comme Harry, dit l'avocat en se tapant la poitrine. Pour le moment, je vais bien, mais sait-on jamais, hein ? Et s'il vous arrivait quelque chose ? Ce que je ne vous souhaite pas, bien sûr…

— Mon avocat a pour consigne de donner à ma femme le code de l'espace de stockage et de lui donner les clés des cadenas.

La secrétaire apporta les cafés sur un plateau. Ross prit sa tasse et souffla dessus, avant de boire une gorgée.

— Ce que je ne comprends pas, c'est pourquoi les coordonnées ne donnaient qu'une indication approximative, et qu'il fallait déchiffrer le code pour trouver l'endroit exact. Vous avez une idée ? demanda l'avocat.

— J'ai beaucoup réfléchi. À mon avis, si tant est que le lieu ait été révélé par Dieu lui-même, peut-être s'agissait-il d'un niveau supplémentaire de sécurité.

L'avocat acquiesça.

— Je pense que Harry a eu raison de vous faire confiance.

— Merci.

— Et maintenant, êtes-vous disposé à continuer votre mission ?

— J'ai été suivi jusqu'au Chalice Well et agressé. Le professeur a été torturé et assassiné. Si on établit un lien entre lui et moi, on peut en conclure que je suis en danger. Ma femme est enceinte, ce qui entre aussi en considération.

— Et vous préférez la protéger plutôt que de sauver le monde ?

Ross observa le vieil homme. On lisait la même sincérité, le même enthousiasme dans ses yeux que dans ceux de Harry Cook la première fois qu'il l'avait rencontré. Les mots de celui-ci lui revinrent : « C'est très aimable à vous de me recevoir, monsieur Hunter. Êtes-vous conscient que vous et moi sommes chargés de sauver le monde ? »

— Je ne serais pas là si c'était le cas, répliqua-t-il.

Anholt-Sperry esquissa de nouveau son sourire triste.

— C'est pour cela que vous avez été choisi.

Il se pencha par-dessus son bureau pour lui tendre une petite feuille de papier carré, similaire à celle que Cook lui avait donnée avec les coordonnées du Chalice Well.

Ross lut les chiffres. 25° 44' 47, 1264" N et 32° 36' 19, 1124" E, suivis du mot *Hatem*.

— Vous avez regardé à quoi elles correspondent ?

— Oui. Il s'agit de la vallée des Rois, en Égypte. Le temple de la reine Hatchepsout, plus précisément.

— Et le mot *Hatem* ?

— C'est vous l'expert, monsieur Hunter. Ça doit être important, mais je n'ai aucune idée de ce qu'il signifie.

— Je jouais aux échecs, enfant, mais je n'ai jamais été doué pour les énigmes, répondit Ross. Je connais quelqu'un qui pourra sans doute m'aider.

L'avocat le considéra avec béatitude. Il avait le regard de ceux qui sont intimement persuadés que, quelles que soient leurs faiblesses sur terre, une place leur est réservée à la meilleure table du paradis.

— Vous avez, de toute évidence, été envoyé pour nous sauver, monsieur Hunter. Ce que vous m'avez montré sur votre téléphone n'en est que le premier signe. Continuez à croire en vous, parce que Notre-Seigneur croit en vous, et c'est pour cela qu'Il vous a choisi.

Ross fut surpris par cette démonstration, aussi soudaine qu'inattendue, de dévotion. Il aurait tant voulu être convaincu, lui aussi ! Comme ce serait simple de croire en Dieu, et de déléguer la responsabilité de toutes nos actions à une puissance supérieure, songea-t-il. *Je suis désolé d'avoir hurlé sur le chat du voisin, mais il n'arrêtait pas de chier dans mon jardin. Pardon d'avoir traité le guichetier de demeuré. À l'avenir, je diffuserai Ton message d'amour.*

— Honnêtement, je ne suis pas persuadé d'être l'homme de la situation. J'ai longtemps été athée.

— Jusqu'à ce que votre frère Ricky vous parle.

— C'est le professeur Cook qui vous l'a dit ?

— Peu importe qui me l'a dit. L'essentiel, monsieur Hunter, c'est que *vous savez*, n'est-ce pas ? Tout au fond de votre cœur, *vous savez*. Vous avez le choix. Vous pouvez prendre le train, rentrer chez vous, et m'oublier, moi, le vieillard délirant, comme vous avez été tenté de ne pas prêter attention aux divagations de Harry. Mais ce n'est pas ce que vous allez faire, pas vrai ? Quel que soit l'angle, vous tenez un bon article. Au pire, une page ou deux dans un tabloïd. Et au mieux… ? Réfléchissez. Pourrez-vous vivre en sachant que vous avez, un jour, laissé passer la chance de sauver l'humanité ?

Ross haussa les épaules.

L'avocat ouvrit un tiroir de son bureau, sortit une grosse enveloppe et la lui tendit.

— Harry m'a demandé de vous la donner s'il lui arrivait quoi que ce soit l'empêchant de vous la remettre en main propre.

— Qu'est-ce que c'est ?

— Dix mille livres en liquide pour vos frais.

— Pardon ?

— Prenez-les. Si vous décidez de ne pas continuer, vous me les rendrez.

— Je ne peux pas accepter.

— Bien sûr que si, insista Anholt-Sperry. Si vous renoncez, vous me les rapporterez, mais je ne pense pas que vous allez renoncer. Une fois que vous aurez trouvé ce qui vous attend sur le lieu des deuxièmes coordonnées, revenez me voir. À ce moment-là, vous saurez, sans l'ombre d'un doute. Quand vous aurez fait vos preuves, vis-à-vis de moi et de vous-même, je serai autorisé, par Harry, à vous donner les troisièmes coordonnées. Celles-ci vous permettront de localiser la Seconde Venue du Christ en personne. Vous pouvez me croire ou passer à autre chose. Le choix vous appartient, monsieur Hunter.

42

Jeudi 2 mars

La maison de style faux Tudor, au bout d'un cul-de-sac à Walthamstow, dans le quartier d'East London, était mal entretenue. Depuis aussi longtemps que les voisins se souvenaient, toutes les fenêtres, que ce soit au rez-de-chaussée ou au premier étage, étaient voilées d'épais rideaux. La façade marron était décrépite par endroits, les huisseries avaient besoin d'être isolées et repeintes, et le jardin était une jungle de mauvaises herbes.

Un supermarché en ligne y livrait régulièrement ; le kiosquier du coin apportait chaque semaine des journaux en arabe ; des visiteurs, pour la plupart en qamis, la tenue traditionnelle religieuse musulmane, passaient de temps en temps, mais les gens ne se souvenaient pas de la dernière fois où ils avaient vu sortir l'homme qui vivait là.

Dans l'obscurité d'une petite pièce à l'étage se tenait Hussam Udin, 56 ans, crâne rasé et longue barbe grisonnante. Quinze ans plus tôt, accusé à tort d'être un chef d'Al-Qaïda, il avait été détenu dans la prison de haute sécurité de Belmarsh, où il avait été attaqué à l'acide sulfurique et au sucre bouillant, ce qui l'avait laissé aveugle et défiguré.

Des prisonniers musulmans s'en étaient pris à lui car, bien que né musulman, il avait déclaré être doublement inquiet pour l'islam, du fait de la violence de certaines de ses factions, et parce que peu d'imams étaient prêts à s'exprimer publiquement contre cette violence.

Le nom Udin signifiait « sabre de foi ». Malgré cette étymologie, et en dépit des épreuves, il croyait en la tolérance et utilisait, depuis sa libération, toute sa force et sa sagesse pour partager des messages de paix.

Blanchi de cette erreur judiciaire grâce au travail acharné d'un avocat d'Amnesty International, il s'était retiré dans cette maison sept ans auparavant, avec sa femme, et l'avait transformée en forteresse, car il craignait pour sa vie. Il consacrait ses journées à lire le Coran en braille et à rédiger des articles pour démontrer que, contrairement à ce que prétendaient des groupes comme Daesh, l'islam faisait l'apologie de la paix et de la tolérance. Jusqu'à accepter les non-croyants.

Le *Sunday Times* avait envoyé Ross interviewer Hussam Udin peu après sa libération et il avait apprécié la sagesse et l'humour de cet homme. Il l'admirait d'avoir pardonné à ses agresseurs et choisi de passer le plus clair de son temps – voire le reste de sa vie, si nécessaire – à corriger les mythes occidentaux sur cette religion qu'il ne pratiquait plus, mais respectait toujours.

« Ce qu'il faut que vous compreniez, monsieur Hunter, lui avait-il dit lors de leur première rencontre, c'est que, dans les religions chrétienne et juive, si vous avez des doutes, vous pouvez les explorer. Une personne qui doute peut devenir croyante. Dans la religion musulmane, la question se pose en d'autres termes car, dès la naissance, la croyance est ancrée en nous. À un musulman, il ne faudrait pas demander ce qui serait nécessaire pour qu'il croie en Dieu, mais ce qui serait nécessaire pour qu'il n'y croie pas. »

Après sa rencontre avec l'étrange mais sincère avocat de Birmingham, Ross avait décidé d'appeler Hussam Udin. Accueilli comme un vieil ami, il se trouvait à présent dans son bureau, entouré de piles de cassettes audio et vidéo et de clés USB. Amira, son épouse, leur avait apporté un café fort et sucré, ainsi que des biscuits qu'il dévorait avec plaisir.

Vêtu d'un qamis marron, lunettes noires sur les yeux, Udin fumait une cigarette. Un vieux cendrier Cinzano était posé sur la table basse, et il semblait en connaître approximativement la position. Il se pencha en avant pour faire tomber de la cendre. Une partie tomba dans le cendrier, l'autre sur la table. Ross décompta une douzaine de mégots. Ils bavardèrent et se donnèrent des nouvelles, avant d'entrer dans le vif du sujet.

— Vous avez été très généreux envers moi, dans votre article, monsieur Hunter. Je vous suis reconnaissant de la façon dont vous m'avez décrit et je me sens redevable envers vous.

— C'est très aimable, merci.

— Que me vaut le plaisir de votre visite ? Pourquoi un journaliste émérite comme vous aurait-il envie de gaspiller son temps précieux pour s'entretenir avec moi ?

— J'ai besoin de votre aide.

— Vraiment ? Quel genre d'aide ?

— La dernière fois qu'on s'est rencontrés, vous m'avez dit que vous étiez né et que vous aviez grandi au Caire, en Égypte, c'est bien le cas ?

— Absolument.

— Avez-vous encore des amis ou de la famille là-bas ?

— Je suis en contact avec quelques personnes, oui. Pas seulement au Caire, dans le reste du pays aussi.

— C'est ce que j'espérais. Avez-vous des contacts à Louxor ?

— Louxor ?

— Oui, il me faudrait quelqu'un de confiance, avec une voiture.

Udin leva la tête et tira sur sa troisième cigarette, qu'il tenait entre le pouce et l'index. De la cendre tomba, mais l'homme ne s'en soucia pas.

— J'ai un cousin qui pourrait vous aider. Voulez-vous que je lui parle et que je me porte garant de vous, mon ami ?

— Je vous en serais très reconnaissant, dit Ross en buvant une gorgée de café.

— Il vous protégera. J'ai l'impression qu'il vous faut un protecteur. Je me trompe ?

— Vous êtes très perspicace, Hussam.

— Depuis que j'ai perdu la vue, je dévore les livres audio. J'aime tout particulièrement les œuvres de Shakespeare. Le roi Lear, qui était devenu aveugle, m'a toujours intéressé. Quelle magnifique pièce de théâtre ! Quelle sagesse ! « L'état de vos yeux est aussi accablant qu'est léger celui de votre bourse. Vous n'en voyez pas moins comment va le monde. »

— Vous semblez bien surmonter votre handicap.

— Ai-je le choix ? Je ne peux pas aller chez l'opticien acheter une nouvelle paire d'yeux, il n'en a pas en stock et je pourrais être assassiné en chemin. Mais ne vous inquiétez pas, vous n'avez aucun souci à vous faire en sortant de chez moi, personne ne tuera un non-musulman agnostique. C'est après moi qu'ils en ont et qu'ils en auront toujours. Ça me convient. Je vois comment va le monde, ça me porte. Si je peux vous aider d'une façon ou d'une autre, cela me rendra heureux. Je vais appeler mon cousin. Je ne sais pas pourquoi vous allez là-bas, et je ne veux pas le savoir, mais je sens que c'est important, je l'entends dans votre voix. Ross, vous êtes en mission. Il s'occupera de vous. Je vais le prévenir que vous allez le contacter. Donnez-lui simplement la date et l'heure de votre arrivée, et il sera là.

Il communiqua à Ross l'adresse e-mail et le numéro de son cousin.

— J'ai une dernière question : est-ce que le mot *Hatem* signifie quelque chose ?

— *Hatem* ?

— Oui.

— Pas que je sache, mais c'est un nom propre qui n'est pas rare pour un homme, en Égypte.

43

Jeudi 2 mars

Ross arriva chez lui peu après 21 heures. Il avait caché l'enveloppe que Robert Anholt-Sperry lui avait donnée derrière le siège arrière de la voiture. Pour le moment, il avait décidé de ne pas en parler à Imogen.

Quand il entra dans la maison, Monty se mit à aboyer joyeusement et courut vers lui, en agitant la queue. Il découvrit Imogen en pull, jean et chaussures d'intérieur, pâle comme un linge.

— Tout va bien ? lui demanda-t-il, inquiet.

— Non. Viens voir ça.

Il accorda deux caresses au chien et la suivit dans la cuisine. Elle ouvrit son ordinateur portable, qui se trouvait sur la table, à côté d'un bocal d'oignons au vinaigre – elle les adorait depuis qu'elle était enceinte. Elle appuya sur quelques touches et une image apparut. Une étoile à cinq branches. Il reconnut la forme d'un pentagramme inversé.

En dessous se trouvait un message :

> VOTRE MARI TRAVAILLE POUR SATAN. POUR VOUS ET VOTRE FUTUR BÉBÉ, EMPÊCHEZ-LE.
> VOUS ÊTES PRÉVENUE.

Imogen le dévisagea.

— D'où ça vient ? lui demanda-t-il.

— Je l'ai reçu cet après-midi, au bureau. J'ai demandé à un gars de l'informatique de retracer l'adresse, mais c'est un message anonyme, qui est passé par une multitude de serveurs.

Ross se pencha pour cliquer sur l'expéditeur. Il s'agissait d'une adresse Hotmail composée d'une série de chiffres, dont la séquence 666. Il frissonna. Il chercha, pendant quelques minutes, à remonter à la source, en vain.

— C'est sans doute un taré qui répond à mon post Twitter de la semaine dernière.

— Le genre de taré qui a tué Harry Cook ?

— Harry Cook n'a pas été tué. Selon l'autopsie, il est mort d'un arrêt cardiaque.

— Et pour toi, quand quelqu'un meurt après avoir été torturé, c'est pas un meurtre ? Ohé, réveille-toi !

— Selon les flics, il y a eu toute une série d'incidents similaires dans les environs. Des personnes âgées isolées, attaquées et torturées, dit-il d'un ton convaincant, sans pour autant être convaincu.

— Tu as une dizaine de sujets en attente. Pourquoi faut-il que tu t'acharnes sur celui-là ? Les histoires de religion excitent les fanatiques. Ross, il faut vraiment que tu fasses attention. Lâche l'affaire. On t'a dit que le professeur était un illuminé. Pourquoi est-ce que tu n'arrives pas à l'admettre ?

— Qu'est-ce que tu veux dire ?

— Cette histoire t'obsède et tu es prêt à la faire passer avant moi et notre enfant. Mais tu as toujours été comme ça, Ross. C'est toi d'abord. Je ne voulais pas que tu ailles en Afghanistan. J'ai attendu, terrorisée, qu'on frappe à la porte pour m'annoncer que tu étais mort.

— En baisant comme une malade pour ne pas y penser.

Il regretta immédiatement ce qu'il venait de dire. Les mots étaient sortis tout seuls, telle une avalanche qui attendait la bonne température pour se déclencher.

— Désolé, ce n'est pas ce que je voulais dire.

— Bien sûr que c'est ce que tu voulais dire, répliqua-t-elle.

Ce sujet était tabou et le resterait toujours. À l'époque, ils avaient mis les choses à plat, et il avait pardonné. Mais jamais il n'oublierait.

Il s'assit en face d'elle et tendit la main. Elle retira la sienne.

— Imo, si je pensais qu'il y avait un vrai risque, je laisserais tomber, mais…

— Mais ?

— Ça peut devenir le sujet le plus important dans ma carrière, je le sens.

— Et donc tu es prêt à ignorer mes sentiments ?

Il tenta de nouveau de lui prendre la main, mais elle refusa.

— Imogen, ne dis pas ça !

— Je commence à flipper, Ross. C'est trop te demander que de comprendre ça ?

— Je comprends ce que tu dis et je sais que les fanatiques sortent du bois quand on touche à la religion. Lorsque j'ai écrit cet article sur les évangélistes charismatiques, il y a quelques années, j'ai été insulté sur Twitter et j'ai reçu des menaces de mort, tu t'en souviens ? Mais là, j'ai un bon pressentiment. Quelle que soit la tournure que prendront les choses, il y a un truc important à écrire. Écoute, je pense que ce serait une bonne idée de faire mettre un judas et une chaînette de sécurité à la porte, en plus du reste. Ça te rassurerait ?

— Ce qui me rassurerait, Ross, c'est que tu laisses tomber toute cette histoire.

— Graham Greene a dit qu'il y a une certaine froideur, dans le cœur des écrivains.

— Et c'est ton cas, malgré les menaces contre ta famille ? Ton cœur est trop froid pour comprendre ce que je ressens ? Tout ça parce qu'un gars est venu te voir avec, comme tu l'as dit toi-même, une idée complètement folle ?

— Imo, je t'aime vraiment. Si je pensais que toi et moi soyons en danger à cause d'un article, je le lâcherais, OK ? Il faut que tu comprennes quelque chose. Si tu avais vécu ce que j'ai vécu le matin où Ricky est mort, tu persévérerais. Juste pour voir s'il y a quelque chose ou pas. Je n'ai pas le choix, il faut que je continue. Ça ne veut pas dire que je ne t'aime pas. Mets-toi à ma place, fais-moi confiance, je nous protégerai, nous et notre bébé, je te le promets.

— Tu viens de dire que ces sujets attirent toutes sortes de fanatiques.

— Oui mais, au final, ils sont inoffensifs. Enfin, pour la plupart.

Elle le dévisagea d'un air dubitatif.

— Il y a deux ans, quand tu as enquêté sur ce malfrat qui a tué un policier et s'est enfui en Espagne, tu as reçu des menaces de mort. Les flics t'ont prévenu que tu prenais des risques en écrivant cet article. Mais ça ne t'a pas empêché de le terminer et de le publier. Comme la fois où tu as accusé Poutine d'être derrière l'assassinat de ce Russe, Litvinenko, à Londres.

— C'est mon boulot, c'est ce que je fais depuis toujours : dénoncer les criminels.

— Le professeur Cook n'est pas un criminel, Ross. Il croyait pouvoir sauver le monde. Peut-être est-il mort parce qu'il a remis en cause des dogmes fondamentaux.

— Imo, je viens de te dire que rien ne prouve qu'il ait été tué par des fanatiques.

Elle montra du doigt le pentagramme.

— La voilà, ta preuve, bordel ! Le message est clair, non ?

— Je pense que Satan sera content de moi quand j'aurai publié cet article démystifiant la thèse du professeur et la légende de la preuve de Dieu.

— C'est ça, ton plan ?

— Sur le retour, j'ai discuté avec mon éditrice au *Sunday Times* et cette histoire lui plaît. J'ai commencé. Elle est d'accord pour financer la phase de recherches. Elle me paie mon billet d'avion pour l'Égypte, je pars enquêter sur les deuxièmes coordonnées.

— Quoi ?

— L'avocat de Cook me les a données, à Birmingham. Un type un peu fêlé, lui aussi.

— Tu vas en Égypte ?

— D'ailleurs, j'ai eu une idée. Si tu venais avec moi, on pourrait transformer le voyage en vacances. On pourrait retourner à Charm el-Cheikh et enchaîner avec les pyramides. Nos visas sont toujours valables. Qu'est-ce que tu en dis ?

— Ce que j'en dis ? Tu nages en plein délire.

44

Samedi 4 mars

Deux ans plus tôt, quand il préparait un article sur l'illusionniste Derren Brown qui discréditait les médiums, Ross était allé à Southampton interviewer le voyant Christopher Lewis, sa femme Gill, également voyante, et leur protégé Dean Hartley.

Alors qu'il était là pour les déboulonner, il avait été impressionné par leur sincérité et avait rédigé un papier élogieux. Après la publication de son article, ils l'avaient remercié et lui avaient proposé une séance gratuite avec Hartley, quand il le souhaiterait.

Il venait de décider qu'il était temps pour lui d'accepter cette offre.

Il patientait à présent chez Hartley, toujours un peu récalcitrant. Dean Hartley, 25 ans environ, des dreadlocks blondes jusqu'aux épaules, arborait des dizaines de tatouages bizarres. Il alluma un enregistreur posé sur une nappe à motifs rose et noir.

Il y avait un bouddha noir assis par terre dans un coin, un petit meuble de rangement blanc dans un autre, et un bureau avec plateau en miroir, où se trouvaient un verre d'eau et une boîte de mouchoirs, contre un mur, à côté de Ross.

Le médium vérifia poliment que celui-ci était bien installé, puis ferma les yeux et garda le silence quelques instants.

— J'entends le nom Pip. Un homme né Philip, que tous ses amis appelaient Pip. Ça vous évoque quelque chose ?

— Non, répondit Ross. Enfin, si, c'est le nom de mon père, mais aux dernières nouvelles, il se portait comme un charme.

Le médium resta immobile et silencieux plusieurs minutes.

— On me donne le nom de Richard.

— Richard ?

— Rick ou Ricky ?

Ross le fixa intensément.

— Ricky me dit quelque chose… Que votre femme est enceinte. Imogen, c'est bien son nom ?

Son prénom, le médium pouvait l'avoir trouvé facilement, mais pas le fait qu'elle était enceinte.

— Connaissez-vous le sexe du bébé ? Ricky me dit qu'elle attend un garçon.

Ross hésita. Comment le médium savait-il cela ? Ils n'avaient dit qu'à très peu de gens qu'ils attendaient un enfant, et personne ne savait que c'était un garçon. Impossible que le médium ait trouvé cette information où que ce soit. D'un autre côté, peut-être avait-il vu son alliance et deviné qu'il était en âge d'avoir des enfants. Et concernant le sexe, c'était 50/50.

— Que pouvez-vous me dire à propos de mon fils ?

Le médium fronça les sourcils.

— Quelqu'un de très agité requiert mon attention. Il veut absolument communiquer avec vous. On me donne un nom : Cook. Je pense que cet homme est passé récemment dans le monde des esprits. Il vient vers moi avec un sentiment d'urgence. Il veut que je vous passe un message. Vous connaissez cette personne ? lui demanda Dean Hartley sans ouvrir les yeux.

— Je le connais, répondit Ross d'une voix neutre.

— Il me dit qu'il sait que vous le trouvez un peu fou, qu'il n'était pas prêt à mourir et qu'il avait quelque chose d'important à terminer. Il vous demande de le faire pour lui. Il compte sur vous. Il me parle de la vallée des Rois à Louxor, en Égypte. Il me dit que vous avez l'intention d'y aller, que vous devez vous y rendre, que cela débloquera tout. Il me donne un nom. Bolt. Kerry. Non, mais quelque chose de similaire. Anbolt Skerrit ?

Ross patienta sans rien dire.

— Anholt-Skerry ?

Merde, songea Ross en frissonnant, fasciné.

— Anholt-Sperry, répéta Hartley. Ce nom vous évoque quelque chose ?

— Oui.

— On me dit que vous pouvez faire confiance à cet homme. Est-ce que ça fait sens pour vous ?

— Oui.

Sans ouvrir les yeux, Hartley poursuivit :

— On me communique un autre nom. Un nom égyptien. Je pense qu'il s'agit de Hatem. Ça vous parle ?

— Hatem ? répéta Ross, stupéfait.

Il l'épela pour vérifier.

Le médium confirma. Comment était-il possible qu'il connaisse ce nom ? Ross eut la chair de poule.

— On me dit que Hatem vous attendra quand vous irez là-bas.

— Où ça, là-bas ?

— Je reçois une série de chiffres et de lettres, on dirait des coordonnées.

Le voyant les récita et Ross les nota. Il essaya de rester neutre, de ne pas y croire, mais de ne pas tout rejeter en bloc non plus. Il était confus. Dean Hartley était-il train de le rouler dans la farine ? Avait-il simplement eu de la chance en trouvant le sexe de leur enfant ? Il n'était pas difficile de trouver le prénom de son frère, mais Hatem ? Anholt-Sperry ? La vallée des Rois ? Anholt-Sperry et Dean Hartley étaient-ils de mèche pour mieux le convaincre ? C'était ridicule. Aussi grotesque que…

Que quoi ? Croire ce que le voyant lui racontait ?

45

Lundi 6 mars

Du hublot, Ross vit la végétation verte et luxuriante du Nil céder la place à un paysage désertique de sable et de montagnes.

Il relisait régulièrement les notes qu'il avait prises lors de son entretien avec Robert Anholt-Sperry, et en particulier les coordonnées que l'avocat lui avait confiées.

25° 44' 47, 1264" N et 32° 36' 19, 1124" E.

Puis il regardait les chiffres et les lettres que le voyant lui avait dictés.

25° 44' 47, 1264" N et 32° 36' 19, 1124" E.

C'étaient les mêmes.

Elles correspondaient à l'emplacement du temple de la reine Hatchepsout. Trouverait-il le mystérieux Hatem là-bas ? Il était rongé par la culpabilité et les doutes.

Imogen n'était pas contente. Elle espérait qu'il ferait chou blanc, qu'il rédigerait un article contredisant la thèse initiale et qu'il tournerait la page.

Il était mal à l'aise de ne pas lui avoir dit la vérité sur sa visite au Chalice Well et ce qu'il y avait trouvé. De ne pas lui avoir confié qu'il avait consulté un voyant, ni parlé de l'enveloppe de dix mille livres qu'il avait reçue d'Anholt-Sperry. Mais, pour qu'elle ne s'inquiète pas davantage, il était convaincu que c'était mieux ainsi.

Quand l'avion roula sur la piste, il lui envoya un texto :

Je viens d'atterrir. Bisous

Elle lui répondit immédiatement :

> Tu nous manques. Monty s'est roulé dans un truc qui pue. J'ai dû le doucher, mission impossible. Prends soin de toi. Bisous

Trente minutes plus tard, sac sur l'épaule, il débarqua dans le hall d'arrivée, moite et chaotique. Il fut accueilli par une foule de gens brandissant des noms sur papier, ardoise ou iPhone, et repéra le sien.

Il se fraya un chemin vers un petit Égyptien moustachu et souriant, la quarantaine, plein d'énergie, vêtu d'une djellaba beige, de sandales et d'un keffieh traditionnel rouge et blanc.

— Ross Hunter ? demanda-t-il en lui tendant la main. Je suis Medhat El-Hadidy. Appelez-moi Hadidy.

— Ravi de vous rencontrer, Hadidy.

Ils échangèrent une poignée de main ferme et Ross trouva immédiatement l'homme sympathique.

— Bienvenue dans mon pays ! Je serai votre guide et je m'occuperai de vous, d'accord ?

Il insista pour porter le sac de Ross.

Ils sortirent, traversèrent un parking couvert et se dirigèrent vers un modèle récent de Land Cruiser Toyota noir. Hadidy lui ouvrit la portière arrière.

Ross s'installa confortablement sur le siège en cuir, dans l'habitacle climatisé, protégé par des vitres teintées. Quand Hadidy mit le contact, de la musique égyptienne s'échappa des enceintes, à un volume un peu trop fort.

— Vous êtes ami de mon cousin Hussam Udin, oui ?

— C'est un homme bien.

— Un homme bien, mais dans un monde un peu fou.

— Vous pouvez dire ça comme ça.

— Je vous protégerai.

— Merci.

— Non, c'est moi qui vous remercie, monsieur Ross. Content de vous aider !

— Vous me direz combien je vous dois. Vous avez un tarif à la journée ?

— Vous êtes ami de mon cousin, c'est un honneur de vous avoir dans mon pays. Pas d'argent. Et pas de discussion, merci.

— C'est très gentil de votre part, mais j'insiste. Mon journal prend en charge mes dépenses.

— Je suis heureux de vous avoir ici. Pas d'argent. Et pas de négociation !

Ils quittèrent l'aéroport par une double voie et ne tardèrent pas à entrer dans une conurbation aux bâtiments géométriques beige et blanc de tailles diverses. Ross se sentait en sécurité dans cette énorme voiture.

— Hussam Udin parle à beaucoup de monde et certains n'aiment pas ce qu'il leur dit, fit remarquer Hadidy.

— Correct.

— Vous savez, ici, en Égypte, on s'entendait tous bien. Avant, vous voulez croire en un dieu, plusieurs dieux, aucun dieu ? Mon peuple n'avait pas de problème avec ça. On pouvait croire ce qu'on voulait. Lui, il est d'accord ! dit-il en levant l'index. Mais, aujourd'hui, des chrétiens sont tués, beaucoup de morts. Pourquoi ?

— C'est comme ça dans de nombreux pays, Hadidy.

Ils roulèrent plusieurs minutes en silence.

— Maintenant, je vous emmène à votre hôtel et demain, on va dans la vallée des Rois visiter le temple de la reine Hatchepsout, correct ?

— Tout à fait.

— Je suis à votre service. Vous êtes dans mon pays, vous êtes mon invité. Ce soir, vous vous reposez. Demain, vous commencez votre mission. C'est bien ?

— Ça me semble être un bon plan.

46

Mardi 7 mars

Ross avait réservé une chambre à l'hôtel Steigenberger. Après avoir mis longtemps à trouver le sommeil, il avait eu du mal à se réveiller quand son réveil avait sonné, à 6 h 30, soit 4 h 30, heure anglaise.

En ouvrant les volets, il découvrit une vue magique sur les eaux bleues du Nil, sur fond de dunes. Le paysage baignait dans une lumière intense. Il crut reconnaître certaines nuances des peintures de Hockney. Il prit une photo avec son téléphone et l'envoya à Imogen. Sachant qu'elle dormait mal en ce moment, elle était sans doute réveillée à cette heure-ci.

La vue depuis mon hôtel ! Bisous

Il se fit apporter le petit déjeuner dans sa chambre, puis enfila un pantalon léger, un tee-shirt blanc, une veste en lin et des baskets. Il mit sa paire de lunettes dans sa poche et ses affaires dans son sac, et retrouva Hadidy, qui l'attendait, tout sourire, en bas, comme convenu.

Il reçut une réponse d'Imogen.

La chance ! Il pleut des cordes ici. Prends soin de toi. Bisous

Ross régla sa facture à la réception. Il avait réservé un vol pour Londres en fin d'après-midi, sans trop savoir comment la journée se passerait.

Tandis qu'ils traversaient la ville dans un brouhaha de klaxons, il sentit la fatigue le gagner et bâilla. Sur le chemin, un homme en tenue traditionnelle blanche était assis à califourchon sur un âne chargé de paniers remplis de légumes. Ils roulaient à présent sur une route moderne fréquentée par des cars, des bus, des vélos, des motos et des mobylettes transportant souvent deux personnes. Ils doublèrent des calèches tirées par des chevaux, atteignirent le port *via* une route sinueuse et négocièrent, avec difficulté, le passage d'un rond-point décoré d'une fontaine.

— Vous connaissez l'histoire de la reine Hatchepsout ? lui demanda Hadidy, d'une voix forte, couvrant la musique.

— Assez peu, avoua Ross en bâillant de nouveau.

— C'était vraisemblablement la première femme pharaon. Elle est montée sur le trône en 1478 av. J.-C. et a régné avec Thoutmôsis III. C'était une bonne reine, elle a beaucoup construit en Égypte. Elle a été le cinquième pharaon de la dix-huitième dynastie.

— OK.

— Vous vous intéressez à elle, monsieur Ross ?

Ils se trouvaient maintenant en périphérie et la circulation était moins dense. À sa droite, une série de petits magasins ressemblaient plus ou moins à des stands de marché. Deux hommes en tenue noire buvaient du café, assis sur un trottoir délabré. Une moto leur fit une queue de poisson, obligeant Hadidy à freiner brusquement. Il insulta le conducteur à travers le pare-brise, et leva les bras en l'air, dans un geste de désespoir.

— Les gens conduisent comme des fous, ici ! s'exclama-t-il.

— On a les mêmes en Angleterre.

Ross avait baissé la vitre pour prendre des photos du paysage.

— Pourquoi se presser ? On est bien, là. Il faut profiter !

— Exactement, fit Ross, heureux d'avoir un chauffeur si philosophe.

En apercevant le Nil, il ferma la fenêtre et se cala dans son siège.

Le confort et le mouvement de la voiture le firent somnoler.

Son téléphone bipa et le réveilla en sursaut.

Un nouveau message d'Imogen.

Passe mon bonjour à tes potes les pharaons ! Bisous

Il lui envoya un smiley en guise de réponse.

Ils se trouvaient désormais sur un pont enjambant le Nil.

Il découvrit, au loin, un paysage montagneux aride et escarpé.

— Les pharaons voulaient être enterrés avec tout le nécessaire – fortune, bijoux, nourriture, armes – pour leur voyage dans l'au-delà, dit Hadidy en se lançant inopinément dans un cours d'histoire. Mais parce qu'ils avaient peur des voleurs, ils ont créé cette vallée, rive gauche du Nil, loin de Thèbes – Louxor –, où leurs tombes pouvaient être surveillées.

— C'est plutôt malin de leur part. Moi aussi, je serais fâché si quelqu'un me dépouillait après ma mort, confirma Ross.

— C'est pour ça que certaines sont toujours inconnues aujourd'hui, plusieurs siècles plus tard. Peut-être ne les découvrira-t-on jamais.

— Chez moi, on dit : « La chemise du mort n'a pas de poche. »

Hadidy leva les mains.

— Peut-être mais, si c'est possible, c'est la fête !

Ross sourit. Il ne connaissait pas les convictions religieuses de son guide et ne voulait pas risquer de l'offenser. Soudain, il aperçut, émerveillé, le bâtiment à colonnades qui se trouvait devant eux. Trois étages de fenêtres étroites et longues, et une large rampe menant vers le deuxième niveau. On aurait dit un monument dessiné par l'un des grands architectes modernes, comme Frank Lloyd Wright, Frank Gehry ou Le Corbusier. À l'arrière-plan, les falaises étaient spectaculaires.

— On y est, Hadidy ?

— Et voici le temple de la reine Hatchepsout, confirma son chauffeur, non sans fierté.

Des dizaines de touristes étaient agglutinés en bas de la rampe, certains en groupe, d'autres seuls. Quasiment tous prenaient des photos.

Hadidy s'engagea dans un parking, passa plusieurs bus touristiques et trouva une place.

— On va marcher un peu. Si vous voulez, je vous accompagne et je vous trouve un bon guide pas trop cher. C'est mieux. Certains ne savent rien. Je connais les meilleurs, ce sont tous mes amis.

— Je veux bien que vous veniez avec moi. Je dois retrouver quelqu'un. Vous pourrez faire en sorte que je ne me fasse pas trop aborder ?

— Bien sûr. Mais vous cherchez un guide, non ?

— Peut-être. Ça dépend.

Avant de s'éloigner de la voiture, il s'arrêta pour prendre une nouvelle photo, puis mit ses lunettes de soleil. En s'approchant du monument, ils se firent accoster par des dizaines d'hommes et de femmes, dont certains en habits traditionnels, qui vendaient des attrape-touristes, des temples et des pyramides en plastique et des bijoux ornés de hiéroglyphes.

Ross était content de sa décision, car Hadidy faisait un excellent boulot, repoussant certains vendeurs ambulants avec politesse, d'autres plus sèchement.

Ils dépassèrent un groupe de touristes japonais amassés autour d'une guide brandissant un haut-parleur, puis un autre autour d'un homme en djellaba, debout sur une caisse, et arrivèrent enfin au pied du temple.

Un homme aux bras chargés de foulards se précipita vers eux. Hadidy le repoussa sans ménagement.

Conscient d'être une cible potentielle – en 1997, cinquante-huit touristes et quatre locaux avaient été massacrés par une organisation islamique à cet endroit précis –, Ross s'arrêta pour inspecter les alentours.

Hadidy le dévisagea bizarrement.

— On entre ?

— Non.

Les touristes japonais les dépassèrent.

C'est alors qu'un vieil homme sec, en habit blanc, coiffé du même foulard traditionnel rouge et blanc que Hadidy, sortit de la mêlée et s'avança vers lui. Il avait la peau tannée et ridée, et deux dents tordues dans la bouche, telles deux pierres tombales dans un cimetière abandonné. Son anglais était approximatif et il avait l'air nerveux.

— Excusez-moi. Vous, monsieur Ross Hunter, oui ?

Ross le dévisagea avec méfiance.

— Oui. Et vous ?

— Hatem Rasul.

Ses yeux noisette surveillaient les alentours.

— Je vous attends depuis longtemps.

Hadidy discuta deux minutes avec lui en arabe, puis se tourna vers Ross.

— C'est l'homme que vous devez retrouver, monsieur Hunter. Il dit qu'il va nous conduire à sa sœur. Il voudrait qu'on le suive dans les montagnes. Le voyage sera long. Deux heures, peut-être. OK ?

Ross fronça les sourcils.

— A-t-il dit qui lui a demandé de me rencontrer ?

— Oui, votre ami en Angleterre, un monsieur Harry, vous le connaissez ?

— Le professeur Cook ?

— C'est ça. Professeur Harry Cook.

47

Mardi 7 mars

Sans trop comprendre ce qui se passait, Ross suivit les deux hommes jusqu'au parking. Malgré son âge avancé, Hatem Rasul marchait d'un pas énergique, déterminé.

Harry Cook.

Quelle serait leur destination ? Ross observa les montagnes arides et escarpées.

Comment ce vieillard étrange pouvait-il avoir connu Harry Cook ?

Rasul se dirigea vers une vieille moto kaki, l'enfourcha et démarra. Ross se serait cru dans *Lawrence d'Arabie*.

Hadidy ouvrit la portière arrière du Land Cruiser et invita Ross à s'installer.

Puis ils sortirent du parking et celui-ci se pencha en avant pour demander à son chauffeur :

— Que vous a-t-il dit d'autre ?

— Tout va bien, le rassura Hadidy. On peut lui faire confiance. Votre ami Harry Cook l'a envoyé pour nous guider.

Ross réfléchit.

— C'est ce qu'il a dit ?

— Dieu nous protégera pendant notre voyage.

— C'est toujours bon à savoir.

— Dieu a ses raisons, monsieur Ross.

— Espérons-le.

— C'est écrit.

La moto quitta la route principale et s'engagea sur un chemin, dans un nuage de sable. Ils la suivirent sur cette voie sinueuse jusqu'à un col, puis s'enfoncèrent dans les montagnes. Une demi-heure plus tard, ils traversèrent un village dont les petites échoppes étaient ouvertes sur la rue et doublèrent un homme qui tirait une chèvre, au milieu de la route.

Tandis qu'ils continuaient leur ascension, Ross n'arrêtait pas de prendre des photos, à la fois curieux et nerveux.

Ils descendirent dans une vallée, puis la piste remonta. Ils dépassèrent un fermier, ou plutôt un berger, avec un troupeau d'une soixantaine de moutons. Soudain, le chemin laissa place au désert. À travers le pare-brise, Ross regarda l'homme qui les précédait négocier les dunes avec une impressionnante agilité.

Ils arrivèrent à un escarpement incroyablement pentu entre deux promontoires rocheux.

— Vous êtes en Égypte avec quelqu'un, monsieur Ross ? lui demanda tout à coup son chauffeur, très concentré sur sa conduite, pour ne pas déraper et s'ensabler.

— Non.

— On est suivis.

Ross se retourna et vit un nuage de sable derrière eux. Son cœur se serra.

— Il y a un oued dans quelques kilomètres. C'est peut-être une livraison. C'est peut-être rien.

— Vous êtes déjà venu ici ?

— Non, jamais, mais c'est indiqué sur la carte.

— Bon, dit Ross, soulagé.

Il se retourna de nouveau et vit clairement qu'un véhicule les suivait.

Ils descendirent dans une autre vallée, où il aperçut l'oued, à un kilomètre environ à gauche – quelques tentes et des chameaux autour d'une oasis. Ils entamèrent ensuite une nouvelle ascension et Ross sortit son iPhone pour consulter l'application boussole. Ils se dirigeaient vers le nord-ouest. Le paysage désolé commença à lui sembler monotone. Montée, descente, montée, descente. Il ne savait pas où ils se trouvaient, ni quelle était leur destination.

Il regarda de nouveau derrière lui et constata, avec soulagement, qu'il n'y avait plus personne. Le nuage de sable avait disparu.

Comme Hadidy le lui avait proposé, il sortit une petite bouteille d'eau minérale du compartiment sous l'accoudoir, la but, puis en vida une deuxième.

Cela faisait deux heures exactement qu'ils avaient quitté le temple. Ils passèrent devant un vieux panneau publicitaire Coca-Cola délavé et Ross remarqua un homme en tenue traditionnelle arabe, assis au bord de la route, en train de discuter avec un autre, accompagné d'un chameau. Après une succession de petites boutiques délabrées ouvertes sur l'extérieur, un gamin courut devant eux, tout excité. Il fut ensuite le témoin d'une scène quasi biblique, un homme guidant un âne sur lequel était assise une femme berçant un bébé. Puis leur guide s'arrêta devant une baraque, posa sa bécane et entra.

Quelques minutes plus tard, il ressortit aux côtés d'une vieille dame vêtue de noir, sandales et foulard gris. Il l'aida à enfourcher le siège arrière, démarra et repartit.

— C'est la sœur dont il a parlé, Hadidy ?

— Peut-être. J'ai l'impression que c'est une personne importante.

Ils gravirent une piste de plus en plus abrupte et, quelques minutes plus tard, arrivé sur un plateau, Rasul s'arrêta et mit la béquille, et Hadidy gara son Land Cruiser derrière. Ross sortit du véhicule. La chaleur était écrasante. Il rouvrit la portière, prit la dernière petite bouteille d'eau du compartiment et l'enfonça dans la poche de sa veste.

— Monsieur Hunter, dit Hatem Rasul. Voici ma sœur, Sitra.

De près, Ross constata qu'elle était très âgée. Elle esquissa un sourire édenté, hocha la tête, ignorant la main qu'il lui tendait, puis, d'un index noueux, leur fit signe de la suivre.

Ils empruntèrent une piste étroite et abrupte, sous un soleil de plomb. La vieille femme possédait une énergie que Ross n'avait pas. Plus ils montaient, moins il osait regarder vers le précipice. S'il trébuchait, il mourrait sur le coup. Soudain, il distingua une série de grottes au-dessus d'eux.

Il fit abstraction du danger et se concentra sur l'endroit où il posait les pieds. Il avait retiré sa veste. Transpirant abondamment, il regrettait de l'avoir prise. Heureusement, il pouvait boire quelques gorgées d'eau à intervalles réguliers. Il avait les lèvres sèches et la peau qui tiraillait. Il aurait dû penser à emporter de la crème solaire.

Ils n'étaient plus très loin des grottes.

La vieille femme, suivie par Rasul et Hadidy, tourna à droite, passa devant les trois premières ouvertures, donna des instructions à Rasul et entra dans la quatrième grotte. Les trois hommes attendirent à l'extérieur.

Quelques minutes plus tard, elle réapparut. Elle tenait dans ses mains un tissu de couleur crème qu'elle tendit à Ross en hochant la tête, pour l'encourager à accepter ce petit paquet.

Il sourit pour la remercier et accepta le présent. Le tissu ne pesait quasiment rien. Rasul dit quelque chose à Hadidy, qui se tourna vers lui :

— Monsieur Ross, vous pouvez l'ouvrir délicatement.

Il lui fallut quelques instants pour défaire les couches, les unes après les autres, jusqu'au contenu, lui-même protégé par un minuscule sac en mousseline.

Il s'agissait d'un objet ocre en émail.

Trois paires d'yeux étaient braquées sur lui.

— Une dent ? demanda-t-il. C'est une dent ? D'où vient-elle ?

Rasul dit quelque chose en arabe à Hadidy, qui se tourna vers lui :

— Sitra dit que c'est bien une dent. Une dent très spéciale. Quand Jésus-Christ a été amené à la croix du Calvaire, avec d'autres criminels, des gens, le long de la route, l'ont insulté et lui ont jeté des pierres. Une a blessé Jésus à la bouche et il a perdu une dent. C'est cette dent.

Ross l'observa, puis leva les yeux vers Hadidy.

— Comment peuvent-ils en être sûrs ?

Il souleva le petit sac translucide d'une main et le photographia de son téléphone.

— Hatem Rasul dit qu'un disciple s'est précipité pour la ramasser. Comme il était dangereux de la garder, il a décidé de l'emporter hors de Judée et de la cacher. Il l'a apportée ici, en Égypte, et a demandé à une famille de confiance, dans une communauté rurale isolée, de la conserver. Elle est restée dans cette grotte. Depuis des générations, cette famille est chargée de la protéger. Ils ont attendu deux mille ans que l'Élu vienne la chercher. Le frère de Sitra dit que vous êtes l'Élu.

Ross frissonna. Était-il possible que ce soit vrai ? Que ce soit vraiment une dent du Christ ?

Il tremblait. Ses trois interlocuteurs le fixaient.

Rasul s'approcha de Hadidy et lui parla de nouveau en arabe.

Quand il eut terminé, Hadidy se tourna vers Ross :

— Hatem Rasul dit que Harry Cook a un message pour vous. Le professeur Cook dit que cette dent est réelle. Emportez-la avec vous en Angleterre et donnez-la à son ami à Birmingham. Un monsieur avec un nom étrange… Ano-Spiry. Vous le connaissez ?

Ross était fasciné par la dent.

— Oui, répondit-il d'une voix distante, comme si quelqu'un d'autre parlait à sa place.

— Monsieur Hunter, Hatem Rasul me dit que, quand vous verrez monsieur Ano-Spiry, il vous donnera la preuve finale. Elle vous attend, la preuve ultime !

Un bruit dans le ciel leur fit lever les yeux. Ils virent un point minuscule, un hélicoptère. Il les survola de trop haut et trop loin pour être identifié, puis s'éloigna.

Ross lança à Hadidy un regard interrogateur. Celui-ci haussa les épaules.

— Touristes…

Ross leva de nouveau les yeux vers le ciel. Une voiture, puis maintenant un hélicoptère. Il avait un mauvais pressentiment.

— C'est possible de faire le tour de la vallée des Rois en hélicoptère, poursuivit Hadidy.

Ross acquiesça sans conviction. Ils étaient bien loin de la vallée des Rois, même pour un hélicoptère.

Sitra décida de rester à la grotte, tandis que les trois hommes retournaient aux véhicules. Ross marcha le plus vite possible, conscient que ses deux guides étaient, eux aussi, nerveux.

48

Mardi 7 mars

Ils entamèrent le trajet de retour. La piste accidentée et abrupte était encore plus effrayante en descente. Ross essaya de ne pas y penser. Tandis que Hadidy bataillait au volant, il se concentra sur le petit objet en émail aux racines marron.

Était-il possible que ce soit une dent de Jésus de Nazareth ?

C'était difficile à croire, et pourtant… Il connaissait mal la Bible et l'Égypte, mais il se souvenait que, d'après l'Ancien Testament, les Juifs avaient fui ce pays. Après la crucifixion de Jésus, quelqu'un serait-il revenu pour cacher une dent dans une grotte isolée et demander à des paysans de la protéger ? La piste serpentait dans une pente tellement raide qu'il se retrouvait parfois suspendu à sa ceinture de sécurité, tandis que, devant eux, Hatem Rasul pilotait sa vieille moto avec l'agilité d'un jeune homme et le talent d'un professionnel. L'engin semblait parfois lui échapper et il se retrouvait alors à glisser sur les talons. Soudain, il entendit le bruit assourdissant d'un hélicoptère. Hadidy jeta un coup d'œil dans le rétroviseur et laissa échapper un juron. Ross se retourna pour regarder à travers le pare-brise arrière.

L'hélicoptère fondait sur eux.

Il pensa d'abord qu'il s'agissait de la police ou de l'armée. Traversaient-ils une zone interdite ?

Il s'empressa d'emballer l'objet dans son tissu et de l'enfoncer dans la poche intérieure de sa veste.

Une ombre passa au-dessus d'eux. Ross vit Hatem Rasul faire demi-tour et accélérer en sens inverse.

Puis l'hélicoptère apparut à une centaine de mètres devant eux. La portière était ouverte et un homme penché à l'extérieur. Il tenait à la main une arme pointée vers eux. Aucun doute sur ses intentions.

Hadidy poussa un cri strident.

Terrifié, Ross détacha sa ceinture et se jeta par terre, entre les sièges avant et la banquette arrière. La voiture freina brutalement, ses roues se bloquèrent et se mirent à glisser sur le sable.

Hadidy cria de nouveau quand le Land Cruiser chassa.

Ross sentit le véhicule piquer du nez.

La voiture était tellement inclinée que Ross pensa qu'elle allait faire un tonneau vers l'avant, mais elle continuait à prendre de la vitesse.

— Hadidy ! hurla-t-il.

Ils allaient de plus en plus vite, comme sur des montagnes russes.

— Hadidy !

Toujours pas de réaction. Il se hissa légèrement et constata que la portière était ouverte et que son chauffeur n'était plus là. Il regarda derrière lui et entrevit, sur une crête, Hadidy qui prenait ses jambes à son cou.

La voiture continuait à descendre, sans changer de cap, ce qui était, en soi, miraculeux.

Il la sentit décoller, puis s'écraser.

Ross se glissa tant bien que mal entre les sièges avec l'intention de ressaisir le volant.

Le véhicule fonçait droit sur un rocher.

Il donna un coup de volant à droite et frôla l'obstacle. Pour éviter un à-pic, il donna un coup à gauche et la voiture s'inclina vers la dune, jusqu'au point de bascule. Il rectifia le tir et le véhicule glissa vers le bas.

Il passa juste à côté d'un rocher et dévala un ravin pentu. Agrippé au volant, terrifié, Ross continua à zigzaguer entre les obstacles. Quelques instants plus tard, la voiture se planta dans un monticule de sable.

Pas ça, non !

L'hélicoptère fonçait sur lui. Il étudia les boutons de commande, trouva comment verrouiller les différentiels et appuya sur l'accélérateur. Alors que l'hélicoptère tout proche passait devant le soleil, à son grand soulagement la voiture se mit à gravir la dune lentement. Mais l'autre versant semblait être un précipice.

Merde. Merde.

Il leva le pied de l'accélérateur. L'hélicoptère apparut devant lui. La porte était toujours ouverte et l'homme armé l'avait en ligne de mire.

Il se réfugia sous le tableau de bord et accéléra. Il entendit un bruit qu'il ne connaissait que trop bien, depuis l'Afghanistan : celui de coups de feu.

La voiture se pencha vers l'avant, vers le vide. S'il s'arrêtait, il était mort. S'il continuait, il était mort aussi. Ses traumatismes de guerre lui revinrent d'un seul coup.

En un dixième de seconde, il décida de continuer. Il y eut une nouvelle salve.

La voiture tomba vers l'avant. Il fut catapulté contre le volant, puis sa tête heurta le plafond. Il vit un rocher, du ciel, un rocher, du ciel. Il retomba et son crâne cogna contre le volant. Puis, par miracle, il se retrouva assis dans le siège, tandis que le véhicule dévalait une pente raide.

Il essaya de stabiliser le volant. Il roulait à une allure folle. Il réussit à éviter de nombreux rochers, mais le moteur hurlait. Il eut soudain la présence d'esprit de déverrouiller les différentiels.

Le bruit du moteur redevint normal.

La descente était désormais négociable et la vallée, plus très éloignée.

L'hélicoptère, non plus, n'était pas très loin. En voyant des flammes jaillir de l'arme, Ross se réfugia de nouveau sous le tableau de bord. Il entendit des balles ricocher contre la carrosserie. Son assaillant visait les pneus, pour l'obliger à s'arrêter.

Arrivé dans la vallée, il se retrouva sur une route étroite, au fond d'un ravin, avec des falaises des deux côtés. L'hélicoptère se posa juste devant lui. Les coups de feu reprirent immédiatement, Ross se baissa et entendit les nouvelles rafales mitrailler les rochers autour de lui.

Soudain, l'homme cessa de tirer et se mit à secouer son arme, paniqué. Soit elle s'était enrayée, soit il devait la recharger. Il hurla quelque chose au pilote.

Ross saisit sa chance. Il appuya sur l'accélérateur et sentit que les roues agrippaient la route sans problème. L'hélicoptère se rapprochait dangereusement.

L'homme en noir, qui se débattait avec son fusil d'assaut, cria un ordre au pilote.

Ross vit alors un nuage de sable sous l'hélicoptère, qui était en train de décoller.

Hors de question, bâtards !

L'écart se réduisait. Cent mètres. Cinquante. Vingt. Il vit les patins se soulever, mais pas assez pour qu'il passe en dessous. Un impact frontal les tuerait sans doute tous. Au dernier moment, lisant la terreur sur le visage du tireur, il donna un coup de volant à droite et, sans le lâcher, plongea sous le tableau de bord.

L'instant d'après, il entendit un bruit assourdissant, du verre vola et il sentit un appel d'air.

Il se redressa, la chaleur du désert léchant son visage. Son pare-brise avait explosé. Dans son rétroviseur, il vit que la partie principale de l'hélicoptère gisait sur son flanc. La queue et un rotor se trouvaient plusieurs mètres plus loin. Quelqu'un essayait de s'extraire de la carcasse.

Il traça sa route à travers les dunes jusqu'à ce que l'engin ne soit plus qu'une poussière dans son rétroviseur. Sur une crête, il osa enfin s'arrêter.

C'est alors que son téléphone bipa. Il le sortit de la poche de son pantalon, fébrile.

C'était un texto d'Imogen.

Comment se passe ta journée ? Bisous

49

Mardi 7 mars

Malgré les impacts, la Toyota était toujours opérationnelle. Ross avait du mal à réfléchir. Tout ce qu'il savait, c'était qu'il devait quitter Louxor au plus vite.

Il regarda droit devant lui, à travers le pare-brise qui n'existait plus. Le paysage était toujours désertique, avec quelques collines à l'horizon. Il distingua une piste à sa droite. Il essaya de configurer le GPS en arabe, mais il tremblait tellement qu'il n'arrivait pas à appuyer sur le bouton des destinations enregistrées. Il espérait y trouver Louxor, et peut-être l'aéroport. Mais l'écran tactile ne fonctionnait plus.

Il ouvrit Google Maps sur son iPhone. Il découvrit, avec soulagement, que la 3G était assez bonne pour charger des données, mais il était si fébrile qu'il lui fallut plusieurs minutes pour entrer « aéroport Louxor ».

Deux heures et demie de trajet. Il était sur la bonne route.

L'heure à sa montre indiquait 15 heures. Son vol était à 17 h 55. Il n'avait aucune chance de l'attraper. Il regarda autour de lui, nerveux, mais ne remarqua rien de suspect. Il avait soif. Il souleva le coffre entre les sièges et trouva plusieurs petites bouteilles d'eau dans un compartiment réfrigéré. Il en sortit deux, qu'il vida intégralement.

Il fit le tour de la voiture, et inspecta les pneus, qui lui semblèrent tous intacts. Il observa le châssis, pour voir s'il n'y avait pas de fuite. Puis il recula de quelques pas pour faire le point. La voiture n'était pas belle à voir. L'avant était salement endommagé. À l'endroit du choc avec la queue de l'hélicoptère, le capot était plié et le phare avait explosé. La carrosserie était criblée de balles.

L'espace d'un instant, il se demanda si Hadidy avait une bonne assurance. Puis la colère l'envahit. Il en voulait à son chauffeur de l'avoir lâchement abandonné, même si c'était humain.

Debout à côté de son véhicule, il fut pris de spasmes. L'Afghanistan. Il essaya de refouler ses visions d'horreur et de réfléchir calmement. Qui était derrière tout ça ? Les gens qui l'avaient suivi, puis agressé au Chalice Well ? Il avait peur, maintenant, envie d'appeler chez lui, d'entendre une voix familière. Mais ce n'était pas une bonne idée de raconter à Imogen ce qui venait d'arriver. Elle serait bouleversée et lui demanderait de renoncer à son enquête sur-le-champ. Il se contenta de répondre à son message :

J'ai eu chaud ! Bisous

Mais la connexion était désormais trop mauvaise. Il se remit en route en se demandant que faire. Contacter la police ? L'ambassade britannique ? Il serait obligé de leur dire plus ou moins la vérité et peut-être existait-il une loi interdisant d'emporter des reliques hors du pays. Qui plus est, il ne voulait pas traîner. Autant partir cet après-midi, prendre un avion. S'il n'y en avait pas pour l'Angleterre, il monterait dans n'importe quel appareil, puis trouverait une correspondance. Ses poursuivants avaient-ils des complices à Louxor ? Leur avaient-ils demandé de se mettre à sa recherche, de passer l'aéroport au peigne fin ?

Il se rappela la cohue à l'arrivée et songea qu'il n'aurait pas de mal à passer inaperçu. Que savaient-ils sur lui ? S'ils avaient eu vent de son arrivée, ils connaissaient sans doute son vol retour et surveilleraient la porte d'embarquement. Autant aller ailleurs, décida-t-il. Paris ? Berlin ? Madrid ? N'importe où. Un endroit qu'il connaissait.

Il fallait juste qu'il quitte le pays.

Il se ferait du souci pour la voiture plus tard. Il en voulait toujours à Hadidy d'avoir quitté le navire. Il allait devoir se débrouiller tout seul, ce rat.

50

Mardi 7 mars

Ross n'avait pas l'impression d'avoir été suivi. Il faisait déjà sombre quand il arriva à l'aéroport de Louxor, à 17 h 45. Avec un peu de chance, l'état de sa voiture passerait inaperçu.

Il se dirigea vers le parking de courte durée, monta au deuxième étage et trouva une place. Il laissa les clés du Land Cruiser sur le contact. Il dépoussiéra ses vêtements, se passa un mouchoir sur le visage et nettoya ses lunettes de soleil. Il les rechaussa, pour plus de discrétion, enfila sa veste en vérifiant que la dent se trouvait toujours dans sa poche intérieure, attrapa son sac et se mit en route vers les comptoirs de vente de l'aéroport.

Il y avait deux heures de différence avec l'Angleterre. Une seule avec la France et l'Allemagne. Il restait de la place sur un vol direct Egypt Air pour Roissy Charles-de-Gaulle à 21 heures et sur un vol Lufthansa avec deux correspondances pour Berlin peu après. Il ne voulait pas prendre de billet direct pour Londres, au cas où. Berlin et Paris lui offriraient, de toute évidence, plusieurs options.

Il acheta un billet pour Paris, se dirigea vers le hall des départs, prit un formulaire d'embarquement et le remplit d'une main tremblante, son stress étant aggravé par le fait qu'il n'avait rien mangé depuis le petit déjeuner.

S'il était suivi, la personne qui le faisait était particulièrement discrète. Un douanier à l'air sévère étudia son passeport et son formulaire et le dévisagea bizarrement.

— Vous ne restez pas longtemps en Égypte.

— J'aurais bien aimé, mais je dois déjà rentrer, même s'il fait froid dans mon pays.

— Vous étiez à Louxor pour affaires ?

— Je suis écrivain. J'ai retrouvé un collègue qui travaille d'ici. On envisage une collaboration pour un livre sur la vallée des Rois. Une sorte de guide touristique.

Il avait prononcé le mot magique. L'officier tamponna son passeport, le ferma et le lui rendit avec une attitude pouvant être interprétée comme de l'approbation.

Une fois qu'il eut passé la sécurité, il trouva un bar, se percha sur un tabouret et commanda une bière et un double whisky. Il désigna un sandwich plus très frais, sans même demander ce qu'il y avait à l'intérieur et but le shot cul sec. Réconforté, il en commanda un second.

Le vol avait deux heures de retard, ce qui voulait dire qu'il n'atterrirait pas à Paris avant minuit passé. Il dormirait dans un hôtel de l'aéroport et prendrait une correspondance le lendemain matin. Il envoya à sa femme un message pour l'informer qu'il restait un peu plus longtemps à Louxor.

Il s'endormit peu après le décollage et se réveilla deux heures plus tard avec une belle migraine.

51

Mardi 7 mars

Dans la salle de réunion du dernier étage du bâtiment de Kerr Kluge, Ainsley Bloor fixait, à travers la fenêtre, la Tamise plongée dans l'obscurité, en attendant que ses codirecteurs soient installés. En son for intérieur, il bouillonnait.

Quand le dernier fut entré, refermant derrière lui une lourde porte insonorisée, Bloor rejoignit les six hommes autour de la table.

Comme chaque fois qu'ils organisaient une réunion secrète, en pleine nuit, aucun assistant n'avait été convié et aucun enregistrement ne serait réalisé.

— Messieurs, nous avons royalement merdé, déclara Bloor. Et je ne parle même pas des deux millions et demi de pots-de-vin que nous avons dû filer à la police et aux autorités aériennes égyptiennes pour qu'elles nous laissent tranquilles.

Il se tourna vers Julius Helmsley, le chef des opérations.

— Cet argent, tu te débrouilles pour le trouver, Julius. Et je ne veux pas de questions embarrassantes de la part de nos actionnaires à la prochaine assemblée générale.

— Je m'en suis occupé, Ainsley.

Grand et dégingandé, de longs cheveux blonds encadrant son visage ovale, Julius Helmsley portait des lunettes branchées, qui faisaient plus étudiant en art que comptable cinquantenaire. Mais il était doué pour transférer des fonds en toute discrétion, son travail consistant à soudoyer les leaders des pays du tiers-monde.

— J'espère bien, trancha Bloor. Certains sont au courant mais, pour les autres, je vous annonce qu'on s'est de nouveau fait avoir, et pas qu'un peu. Notre équipe de sécurité a fait un boulot lamentable. Premièrement, ils ont suivi Ross Hunter jusqu'au Chalice Well et sont revenus les mains vides. Deuxièmement, Hunter est de retour d'Égypte avec ce qu'il était allé chercher.

— On sait ce que c'est ? demanda l'un des membres du conseil.

— Non, mais on va vite le découvrir. C'est quelque chose qui contient l'ADN de Jésus-Christ. Je ne sais pas quoi exactement. Le professeur fou n'a rien voulu lâcher, même sous la torture. Si ces imbéciles avaient été un peu plus patients, ils auraient peut-être réussi à obtenir l'information. Tout ce que Cook a dit, avant de clamser, c'est que c'était un objet important, en lien avec le Christ lui-même. Et qu'il ne serait remis qu'à celui à qui il était destiné.

— Et donc le journaliste savait où le trouver ? s'enquit Alan Gittings, le chef du département recherche et développement. On est sûr qu'il a réussi à mettre la main dessus ?

Bloor fit un signe de la tête à son bras droit Ron Mason, un Australien dur et baraqué.

— Notre homme dans l'hélicoptère a vu une vieille dame sortir d'une grotte avec un paquet qu'elle a tendu à Hunter, annonça-t-il.

— Quel genre de paquet ? demanda Gittings.

— Ils étaient trop loin pour le distinguer, mais j'ai une vidéo.

Mason ouvrit son ordinateur portable et tous se rassemblèrent autour de lui. Il mit en marche une vidéo floue sur laquelle une vieille dame sortait d'une grotte et tendait un paquet à Hunter. Celui-ci le déballait. Quand il découvrait son contenu, tous purent remarquer sa stupéfaction, malgré la mauvaise qualité de la vidéo.

Ron Mason appuya sur pause.

— Il est évident qu'il s'agit là de quelque chose de significatif, que nous voulons récupérer de toute urgence, dit Bloor. Nous savons que d'autres personnes s'intéressent à Hunter et l'ont suivi jusqu'à Glastonbury. Peut-être même ont-ils le calice en leur possession. Notre équipe d'observation les a vus emporter un sac contenant vraisemblablement ce que Hunter avait trouvé dans le puits.

— Sait-on de quoi il s'agit, Ainsley ? intervint Helmsley.

— Non, mais on connaît le nom de nos concurrents, pour le moment, du moins. Nos observateurs les ont suivis jusqu'à une propriété très protégée près de Guildford, dans le Surrey. Le quartier général de l'organisation religieuse du pasteur Wesley Wenceslas.

— Ce type est un escroc, lâcha Ron Mason avec son accent australien. Mon neveu a assisté à l'une de ses messes, enfin, je ne sais pas comment ils appellent leurs réunions, et il m'a raconté qu'il fallait payer pour obtenir une prière ! Ce mec est un arnaqueur.

— Un arnaqueur de génie, qui possède des millions de disciples, précisa Gittings.

— Et il en aura encore plus quand il agitera le Saint-Graal sous leur nez, fit remarquer Helmsley.

— Demandons au Chalice Well d'exiger la restitution d'un objet volé, suggéra Bloor. Je suis sûr que Julius peut gérer ça, en tant que membre de la fondation, ajouta-t-il en se tournant vers lui.

Helmsley hocha la tête, mal à l'aise.

— Regardons les choses en face, Ainsley, lança Gittings. Nous ne savons pas ce que Hunter a trouvé au fond du puits et ce que Wenceslas a en sa possession. Nous savons que le journaliste a trouvé quelque chose en Égypte, mais nous ne savons pas si cet objet provient du Christ.

— Il n'est pas non plus certain que ce que Hunter a – peut-être – repêché au fond du puits soit le Saint-Graal, Alan, ajouta Bloor. Mais nous pensons que c'est le cas. Si le même ADN est identifié sur les deux objets, que se passera-t-il ?

— On aura une preuve solide de sa provenance, conclut Helmsley.

Tous ses collègues acquiescèrent.

— On détiendrait alors l'ADN d'un guérisseur mythologique, capable de miracles, ayant vécu il y a deux mille ans..., lâcha Grant Rowlands, un autre membre du conseil, avec son accent dur du Yorkshire. Je trouve que ce projet nous détourne de nos objectifs. On devrait s'estimer heureux de l'avoir échappé belle à deux reprises, tout d'abord après l'épisode du professeur Cook, puis après le fiasco en Égypte. Et où sont les deux brutes qui se sont chargées du professeur ?...

— De retour en Irlande, répondit Bloor. Mais non, je ne m'estime pas heureux. Nous ne l'avons pas échappé belle, nous avons merdé deux fois. Et nous nous sommes fait doubler au Chalice Well.

— Je suis d'avis qu'on devrait lâcher l'affaire, poursuivit Rowlands. Nous prenons des risques pour la réputation de notre compagnie et nous mettons en danger notre avenir personnel. Pour quoi ? L'ADN d'un charlatan ? Voyons, Ainsley, tu es le moins croyant de nous tous. C'est d'ailleurs pour ça que tu fais ton expérience avec les singes… Pour prouver que Dieu n'existe pas, n'est-ce pas ?

— Grant, dit sèchement Bloor en lui jetant un regard glacial, on a pris cette décision ensemble. On est tombé d'accord sur le fait que plus de deux milliards de chrétiens sur terre seraient prêts à payer n'importe quel prix – je dis bien n'importe quel prix – pour un traitement médical développé à partir de l'ADN de Jésus. Et parmi les futurs parents du monde, combien seraient prêts à investir une fortune pour offrir tout ou partie de l'ADN du Christ à leur enfant ?

S'ensuivit un long silence. Plusieurs personnes esquissèrent un sourire.

— Si tu as un problème avec ça, Grant, je te conseille de nous en parler maintenant.

Rowlands savait bien comment Bloor réglait les problèmes et, pensant à son bonus annuel de deux millions, il secoua la tête.

— Je n'ai aucun souci, Ainsley. Je faisais juste mon boulot de directeur : peser le pour et le contre.

— C'est toujours bon à savoir. J'aime bien quand mon équipe fait son travail, dit Bloor d'un ton méprisant. Autre chose, Grant, avant qu'on passe à la suite ?

— Je n'ai rien à ajouter.

— Une petite question, Ainsley, intervint Julius Helmsley.

— Oui ?

— Comment tes singes se débrouillent-ils ?

Bloor dévisagea Kurt Iann, son directeur de la sécurité.

— Mieux que certains d'entre vous.

Comprenant le message de son supérieur, Kurt Iann intervint :

— Nous allons récupérer ce que Hunter a trouvé en Égypte.

— Vraiment ? dit Bloor d'un ton sarcastique. Tu es enfin décidé à réussir une mission ?

52

Mercredi 8 mars

Ross s'enregistra à l'hôtel Ibis de l'aéroport Charles-de-Gaulle. Le lieu était anonyme et impersonnel, et tous les clients étaient, comme lui, des étrangers entre deux correspondances. A priori, personne ne l'avait suivi à l'aéroport de Louxor ni dans l'avion.

Cela ne l'empêcha pas de prendre quelques précautions – il ferma sa porte à double tour et mit la chaînette de sécurité.

Épuisé, il dormit sporadiquement et fut réveillé par un cauchemar : il se trouvait de nouveau en Afghanistan ciblé par des talibans, il se réfugiait dans un grand bâtiment et descendait plusieurs étages de caves voûtées, sombres.

Il avait survécu en se cachant, en attendant le bon moment. C'était ce qu'il devait faire à présent, se dit-il en buvant une gorgée d'eau, dans sa chambre plongée dans l'obscurité. Ceux qui étaient à ses trousses surveillaient certainement sa maison et attendaient qu'il rentre chez lui.

Il comprit soudain quelque chose et s'en voulut de ne pas y avoir pensé plus tôt. Il savait comment l'hélicoptère l'avait localisé dans le désert. Il alluma sa lampe de chevet, se saisit de son iPhone et consulta les réglages. Comme il le suspectait, la fonction géolocalisation était activée, ce qui voulait dire qu'à l'aide d'un simple logiciel n'importe qui pouvait suivre ses mouvements en temps réel, au milieu de nulle part ou ici même.

Il désactiva la fonction et sauta hors de son lit. Il s'habilla, fit son sac, regarda à travers le judas : le couloir semblait vide. Il retira la chaînette de sécurité et se glissa à l'extérieur de sa chambre. Il prit l'escalier, au cas où quelqu'un l'attendrait dans le hall, devant les ascenseurs.

Arrivé au rez-de-chaussée, trois étages plus bas, il inspecta les lieux. Il n'y avait que le réceptionniste de nuit. Comme il avait déjà payé, il demanda simplement à l'employé de lui commander un taxi.

Deux ans plus tôt, pour leur anniversaire de mariage, Imogen et lui étaient descendus dans un petit hôtel de luxe, Le Montalembert, dans le quartier de Saint-Germain-des-Prés. Quand le taxi arriva, il monta à l'arrière et demanda au chauffeur de l'y conduire.

Cet établissement cinq étoiles était ouvert vingt-quatre heures sur vingt-quatre. Avec un peu de chance, en cette saison, ils auraient une chambre de libre. Sinon, le concierge saurait le conseiller, même à cette heure-ci.

Quand le taxi démarra, Ross regarda autour de lui et vérifia que la géolocalisation de son téléphone était toujours éteinte. Il s'installa dans son siège et somnola jusqu'à ce que le véhicule s'arrête dans la petite rue de l'hôtel. La chance était de son côté : ils avaient une chambre et l'accueillirent chaleureusement.

Il dormit assez profondément et fut réveillé peu après 7 h 30 par un texto d'Imogen :

> J'espère que tu as bien dormi, où que tu sois. Monty et moi, on a passé une nuit horrible. Notre nouvelle super alarme s'est déclenchée trois fois. Le technicien est venu à 5 h. Boîtier défectueux. Je suis réveillée depuis. Bisous

Il réfléchit avant de lui répondre. Peut-être qu'ils étaient sur écoute.

> Ma pauvre. J'espère que c'est réglé. J'ai dû rester un peu. Je t'appelle plus tard. Bisous

Puis il somnola une heure, avant de se lever, affamé. Il téléphona à la réception et commanda un petit déjeuner.

53

Mercredi 8 mars

Après avoir avalé une omelette et deux tasses de café, puis pris une douche, Ross se sentait frais, en pleine possession de ses moyens.

Il espérait que personne ne savait où il se trouvait, même si ceux qui l'avaient suivi en Égypte ne renonceraient sans doute pas si facilement.

Il essaya de se mettre à leur place. Qu'attendaient-ils de lui ? Qu'il rentre en Angleterre le plus vite possible ?

Il y avait pire que Paris, pour tuer le temps. Il décida d'y passer la journée, histoire de les faire mariner un peu, et peut-être même paniquer. Les gens font des erreurs quand ils paniquent.

Sans quitter sa chambre, il appela plusieurs compagnies aériennes. Le lendemain, il y avait des disponibilités sur plusieurs vols pour Heathrow, où sa voiture était garée. Il réserva avec British Airways.

Après avoir raccroché, il déballa la dent pour l'observer. Était-ce d'elle que certains, suffisamment riches et haut placés pour faire appel à un tueur à gages en hélicoptère, voulaient si désespérément s'emparer ?

Si c'était le cas, c'était un comble pour un objet aussi petit et sans le moindre certificat d'authenticité.

Ou était-ce la relique la plus importante jamais découverte ? Ceux qui avaient essayé de la récupérer dans le désert tenteraient de nouveau leur chance. Devait-il publier son article maintenant ? L'envoyer à son éditrice et révéler la dent et la coupe, en espérant retrouver une vie normale ?

C'était trop tôt. Il fallait qu'il en sache davantage, qu'il s'assure d'abord de la provenance de ces objets.

Mais qu'allait-il dire à Imogen ? Avait-il le droit de mettre sa famille en danger ? Tout ça pour un article ? Et pourtant, il n'arrivait pas à laisser tomber. Un plan se dessinait dans son esprit. Il ouvrit son ordinateur, se connecta au Wi-Fi de l'hôtel, parcourut rapidement ses e-mails et entra « ATGC laboratoire médico-légal » dans Google.

Il trouva immédiatement ce qu'il cherchait.

LABORATOIRES DE MÉDECINE LÉGALE – GROUPE ATGC
ATGC est l'un des leaders mondiaux et l'un des plus complets fournisseurs de services médico-légaux en Grande-Bretagne. Nous collaborons avec les forces de police britanniques et internationales. Nous offrons nos services 24 heures sur 24, 7 jours sur 7.

Il se rendit sur la page « contact » et composa le numéro avec le téléphone de l'hôtel, sachant à quel point il était simple, aujourd'hui, de mettre un téléphone portable sur écoute.

Une voix féminine enjouée l'accueillit.

— Bonjour, j'aimerais savoir si vous faites des tests ADN pour des particuliers.

— Normalement, nous ne travaillons qu'avec des professionnels, mais nous disposons d'un département pour les clients privés. Voulez-vous que je vous mette en contact ?

— Oui, merci.

Il patienta quelques secondes, puis un homme décrocha.

— Peter Mackie, que puis-je faire pour vous ?

Ross savait qu'il était possible d'obtenir davantage des gens en les appelant par leur nom. Un psychologue qu'il avait un jour interviewé lui avait même confié que nous considérons tous notre nom comme le mot le plus important du monde.

— Merci, Peter. Je m'appelle Ross Hunter, je suis journaliste et, dans le cadre d'un article, j'aimerais identifier de l'ADN sur deux objets : une timbale en bois et une dent.

— Selon la législation britannique, je ne serai pas autorisé à vous dire si ces ADN correspondent à un profil répertorié.

— Pas de souci, je cherche simplement à savoir si l'ADN est le même sur les deux objets.

— Une timbale en bois et une dent ?

— Oui.

— Vous savez de quand elles datent, approximativement ?

— Non, mais elles ont plusieurs siècles, je pense.

— Pour la timbale, il n'y aura pas de problème, mais avec la dent, ce sera plus difficile. Il faudra sûrement la réduire en poudre.

— Entièrement ?

— Oui, désolé.

Merde, songea Ross.

C'était peut-être la seule relique de Jésus. Que dirait un archéologue, s'il savait qu'il était sur le point de la détruire ?

— Vous ne pourriez pas en conserver une toute petite partie ?

— Cela dépendra de la taille et de l'âge, mais j'en doute.

Ross réfléchit. Avait-il le droit de faire cela ? Pouvait-il prendre cette responsabilité et faire ce pari ?

— Vous acceptez les commandes pour les particuliers ? demanda-t-il.

— Oui.

— Et quel serait le prix ? demanda Ross en retenant sa respiration.

— Tout dépendra du nombre d'heures de travail, mais je dirais entre 300 et 500 livres par objet.

Ross soupira, soulagé.

— Et vous pourriez faire cela en combien de temps ?

— Nous travaillons plus ou moins jour et nuit. Si vous nous les apportez aujourd'hui, vous obtiendrez les résultats demain, dans la journée, au plus tard sous quarante-huit heures.

— Je suis en France actuellement, je rentre en Angleterre demain. Vous êtes localisés à Kingston, c'est ça ?

— Absolument.

Ross fit le calcul. La coupe se trouvait dans un box sécurisé accessible jusqu'à 18 heures. S'il n'avait pas de retard, il atterrirait vers 14 heures. Le temps qu'il récupère la voiture, il serait 14 h 30 et, s'il n'y avait pas de problème de circulation, il arriverait avant la fermeture. Il lui faudrait deux heures de plus environ pour rejoindre Kingston.

— Je pense pouvoir passer demain, en début de soirée.

— Je vais prévenir ma collègue, Jolene Thomas, de votre arrivée.

Ross le remercia.

54

Jeudi 9 mars

Son vol pour Londres afficha une heure de retard, puis Ross se retrouva bloqué dans des embouteillages causés par un accident sur la M25. Il arriva au centre de stockage, près du port de Shoreham, dix minutes avant la fermeture. L'employé, qui était visiblement déjà en train de fermer pour la nuit, l'accueillit à contrecœur.

Ross s'excusa, signa le registre, puis se dirigea vers la porte blindée, où il tapa le code. Le battant commença à se soulever, Ross se baissa pour se glisser à l'intérieur et se retrouva au milieu de rangées de box, à perte de vue. L'air était frais dans ce vaste entrepôt.

Il se rendit devant le sien, le numéro 478, sécurisé par deux gros cadenas. Le premier comportait un code à six chiffres et le second était à clé.

Il ouvrit la lourde porte en métal et sortit le paquet de tissu contenant le calice, décidant de laisser la coque en chêne sur place. Il referma son garde-meuble, cacha l'objet sous son blouson, signa de nouveau le registre et s'empressa de rejoindre son Audi garée sur le parking vide.

Il envoya un message à Imogen pour l'informer qu'il était de retour au Royaume-Uni et qu'il espérait être à la maison vers 21 heures. Il passa le portail.

Dans la rue, deux berlines faisant partie de l'équipe de surveillance de huit véhicules qui le suivait depuis l'aéroport l'attendaient, l'une étant garée dans un sens et l'autre en sens inverse.

Une camionnette ralentit pour laisser passer Ross. Celui-ci s'engagea, remercia le conducteur d'un geste de la main, et tourna à gauche, vers la A27, qui le conduirait jusqu'à la A23. Une demi-heure plus tard, il était sur l'autoroute, où la circulation était dense.

Pendant son heure et demie de route, il alterna entre les informations à la radio, le nouvel album de George Ezra et des plages de réflexion. Conscient d'être peut-être sous surveillance, il jetait un coup d'œil régulier dans son rétroviseur.

Il n'arrêtait pas de penser au message qui était apparu sur l'ordinateur d'Imogen et à ce qui s'était passé en Égypte. Cela valait-il le coup de continuer, de mettre en danger sa femme et l'enfant qu'elle portait ?

Il repensa à sa discussion avec l'évêque de Monmouth. Benedict Carmichael avait, à sa façon, essayé de le mettre en garde et de le dissuader.

Puis il se remémora son grand-père. Il n'avait jamais été proche de lui, enfant, mais il lui avait rendu visite chaque jour, au cours de ses dernières semaines, quand il était à l'hospice des Martlets à Brighton. Bill Hunter avait été profondément malheureux toute sa vie. Il n'avait pas pu réaliser ses rêves et s'était séparé de sa femme, qui était morte dans un accident de voiture avec son nouveau compagnon. Ross n'avait jamais oublié la dernière conversation qu'il avait eue avec son grand-père.

« Ross, ton père et toi, vous êtes tout ce qu'il me reste. Et ce que je vais quitter. Toute ma vie, j'ai eu peur de suivre mes rêves et j'ai choisi la sécurité, du moins ce que je croyais être la sécurité. J'ai appris trop tard qu'elle n'est qu'une illusion. Rien n'a d'importance, n'est-ce pas ? Rien, sauf la chose la plus importante : ne pas mourir sans avoir réalisé ses rêves. Ne laisse jamais rien ni personne t'empêcher de faire ce en quoi tu crois. C'est la seule chose qui compte. J'aurais vécu ma vie différemment si j'en avais eu le courage. Je vais mourir en sachant que j'ai échoué, que je n'ai rien accompli. Promets-moi, quoi qu'il arrive, d'essayer de faire la différence, à ta façon, de réaliser quelque chose d'important. »

Peu avant 20 heures, le GPS lui indiqua qu'il était à moins de deux minutes de sa destination et bientôt il aperçut, à gauche, un panneau « ATGC Laboratoires de médecine légale ». Il mit le clignotant, regarda dans le rétroviseur et constata, soulagé, que le véhicule qui le suivait tournait à droite.

55

Jeudi 9 mars

Ross traversa un quartier résidentiel jusqu'à une barrière de sécurité. Un gardien s'approcha de lui et il déclina son identité.

La barrière se leva et il suivit les instructions qui lui avaient été données. Une route sinueuse le mena à une rangée d'immeubles modernes en brique. Un panneau indiquait « parking visiteur » face à un atrium vitré, entre deux bâtiments, qui était visiblement l'entrée principale.

Il trouva une place, se gara et réfléchit. La dent allait être réduite en poussière. Certes, il avait fait de nombreuses photos, mais il n'arrêtait pas de se dire : et si c'était vraiment une dent du Christ, la seule relique de Son corps terrestre ? Et il allait la détruire. Sans cela, il ne connaîtrait jamais son origine. Avec un peu de chance, ils seraient en mesure d'en conserver une partie. Il descendit de son véhicule et se dirigea vers l'entrée.

Les portes s'ouvrirent automatiquement à son approche et il entra dans une grande réception avec de nombreux sièges et une sculpture noire pointue, étrange, posée sur des galets. Devant lui se trouvait un bureau incurvé avec l'inscription « Bienvenue chez ATGC ».

— Bonjour, je suis Ross Hunter. Jolene Thomas, du laboratoire ADN, est informée de ma venue.

On lui proposa de patienter dans une alcôve moquettée, aux murs de briques apparentes, meublée de plusieurs tables rondes, entourées de chaises capitonnées turquoise. Des écrans affichaient des photos de laborantins en tenue, avec masques et lunettes, en train de travailler.

Il posa son sac sur l'une des tables et sortit son téléphone. Il n'avait pas reçu de message d'Imogen. Il s'en voulait de l'inquiéter. Si les résultats du laboratoire concluaient à une absence de correspondance, l'affaire s'arrêterait là. Il se contenterait d'un court article dans le *Sunday Times* racontant ses interactions avec un fanatique religieux ayant réussi à convaincre plusieurs personnes… Mais que s'était-il passé en Égypte, alors ?

— Monsieur Hunter ?

Surpris dans ses pensées, Ross leva les yeux et découvrit une très jolie jeune femme, vêtue d'une robe vert pomme et de leggings noirs, dont les cheveux bruns et soyeux descendaient jusqu'à la taille.

— Oui, dit-il en se levant pour serrer la main qu'elle lui tendait.

— Jolene Thomas, dit-elle en s'asseyant face à lui.

— Merci de me recevoir si tard.

— Pas de problème, nous travaillons le plus souvent avec la police, donc vingt-quatre heures sur vingt-quatre et sept jours sur sept. Mais vous nous consultez en tant que particulier, c'est bien ça ?

— Oui. Puis-je vous demander à quel point votre travail est confidentiel et sécurisé ?

Elle sourit.

— La majorité de nos analyses concernent de l'ADN prélevé sur des scènes de crime. Le respect de la chaîne d'indices est crucial. Tout, dans notre compagnie, est codé. Nous attribuons à nos prélèvements un code-barres plutôt qu'un nom. Nous sommes bien conscients que certains criminels aimeraient beaucoup que leur ADN disparaisse mystérieusement, mais même dans le cas, peu probable, où ils parviendraient à s'introduire dans nos locaux, ils n'arriveraient pas à localiser leurs échantillons. Nos laboratoires sont tous codés.

— Bien.

— Qu'avez-vous à me confier ?

— Pourrions-nous aller dans un endroit à l'abri des regards ?

Elle l'emmena dans une petite pièce en retrait de la réception. Ross ouvrit son sac, sortit le calice et la dent, et retira, tour à tour, le tissu qui les enveloppait.

— Je pense que ces objets sont très anciens. Ils doivent dater de plusieurs siècles, peut-être deux mille ans. Seriez-vous en mesure de me le dire ?

— Non, la datation, ce n'est pas notre domaine. Nous obtiendrons l'ADN et certaines informations complémentaires, en analysant leur niveau de dégradation. Et nous pourrons peut-être déterminer l'ethnicité. Nous proposons trois types d'analyses de l'ADN : standard, mitochondrial et Y-STR.

— C'est-à-dire ?

— Eh bien, l'analyse standard vous permet de connaître le profil actuel d'une personne. C'est ce que la police demande, en général, pour voir s'il y a une correspondance avec le suspect. Le test mitochondrial, plus difficile à réaliser, consiste à observer de l'ADN dont l'origine est spécifiquement maternelle. C'est celui qui permet de déterminer la lignée généalogique, dans la mesure où il ne change pas.

— Il ne change pas ?

— Non.

— Est-ce que cela veut dire que quelqu'un né il y a deux mille ans, et qui a eu des descendants directs, pourrait être identifié aujourd'hui à partir de son chromosome X ?

— Absolument, à moins de mutations génétiques, ce qui peut arriver. Et le troisième type d'analyse, plus récent, permet d'obtenir un résultat similaire, mais en suivant la lignée masculine, même si elle n'est pas aussi stable que la lignée féminine et qu'il y a moins de bases de données pour le moment. C'est l'analyse du chromosome Y, également appelée Y-STR pour *Y chromosomal Short Tandem Repeat*, « courte répétition en tandem sur le chromosome Y ».

— Et elle permet quoi ?

— Comme je viens de vous l'expliquer, c'est l'équivalent, pour le chromosome Y, de l'analyse mitochondriale. Elle permet de retracer la transmission d'ADN d'origine exclusivement paternelle.

— J'aimerais faire ce test aussi. Il faudrait compter combien, pour les trois profils ?

— Il faut d'abord que je sache si ces objets ont été manipulés par des personnes avec des gants ou sans.

— Pour ma part, je ne les ai pas touchés à main nue, j'ai toujours utilisé un tissu ou des gants, mais, avant moi, je ne sais pas.

— Pas de problème. Pour vous éliminer aussi, nous allons établir vos différents profils ADN, ce qui s'ajoutera au coût global. Cela vous va ?

— Oui.

— Je vais demander un devis précis, mais pour trois tests, sur deux objets, il faudra compter environ 2 000 livres, plus 200 pour éliminer votre profil.

— C'est un peu plus que ce qu'on m'avait dit au téléphone, mais je comprends pourquoi et j'accepte.

Elle regarda les deux objets posés sur la table.

— Pour la tasse en bois, ce sera simple, mais avec la dent, ça risque d'être plus compliqué. Je pense qu'on vous a expliqué qu'il allait falloir la réduire en poudre, puis procéder à plusieurs tests chimiques.

— Vous allez devoir la détruire entièrement ?

— Oui, désolée. Avec un objet aussi petit, il n'y a pas d'alternative.

— Restera-t-il, à la fin, quelque chose que vous pourrez me restituer ?

— Oui, une solution dans une fiole. Et nous pouvons prendre des photos tout au long du processus, si cela vous est utile…

Ross fixa la dent, déchiré par ce choix cornélien : détruire ce qui était peut-être l'objet le plus important de l'histoire de la chrétienté ou ne jamais en connaître l'origine.

Qui était-il pour prendre cette décision ? Y avait-il une troisième voie ?

— Jolene, si vous l'écrasez, serez-vous en mesure de déterminer son ADN actuel, mitochondrial et Y-STR ?

— Les trois, oui.

— Et il n'existe aucune technologie, même en développement, capable de déchiffrer l'ADN de cette dent sans la détruire ?

— Pas que je sache.

Il avait la gorge nouée, les mains moites et il transpirait abondamment. Que faire ?

— OK, finit-il par dire. Allez-y, et je veux bien des photos du processus.

— Vous en avez besoin pour quand ?

— Le plus tôt sera le mieux.

— On devrait obtenir les premiers résultats sous quarante-huit heures. Ça vous irait ?

— Parfait.

56

Jeudi 9 mars

Le Boeing 737 aux couleurs du pasteur Wesley Wenceslas, en provenance de Denver, entamait sa descente vers l'aéroport international de Miami. Le jet transportait l'homme d'Église et tout son entourage.

Aussi nerveux dans son avion que dans son hélicoptère, il accompagnait en général ses prières de quelques coupes de champagne. Mais actuellement, trop furieux pour être anxieux, il n'avait pas avalé la moindre goutte d'alcool. À la place, il enchaînait les doubles espressos, et Soupape le grondait à chaque nouvelle tasse : l'excès de caféine le mettait sur les nerfs, ce qui était mauvais pour sa tension artérielle, déjà trop élevée.

Assis en face de lui dans la partie bureau du jet, tiré à quatre épingles, comme d'habitude, Lancelot Pape se contentait de siroter une bouteille d'eau minérale. Il nota quelque chose dans son élégant carnet Smythson, de son stylo-plume Montegrappa.

— Qu'est-ce qui vous fait sourire, Soupape ? Ce n'est pas de l'eau bénite, dans votre bouteille, que je sache.

— Calmez-vous, patron. Vous connaissez les recommandations de votre médecin.

— Ah, vous voulez jouer au plus malin ? Pour paraphraser un échange entre un juge et Oscar Fingal O'Flahertie Wills Wilde, quand le premier lui avait dit : « N'écoutez pas votre docteur, monsieur Wilde », celui-ci avait répondu : « Jamais de la vie, grands dieux ! »

— Oh oh ! On ne jure pas ses grands dieux quand on est un leader spirituel de votre envergure. Imaginez que vos propos fuitent sur Twitter !

— Ce serait bien le cadet de nos soucis.

— Vous êtes vraiment de méchante humeur.

— Et je ne devrais pas l'être ?

Une jeune fille rit, à l'autre bout de la cabine, quelqu'un poussa un cri strident et une cascade d'éclats de rire parvint ensuite à leurs oreilles.

— Chérissez ce que vous avez, déclara Pape.

— Aujourd'hui, je n'ai rien. Vous voyez quelque chose, là ? fit-il en regardant ses mains vides.

— Ce que je remarque, c'est que vous vous rongez les ongles à nouveau, petit vilain !

Wenceslas observa ses doigts avec une expression de surprise feinte.

— Ça alors !

— Et n'essayez pas de me convaincre que le Seigneur exige que vous vous les rongiez en signe d'humilité. Je vais vous réserver une manucure, quand on sera de retour à la maison. Un leader spirituel chrétien ne renvoie pas une bonne image avec des ongles tout rognés.

— Soupape, vous me les brisez menu.

— C'est pour ça que Dieu m'a envoyé à vous. Si vous voulez un béni-oui-oui, ne vous privez pas, cherchez-le. D'ici là, vous êtes coincé avec moi. Et regardez, mes ongles immaculés en disent long sur ma personnalité, dit-il en exhibant fièrement ses mains.

— J'ai des soucis autrement plus importants que mes ongles, dit Wenceslas d'un ton dubitatif. *Nous* avons des soucis.

L'avion traversa quelques trous d'air et le pasteur pâlit.

— Je n'arrive pas à croire que cet imbécile de journaliste poursuive la mission du vieux Cook, qui était à la fois dangereux et naïf. Vous savez ce que dit la Bible ?

— Plus ou moins, répondit Pape, évasif.

À la vérité, il n'y connaissait pas grand-chose, passé les sermons de son patron.

— On sait, grâce à nos écoutes téléphoniques, que le professeur Cook a rendu visite à un médium et qu'il était convaincu que Dieu lui avait parlé. La deuxième épître aux Thessaloniciens, chapitre 2, verset 9, dit : « L'apparition de cet impie se fera, par la puissance de Satan, avec toutes sortes de miracles, de signes et de prodiges mensongers. » Puis la deuxième aux Corinthiens, chapitre 11, verset 13 à 15 : « Ces hommes-là sont de faux apôtres, des ouvriers trompeurs, déguisés en apôtres de Christ. Et cela n'est pas étonnant, puisque Satan lui-même se déguise en ange de lumière. Il n'est donc pas étrange que ses ministres aussi se déguisent en ministres de justice. Leur fin sera selon leurs œuvres. »

— Ce qui signifie ?

— Première épître de Jean, chapitre 4, versets 1 à 3 : « Bien-aimés, n'ajoutez pas foi à tout esprit ; mais éprouvez les esprits, pour savoir s'ils sont de Dieu, car plusieurs faux prophètes sont venus dans le monde. Reconnaissez à ceci l'Esprit de Dieu : tout esprit qui confesse Jésus-Christ venu en chair est de Dieu ; et tout esprit qui ne confesse pas Jésus n'est pas de Dieu, c'est celui de l'antéchrist, dont vous avez appris la venue, et qui maintenant est déjà dans le monde. » Et première épître de Jean, chapitre 2, verset 18 : « Un antéchrist vient, il y a maintenant plusieurs antéchrists » !

— Où est-il ?

— Il est intelligent, il est malin et il excelle dans l'art du déguisement. Peut-être arriverons-nous déjà trop tard.

— Ne soyez pas négatif, patron. C'est l'un de vos mantras, n'est-ce pas ? Ce bâtard de Ross Hunter est en croisade, parfait, laissons-le faire le boulot pour nous. Voyons jusqu'où il va. Imaginons qu'il découvre qu'il s'agit vraiment de l'ADN du Christ… Très bien, suivons-le jusqu'à cet antéchrist.

— Comment ?

— On est derrière lui vingt-quatre heures sur vingt-quatre, sept jours sur sept.

— Mais on n'est pas les seuls, hein ? Il y a aussi cette compagnie, Kerr Kluge. Et peut-être qu'ils n'ont pas les mêmes objectifs que nous, qu'ils veulent contrôler ce pouvoir, et non le détruire.

— J'ai embauché l'un des meilleurs dans le milieu, un ancien de Scotland Yard. La surveillance, c'est son truc. Il a vingt-deux experts sur le coup. Vous voulez savoir ce que le journaleux fait actuellement ?

— Volontiers.

— Il est à quatre kilomètres de chez lui, à Brighton, il revient des laboratoires ATGC, où il a déposé ce qu'il a rapporté d'Égypte et…

— Et ce qu'il a trouvé au Chalice Well, où notre équipe s'est fait arnaquer, l'interrompit Wenceslas. Une boîte à biscuits et une timbale de baptême !

— Oui, il nous a pris pour des enfants de chœur, si je puis me permettre. Par chance pour nous, nos amis de Kerr Kluge ont totalement foiré en Égypte, selon mes sources. Et leur équipe de surveillance est beaucoup plus réduite que la nôtre.

— Soupape, je vous trouve bien désinvolte. Je me demande si vous mesurez la portée de tout cela.

— Oh, tout à fait, patron. Mais si ce n'était pas l'antéchrist, mais la véritable Seconde Venue ?

— Si ce petit futé de journaliste a en sa possession ce qu'on pense qu'il a, et si l'information devient publique, ce qui est certain, c'est qu'on ne sera pas uniquement deux, dans la course à l'échalote.

Pape hocha la tête. L'ADN du Christ. Ils en avaient parlé en long, en large et en travers, ces derniers jours. Combien d'autorités chrétiennes voudraient mettre la main dessus, à commencer par le Vatican ? Combien d'autres, ennemies jurées du christianisme ? Si Wenceslas partait en tournée avec le Saint-Graal et la preuve de l'ADN du Christ, ils rempliraient tous les stades de l'univers. Il n'arrivait pas à imaginer combien cela pourrait leur rapporter. À supposer que ce ne soit pas l'antéchrist, bien sûr.

— On serait encore plus riches que ces imposteurs de l'Église catholique ? Dieu soit loué ! s'exclama Wenceslas, répondant à ses pensées.

— Dieu soit loué, répéta Pape.

— Si le Vatican mettait la main dessus, il les exposerait dans un musée où les gens n'auraient qu'à faire la queue pendant des heures pour venir les vénérer derrière une vitrine. Il est d'ailleurs encore plus probable qu'ils les mettraient à l'abri dans un coffre-fort, hors de la vue de tous.

— Pourquoi dites-vous cela, patron ?

— Vous vivez sur quelle planète ? Notre fonds de commerce, c'est la *foi*, pas la *preuve*. Si Son existence venait à être prouvée, pourquoi les gens auraient-ils encore besoin de nous ? Ils nous court-circuiteraient. Le même effet qu'Amazon a eu sur les petits commerces. On se retrouverait au chômage du jour au lendemain.

Ça ne vous saute pas aux yeux ? Et si c'était l'antéchrist, tel qu'il a été annoncé ? Et s'il était déjà là ?

— L'antéchrist serait déjà là ? Vous le pensez vraiment ou est-ce l'un de vos sermons spectaculaires, ô grand prêcheur ? fit Pape en accompagnant sa question d'une révérence parodique.

— Arrêtez ça tout de suite !

— Regardons la réalité en face. Qu'est-ce qui vous dérange, à propos de Ross Hunter ? Est-ce que vous pensez sincèrement que, parce qu'il suit les directives d'un médium, il travaille pour l'antéchrist, ou est-ce un prétexte ?

— Un prétexte ?

— Ne me gratifiez pas de ce regard angélique, pasteur, je ne vous connais que trop bien ! Vous avez peur que tout cela soit réel, pas vrai ? Qu'il s'agisse de la Seconde Venue et que le Seigneur révèle votre imposture. C'est ça, votre véritable crainte, n'est-ce pas ?

Sans prévenir, l'engin piqua du nez pendant plusieurs secondes. Wesley Wenceslas ânonna une prière, puis l'avion se stabilisa et finit par se poser au sol.

— Dieu soit loué, soupira Wenceslas, soulagé.

— Je dirais plutôt : que le pilote soit loué, répliqua Pape.

57

Jeudi 9 mars

Il était tard quand Ross arriva chez lui. Il se gara dans l'allée et vérifia qu'il n'y avait aucun véhicule suspect dans la rue. Il attendit quelques instants, puis prit son sac dans le coffre et se dirigea vers l'entrée.

Imogen lui ouvrit la porte, en larmes. Monty était juste derrière elle.

Il la prit dans ses bras et la serra fort.

— Qu'est-ce qui se passe ?

Elle pressa sa joue mouillée contre son visage.

— Dieu merci, tu es rentré. Je n'aurais pas pu passer la nuit toute seule. J'allais appeler les Hodge pour leur demander si je pouvais dormir chez eux.

— Pourquoi ? Qu'est-ce qui s'est passé ?

— Viens voir ce que j'ai reçu quand j'étais au boulot, aujourd'hui.

Il s'agenouilla pour caresser le chien, tandis qu'elle mettait la chaînette de sécurité, puis la suivit dans la cuisine. Son ordinateur était ouvert sur la table. Elle pianota sur le clavier et ce message s'afficha :

CECI EST LE SECOND AVERTISSEMENT.
IL N'Y EN AURA PAS DE TROISIÈME.

— Tu peux m'expliquer ? lui demanda-t-elle en se tournant vers lui.

Il se pencha pour déchiffrer l'adresse de l'expéditeur. Il s'agissait de la même que la fois précédente, avec la séquence 666.

— Je pense qu'on devrait prévenir la police, dit-il.

— Et leur dire quoi ? Que tu t'es mis Satan à dos ?

Il esquissa un sourire désabusé.

— Tu sais quoi ? Je vais appeler Jason Tingley.

Jeune lieutenant quand Ross et Imogen l'avaient rencontré pour la première fois, du temps de *L'Argus*, Jason Tingley était maintenant commissaire.

— J'ai peur, Ross.

— Je vais l'appeler tout de suite.

Il chercha le numéro du policier dans son carnet d'adresses et le composa. Après quelques sonneries, il tomba sur sa boîte vocale et laissa un message.

— Salut, Jason, c'est Ross Hunter. Je veux bien que tu me rappelles, j'ai besoin de ton aide.

Il laissa son numéro et raccrocha.

— Raconte-moi ton voyage. Comment ça s'est passé ? Qu'est-ce que tu as trouvé ?

— Je vais tout te raconter, mais il faut d'abord que je boive et que je mange quelque chose.

— J'ai décongelé une moussaka et il y a de la salade au frigo.

— Merci.

Il choisit sa bouteille de whisky préféré, se versa une rasade généreuse, ajouta des glaçons et une goutte d'eau, et s'assit à table. Alors qu'il était de nouveau penché sur le message reçu par Imogen, son téléphone sonna. C'était Jason.

Il mit l'appareil sur haut-parleur, afin qu'Imogen puisse suivre la conversation. Ils échangèrent d'abord quelques banalités et il félicita le policier pour sa promotion. Puis il lui résuma ce qui s'était passé depuis l'appel du professeur Cook, en faisant abstraction de l'attaque à laquelle il avait échappé en Égypte – avant tout, pour ne pas alarmer sa femme. Tingley lui annonça qu'il allait prévenir ses collègues, et que leur maison serait régulièrement surveillée. Il avait besoin des immatriculations de leurs deux voitures, puis ajouta qu'un spécialiste des traces numériques le contacterait pour analyser les messages qu'Imogen avait reçus. Il demanda à Ross de le mettre au courant s'il y avait du nouveau. Ross le remercia et ils se promirent de prendre un café ensemble, bientôt.

— C'est comme ça qu'on va vivre, maintenant ? Prisonniers chez nous ? Dans la peur ? Sous protection policière ?

Ross soutint le regard d'Imogen et but une gorgée de whisky.

— C'est ce que je fais dans la vie, Imo. J'ai toujours pris des risques pour dénoncer les injustices.

— Là, c'est différent. J'ai peur pour ta sécurité et la nôtre. Je pense que tu nages en eaux troubles. Il ne s'agit plus seulement de toi. Pense à notre enfant. Je veux qu'il ait un père. Ta priorité ne devrait pas être l'article sur lequel tu travailles.

— Imo, je veux que notre fils soit fier de moi et qu'il devienne quelqu'un qui s'engage pour ce en quoi il croit.

— Et moi, tu sais ce que je veux, ou plutôt, ce que je ne veux pas ? rétorqua-t-elle. Je ne veux pas que notre fils soit orphelin.

58

Jeudi 9 mars

Éclairés par l'hélicoptère, les brins d'herbe s'agitaient follement. Quelques secondes plus tard, l'engin atterrissait.

Ainsley Bloor en descendit et garda la tête baissée, le temps de s'éloigner des pales en rotation, même si, du haut de son mètre quatre-vingt, il ne risquait rien à se tenir droit.

Sa vaste demeure, dont plusieurs fenêtres étaient éclairées, se trouvait à deux cents mètres environ. Il prit le sac contenant son ordinateur et les dossiers qu'il devait consulter le lendemain et se dirigea d'un pas rapide vers l'orangerie. Il avait hâte de voir si ses singes avaient fait des progrès.

Il alluma, entra et remarqua l'odeur particulièrement aigre. Il inspecta chaque cage, en quête de pages imprimées, preuve que les animaux auraient utilisé le clavier. Dans les cinq premières, il n'y avait rien. Juste des excréments, des flaques d'urine et des coques de cacahouète partout.

Mais dans celle de Boris, la sixième, il découvrit, tout excité, plusieurs impressions.

Murmurant quelques platitudes au singe, il se glissa dans la cage et se précipita vers la machine, déchira les pages et les parcourut. Du haut de son perchoir, Boris le regarda faire en se frottant le menton, tel un vieux sage.

Les six premières pages étaient un ramassis de lettres, de symboles et de chiffres, mais quand il atteignit la septième, il s'arrêta, fasciné.

Deux lettres lui sautèrent aux yeux, telles des pépites d'or dans un tas de charbon.

Il eut soudain envie de serrer la main du singe.

— Tu es le meilleur, Boris ! Bravo ! Bravo !

À cet instant, le cauchemar des derniers jours avait disparu.

— Je suis impressionné, tu es un génie, Boris !

Épluchant une cacahouète, le singe capucin ne savait pas trop quoi penser.

— Tu as réussi, nom de Dieu, tu as réussi !

Il courut chez lui et appela sa femme avant même de passer la porte :

— Cilla ! Cilla !

Installée dans le salon, elle regardait un concert de musique classique à la télévision.

— Regarde, regarde ce que j'ai ! s'exclama-t-il.

— Et si tu commençais par : « Bonjour, ma chérie, comment vas-tu, tu as passé une bonne journée ? », dit-elle d'un ton désobligeant.

— Regarde-moi ça !

Il attrapa la télécommande, appuya sur pause et lui mit la feuille de papier sous le nez.

— Regarde, regarde !

— Quoi ?

— Le début de la preuve ! La preuve ultime que le monde n'a été créé par personne. Qu'il est comme il est par hasard. C'est phénoménal ! La date d'aujourd'hui entrera dans l'Histoire !

— Tout ça parce qu'un singe a écrit le mot « le » ?

— Tu ne comprends pas la portée de cet événement.

— Non. Et il y a autre chose que je ne comprends pas.

— Quoi ?

— Tu es un athée pur et dur et tu fais cette expérience débile pour prouver que Dieu n'existe pas, n'est-ce pas ?

— Tout à fait.

— Dans ce cas, pourquoi meurs-tu d'envie de posséder l'ADN du Christ ? J'ai raté un truc ?

— Non, tu n'as rien raté. Ça s'appelle le sens des affaires, ma chérie.

— J'appellerais plutôt ça de l'hypocrisie.

59

Jeudi 9 mars

Il était un peu plus de 23 heures quand Ross, très agité, vit passer des phares dans sa rue, puis s'arrêter devant chez eux. Seul dans son bureau, il se raidit, puis constata, soulagé, qu'il s'agissait d'une voiture de police. Le commissaire Tingley tenait sa parole.

La voiture repartit.

Son téléphone sonna soudain. Numéro masqué.

Il hésita, puis décrocha.

— Ross Hunter, j'écoute.

La voix de l'homme au bout du fil était tellement faible qu'il dut tendre l'oreille.

— Ross ? C'est Hussam Udin.

— Hussam ! s'exclama Ross, heureux d'entendre son ami.

— Vous pouvez parler ?

— Oui, bien sûr.

— Je viens de discuter avec mon cousin Medhat El-Hadidy.

— Je suis soulagé de le savoir vivant. Désolé de l'avoir impliqué dans tout ça. J'espère qu'il va bien. Je ne sais pas ce qui s'est passé, j'ignore qui nous a attaqués. Votre cousin est sain et sauf ?

— Oui, mais pas sa voiture. Écoutez, je sais ce qui se passe. Il faut absolument que je vous rencontre de toute urgence. Vous courez un grand danger.

— Quelle sorte de danger ?

— Je ne peux pas vous le dire au téléphone. Quand peut-on se voir ?

— Demain matin ?

— Je pense que c'est une bonne idée.

— Je peux être chez vous vers 11 heures, ça vous irait ?

— Je ne sors jamais de chez moi.

— Alors on se voit demain.

Au moment de raccrocher, il sentit une présence derrière lui et se retourna. C'était Imogen.

— Qui était-ce, Ross ? Tu veux m'expliquer ? Quels sont les dangers que tu cours ?

Il respira un grand coup, lui montra les photos prises en Égypte, puis lui raconta tout, depuis le début.

— Et maintenant ? lui demanda-t-elle quand il eut terminé.

— J'attends les résultats de l'ADN.

— Et ensuite ?

— Ils ne correspondront certainement pas et tout sera terminé.

— Et s'ils correspondent ?

— J'aviserai.

— Des gens ont essayé de t'arrêter en Égypte. D'autres nous menacent. Et si c'était vrai ? Si c'était le même ADN ? Tous ceux qui prétendent posséder des reliques comme le Saint-Suaire de Turin, la Sainte Tunique, la Sainte Lance... J'ai fait des recherches sur Internet, dit-elle en lui montrant son iPhone. Regarde la liste. La Sainte Couronne, la Couronne de fer, le voile de Manoppello, le Mandylion, etc. Ceux qui les possèdent n'ont pas envie qu'une étude d'ADN vienne les discréditer. Tu boxes en dehors de ta catégorie, Ross. Je pense que tu ne réalises pas que tu as ouvert la boîte de Pandore. Un article justifie-t-il que l'on risque sa vie ? Pourquoi est-ce que c'est toi qui as été choisi, d'ailleurs ?

Elle se tourna vers la fenêtre, se leva et ferma les rideaux.

— Tu t'es posé la question ?

— Je ne sais pas, Imogen. Celui qui m'a choisi s'est sans doute dit que je serais pris au sérieux. Mais rien n'est plus important pour moi que notre bébé, OK ?

— Rien ?

— Absolument.

— Et moi ?

— Cela va sans dire.

— Alors, prouve-le-moi.

— Comment ?

— Annonce au monde entier que tu lâches l'affaire. Poste-le sur Twitter et sur Facebook. Rends les coordonnées publiques.

— Je ne peux pas faire ça. Pas encore.

— Pourquoi ?

— Parce que je n'ai pas encore les troisièmes.

— Eh bien, débrouille-toi pour les obtenir et rends-les publiques le plus vite possible.

— Je ne pense pas pouvoir faire ça.

Elle secoua la tête.

— Toujours les mêmes excuses. C'est toi d'abord. Ton fils ne compte pas. Moi non plus, je ne compte pas.

— Non, Imo, ce n'est pas moi d'abord, c'est l'humanité.

— Si tu le crois vraiment, tu es encore plus mégalo et utopiste que je le pensais, dit-elle en sortant de la pièce.

60

Vendredi 10 mars

À 11 h 30, le lendemain, Ross était assis dans le bureau de Hussam Udin, dont les rideaux étaient tirés, comme d'habitude. Le café fort et sucré lui faisait du bien. Il avait un fond de migraine dû au whisky qu'il avait siroté jusque tard dans la nuit. Il buvait trop, il le savait, mais rien n'était normal en ce moment.

L'homme de religion en qamis marron se tenait très droit. Il portait des lunettes noires. Il avait à la main une cigarette qu'il n'éloignait guère du cendrier Cinzano rempli de mégots.

— Vous avez vécu le calvaire, Ross, mais vous en avez réchappé.

— On peut dire ça. Mais votre cousin n'a pas été d'une grande aide.

Ses yeux commençaient à s'accommoder à l'obscurité.

— Peut-être devez-vous votre salut à Allah ?

Ross sourit et, ce faisant, se rendit compte qu'il ne s'était pas détendu depuis des jours.

— Disons ça comme ça.

Son interlocuteur avait l'air inquiet.

— Vous avez été suivi, aujourd'hui, Ross.

— Non, répliqua-t-il, sûr de lui. J'ai vérifié.

— Ce n'est pas une question, mais une affirmation.

— Qu'est-ce qui vous fait dire ça ?

— Vous me semblez fatigué, peut-être votre jugement est-il altéré. Vous avez affaire à des gens très intelligents. Ils vous suivront partout et vous ne les verrez jamais. Ils vous ont mis sur écoute, aussi.

— J'ai regardé sous ma voiture, il n'y avait aucun mouchard.

— C'est ce que je vous dis, vous ne verrez jamais rien.

Comme souvent, Udin semblait le fixer droit dans les yeux.

— Quand vous êtes venu me rendre visite, vous aviez besoin d'un homme avec un véhicule, capable de vous protéger. Maintenant, c'est très différent. La voiture de mon cousin est une épave, l'assurance ne fonctionnera peut-être pas, mais il a échoué dans sa mission, donc je lui en veux. Mais le pire, c'est que vous êtes en danger, n'est-ce pas ?

— Ce n'est pas si simple. Si je le peux, je rembourserai Hadidy. À l'origine, en tant que journaliste d'investigation, je pensais écrire un article sur les divagations d'un vieil homme qui croyait détenir la preuve de l'existence de Dieu. Mais maintenant, les enjeux sont beaucoup plus importants et la réalité me rattrape.

— Et le danger aussi, n'est-ce pas ?

— Oui.

— Il s'agit de prouver l'existence de Dieu, c'est bien ça ?

— Oui.

Udin posa sa main sur sa poitrine.

— Parfois, j'envie ceux qui ont une foi inébranlable. À ceux qui ont vécu selon les volontés d'Allah, la mort ne fait pas peur. La plupart des monothéistes, comme les musulmans, les chrétiens et les juifs, partagent ce point de vue. Seule leur interprétation diffère. Peut-être les sikhs sont-ils un peu à part. Leur but est de voir l'ordre divin, que Dieu a donné à tout, et de comprendre ainsi la nature de Dieu. Peut-être sont-ils, en cela, les plus proches de ma propre croyance – celle en l'existence d'un dessein intelligent. Peu importe. Ce qui m'inquiète en ce moment, c'est qu'un ami est en grand danger. Et cet ami, c'est vous, Ross. Voilà ce que j'entends.

— Que savez-vous, Udin ?

— J'ai de nombreux amis dans mon pays d'origine, l'Égypte. On me dit que vous avez rapporté en Angleterre un objet important, qui vous expose à un grand danger.

— Pourquoi dites-vous cela ?

— Ce que vous avez ramené appartient à une religion, qui est parfois l'ennemie de l'islam. Si cet objet est ce que vous pensez qu'il est, le posséder est dangereux pour vous. De nombreuses personnes le convoitent. Certains ont déjà essayé de vous tuer pour l'acquérir.

Ils n'arrêteront pas tant qu'ils n'auront pas réussi, et leurs ressources sont infinies.

— Vous savez de qui il s'agit ?

Udin glissa une nouvelle cigarette entre ses lèvres et tenta de l'allumer avec le mégot de la précédente. À deux reprises, les tiges se frôlèrent, et Ross hésita à proposer son aide. Puis elles se touchèrent. Udin aspira la fumée et ignora la question.

— Vous avez rapporté une dent. Peut-être celle de votre prophète Jésus-Christ. Les tests ADN vous donneront une réponse.

Ross hocha la tête en fixant son interlocuteur, derrière ses lunettes noires. Comment savait-il cela ?

— Imaginez, mon ami, que l'ADN confirme votre intuition, et qu'une datation au carbone 14 détermine que l'objet a bien deux mille ans. Vous possédez un autre objet, peut-être la coupe dans laquelle Jésus-Christ a bu lors de la Cène, et où des gouttes de sang ont été recueillies lors de sa crucifixion. Imaginez que ce soit le même ADN.

— Comment savez-vous tout cela, Hussam ?

— Je vous l'ai dit, mon ami. J'ai beau vivre reclus dans cette maison, où je mourrai certainement, des gens, dans le monde entier, me parlent. Ils écoutent, ils sont connectés, ils savent. Peut-être que ces objets sont authentiques, peut-être pas. Ce qui est sûr, c'est que nombreux sont ceux qui les convoitent et qui sont prêts à tout pour les récupérer.

— Vous dites savoir qui m'a attaqué. Je veux savoir, moi aussi.

— Vous les connaissez. Vous n'en êtes pas conscient, mais vous savez qui ils sont. Nous le savons tous. Nous prenons leurs vitamines et leurs cachets, nous nous lavons les dents avec leurs dentifrices, nous suçons leurs pastilles contre la toux, nous avalons leurs laxatifs quand nous sommes constipés, nous utilisons leurs sprays lorsque nous avons le nez bouché, certains essaient d'arrêter de fumer grâce à leurs patchs. Cette compagnie tue des millions de personnes chaque année, en Afrique et dans les pays pauvres, en leur vendant des médicaments non testés ou périmés, ou des laits maternisés qui ne contiennent pas les anticorps dont les bébés ont besoin. Vous pensez qu'ils en ont quelque chose à faire, de la vie d'un journaliste anglais ?

Ross le fixa, éberlué.

— Un grand groupe pharmaceutique ? Lequel, Udin ?

— Kerr Kluge.

— Kerr Kluge ? répéta Ross.

— Oui.

— À vous entendre, ce serait l'antéchrist.

— Ils n'ont qu'une seule religion, celle de l'argent

— Et le retour de Jésus les inquiète ? Ont-ils peur de se retrouver au chômage s'il guérit tout le monde sans médicaments ?

Udin secoua la tête, tira sur sa cigarette et expira un nuage de fumée.

— Non, Ross, je ne pense pas qu'ils aient même songé à ça. Ce qu'ils voient, c'est la valeur de l'ADN de Jésus-Christ. Sa valeur marchande.

— Et si je leur proposais un pacte ? dit Ross en souriant.

— Vous risquez de découvrir, mon ami, que l'on ne négocie pas avec le diable.

61

Vendredi 10 mars

Sur le chemin du retour vers Brighton, Ross regarda régulièrement dans son rétroviseur et s'arrêta plusieurs fois, de façon aléatoire, pour laisser passer les véhicules qui le suivaient. A priori, il ne remarqua rien de particulier, mais n'ignora pas pour autant l'avertissement de Hussam Udin.

Mais comment savait-il ? Comment les gens qui le renseignaient savaient-ils ? Selon lui, ses assaillants, en Égypte, travaillaient pour Kerr Kluge. Avait-il raison ?

Comment ceux-ci connaissaient-ils son existence et ce qu'il avait en sa possession ?

Et pourquoi…

Il frissonna. Merde. Quelque chose venait de lui revenir. Il s'arrêta deux cents mètres plus loin, à un arrêt de bus, tout tremblant.

Sa conversation avec Sally Hughes. *Mon oncle est membre de la fondation du Chalice Well… Julius Helmsley. Il est directeur d'une compagnie pharmaceutique…*

Ross saisit son téléphone, tapa Kerr Kluge dans Google et parcourut la liste des dirigeants. Et le trouva.

Julius Helmsley. Directeur des opérations.

Il réfléchit quelques instants. Étaient-ce eux, en Égypte ? Et avaient-ils envoyé l'un de leurs sbires pour lui voler son sac et l'assommer ?

Tandis qu'il roulait, un plan commençait à prendre forme dans son esprit. Quelques kilomètres plus loin, il vit un centre commercial à sa droite et tourna. Il se gara, verrouilla son Audi et entra dans le grand magasin.

Quinze minutes plus tard, il était de retour à son véhicule avec un sachet contenant des étiquettes achetées dans une papeterie et deux téléphones à cartes chargés – le genre d'appareils souvent utilisés par des criminels, qui ne s'en servaient qu'une seule fois, afin de ne pas être localisés.

Il colla les étiquettes sur les appareils, qu'il numérota 1 et 2. Puis il sortit de son portefeuille la carte de visite que Sally lui avait donnée et composa son numéro avec le portable 1.

Après cinq sonneries, il tomba sur sa boîte vocale.

— Salut, c'est Sally, je suis occupée, laissez-moi un message et je vous rappellerai.

— Salut, Sally, c'est Ross Hunter. Tu pourrais me rappeler à ce numéro ? Il devrait s'afficher.

Il sortit du parking et reprit sa route sur l'A23, en vérifiant toujours qu'il n'était pas suivi.

Il replongea dans ses pensées. Si l'ADN était le même pour la dent et le calice, que ferait-il ? Il devait y avoir un angle journalistique qui ne les mettrait pas en danger, Imogen et lui. Et s'il publiait simplement les coordonnées, une fois qu'il aurait récupéré les dernières auprès de Robert Anholt-Sperry ? Tout divulguer et s'en laver les mains…

Son téléphone sonna. Il décrocha.

— Monsieur Hunter ? Martin Starr, commandant à la police judiciaire de Birmingham, nous nous sommes brièvement rencontrés au commissariat, quand vous avez fait votre déposition à propos du professeur Cook.

— Oui, bonjour.

— Vous avez un moment à m'accorder ?

— Je suis au volant, mais avec le kit mains libres.

— Préférez-vous que je vous rappelle plus tard sur une ligne fixe ?

— Non, je vais m'arrêter. Patientez quelques secondes, il y a une sortie pas très loin.

Ross quitta la route et se gara.

— Voilà, je vous écoute.

— Pourriez-vous m'expliquer une nouvelle fois pourquoi vous êtes entré au domicile de la victime, au Rose Cottage, à Newhurst, au lieu de contacter la police ?

Ross prit le temps de choisir chacun de ses mots.

— Oui. J'avais rencontré le professeur Henri Cook un peu plus tôt dans la semaine. Il m'avait appelé, car on lui avait dit que j'étais le journaliste qui pouvait l'aider concernant – cela va vous sembler étrange – la preuve de l'existence de Dieu.

— Je vois, répondit l'enquêteur d'un ton neutre. Et qui lui avait dit cela, monsieur ? ajouta-t-il, un brin cynique.

Ross hésita.

— Un représentant de Dieu.

— Un représentant de Dieu ?

— À ce moment-là, je considérais le professeur comme un peu fou, mais j'étais suffisamment intrigué pour l'inviter à venir me raconter son histoire.

— Et c'est ce que vous avez fait ?

— Il est venu chez moi, dans le Sussex, et m'en a dit davantage.

— À propos de la preuve de l'existence de Dieu ? répéta le policier, de plus en plus sceptique.

— C'est ça.

— Je vois. Et que s'est-il passé ?

— Après notre rencontre, je me suis dit qu'il était... comment le dire poliment... sincère, mais...

— Mais quoi ?

— Un peu simplet.

— Et pourtant, vous avez décidé d'aller jusque dans le Worcestershire pour le rencontrer de nouveau.

— Eh bien, je l'ai appelé jeudi soir pour lui annoncer que je ne pouvais pas l'aider, mais il m'a supplié de le revoir. Il m'a affirmé qu'il disposait d'une information qui me ferait changer d'avis. Comme je suis journaliste, je lui ai laissé la chance de m'en dire davantage.

— Vous êtes alors entré chez lui et vous l'avez trouvé, mort ?

— C'est ça.

— Et au moment où vous avez découvert le cadavre, vous avez appelé la police ?

— Correct.

— Le professeur Cook a-t-il mentionné d'éventuels ennemis, monsieur Hunter ? Des fanatiques ne partageant pas son point de vue ?

— Non.

— Savez-vous s'il aurait pu exaspérer quelqu'un ?

— Non plus.

— Je vous remercie d'avoir fait votre déposition auprès de mes collègues. Si j'ai besoin d'en savoir davantage, seriez-vous prêt à nous parler de nouveau ? Nous pouvons venir à votre domicile, si c'est plus pratique.

— Absolument.

— Merci, monsieur Hunter. C'est tout pour le moment. Je vous recontacterai bientôt.

Ross raccrocha. Il allait repartir quand il entendit une sonnerie qu'il ne connaissait pas. C'était le téléphone qu'il avait utilisé pour appeler Sally. Il décrocha.

— Salut, Ross ! dit-elle d'une voix encore plus chaleureuse que dans son souvenir.

— Salut, Sally, comment vas-tu ?

— Bien, et toi ?

— Ça va… Enfin, je fais aller.

— Ça me fait super plaisir d'entendre une voix amicale. Je viens juste de terminer une émission avec un grand monsieur du théâtre. Mais qu'est-ce qu'il a la grosse tête ! Répondre à une radio de province, c'était trop lui demander. Aucune de mes questions ne l'intéressait. *Avez-vous hâte de venir jouer à Bristol, sir William ? — Devrais-je ? — J'ai cru comprendre que vous rêviez de jouer le rôle d'Archie Rice… — En aucun cas, très chère. — Y a-t-il un rôle que vous aimeriez jouer un jour, sir William ? — J'ai déjà joué tous les rôles, mon enfant.*

— J'espère que tu l'as remis à sa place.

— J'aurais tellement aimé ! Il y a un million de choses que j'aurais aimé lui balancer en direct.

— Il y a une réplique géniale d'Oscar Wilde à ce sujet. Il se trouve à une fête avec le peintre Whistler et celui-ci fait une remarque très spirituelle, à laquelle Oscar Wilde répond : « J'aurais aimé la faire, celle-là », ce à quoi Whistler réplique : « Vous la ferez, Oscar, vous la ferez ! »

Elle éclata de rire.

— J'ai beaucoup apprécié notre entretien. C'était très agréable de parler avec quelqu'un d'intelligent et de drôle, qui arrive à mettre son ego de côté.

— Désolé de t'avoir déçu, alors.

— Pas du tout. Tu as été beaucoup plus intéressant que la plupart de mes invités.

— Merci beaucoup. Je t'appelais pour savoir si on pouvait de nouveau discuter, en off. J'aimerais te parler de quelque chose d'important.

— Volontiers. Au téléphone ou en direct ?

— Je préférerais qu'on se rencontre.

— Je suis là ce week-end, puis je compte aller skier quelques jours.

Il réfléchit. Bristol était à trois heures de route. Ils étaient invités chez les Hodge, à l'anniversaire de Helen, le lendemain soir, et Imogen ne verrait pas son absence d'un bon œil.

— Et si on déjeunait ensemble dimanche ? On pourrait manger un truc en vitesse dans un pub.

— En vitesse ? dit-elle, déçue. Je pense qu'on devrait, au contraire, prévoir un long déjeuner.

Il ressentit la même chose que lors de leur première rencontre : un frisson d'attirance. Ce n'était pas une bonne idée, il en était conscient. Mais il ne voulait pas que ça s'arrête. D'un autre côté, il ne savait pas ce qu'elle avait derrière la tête. Et si elle jouait un double jeu ?

— Un long déjeuner, ça me semble très bien.

62

Dimanche 12 mars

Comme Ross s'y attendait, Imogen n'était pas ravie qu'il fasse un aller-retour à Bristol un dimanche. Sa sœur Virginia, son beau-frère Ben et leurs trois gamins avaient prévu de venir déjeuner chez eux et de faire une balade l'après-midi. Ross était secrètement content de manquer ça. La sœur d'Imogen, modèle de vertu, ne buvait jamais la moindre goutte d'alcool et était, de facto, celle qui prenait toujours le volant. Son mari, qui lui était un gros buveur, n'avait rien d'intéressant à raconter, et plus il buvait, plus il se répétait.

Vêtue d'un jean slim, de bottes en daim et d'un chemisier blanc, Sally était resplendissante. Elle l'attendait, avec une bouteille de rioja, à une table en bois dans un pub moderne bondé.

— Désolé pour le retard.

— Pas de soucis. Tu veux du vin ?

Sans attendre sa réponse, elle remplit son verre et glissa la carte vers lui.

— Les plats du jour sont affichés. Je vais prendre une soupe à l'oignon et leur rosbif. Ils sont réputés pour leur rôti du dimanche.

— Ça me semble bien, je prends la même chose.

— Alors, monsieur Hunter, comment se fait-il qu'un célèbre journaliste comme vous ait eu envie de traverser l'Angleterre, un dimanche, pour déjeuner avec une pauvre petite présentatrice de province ?

Il sentit qu'il aurait du mal à rester sur un plan purement professionnel.

— Tu te souviens m'avoir parlé de ton oncle Julius ?

— Julius Helmsley ?

— C'est ça. Il fait partie du conseil d'administration d'une compagnie pharmaceutique.

— Oui, et il est plutôt haut placé.

— Rappelle-moi dans quelle entreprise il travaille ? demanda-t-il pour vérifier.

— Kerr Kluge.

— Ah oui, ce petit groupe !

— Voilà, confirma-t-elle d'un air entendu. Je crois qu'ils sont troisièmes au niveau mondial.

— Tu pourrais m'en dire un peu plus sur lui ?

— Bien sûr, qu'est-ce que tu aimerais savoir ?

Il but une gorgée de vin et hocha la tête, approbateur, puis leva son verre.

— Il est super bon.

— Importé par Averys. L'économie de Bristol repose en grande partie sur les marchands de vin.

— Ah oui, c'est vrai.

Il évitait de croiser son regard, mais c'était difficile.

— C'est quel type d'homme, ton oncle ?

— On n'est pas proches. C'était le beau-frère par alliance de ma mère. Elle est décédée l'année dernière, je crois te l'avoir dit, non ?

— Je suis désolé de l'apprendre.

— Elle est morte en quelques mois d'un cancer du sein foudroyant.

Sally remplit son verre de vin, qui était quasiment vide, et s'apprêtait à remplir aussi le sien, mais il l'en empêcha.

— Je ne vais boire qu'un verre, j'ai de la route à faire.

— Tu as déjà perdu quelqu'un de proche ?

— Oui.

— Tu m'as confié après l'émission qu'une expérience t'avait fait changer d'avis sur Dieu. Je sais que c'est très personnel, mais serais-tu prêt à me raconter, maintenant ?

— Et si on faisait un échange ?

— Un échange ?

— Si je te raconte en quoi j'ai changé, serais-tu partante pour partager avec moi tout ce que tu sais sur ton oncle ?

Elle lui décocha un grand sourire.

— Vendu.

Il lui fit le récit de ce qu'il avait vécu le matin où Ricky avait trouvé la mort, et elle l'écouta très attentivement, comme hypnotisée. Quand il eut terminé, elle dit :

— Ross, c'est incroyable. J'ai interviewé un médecin qui a réalisé une étude sur les expériences de mort imminente et écrit un livre à ce sujet. Deux ou trois histoires ressemblent énormément à ce qui t'est arrivé.

Il acquiesça.

— Oui, je sais, j'ai lu pas mal de trucs, à l'époque. Il y a toutes sortes de théories sur la télépathie et la façon dont le cerveau disjoncte.

— Et sur la vie après la mort ?

Il sourit.

— On le saura un jour, peut-être. Ou pas.

— J'aimerais beaucoup qu'on reparle de tout ça une autre fois. Ça me fascine, je crois qu'il y a quelque chose à creuser, dit-elle.

— Je serai ravi de t'en dire plus.

— Peut-être que tu devrais écrire un livre ; comme ça, je te réinviterais dans mon émission pour en faire la promotion.

— Pourquoi pas ?... À toi maintenant !

— Bon, le truc, c'est que j'ai toujours trouvé mon oncle Julius un peu bizarre. Quand j'étais petite, il aimait bien faire des expériences chimiques, fabriquer une boule puante ou faire brûler du magnésium. Comme s'il se prenait pour un magicien. Mais on s'est éloignés ces derniers temps. Je lui ai demandé de participer à mon émission, mais il n'a pas envie. Son entreprise est très secrète, comme la plupart des compagnies pharmaceutiques. Ils veulent tout protéger, notamment leurs brevets et leurs produits en développement. Pourquoi est-ce que tu t'intéresses à lui ?

— Simple curiosité.

Elle pencha la tête sur le côté.

— Vraiment ? Tu as fait tout ce chemin pour me poser des questions sur mon oncle et tu voudrais me faire croire que tu es « juste curieux » ?

Son téléphone vibra dans sa poche. Il s'excusa auprès de Sally et décrocha.

— Allô ?

— Monsieur Hunter ?

— Lui-même.

— C'est Jolene Thomas, des laboratoires ATGC.

— Ah, bonjour ! dit-il en faisant signe à la présentatrice que c'était important.

— Nous avons les premiers résultats. Veuillez nous pardonner pour le léger retard, la dent nous a demandé un peu plus de temps que prévu. Pourriez-vous passer demain ? Je vous les expliquerai.

— L'ADN est identique ?

— Désolée mais, pour des raisons de sécurité, je ne suis pas habilitée à répondre à cette question au téléphone.

Il la remercia et raccrocha.

— Les nouvelles sont bonnes ? l'interrogea Sally.

63

Lundi 13 mars

Ross fit un détour par Lewes avant de se rendre aux laboratoires ATGC. Il se gara sur le parking du centre commercial Needlemakers, paya pour une heure, puis se dirigea vers les boutiques d'antiquités où ils aimaient flâner le week-end, avec Imogen.

Quarante minutes plus tard, il roulait vers Kingston, dans le sud-ouest de Londres. Comme chaque fois, peut-être par paranoïa, il vérifia à de nombreuses reprises qu'il n'était pas suivi. Pour semer d'éventuelles équipes, il alterna pointes à 150 et ralentissements à 80.

Arrivé à destination, il entra dans le bâtiment principal et se présenta à la réception en expliquant que Jolene Thomas l'attendait. Il inscrivit son nom, sa plaque d'immatriculation et l'heure de son arrivée sur un document que la secrétaire glissa dans une pochette, qu'il passa autour de son cou.

Quelques minutes plus tard, la jeune laborantine apparut dans une élégante robe verte et l'accompagna jusqu'au deuxième étage. Ils s'engagèrent dans un dédale de couloirs beige et de doubles portes battantes, et s'arrêtèrent devant un panneau noir indiquant « scène de crime » en lettres blanches.

Labo 1/15, 1/18, 1/20, 1/21, 1/22.
Labo 1/1, 1/5, 1/6, 1/7, 1/8.
Département médico-légal ADN
Labo 1/10, 1/12, 1/13.
FNDAS
Labo 1/14

Voyant Ross désarçonné par toutes ces indications, elle sourit.

— Nous faisons exprès de rendre les choses compliquées, cela fait partie de nos mesures de sécurité.

— C'est bon à savoir, dit-il en se remémorant la mise en garde de Hussam Udin et ses récentes aventures. Avez-vous déjà été victimes d'effractions ?

— Je touche du bois, non. Seul le personnel connaît les codes. Même si quelqu'un réussissait à pirater notre système informatique, qui est très sécurisé, il ne saurait pas par où commencer.

— Je vois, dit Ross en la suivant dans un nouveau labyrinthe.

LABORATOIRE 1/22 – PRÉLÈVEMENT OSSEUX

NE PAS OUVRIR CETTE PORTE SANS PROTECTIONS (GANTS ET MASQUE)

ATTENTION, NE PAS ENTRER SI LE VOYANT ORANGE AU-DESSUS DE LA PORTE CLIGNOTE

Jolene s'arrêta enfin devant une porte comportant un minuscule hublot en verre blindé. Elle posa un pass contre un lecteur, entra un code et poussa la porte.

Il la suivit à travers une longue pièce en open space, où une vingtaine de personnes étaient penchées sur leur poste de travail, concentrées. Elle se dirigea vers un terminal libre, tout au bout, lui désigna une chaise et s'assit à côté de lui. Elle entra un mot de passe dans l'ordinateur. Sur le bureau se trouvaient une boîte de mouchoirs en papier, une pile de documents et une tasse jetable avec un couvercle en plastique.

L'écran s'alluma. En bas à gauche, il vit une liste de chiffres et, au centre, plusieurs colonnes de paires de filaments de différentes hauteurs, toutes surmontées d'un petit cercle numéroté.

Elle se tourna vers Ross.

— Avez-vous déjà observé de l'ADN ?

— Non.

— Celui-ci provient de la coupe que vous nous avez confiée. On a obtenu un résultat à partir du sang coagulé qui se trouvait à l'intérieur.

— Du sang ?

— Oui, c'est confirmé.

Pouvait-il s'agir du sang du Christ, recueilli alors qu'il se trouvait sur la croix ?

— En revanche, l'ADN était relativement dégradé. Celui que nous avons obtenu à partir de la dent est meilleur. Chaque paire de filaments représente les chromosomes mâles et femelles apparentés. Comme vous l'avez souhaité, nous avons procédé à l'analyse standard, mitochondriale et Y-STR sur la coupe et sur la dent. Je vous montrerai les deux autres profils dans une minute.

— Avez-vous pu dater l'ADN de la coupe ?

— Non, il faudrait procéder à une datation au carbone 14. Mais je pense qu'elle est très ancienne.

— À quel point ?

Elle secoua la tête.

— Tout dépend de la façon et de l'endroit où elle a été stockée. Elle a plusieurs centaines d'années, peut-être beaucoup plus. Mais ce n'est qu'une estimation à partir de ce que vous m'avez expliqué.

Elle pianota de nouveau et une image apparut. Sur celle-ci, il y avait encore plus de filaments, dont certains si proches qu'on avait du mal à distinguer les paires. Puis une seconde remplaça la première, montrant des colonnes de lettres A, C, G, T, dans tous les ordres.

— Voici l'analyse mitochondriale du contenu de la coupe. Et c'est là que ça devient intéressant, dit-elle en entrant de nouvelles informations.

Des paires plus distinctes apparurent, numérotées, beaucoup plus nombreuses que sur la première image.

— C'est ce que nous avons obtenu en pulvérisant la dent. Vous voyez ?

— Je crois, dit-il en se rapprochant, sans trop savoir ce qu'il cherchait.

Elle pianota de nouveau et plusieurs colonnes de chiffres apparurent, tout aussi incompréhensibles pour lui que les précédentes.

— Qu'est-ce que je regarde, Jolene ?

Elle pointa du doigt différents chiffres dans les colonnes.

— Ça, ce sont les correspondances entre la dent et la coupe. On obtient des résultats similaires, voire meilleurs avec l'analyse mitochondriale, et, à ma grande surprise, parce que c'est la lignée la moins stable, une correspondance évidente avec l'analyse Y-STR.

— Une correspondance de combien ?

La scientifique prit un air satisfait.

— Devant un tribunal, je dirais qu'elle se situe au-delà du doute raisonnable, en termes de probabilités mathématiques. Une chance sur plusieurs milliards. L'analyse mitochondriale révèle sept mutations très rares, selon notre base de données, et même chose pour le chromosome Y, ce qui est également rarissime. Et ces mutations sont à la fois présentes dans l'ADN de la coupe et dans celui de la dent.

Ross fut parcouru d'un étrange frisson, comparable à une décharge électrique.

— On obtient les mêmes résultats avec les trois profils ?

— Oui.

— L'ADN mitochondrial est l'héritage génétique maternel, c'est bien ça ?

— Oui.

— Et la dernière, l'analyse Y-STR, retrace bien l'ADN d'origine paternelle ?

— Tout à fait.

— Sur combien de générations ?

— Indéfiniment, tant que le processus de reproduction suit son cours, l'ADN mitochondrial ayant une origine maternelle, et l'ADN du chromosome Y une origine paternelle.

— Sans altération ? demanda-t-il pour vérifier.

— Sans altération.

Il ne voulait pas en dire trop, mais il sentait qu'il pouvait faire confiance à cette femme.

— Disons que cet ADN a deux mille ans. Dois-je comprendre que l'on pourrait identifier un descendant direct vivant aujourd'hui ?

— À partir de l'analyse mitochondriale, une femme, oui, et à partir de la Y-STR, un homme.

Son excitation était à son comble.

— Reste-t-il quelque chose de la dent ?

— Oui. Une solution dans une fiole.

— C'est fantastique !

— Il faudrait que vous signiez quelques décharges et je vais vous donner votre facture. Vous souhaitez récupérer la coupe ?

— Oui, s'il vous plaît.

64

Lundi 13 mars

Quarante minutes plus tard, Ross s'engageait sur la M25, puis la M23, en direction de Brighton. Plongé dans ses pensées, il roulait moins vite que d'habitude. La circulation était fluide et le soleil, bas dans le ciel, au-dessus des Downs, l'éblouissait. Il baissa le pare-soleil et un vieux ticket de parking s'envola. Momentanément distrait, il le ramassa et le posa sur le siège passager.

C'est alors qu'il remarqua qu'un semi-remorque roulait à côté de lui, sur la voie centrale, sans faire l'effort de le doubler. Pourquoi n'accélérait-il pas, alors que rien ne l'en empêchait ?

Soudain, un SUV le colla.

Il comprit tout de suite que quelque chose clochait. Il appuya sur l'accélérateur et fonça quasiment dans une camionnette blanche qui venait de se poster devant lui.

Il klaxonna.

Le van freina. Ross dut ralentir et constata que le camion en faisait autant.

Il lui fallut quelques secondes pour se rendre compte que ces trois véhicules allaient ralentir au point de l'obliger à s'arrêter. Il savait que la police utilisait parfois cette technique.

Une sortie approchait. Il allait déboîter, mais le SUV l'en empêcha. Une fois la bretelle passée, il se repositionna derrière lui.

Il considéra la bande d'arrêt d'urgence. Pouvait-il l'utiliser pour doubler la camionnette ?

Comme s'il lisait dans ses pensées, le conducteur se déplaça légèrement de côté, tandis que le camion le serrait de plus en plus. Soit il entrait en collision, soit il se décalait davantage sur la bande d'arrêt d'urgence.

Merde, merde, merde.

Il choisit d'éviter l'accident, le semi-remorque le poussant encore davantage.

Le van, qui freinait progressivement, l'obligeait à réduire sa vitesse. 100… 90… 80… Il fallait que Ross fasse quelque chose.

Soudain, il se rappela que les feux de freinage s'allumaient quand on appuyait sur la pédale, mais pas quand on tirait le frein à main.

Le regard rivé sur le SUV, dans le rétroviseur, il prit son courage à deux mains, agrippa le manche et tira.

Ses roues arrière se bloquèrent.

Incapable de maîtriser son volant, il sentit sa voiture zigzaguer. Les pneus du SUV crissèrent et il vit son conducteur donner un coup de volant pour l'éviter de peu. Le SUV heurta la barrière de sécurité dans un feu d'artifice d'étincelles, puis se fit catapulter contre le camion et partit en tonneaux.

Ross passa la marche arrière, fit un demi-tour sur route et s'engagea sur la bande d'arrêt d'urgence. La précédente sortie n'était qu'à deux cents mètres environ.

En jetant un coup d'œil dans le rétroviseur, il vit le SUV à l'envers, sur la bande d'arrêt d'urgence, en partie enchâssé dans le camion. La camionnette blanche avait disparu.

Au niveau de la bretelle, il attendit de pouvoir traverser les voies, puis écrasa l'accélérateur pour tenter une sortie.

Son cœur battait à toute allure et ses mains tremblaient.

Moins d'une heure plus tard, toujours très secoué, Ross se gara devant le garde-meuble sécurisé de Shoreham. Il se demanda s'il n'aurait pas dû appeler la police pour leur signaler l'accident. Avait-il commis un délit de fuite ? Avait-il été filmé par des caméras de vidéosurveillance ? La police saurait-elle qu'il avait roulé à contresens sur l'autoroute ? Il s'en soucierait plus tard.

Pouvait-on dire qu'il avait été impliqué dans cet accident, d'ailleurs, sachant que sa voiture était indemne ?

Il sortit de son Audi et ouvrit le coffre. Après avoir regardé autour de lui, il s'empara du sac et se dirigea vers le gardien, à l'entrée.

Ross reconnut l'employé d'une trentaine d'années, les cheveux gras, décoiffé, obèse, avec une boucle d'oreille en or, qui s'ennuyait ferme devant une armée d'écrans. Le gars lisait un roman de Terry Pratchett en mangeant un énorme sandwich, dont la sauce dégoulinait sur les côtés. Sa cabine sentait le curry. Un badge fixé à son uniforme mal repassé et mal ajusté indiquait qu'il s'appelait Ron Spokes.

— Salut, Ron ! s'exclama Ross d'un ton enjoué.

Le gardien déprimé leva les yeux vers lui sans exprimer le moindre signe de reconnaissance.

— Oui ?

— Vous êtes fan de Pratchett ?

— C'est pas mal.

— Moi aussi, j'aime bien.

L'employé resta de marbre. Ross s'inscrivit dans le registre. Ron Spokes lui désigna l'entrée et appuya sur un bouton pour la déverrouiller. Puis il mordit dans son énorme sandwich et rouvrit son livre, sans se soucier de la sauce qui coulait sur son menton. Ross passa la porte, se retrouva dans une cour et se dirigea vers le portail métallique de l'entrepôt.

Comme les fois précédentes, il était seul dans les locaux. Il parcourut les longs couloirs jusqu'à son box, composa la combinaison du premier verrou et glissa la clé dans le second.

Il posa son sac à l'intérieur, referma la porte, vérifia plusieurs fois, de façon compulsive, que les verrous étaient bien sécurisés, puis retourna à sa voiture.

Il s'assit au volant et parcourut les e-mails sur son téléphone, sans rien remarquer d'urgent. Il sortit du parking et attendit de pouvoir se glisser dans la grosse artère près du port de Shoreham.

De l'autre côté de la rue, la camionnette blanche d'un certain Keith Hawkins, antenniste, avec un logo en forme de satellite, était garée devant un immeuble de bureaux. Il tourna à gauche en direction de chez lui, sous le regard vigilant de l'homme installé à l'arrière de la camionnette, muni de jumelles, protégé des regards par des vitres teintées. Une voiture faisant partie de l'équipe de surveillance qui se relayait depuis qu'il avait quitté son domicile, ce matin, entreprit de le suivre en restant à plusieurs véhicules derrière lui.

65

Lundi 13 mars

De retour chez lui, affamé, Ross ouvrit le coffre de l'Audi et en sortit trois gros sacs contenant tout un système de vidéosurveillance. Il les déposa délicatement sur le sol du garage. Il y avait là cinq caméras pouvant être installées à l'extérieur et un boîtier de contrôle qui lui permettraient de visionner les images sur son téléphone ou sur son ordinateur, où qu'il soit. Grâce à l'alarme, qui fonctionnait désormais, et ces appareils supplémentaires, Imogen se sentirait peut-être un peu plus en sécurité, et lui aussi.

Il avait toujours été nul en bricolage, mais le vendeur lui avait certifié que l'installation était très facile. Le système étant sans fil et à pile, tout ce qu'il avait à faire, c'était quelques trous dans le mur pour fixer chacune des caméras, puis suivre les instructions du manuel pour la connexion. Il avait pourtant des doutes. Chaque fois qu'on lui disait que c'était simple comme bonjour, cela se révélait beaucoup plus complexe en réalité.

Quand elle le voyait avec un marteau, une scie ou un tournevis à la main, Imogen prenait un air inquiet. Il avait donc décidé de s'y mettre tout de suite, juste après avoir grignoté un truc et passé deux ou trois coups de fil urgents, et de lui faire la surprise, quand elle reviendrait du travail.

Il se prépara un sandwich au cheddar et chutney, et Monty eut le bonheur de gober quelques morceaux de fromage.

— Hé, Monty, tu sais que tu es censé renifler la nourriture, avant de l'avaler ? Ça pourrait ne pas être comestible !

Le chien aboya.

— Tu en veux encore ?

Il aboya de nouveau.

— OK, mais on n'aboie pas !

Imogen n'aimait pas quand leur chien quémandait ainsi.

Monty s'assit et le fixa, la langue pendante.

— Et maintenant, tu essaies de me prendre par les sentiments, hein ?

Monty inclina la tête et prit un air triste.

Ross découpa un généreux bout de fromage, qui fut englouti en deux bouchées.

— Tu dis rien à ta maman, promis ?

Monty aboya.

— Non, ça suffit ! Terminé ! Je t'emmènerai en balade un peu plus tard. Là, j'ai des trucs à faire.

Ross s'assit à la table de la cuisine et commença à manger son sandwich en jetant un coup d'œil aux journaux. Un titre, dans les pages intérieures du *Times*, attira son attention.

UN PASTEUR MET EN GARDE CONTRE LE GRAND IMPOSTEUR

Le pasteur Wesley Wenceslas, l'un des évangélistes les plus populaires du Royaume-Uni, affirme que le climat politique actuel de fragmentation de l'ordre établi, de colère et d'agressivité constitue l'environnement idéal pour l'arrivée de l'antéchrist, comme le prédit la Bible.

Prêchant devant ses fidèles à l'église de Kensington hier, il a déclaré : « La Bible nous dit que le diable, ce serpent qui a séduit Ève dans le jardin d'Éden, réapparaîtra en se faisant passer pour Dieu ou le fils de Dieu. Quand il apparaîtra, le monde sera dans un état de désespoir, où les cris de souffrance se feront entendre de toute part. Le père des mensonges et de la misère, ennemi de toute humanité, fera semblant d'éprouver de l'empathie pour la douleur humaine. Pour se rendre crédible, il réalisera de grandes performances, telles que guérir les malades et nourrir les faméliques. Nombreux seront ceux qui prendront le Diable pour Dieu tout-puissant. Mon chemin est le droit chemin, méfiez-vous du Grand Imposteur. »

Le pasteur Wesley Wenceslas possède quatre églises en Angleterre et trois aux États-Unis. Sa chaîne YouTube compte plus de 5 millions d'abonnés dans le monde. L'année dernière, il figurait à la 830e place de la liste des plus riches Britanniques du *Sunday Times*, avec une fortune estimée à 172 millions de livres. Au cours de notre entretien exclusif, le pasteur Wenceslas a répondu à demi-mot à des questions préalablement validées par son attaché de presse, qui est resté présent pendant toute l'interview. Quand nous avons voulu savoir pourquoi il avait besoin d'un Boeing 735 privé, et pourquoi il demandait à ses fidèles de financer un engin encore plus puissant, *via* sa cagnotte « Pray for a Mile », son attaché de presse a répondu que c'était dans les cieux que le pasteur se sentait au plus près de Dieu et qu'il souhaitait passer davantage de temps sans interférence terrestre.

Ross déchira la page et la plia. Rien n'avait changé depuis son article à charge contre le pasteur. Ce charlatan était culotté de parler d'imposture.

En se préparant un café, il se demanda si Wenceslas n'avait pas, par hasard, entendu parler de l'histoire de Harry Cook. Il monta à l'étage avec sa tasse et l'article, et s'assit à son bureau pour lire ses e-mails. La rédactrice en chef du *Sunday Times* lui proposait d'aller à Strasbourg interviewer des députés européens sur les négociations en cours à propos du Brexit.

La mission était bien payée, mais il ne voulait pas s'absenter plusieurs jours.

Natalie, je suis sur un truc qui, si tout se passe comme prévu, va t'impressionner. Je ne peux pas lâcher l'affaire pour le moment, tu comprendras quand tu liras. Je n'aime pas refuser du boulot, mais est-ce que tu pourrais confier Strasbourg à quelqu'un d'autre ? Bises, Ross

Elle lui répondit immédiatement :

Je cherche un papier de fond pour dimanche prochain. Quand est-ce que tu peux m'envoyer le tien ? Jeudi ? Bises

Ross regarda, par la fenêtre, son Audi garée devant chez eux. Jeudi ? Elle n'avait aucune idée de ce qui se tramait.

Lui non plus, d'ailleurs.

Il venait d'avoir la confirmation d'un ADN similaire sur une dent récupérée dans une grotte en Égypte et un calice trouvé dans un puits en Angleterre. L'ADN du Christ ?

Il allait lui répondre quand un message d'Imogen arriva.

Comment ça s'est passé au labo ?

Bien, je te raconterai tout à l'heure.

Puis il répondit à sa rédactrice en chef :

Peut-être le jeudi suivant, si je suis toujours vivant.

La réponse arriva instantanément :

J'espère que tu plaisantes.

Il écrivit :

J'aimerais bien.

Il ouvrit son carnet d'adresses, chercha le numéro de l'avocat de Birmingham, le composa et reconnut la voix sèche qui lui répondit. Il déclina son identité et demanda à parler à Robert Anholt-Sperry.

— Je suis désolée, mais il est en rendez-vous avec un client. Puis-je lui demander de vous rappeler ? Sait-il de quoi il s'agit ?

— Oui, il est au courant, dit Ross.

Il essaya ensuite de joindre un homme qu'il n'avait pas contacté depuis son retour d'Afghanistan. Il ne savait d'ailleurs pas s'il était toujours en vie. Il trouva, grâce à Google, le numéro de téléphone de l'endroit où son oncle Angus résidait et le composa.

— Pourrais-je parler au prieur ? demanda-t-il à l'homme calme, à la voix étonnamment enjouée, qui lui répondit.

— C'est lui-même.

Ross se présenta et lui expliqua ce qu'il recherchait.

— Vous comprenez bien, monsieur Hunter, que nos frères sont des ermites, n'est-ce pas ? Ils ont choisi le silence, les prières et la contemplation, loin des distractions et des intrusions du monde. Tout ce que je peux faire, c'est informer le frère Angus *via* une note, ce soir, au dîner, mais je ne peux pas vous promettre de réponse.

Ross raccrocha, réfléchit et tapa dans Google les mots « tubes à essai ».

Après avoir ouvert trois sites, il trouva exactement ce qu'il cherchait.

66

Lundi 13 mars

Ron Spokes avait dépassé la page 200 du roman de Pratchett quand il se rendit compte qu'il l'avait déjà lu. Ce genre de truc, ça lui arrivait tout le temps, en ce moment. Et il avait l'estomac en vrac. Son sandwich avait un goût bizarre, il n'aurait jamais dû le manger. Allait-il se taper une intoxication alimentaire, en plus de tout le reste ?

La bonne nouvelle, c'est qu'il était 17 h 55. Plus que cinq minutes. Il se prendrait un kebab et rentrerait chez lui. Peut-être qu'il avait faim, tout simplement. Il était tenté de passer la soirée avec un pot de glace miel-noix de pécan devant *Matrix*, dont son pote Mick, avec qui il jouait aux fléchettes, lui rebattait les oreilles.

18 heures.

Bye bye !

Quand il se leva de son tabouret, ses genoux lui rappelèrent douloureusement qu'il était resté assis trop longtemps. Il alla activer le système d'alarme nocturne. Alors qu'il traversait le parking humide et froid, plongé dans l'obscurité, il ressentit d'abominables crampes abdominales qui lui firent monter les larmes aux yeux.

Il se dirigea vers le tas de rouille qui lui servait de voiture. Sa vieille Honda, vingt ans d'âge, n'avait pas été révisée depuis plus d'un an. La date limite pour le contrôle technique était dans quatre jours et elle allait être recalée, vu l'état des pneus et du pot d'échappement.

Mais sans elle, comment irait-il travailler ? Sans compter qu'il avait rencontré quelqu'un, une certaine Madeleine. Allait-il devoir l'inviter à aller boire un verre en bus ? Elle ne serait sans doute pas très impressionnée.

Il déverrouilla la portière, même si ce n'était plus vraiment nécessaire de fermer cette caisse. Existait-il quelqu'un encore plus dans la dèche que lui pour la lui voler ? Il mit la clé dans le contact et lâcha un énorme pet.

— Charmant, dit un homme derrière lui.

Spokes sursauta et sentit quelque chose de dur et froid dans sa nuque.

— C'est bien ce que tu penses que c'est, poursuivit la voix. Mais quelle infection, qu'est-ce que tu as bouffé ?

— Que voulez-vous ?

— Je suis là pour te laisser le choix. Je peux être ton bourreau ou ta bonne fée.

— Très drôle.

— Je ne plaisante pas.

Le gardien sentit le canon de l'arme s'enfoncer dans son cou.

— Je sais que tu es endetté jusqu'au cou et j'ai assez de cash sur moi pour que tu puisses tout rembourser. 10 000 livres en petites coupures. Tu veux faire affaire avec moi ?

— Quel genre d'affaires ?

— Il suffirait que tu me laisses entrer, que tu désactives le système de vidéosurveillance et que tu me montres le box de Ross Hunter.

— Je ne peux pas faire ça.

— Oh si, je te promets que tu vas y arriver.

— Vous savez les problèmes que je vais avoir, si je le fais ?

— Ce ne sera jamais aussi grave que d'être mort.

67

Lundi 13 mars

— Ross, mais qu'est-ce que tu fabriques ? lui lança Imogen en sortant de sa voiture.

Debout en haut d'une échelle instable appuyée contre la façade, il se débattait avec une caméra pour la fixer sous une gouttière.

— J'ai presque réussi !

— Réussi à quoi ? Te tuer ?

Le tournevis et les deux chevilles qu'il tenait entre ses dents tombèrent, rapidement rejoints par la perceuse électrique, qui était posée sur le dernier échelon.

— Merde, merde, zut !

— Descends de là ! lui cria-t-elle en agrippant l'échelle.

Il descendit, la tête basse, la caméra dans sa main gauche.

— Je les ai achetées cet après-midi, je me suis dit que ça nous rassurerait.

— Tu penses que je trouve ça rassurant de te voir là-haut ? Le bricolage et toi, ça fait deux. Tu es un excellent journaliste, pas un électricien.

— Elles ne sont pas difficiles à installer.

— Bah voyons !

— OK, un peu plus que je ne le pensais.

— Tu veux pas qu'on appelle l'électricien pour lui demander de venir demain ?

— Peut-être que c'est une bonne idée, concéda-t-il en souriant. Comment s'est passée ta journée ?

— Bien jusqu'à midi, et puis j'ai eu une grosse envie de chips au vinaigre. J'en ai mangé trois paquets. Pas des petits, et je suis assoiffée, avoua-t-elle, l'air coupable.

Ils entrèrent, Ross ferma la porte derrière eux et mit la chaînette de sécurité.

Il s'agenouilla pour caresser Monty.

— Alors, les résultats du labo ?

— Eh bien, l'ADN est le même. C'est fou, non ?

— Le même entre la dent et la coupe ?

— Oui.

Elle pâlit.

— Ils ont trouvé de la salive sur le rebord ?

— Non, du sang au fond.

Elle le dévisagea en silence.

— Il faut que je boive quelque chose. Un petit verre de vin blanc, ça devrait passer, n'est-ce pas ?

— Je pense qu'un petit verre de vin est acceptable pour célébrer la découverte, par ton mari, de l'ADN du Christ.

— Ne plaisante pas avec ça.

Il se dirigea vers le frigo, sortit une bouteille d'Albarino et l'ouvrit.

— Je ne plaisante pas.

— Ça ne me plaît pas. Comme je te l'ai déjà dit, tu ne boxes pas dans ta catégorie, là.

Il lui tendit son verre et s'assit.

— Le professeur Cook a été tué. Tu as failli mourir en Égypte. J'ai reçu des menaces. Est-ce que ça vaut vraiment le coup qu'on se mette en danger ? Tu as affaire à des fanatiques.

— Tu exagères !

— Non, je n'exagère pas du tout. Ouvre les yeux.

— Étudions les faits. Il existe un ADN commun entre une dent provenant d'une grotte en Égypte et une coupe cachée au Chalice Well. Supposons que ce soit vrai, que Cook ait réellement reçu un message de Dieu, et que je sois la personne choisie pour le transmettre au monde entier. Admettons que je renonce. Je ne pense pas pouvoir continuer à vivre ma vie en sachant cela.

— Tu seras sacrément plus utile que mort.

— Il faut que j'aille jusqu'au bout.

— Pourquoi ? Tu te sens redevable envers le professeur ? Tu as dit toi-même qu'il était fou.

Il but une gorgée de vin.

— Il ne me semble plus si fou que ça, à présent.

— Ah bon ?

Ross monta dans son bureau chercher les documents que la laborantine lui avait donnés. Il les étala sur la table et expliqua les résultats à Imogen.

— Et je suis censée dire quoi ? Que je suis impressionnée ?

— Je tiens une histoire explosive ! Tu imagines les gros titres, Imo ?

— Oui, et c'est ce qui me fait peur. Ton ami évêque t'a mis en garde. Les factions religieuses, et non religieuses aussi, d'ailleurs, vont se déchaîner.

— Et tu penses qu'on devrait s'abstenir d'apporter au monde la preuve que Dieu existe ?

— Moi, je m'abstiens volontiers. Je suis sûre que, si Dieu tient tant que ça à sauver le monde, il trouvera quelqu'un d'autre pour le faire.

— Tu as la foi, Imogen, beaucoup plus que moi, tu vas à l'église régulièrement.

— Oui, mais je n'ai pas foi en cette situation dans laquelle tu t'es mis.

Il lut la peur sur son visage. Il était conscient du danger qu'ils couraient. Il tremblait encore, après ce qui s'était passé sur l'autoroute, et pourtant… Cette histoire dépassait le simple cadre de son boulot. Il lui manquait encore un élément majeur, qu'il obtiendrait, si tout se passait bien, le lendemain.

— Demain, je vais à Birmingham rencontrer l'avocat de Cook. Viens avec moi, si tu veux te faire une opinion par toi-même.

— Tu sais bien que je ne peux pas, je travaille.

— Il détient la dernière pièce de ce puzzle et devrait me la donner. On saura ainsi, à coup sûr, si cette histoire tient debout ou pas. Je prendrai ma décision après cela.

— Et si elle tient debout, tu feras quoi, Ross ?

Il fixa la table, puis regarda sa femme droit dans les yeux. Il n'avait pas de réponse.

68

Mardi 14 mars

Soupape, non plus, n'avait pas de réponse.

Il était 10 heures. Il était assis, abasourdi, en face de Wesley Wenceslas dans la salle de conférences moquettée de blanc du Gethsemane Park, avec vue sur les pelouses parfaitement entretenues qui menaient au lac. Au centre de celui-ci avait été construite une île en forme de croix, sur laquelle trônait une statue de six mètres de haut en marbre blanc du pasteur, les bras ouverts, paumes tournées vers le ciel.

Aux murs était accrochée une collection d'icônes acquises ces dix dernières années lors de ventes aux enchères dans le monde entier. Une dent et une coupe en bois se trouvaient sur la table pouvant accueillir une vingtaine de personnes. Le silence fut momentanément interrompu par le portable de Pape, sur vibreur. Il refusa l'appel et transmit à Wenceslas le rapport de l'équipe de surveillance relatif aux événements de la veille, notamment l'étrange course-poursuite sur l'autoroute, qui avait failli mal tourner, entre Hunter et leurs concurrents.

— Eh bien, vous ne me semblez pas d'humeur, aujourd'hui, Soupape, je me trompe ?

Wenceslas était furieux. Pape fixait les deux objets, hébété.

— J'attends votre explication, Lancelot. Pour moi, la coupe est pleine.

Pape manipula la timbale pour la troisième fois.

— Je ne sais pas quoi vous dire, c'est ce qui se trouvait dans le box de Ross Hunter.

— Et vous avez déboursé 10 000 livres pour cela.

— Avec votre autorisation préalable, patron.

— Mon autorisation portait sur le Saint-Graal et la dent ayant appartenu à Jésus-Christ, pour les protéger, au nom du Seigneur.

Il tendit le bras pour arracher le calice des mains de son directeur général, le retourna et montra le fond à son interlocuteur.

— Je ne pense pas que le Saint-Graal soit étiqueté « Made in China », et vous ? La Chine exportait-elle des coupes en bois vers la Terre sainte il y a deux mille ans ?

Pape hésita.

— Probablement pas.

— Jamais de la vie ! explosa Wenceslas en frappant l'objet contre la table.

— On a affaire à quelqu'un de très intelligent, patron. Peut-être qu'il a trouvé cette étiquette ailleurs et qu'il l'a collée sur le calice pour tromper son monde.

— C'est vraiment ce que vous pensez ?

Il prit la dent entre les doigts.

— Et vous croyez aussi que Jésus-Christ était un vampire, peut-être ?

— Un vampire ?

— Je ne sais pas ce que faisaient les dentistes à l'époque, mais je ne pense pas qu'ils sculptaient les dents pour en faire des canines acérées. Je me trompe ?

— Non, vous avez raison, patron, dit Pape avec un petit rire nerveux.

— Ce n'est pas une dent humaine, c'est celle d'un animal sauvage. Je n'y connais pas grand-chose, mais je sais quand même reconnaître une dent. On vient de dépenser 10 000 livres pour une babiole et une dent de chien, alors qu'on aurait pu aider les pauvres. On s'est fait avoir.

— Peut-être que Hunter s'était fait avoir aussi, car c'est ce qu'on a trouvé dans son box.

— Dans tous les cas, le Saint-Graal et la vraie dent de Notre-Seigneur Jésus-Christ sont ailleurs. Trouvez-les, et vite.

— Je m'en occupe.

— Vous n'avez pas beaucoup de temps, ajouta Wenceslas en lui jetant un regard glacial. Le monde va bientôt savoir. Est-ce qu'il est toujours suivi par nos équipes ?

— Vingt-quatre heures sur vingt-quatre, sept jours sur sept.
— Bon, où est-il en ce moment ?
Pape ouvrit une application sur son téléphone.
— Il a quitté Brighton il y a vingt minutes et a traversé le village de Henfield. Notre équipe l'a provisoirement perdu de vue, ajouta-t-il d'un air contrit.
— Quoi ? Quoi ? Quoi ? s'emporta Wenceslas en tapant des deux poings sur la table.
— Tout va bien, ils ne sont pas loin, ils vont le retrouver.
— C'est ça. Ils vont le retrouver, comme vous avez mis la main sur le Saint-Graal. Vous savez où ils devraient le chercher ? Sur un stand de souvenirs à Shanghai !

69

Mardi 14 mars

Comme des centaines de milliers de personnes, Ross était passé devant ce panneau des dizaines de fois sans le remarquer. Il faillit d'ailleurs le rater.

CHARTREUSE DE PARKMINSTER

Une petite enseigne blanche sur le bord de la route, contre une haie mal taillée, signalait discrètement l'entrée du monastère.

Il freina fort, empêcha d'une main un sachet de tomber du siège passager et tourna à gauche sur le chemin pavé. Il remarqua un petit cottage qui semblait inhabité et, après un virage, passa sous une arche. Droit devant lui se trouvait un imposant édifice qui n'était pas sans rappeler les bâtiments de l'université de Cambridge. La partie principale, surmontée de trois clochers, était flanquée de cloîtres, sur les côtés, et d'une superbe porte en chêne, au centre.

Il sortit de sa voiture, prit le sachet à l'avant et récupéra le sac à dos qu'il avait mis dans le coffre.

La porte s'ouvrit et un homme bien en chair, la soixantaine, soutane blanche, calotte blanche sur la tête et Birkenstock aux pieds, s'avança vers lui avec un sourire accueillant. Ross lui trouva un air de bon vivant plutôt que d'ascète.

— Monsieur Hunter ?

— Oui.

Il lui tendit la main.

— Je suis le père Raphaël, le prieur, on s'est parlé hier. Bienvenue en notre humble demeure.

— Pas si humble que ça, fit remarquer Ross amicalement.

— Nous avons de la chance, en effet. Nous possédons, entre autres choses, les plus longs cloîtres du Royaume-Uni.

— Ah bon ?

— Et comme dirait Michael Caine : « Rares sont ceux qui le savent ! »

Ross sourit, surpris d'entendre un ecclésiastique citer un acteur.

— Mais je ne pense pas que vous soyez venus pour discuter de la longueur de nos cloîtres, monsieur Hunter. Je vais vous accompagner auprès de votre oncle Angus. À ma grande surprise, il est très heureux que vous l'ayez contacté. Tant mieux. Parfois, le contact avec le monde extérieur n'est pas si mauvais que ça, même pour ceux qui ont choisi de vivre reclus. Il n'est pas en bonne santé, et j'espère que vous voir lui mettra du baume au cœur.

Ross suivit le prieur dans un long couloir pavé agrémenté de colonnes et haut de plafond. Ils passèrent devant un tableau de bois avec une liste de noms. Il en déchiffra quelques-uns : Frère William, Dom Pachomius, Frère Alban, Dom Ignatius, Dom Henry, Dom Stephen Mary. Et un petit panneau beige : « coupe de cheveux 9 h 30-10 h ».

Ils tournèrent et continuèrent dans un couloir plus étroit. Le sol pavé de gris et les murs blancs se déroulaient à perte de vue. Tous les vingt mètres environ, ils passaient devant une porte en bois fermée, surmontée d'une inscription en latin.

Le prieur s'arrêta devant l'une de ces portes et Ross lut la phrase, sans la comprendre.

« Mihi enim vivere CHRISTUS est, et mori lucrum ».

L'ecclésiastique frappa à la porte.

Ross essaya de se souvenir de la dernière conversation qu'il avait eue avec son oncle. Angus avait toujours été considéré par ses parents comme le mouton noir de la famille. Sur les photos, il avait des cheveux longs, des lunettes rondes aux verres teintés, un tee-shirt noir, un jean slim et des bottes à talons cubains. Ross avait toujours trouvé ça cool d'avoir un oncle rockeur.

Sans savoir à quoi s'attendre, tandis que la porte s'ouvrait lentement, il fut choqué par l'apparence d'Angus. Avec sa peau pâle, son crâne rasé et sa soutane à capuche pointue, celui-ci lui fit l'effet d'une apparition.

Ses yeux noisette, autrefois insolents, étaient désormais des étoiles éteintes et son sourire si confiant, comme si le monde n'était qu'une vaste blague, empreint de tristesse.

— Ross ? C'est bien toi, n'est-ce pas ? Oh Ross ! dit-il d'une voix encore pleine d'entrain.

Il lui tendit une main noueuse et frêle, que Ross serra doucement.

— Entre, je t'en prie. Même si ce n'est pas la suite présidentielle du Ritz, dit-il en s'approchant de lui.

— Je vais vous laisser seuls, dit le prieur.

Son oncle ferma la porte et Ross se retrouva dans un couloir étroit, d'une dizaine de mètres de long, avec une statuette peinte de la Vierge Marie posée sur un tronc d'arbre. Tout au bout, une icône encadrée, accrochée au mur, baignait dans la lumière de la fenêtre.

— Je n'ai pas résidé dans beaucoup de monastères, mais je crois que j'ai de la chance, Ross. Cet endroit a été prévu pour accueillir 200 moines et nous ne sommes que 23. J'ai deux étages à ma disposition, un bel atelier et un jardin, rien que pour moi. C'est comme si j'avais une maison, sans aucun voisin pour me déranger ! Entre, je t'en prie.

L'escalier en pierre était court, mais Ross vit à quel point son oncle était malade, car il lui fallut faire de nombreuses pauses pour reprendre son souffle quand ils montèrent à l'étage.

En haut, il découvrit une pièce spartiate meublée d'une chaise et d'un bureau, sur lequel se trouvaient quelques livres, dont la Bible, et un calendrier. Ross remarqua un poêle à bois et une alcôve avec un crucifix, qui ressemblait à un autel. Par une porte ouverte, il entrevit un lit étroit et une bouillotte turquoise suspendue à un crochet.

— Je t'ai apporté un cadeau, dit-il en lui tendant le sachet.

— Un cadeau ? répéta le moine avec un sourire lointain, comme s'il puisait dans ses souvenirs.

Il posa le sachet par terre, comme s'il était trop lourd pour lui, et les larmes lui montèrent aux yeux.

— Je ne sais plus quand j'ai reçu un cadeau pour la dernière fois. C'est très gentil.

Touché par cet émerveillement sincère, Ross sentit ses propres yeux se mouiller.

— Je ne sais pas si c'est autorisé...

Le moine sortit quatre bouteilles de bordeaux, une par une, en les observant longuement à la lumière, avec une joie immense.

— Du vin rouge français ? Ça fait des années, des lustres, que je n'ai pas bu autre chose que le vin de messe !

Il fouilla dans le sachet et trouva un autre objet, qu'il brandit.

— Et un tire-bouchon ! Tu penses à tout, merci pour cette attention.

Ross ne savait pas trop comment réagir face à cette pure félicité. Il regrettait maintenant de ne pas avoir prévu plus de bouteilles.

Il sortit de son sac à dos la coupe en bois, dans sa coque, soigneusement emballée, et une petite fiole, contenant quelques gouttes d'un liquide opaque, scellée par un bouchon en plastique blanc, et les posa sur le bureau de son oncle.

— Assieds-toi, je t'en prie. Je suis désolé de ne pas avoir plus de chaises, il n'y a pas grand-chose, dans cette cellule. Tu es d'ailleurs mon premier invité, ajouta Angus, comblé.

Ross sourit.

— Cela ne me dérange pas de rester debout.

— Tu sais, je t'ai toujours apprécié, Ross. Je savais que tu ferais de grandes choses dans la vie. On a tellement de choses à se raconter, je pense qu'on devrait boire un verre.

— Non, garde ces bouteilles pour toi.

— J'ignore si mes médicaments comme mes vœux me le permettent. Peut-être que le Seigneur pardonnera ce petit plaisir à un vieillard mourant. La tentation est grande ! Tu es vraiment gentil.

Il ouvrit le récipient en bois et regarda à l'intérieur.

— Et tu m'as même apporté un verre à vin.

— En fait, oncle Angus, il ne faut pas boire dans cette coupe. Et ce n'est pas de la drogue, dans cette fiole, dit Ross d'un ton sérieux.

— Tu te souviens du bon vieux temps, quand je jouais dans mon groupe ? Avec Satan's Creed, on a assuré la première partie d'une tournée de Black Sabbath.

— Je sais, Papa me l'avait dit. J'étais tellement fier de toi ! Tu étais l'oncle le plus cool du monde !

— Dis-moi, pourquoi Dieu t'envoie-t-Il auprès de moi, qui ai embarrassé ma famille et n'ai plus longtemps à vivre ?

Ross désigna les deux objets posés sur le bureau.

— Il faudrait que tu les gardes. Que tu les caches. Pour me rendre service.

— Ils comptent beaucoup à tes yeux ?

— Ils sont importants pour l'humanité. Je ne veux pas qu'ils tombent entre de mauvaises mains. Beaucoup de gens aimeraient s'en emparer.

Angus fronça les sourcils.

— Tu veux m'en dire davantage ?

— Je préférerais laisser à Dieu le soin de t'expliquer.

Son oncle l'invita à s'approcher de la fenêtre et lui montra du doigt un jardin et un cimetière rectangulaire bien entretenu, avec des rangées de croix en bois toutes simples.

— J'aurai bientôt droit à l'une de ces croix, Ross. Je ne sais pas combien de temps le Seigneur va encore m'accorder. J'ai un cancer qui, malheureusement, a l'esprit d'aventure, comme me l'a expliqué le docteur. Il a réussi à voyager dans mon corps tout entier. Je l'ai surnommé Marco Polo.

— Tu suis un traitement ?

— Non, c'est trop tard pour ça. Mais j'ai bien vécu. J'ai une dernière mission à accomplir et je crois que Notre- Seigneur me laissera la mener à bien.

— Je suis désolé pour toi, oncle Angus.

— Ne t'inquiète pas. Ce que je veux dire, c'est que, si tu dois mettre quelque chose en sécurité chez quelqu'un, je ne suis sans doute pas la meilleure personne.

— Je pense que si. Je ne suis pas sûr de vivre très longtemps, moi non plus. Et tu sauras où cacher ces objets, j'en suis convaincu.

— Tu es malade ? Tu n'en as pas l'air, Ross.

— Non, pas malade, mais en danger.

— Tu veux m'en parler ?

Ross montra du doigt le calice et la fiole.

— Je ne veux pas te mettre en danger, toi aussi, en plus de ce que tu traverses déjà.

— Qu'est-ce qui peut nuire à un mourant ?

Le vieux moine plongea dans le silence, puis sortit de la pièce et revint avec deux verres dépareillés.

— Cela fait plusieurs années que je n'ai rien bu d'autre que le vin de messe, comme je te l'ai dit, et je pense que l'heure est venue. Dieu nous pardonnera.

— Mais je suis en voiture, et je dois aller à Birmingham, malheureusement.

— Qu'est-ce qu'on disait, dans le temps ? « Un dernier pour la route » ?

Quelques minutes plus tard, ils trinquaient.

— Que Dieu te bénisse, dit son oncle.

Avant de partir, Ross lui raconta toute l'histoire. Il voulait que son oncle sache ce dont il avait désormais la responsabilité. Et c'est là qu'Angus lui confia une idée qu'il avait.

70

Mardi 14 mars

Deux heures plus tard, Ross s'arrêtait à une station-service sur l'autoroute pour faire le plein. Selon le GPS, il lui restait une heure vingt avant d'atteindre sa destination. Les effets du verre de vin rouge s'étaient dissipés depuis longtemps et il avait besoin d'aller aux toilettes, de boire un café et de manger quelque chose. Après avoir pris de l'essence, il se gara et entra dans la station-service aux couleurs criardes.

Il éprouvait diverses émotions à propos de son oncle. Il avait du mal à faire le lien entre le rockeur qu'il avait été et l'homme fragile qu'il était devenu, qui vivait dans un lieu, certes, spacieux, mais surtout austère. Sa foi l'avait bouleversé, tout comme l'extase qu'il avait lue sur son visage lorsqu'il avait découvert les bouteilles de vin.

Comment un hédoniste tel que son oncle avait-il pu se retirer du monde et mener une existence solitaire de prière et de renoncement à tous les plaisirs ? N'importe qui en était-il capable, porté par la foi ?

Angus n'était pas un imbécile. Et, comme des millions de personnes intelligentes, il possédait une foi inébranlable. En un sens, ces gens-là avaient de la chance.

Il se remémora les derniers événements. Harry Cook. Les coordonnées. Le calice dans le puits à Glastonbury. La dent dans une grotte en Égypte. Le guet-apens. Les menaces reçues par sa femme.

Les mises en garde de Benedict Carmichael. Le message de son frère mort. Cette planète, sur laquelle ils étaient coincés. Cette magnifique planète où les hommes s'entre-tuaient. Cet endroit aussi pollué qu'idyllique, déchiré chaque jour par la haine, souvent nourrie par des différends religieux. Des différences microscopiques, de simples questions de sémantique, car tous croyaient en l'existence d'un Dieu suprême.

Les sunnites. Les chiites. Les catholiques. Les anglicans. Les méthodistes. Les évangélistes. L'Armée du Salut. Les Assemblées de Frères. Les quakers. Les juifs. Les hindous. Les sikhs. La liste était interminable. Seraient-ils en guerre jusqu'à la fin des temps ? Jusqu'à ce que toutes les confessions implosent dans une apocalypse nucléaire ?

Ou le professeur détenait-il quelque chose qui pouvait véritablement changer le monde ?

Il repensa aux mots de l'astronaute Franck Borman, de la mission Apollo 8 : « Quand on approche enfin de la Lune et qu'on regarde la Terre, toutes les différences et spécificités nationales disparaissent. On comprend qu'il n'y a qu'une seule planète et on se dit : Mais pourquoi on n'arrive pas à vivre ensemble ? »

C'était ce que Ross ressentait, au beau milieu de cette station-service trustée par les grandes marques – Burger King. WHSmith. Costa. Il observa les gens, hagards, souvent épuisés par leur voyage. Quelqu'un le bouscula sans s'excuser. Un couple passa à côté de lui avec un bébé en poussette. Imogen et lui dans quelques mois. Dans quel monde leur enfant allait-il naître ? se demanda-t-il en entrant dans la zone restaurant, qui baignait dans les odeurs de friture.

Un monde qui, si les choses ne changeaient pas de façon radicale, ne durerait pas longtemps. Et il était peut-être la clé de cette métamorphose. Il devait bien ça à son fils, car il savait que, s'il se détournait de cette mission, il ne pourrait jamais le regarder dans les yeux.

Il prit un plateau et commanda un fish and chips et des petits pois. Il lui fallait quelque chose de chaud et de nourrissant, il avait besoin d'énergie. Il alla s'installer près de la baie vitrée. Dehors, deux femmes fumaient sous la bruine. Il s'apprêtait à déchirer un sachet de ketchup quand un homme vint s'asseoir sur la chaise à côté de lui.

Mince, la quarantaine, cheveux bruns coupés court, costume et trench-coat, il tenait à la main une tasse en papier fermée par un couvercle.

Agacé, vu qu'il y avait des dizaines de tables libres autour de lui, Ross le fusilla du regard. L'individu se contenta de décocher un sourire équivoque, comme s'ils se connaissaient. Ross nota son air sérieux et la chevalière à son annulaire.

N'ayant aucune envie d'engager la conversation, Ross allait changer de place quand l'homme l'aborda d'une voix douce et posée.

— Ross Hunter ?

— Oui ?

L'étranger jeta un coup d'œil autour de lui avant de poursuivre.

— Stuart Ivens, ministère de la Défense, dit-il à voix basse, en ouvrant subrepticement son portefeuille pour lui montrer son badge professionnel. Désolé de vous déranger pendant votre déjeuner. Pourrions-nous discuter quelques instants ?

— C'est à quel propos ? lui demanda Ross en observant la carte qui attestait de l'appartenance de l'individu aux services secrets.

Il y avait quelques années de cela, il avait écrit un article sur la mort mystérieuse d'un gars, suspecté d'être un agent secret, retrouvé dans un sac, à Londres, vêtu de latex de la tête aux pieds, avec un masque SM. Toutes ses tentatives pour découvrir s'il faisait bien partie des renseignements avaient été bloquées. Ross n'avait jamais réussi à déterminer si l'homme était décédé des suites d'une séance de bondage ayant mal tourné ou s'il avait été assassiné.

Mais son interlocuteur ne venait pas lui parler de ça. Ross se doutait de quoi il s'agissait.

— Vous connaissiez le professeur Cook, non ? poursuivit Stuart Ivens d'un ton poli.

— Que savez-vous sur lui ? rétorqua Ross, suspicieux.

— Sans doute pas autant que vous, monsieur Hunter, dit Ivens en soulevant le couvercle de sa tasse afin de laisser refroidir le café, mais assez pour être inquiet pour la sûreté nationale. Et la vôtre.

Ross le dévisagea.

— N'y allons pas par quatre chemins. Suite à votre rencontre avec le professeur Cook, vous avez en votre possession des objets susceptibles de prouver l'existence de Dieu. Je me trompe ?

— Comment savez-vous cela ?

— Dans le climat actuel, nous devons surveiller tout et tout le monde. Disons que c'est pour la sûreté nationale, dit-il d'une voix toujours aussi courtoise. Vous pensez tenir une bonne histoire, mais vous n'en mesurez pas les conséquences. Et vous êtes menacé.

— J'en suis conscient.
— Vraiment ? Si les objets que vous possédez sont authentiques, êtes-vous conscient de ce que cela implique ? Et même s'ils ne le sont pas, mais que vous écrivez un article solide, ce serait potentiellement un cauchemar pour notre pays… et bien d'autres.
— De quels objets parlez-vous ?
— Des objets susceptibles de prouver l'existence de Dieu.
Ross était de plus en plus mal à l'aise.
— Je n'ai pas encore de preuves, loin de là. Je ne sais pas s'ils sont authentiques, ni identifiables. Et même si j'apportais des éléments, le monde serait-il prêt à me croire ? Peut-être que j'échouerais. Vous prévoyez de m'arrêter, de m'enfermer et me torturer ?
Ivens esquissa un sourire.
— Pas du tout. Je ne suis pas là non plus pour vous menacer. Vous êtes un journaliste respecté, vous savez aussi bien que moi que la religion est un sujet sensible, aujourd'hui, ici et ailleurs.
— Que voulez-vous, alors ? Que je lâche l'affaire ?
— Ce n'est pas ce que je suis venu vous demander. J'aimerais que vous pensiez à votre responsabilité. Que vous considériez les conséquences d'une éventuelle publication. Seriez-vous d'accord pour nous laisser relire votre article avant ?
Ross fixa son interlocuteur. La situation était surréaliste.
— Il faudrait que je réfléchisse et que j'en parle avec ma rédactrice en chef. Je ne peux rien vous promettre.
Ivens souffla sur son café et en but une gorgée.
Ross se pinça. Était-il vraiment en train de discuter avec un espion dans une cafétéria d'autoroute ?
— Vous êtes intelligent et cultivé, monsieur Hunter. Combien d'endroits pourriez-vous citer où la religion est à l'origine d'affrontements sanglants depuis des années, voire des décennies ? Belfast, le Yémen, la Syrie, l'Iran, l'Irak, le Nigéria… Et si nous remontons plusieurs siècles en arrière ? Le professeur Cook vous a-t-il dit de quel dieu il parlait ?
Ross secoua la tête. Ce retour à la réalité était décidément inconfortable.
— Voilà. Chaque faction a sa propre interprétation.
Ivens lui glissa sa carte de visite.

— Vous êtes un journaliste influent, les médias britanniques seront prêts à publier ce que vous écrirez. Vous avez couvert d'importants sujets au cours de votre carrière, embarrassant au passage le gouvernement à propos de l'équipement de nos troupes en Afghanistan.

— C'était amplement mérité.

— Je ne peux malheureusement pas faire de commentaire, dit l'agent secret en esquissant un sourire ambigu.

— Dois-je comprendre que vous êtes d'accord avec moi ?

— N'allons pas sur ce terrain, je me contenterai de dire que je respecte votre courage. Mais là, vous avez affaire à quelque chose de complètement différent. Sans préjuger de votre intégrité ou de votre intelligence, peut-être n'en mesurez-vous pas la portée. La religion n'est pas un sujet rationnel. Comme vous le savez, la sûreté nationale est menacée. Vous pensez peut-être que prouver l'existence de Dieu pourrait rééquilibrer le monde. Imaginez l'inverse. C'est tout ce que je peux vous dire. Si vous voulez en parler davantage, contactez-moi, mon numéro est là, je suis joignable jour et nuit.

Ivens lui tendit sa carte, se leva et prit sa tasse avec une expression indéchiffrable.

— Désolé de vous avoir importuné pendant votre pause, dit-il en s'éloignant.

Quelques mètres plus loin, il se retourna.

— Au fait, petit conseil, ce n'est pas une bonne idée de laisser traîner un sac à dos dans un café. Surtout de nos jours.

71

Mardi 14 mars

Angus fut triste de voir Ross partir, car il savait qu'il ne le reverrait sans doute jamais. Et sur ses épaules reposait une immense responsabilité.

Il emporta la coupe en bois et la petite fiole dans l'alcôve, ferma les yeux et s'agenouilla, demandant à Dieu de lui accorder la force de les protéger et de veiller sur son neveu aussi.

Il avait l'intuition que cette visite avait quelque chose à voir avec les doutes qu'il ressentait quant à sa foi, et son inquiétude pour le monde.

Il avait promis à son neveu de protéger ces objets. Il pouvait, bien entendu, demander qu'ils soient enterrés avec lui. Sauf qu'il connaissait l'état des finances du monastère. Il ne restait plus que 23 moines. Dans quelques années, le monument serait peut-être revendu et transformé en hôtel-golf, et un promoteur immobilier n'aurait aucun scrupule à faire raser le cimetière. Il devait trouver le moyen de mettre ces objets en sécurité pour l'éternité.

Était-ce Dieu qui lui parlait, en ce moment même, ou simplement le bon sens ?

L'idée qu'il avait eue précédemment mûrissait. Il connaissait une personne de confiance, qui vivait en lieu sûr. Plus il y pensait, plus cette idée lui plaisait. Il posa les objets dans l'armoire, près du lit.

Il demanderait l'autorisation au prieur. S'il refusait, ainsi soit-il. Mais Dieu le pousserait sans doute à accepter.

72

Mardi 14 mars

Ross suivit les indications du GPS pour négocier une section d'autoroute particulièrement tortueuse, surnommée Spaghetti Junction. La carte disparut soudain et fut remplacée par une sorte de U blanc, avec une flèche vers le bas, et une voix de stentor lui ordonna de faire demi-tour.

Super.

— Je suis sur l'autoroute, madame ! répliqua-t-il, les nerfs à vif.

Sa rencontre avec l'agent secret l'avait éreinté. La pluie battante n'aidait pas.

Son téléphone sonna. Il décrocha avec son kit mains libres.

— Ross ?

C'était Imogen. Elle semblait mal à l'aise.

— Salut ! Comment ça va ?

— Tu es où ?

— Pas très loin de Birmingham, mais je dois me débrouiller pour faire demi-tour sur l'autoroute. Quoi de neuf ?

La carte réapparut et une flèche lui indiqua de prendre la prochaine sortie. La voix féminine lui enjoignit de tourner à gauche. Il obtempéra, mais constata qu'il ne roulait pas du tout dans la bonne direction. Il se trouvait de nouveau sur la M6, vers le sud.

Zut.

— Un type est venu me voir au bureau.

Avait-elle eu, elle aussi, la visite de Stuart Ivens ?

— C'était qui ? Qu'est-ce qu'il voulait ? lui demanda-t-il, tout en cherchant du regard la prochaine bretelle d'autoroute.

— Mgr Giuseppe Silvestri, ou quelque chose comme ça. Il est arrivé dans une voiture avec chauffeur et s'est présenté comme un émissaire du Vatican. Il a souhaité me parler en privé, je l'ai reçu dans une de nos salles de conférences.

— Et ?

— Il m'a dit que, si tu pouvais prouver que les objets que tu possèdes sont authentiques, ils aimeraient les acheter. Il a laissé sous-entendre que ton prix serait le leur.

— Le Vatican ?

— Pourquoi tu ne ferais pas ça ? Vois ce qu'ils ont à offrir. Après, on sera tranquilles.

— Ils veulent connaître mon tarif ?

— Oui, et j'ai l'impression qu'ils sont prêts à mettre le paquet. Tu m'as bien entendue : le paquet.

— Mais, Imo, je n'ai pas...

— Ross, le supplia-t-elle. Je ne sais pas dans quoi tu t'es engagé, mais ça me fait très peur. Tu es intelligent, tu es un grand journaliste, mais la vérité que tu recherches est trop dangereuse. Rencontre le gars demain et écoute ce qu'il a à te dire.

— Je vais d'abord aller à ce rendez-vous à Birmingham et ensuite on verra, d'accord ?

La sortie approchait.

— Je ne sais pas vraiment si j'ai envie d'être impliquée dans tout ça, Ross.

— Je te rappelle juste après avoir rencontré Anholt-Sperry, OK ? Il faut que je me concentre sur la route.

— Ça marche, lâcha-t-elle, dépitée. Tu penses être de retour à quelle heure ?

— Vers 19 heures.

— Tu seras à la maison avant moi. Sors Monty, si tu peux. Je ne serai pas là avant 22 heures. Je dîne avec une vieille copine qui est à Brighton pour une conférence.

— C'est qui ?

— Jennie Elkington. On ne s'est pas revues depuis la terminale.

— Amusez-vous bien !

Ross n'avait jamais entendu parler d'elle et il ne pouvait pas s'empêcher d'avoir des doutes. Qui sa femme allait-elle retrouver, en réalité ?

Depuis quelque temps, le comportement de son épouse lui rappelait l'époque où elle l'avait trompé. Elle lui avait d'ailleurs avoué que cela avait duré plusieurs mois. Avant même son départ pour l'Afghanistan, il avait vu des signes qu'il avait préféré ignorer. Aujourd'hui, elle avait beau être enceinte, ces signes étaient les mêmes.

Ou se montait-il la tête pour rien ?

73

Mardi 14 mars

Vingt minutes plus tard, Ross trouva une place dans la rue du cabinet Anholt-Sperry Brine, non loin de l'entrée. Il se dirigea à grandes enjambées vers le bâtiment, sous une pluie toujours dense. Garée près de l'immeuble, il remarqua une moto Ducati flanquée de deux sacoches. Il se réfugia sous le porche et sonna à l'interphone.

Il entendit un clic et poussa la lourde porte noire. Un individu, qui semblait être un coursier, habillé de cuir, casque intégral, visière baissée, petit attaché-case, sortit en le bousculant, sans s'excuser.

Ross ressentit une sorte d'attraction à son passage, comme si une main invisible le poussait vers lui, et sa médaille de Saint-Christophe, qu'Imogen lui avait offerte il y avait des années de cela, se souleva légèrement.

Ou était-ce juste une impression ?

La réception était bondée. Toutes les chaises étaient occupées, comme souvent chez le médecin. Une famille d'origine asiatique discutait d'un sujet sérieux. Un jeune couple triste se donnait la main, perdu dans ses pensées. Un homme d'une cinquantaine d'années, anxieux, fumait une cigarette électronique en cachette. Une femme en burqa tenait dans ses bras un bébé en pleurs.

Il reconnut, derrière le haut comptoir en bois, le dragon qui lui jeta un regard glacial quand il s'approcha.

— Oui ?

— J'ai rendez-vous avec maître Anholt-Sperry.

Elle consulta l'agenda.

— À 15 heures ?

— Oui.

— C'est le chaos, aujourd'hui. Sa secrétaire est absente, on ne sait pas pourquoi. J'ai vu que son précédent client était parti.

Elle appuya sur un interphone, puis secoua la tête.

— Il ignore comment fonctionne ce truc, dit-elle, soudain plus amicale. Vous n'avez qu'à monter. Vous connaissez le chemin.

— Absolument.

Il grimpa trois étages de marches étroites et toqua à la porte de droite.

Pas de réponse.

Il frappa de nouveau, plus fort, et attendit. Toujours rien. Il poussa doucement la porte et découvrit le même bureau désordonné, rempli de piles de dossiers, aussi bien au sol que sur la table.

Robert Anholt-Sperry était assis très droit dans son fauteuil, les mains posées sur le plateau en cuir. Il portait, comme la fois précédente, une chemise à carreaux élimée et une cravate mal nouée. Il regardait dans le vague, perplexe.

— Désolé de vous déranger, la réceptionniste m'a proposé de monter.

L'avocat ne répondit pas.

— Maître ?

S'approchant, Ross découvrit que l'homme ne respirait plus. Son sang se glaça. Il tourna les talons et dévala l'escalier.

74

Mardi 14 mars

Quand le frère Angus pénétra dans le bureau du prieur, dans lequel il n'avait jamais été invité, il regarda, émerveillé, les belles bibliothèques, les confortables fauteuils en cuir, l'ordinateur, l'imprimante et le téléviseur fixé au mur. Ç'aurait pu être le QG d'un P.-D.G.

Il se rappela tout ce qu'il avait laissé derrière lui en entrant dans les ordres et remarqua par la même occasion que rien ne lui manquait.

La simplicité de sa vie contemplative, ou plus exactement sa « seconde vie », après une jeunesse faite d'excès, lui avait apporté une paix et une satisfaction qu'il n'avait jamais trouvées pendant ses années de concerts, de drogues, de groupies et de généreuses royalties. À l'époque, l'idée de la mort le terrifiait. Tout avait changé quand il avait rejoint la communauté monastique du mont Athos et découvert sa foi, qui avait encore grandi lorsqu'il était revenu en Angleterre enterrer sa mère.

Pas de peur. Pas d'anxiété. Pas de responsabilité au-delà des prières quotidiennes pour le monde. Bientôt, son corps serait inhumé, comme celui de sa mère. Simple coquille vide. Son esprit et son âme répondraient à l'appel d'une mission supérieure.

— Votre contemplation silencieuse a déjà été interrompue une fois aujourd'hui, frère Angus, dit le prieur de sa voix chaleureuse. Prenez place, je vous en prie. Passez votre coup de téléphone. Quelque chose est en train de se jouer dans votre vie, n'est-ce pas ?

— Oui, prieur.

Il s'assit, reconnaissant de pouvoir économiser ainsi un peu de son énergie.

— Je le sens aussi, frère Angus. Le Seigneur m'a dit ce matin, pendant mes prières, que vous portiez une responsabilité cruciale pour nous tous. Je me trompe ?

— Vous avez raison, père Raphael.

Les deux hommes gardèrent le silence quelques instants. Le prieur n'insista pas.

— Frère Angus, ma porte vous est ouverte. Je vais vous laisser seul pour votre appel. Si vous souhaitez parler, n'attendez pas qu'il soit trop tard, me le promettez-vous ?

— Je vous le promets, père Raphael.

Le prieur referma la porte derrière lui. Le frère Angus observa le téléphone moderne sur sa base. Cela faisait longtemps qu'il n'avait pas passé un coup de fil. Il déplia le morceau de papier qu'il tenait à la main, le posa sur le bureau, saisit le combiné d'une main tremblante et composa le numéro à l'étranger.

Il y eut un long silence. Peut-être le numéro n'était-il plus en service, songea-t-il.

Puis les sonneries se succédèrent pendant de longues secondes.

Quelqu'un finit par décrocher et l'accueillit d'une voix grave et suspicieuse, en grec. Pendant ses années au monastère de Simonopetra, sur le mont Athos, il avait appris des rudiments de grec pour communiquer avec les autres moines.

— Bonjour, je suis le frère Angus, j'ai résidé chez vous il y a quelques années de cela, dit-il en grec. Je dois, de toute urgence, parler à mon cousin américain, le frère Pete. Vit-il encore parmi vous ?

L'homme méfiant, mécontent d'avoir été dérangé, l'informa que le frère Pete était bien toujours là.

— C'est très important, insista le frère Angus. C'est Dieu qui l'ordonne.

Long silence.

— Rappelez à 18 h 50, après notre dîner. Je l'autoriserai à vous parler, s'il le souhaite.

Le frère Angus le remercia chaleureusement.

75

Mardi 14 mars

Le pasteur Wesley Wenceslas se trouvait dans sa suite, dans un hôtel de Leeds. Accompagné de Lancelot Pape, il visionnait le montage final de sa vidéo hebdomadaire pour sa chaîne YouTube. Il buvait du champagne Krug, dont la bouteille était au frais dans un seau à glace, et Pape sirotait un whisky single malt. Les restes des hamburgers qu'ils avaient mangés au dîner gisaient sur la table.

Dans le film, sur un fond de musique soul, Wenceslas présentait bien, avec ses cheveux poivre et sel élégamment coiffés, son costume Armani noir col mandarin, sa chemise noire et son col romain blanc. Micro à la main, il s'adressait à ses 1 700 fidèles entassés dans l'église de Leeds. De nombreux gros plans du public étaient relayés sur les écrans géants derrière lui. Des hommes et des femmes de toutes origines et de tous âges, en train de chanter les hymnes, de prier ou de boire ses paroles, extatiques.

« Et le Seigneur dit : "Tu ne prendras point le nom de l'Éternel, ton Dieu, en vain". Et Il dit : "Aime l'argent", oui, Il le dit ! Selon Timothée, chapitre 6, verset 10, l'amour de l'argent est la racine de tous les maux, mais écoutez bien ! Si l'argent du Seigneur est redistribué au ministère, Notre-Seigneur, qui ne doit rien à personne, nous a promis, Marc, chapitre 10, verset 30, de nous rendre au centuple ce que l'on a donné. »

Le pasteur continuait à arpenter l'église en silence, laissant à ses adorateurs le temps d'intégrer cet élément crucial. Puis il reprenait :

« Le mariage, ordonné par Dieu, permet une union sexuelle sacrée entre un homme et sa femme. Dieu dit que toutes les autres formes d'union sexuelle sont une abomination. »

Il marchait, se retournait pour défier l'assistance.

« Joignez les mains ! Vous désirez quelque chose ? Trouvez-le en Jésus ! La gloire du Seigneur va descendre sur nous en vagues ce soir. Acceptez-la, acceptez-la ! »

Et il se mettait à chanter des alléluias.

La foule reprenait en chœur.

« Qui veut l'onction ce soir ? »

Un homme entre deux âges, en costume bleu, s'avançait. Deux des assistants de Wenceslas s'approchaient de lui. L'un d'eux se plaçait derrière lui.

« Comment vous appelez-vous ? lui demandait le pasteur.

— Brian.

— Êtes-vous prêt à rencontrer le Seigneur ce soir, Brian ? »

L'homme acquiesçait, implorant.

Agitant ses mains autour de la tête baissée de Brian, Wenceslas déclamait :

« Brian, ce qui va se passer maintenant restera avec vous toute votre vie. Oh, Jésus Tout-puissant, crée un temple en nous ! »

Il tapait sur les deux épaules de l'homme, qui se prosternait davantage.

« Ce que le Seigneur est en train de me dire est précieux, très précieux, Brian ! Remettez votre vie entre les mains de Dieu, Il est avec nous ce soir. »

Wenceslas se tournait vers l'autel, recouvert de fleurs et de cristaux, illuminé dans des tons vert et bleu fluorescents. Sur le côté se trouvait un orchestre de quinze musiciens. Il claquait des doigts.

« Jésus tout-puissant, crée un temple en nous ! »

Il se tournait de nouveau vers l'homme et refrappait sur ses épaules.

« Êtes-vous prêt à Le recevoir, Brian ? Ce que le Seigneur est en train de me dire est incroyablement précieux, si précieux, si précieux... », répétait-il en étouffant un sanglot.

Les mains jointes, l'homme s'effondrait et restait allongé sur le côté, immobile.

« Ce que Dieu est en train de me dire est précieux ! » poursuivait Wenceslas d'une voix aiguë, pleine d'émotion.

Il se remettait à marcher, chassait ses larmes et reniflait. Puis il sortait un mouchoir et le passait sur ses yeux, avant de se tourner vers l'assemblée.

« Priez, je vous en supplie, levez les mains et priez ! Parfois, nous prévoyons quelque chose, mais Dieu en décide autrement. Levez les mains et priez le Saint-Esprit, Dieu n'a pas terminé. Il a sauvé Brian, ce soir, mais peut-Il tous vous sauver ? Il ne sauvera que ceux d'entre vous qui souhaitent l'être. À ceux qui le veulent, Dieu, Jésus et le Saint-Esprit vous demandent de vous manifester, mais d'abord, écoutez-moi. Écoutez ce qui est en train de se passer. L'Antéchrist est peut-être déjà parmi nous, déguisé en sauveur, comme le dit la Bible. Je dois le combattre, pour Brian, pour chacun d'entre vous, pour l'humanité. Qui, parmi vous, m'aidera à démasquer la Bête ? »

Aux cris qui jaillissaient – « Moi ! Moi ! Moi ! » –, le pasteur balayait des yeux la foule, l'index tendu.

« Matthieu, chapitre 24, verset 24 : "Car il s'élèvera de faux Christs et de faux prophètes ; ils feront de grands prodiges et des miracles, au point de séduire, s'il était possible, même les élus." »

Il ouvrait grands les bras.

« C'est vous, ici, les élus. Je sais que je peux vous faire confiance parce que vous êtes les soldats du Seigneur ! Quand vous rentrerez chez vous ce soir, envoyez-moi un mouchoir et un chèque de vingt-cinq livres. Je prierai sur votre mouchoir et je vous le renverrai. Gardez-le toujours avec vous, ce sera votre armure de soldat. Et n'oubliez pas mes prières payantes. Chaque centime va à notre ministère. En plantant des graines pour votre ministère, vous récolterez la bénédiction de Dieu. »

Sur un écran géant, derrière lui, apparaissait la publicité pour le service des prières payantes, le numéro de téléphone à composer, ainsi que la notification : « Les principales cartes bancaires sont acceptées ».

« Et maintenant, prions pour notre Seigneur et protecteur ! »

À la fin de la vidéo, Pape se tourna vers son patron.

— Excellente performance, qu'en pensez-vous ?

— Pas mal, dit Wenceslas, toujours en rogne contre son directeur général, qui s'était fait berner. Vous voulez savoir ce que je pense vraiment ?

— Je suis tout ouïe, ô grand maître !

— Je mérite de me détendre en bonne compagnie, ce soir.

— Divine providence, deux jolies jeunes femmes sont séquestrées dans une chambre, à deux étages seulement de nous.

Pour la première fois aujourd'hui, Wesley Wenceslas sourit.

— Vous êtes sûr qu'elles ne savent pas qui je suis ? vérifia-t-il, méfiant.

— Oh, elles savent très bien qui vous êtes. Vous êtes Maurice Winters, un éminent promoteur immobilier londonien, venu à Leeds pour développer votre empire.

— Dieu soit loué, je pense que vous êtes en train de vous faire pardonner, Soupape !

— Vous êtes un petit coquin, répliqua Pape, avant d'enchaîner avec l'une des rares citations bibliques qu'il connaissait par cœur et qu'il utilisait régulièrement pour réprimander son chef. Apocalypse : « Puis un des sept anges qui tenaient les sept coupes vint, et il m'adressa la parole, en disant : "Viens, je te montrerai le jugement de la grande prostituée qui est assise sur les grandes eaux. C'est avec elle que les rois de la terre se sont livrés à l'impudicité, et c'est du vin de son impudicité que les habitants de la terre se sont enivrés." »

— Allez vous faire mettre.

— J'espère bien, et avec un peu de chance, dès ce soir. Tous les goûts sont dans la nature, ajouta-t-il, rêveur.

76

Mardi 14 mars

Le moteur de la Ducati cliquetait. La route avait été longue jusqu'au quartier de Richmond Hill, dans le sud-ouest de Londres. Son conducteur, épuisé, se pencha pour appuyer sur le bouton de l'interphone du grand portail blanc. Une caméra étant pointée sur lui, il garda sa visière baissée.

— Oui ? dit une voix de femme.

— Livraison, lâcha-t-il en essayant de masquer son accent américain.

Le portail s'ouvrit. L'allée était en graviers. Big Tony détestait le gravier. Déjà qu'il n'était pas de bonne humeur… Il avait perdu deux heures sur la M40, la police ayant décidé de la fermer à cause d'un idiot dont la caravane s'était retournée. Il gravit lentement la pente, les jambes écartées, prêt à planter ses talons dans le sol si la machine dérapait. Quand il s'approcha de l'immense manoir moderne en brique rouge, une multitude de lumières s'allumèrent.

Il descendit de moto près de la porte d'entrée, coupa le contact, sortit la béquille et vérifia que la moto était bien en équilibre. Il prenait soin de ses bécanes. Il regarda si la plaque d'immatriculation monégasque était toujours bien recouverte par la fausse plaque anglaise, monta l'escalier d'honneur jusqu'au porche et sonna.

Une autre lumière l'éclaira.

À l'intérieur, il entendit des aboiements féroces. Puis une rousse d'une quarantaine d'années, en survêtement et baskets, ouvrit la porte et le dévisagea.

— Vous avez une livraison ? demanda-t-elle avec un accent anglais aristocratique.

Les aboiements redoublèrent derrière elle.

— Pour M. Brown, mais il faut d'abord que je récupère quelque chose de sa part, répondit Big Tony.

— Je crois que mon mari vous attendait un peu plus tôt.

— Vraiment ? Il aurait dû gérer les problèmes de circulation, dans ce cas.

— Il est au téléphone. Puis-je signer le bon de livraison pour lui ? Que devait-il vous donner ?

— Je dois rencontrer votre mari en personne et je n'attends pas les gens qui sont au téléphone, madame, dit-il en se laissant trahir par son accent américain. J'imagine que ce que j'ai n'est pas si important pour lui.

Il fit demi-tour et descendit les marches.

— Dites à M. Brown que Big Tony est passé. Il sait comment me joindre.

— Attendez ! Il arrive. Vous cherchiez M. Brown ? Je pense que vous êtes à la mauvaise…

Big Tony vit l'homme dégingandé qu'il connaissait sous le sobriquet de M. Brown se précipiter vers lui en pantalon de costume, chemise et bretelles rouges, lunettes cerclées de rouge et mocassins monogrammés.

— Tony, salut ! Désolé de vous avoir fait attendre. Ça circulait mal ?

Lui tournant le dos, Big Tony enjamba son engin.

L'homme accourut.

— Vous l'avez, la clé USB ?

— Ouais. Je pensais que vous la vouliez, ça n'a pas été facile pour moi, mais vous n'avez pas l'air si pressé que ça. Peut-être que je devrais la garder et vous facturer le stockage. Vous me direz quand vous aurez envie de la récupérer.

— Non, on en a vraiment besoin.

— Et si j'augmentais son prix ?

— J'ai l'argent. Je l'ai sorti du coffre-fort, il est dans mon bureau. Attendez juste une minute.

— J'ai expliqué à madame que je n'attends pas. Je vous donne une minute, très exactement, dit-il en remontant sa manche pour consulter sa montre.

L'homme courut vers la maison et s'étala dans l'escalier. Big Tony sourit. Le gars avait perdu ses lunettes branchées. Quand il se releva, du sang coulait de sa joue. Big Tony n'aimait pas M. Brown, pas du tout. Il avait côtoyé des ripoux toute sa vie, des gens aussi malsains que lui, mais ce type, c'était comme s'il avait mariné dans le mal, comme s'il s'en était imprégné par tous les pores.

Big Tony regarda sa montre. Cinquante-cinq secondes. Cinquante-huit. Soixante.

Il démarra, fit basculer la béquille, passa la première et accéléra vers le portail grand ouvert, sa roue arrière projetant des graviers sur plusieurs mètres.

77

Mardi 14 mars

Ross était fatigué, il avait faim et il était traumatisé. Il pleuvait toujours fort, il faisait désormais nuit, sur la M40, et un brouillard de plus en plus épais l'obligeait à rouler lentement. Pour se remonter le moral, il écoutait ses chansons préférées de Glen Campbell. « Rhinestone Cowboy » passait à cet instant précis.

« La pluie ne me fait rien, et un sourire peut effacer toute la douleur… »

Désolé, Glen, songea-t-il, *mais la pluie ne me fait pas rien et je n'ai pas envie de sourire.*

Et sa femme qui ne décrochait pas ! Il lui avait laissé deux messages et envoyé un texto.

Il dépassa un camion, fut momentanément aveuglé par les trombes d'eau, puis les essuie-glace nettoyèrent le pare-brise et il put, de nouveau, voir les feux arrière des véhicules devant lui.

Il n'arrêtait pas de penser aux événements des dernières heures.

La réceptionniste avait appelé une ambulance et la police, vu la façon étrange dont le client précédent s'était enfui. Ross l'avait accompagnée à l'étage, avec deux secouristes. Sur le seuil, il les avait regardés tenter de réanimer le vieil homme, tandis que la femme, à côté d'eux, pleurait toutes les larmes de son corps.

Profitant de la situation, Ross s'était glissé derrière le bureau pour lire les noms sur les dossiers empilés. Il trouva rapidement le sien, dans une chemise verte. Après avoir vérifié que personne ne le voyait, il l'ouvrit. Il était vide.

Après dix minutes de tentatives pour le réanimer, l'avocat fut déclaré officiellement mort. Comme il n'avait aucune marque sur le corps, on conclut qu'il avait succombé à une crise cardiaque.

Mais malgré cela, le client précédent éveilla les soupçons de la police – et ceux de Ross, qui se garda bien de s'exprimer à ce sujet. L'avocat était-il décédé pendant que le motard en cuir se trouvait avec lui ? Si c'était le cas, pourquoi celui-ci n'avait-il pas immédiatement prévenu la réceptionniste ? L'identité de cet homme était, par ailleurs, mystérieuse.

Il avait pris rendez-vous sous le nom de Terence Dunn, nouveau client cherchant des conseils juridiques dans le cadre d'un conflit de succession. Son numéro correspondait à une carte prépayée. Et personne ne décrocha quand ils le composèrent.

Vu qu'il avait croisé le motard et trouvé l'avocat mort, Ross avait accepté de suivre les policiers au commissariat pour témoigner.

Il n'avait pas encore décidé ce qu'il allait leur dire, et ce qu'il allait taire, quand un homme d'une trentaine d'années, bien habillé, s'était dirigé vers lui.

« Ravi de vous revoir, monsieur Hunter. Commandant Martin Starr, de la brigade criminelle de Birmingham. J'ai l'impression que vous vous spécialisez dans la découverte de macchabées ».

L'enquêteur lui assura qu'il n'était pas en état d'arrestation, ni considéré comme suspect, et qu'il voulait juste noter tout ce dont il se souvenait. La policière qui le rejoignit, Maria Stevens, n'était visiblement pas du même avis et ne le traita pas comme un simple témoin.

Starr lui demanda tout d'abord s'il avait vu quelqu'un sortir du bureau de Robert Anholt-Sperry. Il répondit que non, mais qu'un motard, qu'il avait pris pour un coursier, l'avait bousculé alors qu'il était entré dans le bâtiment. L'homme correspondait, par ailleurs, à la description que la réceptionniste avait faite du client. Ross n'était pas en mesure de leur donner plus de détails, car l'individu portait un casque intégral, à la visière abaissée, mais il, ou elle, tenait à la main une petite mallette. Et il avait remarqué une Ducati garée non loin. Il expliqua aux enquêteurs qu'elle avait attiré son attention, car il aurait aimé en posséder une, un jour.

L'entretien prit un tour plus délicat quand Starr lui demanda s'il était informé que l'avocat et le professeur Cook se connaissaient.

De par sa formation de journaliste, Ross savait qu'il y avait des règles de confidentialité très strictes entre avocats et clients, et se dit qu'il jouerait sur ce tableau, si nécessaire.

« Donc il n'y avait pas de lien entre le fait que le professeur Cook affirmait détenir la preuve de l'existence de Dieu et votre visite auprès de M. Anholt-Sperry ? avait insisté Maria Stevens.

— J'ai décidé de rencontrer M. Anholt-Sperry pour essayer d'en apprendre davantage sur son ancien client, dans le cadre d'un article pour le *Sunday Times* », avait-il répondu, évasif.

Il avait signé sa brève déposition et accepté de revenir en faire une plus détaillée. Il avait quitté le commissariat peu avant 20 heures et s'était mis en route pour Brighton.

Cette mort était-elle liée à tout le reste ou était-ce une simple coïncidence ? Anholt-Sperry n'était plus tout jeune, il était en surpoids et souffrait de problèmes cardiaques. La dernière fois qu'il l'avait vu, il ne l'avait pas trouvé en grande forme. Peut-être était-ce le stress.

Ou bien…

Il y avait plusieurs années de cela, il avait enquêté sur un avocat assassiné par un client mécontent. Peut-être était-ce ce qui était arrivé à Robert Anholt-Sperry.

Mais il n'y croyait pas. Selon lui, cette mort n'était pas étrangère à celle du professeur.

Il repensa au dossier à son nom, vide, posé sur le bureau. Le motard avait-il volé les papiers ou l'avocat ne les avait-il pas encore classés ?

Où étaient les troisièmes coordonnées ?

Il tenta de nouveau d'appeler Imogen. À son grand soulagement, celle-ci décrocha immédiatement.

— Salut, je me suis fait du souci. J'ai essayé de te joindre, je t'ai même envoyé un message, tout va bien ?

— Non, Ross, explosa-t-elle, hystérique. Je viens de rentrer à la maison et ça ne va pas du tout. Pas du tout !

78

Mardi 14 mars

Boris commence à maîtriser, se dit Ainsley Bloor en regardant le singe taper sur le clavier. Il entrait de plus en plus régulièrement des « a » et avalait goulûment la cacahouète, le raisin ou le morceau de banane qui lui était envoyé à chaque occurrence. Et il avait vraisemblablement compris que le mot « le » lui permettait de recevoir une pomme, une orange ou une banane entière.

Aucun des cinq autres singes n'avait percuté. Les œuvres complètes de Shakespeare n'étaient pas pour demain.

Bloor avait mis au point un nouvel algorithme pour récompenser Boris quand il tapait un mot plus long mais, pour l'instant, l'imbécile n'avait pas pigé. Il se contentait de « a » et d'un « le » de temps en temps.

Mais, pour l'instant, cette expérimentation était le cadet de ses soucis. Après cette journée interminable et frustrante, il avait hâte d'être chez lui et de se servir un verre d'alcool fort. Le brouillard étant trop épais, son pilote lui avait recommandé de rentrer en voiture, et son chauffeur avait roulé à une lenteur exaspérante. Il était 20 h 30 passées, il avait une interview sur Radio 4 le lendemain matin, tôt, à propos du travail de sa compagnie sur les thérapies génétiques, et une réunion du conseil d'administration à Londres, un peu plus tard.

Sans compter qu'il n'avait toujours pas reçu le coup de fil qu'il attendait. Ses collaborateurs étaient-ils aussi incompétents que ses singes ?

— Allez, Boris, tu peux le faire ! cria-t-il.

L'animal se tourna vers lui et, comme s'il avait compris, alla taper le clavier.

Il récolta un raisin pour avoir tapé « a ».

— Espèce de crétins ! hurla son maître. Vous ne savez même pas à quel point vous avez la belle vie, vous !

Il partit, furieux, et traversa la pelouse humide en direction de sa demeure. Son téléphone sonna. C'était Julius.

— C'est bon, tu l'as ?

— Houston, on a un problème, bafouilla Helmsley.

79

Mardi 14 mars

Il était 23 h 15 quand Ross, qui peinait à garder les yeux ouverts, se gara à côté de la voiture d'Imogen, devant leur maison. Malgré la fatigue, il pensa à vérifier qu'il n'y avait personne avant de sortir de son Audi.

Les lumières étaient allumées chez eux. Toutes, ce qui était étrange, songea-t-il en verrouillant les portières. Il leva les yeux vers les caméras de vidéosurveillance installées sous les gouttières par leur électricien et fronça les sourcils, inquiet.

Elles avaient été brisées.

La porte d'entrée s'ouvrit et il trouva Imogen en salopette et tee-shirt blanc, décoiffée, pâle comme un linge, en larmes.

— Salut, dit-il en s'avançant les bras ouverts.

Elle se recroquevilla sur elle-même pour l'éviter.

— Viens voir à l'intérieur, Ross. Chez nous. Enfin, ce qui était notre chez-nous.

Elle tremblait.

Il fit un pas et s'arrêta net. Sur le mur du hall, deux croix inversées avaient été peintes en noir. Sur l'une d'elles, quelqu'un avait écrit en rouge vif : « Ross Hunter, ami de l'antéchrist », et sur l'autre : « Imogen Hunter, futur mère de l'antéchrist ».

Son sang se glaça.

Tous les tiroirs du meuble de l'entrée avaient été retournés.

— Il n'y a pas qu'ici, Ross, il y en a partout. C'était comme ça quand je suis arrivée.

Il se dirigea vers la cuisine. Monty, qui, d'habitude, l'accueillait chaleureusement, resta en boule dans son panier.

« Larbins de Satan », avait-on écrit sur un autre mur. Tous les meubles avaient été vidés et leur contenu gisait au sol.

Il revint sur ses pas, leva les yeux vers la cage d'escalier et découvrit une nouvelle inscription :

« Et voici, cette corne avait des yeux comme des yeux d'homme, et une bouche, qui parlait avec arrogance. »

Il ouvrit la porte du garage et alluma. Ses outils et ses clubs de golf étaient éparpillés, son VTT avait été détruit, le guidon scié.

Il courut à l'étage. Dans leur chambre était écrit :

« Que celui qui a de l'intelligence calcule le nombre de la bête. »

Dans son bureau, les murs étaient saccagés et, là aussi, les meubles de rangement avaient été fouillés et ses dossiers jonchaient le sol. Il remarqua que son disque dur externe avait disparu.

Heureusement qu'il avait emporté son ordinateur avec lui.

Il se tourna vers Imogen, qui se trouvait dans l'encadrement de la porte.

— Tu en as vu assez ? lui demanda-t-elle.

— Ils sont rentrés comment ?

— C'est vraiment le plus important, tu crois ?

— Si c'est important ? Oui, je veux être sûr que notre maison est sécurisée, au cas où ils décideraient de revenir. Tu as appelé les flics ?

— Bien sûr que je les ai appelés. Ils sont arrivés en quelques minutes. Ils ont noté que nos adorables caméras de vidéosurveillance avaient toutes été détruites. À la carabine à air comprimé, selon eux. Des enquêteurs ou des techniciens, enfin des spécialistes, vont venir relever les empreintes digitales ce soir ou demain matin.

— Imo, dit-il en essayant de la prendre dans ses bras.

Elle esquiva de nouveau.

— J'ai appelé Virginia et Ben, je dors chez eux. Tu peux m'accompagner si tu veux.

Sa sœur et son beau-frère vivaient, avec leurs trois enfants, dans un petit village à une bonne vingtaine de kilomètres au nord de Patcham.

— Et Monty ? Ben est allergique aux chiens, non ?

— Je m'en fiche, du chien. Tout ce qui m'importe, c'est notre bébé. Je ferai des allers-retours s'il le faut, mais je ne reste pas ici une nuit de plus, jusqu'à ce que…

— Jusqu'à ce que quoi ?

— Jusqu'à ce que tu passes à autre chose. Je n'arrive pas à croire que tu aies refusé ce boulot à Strasbourg, qui t'aurait rapporté 3 000 livres. On a besoin de fric. Pourquoi est-ce qu'il faut qu'on vive cet enfer ? On n'a qu'à vendre ce que tu as trouvé au Vatican. Peut-être qu'on gagnera assez pour rembourser notre prêt.

— Je ne peux pas faire ça. Pas avant…

— Avant quoi, Ross ? Avant qu'on soit morts ? Est-ce que cette histoire ridicule vaut vraiment le coup qu'on perde tout ce qu'on a ?

— Ridicule ? C'est toi qui es chrétienne. Qu'est-ce qu'il y a de ridicule dans cette histoire ?

— Tu ne penses pas que c'est complètement fou, ça ? s'exclama-t-elle en désignant les murs. Je n'ai pas besoin de preuve ultime, moi. Je suis croyante et ça me suffit. Le monde est fragile en ce moment, pas besoin de déclencher une guerre de religion à cause des divagations d'un vieux barjo.

— Si le professeur était barjo, comment ça se fait que le Vatican, enfin le gars qui est venu te voir… Comment il s'appelle déjà ? Spinoni ?

— Silvestri. Mgr Giuseppe Silvestri.

— Comment ça se fait qu'il soit prêt à nous offrir de l'argent ?

— « Si les objets sont authentiques », Ross.

— Parfait. C'est justement ce que j'essaie de prouver.

— Et ça, ce n'est pas assez authentique pour toi ? Les messages que j'ai reçus sur mon ordinateur ne sont pas assez authentiques ? Il y a quelqu'un qui n'aime pas ce que tu es en train de faire, Ross, et il envoie des signaux très clairs.

Le souvenir de Robert Anholt-Sperry, mort à son bureau, le fit frissonner.

Puis il se remémora Harry Cook le suppliant.

Vous et moi sommes chargés de sauver le monde.

Il regarda sa femme, puis son ventre rond. Leur fils.

N'avait-elle pas raison ?

Il fixa les murs et une colère sourde monta en lui. L'hélicoptère en Égypte. Le professeur torturé. L'avocat décédé.

Le monde dans lequel son enfant allait naître.

À qui pouvait-il faire confiance ? Stuart Ivens ? Mgr Giuseppe Silvestri, qui prétendait représenter le Vatican ?

Pouvait-il tout laisser tomber et écrire sur la politique, les guerres et le changement climatique ? Tenait-il l'histoire la plus incroyable de tous les temps ? Le professeur Cook et l'avocat de Birmingham étaient-ils morts pour cette histoire ? Le motard avait-il emporté avec lui la dernière pièce du puzzle ?

Il avait du mal à avouer sa vérité à Imogen. Il était conscient qu'elle semblait absurde pour tout le monde. Sauf que le fait même que leurs murs aient été couverts de menaces prouvait qu'elle ne l'était pas.

Allait-il se laisser dissuader ? Peut-être était-ce ce qu'ils espéraient.

Mais il ne fuyait devant rien. Jamais.

Il se tourna vers sa femme.

— Imo, je comprends ce que tu ressens.

— Vraiment ? Parfait. Allons-y. J'ai déjà préparé ma valise. Va faire ton sac. Je t'attends.

— Je ne peux pas mettre Virginia et sa famille en danger aussi. Et on fait quoi de Monty ?

— Chenil.

— Écoute...

— Écoute quoi ?

— J'ai besoin de toi.

— Ah bon ? J'ai l'impression de ne plus te connaître. Tu es en mission. Et je n'ai pas envie de faire partie de cette mission. À partir de maintenant, tu es seul.

80

Mercredi 15 mars

Ross se réveilla fatigué, la tête lourde, anxieux. Il resta allongé quelques minutes avant d'ouvrir les yeux et de tendre le bras vers Imogen, mais ne trouva qu'un oreiller froid.

Elle était vraiment partie. Il se sentit vide. C'était une belle matinée ensoleillée. La lumière filtrait à travers les rideaux. Il entendit les voix d'ouvriers dans la rue.

Il n'avait pas rêvé. Les écritures étaient toujours là.

« Que celui qui a de l'intelligence calcule le nombre de la bête. »

Qui avait fait cela ?

Dans tous les cas, ils étaient plusieurs. Il y avait au moins deux ou trois graphies différentes. Comment étaient-ils entrés sans déclencher l'alarme et sans être filmés ? Avaient-ils tranquillement patienté dans un véhicule, puis tiré sur les caméras, avant de désactiver le système ?

Qui était au courant de ce qu'il faisait ?

Le professeur Cook avait-il contacté plusieurs personnes avant lui ? Les gens du Chalice Well savaient. De fait, ceux de Kerr Kluge aussi. Les services secrets, tout comme le Vatican. Ceux qui s'étaient introduits chez eux travaillaient-ils pour Kerr Kluge, pour un évangéliste milliardaire dans le style de Wesley Wenceslas ou pour une autre secte ?

Selon lui, ce n'étaient pas les mêmes personnes que celles qui avaient essayé de le tuer en Égypte. Pas non plus celles qui avaient torturé Cook. La signature était différente. Cette fois, on voulait les effrayer.

Pour les pousser à revendre leurs informations ? Pouvait-ce être ce Mgr Giuseppe Silvestri ? Il roula sur le côté et vit qu'il était 7 h 20 au radioréveil. En temps normal, Radio 4 le réveillait à 6 h 30. *Merde*. Elle était allumée depuis une heure, sans doute.

Il ne l'avait pas entendue. Le présentateur interviewait quelqu'un qui semblait être un scientifique particulièrement arrogant.

— Nous avons identifié les gènes de l'empathie, annonça l'invité. Nous sommes convaincus que, dans quelques générations, les parents seront en mesure de choisir le niveau d'empathie de leur enfant. Ont-ils envie d'avoir un adorable petit garçon, au risque que celui-ci se fasse marcher dessus plus tard ? Ou un dur à cuire, au risque qu'il devienne un harceleur, voire un sociopathe ?

— Et Dieu, dans tout ça ? l'interrogea le journaliste.

— Tout dépend de quel côté vous vous situez : le dessein intelligent ou la sélection naturelle, répliqua le scientifique d'une voix condescendante.

— Et vous, de quel côté vous situez-vous ?

— Reposez-moi cette question dans quelques mois. J'aurai peut-être une réponse.

— Pouvez-vous développer ?

— Pas pour le moment.

— Je suis intrigué et je suis sûr que nos auditeurs le sont aussi. Votre compagnie annonce aujourd'hui une avancée majeure en matière de thérapie génétique. Pourriez-vous nous en dire davantage ?

— Très certainement. Les traitements que Kerr Kluge annonce vont révolutionner la médecine.

Ross sursauta et monta le volume. *Kerr Kluge*. Il n'en croyait pas ses oreilles.

— Cela implique deux choses, John. La première est que, d'ici à dix ans, nous serons capables de guérir de nombreuses maladies mortelles. Je ne parle pas de prolonger l'espérance de vie des cancéreux, par exemple, à l'aide de médicaments. Nous parlons de traitements globaux modifiant l'ADN des individus.

— Sans vouloir être cynique, professeur Bloor, vous dirigez une compagnie qui repose sur les ventes de médicaments. Les maladies chroniques, celles qui nécessitent un traitement sur plusieurs décennies, sont, je crois, les plus rentables pour vous. Ne serait-ce pas vous tirer une balle dans le pied que d'offrir une guérison instantanée ?

— Au contraire. La seconde chose, John, c'est que nous allons changer radicalement notre façon de considérer l'existence. Pour la première fois, grâce au travail que nous faisons chez Kerr Kluge, les êtres humains vont être libérés des tyrannies qui régissent leur vie depuis toujours. En identifiant les gènes du vieillissement et en les inversant, nous ne souffrirons plus des troubles associés à la vieillesse. Nous sommes convaincus que Kerr Kluge donnera naissance à un nouvel âge de l'humanité.

— Pour ceux qui pourront se le permettre financièrement...

— Chacun sera libre de ses choix, répliqua Bloor avec désinvolture.

— N'allez-vous pas aboutir à une société à deux vitesses : ceux qui ont les moyens et ceux qui ne les ont pas ? N'allez-vous pas créer une sous-classe génétique ? Pouvez-vous me donner une réponse rapide ? Nous n'avons plus de beaucoup de temps.

— Au contraire, John, nous offrirons une forme d'égalité telle que le monde n'en a jamais connu.

— Ainsley Bloor, P.-D.G. de Kerr Kluge, nous allons devoir nous arrêter là. Merci de nous avoir rendu visite.

— Merci, John.

— Et maintenant, place à Rick Anderson pour l'actualité sportive et les pronostics.

Ross baissa le volume.

Ainsley Bloor. L'homme qui dirigeait la compagnie qui avait peut-être essayé de l'assassiner en Égypte.

Il comprenait mieux leur mobile. La coupe et la dent avaient de la valeur pour Bloor et sa société. Julius Helmsley, l'oncle de Sally Hughes, était-il au courant de tout ça ?

Il voyait déjà le cynisme de la campagne marketing. *Inventé par les gardiens de l'ADN de Jésus-Christ !*

Il regarda les graffitis dans leur chambre. C'était, de toute évidence, une entreprise d'intimidation et, avec Imogen, ça avait marché.

Était-ce de l'inconscience de sa part ?

En vérité, il était inquiet, mais surtout furieux et déterminé à ne pas céder. Ce n'était pas la première fois qu'il recevait des menaces. Quelques années auparavant, il s'était présenté dans le manoir dans l'Essex d'un Espagnol qui se livrait à la revente frauduleuse de multipropriétés. Le gars lui avait envoyé une droite au visage, ce qui lui avait valu un beau coquard, et avait lâché ses deux rottweilers. Ross s'était fait mordre jusqu'au sang à la jambe et s'en était sorti avec six points de suture et une injection antitétanos. Une autre fois, alors qu'il enquêtait sur un trafic de pédophilie impliquant des enfants des rues roumains exploités dans une boîte de nuit de Bedford, on l'avait menacé avec un revolver et il s'était fait tabasser par deux molosses. Ça lui avait coûté deux côtes cassées et 1 500 livres de frais de dentiste.

Mais c'était comme si son bref séjour en Afghanistan l'avait vacciné contre la peur.

Au lieu de le dissuader, ce genre de situation ne faisait que renforcer sa détermination.

Il reçut un message d'Imogen sur son Apple Watch.

Tu me manques. Sois raisonnable et rejoins-moi. Je t'aime. Bisous

Il s'empara de son téléphone pour lui répondre plus facilement.

Je t'aime, mais il faut que je gère cette histoire.

Il descendit dans la cuisine. L'arrogance du P.-D.G. de Kerr Kluge l'irritait au plus haut point. En le voyant, Monty sortit lentement de son panier et s'approcha de lui, la queue basse, hésitant. Le comportement du chien était étrange.

Il s'agenouilla et enroula ses bras autour du cou de l'animal.

— Qu'est-ce qui s'est passé hier, mon garçon ? Qui tu as vu ? Comment ils ont fait pour entrer ? C'est pas toi qui leur as ouvert la porte, hein ?

Que faisait l'équipe qui était censée patrouiller ? se demanda-t-il.

Il remarqua que son chien tremblait.

— Ne t'inquiète pas, je ne vais pas te mettre au chenil. Je vais m'occuper de toi et on va s'en sortir, tous les deux, pas vrai ?

Il pressa sa joue contre la truffe humide du chien.

Que lui avaient-ils fait pour le traumatiser ainsi ? L'avaient-ils drogué ou empoisonné ? Ça n'aurait pas été nécessaire, vu que Monty accueillait tous les étrangers comme des amis de longue date.

— Je t'aime, Monty, dit-il en approchant son visage pour respirer l'odeur de sa fourrure chaude. Je t'aime vraiment. Calme-toi, tout va bien, tout va bien, répéta-t-il, comme pour s'en persuader.

81

Mercredi 15 mars

Ross augmenta la chaleur du jet d'eau au maximum. La douche chassait sa fatigue et il commençait à reprendre ses esprits.

Il avait fait le tour de la maison pour comprendre comment les intrus s'étaient débrouillés, mais n'avait rien trouvé. Aucun carreau cassé, aucune porte forcée. Ils avaient pour habitude de laisser un double des clés sous un pot de fleurs, dans la remise, au fond du jardin, et il avait vérifié : personne n'y avait touché. Il avait ensuite pris en photo tous les graffitis.

Des fanatiques seraient sans doute entrés en force. La discrétion dont cette équipe avait fait preuve montrait que c'étaient des professionnels. Des gens qui disposaient de moyens et de soutiens.

Il allait devoir tout faire repeindre, et cela lui coûterait plusieurs milliers de livres. Sans compter qu'on leur avait volé quelques objets, en plus du disque dur externe. Avec un peu de chance, tout serait couvert par l'assurance.

Il sortit de la cabine de douche et se sécha. On sonna à la porte. Monty aboya.

Serviette autour de la taille, il descendit en courant. On sonna une nouvelle fois. Par le judas, il vit un homme et une camionnette garée derrière lui. Il vérifia que la chaînette de sécurité était en place et entrouvrit.

— Livraison, fit l'homme avec un accent d'Europe de l'Est, en montrant un carton d'Amazon.

Cela ressemblait à un livre, et il en avait commandé plusieurs, sur le thème de la religion.

Il ouvrit, prit le paquet, signa le reçu et referma. Par le trou, il regarda le gars monter dans sa camionnette et partir. Il caressa son chien et alla poser la boîte sur la table de la cuisine. Elle était légère, presque trop pour contenir un bouquin, à moins qu'il ne soit très fin. Il la secoua et entendit un cliquetis. De plus près, il s'aperçut que ce n'était pas un emballage Amazon classique. Il s'agissait d'un carton recyclé, entouré de chatterton noir.

Il hésita. Pouvait-il s'agir d'une bombe ?

Il retourna le paquet, à la recherche du nom de l'expéditeur. Rien. Devait-il appeler la police et les laisser décider à sa place ?

Ou était-il en train de devenir paranoïaque ?

Il sortit un couteau d'un tiroir, découpa soigneusement le scotch, puis saisit les deux moitiés et tira lentement. Il était conscient de faire quelque chose de stupide. C'était vraiment à la police de gérer ça. Mais c'était comme s'il n'avait plus rien à perdre. Il déchira l'emballage et observa l'objet à l'intérieur.

Il s'agissait d'un petit crucifix en plastique, avec une enveloppe piquée dans le cœur de Jésus à l'aide d'un cure-dent ressemblant à un poignard.

Il prit une photo avec son téléphone, retira la dague, ouvrit l'enveloppe et découvrit ces mots dactylographiés : « La colère de Dieu se révèle du ciel contre toute impiété et toute injustice des hommes qui retiennent injustement la vérité captive. Romains 1, 18. »

Il retourna la carte et put lire : « Je n'ai pas apprécié votre post sur Twitter. Vous flirtez avec le blasphème, cher ami. Je vous suggère de vous en tenir à ce que vous savez faire. »

Ross était, depuis longtemps, vacciné contre les tweets cruels, et il avait souvent été harcelé pour ses articles controversés. Mais cette note le perturbait et il était content qu'Imogen ne soit pas là. Il remballa le crucifix et alla le ranger dans un tiroir de son bureau. Peut-être qu'il le montrerait à la police, ou qu'il le garderait comme pièce à conviction, au cas où.

Il retourna dans la salle de bains se passer de l'eau sur le visage et mettre du gel dans ses cheveux, puis il entreprit de se raser en réfléchissant aux étapes suivantes. Les coordonnées que Robert Anholt-Sperry devait lui confier étaient désormais entre d'autres mains.

Celles des dirigeants de Kerr Kluge, selon lui.

Mais, sans les résultats de l'ADN, quelle valeur avaient-elles pour eux ? Peut-être pouvait-il négocier. Mettre en concurrence les services secrets, le Vatican et le groupe pharmaceutique ?

Le Vatican avait pour réputation de ne pas y aller par quatre chemins. Les papes réformateurs ne faisaient pas de vieux os. Roberto Calvi, « le banquier de Dieu », avait été retrouvé pendu à Londres en 1982, sa disparition étant un moyen discret de mettre un terme à un potentiel scandale impliquant la banque du Vatican.

Imogen avait-elle raison quand elle disait qu'il ne boxait pas dans sa catégorie ?

Il s'habilla, monta dans son bureau et prit le portefeuille en cuir noir que sa femme lui avait offert deux Noëls plus tôt. Il passa le doigt contre la doublure marron et sentit, avec soulagement, le bout de papier et le minuscule tube à essai scellé qu'il avait mis à l'intérieur, puis recolla la doublure.

La note reprenait, en format timbre-poste, les détails de l'ADN obtenu à partir de la coupe et de la dent, et la fiole miniature une goutte du liquide que Jolene Thomas lui avait remis.

Saurait-il un jour, sans les troisièmes coordonnées, s'il s'agissait de l'ADN de Jésus-Christ ?

Il appela l'électricien sur son portable. Celui-ci décrocha immédiatement. Ross lui résuma la situation et lui demanda s'il pouvait passer, aujourd'hui ou demain, réparer ou remplacer les caméras de vidéosurveillance. L'artisan lui répondit qu'il viendrait jeter un coup d'œil dans la journée et que le problème serait réglé dès le lendemain matin.

Ross descendit, nourrit Monty, se prépara un café serré, puis chauffa un bol de porridge au micro-ondes. Il coupa une pomme et jeta un comprimé effervescent de vitamines dans un verre d'eau, Imogen l'ayant convaincu de prendre un complément alimentaire au quotidien.

La journée était belle et ensoleillée. Il posa sa boisson sur la table de la terrasse, puis alla chercher la liasse de journaux qui avait été glissée par la fente de la boîte aux lettres. Un gros titre attira son attention :

INFANTICIDE

Son téléphone sonna. Il ne reconnut pas le numéro.

— Ross Hunter, j'écoute, dit-il avec méfiance.

— Monsieur Hunter, je suis Quentin Grieg, je vous prie de m'excuser pour le dérangement. Je vous contacte de la part de l'archevêque de Canterbury. Nous avons entendu parler de votre travail, dit-il d'une voix amicale, très polie.

— Pourriez-vous me donner un numéro afin que je vous rappelle avec un autre téléphone ?

Son interlocuteur hésita avant de le lui confier. Ross le rappela depuis son téléphone à carte prépayée.

— Je travaille sur plusieurs sujets en parallèle. De quel article s'agit-il ?

— Celui où il est question de religion.

— Je vois.

— L'archevêque est curieux d'avoir davantage d'informations. Si vous êtes disposé à lui accorder un peu de votre temps, il aimerait vous rencontrer.

Abasourdi, Ross fit un rapide calcul. C'était une occasion en or. La tête pensante de l'Église anglicane britannique voulait s'entretenir avec lui. Quelle que soit la direction que prendrait son papier, une ou deux citations de cet éminent personnage lui apporteraient une énorme crédibilité.

— J'en serais ravi.

— J'ai deux dates à vous proposer, à Londres, au Lambeth Palace, mais je sais que si elles ne vous conviennent pas, l'archevêque est prêt à annuler des rendez-vous pour vous recevoir.

Ross sentit son cœur s'accélérer. L'archevêque de Canterbury était prêt à annuler des rendez-vous pour lui. Il n'en croyait pas ses oreilles. Était-ce une blague ? Ou l'homme d'Église avait-il un objectif ? Benedict Carmichael l'avait-il alerté ?

— Il pourrait vous recevoir aujourd'hui à 15 h 30 ou demain à 11 heures.

— Je suis libre cet après-midi.

Quentin Grieg lui indiqua comment se rendre au palais et lui précisa qu'une place de parking lui serait réservée, si nécessaire.

Ross raccrocha au moment où le micro-ondes sonna.

Il en sortit son bol de porridge, s'installa sur la terrasse, et commença à manger en feuilletant *L'Argus*. Par curiosité, il s'arrêta sur ce titre :

QUITTÉ POUR AVOIR APPUYÉ TROP FORT

Un comptable marié depuis vingt ans était soupçonné d'infidélité par sa femme. Pendant quelque temps, elle avait été incapable de trouver la moindre preuve, jusqu'à ce qu'elle découvre des indentations dans un carnet de notes dont une page avait été déchirée.

N'arrivant pas à les déchiffrer, elle s'était souvenue avoir vu à la télévision que la police faisait appel à un laboratoire spécialisé dans les techniques de lecture des tracés en sillons. L'entreprise en question était ATGC.

Soudain, il eut une révélation en repensant au manuscrit que le professeur Cook lui avait confié.

J'ai, bien sûr, raturé les coordonnées géographiques, au cas où ce document tomberait entre de mauvaises mains.

Il saisit son téléphone. Monty trotta vers lui avec sa laisse entre les dents. Ross prit le temps de le caresser.

— Désolé, mon gars, je sais qu'on n'a pas fait de vraie balade hier, et ce matin non plus, mais je me rattraperai plus tard. Promis, on fera une longue promenade ce soir, OK ?

Le chien le gratifia d'un regard désapprobateur.

On sonna soudain à la porte. Il vérifia par le judas et vit un jeune homme avec un sac. Il s'agissait d'un technicien de scène de crime, un certain Alex Call.

Pendant l'heure suivante, le policier releva les empreintes dans toute la maison. Quand il eut terminé, il lui annonça qu'il n'y avait aucune correspondance avec leur base de données.

Dès qu'Alex Call fut parti, Ross attrapa les clés de sa voiture, sortit ouvrir la porte du garage, y parqua son Audi, puis referma le lourd battant derrière lui. Il voulait être à l'abri des regards pour charger quelque chose dans le coffre.

82

Mercredi 15 mars

Vers 10 heures, Julius Helmsley entra en boitant dans le bureau de son P.-D.G. Il tenait un sachet de croissants d'une main et une enveloppe kraft de l'autre.

— Super interview radio, Ainsley.

— Hum.

— Tu n'enregistres pas ce matin, n'est-ce pas ? demanda Helmsley avant de s'asseoir à la table de conférences, près de la fenêtre.

— Je ne suis pas fou, Julius. Café ?

Helmsley acquiesça et Bloor le servit.

— Qu'est-ce qui t'est arrivé au visage ?

— J'ai trébuché, dit Helmsley en touchant le pansement sur sa joue gauche, embarrassé.

— Si tu t'es vautré, on ne pourra pas dire que c'était la première fois. Tu t'es bien amoché la jambe, aussi. Tu t'es amusé, au moins ?

— Très drôle.

Une vedette de la police naviguait sur la Tamise, à leurs pieds.

Bloor poussa une tasse, puis un pot de lait, vers Helmsley.

— Bon, que s'est-il passé ?

— On a fait une erreur, on a embauché un sauvage et, maintenant, il nous met dans la mouise.

— Pas *on*, Julius : *tu*. Le gars de Monaco ?

Il hocha la tête.

— Celui qui a doublé son tarif quand tu es allé le voir ?

— Oui.

— C'est toi qui nous l'as recommandé.

— Il nous a été recommandé comme une valeur sûre. Il a un tableau de chasse impressionnant.

— Ce que je trouve impressionnant, c'est qu'il a réussi à nous délester de huit millions, et qu'il va encore nous rançonner.

— Je vais prendre un avion pour Monaco et m'arranger avec lui.

— Il n'y a pas d'aéroport à Monaco.

— J'atterrirai à Nice et je prendrai l'hélico.

— Tu ne prendras pas l'hélicoptère et tu ne voleras pas en première. Tu as merdé. Tu vas y aller avec EasyJet et tu trouveras une navette.

Helmsley sourit, puis il comprit que son patron ne plaisantait pas.

— D'ailleurs, on est sûr qu'il les a ?

— Les troisièmes coordonnées ? Oui. Robert Anholt-Sperry devait les remettre à Ross Hunter hier après-midi.

— Ross Hunter, répéta Bloor, les dents serrées. Comme dirait Henry II : « N'y aura-t-il personne pour me débarrasser de ce prêtre turbulent ? »

— Je crois qu'il a dit « gênant » plutôt, fit remarquer Helmsley.

— C'est le moment de faire de la sémantique ? rétorqua Bloor en le fusillant du regard.

— Désolé, chef. Mais ce ne serait pas malin de tuer Hunter. Je suis quasiment certain qu'il détient la clé, ajouta-t-il en versant du lait dans son café.

— Tu penses qu'il serait prêt à négocier avec nous ?

— Hunter ?

— Il a du mal à joindre les deux bouts depuis quelques années. Le journalisme, ça paie de moins en moins bien. On sait qu'il a un emprunt sur le dos, il vit à crédit et il a un gosse en route.

Helmsley le regarda bizarrement.

— Puisqu'on est en mode citation : « Il faut avoir une longue cuillère pour dîner avec le diable. » Hunter est intelligent et dangereux, on en a fait les frais. Il a d'excellents contacts dans la presse et toutes nos recherches montrent que l'argent ne l'intéresse pas. Ceux qui ont essayé d'acheter son silence dans le passé ont fait chou blanc. Ce dont on est sûr, c'est qu'il a tout ou partie de l'ADN de Jésus-Christ caché quelque part, et il nous le faut.

— Tout comme le manuscrit qu'on n'a pas trouvé chez le professeur.

Bloor attrapa un croissant.

— Ça me fait toujours penser à un crabe, dit-il en déchirant l'une des extrémités. On dirait une pince, tu ne trouves pas ?

— Non.

— Tu n'as pas l'impression que beaucoup de choses t'échappent, Julius ?

— Dans quel sens ?

— Parfois, je me dis que tu considères un peu trop la vie comme un jeu. On n'est pas en train de jouer, là. Si on parvient à nos fins, tu te rends compte de ce que ça peut signifier pour la compagnie ? L'ADN de Jésus-Christ dans nos produits ? Tu détiens pas mal d'actions. Tu es déjà riche, mais tu pourrais devenir milliardaire. Alors, ressaisis-toi !

— Comment vont tes singes ? répliqua Helmsley, vexé.

L'espace d'un instant, il crut que son P.-D.G. allait avoir un infarctus. Bloor se redressa d'un coup et planta ses deux poings dans la table.

— Quel rapport avec mes singes ?

Helmsley leva les mains en l'air.

— Je voulais juste savoir comment ils entraient dans ton raisonnement.

— Quel raisonnement ?

— L'expérimentation que tu mènes vise à prouver, ou du moins à suggérer, que le monde est né par hasard. Mais, par ailleurs, tu es persuadé que l'avenir de notre compagnie dépend de l'ADN du Fils de Dieu. C'est un peu contradictoire, non ?

— Ça s'appelle le business, Julius. Il y a 2,2 milliards de chrétiens sur terre. Si tu l'étais…

— Je le suis, le coupa Helmsley

— Bien. Alors, donne-moi ton point de vue. Imaginons que tu souffres d'une maladie incurable. Tu choisirais la thérapie génétique de la société qui possède l'ADN de Jésus ou une autre ?

— Il n'y a pas photo, Ainsley.

— CQFD. Regardons les choses en face. Les troisièmes coordonnées doivent être dans ce foutu manuscrit, ainsi que sur cette clé USB.

— Donc le journaliste pourrait les avoir, grâce au manuscrit ?

— À mon avis, non, Julius. C'est pour ça qu'il est allé à Birmingham hier. Si elles y figuraient, il n'aurait pas fait le déplacement.

— Bon, partons du principe qu'elles sont dans la sacoche d'une moto, quelque part entre Monaco et ici, et que le tueur à gages n'est pas conscient de la valeur de ce qu'il a en sa possession. Par ailleurs, Ross Hunter a fait appel au labo ATGC. Ils doivent avoir une copie des résultats.

— On ne pourrait pas les pirater ou les obtenir par la force ?

Julius secoua la tête.

— On s'est renseignés. C'est une forteresse. Les flics bossent avec eux. Leur dispositif de sécurité est costaud. Tout est encodé. Même le personnel ignore l'identité des clients.

— Il doit bien y avoir quelqu'un qui travaille là-bas, qui a accès au dossier de Hunter, et qu'on pourrait soudoyer ou kidnapper, non ? suggéra Bloor.

— Je ne pense pas. Le mieux, c'est de rester calme, de récupérer ce qu'a notre ami monégasque, de surveiller le journaliste jour et nuit et de voir où il nous mène. C'est en place.

— Et tu crois qu'il va nous mener où ?

— En Terre promise, répondit Julius Helmsley, tout sourire.

83

Mercredi 15 mars

Vers 10 heures, Ross patientait dans une petite salle de réunion, au rez-de-chaussée du cabinet de son avocat. Par la fenêtre, il avait une vue sur la bibliothèque du Jubilé, un bâtiment qu'il aimait beaucoup. En attendant que son dossier arrive, il sirotait une tasse de thé que la réceptionniste lui avait apportée.

Soudain, son téléphone bipa. C'était un texto d'Imogen.

> Je dois passer prendre des trucs à la maison après le boulot. À quelle heure tu y seras ? Je veux pas y aller seule.

Il répondit :

> Aucune idée. J'ai un rendez-vous à Londres cet après-midi. Je dirais 18 h 30. Je t'appelle sur le chemin du retour ?

La porte s'ouvrit et l'assistante de l'avocat entra avec une boîte d'archives qu'elle lui montra.

— C'est ce que vous souhaitiez ?

Il y avait une étiquette à son nom.

Il souleva le couvercle et confirma :

— Oui, merci.

— Je vous laisse. Composez le 21 quand vous êtes prêts à partir ou si vous avez besoin de quoi que ce soit, ajouta-t-elle en désignant le téléphone au bout de la table.

— J'aurai peut-être besoin de faire des photocopies.

— Aucun problème, dit-elle avant de fermer la porte.

Il sortit le manuscrit du carton et le posa sur le revêtement brillant. Il tira sur un premier élastique qui céda. Il enleva délicatement le second, puis entreprit de feuilleter les pages une par une, tout en repensant aux mots du professeur :

J'ai, bien sûr, raturé les coordonnées géographiques, au cas où ce document tomberait entre de mauvaises mains.

Il lui fallut une petite heure pour les repérer, page 565. Il les avait ratées la première fois, car les coordonnées étaient très courtes.

Chalice Well était suivi d'une portion de trois centimètres et demi recouverte de feutre. Deux lignes plus bas, même chose après *Égypte, vallée des Rois*. Et deux lignes en dessous, il trouva ce qu'il cherchait :

Seconde Venue.

Et quelques centimètres rayés en noir.

Il posa cette feuille sur le côté, prit délicatement la 566 et l'observa à la lumière. C'était léger, mais une indentation était visible.

Pouvait-il s'agir des coordonnées ?

84

Mercredi 15 mars

Julius Helmsley était conscient d'avoir merdé. Assis dans son bureau, il suivait des yeux un petit point rouge qui avançait sur la M25 et le vit bifurquer vers la M3, en direction de Londres.

L'Audi de Ross Hunter.

Ce journaliste qui se croyait supérieurement intelligent avait été bien incapable de trouver le mouchard caché à l'intérieur d'un des feux arrière…

À cinquante kilomètres de là, dans son bureau, à Gethsemane Park, Lancelot Pape sirotait une infusion en suivant, sur son iPhone, un point qui se dirigeait vers le nord, sur la M3, grâce aux données transmises par son équipe de surveillance.

Il était furieux que ces imbéciles n'aient pas réussi à coincer le journaliste sur l'autoroute alors qu'il revenait du labo avec son butin. Hunter lui inspirait de plus en plus de respect.

Il s'aperçut que le journaliste se dirigeait vers Kingston. Les laboratoires ATGC ? Qu'avait-il derrière la tête ?

La veille, Ross Hunter s'était de nouveau rendu chez l'avocat de Birmingham. Dans les informations régionales, la mort soudaine de Robert Anholt-Sperry avait été mentionnée. L'avocat du professeur Cook avait visiblement succombé à une crise cardiaque.

Trente minutes plus tard, Pape s'aperçut qu'il avait raison : Ross Hunter s'était garé sur le parking du laboratoire.

Son téléphone sonna.

— Oui ?

— Chef, juste pour vous dire que la cible vient de se garer devant les laboratoires ATGC.

— Je le vois bien. Qu'est-ce qu'il fabrique ?

— Il est sorti de sa voiture, il marche avec une enveloppe sous le bras.

— Suivez-le ! Débrouillez-vous pour savoir ce qu'elle contient.

85

Mercredi 15 mars

Après avoir brièvement rencontré Jolene Thomas à la réception, Ross retourna à sa voiture. Elle allait confier la page du manuscrit à l'équipe spécialisée dans la lecture des tracés en sillons. En l'observant à la lumière, elle avait vu les indentations et, même si elle n'en savait pas beaucoup sur le sujet, elle était optimiste quant à la possibilité de déchiffrer le message.

Ross démarra et programma le GPS pour le Lambeth Palace. Il en aurait pour quarante-sept minutes. Il était 13 h 15 et son rendez-vous n'était qu'à 15 h 30. Il aurait largement le temps de déjeuner en route et de faire ce qu'il avait en tête.

Une fois dans la périphérie de Londres, la circulation devint plus dense. Le GPS lui indiquant comme heure d'arrivée 14 h 21, il bifurqua vers l'ouest, traversa la Tamise près de Twickenham, puis au niveau de Richmond et une troisième fois à Kew. L'heure prévue passa à 14 h 48, puis 14 h 37.

Trente minutes plus tard, alors qu'il longeait la rivière dans le quartier de Chelsea, l'appareil lui recommanda de tourner à droite sur le pont de Vauxhall.

Il traversa et se gara sur le bas-côté pour localiser, grâce à l'application, les parkings environnants. Il y en avait un droit devant, vers le rond-point Elephant & Castle. Il dut monter au quatrième étage avant de trouver une place.

Il se gara et sortit de son coffre son lourd vélo pliant. Il l'emporta dans un endroit avec suffisamment d'espace pour l'ouvrir et verrouilla le cadre, les roues et la selle. Il mit son gilet fluorescent, ses lunettes de sport et son casque, glissa son téléphone dans l'emplacement dédié, au niveau du guidon, et fila vers la rampe circulaire avec un immense sentiment de liberté.

Plus personne pour le suivre !

Il s'engagea dans la rue en faisant attention aux voitures. Cela faisait plusieurs mois qu'il n'avait pas fait de vélo dans Londres, mais grâce au nombre croissant de pistes cyclables, il trouvait ça agréable. Surtout aujourd'hui, avec ce ciel d'un bleu immaculé.

Et l'idée d'avoir semé des gens le remplissait de joie.

Il pédala le long du quai Albert et du palais de Westminster, traversa un quartier de bâtiments hauts et modernes, puis distingua la silhouette imposante du Lambeth Palace.

En consultant sa montre, il s'aperçut qu'il ne lui restait plus qu'une petite heure avant son rendez-vous. Il remarqua un café de l'autre côté de la rue, s'y dirigea et choisit une place avec vue sur la porte d'entrée et la rue.

Le menu affiché au mur proposait un petit déjeuner servi toute la journée et quelques plats sains et légers. En compagnie d'Imogen, il aurait choisi l'une des options végétariennes. Seul, il céda à son envie d'un repas consistant et commanda du jambon, un œuf et des frites.

En attendant d'être servi, il vérifia sur son téléphone s'il n'y avait rien de nouveau, tout en surveillant la rue.

Il se rendit compte que ses mains tremblaient. Ces derniers jours avaient été éprouvants. Comment tout cela finirait-il ? Et si Imogen avait raison ?

Il était curieux de savoir pourquoi l'archevêque voulait le rencontrer personnellement. Peut-être que l'Église anglicane lui offrirait une forme de protection. Pouvait-il leur faire davantage confiance qu'au Vatican ?

Au moment où son assiette arrivait, son téléphone sonna. Numéro inconnu.

— Allô ?

— Est-ce que je parle bien à M. Ross Hunter ? demanda un homme à la voix suave, avec un léger accent italien.

— Qui est à l'appareil ?

— Je m'appelle Giuseppe Silvestri. Votre femme m'a donné votre numéro. Je ne vous dérange pas ?

— En fait, si, je suis occupé.

— C'est pour une affaire d'une extrême importance, monsieur Hunter. Puis-je vous rappeler un peu plus tard ?

— Ce soir, pourquoi pas ?

— Je ne saurais souligner à quel point c'est important.

Ross trouva sa voix des plus agaçantes. Il coinça son téléphone entre son épaule et son oreille, et mit de la moutarde au bord de son assiette.

— Si c'est si important que ça, je suis sûr que vous me rappellerez, monsieur Silverstone.

86

Mercredi 15 mars

Trois quarts d'heure plus tard, un homme poli et élégant proposait à Ross d'entrer dans un bureau magnifique, rempli de livres, avec une superbe moquette ancienne. Les murs étaient décorés de peintures à l'huile et la fenêtre donnait sur la Tamise, Westminster et Big Ben.

L'archevêque, la soixantaine, plein d'énergie, visage familier de par ses nombreuses apparitions médiatiques, se leva pour le recevoir. Cheveux gris et lunettes, il portait une chemise violette et un col romain blanc, sous une veste grise, et une grande croix en or autour du cou.

Il fit le tour de son bureau, lui tendit une main ornée d'une bague épiscopale à pierre violette, et l'accueillit avec un large sourire.

— Monsieur Hunter, je vous suis très reconnaissant de venir me voir ! dit-il d'une voix forte, avec un accent distingué.

— Bien au contraire, monsieur, c'est moi qui suis honoré d'être invité ici.

C'était sincère. Ross était ému, presque bouleversé, de rencontrer Tristram Tenby, l'homme d'Église le plus puissant du Royaume-Uni. Ses manières le charmèrent immédiatement. Mais il veillait à rester sur ses gardes.

L'archevêque lui proposa un fauteuil confortable face à la fenêtre, près d'une petite table ronde. Ross se demanda s'il faisait exprès de le placer devant une vue aussi exceptionnelle.

Un assistant entra avec un plateau en argent sur lequel se trouvaient une théière, des tasses en porcelaine et une assiette de biscuits.

— Un thé vous conviendrait-il ou préférez-vous du café ? lui demanda l'archevêque.

— Du thé, c'est parfait.

Quelques minutes plus tard, quand l'assistant fut parti, Tenby le gratifia d'un sourire chaleureux.

— J'imagine que vous savez pourquoi je voulais discuter avec vous, monsieur Hunter. Puis-je vous appeler Ross ?

— Ross, ça me va très bien, monsieur.

— Appelez-moi Tristram, lui répondit-il avec un clin d'œil complice.

— Merci. Eh bien, oui, j'ai une petite idée sur la question.

— Vous êtes un ami de l'évêque de Monmouth, n'est-ce pas ?

— Nous sommes de vieux amis, monsieur, je veux dire… Tristram. Je connais Benedict depuis l'époque où il était pasteur à Brighton. Je l'apprécie beaucoup.

— Moi aussi, je le trouve très talentueux. Il m'a parlé de votre rencontre, parce qu'il était à la fois intrigué et inquiet.

— Dans quel sens ?

— Tout d'abord, par la façon dont vous avez obtenu cette information, par l'intermédiaire du professeur Cook, qui la tenait lui-même d'un médium.

L'archevêque prit sa tasse et sa sous-tasse, et les posa sur ses genoux.

— Je pense que vous savez ce que la Bible dit des médiums et comment le clergé les considère, n'est-ce pas ?

Pour le provoquer, Ross répondit :

— Est-ce parce qu'ils n'ont pas le même point de vue que vous sur l'au-delà ? L'Église estime-t-elle avoir le monopole de la communication avec le monde des esprits ? Utiliserait-elle les avertissements de la Bible pour essayer de les discréditer ?

Tenby sourit.

— Je ne vais pas entrer dans ce débat, nous en aurions pour plusieurs jours. Mettons de côté cet aspect pour le moment et penchons-nous sur la question de la preuve de l'existence de Dieu. J'imagine que vous savez ce que l'on dit : la science se demande *comment* et la religion *pourquoi*.

Ross acquiesça.

— Les tests scientifiques tentent de prouver, tandis que la foi essaie de trouver un sens. Dans notre monde moderne, je considère que la mission de l'Église est de faire en sorte de réconcilier ces deux discours très différents. D'un côté, le sens, de l'autre, les valeurs. Les récentes controverses en Europe et aux États-Unis montrent que les gens veulent un changement profond, de nouvelles valeurs à épouser, comme les relations, la liberté, l'égalité, la communauté. L'ordre mondial tel qu'on le connaît est en train de s'effondrer et un nouvel ordre émerge. Sera-t-il meilleur ou pire ?

— Le sait-on déjà ? répliqua Ross en le regardant droit dans les yeux.

— Selon moi, le jury est en train de délibérer. Si je ne me trompe, le professeur Cook affirmait que trois coordonnées permettraient d'apporter la preuve de l'existence de Dieu, mais Benedict vous a dit que, pour avoir une telle preuve, il lui faudrait quelque chose d'irréfutable.

— Absolument. Mais nous n'avons pas discuté de ce à quoi ces trois coordonnées mèneraient.

— Bien entendu.

L'archevêque fit une pause pour boire une gorgée de thé, puis il garda longtemps le silence, avant de reprendre :

— La plupart des religions monothéistes croient en un sauveur. Les musulmans pensent que Jésus-Christ reviendra, non pas comme le prophète, mais comme un prophète – pour eux, le prophète restera à tout jamais Mahomet. Les juifs croient au messie. Nous autres, chrétiens, croyons en la Seconde Venue du Christ, mais nous redoutons les imposteurs. Alors, quand c'est un médium qui nous dit que Dieu se fait du souci pour l'état du monde, on ne peut pas s'empêcher de se méfier, Ross.

Tenby reposa la tasse sur la table.

— Il ne s'agit pas de balayer d'un revers de la main ce que le professeur Cook vous a dit. C'est peut-être un rappel sincère et salutaire de l'importance de Dieu à un moment où le monde connaît de grands changements. Peut-être est-il temps de se montrer plus respectueux envers les êtres humains et leurs communautés. Qu'en pensez-vous, Ross ? J'ai lu vos articles. Vous êtes très sensible et extrêmement intelligent. Quel est votre point de vue ?

— Je crois que le professeur était une personne honnête, qu'il était sans doute un peu obsédé par son envie d'être pris au sérieux, et déstabilisé par la mort de son épouse. Mais depuis que j'ai pris le relais, en toute franchise, j'ai peur.

— Peur de quoi ?

— Au début, j'étais sceptique. Je le considérais plus ou moins comme un illuminé. Mais ce qui est arrivé par la suite m'a fait changer d'avis. Deux personnes sont mortes. Le professeur Cook, puis son avocat. J'ai été agressé à Glastonbury, traqué en Égypte, ma maison a été vandalisée et ma femme a reçu des menaces.

— Pouvez-vous m'en dire davantage ? lui demanda Tenby, choqué.

Ross lui raconta tout, depuis le premier appel du professeur, jusqu'aux raisons qui l'avaient poussé à terminer son trajet jusqu'au palais à vélo, sans oublier le Chalice Well et l'Égypte.

Quand il eut fini son récit, l'archevêque se leva en s'excusant, retourna à son bureau, décrocha le téléphone et demanda à son secrétaire de prévenir son prochain rendez-vous qu'il aurait sans doute du retard. Puis il revint s'asseoir.

— Ross, ce qui m'a toujours marqué dans vos articles, c'est votre humanité. Toutes les religions, en fin de compte, concernent la foi, la foi en un même Dieu. Leur objet, c'est le « bien-vivre ». L'égalité. La liberté. Le bien commun. Tout le monde n'arrive pas à cette conclusion en même temps, et je suis le premier à admettre que la chrétienté a un passé très sombre. Des atrocités ont été commises lors des Croisades. Pendant des siècles, les hérétiques ont été torturés et brûlés. Par la suite, nous avons évolué en structure sociale tolérante. Un royaume de justice et de vérité. Nous apportons de l'espoir au monde. C'est une image positive. En fait, ce que nous essayons d'offrir aux gens, c'est du sens. La réponse au *pourquoi*.

— Avez-vous trouvé la réponse, Tristram ?

— Non. J'ai la foi et je continue à chercher.

— Donc ça ne vous dérange pas si, moi aussi, je continue à chercher ?

L'archevêque prit un air grave.

— Je mentirais si je disais que je ne me fais pas de souci pour votre sécurité. Nombreux sont ceux qui, avant vous, ont cherché l'ADN de Notre-Seigneur. Peut-être l'avez-vous trouvé. Je m'inquiète du fait que ce soit en partie grâce à un médium, quel que soit votre point de vue sur le sujet. Nombreux sont ceux, dotés d'immenses pouvoirs et d'inépuisables ressources, qui voudront se l'approprier, et qui ont un intérêt personnel à ce que vous ne rendiez pas cette information publique.

— Ce n'est pas la première fois que je m'expose au danger. J'ai reçu de multiples menaces au cours de ma carrière.

— Nous parlons ici d'une tout autre échelle. Il s'agit de questions fondamentales pour l'espèce humaine. Certains utiliseront leurs croyances religieuses pour légitimer la violence. Ceux-là sont non seulement prêts à mourir pour elles, mais aussi à tuer pour les défendre.

Il marqua un temps d'arrêt et son expression s'adoucit.

— Ross, vous êtes un homme bon dans un monde troublé, à la recherche d'une lumière qui vous échappe. Vous me direz si vous la trouvez. D'ici là, je prierai pour vous. Sachez que je suis là à tout moment si vous avez besoin de moi, besoin de nous. Que Dieu vous protège. Prions ensemble, voulez-vous ?

Il joignit les mains et ferma les yeux.

Quoique mal à l'aise, Ross l'imita pour ne pas l'offenser.

87

Mercredi 15 mars

Ross repensa durant tout le trajet du retour à sa rencontre avec l'archevêque. Tenby lui avait accordé beaucoup de temps et avait partagé avec lui sa sagesse, mais l'avait-il vraiment pris au sérieux ?

L'avait-il, de façon très subtile, mis sur la touche ? Sa mise en garde sur le fait que l'information provenait d'un médium n'était-elle pas une manière intelligente de le faire douter de ses sources ?

Son téléphone sonna. Il regarda l'écran, fixé au tableau de bord grâce à un kit mains libres. Le numéro commençait par 0121, le préfixe de Birmingham.

— Ross Hunter, j'écoute.

Il reconnut la voix féminine, teintée d'un léger accent régional. C'était celle de la réceptionniste d'Anholt-Sperry, beaucoup plus amicale avec lui depuis la mort de l'avocat. Il lui avait donné son numéro personnel et ils avaient échangé quelques textos.

— Monsieur Hunter, c'est Irene Smither.

— Bonjour, Irene. Comment allez-vous ? lui demanda-t-il d'une voix douce.

— Je fais ce que je peux. On est tous sous le choc, comme vous pouvez l'imaginer.

— Absolument.

— Je me suis dit que vous aimeriez savoir qu'il y a du nouveau.

— Oui, j'apprécie, je vous écoute.

— Je viens d'avoir la visite du commandant Starr. Il a reçu un rapport provisoire de l'autopsie de maître Anholt-Sperry. Il semblerait que son pacemaker se soit arrêté.

— Son pacemaker ? Je ne savais pas qu'il en avait un, dit-il en se rappelant soudain que l'avocat avait évoqué des soucis cardiaques.

— Oui, depuis plusieurs années. C'était d'ailleurs son deuxième, qu'il avait depuis dix-huit mois. Il a été confié à un laboratoire pour savoir si…

Sa voix se brisa, il l'entendit renifler, puis elle reprit :

— S'il était défectueux.

Ross frissonna. Il se souvint que, quand il avait croisé le motard en bas de l'immeuble, il avait ressenti une étrange attraction et son médaillon s'était légèrement soulevé. Sur Internet, il était un jour tombé sur un article sur les manières les plus discrètes de commettre un assassinat. Certains pacemakers pouvaient être piratés, leurs pulsations modifiées ou arrêtées. De puissants aimants pouvaient également affecter leur fonctionnement.

Le client mystère d'Anholt-Sperry portait-il sur lui ce genre d'aimant ?

Il entendit la voix de son interlocutrice en écho.

— Allô ? Allô ? Monsieur Hunter ? Vous êtes toujours là ?

— Oui, désolé, la réception est mauvaise, je suis au volant.

— Oh, je peux vous rappeler plus tard.

— Pas de soucis, j'ai un kit mains libres. L'enquêteur a-t-il ajouté quelque chose ?

— Oui. Ils n'ont pas encore réussi à localiser le client avant vous. Un certain Terence Dunn.

— Pensent-ils qu'il pourrait être lié à la mort de maître Anholt-Sperry ?

— Ils ne l'excluent pas pour le moment. Je… C'est horrible.

— Robert était très gentil, dit-il maladroitement.

— Je vous tiens au courant dès que j'en sais davantage.

— Je vous remercie.

Il raccrocha. Son téléphone sonna de nouveau. C'était Imogen.

— Tu es où ?

Il regarda l'heure à l'horloge. 18 heures.

— Au niveau de la M25 et de la M23. Ça roule super mal.

— Tu en as encore pour combien de temps ?

— Trois quarts d'heure, une heure.

— Je t'attends.

— Gordon, l'électricien, doit venir réparer les caméras demain matin.

— C'est bien toi, ça, mon preux chevalier, qui arrive toujours après la bataille.

— Hé, Imo, c'est pas…

Elle avait raccroché.

88

Mercredi 15 mars

Installé à la table de conférences de la plus grande salle de Gethsemane Park, seul avec Lancelot Pape, le pasteur Wesley Wenceslas regardait le jour tomber, contrarié.

Sa femme Marina l'appela par l'interphone.

— Tu viens dire bonne nuit aux enfants et leur lire une histoire, chéri ?

— Non, mon cœur, j'ai un petit problème à régler. Dis-leur bonne nuit de ma part.

— À quelle heure aimerais-tu dîner ?

— Je ne sais pas, je te rappelle, ma douce.

— Essaie de ne pas finir trop tard.

Wenceslas termina la conversation.

— C'est beau, la vie de famille, ironisa Pape, tout sourire.

Le pasteur ignora sa remarque pour mieux l'attaquer.

— Soupape, Ross Hunter n'a pas passé deux heures et demie à peigner la girafe dans un parking. Où est-il allé ?

— Je ne sais pas. Il nous a semés, mais on l'a retrouvé.

Un point bleu se déplaçait à un rythme régulier sur l'écran de l'ordinateur. Il se trouvait actuellement sur la M23, en direction de Brighton, au niveau de la sortie pour l'aéroport de Gatwick.

— Je le vois bien. Dieu m'a donné deux yeux, mais Il a visiblement oublié de vous doter d'un cerveau. Ce que je ne vois pas, c'est ce que le journaliste a fait pendant ces deux heures et demie.

— Dieu ne peut pas vous le dire ?

Le visage de Wesley Wenceslas s'empourpra.

— Vous allez le laisser vous échapper encore combien de fois ? J'ai parfois l'impression que vous considérez cette affaire comme une vaste blague. Vous trouveriez ça marrant, si je vous virais ?

Soupape le gratifia d'un sourire dédaigneux. Tous deux savaient que le pasteur ne le ferait jamais. À moins de vouloir signer la fin de son empire, étant donné que Pape gérait les relations presse d'un homme qui traînait un nombre incalculable de casseroles.

— Du calme, patron, ce n'est pas bon pour votre pression artérielle.

— C'est vous qui n'êtes pas bon pour ma pression artérielle.

— Réjouissez-vous ! On écoute ses conversations et on suit ses moindres mouvements vingt-quatre heures sur vingt-quatre, sept jours sur sept. On surveille aussi ceux qui le surveillent. On sait qu'il a déposé quelque chose aux laboratoires ATGC, et cette fois, quand il ira le récupérer, on s'en emparera avant même qu'il sorte du parking.

— Si « on » échoue, vous passez à la guillotine.

Pape secoua la tête.

— Non, je ne passerai jamais à la guillotine, et arrêtez de me menacer, je déteste ça. Il faudrait vraiment que je vous trouve un livre sur la gestion de la colère.

— Lancelot, vous savez qui c'est, la cause de ma colère ? Vous !

— Vous transférez vos frustrations sur moi. Ça s'appelle la culture du blâme et vous la dénoncez dans vos sermons. Pasteur, un peu de cohérence, voyons !

— Je pourrais vous étrangler de mes propres mains.

— Tu ne tueras point. Sixième commandement.

Wenceslas se tourna vers l'écran.

— Mais vous mesurez la gravité de la situation ou pas ?

— Vous oubliez quelque chose, dans votre colère. Quand je vous ai rencontré, vous prêchiez devant cinquante guignols dans un hangar rouillé, et moi, je venais de me faire licencier et mon mec était parti avec un autre à Ibiza. J'arpentais les rues en me demandant ce que j'allais devenir, lorsque j'ai entendu votre voix, par une porte ouverte.

— C'est le Seigneur qui vous a amené à moi.

— Non, Il ne me détestait pas à ce point.

Wenceslas eut la grâce de sourire.

— Je me suis dit que vous aviez du potentiel. Votre public semblait fasciné.

— Mes fidèles, le corrigea Wenceslas.

— Peu importe. J'ai vu une opportunité professionnelle. C'est aussi simple que ça. Vos talents de prêcheur, mes talents d'homme d'affaires. Et on se débrouille pas mal, non ?

— Mais aujourd'hui, on est au bord du gouffre. Ross Hunter va dévoiler l'identité du Grand Imposteur. Vous comprenez ce que cela signifie ? La furie de Satan va s'abattre sur nous !

— Allons, ne me parlez pas comme si j'étais une groupie. Nous savons, vous et moi, que vous ne croyez pas une seconde à ces conneries. Ce qui vous inquiète est d'une tout autre nature, vieil imposteur !

— Qui c'est, le plus gros imposteur ? Ne serait-ce pas le comptable raté qui a vu l'opportunité de se faire un paquet de fric en manipulant un humble prédicateur ?

— Ou le ripou déguisé en homme d'Église qui a trouvé une façon de transformer la prière en machine à sous ? Et qui est terrifié par le retour du vrai Seigneur, qui va le démasquer ? Pasteur, arrêtez de faire l'enfant gâté. Ce n'est pas le moment de jeter ses jouets hors du berceau. Reprenez-vous.

Wenceslas hocha la tête, plus calme.

— Vous avez raison.

— J'ai toujours raison.

89

Mercredi 15 mars

À une cinquantaine de kilomètres de là, au quarante-quatrième étage de l'immeuble KK, Ainsley Bloor et Julius Helmsley suivaient, sur grand écran, un point rouge qui se déplaçait sur l'A23 en direction de Brighton.

— Impossible que Hunter ait passé deux heures et demie le cul dans sa voiture, explosa Bloor. Tu as embauché des incapables. Comment a-t-il pu les semer pendant tout ce temps ? Et surtout, où est-il allé ? Il y a quoi, autour du parking ?

— C'est le quartier des théâtres, suggéra Helmsley.

— Ben voyons, tu essaies de me faire croire qu'il est allé au spectacle ?

— Non, je ne pense pas.

— Westminster ? Le Lambeth Palace ? Peut-être qu'il est allé voir l'archevêque de Canterbury, ou pourquoi pas le pape, tant qu'on y est, fulmina Bloor.

— Je ne l'exclurais pas, maugréa Helmsley.

— Ah ah ! Et pourquoi il est retourné aux laboratoires ATGC ?

— Je trouverai.

— Avec la même brutalité et la même inefficacité que pour l'avocat de Birmingham ?

— Je prends l'avion pour Monaco demain, Ainsley.

— Et on va devoir aligner un million de plus, au moins.

— Une broutille, par rapport à la vraie valeur.

— Notre ami monégasque le sait.

— Il n'est pas idiot. Il est aussi conscient que, pour lui, cette information ne vaut rien. Je trouverai un compromis, fais-moi confiance.

Bloor fixa l'écran.

— Où Hunter est-il allé pendant ces deux heures et demie ?

— Regarde le bon côté des choses. Il est en mission. Quoi qu'il fasse, en fin de compte, il le fait pour nous. Il faut simplement qu'on garde notre calme. Le moment venu, on le coiffera au poteau.

— Pour l'instant, Julius, il a deux coups d'avance sur nous.

Helmsley sourit à son P.-D.G.

— Rien ne sert de courir, il faut partir à point.

— Qui est la tortue ?

— Celui qui a tort tue.

90

Mercredi 15 mars

En arrivant dans leur rue, Ross aperçut la voiture d'Imogen devant chez eux, garée en marche arrière contre le garage, sans doute pour pouvoir surveiller les alentours.

Il s'arrêta à côté et descendit.

Elle ouvrit sa portière et l'imita. Elle semblait dévastée, avec ses cernes, ses cheveux en bataille, son jean froissé et son pull XL.

Elle lui jeta un regard étrange et le salua.

Au lieu d'aller vers elle, il se contenta d'un signe de tête et se dirigea vers la porte d'entrée. Quand il ouvrit, Monty fonça vers eux, un canard en plastique dans la gueule. Il ignora son maître et se jeta sur sa maîtresse.

Elle s'agenouilla pour le caresser. Ross ramassa le courrier et le posa sur la table sans même le consulter.

— Oh, tu as un cadeau pour moi ! Super, mon grand, super !

Monty fit ensuite quelques bonds vers Ross pour lui montrer le canard, fier comme un paon. Du coin de l'œil, celui-ci vit Imogen passer rapidement en revue les enveloppes, en choisir une et l'ouvrir, avant de la froisser.

— Tu achètes une robe dans un magasin et, cinq ans plus tard, ils t'enquiquinent encore avec leurs pubs.

— Tu n'aurais pas dû leur donner ton adresse. Légalement, tu n'es pas obligée.

— On fait tous plein de choses sans y être légalement obligés, dit-elle d'une voix cassante.

Elle se dirigea vers la porte du garage, alla chercher une valise et revint.

— Tu n'es pas légalement obligé de me rejoindre chez Ben et Virginia, mais ce serait sympa de ta part.

— On est chez nous, ici.

— Moi, je ne me sens plus chez moi. C'était notre sanctuaire, il a été vandalisé, c'est horrible. Je ne me sens plus en sécurité dans cette maison. D'ailleurs, je ne me sentirai en sécurité nulle part tant que tu n'auras pas lâché cette affaire.

— C'est pour ça que tu as donné mon numéro au type mielleux du Vatican ? Pour que je me couche et que je lui refourgue ce que j'ai ?

— Ross, on est en danger. Passe-leur la main, ils sont suffisamment puissants pour gérer ça. Toi non.

— Tu m'as dit que Silvestri était prêt à nous faire une offre si je pouvais prouver que les objets sont authentiques. Ça ne ressemble pas à une proposition inconditionnelle, selon moi.

— Est-ce que tu lui as parlé, au moins ?

— Il m'a appelé pendant que je déjeunais. Je lui ai demandé de me rappeler plus tard.

— En général, ça ne te dérange pas de discuter en mangeant.

— Eh bien, avec lui, ça m'a dérangé.

Elle secoua la tête.

— Je n'arrive pas à y croire. Nos vies sont menacées, une solution simple se présente, et tu la rejettes.

— Je n'ai rien rejeté du tout, Imo.

— Tu en es où, avec les preuves ?

— Je me rapproche du… du moment où je trouverai la pièce finale du puzzle.

— Tu te rapproches…, dit-elle en hochant la tête d'une façon que Ross trouvait particulièrement agaçante, chaque fois qu'elle était dubitative. S'ils te laissent vivre assez longtemps.

— Si *qui* me laisse vivre assez longtemps ?

— Tu vois très bien de qui je veux parler, Ross. Ce serait bien que tu sois vivant à la naissance de ton fils, et peut-être pour m'aider à l'élever.

— Imogen, je sais ce que tu ressens et je ne t'en veux pas d'aller te mettre en sécurité chez ta sœur, mais je pense que tu réagis de façon excessive, et que tu es stressée parce que tu es enceinte.

— Quoi ? hurla-t-elle. Il est hors de question que tu joues cette carte-là. J'essaie d'être réaliste, moi !

— Moi aussi, j'essaie d'être réaliste. On a un énorme crédit à rembourser et tu ne vas rien toucher pendant des mois.

— Et tu n'arrives pas à la conclusion que Silvestri pourrait résoudre tous nos problèmes ?

— Dans ce cas, allons annoncer à Kerr Kluge qu'on organise des enchères. Ils sont invités, le Vatican aussi, et tous les autres, d'ailleurs. On n'a qu'à refiler l'ADN du Christ au plus offrant. C'est ça que tu veux ?

— Tout ce que je veux, c'est me sentir en sécurité. Que tout redevienne comme avant, avant le coup de fil de ce maudit professeur.

— C'est impossible.

— Bien sûr, vu que, maintenant, tu dois sauver le monde, lâcha-t-elle en soulevant la valise.

91

Mercredi 15 mars

Quand Imogen fut partie, Ross se sentit très seul, épuisé, vidé.

Il s'assit à la table de la cuisine et essaya de faire abstraction des écritures aux murs. Comme s'il était au diapason de son humeur, Monty le rejoignit, soupira et s'allongea à ses pieds.

Ross se baissa pour le caresser.

— Tu ne le sais peut-être pas, mais tu as la belle vie, mon vieux. On te nourrit, on te caresse, et ton seul souci, c'est de savoir à quelle heure aura lieu la prochaine balade, pas vrai ?

Le chien soupira de nouveau, gémit doucement et leva les yeux vers son maître.

— Tu as envie d'aller te promener maintenant, c'est ça ? Tu n'as fait que dormir et ronger des os toute la sainte journée, et là, tu t'ennuies. Bon, d'accord, on a tous les deux besoin de prendre l'air.

Ross se leva d'un coup et Monty aboya, tout excité.

Son maître alla chercher la laisse, mit son manteau élimé et une casquette, enfonça quelques sachets en plastique dans une poche, attrapa une lampe-torche et s'y reprit à plusieurs fois pour accrocher la laisse du chien, tant celui-ci gigotait.

Avant de sortir dans la nuit sombre et humide, il regarda attentivement autour de lui. Puis il ferma la porte et tourna à gauche vers la colline.

Monty s'arrêtait pour renifler chaque lampadaire.

Au sommet de la colline se trouvait un petit parc bordé d'arbres, tout en longueur. Il se baissa pour détacher la laisse. Monty s'échappa immédiatement.

— Monsieur Hunter ?

Une voix derrière lui, avec un accent étranger, le fit sursauter.

Il se retourna et pointa la lampe en direction de l'inconnu, qui ne se tenait qu'à cinquante centimètres de lui, les mains dans les poches. Jugeant cet espace bien trop réduit, Ross fit deux pas en arrière. L'homme ne bougea pas.

La quarantaine, tiré à quatre épingles, imperméable ceinturé à épaulettes, le type était beau et très sûr de lui.

— Oui, qui êtes-vous ?

— Pardonnez-moi d'interrompre votre promenade vespérale, monsieur Hunter. Je m'appelle Giuseppe Silvestri. Nous nous sommes entretenus au téléphone, vous vous souvenez ?

Ross reconnut son accent italien distingué.

— Je croyais que vous deviez me rappeler.

— Je vous prie d'accepter mes excuses, dit-il avec une sincérité et un charme tels que Ross faillit le croire.

Silvestri sortit une main gantée de sa poche et la tendit. Ross l'observa quelques instants avant de la lui serrer, à contrecœur, tout en vérifiant où se trouvait Monty. Il aperçut sa silhouette non loin.

L'Italien produisit une carte de visite que Ross éclaira de sa lampe. Il vit des clés entrecroisées, une inscription en latin et « Mgr Giuseppe Silvestri, émissaire spécial du Vatican », le tout en relief et en or.

— Est-ce un bon moment pour vous parler, monsieur Hunter ?

— De quoi ?

— Peut-être souhaitez-vous que nous allions chez vous, ou dans ma voiture, pour plus d'intimité ?

— Je vous écoute.

— Parfait. Peut-être savez-vous ce dont je souhaiterais m'entretenir avec vous.

— Ma femme ne m'en a touché que quelques mots. Pourriez-vous reprendre du début ?

Monty aboya. Une femme que Ross n'avait jamais vue dans ce parc était arrivée avec un schnauzer. Quand elle passa à côté d'eux, les deux hommes s'interrompirent.

— Bonsoir ! lança-t-elle.

— Bonsoir, répondit Ross.

Une fois qu'elle fut un peu plus loin, Silvestri reprit :

— Il y a beaucoup à dire sur votre mission et sur les découvertes que vous avez faites. Les objets sont susceptibles d'être d'une immense valeur historique. Ce qui vous met, votre femme et vous, en grand danger.

— Essayez-vous de me menacer ?

— Ne vous méprenez surtout pas. Mais si vous possédez ce qu'on m'a dit, les conséquences sont extrêmement graves. Pour vous, votre famille et au-delà. Il est très important que vous le compreniez.

— Qui vous a dit quoi ?

L'Italien sourit.

— Je vous en prie, monsieur Hunter. Une affaire de cette importance ? Croyez-moi, je suis au courant. Beaucoup de gens sont au courant.

— Comment ? Comment savent-ils ?

Il y eut un long silence.

— Des découvertes comme celles-ci ne passent pas inaperçues.

Ross fut momentanément distrait par un véhicule qui roulait lentement. Il constata qu'il s'agissait d'une voiture de police.

— Wooky ! Wooky ! cria une femme.

Ross se retourna et vit que Monty chahutait avec un chien plus petit que lui.

— Wooky !

— Allez-vous me dire que c'est Dieu qui vous met au courant ?

— Vous avez du mal à rembourser votre crédit, des gens se sont introduits chez vous et ont saccagé votre domicile, poursuivit l'Italien.

— Qu'est-ce qu'elle vous a dit d'autre, ma femme ?

— Ce n'est pas elle, monsieur Hunter. Une très haute autorité m'envoie pour vous aider.

— C'est ça. Pourquoi pas le pape, hein ?

— Wooky !

La femme s'approcha d'eux, tandis que les chiens continuaient à se battre.

— Pourriez-vous vous occuper de votre chien, s'il vous plaît ?

— Monty ! Monty !

L'animal revint vers eux. Ross se baissa pour le remettre en laisse.

— Ce serait bien que l'on continue cette conversation ailleurs, suggéra Silvestri.

Ross tourna les talons et tira gentiment sur la laisse pour indiquer à Monty qu'ils rentraient chez eux. L'Italien marcha à ses côtés.

— Je ne vous veux pas du mal, je ne veux pas vous offenser. J'aimerais vous aider, c'est tout.

— Je n'ai pas besoin d'aide.

— Je crois que vous vous trompez. Si ce que vous possédez est véritablement une dent de Notre-Seigneur Jésus-Christ et la coupe dans laquelle il a bu lors de la Cène, dans laquelle son sang a été recueilli sur la croix, je suis autorisé à vous les acheter pour une importante somme d'argent, qui vous permettra de rembourser votre prêt et fera de vous un homme riche. Nous pouvons opérer en toute discrétion, bien entendu, sur un compte en Suisse, par exemple.

— Si Dieu vous informe de ce que j'ai, pourquoi remettez-vous en cause sa provenance ? Et si vous remettez en cause sa provenance, pourquoi devrais-je vous croire ?

— J'aimerais en savoir un peu plus. Voir ces objets, les faire analyser.

— Votre religion est la plus riche du monde, plus riche que tous les oligarques russes réunis. Craignez-vous que la preuve de Dieu puisse changer la donne ? Que votre religion ne soit plus, pour vos fidèles, l'unique moyen d'accéder à Dieu ?

Silvestri sourit.

— Pas du tout. Prouver l'existence de Dieu serait une chose merveilleuse. Mais cela ne suffirait pas à faire l'expérience de Dieu.

— Faut-il être catholique, et non pas anglican, musulman, juif, sikh ou hindou, pour faire l'expérience de Dieu ?

— Pour connaître Dieu, il faut faire l'expérience de l'amour, de la vérité et de la beauté, répondit Silvestri calmement. La Seconde Venue sera ce moment où personne ne pourra plus douter de l'existence de Dieu. Elle s'imposera d'elle-même, pour le meilleur ou pour le pire. Si la preuve ultime était apportée, nous aimons à penser que tout le monde s'en réjouirait.

— Tant que l'Église catholique est celle qui annonce la bonne nouvelle, pas vrai ?

— Non, monsieur Hunter, ce n'est pas du tout ce que j'essaie de vous dire.

— Alors, pourquoi nous proposer d'énormes sommes ?

Une centaine de mètres plus loin, devant chez lui, une voiture de police était arrêtée à côté d'une grosse limousine Mercedes avec des plaques diplomatiques. Une agente discutait avec le chauffeur.

— C'est votre voiture ? lui demanda Ross.

— Oui.

— Bonsoir, je suis Ross Hunter, dit-il à la policière.

— Tout va bien ? lui demanda-t-elle

— En fait, non. Je me sens harcelé, dit-il en désignant l'Italien.

— C'est votre voiture, monsieur ?

— Oui.

— Vous avez entendu ce que monsieur Hunter a dit ? déclara-t-elle, poliment mais fermement.

L'Italien ouvrit la portière arrière et s'engouffra dans le véhicule.

— Monsieur Hunter, vous avez ma carte. Je pense que nous devrions poursuivre cette conversation, dit-il sans se départir de sa suavité.

La voiture s'éloigna et Ross remercia l'agent.

— On tourne jusqu'à 23 h 30, ce soir. Si vous avez le moindre souci, appelez-nous. Je ferai en sorte que la ronde suivante soit au courant.

Ross rentra chez lui et détacha Monty, qui détala.

Il regarda de nouveau le graffiti qui comportait une faute d'orthographe.

« Ross Hunter, ami de l'antéchrist, Imogen Hunter, futur mère de l'antéchrist ».

Il se rendit dans la cuisine, se prépara un espresso, puis s'assit à la table et appela Imogen.

Celle-ci décrocha immédiatement.

— Tout va bien ?

— Pas vraiment. Dis-moi, le gars tout poisseux qui est venu te voir hier, Giuseppe Silvestri…

— Je ne l'ai pas trouvé poisseux, mais très charmant, au contraire.

— Ben voyons, il a les cheveux tellement gras qu'on pourrait s'y faire cuire un œuf. Qu'est-ce que tu lui as dit sur notre situation financière et sur le cambriolage ?

— Rien, je te le jure. J'ai l'impression qu'il sait qu'on a du mal à joindre les deux bouts. Il a mentionné le fait que notre maison a été vandalisée ?

— Oui

— J'ai rien dit. D'ailleurs, je ne savais pas, je n'étais pas encore rentrée chez nous.

Étaient-ils sur écoute ?

Ross consacra la demi-heure suivante à fouiller leur maison à la recherche d'appareils, mais il ne trouva rien et retourna dans la cuisine.

92

Mercredi 15 mars

Pendant plusieurs minutes, à la fois déterminé et secoué, Ross réfléchit aux conséquences de ce qu'il venait de faire. Il décida de rappeler Imogen.

— Peut-être que c'est la police qui lui a dit. Peut-être qu'il a un contact, suggéra-t-elle.

Ross garda le silence. *Et si Silvestri était derrière les graffitis ? Et si cela faisait partie de sa technique d'intimidation ?*

— Rejoins-nous. Ça doit être désagréable de traîner chez nous en ce moment. Il y a un pub très chouette pas loin, The Cat, où on pourrait dîner ce soir.

— J'ai des trucs à faire, répondit-il d'une voix distante.

— Ben n'est pas là, tu pourrais utiliser son bureau.

— Les peintres viennent faire un devis.

— L'assurance va nous rembourser ?

— Je ne sais pas, j'espère.

— Tu ne les as pas appelés ?

— Non, trancha-t-il, agacé. Je le ferai demain. Je t'ai déjà dit que l'électricien venait réparer les caméras.

Il raccrocha.

Des gens se sont introduits chez vous et ont saccagé les murs.

Sur ordre de Silvestri ?

Il but son café, sortit un gratin de poisson du congélateur, parcourut les instructions et le mit au micro-ondes. Soudain, il remarqua que le voyant lumineux de leur téléphone fixe clignotait. Il devait avoir reçu un nouveau message. Il l'écouta.

Bonjour, lieutenant Harris de la police judiciaire de Brighton. Je vous appelle suite au vandalisme dont vous avez été victime. Monsieur Hunter, pourriez-vous me rappeler pour prendre rendez-vous ou discuter avec l'un de mes collègues, si je ne suis pas là ? Voici mes coordonnées, ainsi que la référence.

Ross nota le téléphone et le numéro de dossier, puis monta dans son bureau.

Il avait reçu un e-mail de Jolene, chez ATGC.

Monsieur Hunter, j'ai un résultat concernant votre document. Je serai là demain, en tout début de matinée.

Il réfléchit et lui demanda si elle pouvait envoyer par coursier le résultat et la feuille d'origine à son avocat, à Brighton.

Son attention se porta sur la page du *Times* qu'il avait déchirée et pliée.

UN PASTEUR MET EN GARDE CONTRE LE GRAND IMPOSTEUR

Il entra, dans la barre de recherche, le lien vers la chaîne YouTube de Wesley Wenceslas.

Un Boeing blanc apparut, décoré d'un logo composé d'un poisson ailé enroulé autour d'une croix. En surimpression, il put lire :

« Pray for a Mile ». Aidez le pasteur à communier avec Dieu pour vous et à partager la bonne parole aux quatre coins du monde. Principales cartes de crédit acceptées.

Puis une photo du pasteur apparut, avec, en surimpression, les mots suivants :

Priez pour le pasteur Wesley Wenceslas. Aidez-le à prier pour vous !

L'avion fut remplacé par une vidéo du prédicateur en costume et col romain, qui arpentait une scène et haranguait la foule, micro à la main. Derrière lui, il y avait une croix illuminée de six mètres de haut, un orchestre et des jeux de lumière éblouissants.

Il parlait de façon posée et sincère. Ses ouailles semblaient hypnotisées. Le montage alternait le sermon et des gros plans sur les visages. Tous acquiesçaient, comme si le pasteur s'adressait à chacun d'eux.

« Prenez-vous soin de votre âme ? Y pensez-vous parfois ? »

Il faisait une pause pour laisser à chacun le temps de réfléchir, puis reprenait :

« Ce soir, je veux vous parler de l'homme qui est venu nous sauver. Son nom est Jésus. Jésus-Christ, qui a été crucifié et enterré et qui, le troisième jour, est ressuscité. Et il revient de nouveau. Vous sauvera-t-il ? Où pensez-vous qu'il va revenir ? Dans l'une des grandes villes saintes ? À l'endroit qui mérite d'être sauvé en premier ? Vous êtes tous là parce que vous croyez en Jésus. »

L'assemblée s'écriait en chœur :

« Alléluia ! »

Le pasteur hochait la tête avec une expression humble et pieuse.

« Livre du Seigneur, Matthieu 24. Il nous dit ce à quoi on peut s'attendre avant le retour du Seigneur. »

Il baissait la voix, s'adressant ainsi à sa congrégation :

« La période sera troublée, tourmentée, éprouvante. Jésus est honnête, il nous dit la vérité sur notre avenir, il ne nous cache rien. »

Wenceslas joignait alors les mains et les levait au-dessus de sa tête.

« Jésus, merci d'être honnête. »

Il faisait une pause pour laisser ses fidèles s'exclamer « Alléluia ! ».

Il se mettait à sourire et se rapprochait au plus près de ses adorateurs.

« Moi aussi, je vais vous dire la vérité. Les temps vont être difficiles d'ici au retour de Jésus. On n'obtient rien sans souffrance, chaque couronne a ses épines. Quand les disciples lui demandent quels sont les signes de Sa Venue, Matthieu, chapitre 24, leur en donne quatre et les met en garde contre l'imposture. Vous vous souvenez du premier ? Le monde sera en proie à des désastres : séismes, guerres et famines. »

Nouvelle pause, il écartait les bras.

« Ne soyez pas déroutés, ce ne sont pas des douleurs de mort, mais des douleurs de naissance ! Quand les non-chrétiens disent qu'ils ne savent pas où va le monde, les chrétiens, eux, répondent, comme un seul homme : “Nous savons !” »

Ross attendit l’appel à donation qui ne tarderait pas à arriver.

« De faux messies se feront passer pour le Sauveur. Daniel a écrit sur “l’abomination de la désolation”. Dans son livre, un homme croit qu’il est Dieu. Sans foi ni loi, il promet la paix et la sécurité, mais c’est la Bête. Une figure dangereuse. Un dictateur politique. Heureusement, son règne sera bref. »

Les alléluias retentirent de nouveau.

« Vous connaissez les quatre cavaliers de l’Apocalypse. Le premier est blanc, symbole d’agression militaire. Le deuxième est rouge, pour le sang versé. Le troisième est noir, pour la famine, et le quatrième est pâle, pour la pestilence. Au lieu du Père, du Fils et du Saint-Esprit, on vous offrira Satan, l’Antéchrist et le Faux Prophète. Tout a été prédit dans la Bible. Chaque prophétie s’est, jusqu’à présent, réalisée, mais, en tant que véritables chrétiens, vous pouvez être sauvés ! »

Il se tournait face à l’autel, s’agenouillait et priait. Puis il se relevait et s’adressait à la foule :

« Un jour, bientôt, vous regarderez le ciel et vous verrez le soleil, la lune et les étoiles s’éteindre. En plein jour, ce sera le milieu de la nuit. Dieu éteindra les lumières. Mais ensuite… Ensuite, la lumière sera aveuglante. Le rideau sera levé. Vous verrez Jésus et les anges ! »

Des centaines de personnes s’écriaient « Alléluia ! ».

Il sortait de scène en courant, comme attiré par une force invisible. Sur l’écran géant apparaissait :

« Faites une donation pour être sauvé. Vous trouverez des paniers à offrandes à la sortie. Rendez-vous sur mon site pour la grille tarifaire des miracles. Nous acceptons la plupart des cartes de crédit. »

La vidéo du Boeing 737 réapparut.

Ross se déconnecta, très remonté. Les gens ne se rendaient-ils pas compte qu’ils étaient manipulés ? Comment pouvait-on être aussi stupide ? Il avait essayé de dénoncer cette arnaque, mais son article n’avait pas eu beaucoup d’effet.

Il regarda de nouveau l’article du *Times* sur Wesley Wenceslas. C’était incroyable de voir les gens se laisser berner ainsi.

Sauf que… Peut-être qu’il s’était lui aussi laisser berner par le professeur Cook.

Il sursauta quand son téléphone bipa. C'était un message de Sally Hughes.

Salut, Ross, comment vas-tu ? Bises

Depuis qu'il était en couple avec Imogen, il n'avait jamais regardé une autre femme. Mais il y avait quelque chose qui l'attirait terriblement chez Sally.

Il réfléchit au choix de ses mots.

Tu connais la malédiction chinoise : « Puissiez-vous vivre des temps intéressants » ? J'ai l'impression qu'elle se réalise. Bises

Quelques minutes plus tard, elle répondit :

Je veux en savoir plus.

Il répondit :

Ça ne tiendra pas dans un texto. On se cale un café ou un verre bientôt ?

Elle répliqua :

Je serai à Brighton demain. Émission sur les écrivains locaux. Tu es dispo ? Caféine ou alcool ? Team Alcool 100 % !

Il fronça les sourcils. Ne lui avait-elle pas dit qu'elle partait skier cette semaine ? Avait-elle un motif secret pour lui rendre visite ? Quelque chose en lien avec Harry Cook et son oncle ?

J'aime ton style. Appelle-moi quand tu es dans le coin.

93

Jeudi 16 mars

Il faisait encore noir quand Ainsley Bloor sortit de chez lui en survêtement. L'air était sec et doux. Il fit quelques étirements, alluma sa lampe frontale et commença à trotter à petites foulées sur le sentier qu'il avait fait dessiner tout autour de son domaine.

Il courait tous les jours pour, comme il aimait à le dire, « repousser ses limites ». Le ciel était zébré de rose et de rouge. Pas la moindre trace de brouillard. Parfait. Il pourrait aller au bureau en hélicoptère, ce qui signifiait qu'il allait gagner au moins quarante minutes.

Tandis qu'il traversait le parc des cerfs, il pensa à Ross Hunter. Comment fallait-il qu'ils le traitent ? Comment obtenir de lui ce qu'ils voulaient ?

Il contourna le grand lac, puis sprinta sur les cinq cents derniers mètres et termina sa course en nage, à bout de souffle, à l'orangerie, où les lumières restaient allumées toute la nuit.

Il commençait à avoir une petite idée sur la question.

Il entra et observa chacun de ses six singes en cage. Comme d'habitude, les cinq premiers n'avaient rien produit, mais il vit plusieurs pages imprimées dans celle de son champion.

Perché en hauteur, Boris le regarda récupérer les feuilles dans l'imprimante.

— Alors, tu as fait des miracles ? Voyons voir !

L'animal ne bougea pas.

Bloor resta, quant à lui, interdit. Chaque page était couverte du mot « le ».

Le le le le le le le le le le le le le le le le le le le, etc.

Sur huit pages.

— Dis donc, Boris, tu peux faire mieux que ça !

En guise de réponse, le singe quitta son perchoir pour attraper le trapèze et poussa un cri moqueur. Bloor plia les pages et se dirigea vers la maison, profondément contrarié et déçu. Il descendit d'un étage, au niveau de leur piscine intérieure, se déshabilla, mit ses lunettes de natation et entama ses vingt minutes quotidiennes. Tandis qu'il nageait le crawl à un rythme soutenu, ses pensées partaient dans tous les sens. Il décida de mettre de côté le sujet Ross Hunter pour se concentrer sur Boris.

Le le le le le le le le le le le le le le le le le le le…

Par peur du ridicule, il gardait cette expérience secrète. Peu de ses collègues étaient au courant. Un seul membre de son personnel, le chef des jardiniers, savait, car il nettoyait les cages et vérifiait le niveau de nourriture des animaux chaque jour. Cilla, quant à elle, trouvait cette expérimentation complètement farfelue.

Peut-être avait-elle raison.

Mais, de Richard Dawkins, elle n'avait lu que *Pour en finir avec Dieu*, or, c'était *L'Horloger aveugle* qui lui avait donné l'idée de ce test. Dawkins était celui qui s'était attelé à prouver que l'évolution avait eu lieu sur des millions, voire des milliards d'années, l'œil humain s'étant, par exemple, développé à partir d'une seule cellule.

Le philosophe Antony Flew était la dernière figure publique à avoir montré de l'intérêt pour l'expérience du singe et de la machine à écrire. Son échec cuisant avait contribué à sa conversion et Flew en était venu à croire à l'argument du dessein.

Sa propre expérience, même si elle n'avait que six mois, semblait aller droit dans le mur.

Le le le le le le le le le le le le le le le le le le le…

Le système de récompense était-il biaisé ? Boris aimait-il tout simplement taper sur ces deux touches, puis la barre espace, ou se passait-il quelque chose dans son cerveau ?

Comment s'y prendre pour changer l'état d'esprit de l'animal ? Offrir des récompenses plus importantes pour d'autres mots ? Cela fausserait le principe même d'aléatoire.

Bloor mit le sujet de côté pour se consacrer à un problème plus grave, susceptible de déboucher sur des récompenses autrement plus importantes. Le singe, c'était du domaine du privé. Ross Hunter, c'était l'avenir de la société.

Il se concentra sur le conseil d'administration qui se tiendrait dans quelques heures, et où il devrait prendre une décision.

94

Jeudi 16 mars

Incapable de dormir davantage, Ross se leva un peu avant 6 h 30 et décida de sortir son chien. L'aube pointait quand il traversa le pont piétonnier au-dessus de l'A27. Après avoir vérifié qu'il n'y avait pas de mouton dans les environs, il détacha Monty et le laissa s'ébrouer dans les champs.

Les mains dans les poches de son vieil imperméable, il ralentit l'allure, plongé dans ses pensées. Tout ou presque dépendait du résultat du laboratoire. Il fallait qu'il le voie avant de prendre la moindre décision.

Il rentra chez lui, regarda les informations de 8 heures, se doucha, prépara son petit déjeuner et nourrit Monty. Comme Imogen ne lui avait pas donné de nouvelles, il lui envoya un texto pour lui demander si tout allait bien de son côté.

Il feuilleta les journaux tandis que le chien gobait sa pâtée, son collier cliquetant contre la gamelle.

Dès qu'il eut terminé son granola, Ross grimpa dans son bureau. Il appela le lieutenant Harris et convint d'un rendez-vous à 10 h 30. Il jeta ensuite un œil à Twitter. Rien de nouveau. Il avait toujours le même nombre de followers : 7 865. Il consulta enfin son Instagram et se rendit compte qu'il n'avait rien posté depuis plus d'un mois. La dernière photo de lui, en train d'essayer de lire les journaux de dimanche, gêné par Monty, avait été prise par Imogen. Il l'avait légendée « Nom d'un chien ! » et avait récolté 47 likes.

On sonna à la porte. C'était l'électricien. Ross lui prépara une tasse de thé, se fit un café serré et retourna à l'étage.

Jolene lui avait répondu par e-mail – elle pouvait dépêcher un coursier, pouvait-il l'appeler pour convenir du mode de paiement ?

Conscient que ses téléphones fixe et portable étaient sans doute sur écoute, il lui envoya un texto depuis l'un de ses téléphones à carte, lui communiqua l'adresse de son avocat et lui indiqua qu'elle pouvait utiliser les mêmes coordonnées bancaires que précédemment.

Il envoya ensuite un texto à son avocat pour le prévenir de l'arrivée du pli. Il lui demanda d'en faire une copie et de la mettre dans le coffre-fort, avec le manuscrit, puis de lui envoyer, dès que possible, l'original par coursier, à son domicile.

Il passa en revue les e-mails reçus pendant la nuit, en jeta deux dans la corbeille « indésirables », puis ouvrit le message de Natalie, du *Sunday Times*.

> Salut, l'homme invisible ! Tu penses m'envoyer ton grand papier cette année ou l'an prochain ?

Il se leva et regarda par la fenêtre. La camionnette d'une entreprise de construction était garée de l'autre côté de la rue. Des ouvriers déchargeaient un échafaudage depuis une remorque à plateau. Ne remarquant aucun autre véhicule inhabituel, il retourna s'asseoir.

Son *grand papier*.

Où en était-il, d'ailleurs ? Qu'allait-il découvrir aujourd'hui ?

Il en saurait davantage quand il recevrait le pli de son avocat.

Il repensa aux conversations qu'il avait eues ces deux derniers jours avec Stuart Ivens, des services secrets, l'archevêque de Canterbury et Giuseppe Silvestri.

La personnalité de l'Italien le dérangeait. Il le trouvait menaçant, derrière son charme apparent.

Émissaire du Vatican.

Qui était-il vraiment ? L'homme de main du pape ?

À l'époque où il étudiait le journalisme à Londres, nombreux étaient ceux qui rêvaient du scoop historique. Jim Coheny, l'un de leurs maîtres de conférences, qu'il aimait beaucoup, un type accessible, avec un tableau de chasse journalistique impressionnant, lui avait dit un soir, dans un pub, un peu éméché, qu'il aurait des millions de sujets potentiels, mais sans doute une seule grande affaire par décennie, voire dans sa vie.

Il avait ajouté qu'elle n'était pas immédiatement évidente. « Intuition, ténacité, persévérance, confiance en soi et tout miser, voilà ce qu'il faut. » Il lui avait donné en exemple le scoop de Woodward et Bernstein en 1972, qui avait débouché sur le scandale du Watergate et poussé à la démission le président Richard Nixon.

Coheny l'avait regardé droit dans les yeux :

« Si l'opportunité se présente, Ross, quel que soit le prix à payer, saisis-la. Saisis ta chance. Au fond de toi, tu sauras. Tu auras alors droit à ta propre colonne d'éditorialiste dans le *Times* ou le *Guardian*. Sinon, tu finiras ta carrière à la rubrique des chiens écrasés. Tu as ce qu'il faut, petit. Tu as les *cojones*, je le sens. Ne me déçois pas. »

Il avait posé sa pinte pour ajouter, à grand renfort de gestes : « Écoute, observe et attaque ! »

Ross aurait bien aimé lui demander son avis, mais le reporter avait été tué en Syrie cinq ans plus tôt, alors qu'il préparait un article sur Daesh. Son *grand papier* ? se demanda-t-il.

Il repensa alors à ce que lui avait dit son grand-père, peu avant de mourir : « N'aie jamais peur de prendre les bonnes décisions. »

Il se sentait profondément déprimé et très isolé.

Imogen avait fui leur maison vandalisée. Financièrement, les temps étaient durs. Sa rédactrice en chef commençait à perdre patience. Les événements des dernières semaines avaient été traumatisants, mais il n'était pas plus inquiet que ça. Peut-être était-il trop épuisé, en pilotage automatique.

Devait-il appeler Silvestri et négocier ? Et ensuite ? Vivre avec le souvenir du regard mélancolique de Harry Cook ? Avec la conscience qu'il aurait pu faire quelque chose d'important pour l'humanité, mais qu'il avait préféré prendre l'oseille et se tirer ? Peut-on fuir un monde qui s'effondre ?

Il repensa aux paroles de Coheny.

Intuition, ténacité, persévérance, confiance en soi et tout miser, voilà ce qu'il faut.

La grande affaire.

Imogen savait que c'était son rêve et, jusqu'à récemment, elle l'avait toujours soutenu.

Son téléphone sonna.

— Ross Hunter, j'écoute.

— Comment se passe ta journée ? lui demanda une femme dont il reconnut immédiatement la voix.

— Sally ! Tu es déjà arrivée ?

— Je suis dans le train.

— Tu as prévu de déjeuner quelque part ?

— Je peux tout annuler pour l'homme qui a la preuve de l'existence de Dieu.

Il sourit, revigoré.

— Qu'est-ce que tu aimes manger ?

— Les membres de secte. Crus, de préférence.

— Tu les aimes aussi marinés ?

— J'aime tout ce qui a trait à la pêche et au péché.

Ils tombèrent d'accord pour se retrouver au restaurant *English's* à 13 heures.

95

Jeudi 16 mars

Les directeurs de Kerr Kluge étaient rassemblés dans la salle de réunion du dernier étage. Tous possédaient une copie du document téléchargé de la clé USB que Julius avait récupérée auprès de leur contact monégasque.

Ainsley Bloor lut les coordonnées à voix haute :

— 34° 4' 56, 42" N. 118° 22' 56, 52" O.

Sur l'écran mural était affichée une carte de West Hollywood, à Los Angeles.

— Beau travail, Julius, lâcha Bloor d'un ton cynique. Tu te rends compte à quel point la zone est grande ? Tu as quelque chose à ajouter ?

— C'était ce qu'Anholt-Sperry, l'avocat de Birmingham, avait dans son dossier. Ce qu'il allait donner à Ross Hunter, répondit Helmsley.

— On ne pourrait pas affiner la recherche ? Qu'est-ce qu'on est censé trouver, exactement ?

— Ce qu'on sait, Ainsley, c'est qu'on a doublé Hunter sur ce coup-là, dit Helmsley.

Bloor le fusilla du regard.

— On a lamentablement échoué au Chalice Well et en Égypte. Maintenant, on a quelque chose qu'il n'a pas, mais on ne sait pas ce que c'est, il nous manque la clé.

— Peut-être que le journaliste a la clé, mais qu'il lui manque la carte, suggéra Alan Gittings, directeur de la recherche et du développement.

— Et si on se trompait d'angle d'attaque, tout simplement ? avança Ron Mason, qui avait la confiance de Bloor.

— Dans quel sens, Ron ? demanda Julius Helmsley.

Mason posa une feuille imprimée devant lui.

— Voilà la situation financière de Ross Hunter en ce moment.

Helmsley étudia le document.

— Crédit, 450 000, et il a demandé à sa banque l'autorisation de faire une pause dans les remboursements. Il a presque atteint la limite de son découvert de 10 000. Il ne lui reste plus que 800 sur son American Express et 1 500 sur sa Visa.

— Qu'est-ce que cela nous dit ? insista Mason.

— Qu'il a besoin d'argent, on le sait déjà. Et que c'est urgent, ajouta Helmsley.

— Quelle est la devise de notre société, Julius ? intervint Bloor.

— *Nous prenons soin de vous.*

— Alors, allez-y, allez lui parler. Offrez-lui le remboursement de son prêt et de ses crédits, et une jolie petite somme, pour couronner le tout. Bien plus que ce que son journal ne pourra jamais lui offrir. Il faut lui montrer qu'on prend soin de lui, ironisa Bloor en souriant de toutes ses dents immaculées.

96

Jeudi 16 mars

Le lieutenant Mike Harris se montra choqué et compatissant quand il découvrit les inscriptions aux murs. Alex Call lui ayant dit qu'ils n'avaient pas de nouveaux éléments, il demanda à Ross ce qui avait pu motiver ces actes de vandalisme.

Au cas où il serait sur écoute, Ross proposa à Harris de sortir. Il lui raconta le coup de fil initial, la mort du professeur, celle de son avocat, et lui donna le nom de l'enquêteur de Birmingham. Harris lui confirma qu'il allait se mettre en contact avec Martin Starr.

Peu après que le policier fut parti, Ross reçut l'enveloppe qu'il attendait.

Il l'ouvrit dans la cuisine et en sortit le document des laboratoires. Il s'agissait bien de coordonnées manuscrites :

34° 4' 56, 42" N. 118° 22' 56, 52" O.

Il monta dans son bureau et ouvrit l'application Google Earth. En quelques secondes, il vit apparaître un quartier de West Hollywood, plus précisément le croisement entre Fairfax et Melrose. Les coordonnées étaient-elles délibérément vagues, comme dans le cas du puits ?

Il cliqua sur Street View et se déplaça de proche en proche. Il vit un petit centre commercial, le marché couvert de Fairfax, un cabinet dentaire et cosmétique, une station-service, le lycée Fairfax, des cafés, des bars, des boutiques et un bâtiment bleu délabré, une sorte d'entrepôt, avec une enseigne jaune, « Kiosque Centerfold ».

Que cherchait-il ? La zone ne laissait pas supposer qu'un événement majeur s'y déroulerait. Cela dit, l'étable de Bethléem non plus.

Il repensa aux mots d'Anholt-Sperry :

Une fois que vous aurez trouvé ce qui vous attend sur le lieu des deuxièmes coordonnées, revenez me voir. À ce moment-là, vous saurez, sans l'ombre d'un doute… Les troisièmes vous permettront de localiser la Seconde Venue du Christ en personne.

Et si c'était possible ?

Il composa le numéro de Jolene Thomas sur l'un de ses téléphones à carte et sortit. Elle décrocha après deux sonneries.

Il se présenta.

— Monsieur Hunter, dit-elle avec joie. Vos documents sont-ils bien arrivés ?

— Oui, merci. J'aurais une ou deux questions à vous poser.

— Allez-y !

— Ça concerne les bases de données ADN. Pourriez-vous me dire s'il existe des registres nationaux et internationaux pour les trois types d'analyse, standard, mitochondriale et Y-STR ?

— Oui, mais le plus complet est celui des analyses standard. La couverture est quasi mondiale, avec des différences de législation selon les pays, voire les États. Les bases de données mitochondriales sont moins nombreuses et le Y-STR est tout nouveau, donc il n'y a pas grand-chose. Ça va évoluer, mais il faudra plusieurs années avant d'arriver au niveau des analyses standard.

— Rappelez-moi : l'ADN standard est propre à chaque individu, c'est bien ça ?

— Oui, sauf en cas de vrais jumeaux et, plus rarement, de vrais triplés.

— Et le génome mitochondrial passe de génération en génération, de mère en fille, inchangé.

— Oui.

— Même chose pour le Y-STR, pour la lignée des hommes.

— Oui, ce qui est important dans les tests de paternité et en généalogie. Mais, parfois, il y a des mutations. Plus la lignée est longue, plus il y a de risques de mutation.

— Dans quelle proportion ?

— Ça reste faible.

— Suffisamment pour que les risques soient négligeables ?

— On peut le dire comme ça, mais il faut toujours en avoir conscience.

— Quelles sont les plus grandes bases de données actuelles du Y-STR ?

— Il y en a quelques-unes au Royaume-Uni et en Europe. La République tchèque, par exemple, est très en avance.

— Et aux États-Unis ?

— Il y en a dans l'État de New York, dans l'Illinois et en Floride, la plus importante se trouvant en Californie du Sud.

— En Californie du Sud ?

— Oui.

— Savez-vous s'ils ont une base de données tout aussi importante pour le génome mitochondrial ?

— Oui, encore plus importante.

— Et n'importe qui peut accéder à ces registres ?

— Non, ils sont protégés. Ici, au Royaume-Uni, ils tombent sous le coup de la loi sur la protection des données. Par exemple, je ne pourrais pas vous permettre d'accéder à votre propre ADN. Ailleurs, ça dépend de la législation du pays ou de l'État. À certains endroits, les forces de l'ordre peuvent y accéder facilement, à d'autres, il faut une ordonnance du tribunal.

Ross la remercia et raccrocha, enthousiasmé.

La Californie du Sud.

Los Angeles se trouvait en Californie du Sud.

97

Jeudi 16 mars

Ross parcourut les notes qu'il avait prises pendant sa conversation avec la laborantine.

Bases de données protégées.

Il regarda l'heure à sa montre. 11 h 55. Dans un quart d'heure, maximum, il allait devoir partir pour retrouver Sally. Il devait trouver un moyen d'accéder à ces bases de données.

Comment ? Il pensa à quelqu'un susceptible de l'aider. Mais même s'il était bientôt midi, c'était le milieu de la nuit pour cette personne, qui n'aimait pas être dérangée avant la fin de l'après-midi. Dommage. Il chercha le numéro de Zack Boxx, sortit dans le jardin et le composa avec un téléphone à carte.

Après plusieurs sonneries, quelqu'un décrocha.

— Hum.

— Zack, c'est Ross Hunter.

— Hum.

Long silence. Ross patienta, mais n'obtint aucune autre réponse.

— Zack ?

— Tu sais quelle heure il est ?

— Midi.

— Non, à San Francisco, il est 4 heures du matin, bordel !

— Tu es à San Francisco ?

— Non. Je suis à Brighton, mais j'essaie de dormir. Qu'est-ce que tu veux ?

— J'ai besoin d'un coup de main.

— Je t'ai déjà filé un coup de main. Tu veux toujours des trucs gratos.

— Cette fois, je suis prêt à payer.

— Ce serait une première.

— Je suis sérieux. Je peux passer ? Je ne fais pas confiance à mon téléphone. Tu vis toujours au même endroit ?

— Tu veux dire mentalement, physiquement, géographiquement, astronomiquement ou astrologiquement parlant ?

— Je veux juste ton adresse.

— Je vis dans un bel appartement sur Mars. Sur Terre, je suis toujours domicilié à Brighton, sur Elm Grove, mais plus pour très longtemps, j'espère.

— Suffisamment pour que je puisse te rendre visite sous peu ?

— Ça peut attendre 16 heures ?

— Oui.

— Bon, alors, laisse-moi dormir jusque-là.

98

Jeudi 16 mars

On posa devant eux sur un support un grand plateau d'huîtres, accompagné de quartiers de citron, de ramequins de vinaigre à l'échalote et de pain de seigle beurré.

Sally était magnifique.

— Santé ! dit Ross en levant son verre.

Ils trinquèrent.

— Je suis content de te revoir.

— Je pensais exactement la même chose, dit-elle avec un sourire malicieux.

— Tu es à Brighton pour interviewer des écrivains, c'est ça ? Tu as rencontré qui, pour le moment ? lui demanda-t-il pour la tester.

— William Shaw et Elly Grifths, qui sont adorables. Et Andrew Kay, un genre de critique gastronomique un peu dingue. Tu les connais ?

Ross hocha la tête.

— Andrew Kay écrit dans plusieurs journaux locaux et c'est un romancier intéressant. J'ai lu Shaw et Grifths, qui sont excellents, eux aussi.

— Comment va M. Dieu ? À moins que ce ne soit madame ?

— Bonne question.

— Tu as fini ton article ?

Elle prit une huître, pressa un peu de citron, ajouta quelques gouttes de vinaigrette, renversa le tout dans sa bouche, mâcha une ou deux fois et avala.

— Waouh ! Exceptionnelles !

Elle leva son verre et but une gorgée.

— Et qu'est-ce que tu entends par « des temps intéressants », comme tu l'as écrit dans ton texto ?

Sur ses gardes, Ross lui présenta un résumé de la situation sans mentionner les coordonnées à Los Angeles.

Quand il eut terminé, elle garda le silence plusieurs secondes.

— Et c'est quoi, la prochaine étape ?

— Honnêtement ?

Elle acquiesça.

— Ma femme est en train de me faire comprendre que, si je veux qu'on reste ensemble, il faut que je vende mon âme au diable.

— Tu veux dire, à Silvestri ?

— Oui, que j'accepte l'argent du Vatican.

— Et tu vas le faire ?

— Je ne suis pas du genre à abandonner, Sally. Je ne comprends pas tout ce qui se passe, mais je ne peux pas m'arrêter là. Je suis trop engagé.

Il l'observa, sourire aux lèvres, et but une gorgée de vin.

— Tu as parlé à ton oncle, récemment ?

— Julius le pervers ?

— Pourquoi, pervers ? lui demanda-t-il, très intéressé.

— Tu as déjà vu une photo de lui ?

— Oui, sur le site de Kerr Kluge.

— C'est le genre de personne qui te donne envie de te laver les mains, voire de prendre un bain, après l'avoir côtoyé. C'est un vicieux.

— Ah bon ?

— Il ne m'a jamais rien fait, mais ça se sent. Il ne te regarde jamais dans les yeux, il regarde derrière toi. Ses lunettes rouges ridicules… Sa coupe de cheveux complètement crétine… Beurk ! Et tu ne peux pas savoir à quel point il est condescendant, à se balader avec un air de supériorité : « ma maison à Londres, mon manoir à la campagne », bla-bla. C'était comme ça, quand il venait nous rendre visite…

— Et sa femme est comment ?

— Glaciale. Ma mère était du genre artiste, un peu bohème. Ma tante Antonia a toujours été froide, dure, cérébrale. Ma mère la tolérait parce que c'était sa sœur, mais je ne pense pas qu'elles s'entendaient si bien que ça.

Elle hésita et rougit.

— C'est idiot à dire, mais c'est lui qui m'a dit que le Père Noël n'existait pas, alors que je n'avais que 6 ans.

— Ce n'est pas idiot du tout, j'adore Noël. Qu'est-ce qu'il a fait ?

— Ils étaient venus passer Noël chez nous. On avait décoré un sapin, mis tous les cadeaux dessous, enfin, tu vois. Il m'a prise à part, m'a demandé de m'asseoir, et a consacré une demi-heure à me prouver par A + B qu'il était impossible que le Père Noël existe. Les rênes ne pouvaient pas avoir d'ailes, donc ne pouvaient pas voler. À l'aide de schémas, il m'avait expliqué que, vu le nombre de foyers en Angleterre, vingt-cinq millions environ, si le Père Noël passait deux minutes dans chaque cheminée, il lui faudrait trente-quatre mille jours, soit quatre-vingt-quinze ans, pour faire sa tournée. Je n'oublierai jamais l'expression sur son visage, sa cruauté et l'immense plaisir qu'il en tirait.

— Quel connard ! Je déteste les gens qui piétinent les rêves des enfants.

Elle hocha la tête.

— Tout à fait d'accord. Est-ce que ça comprend des athées radicaux comme Dawkins ?

— Tu sais, même quand j'étais dans ma phase agnostique, il y a des trucs à propos des réductionnistes qui m'ont toujours dérangé. Il y a un gros paradoxe pour les scientifiques.

Il but une gorgée.

— Lequel ?

— D'un côté, tu as ceux qui sont catégoriques sur la façon dont le monde a commencé. Leur théorie, c'est le big-bang.

— Oui, et je range mon oncle dans ce groupe-là.

— Le paradoxe, c'est que l'un des fondements de la science veut que n'importe quelle expérience puisse être réitérée en laboratoire. C'est l'un des grands arguments contre les fantômes, les médiums, la télépathie, tout ce qui est paranormal. Tu as déjà entendu parler du naturalisme méthodologique ?

— Non, dit-elle en fronçant les sourcils.

— C'est ce que ton oncle et un certain nombre de scientifiques défendent. C'est le terme qui définit l'étude scientifique du monde en excluant toute cause surnaturelle. Il repose sur le principe que Dieu ne joue aucun rôle dans les phénomènes scientifiques.

— Et où est le paradoxe ?

— Le naturalisme méthodologique requiert, de la part des scientifiques, de chercher des explications basées sur ce qu'on peut observer, tester et reproduire. Ils essaieront, par exemple, de reproduire le big-bang dans un accélérateur de particules. Mais l'univers, ce restaurant, toi et moi, cette bouteille de pouilly-fuissé, vont-ils pouvoir tout reproduire ? dit-il en écartant les bras.

— Donc, le paradoxe, c'est que les cosmologistes ne cochent pas les cases requises par la science ? Tu ne penses pas que certains seraient vexés qu'on leur dise que leur travail n'est pas scientifique ?

— Je pense qu'il est temps de calmer l'arrogance de certains athées militants. Quand ils pourront reproduire le monde, quel que soit son stade de développement, alors j'accepterai leurs théories sans condition. D'ici là, mon avis, c'est qu'ils devraient s'ouvrir à d'autres possibles, dont Dieu.

— On exige qu'ils arrivent à reproduire ces huîtres aussi ?

— Bien sûr !

— Et quel est ton point de vue sur le boson de Higgs ?

— La particule de Dieu qu'ils ont découverte au CERN ? Elle prouve quoi ? On ne sait toujours pas qui l'a créée.

Sally prit une huître et Ross l'imita.

— Tu sais qu'elles sont censées être aphrodisiaques ? lui dit-elle en le fixant de ses yeux pétillants.

— Oui, et c'est aussi un plat de pauvres. Les moines en mangeaient beaucoup, c'était un moyen bon marché de manger des protéines.

— Tu fais exprès de dégainer des platitudes tue-l'amour ?

— Je suis marié.

— Je ne ferai jamais rien pour te détourner du droit chemin.

— Je te crois.

Un silence agréable installa entre eux. Ils trinquèrent de nouveau.

— Une autre bouteille, monsieur ?

Il regarda la serveuse. Avaient-ils déjà terminé la première ?

Peut-être que, si Sally buvait un peu plus, elle lui ferait des révélations.

— Volontiers. Ce serait malpoli de refuser.

Sally acquiesça.

Ross se leva et s'excusa.

— Je vais aux toilettes, je reviens tout de suite.

Alors qu'il sortait de la pièce, son téléphone bipa. Il avait reçu un texto.

Le voyant descendre l'escalier, Sally retourna l'appareil par curiosité. Il s'agissait d'un message d'une agence de voyages confirmant un vol pour Los Angeles. Elle remit le téléphone comme il était et ne dit rien quand il revint.

99

Jeudi 16 mars

Imogen se gara devant chez eux peu après 15 heures. Elle constata que la voiture de Ross n'était pas dans l'allée, sans trop savoir si c'était un soulagement ou pas. Quand elle entra, Monty fonça vers elle. Elle s'agenouilla pour le caresser.

— Tu m'as manqué, mon chou !

Après quelques câlins, elle monta dans leur chambre prendre les habits dont elle avait besoin. Au moment où elle arrivait à l'étage, on sonna à la porte. Elle descendit ouvrir.

Elle tomba sur un homme élancé, au visage chevalin, en costume. Il portait des lunettes rouges et il avait un pansement sur la joue.

— Bonjour, est-ce que M. Ross Hunter est là, par hasard ?

— Non, mais il se trouve que je suis Mme Hunter, par hasard.

Il esquissa un sourire gêné.

— Que puis-je faire pour vous ?

Il hésita.

— Devrais-je repasser plus tard ?

— Voulez-vous que je transmette un message ?

— Euh, pourquoi pas. Mon nom est Julius Helmsley, je suis le chef des opérations d'une société qui s'appelle Kerr Kluge, lui dit-il en lui tendant une carte de visite.

Elle pencha la tête sur le côté.

— « Une compagnie qui s'appelle Kerr Kluge ? » Vous pensez peut-être que je n'ai jamais entendu parler de vous ?

— C'est vrai qu'on est un peu connus.

— C'est le moins qu'on puisse dire. Qu'est-ce que vous voulez me vendre ? Du dentifrice, du savon, des somnifères ? lui demanda-t-elle en souriant.

— Ne… non. C'est un sujet de nature financière.

— Kerr Kluge est-elle une compagnie sexiste, monsieur Hamley ?

— Helmsley, la corrigea-t-il. Pas du tout. Au contraire. Nous sommes pionniers en matière d'égalité salariale. Nos employées gagnent autant que leurs *alter ego* masculins.

— Bien. Dans ce cas, vous pouvez me dire tout ce que vous aviez l'intention de confier à mon mari. Je vous invite à entrer et à prendre une tasse de thé.

— Si je ne vous dérange pas…

— Vous ne me dérangez pas.

100

Jeudi 16 mars

Sally tenait l'alcool, et Ross aimait ça. Il aimait aussi son bon coup de fourchette et son appétit pour la vie, qui était contagieux.

Il se souvint avec tristesse qu'Imogen était comme ça, au début de leur relation.

Après avoir terminé la seconde bouteille de vin, il avait commandé un cognac et elle, un Cointreau, histoire de prolonger le débat. Ils se levèrent de table vers 15 h 30 – ils étaient les derniers clients. Se frayant un chemin entre les tables, Ross se rendit compte qu'il avait un peu le vertige. Et qu'il n'avait rien réussi à lui soutirer.

Ils s'arrêtèrent et se regardèrent au fond des yeux. Le sourire de Sally était enchanteur.

— C'était très cool, on devrait déjeuner ensemble plus souvent, dit-il.

— Absolument.

Il y eut un silence gêné.

— Je pense…, dit-il

— Tu penses…

— Oui, ça m'arrive, plaisanta-t-il.

Elle se pencha en avant et lui colla un baiser sur la joue. Sans plus d'explication, elle fit demi-tour et agita la main :

— À bientôt !

Il la regarda s'éloigner sur ses bottines à talons, dans son élégant manteau blanc et son jean slim.

Il était agréablement ivre, mais il avait beaucoup trop bu pour conduire. Il prendrait un taxi jusque chez Zack Boxx, puis reviendrait le lendemain récupérer sa voiture sur le parking de l'hôtel Waterfront.

Se dirigeant vers la borne de taxi, distrait par les parfums de Sally, il essaya de se concentrer sur ce qu'il attendait du pirate informatique.

Il s'engageait sur une pente glissante. Son téléphone bipa. Il le sortit de sa poche. C'était un texto de Sally.

> Voilà ce que j'appelle déjeuner ! La prochaine fois, c'est moi qui t'invite. Bisous

Son instinct lui soufflait de ne pas répondre avant d'avoir dessoûlé. Mais, quelques minutes plus tard, installé dans le taxi, il lui envoya :

> Le plus tôt sera le mieux !

101

Jeudi 16 mars

Zack Boxx n'avait pas changé. Il vivait toujours dans le même studio sombre que dix ans auparavant, quand il était étudiant. Et il le partageait toujours avec le même chat siamois aux manières hostiles. Les rideaux étaient tirés en permanence dans cet appartement qui se trouvait au sous-sol d'une maison victorienne, près de l'hippodrome de Brighton. Ça sentait le renfermé et l'herbe, légèrement.

Boxx portait un vieux tee-shirt Gandalf, un jean mal coupé et une paire de pantoufles qu'il avait sans doute héritées d'un grand-père. Ses cheveux filasse commençaient à se raréfier et à grisonner. Le duvet qu'il arborait jadis était devenu une sorte de bouc, qui n'avait pas vraiment sa place sur son visage poupin au teint pâle.

Ross se fraya un chemin entre les ordinateurs, claviers, tours, tasses vides et cartons de plats à emporter qui jonchaient le sol du salon. Boxx lui fit signe de s'asseoir dans un canapé défoncé, au fond de la pièce. Les seules nouveautés, depuis la précédente visite de Ross, étaient deux immenses écrans, l'un éteint, l'autre recouvrant la moitié d'un mur, sur lequel passait une vidéo de la galaxie.

— Tu ne plaisantais pas quand tu parlais de Mars !

— C'est en direct de l'observatoire britannique de Mauna Kea, à Hawaï. Et il fait encore nuit là-bas, merci de demander, ajouta-t-il, sarcastique, en tentant de caresser son chat qui lui échappa. J'essaie de déménager avant qu'il soit trop tard. Plus que quelques problèmes techniques à résoudre, comme trouver un endroit compatible avec la vie humaine et une façon de s'y rendre.

Boxx, qui parlait couramment sept langues, avait la même attitude que son chat. La politesse, il ne connaissait pas. C'était comme si le monde entier s'était ligué contre lui, et qu'il valait mieux garder ses distances.

Quand Ross s'assit sur le canapé, ou plutôt sur ses ressorts saillants, Boxx l'ignora plusieurs minutes, agenouillé par terre pour travailler sur un ordinateur, puis un second, analysant des rangées de chiffres tout en murmurant :

— Quelle bande de demeurés, je n'y crois pas… Mais qu'est-ce que vous avez fichu ? Franchement… c'est quoi ce bordel ?

Puis il se tourna vers son visiteur.

— J'en ai pour deux minutes. Il faut que j'aide les renseignements britanniques, ils ont un problème, et ensuite la CIA pour un truc en Irak.

— Pas de soucis, sauve le monde.

— Honnêtement, parfois, on se dit que ces mecs… Enfin, tu vois ce que je veux dire. Pathétiques.

— Tu aurais du café, par hasard ? lui demanda Ross, toujours un peu soûl.

— Dans la cuisine. Sers-toi. Il y a une bouilloire et une machine Nespresso. Au fait, tu as une haleine de poivrot.

Ross se dirigea vers une petite pièce qui devait s'être retrouvée dans l'œil du cyclone. Il finit par localiser la seule et unique tasse propre, ainsi qu'une réserve de capsules.

Il se fit un triple espresso, qu'il emporta dans le séjour. Il s'assit et Boxx se tourna vers lui :

— Alors ?

— Comment va ? enchaîna le journaliste.

— C'est un peu la merde. Je prépare un plan d'évacuation. Il faut qu'on se casse tous le plus vite possible.

— Je suis d'accord avec toi.

— Je suis sérieux, c'est Armageddon. Trouve-toi une planète ! Mais tu n'es pas là pour discuter de ça, n'est-ce-pas ?

— Non, j'ai besoin d'aide pour pirater des bases de données.

— Quel genre ?

Ross lui fournit quelques informations, sans entrer dans le détail. Zack Boxx l'écouta sans cesser de pianoter sur le clavier devant lui.

— Je récapitule : ADN standard, mitochondrial, Y-STR, Los Angeles, ou plutôt la Californie du Sud, et tu veux que je jette un coup d'œil à leurs bases de données.

— C'est ça.

— Tu me demandes d'enfreindre la loi ?

— Fais ce que tu as à faire. J'imagine que tu sais comment passer inaperçu.

— Je ne fais plus ça pour le plaisir, Ross, ni parce que j'en suis capable. Maintenant, c'est mon gagne-pain, tu vois ce que je veux dire ?

— Je comprends.

— Je veux vraiment me casser d'ici, donc je fais des économies.

— De cet appartement ?

Boxx le dévisagea comme s'il était fou.

— De cette putain de planète ! Et si tu étais un tant soit peu raisonnable, tu viendrais avec moi.

— J'essaie de sauver le monde.

— Bonne chance, dit-il en continuant à pianoter. Ce que je vais faire, c'est tâcher de rentrer dans ces trois bases de données et laisser un mouchard qui m'enverra une notification s'il y a une correspondance existante ou à venir.

— Et tu vas le laisser combien de temps ?

— Aussi longtemps que tu veux.

— Et tu auras le résultat quand ?

— Cette nuit ou demain. Ça dépend de ce qui se trouve à l'intérieur. Et j'ai des trucs à faire pour mes autres clients, dont un gros programme à écrire.

— Ça marche.

— Ne le prends pas personnellement : je demande une avance.

— Quel est ton tarif ?

Boxx sourit pour la première fois depuis que Ross était arrivé.

— Mon prix d'ami ? 2 000 pour les recherches et 1 000 de bonus pour chaque correspondance. Soit 3 000 max, pour les bonus. Ça te va ?

— Tu prends la carte ?

— Ah ah !

102

Jeudi 16 mars

L'abbé assis derrière son bureau était un homme frêle, avec des culs-de-bouteille en guise de lunettes et une longue barbe blanche indisciplinée. Une fenêtre étroite donnait sur la mer et la montagne. Elle avait été creusée dans le mur vers 1366, date à laquelle le monastère avait été construit sur un escarpement perché au-dessus de la mer Égée, alors appelé le rocher de Simon.

Le frère Pete se tenait devant lui, les mains dans le dos. Ils étaient tous deux vêtus de lourds habits noirs et coiffés d'une *kalymafki* traditionnelle, un chapeau rond avec des voiles descendant, de part et d'autre, jusqu'aux épaules. L'abbé arborait une croix en or très ancienne, qui pendait quasiment à hauteur de nombril.

Cette croix avait été portée avant lui par un abbé mort depuis longtemps, que l'on voyait sur une photo de groupe, en noir et blanc, accrochée face à la fenêtre. Sur ce cliché, trois rangées de moines, deux debout et une assise, posaient dans la cour du monastère. Ils avaient tous des barbes épaisses, et seule la partie supérieure de leur visage était visible. Certains portaient des lunettes. Ils avaient entre 20 et 90 ans et tous affichaient un air sérieux et solennel.

Le frère Pete avait déjà vu cette photo, prise plus de cinquante ans auparavant. La cour n'avait pas changé, les moines non plus. L'image aurait été la même prise cinq cents ans plus tôt et serait la même dans cinq cents ans, si…

Si tout restait pareil. Si le temps s'arrêtait.

Si les subventions continuaient à affluer, grâce à Dieu. Si le monde…

Comme s'il lisait dans les pensées du frère Pete, l'abbé hocha la tête et finit par dire :

— Si je vous donne la permission de partir, comment puis-je être sûr que vous reviendrez ?

— Pourquoi ne reviendrais-je pas ? Je n'ai nulle part où aller. Je suis ici chez moi, béni par la vierge Marie, jusqu'à ce que je sois appelé par le Seigneur.

L'abbé resta pensif.

— Pourquoi souhaitez-vous faire ce voyage, exactement ?

— Mon cousin Angus est mourant. Vous vous souvenez sans doute de lui, c'est grâce à lui que je suis arrivé ici.

— Je me souviens très bien de lui. Je l'ai autorisé à rendre visite à sa mère malade et il n'est jamais revenu. Son voyage n'était pas nécessaire, d'ailleurs. Ses prières auraient été tout aussi efficaces, j'en suis persuadé. Pourquoi voulez-vous prendre la peine de voyager, alors que vos prières suffiraient ?

— Je pense que c'est la dernière fois que je le verrai. Il n'en a plus pour longtemps à vivre.

— La dernière fois ? Bien sûr que non. La dernière fois dans ce monde, n'est-ce pas, frère Pete ? dit-il avec un sourire malicieux. Jusqu'au jour où vous serez réunis dans la gloire de Dieu.

— Mon cousin a quelque chose à me donner. Il me l'a dit au téléphone, grâce à vous, qui m'avez autorisé à lui parler. On lui a confié deux objets qui ont une signification exceptionnelle pour la chrétienté. Il voudrait que je les récupère. Il ne sait pas où ils pourraient finir, après sa mort.

— Vous savez de quoi il s'agit ? Sont-ils authentiques ?

— Il le pense.

— Vous devrez faire attention, frère Pete. Le monde regorge de fausses reliques et de contrefaçons en tout genre. Certaines sont l'œuvre de l'antéchrist et d'autres, celle d'opportunistes, de gens qui tentent de se faire de l'argent sur le dos des plus crédules.

— Le frère Angus pense que nous aurons très bientôt la preuve de leur authenticité.

— Ne devriez-vous pas attendre cette preuve, avant de partir ?

— S'il meurt, ces artefacts seront peut-être perdus à jamais.

L'abbé acquiesça.

— Vous ne pensez pas que, s'ils sont vraiment de Lui, ils trouveront leur chemin jusqu'au bon endroit sans intervention humaine ?

— Peut-être que notre monastère est le bon endroit.

Le vieil homme esquissa un sourire triste.

— Parlez-moi de ces objets et je prendrai ma décision.

Le frère Pete hésita, puis lui raconta ce qu'il savait.

103

Jeudi 16 mars

De retour de chez Zack Boxx, Ross avait pris place à l'arrière d'un taxi inconfortable, en direction de chez lui. Le chauffeur, pendu au téléphone malgré l'interdiction, conduisait vite et mal.

Il reçut un texto d'Imogen :

> Ça fait un bail… Ça va ? On se retrouve ce soir ? Tu nous rejoins ? Bisou

Il culpabilisait à propos de Sally, du baiser qu'elle lui avait collé sur la joue devant le restaurant, en pleine rue.

— Notre équipe de foot s'en sort pas mal, pas vrai ? s'écria tout à coup le conducteur en se retournant, sans poser son portable.

— Oui, pas mal du tout !

Il baissa les yeux sur son écran. Soudain, il reçut un message de Sally.

> J'étais un peu pompette en partant, je ne t'ai pas remercié convenablement. Ton rendez-vous s'est bien passé ? Bisous

Il essaya de se souvenir de ce qu'il lui avait dit à propos de l'informaticien, en espérant ne pas s'être épanché. Vu comment elle parlait de son oncle, ce n'était pas comme si elle allait foncer chez lui tout lui raconter. Mais il ne pouvait pas en être certain.

Il répondit d'abord à Imogen :

Merci, mais je ne peux pas. Les décorateurs viennent faire un devis et me dire quand ils peuvent commencer. Bisous

Puis il envoya un texto à Sally :

Je n'étais pas au top, mais je ne me suis pas endormi. Super déjeuner ! À refaire, je t'embrasse

Imogen lui répondit :

Contente que ton déj se soit si bien passé. C'est qui, que tu embrasses ?

Son sang se glaça. Merde, merde, merde. Comment s'était-il débrouillé ? Il avait envoyé ce message à Imogen par erreur. Sally se manifesta, elle aussi :

Les décorateurs ? Quels décorateurs ?

Il s'en voulait à mort. Il répondit d'abord à sa femme :

Ma rédac chef ! Bisous

La repartie ne se fit pas attendre :

Oh, je savais pas que tu devais la baiser pour avoir des piges.

104

Jeudi 16 mars

— Alors ? demanda Wesley Wenceslas.

— Alors ? répéta Pape.

— Donne-moi une réponse, dit le pasteur dans le micro de son casque.

Il pleuvait et il faisait sombre, et Wenceslas n'aimait pas voler en hélicoptère dans ces conditions.

— Tout dépend de la question, répondit Pape. Si vous voulez savoir quelle est la capitale du Pérou, c'est Lima, et si vous voulez connaître le sens de la vie selon Douglas Adams, c'est 42.

Il jeta un coup d'œil aux antisèches préparées pour le sermon de ce soir, à Leicester.

— Ce n'est pas le moment, trancha le pasteur.

L'hélicoptère fut pris dans des turbulences lors de sa descente vers l'aéroport d'East Midlands. Wenceslas ferma les yeux et s'accrocha.

— Vous n'avez jamais lu Kurt Vonnegut ? lui demanda Pape.

— Qui ça ?

— Oh oh !

— Kurt qui ?

— Un grand écrivain américain qui avait tout compris à la vie. Il a écrit ces mots d'une immense sagesse : « On est sur cette terre pour péter dans les coins, ne laisse personne te dire le contraire. »

— Vous êtes-vous déjà dit que vous étiez peut-être un peu trop impertinent ? lui demanda le pasteur. Qu'ai-je donc fait pour vous mériter ?

— C'est Dieu qui m'a choisi pour vous, vous vous souvenez ? Dites-vous qu'Il a de l'humour.

La piste d'atterrissage se rapprochait. L'hélicoptère survolait à présent le marquage au sol. Le pasteur se détendit enfin.

— Tout ce que je peux dire, c'est que, si Dieu vous a choisi pour moi, ce devait avoir un jour sans.

L'appareil se posa et les deux hommes retirèrent leur casque.

— Bon, Soupape, on en est où avec Ross Hunter ? Il me cause beaucoup de soucis, je n'arrête pas de...

Il fut interrompu par une sonnerie. Pape consulta l'écran de son téléphone.

— Message de notre électricien.

— Notre électricien ?

— Celui qui a graissé la patte du gars qui répare les caméras de vidéosurveillance chez Ross Hunter. On lui a filé l'équivalent de cinq ans de boulot. On aurait sans doute pu chipoter, mais ce n'est pas notre genre, pas vrai, pasteur ?

— Facile à dire, c'est mon argent que vous dépensez.

— Notre argent.

— Vous êtes un escroc.

— Excusez-moi, mais quand avez-vous, pour la dernière fois, prié sur un mouchoir pour lequel vous demandez 25 livres ?

— C'est symbolique.

— Ben voyons ! C'est ce que vous comptez expliquer à Dieu le jour du Jugement dernier ? Si tant est qu'Il soit là quand vous vous présenterez aux portes du paradis.

— Il comprendra que j'étais véritablement un homme du peuple, celui qui a rapproché des millions d'êtres humains de Lui en les imprégnant du Saint-Esprit.

— Le problème, avec vous, c'est que vous croyez en vos communiqués de presse.

— Et votre problème, très cher, c'est que si vous continuez à être aussi impudent, ce sale petit journaliste va vous causer de sérieux problèmes de retraite.

— À vous aussi.

— Vous avez donc soudoyé l'électricien de Ross Hunter ?

— Pour permettre au nôtre de l'aider. Nous contrôlons désormais ses caméras de vidéosurveillance, et son téléphone fixe est sur écoute. Dès qu'il rentrera chez lui ce soir, après un déjeuner dans le centre de Brighton et un rendez-vous près de l'hippodrome, on devrait être en mesure d'accéder aux communications sur son portable également. S'il est suffisamment bête pour laisser son Bluetooth allumé.

— Et si ce n'est pas le cas ?

— On l'allumera pour lui.

— Vous êtes un sacré fouineur, vous ! lui dit Wesley Wenceslas en agitant l'index.

— C'est pas votre Dieu, le plus fouineur d'entre nous ?

— Vous devriez faire attention à ce que vous dites, vous flirtez avec le blasphème. Vous ne vous êtes jamais dit que vous pourriez finir en enfer ?

— Je devrais me faire du souci ? Vous n'arrêtez pas de dire à tout le monde que l'au-delà est mieux que la vie sur terre. Alors, pourquoi pas l'enfer, je suis prêt !

— Soupape, vous me désespérez. Parfois, je prie pour votre âme.

— Ce qui fait de moi un être unique.

— Dans quel sens ?

— Vous priez pour moi gratuitement !

105

Jeudi 16 mars

La maison était plongée dans l'obscurité quand Ross arriva. Il régla la course, demanda une facture et se dirigea vers la porte en observant les alentours. À l'intérieur, Monty aboya.

Quand il entra, son chien se jeta sur lui et son téléphone sonna. Numéro inconnu.

— Ross Hunter, j'écoute.

— Bonsoir, monsieur Hunter, désolé de vous déranger. Je voulais savoir si vous aviez réfléchi à notre conversation.

C'était Giuseppe Silvestri.

— Pas du tout, répliqua Ross.

— J'aimerais vous revoir pour vous faire une proposition. Mes supérieurs m'ont autorisé à vous soumettre une offre inconditionnelle.

Ross coinça l'appareil contre son épaule et se baissa pour caresser son chien.

— Une proposition pour quoi, exactement ?

— Pour le calice et la dent que vous avez en votre possession, selon nos sources.

— Qu'entendez-vous par « offre inconditionnelle » ?

— Que diriez-vous de trois millions d'euros déposés sur n'importe quel compte bancaire, dans le pays de votre choix ?

Ross accusa le coup. C'était plus que ce qu'il pouvait espérer gagner en publiant un voire plusieurs articles sur le sujet. Même après imposition, cela lui permettrait de rembourser son crédit, de vivre confortablement et de faire disparaître toutes les menaces. Sauf que…

— Monsieur Silvestri, hier vous doutiez de l'origine des objets. Ce n'est plus le cas aujourd'hui ?

— Pourrait-on en discuter de vive voix, monsieur Hunter ? Je peux vous retrouver chez vous maintenant, si cela vous convient.

— Il faut que vous compreniez que je ne fais pas ça pour l'argent. Je vous suis reconnaissant de la somme que vous m'offrez, je ne la refuse pas, mais je dois réfléchir et j'aimerais avoir du temps pour cela. J'ai votre numéro, je vous rappellerai.

— Monsieur Hunter, vous n'avez pas le loisir d'attendre trop longtemps, le risque que ces objets tombent entre de mauvaises mains augmente à chaque instant, dit Silvestri d'un ton plus agressif.

— Ah bon ? Je ne me laisserai harceler par personne, je pense que vous vous en êtes rendu compte. J'ai été attaqué, menacé et mon domicile a été vandalisé. Je suis vacciné contre le chantage. C'est clair ?

— Pour être tout à fait clair, monsieur Hunter, sachez que je représente Sa Sainteté le pape, le vicaire du Christ, l'évêque de Rome, le Saint-Siège. Notre pape est le descendant symbolique de l'apôtre Pierre. Le chef de l'Église catholique.

— Vos références sont solides, monsieur Silvestri, mais l'Église catholique, tout comme l'Église anglicane ou même les témoins de Jéhovah, n'est qu'une confession parmi tant d'autres. Quid des presbytériens ? Des orthodoxes ? Des baptistes ? Des luthériens ? Des quakers ? Des frères de Plymouth ? Des méthodistes ? Des pentecôtistes ?

— Monsieur Hunter, dit Silvestri en retrouvant son calme, ne rentrons pas dans des querelles sémantiques. Si vous possédez véritablement le Saint-Graal et une dent de Notre-Seigneur Jésus-Christ, ils doivent être conservés à Rome, au siège de la chrétienté.

— Ce n'est que votre opinion.

— Non, c'est un fait avéré.

— Je peux vous assurer, monsieur Silvestri, que ces objets sont entre de bonnes mains. Je les respecte et j'ai pris des précautions pour les protéger. Si, un jour, je décide que vous en seriez le meilleur gardien, je vous préviendrai. En attendant, je vais réfléchir à votre offre, entendu ?

— Vous pensez peut-être protéger ces artefacts, mais vous ne vous rendez pas compte qu'il y a des gens moins probes que Sa Sainteté et qui sont prêts à tout pour s'en emparer, même si cela devait vous coûter la vie, monsieur Hunter. Vous avez de nombreux ennemis. Nous allons essayer de vous défendre jusqu'à ce que vous nous remettiez ces objets, et quand ce sera fait, vous et votre famille serez en sécurité.

— Ce sont donc bien des menaces.

— Ne vous méprenez pas.

— Comment dois-je interpréter vos propos, alors ?

— Considérez-moi comme votre ami.

— Eh bien, mon ami, je vous rappellerai quand je serai prêt à poursuivre cette discussion. Si je le suis un jour.

Ross raccrocha et son regard se posa sur les murs. Il décida alors de faire une promenade avec Monty. Il faisait nuit dehors, mais il était complètement sobre à présent.

Arrivé au parc, il détacha son chien et relut le message d'Imogen :

> Oh, je savais pas que tu devais la baiser pour avoir des piges.

Il répondit :

> Très élégant, mais ça ne marche pas comme ça. Bisous

Puis il envoya un texto à la présentatrice radio :

> Mon rendez-vous n'était pas aussi chouette que notre déj. Bisous

Il reçut une réponse quasi immédiate :

> Je dors à Brighton ce soir, j'ai un dîner, mais si tu veux boire un verre plus tard, fais-moi signe. PS : je suis hyper-douée en déco. Bisous

Il sourit, mais décida de botter en touche.

> Désolé, même si j'aurais bien aimé. Amuse-toi bien ! Bisous

Il n'avait pas faim, mais il fallait qu'il mange quelque chose. En rentrant, il fouilla dans le congélateur et en sortit un risotto aux champignons. Il le ferait réchauffer au micro-ondes plus tard. Il monta dans son bureau et se connecta aux réseaux sociaux. Sur Instagram, il tomba sur une photo d'Imogen et Virginia assises sur un canapé, entourées d'enfants, comme pour illustrer le bonheur des moments en famille.

Il redescendit dans la cuisine se préparer un café. Il ouvrit la fenêtre, sortit d'un tiroir un paquet de Silk Cut et un briquet, et s'alluma une cigarette. Il repensa à Sally. Puis aux trois millions d'euros.

L'année précédente, il avait écrit un article sur les oligarques russes. L'un d'eux, Boris Berezovsky, concluant qu'il n'arriverait pas à joindre les deux bouts avec un milliard et demi, avait préféré, selon certaines théories, se suicider.

Trois millions semblaient bien dérisoires en comparaison.

Et ils semblaient peu pour, potentiellement, la plus grande affaire de tous les temps.

Même s'ils lui permettraient de rembourser son prêt et de vivre confortablement toute sa vie.

Devait-il accepter ? Envoyer la balle dans le camp de Silvestri, accepter l'argent et filer ? Négocier à la hausse ?

Ou prendre le risque de se faire assassiner, comme l'avait prévenu Benedict Carmichael ?

Il regarda le ciel. Les étoiles. Le firmament.

La vie sur Terre n'était-elle que le résultat d'une collision de particules ?

Si c'était vraiment le cas, la vie humaine avait-elle la moindre importance ?

Un jour, les cellules à l'intérieur d'Imogen deviendraient un être humain. Leur enfant. Et cet enfant s'assoirait sur ses genoux, le regarderait dans les yeux et lui demanderait ce que lui-même avait demandé à ses parents :

D'où est-ce que je viens ? Que s'est-il passé avant ma naissance ? Que se passera-t-il après ma mort ? Pourquoi est-ce que j'existe ?

Serait-il capable de lui répondre : « J'aurais pu le découvrir, mais j'ai préféré accepter le fric » ?

106

Jeudi 16 mars

— J'ai été nul ce soir, non ? se lamenta Wenceslas en mettant sur pause l'enregistrement du sermon qu'il venait de donner dans l'église de Leicester.

Confortablement installé dans un canapé de son immense suite, il interrogeait du regard Lancelot Pape, assis en face de lui.

— Ils vous ont adoré ! Ils vous adorent chaque fois, pasteur. Même quand votre performance est… comment dire… comme je vous le dis souvent, plus axée sur le profit que sur le prophète.

— N'essayez pas de m'embrouiller, Soupape.

— Ça non, Dieu le fait très bien.

— Et le terme à utiliser n'est pas profit, mais plateau de quête.

— Je suis navré.

Pape se concentra sur son ordinateur portable.

— Les commentaires sur Twitter sont élogieux. Écoutez-moi ça :

> Je prie pour que les gens comprennent le vrai pouvoir du #SaintEsprit (Dieu). Waouh ! Super sermon, @PastorWenceslas. Amen

« Et celui-ci :

> Waouh ! Tellement intense ! Merci @PastorWenceslas

« Et j'aime bien celui-là :

Monsieur, j'adore l'effet que le Saint-Esprit a sur moi grâce à vous. #Dieusoitloué

« Comme c'est touchant, ironisa Pape en levant les yeux au ciel. Vous devriez être comblé.

— Et sur Facebook ?

— Je viens de vérifier : même chose. Ils vous aiment, ils vous adorent !

— Je ne suis qu'un simple transmetteur, Soupape. Ils m'aiment parce que l'esprit de Notre-Seigneur emplit leurs cœurs grâce à moi.

— Que Dieu ne cesse de couler en vous, alors. D'un point de vue plus prosaïque, patron, j'ai programmé un petit déjeuner dans votre chambre à 6 heures. Les prévisions météorologiques ne sont pas bonnes, donc une voiture vous attendra. Vous avez une réunion au domaine à 9 heures. Ça vous va ?

— J'ai le choix ?

On sonna. Lancelot Pape claqua son ordinateur portable et alla ouvrir.

Un serveur, qui avait l'air nerveux, poussa un chariot à l'intérieur. Il était accompagné d'une odeur de frites. Il apportait deux assiettes sous cloche, une panière, une bouteille d'eau minérale et deux verres.

— Messieurs, voulez-vous que j'installe le chariot dans la pièce mitoyenne, la salle à manger ?

— Non, ici, ça ira très bien, fit le pasteur.

Le serveur plia les deux extrémités du chariot, de façon à le convertir en table. Soulevant l'une des cloches, il révéla un steak-frites, pour Wenceslas. La seconde assiette était composée d'une salade de quinoa, pour Pape.

Le pasteur se leva, ferma les yeux, leva les mains au ciel et pria d'une voix qu'il réservait habituellement à ses sermons :

— Merci, Seigneur, pour ce repas et pour cette onction qui me confirme, à moi, votre humble et fidèle serviteur, que vous avez choisi de m'élever au-dessus des autres hommes. Amen.

Le terme « amen » avait pour don de réveiller Pape, qui se leva d'un bond pour demander :

— Où est le champagne ?

— Le champagne ? répéta le serveur, étonné.

— Je l'ai commandé en même temps que les plats.

— Je suis désolé, je vais voir ce qui s'est passé et je vous l'apporte tout de suite !

Puis il se tourna vers le pasteur :

— Monsieur, si mon patron m'y avait autorisé, je serais venu vous écouter, ce soir.

— Comment vous appelez-vous ?

— Melvin.

— Melvin, je vous invite à vous agenouiller devant moi.

Le jeune homme obéit.

Le pasteur se leva et posa ses mains sur sa tête.

— Mon enfant, êtes-vous prêt à recevoir le Seigneur ? Êtes-vous prêt pour Jésus ?

— Oui, monsieur.

— Sentez-vous Son esprit ? Sentez-vous Sa puissance et Sa chaleur entrer dans votre corps, votre cœur et votre âme ?

— Oui, je le sens, je le sens.

— Dieu soit loué !

Il poussa doucement mais fermement la tête du serveur qui s'affala et resta au sol.

Wenceslas s'agenouilla près de lui.

— Seigneur, bénissez cet homme ! Pardonnez-lui ses péchés ! Remplissez-le de Votre esprit et de Votre générosité infinie pour l'aider à devenir un grand serveur. Un homme qui, un jour, vous servira à la table du paradis !

Le jeune homme sortit lentement de sa transe et regarda autour de lui, étourdi.

— Melvin, soyez reconnaissant ! Vous êtes non seulement l'un des enfants de Dieu, mais également l'un de mes fils, dit Wenceslas.

Le serveur se releva en chancelant et dévisagea le pasteur.

— Merci, merci !

Puis il se dirigea vers la porte d'un pas incertain.

— Veuillez… veuillez appeler le numéro du service en chambre si… quand vous souhaiterez que l'on récupère votre… votre chariot.

— Le Seigneur vous préviendra, mon fils. Et n'oubliez pas de faire une donation sur mon site pour être véritablement béni ce soir. Donnez ce que vous pouvez.

Le serveur baissa la tête, ravi.

— Je le ferai.

Puis il referma la porte derrière lui.

Pape posa les assiettes sur la table basse et remplit les deux verres d'eau.

— Patron, je vous admire. La plupart des gens laissent un pourboire. Vous, vous vous débrouillez pour que ce soit le serveur qui vous paie.

— Pour qu'il rende hommage à Notre-Seigneur, le corrigea Wenceslas.

Pape s'assit en face de lui.

— Oui, c'est ce que je voulais dire. Et à son tour, le Seigneur vous file le fric pour prouver sa générosité infinie, ou un truc comme ça.

Wenceslas ignora sa remarque.

— Il y a du nouveau ?

— Oui. Apparemment, on a un nouveau concurrent, et pas des moindres : mon homonyme, le pape en personne.

— Quoi ?

— Selon les écoutes au domicile du journaliste, un certain Giuseppe Silvestri, si je n'écorche pas son nom, émissaire spécial du Vatican, négocie avec Hunter l'acquisition de deux objets : le Saint-Graal et une dent de Jésus-Christ. Il lui a proposé trois millions d'euros.

— Offrons-lui davantage !

— Il n'a pas l'air intéressé par l'argent.

— Tout le monde a un prix.

Wenceslas observa longuement son verre.

— Vous attendez que Jésus transforme l'eau en vin ?

— Soupape, vous êtes un cas désespéré. Et où est le champagne ?

Il aspergea son steak et ses frites de ketchup.

— Et pourquoi est-ce que vous mangez de la bouffe pour lapin, vous ? demanda-t-il à Pape, en faisant allusion à sa salade.

— Dieu ne vous a pas dit ? Le quinoa, c'est un super aliment.

— Et il ne vous a jamais parlé du veau gras ? C'est ce que je mange à présent. Le retour du Fils prodigue. Mon problème, c'est qu'il n'est jamais parti, qu'il grignote des pseudo-céréales et qu'il me juge en permanence.

— Il y avait des frites, à la Cène ?

— C'était au menu, mais la friteuse a disjoncté la veille.

— Donc ni frites ni Judas ?

— Soupape, un jour vous allez mourir foudroyé pour vos outrages. Reprenons, sérieusement. Ross Hunter.

— Que nous aimerions bien voir mourir foudroyé, n'est-ce pas ?

Le pasteur réfléchit longuement.

— Si nécessaire. Si ça nous permet de mettre la main sur les objets.

— Eh, oh ! Et le sixième commandement ?

— Le Grand Imposteur, Soupape… Vous vous souvenez ? Le journaliste va prétendre annoncer la Seconde Venue. Il trouvera le Grand Imposteur, le rendra public et les médias du monde entier lui donneront de la légitimité. Il sera son oxygène et vous savez ce qui se passe quand l'oxygène rencontre les flammes ? Le feu est exacerbé. Il faut arrêter Hunter, vous m'entendez ? Il rêve de révéler au monde la Seconde Venue, mais ce qu'il fait, en réalité, c'est apporter de l'oxygène à l'antéchrist. La créature la plus dangereuse au monde. Un imposteur.

— C'est celui qui le dit qui l'est, rétorqua Pape.

Wenceslas le foudroya du regard.

— C'est quoi, votre problème ?

Pape esquissa un sourire désarmant.

— Vous et moi, nous savons pourquoi vous voulez arrêter Ross Hunter et vous débarrasser de lui. D'une part, il a écrit un article désobligeant sur vous, d'autre part vous avez peur que cette histoire de Seconde Venue puisse être vraie. Que ce ne soit pas le Grand Imposteur du tout, mais Jésus en personne. Et étant donné que, la dernière fois, Il avait chassé tous les marchands du temple, cette fois, Il pourrait s'en prendre aux prédicateurs évangélistes bidon qui se font du fric sur le dos de Dieu depuis trop longtemps. Et vous savez pertinemment que vous êtes en haut de la liste, pasteur.

— Et ça vous amuse ? Si je tombe, vous tombez avec moi. Et nous perdons tout.

— Cela ne m'amuse pas, dit Pape avec un regard soudain sombre. Je suis d'accord avec vous. J'ai même un coup d'avance sur vous. Je pense que la seule façon d'arrêter Hunter est de le zigouiller, dit-il en mimant le geste. Et vite.

— Vous avez quelqu'un en tête ? lui demanda Wenceslas avec le plus grand sérieux.

— Oui. Quelqu'un qui m'a été recommandé. Très discret. Il vit à Monte-Carlo. Je l'ai mis au courant et j'ai versé l'argent sur son compte suisse. Il est sur le coup.

— Impossible qu'on fasse le lien avec nous ?

— Non, ce type est un pro.

— Il coûte cher ?

— Suffisamment pour que ce soit rassurant.

— Œil pour œil ?

— Je pense que l'expression que vous cherchez est plutôt « dent pour dent ».

On sonna de nouveau. Pape alla ouvrir la porte. Un autre serveur entra. Sur son chariot se trouvaient une bouteille dans un seau à glace et deux flûtes à champagne. Ce serveur, plus âgé et plus obséquieux que celui que le pasteur venait de sauver, cheveux gominés et accent d'Europe de l'Est, arborait une serviette blanche pliée sur son avant-bras.

— Krug, messieurs ? Désolé pour le retard. Je vous sers ? demanda-t-il en se fendant d'une révérence.

— Oui, merci, dit Pape en désignant la table basse.

L'homme y posa le seau, puis, d'un geste solennel, couvrit la bouteille avec la serviette et la sortit de la glace. Il la pointa en direction de Wenceslas. Quelques gouttes coulèrent.

Il y eut un *pop* étouffé. Wesley Wenceslas s'appuya soudain contre le dossier du canapé. Horrifié, Lancelot Pape pensa que son patron avait reçu le bouchon en liège en pleine figure. Il eut du mal à comprendre pourquoi il y avait un petit trou au milieu de son front, d'où coulait du sang.

— Nom de…, s'écria Pape.

Le serveur pointa la serviette vers lui. Second *pop*.

107

Vendredi 17 mars

Ross avait mal dormi et fait des cauchemars. Quand le radioréveil s'était déclenché, à 6 h 30, il l'avait immédiatement mis en veille pour qu'il sonne de nouveau dix minutes plus tard. Il avait besoin de plus de sommeil. Il n'était pas prêt à commencer la journée qui l'attendait.

Il eut l'impression que quelques secondes seulement s'étaient écoulées quand la radio se ralluma. Il appuya sur le même bouton. La radio s'alluma une troisième fois. Il était à présent 6 h 50.

Il s'assit, but quelques gorgées d'eau et saisit son téléphone. Sally lui avait envoyé un message juste avant 23 heures :

J'espère que tu passes une bonne soirée, dors bien. Bisous

Pas de nouvelles d'Imogen. Ne lui avait-il pas envoyé un texto juste avant de se coucher ? Il vérifia.

Dormez bien, Caligula et toi. Monty te passe le bonjour. Bisous

Pas de réponse. Super. Peut-être qu'elle s'était couchée tôt. Peut-être qu'elle lui en voulait encore de lui avoir envoyé le mauvais texto.

Grandis un peu, Imo. Je déjeune à l'extérieur quasiment tous les jours. C'est mon boulot de rencontrer des gens. Ça ne veut pas dire que je baise tout le monde. Même si certaines personnes me plaisent plus que d'autres. Tout le monde n'est pas comme toi.

On sonna à la porte. Monty aboya. 7 heures. Il se demanda qui ça pouvait bien être.

Il attrapa sa robe de chambre, l'enfila à la va-vite et courut jusqu'à la chambre d'amis pour regarder par la fenêtre. Dave et Rob, les peintres qui avaient décoré leur maison avant le déménagement, se trouvaient devant la porte. Il se souvint qu'ils lui avaient promis de passer avant de se rendre chez un autre client. Il descendit, caressa Monty pour le rassurer, retira la chaînette de sécurité et ouvrit.

En entrant dans le hall, les deux décorateurs ne cachèrent pas leur surprise.

— Bon sang ! s'exclama Rob.

— Bande d'illettrés, ils ont réussi à faire une faute d'orthographe ! ajouta Dave.

— Où ça ? demanda Ross.

— *« Imogen Hunter, futur mère de l'antéchrist »*. Je suis peut-être un artisan, mais je sais accorder un adjectif.

— Et il s'y connaît en gamins, il en a cinq, ajouta Rob.

— Bien vu, fit Ross.

— Toujours là pour rendre service, et vous devez le savoir, depuis le temps que vous faites appel à nous.

— Si je retrouve celui qui a tagué les murs, je lui demanderai de corriger.

Il leur fit faire le tour de la maison.

— J'ignorais que les journalistes avaient des fans.

— Ah ah !

— C'est du boulot, cela dit. On peut pas se contenter de couvrir les graffitis. Il faudra plusieurs couches. Et on devra arracher la sous-couche en papier. L'assurance va marcher ?

— J'espère bien !

— On va vous faire un devis, on vous l'envoie ce soir ou demain. On peut d'ailleurs vous en faire deux, un pour vous et un pour l'assurance, si vous voyez ce que je veux dire, ajouta-t-il avec un clin d'œil.

Après leur départ, Ross enfila un jogging et des baskets, et décida d'aller courir avec Monty, histoire d'avoir les idées claires.

Il revint peu après 8 h 15, alluma la télévision pour regarder le journal du matin et prépara la gamelle de Monty – une nouvelle pâtée crue choisie par Imogen pour ses supposées vertus nutritionnelles.

Des gyrophares à l'écran attirèrent son attention. Il vit l'entrée d'un grand hôtel barré de rubalise, un grand nombre de véhicules de police, des journalistes et une multitude de photographes. Un bandeau annonçait qu'il s'agissait d'un flash info.

En studio, le présentateur Charlie Stayt affichait un air solennel.

— Les corps de deux hommes ont été découverts ce matin dans la suite occupée par le pasteur Wesley Wenceslas. Nous sommes en direct de l'hôtel *Hinckley Point*, près de Leicester, où la police est sur le point de faire une déclaration.

Un homme baraqué, la quarantaine, sûr de lui, cheveux bruns gominés, en costume, se trouvait devant le cordon de sécurité. Les flashs crépitaient et sa cravate volait au vent.

La légende indiquait qu'il s'agissait du commandant Paul Garradin, police du Leicestershire.

— Je peux vous informer que deux hommes ont été retrouvés morts, certainement tués par balles, dans une suite de cet hôtel. Nous considérons cette affaire comme un double meurtre. Nous tiendrons une conférence de presse plus tard dans la journée, quand l'identité des victimes aura été confirmée. Je n'ai pas plus d'informations pour le moment. Merci.

Il ignora l'avalanche de questions que lui hurlèrent les journalistes.

Ross ne pouvait pas détacher son regard de l'écran. Le pasteur Wesley Wenceslas. Il se souvint de l'avoir affronté devant son église de Londres, alors qu'il préparait son article sur les évangélistes. L'un de ses assistants l'avait repoussé tellement fort qu'il était tombé à la renverse. Il se rappela aussi que Wenceslas avait menacé de les traduire en justice, lui et le *Sunday Times*, après la publication de sa longue enquête.

Le gars était un vrai connard, doublé d'un arnaqueur charismatique de génie. Méritait-il de mourir ainsi ? La nouvelle allait faire les gros titres pendant plusieurs heures.

Mais quelque chose le mettait mal à l'aise. Il repensa à sa conversation avec Giuseppe Silvestri.

Vous pensez peut-être protéger ces artefacts, mais vous ne vous rendez pas compte qu'il y a des gens moins probes que Sa Sainteté et qui sont prêts à tout pour s'en emparer, même si cela devait vous coûter la vie, monsieur Hunter. Vous avez de nombreux ennemis. Nous allons essayer de vous défendre jusqu'à ce que vous nous remettiez ces objets, et quand ce sera fait, vous et votre famille serez en sécurité.

Le pasteur était-il l'un de ces ennemis ? Était-ce à lui que l'Italien faisait allusion ?

Ce n'était que pure spéculation, mais y avait-il une relation entre ce double assassinat et lui ? Un lien *via* Silvestri ?

Monty gémit.

— Désolé, je me dépêche !

Il finit d'écraser la pâtée en retenant son souffle pour éviter de respirer les odeurs désagréables et posa le bol au sol.

Au lieu de se jeter dessus, le chien alla se mettre en boule dans son panier.

— Qu'est-ce qui se passe ? Je croyais que tu avais faim. Ta maman te manque ?

Ross alla récupérer les journaux qui venaient tout juste d'arriver, se prépara un bol de céréales, découpa une pomme, ajouta quelques myrtilles et grains de raisin, un yaourt grec, mélangea le tout et s'assit devant la télévision.

Il voulait en savoir plus sur les meurtres, mais rien ne venait. Il était question d'une manifestation en Europe contre la politique américaine sur le climat ; d'une potentielle motion de censure contre le porte-parole de la Chambre des communes ; de nouveaux problèmes à la Sécurité sociale et du ministère de la Santé britannique défendant bec et ongles ses dernières décisions.

Il sentit une vibration à son poignet droit. Son Apple Watch lui indiqua qu'il avait reçu, dans la nuit, un mail de Zack Boxx.

> Salut, Ross, je t'ai dit que je prendrais 2 000 pour la recherche et 1 000 de bonus par résultat. J'ai une bonne nouvelle, ou une mauvaise, c'est selon. Tu me dois 5 000 livres !

Il était peu probable que le pirate informatique soit debout à cette heure-ci, mais Ross s'empressa de lui envoyer un message :

> Qu'est-ce que tu as trouvé ?

Il attendit plusieurs minutes, en vain. Impatient, il saisit son téléphone et composa le numéro du geek. Après quatre sonneries, il tomba sur sa boîte vocale.

— Salut, c'est Zack Boxx. Si vous voulez une conversation normale avec moi, rappelez après 16 heures. Bonne nuit ! Et si vous êtes désespéré, laissez-moi un message.

Ross lui laissa un message.

Puis il mangea ses céréales sans grand appétit. Qu'allait-il découvrir ?

À 9 heures, la BBC passa le même reportage sur le double meurtre qu'à 8 h 30.

Il décida de jeter un coup d'œil à Twitter et trouva rapidement davantage d'informations. Un membre du personnel de l'hôtel avait posté un tweet qui était devenu viral. C'était le serveur venu prendre la commande du petit déjeuner qui avait découvert les deux hommes morts d'une balle dans la tête.

Il frissonna.

Son iPhone sonna. C'était Imogen.

— Tu as regardé les infos ?

— À propos du pasteur Wesley Wenceslas ?

— Oui, dit-elle d'une voix éteinte. Un membre de son équipe a ouvert une page Facebook à sa mémoire, il y a déjà des centaines de témoignages.

— Et alors ?

— Tu ne vois pas le rapport ? Ross, deux nouveaux assassinats. J'ai peur que tu sois le prochain.

— Mais je n'ai rien à voir avec ces gens, si ce n'est que j'ai essayé de les interviewer il y a quelques années.

— Ross, réveille-toi, ce n'est pas une coïncidence. Les fanatiques sont déchaînés. Rejoins-moi jusqu'à ce qu'on soit en sécurité.

— Je ne pense pas être vraiment en danger. Tant que j'ai les objets qu'ils convoitent, je suis en sécurité. C'est mieux pour toi qu'on soit loin l'un de l'autre. Et il est hors de question que je mette Monty dans un chenil sous prétexte que Ben est allergique. On se reparle plus tard, OK ?

— Désolée, je ne voulais pas te déranger au milieu de tes ébats.

— Quoi ? Qu'est-ce que tu veux dire ?

Elle avait raccroché. Il la rappela et tomba directement sur son répondeur.

— Imo, je suis seul à la maison, tu m'entends ?

Après s'être douché, rasé et habillé, il consulta son portable. Elle ne l'avait pas rappelé. Il essaya plusieurs fois de la joindre, en vain.

Il lui en voulait. Il s'en voulait.

Il s'installa à son bureau et avança dans la rédaction de son article.

À 16 heures pile, il appela Zack Boxx, qui répondit d'une voix ensommeillée :

— Ouais ?

— C'est Ross.

— Ah ! Ouais.

— Tu as trouvé quelque chose ?

— Ouais.

Il y eut un silence tellement long que Ross se demanda si son interlocuteur ne s'était pas rendormi.

— Tu es là ?

— Oui, tu n'as qu'à passer chez moi, ce sera plus facile à t'expliquer.

— Maintenant ?

— Pourquoi pas ? répondit Zack à contrecœur.

Ross se rappela qu'il avait laissé son Audi dans un parking souterrain à côté de l'hôtel Waterfront.

— J'arrive dans une heure.

— Je serai là. Coincé sur cette Terre. Malheureusement.

108

Vendredi 17 mars

Peu après 17 heures, Ross Hunter se fit une place inconfortable à côté de Zack Boxx, sur sa moquette beige à la propreté douteuse. Son chat rôdait à l'autre bout de la pièce, méfiant. Ross n'avait jamais vu Boxx aussi énergique.

Sur l'écran devant eux étaient affichées des rangées de chiffres et de lettres qui ne voulaient rien dire pour lui. Tout excité, Boxx désigna une colonne.

— Tu vois cette correspondance ?

— Pas vraiment.

Boxx rafraîchit la page et de nouveaux nombres apparurent, tout aussi dénués de sens pour Ross.

— Et là ?

— Toujours pas.

— Et là ?

— Rien.

Boxx repoussa la mèche qui couvrait son front et considéra Ross comme s'il était simple d'esprit.

— OK, revenons à la première image. Tu as de la chance, Ross, beaucoup de chance ! Avec les trois : le standard, le mitochondrial et le Y-STR.

— Dans quel sens ?

— Dans tous les sens ! Le profil mitochondrial provient d'une base de données de la police de Los Angeles. J'ai trouvé une correspondance avec celui que tu m'as donné. Les sept mutations sont identiques.

— Vraiment ? Avec qui ?
— Une certaine Arlene Katzenberg.
— Arlene Katzenberg ?
— Oui. Son nom te dit quelque chose ?
— Pas vraiment. Pourquoi est-ce qu'elle était fichée par la police ?
— Tu vas comprendre.

Si l'ADN du calice et de la dent était celui du Christ, cela voulait dire qu'Arlene Katzenberg était l'une de ses descendantes directes.

— Génial, Zack.
— Attends. Pour le Y-STR, j'ai une correspondance aussi, avec les sept mutations. Il s'agit du professeur Myron Mizrahi, né à La Hoya, en Californie. Lui aussi figure dans le fichier de la police de Los Angeles.
— Pour quelle raison ?
— Tu vas comprendre, répéta Boxx avec un sourire satisfait. Tu vas voir que je n'ai pas volé mon argent.
— J'en suis sûr.

Ross réfléchit à toute allure. Ce professeur était, lui aussi, un descendant direct du Christ. Tant de possibilités s'offraient à lui !

— Quel est ton point de vue sur la religion, Zack ? À quoi est-ce que tu crois ?
— Ma religion, c'est la physique quantique.
— Je n'y ai jamais rien compris.

Boxx secoua la tête, enthousiaste.

— Tu devrais te pencher sur la question. C'est sans doute la clé pour tout.
— Si seulement c'était pas aussi compliqué !
— En physique quantique, il y a tout plein de phénomènes que personne ne saisit, on est d'accord ? Des connexions à travers le monde qu'on ne peut pas expliquer. Des trucs qui défient les coïncidences, le hasard. Du surnaturel ? Y aurait-il un dessein intelligent ?
— C'est ce que tu penses ?
— Tu connais les théories sur les multivers ?
— J'en ai entendu parler, mais je ne sais pas ce que ça veut dire.
— Pour que la vie soit possible sur notre planète, il faut qu'un nombre incalculable d'éléments se combinent. Prenons l'exemple le plus simple : si on était un peu plus près du Soleil, on rôtirait, on ne

pourrait pas vivre sur la Terre. Si on était un peu plus loin, il ferait trop froid. Et il y a des tas d'autres exemples. Les calculs mathématiques, physiques et chimiques nécessaires pour que la vie, telle qu'on la connaît, soit possible, sont hallucinants. Selon les théories sur les multivers, le big-bang a créé des centaines, des millions, voire des milliards d'univers comme le nôtre, mais les éléments ne se sont combinés que dans un seul, et par pur hasard : la planète Terre.

— Tu y crois ?

— Non, je pense que c'est des conneries, qu'il y a une erreur de catégorie. Le plus intéressant, selon moi, en physique quantique, c'est l'effet de l'observateur. Le fait que, quand on regarde quelque chose, en le regardant, on le change.

— Dieu nous regarde, donc il nous change ?

— Qui sait ? Soit ça, soit la vie humaine est le résultat d'une énorme coïncidence.

— Qu'est-ce que tu voulais dire par « erreur de catégorie » ?

— Un truc comme l'analogie de l'horloger.

— De quoi tu parles ?

— OK, prenons une voiture, une Ford, mettons-la dans un endroit reculé du monde et confions-la à un homme qui n'a jamais vu de voiture, qui n'y connaît rien en mécanique. Il imaginera peut-être qu'il y a un dieu, M. Ford, qui fait tourner le moteur. Peut-être se dira-t-il même que, quand le moteur tourne bien, c'est parce que M. Ford l'apprécie, et quand il ne démarre pas, c'est que M. Ford lui en veut. Tu me suis ?

Ross se demanda où l'informaticien voulait en venir.

— S'il prenait des cours de mécanique et démontait le moteur, il constaterait qu'il n'y a pas de M. Ford à l'intérieur et comprendrait qu'il fonctionne par combustion. En poussant la réflexion un peu plus loin, il pourrait en conclure qu'il n'a plus aucune raison de croire en l'existence de M. Ford et commettrait alors une erreur de catégorie. Parce que, si M. Ford n'avait jamais existé, les mécanismes n'existeraient pas non plus.

Ross réfléchit, puis lui demanda :

— En quoi tu crois, toi ?

— Je ne sais pas encore. Je trouve les coïncidences intéressantes, ça me parle. Einstein a dit un jour que les coïncidences, c'est la voix de Dieu pour rester anonyme. Je vais te donner maintenant une coïncidence qui illustre parfaitement ce propos. Tu es prêt ?

— Je crois, dit Ross en souriant.

— Bon. Arlene Katzenberg et Myron Mizrahi se sont rencontrés.

— Quoi ?

— Ils se sont rencontrés.

— Quand ça ? Comment tu le sais ?

— En 1946, Arlene Katzenberg et Myron Mizrahi se sont mariés.

Ross le dévisagea, abasourdi.

— Mariés ?

— Oui. Et, en 1947, ils ont eu un fils.

109

Vendredi 17 mars

Ross se leva brusquement, transporté de joie. Une femme possédant l'ADN de Jésus-Christ avait-elle vraiment épousé un homme possédant le même ADN ?

Et ils avaient eu un fils ?

— Zack, dis-moi : tu sais si ce fils est toujours vivant ?

— Il l'était il y a trois ans.

— Comment tu le sais ?

— Patience, je vais tout expliquer !

Combien y avait-il de chances que ces deux-là se rencontrent ? se demanda Ross. Une sur un milliard ?

— Comment as-tu obtenu cette information ?

— Tu as quelque chose à m'avouer, Ross ?

— Dis-moi d'abord si les parents sont vivants.

Boxx secoua la tête.

— Non, et c'est pour ça que leur ADN figure dans les fichiers de la police. Ils ont été assassinés peu après leur arrivée à Los Angeles, en 1957. L'affaire n'a jamais été résolue. Une sorte de rituel morbide, apparemment. Heureusement pour nous – enfin, pour toi –, la police de Los Angeles a rouvert l'enquête récemment et obtenu leurs ADN à partir d'échantillons de sang conservés.

— Quelle sorte de rituel ? Comment sont-ils morts ?

— Un truc religieux. Ils ont été retrouvés nus, les bras écartés, un clou dans chaque main et chaque pied. Crucifiés au sol, l'un à côté de l'autre.

Ross fixa Boxx, horrifié.

— C'est écrit dans les dossiers que tu as piratés ?

— Absolument.

— Et qu'est-ce qui est arrivé au fils ? Comment s'appelle-t-il, d'ailleurs ?

— Michael. Selon le rapport, il avait 10 ans à la mort de ses parents. Il a été placé, mais il n'y a aucun document à son sujet.

— Mais il est vivant, ou du moins il l'était encore en 2014 ?

Zack Boxx hocha la tête en souriant.

— Ça, ça va vraiment te plaire !

Ross était pendu à ses lèvres.

— En mars 2014, Michael Henry Delaney, 67 ans, a été arrêté à West Hollywood pour conduite en état d'ivresse. La police a prélevé son ADN à cette occasion.

Boxx leva les yeux vers Ross, exalté.

— Michael Delaney présente un ADN avec sept mutations uniques du point de vue de l'ADN mitochondrial et de l'ADN du chromosome Y, soit une correspondance de 100 % avec les profils que tu m'as donnés.

— C'est lui, le fils perdu ?

Son cœur battait la chamade. Les implications étaient vertigineuses.

— Donc…

— Donc, quoi, Zack ?

— Y a-t-il quelque chose dont tu veux me parler ?

— Peut-être un jour, mais pas pour le moment. Moins tu en sais, mieux tu te portes.

110

Vendredi 17 mars

Ross quitta l'appartement de Boxx tout étourdi. Comme l'informaticien n'avait pas voulu le laisser partir sans savoir, il avait inventé une histoire de recherche sur les liens génétiques de la diaspora juive émigrée aux États-Unis.

Il avait le vertige. Michael Delaney… Michael Henry Delaney. Si le calice et la dent étaient authentiques, Michael Delaney avait la même empreinte génétique que le Christ. Jésus ne s'était pas marié, mais son chromosome Y était le même que celui de ses frères, qui eux, avaient eu une descendance.

Il reçut un texto, mais l'ignora pour ne pas interrompre son flux de pensées. Deux descendants directs de Jésus, par les lignées féminine et masculine, s'étaient rencontrés et avaient eu un enfant.

Il essaya de réfléchir aux implications. Arlene Katzenberg et Myron Mizrahi, deux inconnus, sans doute juifs, se rencontrent et se marient. Une dizaine d'années plus tard, ils sont assassinés selon un rituel religieux. Quelqu'un savait ? Dans ce cas-là, pourquoi avoir tué les parents et pas le fils ? Connaissant l'origine du petit garçon, quelqu'un l'avait-il enlevé pour le protéger ? Les Delaney ? Avaient-ils remplacé son nom par un patronyme irlandais ?

Il se remémora le roi Hérode et le massacre des Innocents : tous les petits garçons de moins de 2 ans avaient été exécutés, dans l'espoir de tuer Jésus bébé.

Il aurait bien aimé en savoir plus sur la Bible.

Il revint à la coïncidence. Que deux personnes vivant dans la même région de Californie se rencontrent, pourquoi pas. Mais qu'elles possèdent ces gènes et que leur fils présente un ADN identique à celui établi par les laboratoires ATGC… Quelles étaient les chances ?

S'il était vivant, Michael Delaney devait avoir un peu plus de 70 ans. S'il incarnait la Seconde Venue, pourquoi personne n'avait-il entendu parler de lui ?

Le simulacre de crucifixion devait avoir terrifié le petit garçon. Peut-être se cachait-il par peur de révéler son secret.

Mais peut-être qu'il n'était au courant de rien.

Ou peut-être que l'ADN de la coupe et la dent n'était pas celui de Jésus.

Et si Jésus n'était pas le Sauveur ? Juste un conspirateur, doublé d'un illusionniste, dont la légende avait été inventée de toutes pièces par des gens, dont certains apôtres, pour fonder une religion et créer un mythe autour de lui ?

Dans ce cas, leur communiqué de presse avait été suffisamment bon pour impressionner une bonne partie de l'humanité pendant plus de deux millénaires.

Mais si Michael Delaney était le Messie, qu'est-ce que cela voulait dire pour le monde ?

Il imagina l'article qu'il pourrait écrire.

Le plus grand scoop de tous les temps ?

111

Vendredi 17 mars

Ross rentra chez lui quelques minutes avant 18 heures, s'agenouilla pour caresser Monty et lui promit :

— On ira se balader plus tard, d'accord ?

Il fonça dans son bureau et alluma son ordinateur. Une fois connecté, il entra le nom « Michael Delaney » dans Google. Des centaines d'occurrences apparurent.

Pour affiner sa recherche, il tapa « Michael Henry Delaney Wiki » et tomba exactement sur ce qu'il cherchait.

Michael Henry Delaney, né le 18 avril 1947, est un magicien américain. Sous le pseudo Mickey Magic, il a animé sa propre émission télévisée en prime time sur la chaîne ABC de 1994 à 1997. Il a été représenté par Creative Artists Agency. Enfant, il a été adopté par la famille Delaney, dont il a pris le nom, à la suite du meurtre non résolu de ses parents, Myron et Arlene (née Katzenberg) Mizrahi.

Il cliqua sur « Images » et découvrit une seule série de photos : celles d'un homme de 45-50 ans, flamboyant, cheveux bruns, en costume blanc. Sur certaines, il faisait des tours de magie et sa tête était entourée d'un halo lumineux.

Il n'y avait pas d'autres clichés, et rien n'indiquait qu'il était mort.

Où vivait-il à présent ? Le fait qu'il soit mentionné sur Wikipédia signifiait-il qu'il ne se sentait pas en danger ?

Était-il un descendant direct de Jésus-Christ ? Vivait-il à Los Angeles, comme les coordonnées le laissaient supposer ? Connaissait-il sa véritable identité ?

Jésus n'avait-il pas été, à sa façon, un magicien, dans un monde beaucoup moins sceptique ?

Ross s'occupa d'abord de répondre à quelques mails urgents. Il avait reçu un texto d'Imogen lui proposant de déjeuner ensemble le lendemain, s'il n'était pas pris par sa « rédactrice en chef », et un autre, sur son téléphone à carte, de Sally Hughes lui demandant comment sa journée s'était passée.

Il leur répondrait plus tard. Il descendit, attacha la laisse de Monty et sortit.

Un plan commençait à prendre forme dans son esprit.

De retour une heure plus tard, il monta dans son bureau et envoya un mail à sa rédactrice en chef.

> Natalie, mon article va être explosif. Il faut que tu me fasses confiance. J'ai besoin d'une avance de frais. Je dois me rendre à Los Angeles dans les meilleurs délais. J'ai trouvé un vol pas cher. Tu pourrais m'appeler ?

Elle l'appela cinq minutes plus tard sur le numéro d'un téléphone à carte.

— Une seconde, dit-il en sortant de chez lui. C'est bon.

— Ross, tu refuses tous les sujets que je te propose, tu ne m'envoies rien, mais je vais te laisser une dernière chance. J'aimerais vraiment que tu écrives un article sur la mort du pasteur Wesley Wenceslas. Tu pourrais me faire ça pour ce week-end ?

— Je peux pas, je dois aller à Los Angeles.

— Ça a intérêt à être bien. Qu'est-ce que tu peux me dire ?

— Je ne sais pas si tu vas me croire.

— Vas-y, je t'écoute.

Ross lui fit un résumé.

112

Vendredi 17 mars

Big Tony était confortablement installé dans un canapé, contre la baie vitrée de son appartement monégasque, au douzième étage d'une tour. Il buvait son whisky préféré, un *single grain*, tout en écoutant, au casque, la discussion téléphonique de Ross Hunter à Brighton.

Les rideaux et les coussins étaient jaunes, la moquette et les meubles blancs. Il appréciait les couleurs vives. Après plus de vingt ans sans voir le soleil, il aimait les endroits lumineux.

Dehors, il vit un hélicoptère bleu et blanc décoller en direction de l'aéroport de Nice. Tandis que ses phares clignotaient dans le ciel azur, au-dessus de la Méditerranée, il tira sur son Cohiba.

Il aimait cette marque, la seule que fumait le controversé Fidel Castro, le dictateur cubain qui avait tellement peur d'être empoisonné qu'il avait embauché des gens pour rouler ses cigares.

Big Tony s'était dit que si le dictateur du premier fabricant de cigares au monde avait choisi cette marque, elle devait être bien. Il avait pour principe de faire des recherches sur tout et de se tenir au courant. Il savait tout sur son whisky, aussi. Fondée en 1824, la distillerie de Haig était la première à produire du whisky de grain grâce à un alambic à colonne. Il trouvait ça important, de tout savoir sur les choses et les gens qui l'entouraient. Et il avait beaucoup appris grâce à ses écoutes des derniers jours.

La conversation était intéressante. Ross Hunter s'entretenait avec une femme, peut-être sa rédactrice en chef, et lui demandait de financer un voyage à Los Angeles – il avait besoin d'y aller de toute urgence. Mais sa voix était lointaine, comme s'il était sorti, et Tony n'entendait qu'une partie de la discussion. Suffisamment, toutefois, pour savoir quelle était sa prochaine destination.

C'était bizarre, la vie, des fois. Il s'était retrouvé en taule à 25 berges, enfermé pour vingt-cinq ans, mais, depuis, il se la coulait douce. Ces derniers jours, il avait tellement de chance que c'était comme si quelqu'un, là-haut, lui refilait les meilleures cartes.

Même si la main qu'il avait actuellement était quand même bien étrange. Il avait d'abord été embauché pour tuer l'homme qu'il écoutait, Ross Hunter, un enfoiré de journaliste. L'argent avait été versé, l'affaire conclue. Ensuite, on lui avait demandé de tuer les deux gars qui l'avaient embauché pour descendre le journaliste. Ce client avait tenté de rester discret quant à son identité, mais rares étaient ceux qui y parvenaient.

Son sens moral l'avait empêché d'exécuter Wenceslas et Pape lui-même, mais pas d'accepter le marché. Il avait donc fait une rare entorse à la règle qui consistait à ne jamais faire confiance à personne, et engagé un associé.

Un collègue fiable à Bucarest. Pour moins de 10 % des 5 millions qu'il avait exigés, le Roumain avait envoyé un tueur à gages en Angleterre. Avec ce qu'il avait touché, celui-ci vivrait comme un roi, dans son pays, pendant dix ans. Et son patron ne le renverrait pas au Royaume-Uni avant de nombreuses années.

À croire que Dieu existe !

Il s'était demandé s'il devait toujours mener à bien sa mission, et avait décidé de le faire, pour ne pas avoir à rendre l'argent.

Il fit tourner les glaçons et but une gorgée de whisky. Dommage que personne ne lui ait, pour le moment, demandé de se débarrasser de Julius Helmsley, *alias* « M. Brown ». Peut-être, un jour. Mais, pour l'instant, il avait d'autres chats à fouetter, dont sa priorité : Ross Hunter.

Apparemment, la femme au téléphone avait accepté de lui payer les billets, mais un peu à contrecœur. Le voyage était confirmé. Big Tony était content. Il connaissait Los Angeles comme sa poche.

Et l'idée de retourner aux États-Unis le réjouissait. Même si Monte-Carlo était son pays d'adoption, qu'il était bien installé, et riche au-delà de ses rêves les plus fous, il se considérait comme un Américain pur jus.

Il n'avait qu'un seul problème : il ne savait pas comment dépenser son argent.

Même s'il avait mis du temps à se l'avouer, son activité préférée, c'était traquer une cible et l'abattre.

Il aimait le défi, la montée d'adrénaline, la chasse. C'était le moment où il se sentait le plus vivant.

Sur l'ordinateur ouvert devant lui étaient alignés des dizaines de portraits de Ross Hunter. Il aimait bien celui choisi pour signer ses articles dans le *Sunday Times*. Son visage ovale, souriant. Ses cheveux courts. Son regard pénétrant.

Il avait mémorisé son apparence avec ou sans lunettes de soleil, avec ou sans casquette, rasé, mal rasé, moustachu ou barbu.

Il avait hâte d'être à Los Angeles.

Ce serait marrant de voyager ensemble. Même si, d'après ce qu'il avait entendu, le journaliste était condamné à la classe économique. Peut-être demanderait-il à une hôtesse de l'air de lui offrir un verre de champagne millésimé de sa part.

Ou pas.

Il appela un ami à Syracuse, dans l'État de New York, qui lui devait un service. Le gars gérait un système illégal de surveillance des avions. Il savait qui avait réservé quoi, ainsi que les horaires en temps réel. Big Tony lui donna le nom de Ross Hunter et lui demanda de le prévenir quand celui-ci prendrait un vol pour Los Angeles.

113

Vendredi 17 mars

— Prenez une carte, n'importe laquelle, mais ne me la montrez pas !

En ce vendredi soir, le Fairfax Lounge, à moitié vide, fêtait la Saint-Patrick. L'endroit était démodé, même pas avec élégance, c'était juste un vieux bar qui sentait la bière éventée. D'un côté se trouvait un comptoir long et brillant, de l'autre une rangée de banquettes en cuir. Les abat-jour verts, suspendus très bas, apportaient un côté années 1930 et prohibition.

Une télévision fixée au mur diffusait un match que suivaient quelques clients perchés sur des tabourets. Au bout de la pièce avait été installée une petite scène avec des pieds de micro, des instruments de musique, des câbles et deux enceintes grandes comme des frigos. Les drapeaux vert et blanc qui décoraient la salle chaque année, à cette occasion, étaient ternes et poussiéreux. Les musiciens faisaient une pause. La chanteuse blond platine, d'un âge certain, s'était tellement fait raboter le visage qu'il ne lui restait plus que la peau sur les os.

— N'importe quelle carte, monsieur, choisissez !

Mike Delaney, un homme dégingandé au visage couperosé, portait le seul costume qu'il possédait – gris clair, décousu par endroits, élimé au niveau des coudes –, une chemise noire et des bottines plates usées. Une mèche de ses cheveux gris, épars, couvrait son œil droit.

Il présenta le jeu de cartes en éventail, faces cachées, de ses mains tremblantes. Quatre personnes étaient assises sur la banquette devant lui. Un type buvait une bière, un autre un whisky on the rocks et les femmes sirotaient des cocktails dans des verres à martini. L'un des hommes, au crâne rasé, en débardeur, mécontent d'être dérangé par le magicien, tendit un bras tatoué, avec une grosse montre Breitling au poignet, et tira une carte.

— Comment vous appelez-vous ? lui demanda Mike d'une voix fluette.

— Billy.

— Regardez votre carte, montrez-la aux autres, mais ne me la montrez pas !

L'homme suivit ses instructions. C'était le huit de cœur. Delaney lui donna un marqueur noir.

— Inscrivez votre nom au dos.

Billy griffonna son prénom et rendit au vieux magicien le feutre, qu'il rangea dans sa poche.

— Et maintenant, remettez-la dans le tas, n'importe où.

L'homme obéit et haussa les épaules, dubitatif. Delaney referma le jeu, puis le rouvrit en éventail et le fit tomber par terre, faces visibles.

— Tricheur ! s'exclama Billy.

Les deux couples se penchèrent. Les cartes éparpillées étaient toutes les mêmes. Toutes des huit de cœur. Mike Delaney s'empressa de les ramasser maladroitement.

— Quelle est la carte que vous aviez choisie, Billy ?

— Tu sais très bien quelle carte c'était, bouffon !

Delaney lui tendit le jeu.

— Voulez-vous bien me la montrer, monsieur ?

— Putain...

— Montrez-moi la carte, s'il vous plaît, Billy.

L'homme retourna le tas et fut surpris de découvrir que la dernière carte n'était pas un huit de cœur, mais la dame de trèfle. Fronçant les sourcils, il la posa sur la table basse et découvrit que la carte suivante était le deux de pique. Il continua à passer les cartes en revue. Elles étaient toutes différentes. Ses trois autres amis semblaient particulièrement intéressés.

— Avez-vous trouvé votre carte, Billy ?

— Nom de Dieu !

Quand il eut terminé de retourner le jeu entier, il déclara :

— Elle est pas là.

Delaney sembla surpris.

— Bon, essayons autre chose. Et si je vous disais où elle se trouve ?

— Ouais, c'est ça.

Delaney sortit une petite cuillère de nulle part.

— Voulez-vous bien me passer votre verre, Billy ? Si je le renverse, je vous en paierai un autre, d'accord ?

Le gars le lui tendit à contrecœur.

À l'aide de la cuillère, le magicien sortit l'un des glaçons et le posa sur la table. Puis un petit marteau en argent apparut dans sa main. Il s'en servit pour casser le glaçon. À l'intérieur se trouvait une carte pliée.

— Billy, est-il possible que ce soit celle-ci ?

L'homme se pencha pour la déplier. Puis il la brandit, sidéré, pour que ses amis la voient, eux aussi.

— C'est votre carte, Billy ?

— Eh ben... C'est le huit de cœur.

— Retournez-la.

Au dos se trouvait bien son prénom, écrit en noir.

— Nom de Dieu ! Comment vous avez fait ?

Les quatre personnes semblaient impressionnées.

L'illusionniste sourit.

— Je vais vous laisser profiter de votre soirée, il se fait tard.

Puis il se retourna :

— Oh, Billy, pourriez-vous me donner l'heure, s'il vous plaît ?

— Bien sûr, dit celui-ci en regardant sa montre, ou plutôt son poignet.

Delaney plongea une main dans la poche intérieure de sa veste et en sortit une Breitling.

— C'est elle que vous cherchez, Billy ?

114

Samedi 18 mars

Ross avait pris place face à Imogen, dans leur restaurant végétarien préféré, Terre à Terre. Chez eux, ils ne buvaient jamais d'alcool le midi, mais Imogen avait bien envie d'un verre de vin, et lui aussi.

Il avait fini par commander une bouteille d'albarino. Un long silence gêné s'était installé le temps qu'on les serve.

— Tchin ! avait-il dit en levant son verre.

La présence de sa femme le mettait mal à l'aise.

Elle trinqua sans le moindre enthousiasme, puis but une gorgée.

— Trop minéral, décréta-t-elle.

— En temps normal, tu aimes bien les notes minérales.

— Est-on en temps normal, Ross ?

— Je sais que ça n'a pas été facile tous les jours, mais que dirais-tu si je t'annonçais que Jésus-Christ est de retour sur terre, et que je pense l'avoir identifié ?

— Je te recommanderais un séjour en hôpital psychiatrique.

— Je suis sérieux, Imo. Je sais que ta vie est devenue un enfer, la mienne aussi, mais ce que je tiens, c'est de la dynamite. Une histoire bouleversante pour l'humanité. J'aimerais simplement que tu lâches du lest et que tu fasses confiance à mon instinct. On va devenir riches, plus riches que jamais. On pourra rembourser nos dettes et même mettre de côté.

Elle pencha la tête.

— Tu veux bien m'en dire plus ?

— Bien sûr ! dit-il en trinquant de nouveau.

Il lui raconta tout ce qui s'était passé ces deux derniers jours.

— Et donc, tu pars à Los Angeles demain ?

— Oui.

— Et tu vas chercher où ? C'est une grande ville, les coordonnées désignent tout un quartier.

— J'ai des contacts là-bas, un vieil ami qui travaille au *LA Times* et un flic qui m'avait aidé à écrire un article sur les stars qui se font harceler, il y a deux ans. Je les ai prévenus par e-mail que j'arrivais.

Elle hocha la tête.

— Tu décolles à quelle heure ?

— Midi.

— Et qu'est-ce que tu vas faire de Monty ?

— Je lui ai trouvé un chenil, celui sur la route de Lewes.

— Et tu te rends à Los Angeles pour rencontrer Jésus-Christ ?

— C'est ce que j'espère.

— Et s'il n'est pas chez lui ?

— Tu pourrais arrêter d'être sarcastique ?

— Je suis désolée, Ross, mais tu devrais t'enregistrer et te réécouter, tu comprendrais à quel point ce que tu racontes est ridicule.

— Jésus n'a-t-il pas été crucifié parce que beaucoup ne le croyaient pas ou avaient peur de lui ? Tu es croyante, je te le rappelle, et ta foi repose sur la notion de résurrection. Quel est ton problème ?

— Mon problème, Ross, c'est que nous, chrétiens, croyons qu'avant le retour de Jésus-Christ nous recevrons un message clair. Ce que tu es en train de faire, c'est de mettre en avant un fou, avec toutes les conséquences que cela pourrait avoir sur la chrétienté.

— Je n'arrive pas à croire que tu refuses de me soutenir. Tu es ma femme. Nous sommes un couple supposément inséparable. « Que l'homme ne sépare pas ce que Dieu a joint. »

Il lui jeta un regard dur et elle eut la décence de rougir.

— Je suis désolé, dit-il, je ne voulais pas…

— Remuer les braises encore chaudes du passé ?

— Imo, je tiens probablement le plus grand scoop de ma vie.

— Si je ne te soutiens plus, c'est parce que, pour toi, cette histoire est plus importante que notre fils et moi. Quand je suis tombée amoureuse de toi, je croyais que tu me ferais passer avant tout le reste. Je me suis trompée. C'est ton travail qui a la priorité. Rien d'autre n'a d'importance à tes yeux ?

— Ce qui a de l'importance, pour moi, c'est que notre enfant ait un avenir et, dans le monde d'aujourd'hui, je ne suis pas sûr que ce soit le cas. Ce n'est pas n'importe quel article, Imo. Il s'agit d'essayer de changer et de sauver le monde.

— C'est vraiment ce que tu crois ? Tu n'as jamais lu E. M. Forster ?

— *Avec vue sur l'Arno* ? *Route des Indes* ?

— C'est ça. « Si j'avais à choisir entre trahir mon pays et trahir un ami, j'espère que j'aurais le courage de trahir mon pays. »

— Donc tu préférerais que je trahisse le monde pour que tu te sentes mieux ? Qu'est-ce que cela dit de toi et de ta foi ?

— Ma foi ?

— Je devrais laisser passer la chance de prouver au monde que Dieu existe pour ne pas chambouler notre petite famille ?

— Il ne s'agit pas de chambouler notre famille. Il s'agit d'une question de vie ou de mort pour notre bébé et moi. J'aimerais que nous passions avant ton article.

— Il s'agit aussi de soutenir son compagnon, Imo.

— Alors, concluons simplement que nous ne sommes pas d'accord.

Il secoua la tête, de plus en plus irrité.

— Non, Imo, nous ne sommes plus d'accord sur rien.

115

Samedi 18 mars

Dès qu'il arriva chez lui, après son déjeuner avec Imogen, Ross monta dans la chambre préparer ses bagages. Monty le suivit et s'assit à côté de lui, la queue basse, comme chaque fois qu'il voyait des valises.

— Tout se passera bien, mon grand, tu vas dans un chenil, mais ce n'est que pour quelques jours, je te le promets.

C'était étrange, mais il ne s'en voulait pas d'avoir tenu tête à sa femme. Il aurait dû ressentir une certaine culpabilité, mais il était surtout concentré sur ce qu'il souhaitait emporter. Pour être plus rapide et plus mobile, devait-il essayer de tout faire tenir dans un sac cabine, plutôt que de prendre la grosse valise à mettre en soute ?

Son téléphone sonna. C'était une voix qu'il ne connaissait pas, avec un accent de Birmingham.

— Monsieur Hunter ? Désolé de vous déranger. Simon Cludes, commandant à la brigade judiciaire du Leicestershire.

— Que puis-je faire pour vous ?

— Vous avez dû entendre parler du double meurtre du pasteur Wesley Wenceslas et de M. Lancelot Pape.

— Difficile de passer à côté, ça fait la une de tous les journaux.

— Puis-je vous demander si vous connaissiez ces personnes ?

— Non, pas du tout. Enfin, j'ai essayé d'aborder Wenceslas une fois, mais l'un de ses assistants m'a repoussé. Il y a cinq ans, j'ai écrit un article à charge contre les plus riches prédicateurs évangélistes du monde.

— Vous pensez l'avoir contrarié ?

— Oui, il a menacé de nous traduire en justice, mon journal et moi, et puis il y a réfléchi à deux fois et a abandonné l'idée.

— Pensez-vous les avoir irrités, lui et son équipe, au point qu'ils aient décidé de vous tuer ?

— Je dérange un certain nombre de gens, de par le métier que j'exerce, mais c'était il y a cinq ou six ans. S'ils étaient vraiment déterminés, je ne serais plus là aujourd'hui.

— Ce n'est malheureusement pas ce qu'on m'a dit, monsieur Hunter. D'après nos enquêteurs du service informatique et traces technologiques, qui ont commencé à analyser leurs ordinateurs, vous êtes en danger.

— De quelles informations disposez-vous ?

— Rien de plus pour le moment. Avez-vous récemment repris contact avec le pasteur et son entourage, et attisé leur colère ?

— Non. Mais est-ce que la menace existe toujours, maintenant que Wenceslas est mort ?

— Nous espérons que non, mais nous n'en sommes pas certains. Deux enquêteurs de la police du Sussex vont venir vous poser quelques questions.

— Je… je veux bien les recevoir, mais je m'envole demain pour les États-Unis.

— Je vais vous donner mon numéro, je vous serais reconnaissant de m'appeler à votre retour en Angleterre.

— Volontiers. Pensez-vous qu'un tueur à gages ait été engagé pour se débarrasser de moi ? Que savez-vous ?

— Rien de plus que ce que je vous ai dit. Notre équipe n'a pas encore de détails. Je ne voudrais pas vous inquiéter outre mesure, mais je ne pouvais pas non plus ne pas vous en informer. Je vous conseille d'être extrêmement vigilant jusqu'à ce qu'on en sache davantage. Serez-vous joignable à ce numéro, aux États-Unis ?

— Vingt-quatre heures sur vingt-quatre, sept jours sur sept.

Ross raccrocha.

Le pasteur avait-il mis un contrat sur sa tête ? Cinq ans après son papier sur les évangélistes bidon ? La vengeance est un plat qui se mange froid, mais quand même… Son instinct lui disait que ce devait être lié à son enquête sur la preuve ultime.

Il consulta la page Facebook du pasteur et tomba sur un déferlement de compassion. Les gens étaient en deuil, sous le choc, tristes, incapables d'y croire.

En ouvrant le site officiel du prédicateur, un lien le dirigea vers sa chaîne YouTube. Un service, mené par l'un de ses sous-fifres, se déroulait dans son église de Londres. Les travellings de la caméra montraient les visages d'une foule en larmes.

Il regarda par la fenêtre. Les rues étaient étonnamment calmes pour un samedi après-midi, sans doute parce que l'équipe de foot de Brighton et Hove jouait à l'extérieur.

Pourquoi Wenceslas et son organisation voulaient-ils sa mort ?

Le pasteur était-il inquiet des conséquences que ses découvertes auraient sur son empire ?

Il ouvrit son article en cours et écrivit pendant deux heures. La dernière fois qu'il avait déroulé le fil, c'était dans le train pour Birmingham, soit un siècle auparavant. Quand il eut terminé, il envoya un e-mail à sa rédactrice en chef :

> Salut, Natalie, ce n'est pas pour publication, juste par mesure de sécurité. Je viens de recevoir une mise en garde crédible, il semblerait que je sois menacé de mort. J'espère pouvoir continuer cet article, mais garde-le pour le moment et, s'il m'arrivait quoi que ce soit, il y a déjà pas mal de matière là-dedans !

Il envoya le message et son texte en pièce jointe.

Puis il descendit, enfila ses bottes, attacha la laisse de Monty, prit sa lampe-torche et sortit dans le clair-obscur.

Il traversa le pont piétonnier, puis libéra son chien, afin qu'il vagabonde dans les champs, tout en le suivant depuis le chemin, vent dans le dos.

Vous êtes en danger.

Il songea à l'avertissement de Benedict Carmichael.

Vous voulez vraiment savoir ce qui se passerait, selon moi, si quelqu'un de crédible prétendait apporter la preuve ultime de l'existence de Dieu ? Je pense que cette personne serait assassinée.

Wenceslas venait d'être assassiné. Par qui et pourquoi ?

Respirant les odeurs de la campagne, regardant, au loin, les lumières d'une ferme, il se sentit soudain très seul. Il repensa à son déjeuner avec Imogen. Cette femme qu'il avait épousée ; cette femme qu'il avait l'impression de ne plus connaître ; cette femme qui portait son enfant.

Devait-il accepter l'argent de Silvestri, mettre un point final à leurs problèmes financiers et prendre un nouveau départ ? Ils pourraient vendre leur maison et s'installer à la campagne, ce dont il rêvait depuis longtemps. Sauf que… La question était toujours la même. Pourrait-il passer le restant de sa vie à se demander ce qu'il serait advenu s'il n'avait pas vendu son âme au diable pour trente pièces d'argent ?

116

Samedi 18 mars

Une heure plus tard, éclairé par sa lampe, Ross rebroussait chemin à travers champs. Au niveau de la route, il appela Monty et lui remit la laisse au cou. Ils traversèrent la double voie, puis le dédale de rues de Patcham. Quand il arriva devant chez lui, des phares s'allumèrent dans son dos.

Il se retourna d'un seul coup.

Une limousine s'arrêta à son niveau. C'était la même que la dernière fois, avec ses plaques diplomatiques. La portière arrière s'ouvrit et Giuseppe Silvestri descendit.

— Ah, monsieur Hunter !

— Bonsoir, monsieur Silvestri.

— Est-ce un bon moment pour discuter ?

— Pas vraiment.

— Pourriez-vous m'accorder quelques minutes ?

— Non, désolé.

— Monsieur Hunter, je sais à quel jeu vous jouez.

— Ah bon ?

— Vous ne vous rendez pas compte des dégâts que vous allez causer. Écoutez-moi, je vous en prie.

— Je vous écoute. Quelles sortes de dégâts ?

— Je ne pense pas que ce soit le meilleur endroit pour discuter, dit Silvestri en regardant autour de lui. J'aimerais que nous poursuivions notre conversation ailleurs.

— De quels dégâts voulez-vous parler ? répéta Ross.

— Vous allez occasionner des dommages pour toutes les religions du monde.

— Vraiment ? Croyez-vous que les sikhs seront bouleversés par la preuve de l'existence de Dieu ? Leur Dieu est dans tout. Ils savent qu'Il existe.

— Je vous conseille de ne pas agacer la religion catholique.

— Avez-vous peur de perdre votre monopole, monsieur Silvestri ? Vous parlez comme un mafieux, avec votre offre que je ne peux pas refuser. Je pensais que l'Inquisition était terminée depuis longtemps.

— Nous traversons une période sombre, monsieur Hunter. Nous savons des choses, nous avons des oreilles partout. Nous sommes en contact direct avec Dieu.

— Que voulez-vous de moi ? Le calice et le reste de la dent, qui contiennent peut-être l'ADN de Jésus-Christ ? Pourquoi vous les faut-il absolument ?

— Jésus-Christ est fondamental pour la religion chrétienne, pour notre existence.

— Et s'Il était de retour parmi nous ?

— Sur terre ? Si c'était le cas, nous serions les premiers à le savoir.

— Alors, vous n'avez pas de souci à vous faire.

Ross décocha un sourire poli, ouvrit la porte d'entrée, fit passer Monty, referma derrière lui et mit en place la chaînette. Il décrocha la laisse de son chien, courut dans son bureau et alla regarder par la fenêtre, lumières éteintes. Il vit Silvestri hésiter quelques secondes, puis se diriger lentement vers sa limousine.

La voiture s'éloigna. Ross alluma, s'assit et se connecta à son ordinateur. Il avait reçu un e-mail de Jeff Carter, son contact à la police de Los Angeles.

> Ross, appelle-moi quand tu arrives, je pense que j'ai trouvé le gars que tu cherches.

117

Dimanche 19 mars

Ne sachant pas combien de temps il séjournerait à Los Angeles, Ross avait opté pour une grosse valise. Après l'enregistrement, comme il lui restait une heure et demie avant le décollage, il acheta plusieurs journaux, puis commanda un café et une viennoiserie et s'installa à une table.

Il survola la une de l'*Observer*, le feuilleta et s'arrêta sur une pleine page dédiée au pasteur Wesley Wenceslas.

Il y avait des photos d'hommes et de femmes endeuillés, dans son église londonienne, et un article qui comprenait plusieurs citations du commandant Simon Cludes.

> Pour le moment, nous ne savons pas qui a pu commettre ces terribles crimes contre l'un des plus populaires hommes de religion et son fidèle bras droit. J'aimerais passer un appel à témoin. Si vous souhaitez rester anonyme, composez le numéro ci-dessous.

L'un des plus populaires hommes de religion ? Vraiment, commandant Cludes ? J'aurais plutôt dit « un imposteur sans scrupules qui soutire 25 livres pour prier sur un mouchoir ».

Quelques instants plus tard, il fut interrompu par une voix familière.

— Pas d'huîtres, aujourd'hui ?

Il se retourna.

C'était Sally Hughes.

— Hé, qu'est-ce que tu fais là ?
— Sans doute la même chose que toi : je vais prendre un avion.
— Tu as du temps ? Je t'offre un thé ou un café ?
— Non merci.
Elle s'installa sur un tabouret libre à côté de lui. Elle portait une veste en daim, un jean, des bottines et un grand sac à main élégant à l'épaule.
— Quelle coïncidence ! Tu vas où ? lui demanda-t-il.
— Los Angeles, et toi ?
— Tu vas à Los Angeles ? répéta-t-il, abasourdi.
— La radio m'envoie faire un reportage sur la politique gouvernementale.
— Los Angeles est majoritairement démocrate. Tu ne vas pas trouver beaucoup de supporters de Trump, là-bas.
— Et toi, tu vas où ? lui demanda-t-elle.
— Los Angeles aussi.
— Non ! Et tu prends quel vol ?
— British Airways.
— Sérieusement ?
— Ouais !
— Moi aussi, mais tu es sans doute en première classe ou en business, non ? dit-elle.
— Tu rêves. Je voyage en éco. Et toi ?
— Avec la plèbe aussi.
Il sourit.
— Et tu as quel siège ?
— Elle sortit sa carte d'embarquement.
— 43 B.
Il regarda la sienne et la lui montra. Il avait le siège 44 B.
— Je serai juste devant toi ! s'exclama-t-elle.
C'était étrange. Au-delà de la coïncidence. Elle devait certainement mijoter quelque chose.

118

Dimanche 19 mars

— C'est quoi, ces machins ? dit Bloor d'une voix dédaigneuse à l'hôtesse de l'air qui lui présentait un plateau de sandwichs.

— Votre déjeuner, monsieur. Saumon fumé, salade de poulet, œuf mayonnaise, houmous et tomates, répondit-elle poliment.

— C'est ce qu'on sert en classe économique, pas dans un jet privé, nom de Dieu !

— C'est parce qu'on est dans un petit jet, patron, lui expliqua Julius Helmsley, assis en face de lui, en retirant le cellophane de son plateau-repas.

— Comment ça ? On claque un fric de dingue pour bouffer des sandwichs ? répliqua Bloor, furieux.

— Je n'ai pas eu le temps d'organiser un menu en cinq plats.

— On aurait mieux mangé en première classe, sur British Airways, pour le quart du prix.

— Tu voulais arriver à Los Angeles avant Hunter, et c'est ce qui va se passer. Détends-toi, Ainsley, et la prochaine fois on choisira un avion plus gros.

— Est-ce qu'il va encore essayer de nous semer, le scribouillard ?

— On le tient en laisse, et il suffira qu'on tire dessus pour l'étrangler. Tout est en place. On sait dans quel hôtel il descend et on connaît ses projets.

— Plus ou moins.

— On a une source fiable, grassement rémunérée.

— Bien joué sur ce point, Julius.

— On garde un œil sur lui et, quand le moment sera venu, on prendra un coup d'avance.

— Et ?

— On sait qu'il croit que Jésus-Christ est de retour et qu'il vit à Los Angeles. Un policier va l'aider à le localiser. Si le Christ en personne, ou un imposteur crédible, se trouve bel et bien dans les parages, Hunter va nous mener jusqu'à lui.

— Et ensuite, on fait quoi ?

— On dit adieu au journaliste.

— Et on demande à Jésus-Christ de devenir le visage de Kerr Kluge ?

— On vérifie d'abord son ADN.

Helmsley mordit dans un sandwich, et des morceaux d'œuf tombèrent sur sa serviette.

— J'ai du mal à comprendre ce qu'on fabrique, Julius. On serait pas en train de se laisser mener en bateau, à faire le tour de la planète pour trouver quelqu'un qui a, peut-être ou peut-être pas, des gènes en commun avec le Christ ?

— Nous possédons tous une partie de l'ADN de nos ancêtres. Dans le cas présent, il semblerait que Delaney ait exactement le même ADN que Jésus. La différence est de taille.

— N'y a-t-il pas une chance sur dix milliards de trouver quelqu'un dans ce cas ?

— Moins que ça. Peut-être est-ce une simple coïncidence, mais les probabilités de tomber sur un individu qui présenterait, deux mille ans plus tard, ces caractéristiques matrilinéaires et patrilinéaires, sont infimes.

— Ce que je n'arrête pas de me dire, poursuivit Bloor, c'est que, s'il est vraiment le fils de Dieu, comment s'est-il débrouillé pour passer près de soixante-dix ans dans l'anonymat ? Dans ce conte de fées que les chrétiens citent à tour de bras, la Seconde Venue s'accompagne de toutes sortes de signes avant-coureurs comme des guerres, des catastrophes, la fin du monde, etc.

— Et tu ne penses pas qu'on baigne là-dedans, plus ou moins ? lui demanda Helmsley le plus sérieusement du monde.

— Ça a toujours été comme ça.

— Je ne suis pas d'accord. Les gens sont en colère, les despotes prennent le pouvoir, les religions complotent, c'est le chaos. Peut-être qu'Il attendait le bon moment. Et que c'est maintenant.

— Si je me souviens bien, la Seconde Venue est considérée, littéralement, comme le retour de Jésus-Christ sur terre, pour régner un millénaire. S'il flirte avec les 70 ans, il faut qu'il se bouge l'arrière-train.

— Déjà, il fait mieux que la dernière fois, où il n'a pas dépassé les 33 ans.

— Ouais, bon, dans quelques jours, on sera fixés, lâcha Bloor.

— Voilà.

— Et si c'est Lui ?

— En tant qu'athée, tu seras mal barré, pas vrai ?

119

Dimanche 19 mars

Ayant terminé son troisième verre de Roederer vintage, Big Tony était très détendu. Pendant l'embarquement, il avait remarqué Ross Hunter dans la longue file d'attente de la classe économique.

Bon vol, mon vieux. Profite de tes dernières heures sur terre !

Il piqua une gamba dans sa salade et la porta à sa bouche. Elle était un peu trop froide à son goût mais, avec les bulles, c'était divin.

Il avait très envie de se glisser dans l'allée centrale pour voir ce que faisait sa cible, mais la raison l'emporta. Inutile de prendre des risques. Ross n'allait pas s'évaporer. Il avait plusieurs heures devant lui.

Il claqua des doigts et une hôtesse de l'air lui servit une nouvelle coupe de champagne.

Magique !

— Magique ! dit Ross à Sally, qui s'était débrouillée pour échanger sa place avec un passager.

Elle leva une coupe de champagne en plastique.

— Comment on a fait pour se retrouver là ?

— Je ne sais pas, mais je suis ravie, dit-elle en souriant. Peut-être que c'est le destin qui nous réunit. Personnellement, ça me va.

Elle posa une main manucurée sur l'accoudoir entre eux.

Il joua le jeu et la serra doucement.

— À moi aussi, ça me va… Si seulement je n'étais pas marié ! Cela dit, on fait une bonne équipe, toi et moi.

— Je comprends et respecte ton sens moral. Tiens-moi au courant si jamais tu changes d'avis.

— Promis. Ne jamais dire jamais…

Leurs plateaux-repas arrivèrent.

Ross s'endormit peu après son dîner. Quand il se réveilla, deux heures plus tard, Sally regardait un film qu'il n'avait pas vu, écouteurs dans les oreilles.

Il sortit son ordinateur de la poche à soufflet et l'ouvrit au maximum, malgré l'inclinaison du siège devant lui. Il avait les jambes raides. Il relut son article, puis poursuivit sa rédaction à partir du moment où son contact à la police de Los Angeles lui annonçait qu'il avait localisé Michael Delaney.

Il ne mentionna pas le fait que Sally Hughes était dans le même avion que lui.

Puis il étudia les rues de West Hollywood à partir d'une carte qu'il avait téléchargée.

Pourquoi Los Angeles ?

Si Jésus-Christ était vraiment de retour, pourquoi avait-il choisi Los Angeles, plutôt que le mont des Oliviers, en Terre sainte, comme prophétisé dans la Bible ?

Hollywood, « le Bois sacré », traduit de façon littérale. Y avait-il un lien ?

Il remarqua que Sally lisait par-dessus son épaule.

Elle retira son casque.

— Qu'est-ce que tu cherches ? Tu restes très mystérieux sur les raisons de ton voyage à Los Angeles. Je peux essayer de deviner ?

— Vas-y.

— Les troisièmes coordonnées de ton ami le professeur Cook ?

— Peut-être, répondit-il, évasif.

— Le lieu de la Seconde Venue ?

— Tu penses qu'Il pourrait avoir choisi Los Angeles ?

— Absolument.

— Pourquoi ?

— Si j'étais Jésus et si j'avais envie qu'on parle de moi, je choisirais les États-Unis. C'est un pays qui a conservé une tradition chrétienne forte et qui reste une puissance incontournable dans le monde. Si j'étais Dieu et que je voulais que mon fils profite d'une exposition maximale, je l'enverrais dans un endroit où les médias sont omniprésents : Los Angeles.

— Et si j'étais Satan, je choisirais le même lieu, pour les mêmes raisons, objecta-t-il.

— C'est ce que tu penses, Ross ? Tu vas à Los Angeles pour débusquer un imposteur ?

— Je suis journaliste, Sally, pas devin. Je vais là où les indices me mènent. Je ne sais pas ce que je vais trouver ni si je vais trouver quoi que ce soit, d'ailleurs.

— Et si tu trouves celui que tu cherches, comment connaîtras-tu la vérité ?

— Un proverbe ancien dit : « Entre un mensonge et une vérité, il y a tout juste la largeur de quatre doigts. » Ce qui correspond à la distance entre ton œil et ton oreille.

— Entre ce qu'on voit et ce qu'on entend ?

— Exactement. C'est un principe que j'applique depuis toujours. Les rumeurs, on les entend, la vérité, on la voit.

— Tu me feras signe si tu trouves la vérité ?

Il la regarda droit dans les yeux. L'homme devant lui profita de ce moment pour baisser son siège, écrasant un peu plus son ordinateur.

— À toi et au reste du monde.

Elle leva la main pour le mettre en garde.

— Promets-moi quelque chose !

— Quoi ?

— Si cette vérité n'est pas facile à faire accepter, je n'ai pas envie que tu te retrouves avec une fatwa sur le dos, comme Salman Rushdie. Tu m'en parles d'abord, OK ?

— OK.

— Je suis sérieuse.

— Moi aussi.

— Tu me le promets ?

— Parole de scout ! fit-il en levant la main droite.

120

Dimanche 19 mars

Le frère Pete Stellos avait atterri à l'aéroport d'Heathrow en fin d'après-midi. Il n'avait avec lui qu'un petit sac en cuir, le même qu'à son arrivée au mont Athos. Il était plus léger qu'à l'époque, parce qu'il ne contenait rien d'autre qu'une bible, une brosse à dents et du dentifrice. Il portait sur lui quasiment tous les habits qu'il possédait : une tunique noire, un *kalymafki* et des chaussures noires.

Se dirigeant vers le contrôle des passeports, il ressentit une grande confusion. La foule. Les panneaux. Les files d'attente. Il trouvait bizarre d'être projeté dans un monde plein de couleurs et de bruits. De voir des femmes. Cela faisait dix ans qu'il n'avait pas vu de femmes, d'enfants, de chiens. Ni même de gens en train de courir.

Il s'immobilisa, tétanisé. Il n'arrivait pas à faire un pas de plus. L'agitation autour de lui était écrasante. Au bord de la panique, il avait du mal à respirer.

Son instinct lui soufflait de courir jusqu'à l'avion et de supplier l'équipage de le laisser rentrer chez lui.

Mais il avait fait une promesse à son cousin, et il n'était pas de péché plus grave, selon lui, que ne pas tenir une promesse faite devant Dieu.

Une femme en uniforme l'aborda.

— Je peux vous aider ?

— Euh, oui, je suis un peu perdu.

— Vous vivez dans l'Union européenne, monsieur ?

— Oui, mais avec un passeport américain. J'en ai un nouveau, fait par le bureau des pèlerins, à Thessalonique.

— Allez faire la queue là-bas, lui indiqua-t-elle en tendant l'index.

Il la remercia et se glissa dans la longue file. Vingt minutes plus tard, il tendit son passeport au douanier.

L'homme l'étudia attentivement.

— Peter Stellos ?

— Oui.

— Pourquoi êtes-vous habillé ainsi ?

— Je suis moine, monsieur. Je viens de la commune monastique grecque orthodoxe du Mont-Athos, en Grèce.

— Et qu'est-ce qui vous amène en Angleterre ?

— Je viens à la demande de mon cousin moine, lui aussi, qui est mourant.

— Je suis désolé de l'apprendre.

L'officier lui rendit son passeport et lui indiqua de passer du côté « Rien à déclarer ». Le frère se retrouva dans la zone des boutiques duty-free, où un homme qui vendait des billets de train pour le centre de Londres l'arrêta. Il lui en acheta un.

Dans le hall des arrivées, il dut faire une pause pour reprendre ses esprits. Des gens couraient dans tous les sens, pressés, la plupart au téléphone, inquiets ou heureux. Il découvrit un océan d'ardoises brandies par des hommes en costume. Certains se serraient dans les bras. Les businessmen en voyage d'affaires se dirigeaient vers leur chauffeur. Une ambiance de retrouvailles et un sentiment d'urgence flottaient dans l'air.

Pour lui, le temps s'était arrêté. Les dix dernières années étaient passées en un clin d'œil. Le monde s'était métamorphosé. Lui n'avait pas changé. Il avait passé dix ans au service de Dieu. À prier pour le monde. En regardant autour de lui, il sentit, de façon irrationnelle, son ancienne colère remonter. Ces gens savaient-ils qu'il priait pour eux ? Chaque jour. Quatorze heures par jour. Lui en étaient-ils reconnaissants ?

Il regarda les panneaux d'affichage, à la recherche des horaires de train. Alors qu'il levait les yeux, un homme large d'épaules, tirant une valise, le bouscula si fort qu'il faillit tomber. L'homme ne prit pas le temps de s'excuser. L'espace d'un instant, le frère Pete fut tenté de l'insulter, puis il se souvint de ce que l'abbé lui avait dit, la fois où il avait envoyé un coup de poing à un journaliste. Il s'agissait d'une devise bouddhiste : « Tout le monde mène une bataille qui nous est inconnue. Fais preuve de gentillesse envers tout le monde. »

Pete se calma. Soudain, un frisson le parcourut, comme si quelque chose de tragique venait d'arriver.

Son cousin ?

Quand ils s'étaient parlé au téléphone, quelques jours auparavant, Angus lui avait semblé très changé. Sa voix était faible, sans joie, sans énergie.

Il ferma les yeux et pria pour que son cousin soit toujours vivant.

Ce soir, il dormirait à l'hôtel que le bureau des pèlerins avait réservé pour lui, près de la gare Victoria. Demain matin, il prendrait un train pour le Sussex. Il avait annoncé à l'abbé qu'il espérait être de retour le lendemain, dans l'après-midi.

Mais il avait d'autres plans en tête.

121

Dimanche 19 mars

Ross sortit de l'avion épuisé et entama une longue attente dans la zone de contrôle des passeports.

En temps normal, il aurait reçu un message d'Imogen en allumant son téléphone, mais cette fois-ci, rien. En temps normal, il lui aurait répondu qu'il venait d'atterrir, que tout allait bien, bisous, mais il n'était pas d'humeur. Peut-être était-il toujours remonté contre elle après leur déjeuner de la veille, peut-être appréciait-il trop la compagnie de Sally.

Alors qu'ils attendaient la livraison de leurs bagages, il essaya de calculer le décalage horaire. Le vol avait duré onze heures, il était 16 heures à Los Angeles. Il devait être tard au Royaume-Uni. Trop tard pour envoyer un texto, se justifia-t-il.

Un homme relativement petit, veste en tweed, polo et pantalon en toile, se tenait juste derrière eux. Il avait activé son Bluetooth et passait en revue les appareils connectés. Dans la liste, il trouva celui qu'il cherchait : « iPhone de Ross ».

Big Tony sourit et appuya sur quelques touches.

— Tu as un truc prévu pour le dîner ? lui demanda Sally.

Il secoua la tête et étouffa un bâillement.

— Il est bientôt minuit, heure anglaise. Je n'ai pas particulièrement faim. Mais un cocktail, pourquoi pas ?

— Quand je travaillais pour CNN, je faisais de nombreux allers-retours aux États-Unis. La meilleure façon de lutter contre le jetlag, c'est de rester debout aussi longtemps que possible, puis de se lever tôt, dès qu'il fait jour, et de marcher un maximum. Si tu vas te coucher maintenant, tu seras réveillé vers 3 heures du matin et tu galéreras toute la journée. Va à ton hôtel et on se retrouve au bar plus tard. Tu descends au Beverly Hilton, c'est ça ?

— Oui.

— Un ou deux cocktails et tu dormiras comme un bébé, promis.

— Tu es sûre ?

— Fais-moi confiance, je suis présentatrice radio.

— Et experte mondiale en décalage horaire ?

— Absolument.

Ross, qui avait réservé une voiture de location à l'aéroport, proposa à Sally de la déposer.

Il suivit les instructions du GPS et tenta de s'habituer au véhicule et à la route. Il était déjà allé à Los Angeles, cinq ans plus tôt, et avait beaucoup aimé la ville. Il adorait cette impression d'être en permanence dans un film ou une série.

Une fois qu'il eut déposé Sally au Shutters on the Beach, un hôtel huppé de Santa Monica, il composa le numéro de son ami policier.

Celui-ci répondit après deux sonneries, d'une voix ferme, mais avenante.

— Jeff Carter, j'écoute.

— Salut, c'est Ross.

— Tu es arrivé ?

— Je viens d'atterrir.

— Bienvenue à Los Angeles ! Tu as des plans pour ce soir ?

— Rien de concret.

— Parfait. Tu loges où ?

— Au Beverly Hilton.

— Je te rejoins pour une bière à 19 heures ?

— Parfait, merci.

Ross raccrocha et envoya un texto à Sally :

> Désolé, mais je retrouve mon contact flic ce soir, on dîne ensemble demain ?

Elle répondit :

Ça marche. Appelle-moi après ton rendez-vous, je suis curieuse de savoir ce qu'il va t'apprendre. Et si tu es d'attaque, on peut boire un coup plus tard. Bisous

Une fois dans sa chambre d'hôtel, il estima qu'il était temps d'envoyer de ses nouvelles à Imogen.

Bien arrivé. Bisous

Il fut surpris qu'elle l'appelle immédiatement.

— Salut, dit-elle d'une voix plus douce que d'habitude.

— Tu es réveillée tard.

— Je me fais du souci pour toi, Ross. Quoi de neuf ? Ton copain flic t'a contacté ?

— Je le retrouve ce soir.

— Super, tu m'appelles après ?

— Il sera 3 ou 4 heures du matin pour toi.

— Ah oui, je n'y avais pas pensé. Tu m'envoies un e-mail ? J'ai hâte de savoir.

— OK.

Il défit ses bagages, se déshabilla et prit une longue douche pour se rafraîchir. Six étages plus haut, dans une chambre plus grande et plus luxueuse, Big Tony aussi prenait une douche.

Conscient qu'on circulait mal dans cette ville, il s'était dit que ce serait pratique de rester tout près de sa cible, même si, grâce au téléphone de Ross, il pouvait écouter chacune de ses conversations et savoir exactement où il se trouvait, à trois mètres près. Il espérait juste que le journaliste ne perdrait pas son appareil, ou ne le ferait pas tomber dans les toilettes, comme ça lui était arrivé, à lui, une fois.

Peu après 19 heures, changé, Ross descendit s'installer au bar. Il opta pour une banquette d'angle en cuir clouté, survola la carte des cocktails, puis commanda une bière.

Quelques minutes plus tard, un homme élancé, la petite cinquantaine, les cheveux coupés court, en blouson, tee-shirt noir, jean et baskets flambant neuves entra et scanna la pièce. Ses yeux s'arrêtèrent sur Ross et il s'avança vers lui d'un pas décidé.

— Ross ?

Celui-ci se leva.

— Jeff ?

Ils s'étaient parlé plusieurs fois, quand Ross écrivait son article sur le harcèlement des célébrités, mais ils ne s'étaient jamais rencontrés.

Ross commanda une bière pour le policier et ils s'assirent face à face. En attendant que le verre arrive, ils parlèrent de la météo anglaise et du vol, et Ross essaya d'avoir son point de vue sur le contrôle des armes, mais l'enquêteur resta évasif.

La bière arriva, Carter la souleva et dit :

— Donc. Michael Delaney.

— C'est ça.

— Pourquoi tu t'intéresses à lui ?

— Oh, je prépare un papier pour le *Sunday Times*. J'enquête sur les prédicateurs sans scrupules qui utilisent la magie, les tours de passe-passe, dans le cadre de leurs activités.

— Eh bien, je n'ai pas d'évangéliste, mais un ancien magicien et prédicateur laïque. Mike Delaney, né en 1947. Fut un temps où il avait une émission télévisée en *prime time* sous un pseudonyme, Mickey Magic, jusqu'à ce qu'il se fasse pousser vers la sortie, il y a une vingtaine d'années.

— On sait pourquoi ?

— Il était porté sur la boisson. C'est ce que j'ai entendu dire, ce n'est pas officiel. Il n'arrivait à monter sur scène que bourré. Mais tu ne me cites pas, on est d'accord ?

Ross passa deux doigts sur ses lèvres pour signifier « bouche cousue ».

— En mars 2014, il a été arrêté à West Hollywood et inculpé pour conduite en état d'ivresse. Il avait grillé un feu rouge et percuté un camion poubelle.

— Ce n'est pas la meilleure idée du monde.

Carter se fendit d'un sourire ironique.

— Ce sont des véhicules costauds. Le chauffeur s'en est sorti. Personne n'a été blessé, à part Delaney et son permis de conduire.

— Tu disais dans ton message que tu savais où le trouver.

— D'après les registres de la Sécurité sociale, il travaille pour une œuvre caritative près du marché des petits producteurs, au croisement entre Fairfax et West Third.

— Une œuvre caritative ?

— Un centre de désintoxication, tenu par des nonnes, qui s'appelle La Brea Detox Sisters.

Ross prit note.

— C'est génial, merci.

L'enquêteur dévisagea le journaliste.

— Je ne suis pas sûr que tu obtiennes quoi que ce soit de lui.

— Moi non plus, dit Ross en souriant.

Son interlocuteur garda son sérieux.

— Ça m'aide beaucoup, Jeff.

— Vraiment ? Si tu cherches des prédicateurs véreux, on en a des centaines dans nos fichiers.

— Je reviendrai peut-être vers toi pour ça.

— Tu souhaites le rencontrer pour une raison que tu ne veux pas me dire, Ross ?

— Non, c'est ma rédac chef qui veut absolument que je lui parle. Les patrons de presse, c'est comme ça. Quand ils font une fixation, ils ne veulent plus rien entendre.

Le policier acquiesça.

— Je peux faire autre chose pour toi, tant que tu es dans la Cité des Anges ?

— Tu n'aurais pas son adresse, à Delaney ?

— J'ai discuté avec la sœur qui gère le centre. Elle pense qu'il loue une chambre dans le quartier, mais elle ne sait pas où.

— Merci, c'est très sympa de ta part d'être venu me retrouver un dimanche soir, au pied levé.

— Pas de problème, dit Carter en terminant son verre.

— Une autre ? lui proposa Ross.

— Je dois y aller. Mon gosse vient de commencer l'école et il n'est pas fan. Il a le blues du dimanche soir. Je lui ai promis de rentrer à l'heure pour lui lire une histoire. Tu as des gamins ?

— Ma femme est enceinte.

— Alors, tu comprendras bientôt.

L'enquêteur lui serra la main et partit. Ross se commanda une seconde bière et sortit fumer une cigarette dans la douceur du soir. Il regarda les voitures passer sur Wilshire Boulevard et un flot continu de taxis s'arrêter devant l'hôtel.

Quand il eut terminé, il appela Sally et lui raconta sa discussion, pour avoir sa réaction.

— Tu es certain que tu n'as pas envie de boire un dernier verre ?

Il hésita. Il était tenté. Mais surtout épuisé.

— J'adorerais, mais je suis HS. Je ne veux pas prendre le risque de m'endormir sur toi.

— Impossible.

Il sourit. Elle le faisait rire et il aimait beaucoup ça.

— On dîne ensemble demain ?

— La réservation est faite. J'ai suivi les conseils du concierge de mon hôtel.

— J'ai hâte.

— Moi aussi.

Il retourna finir sa bière à l'intérieur, puis monta dans sa chambre et raconta, par e-mail, à Imogen tout ce que le policier lui avait dit.

Sur les rotules, il se déshabilla, se brossa les dents, programma son réveil et s'effondra.

Big Tony écouta sa respiration jusqu'à ce qu'il soit convaincu qu'il dormait. Puis il se déconnecta, sortit une petite bouteille de whisky du minibar et passa quelques coups de fil.

122

Lundi 20 mars

Il était presque midi quand le taxi qui transportait le frère Pete ralentit. Ils roulaient sur une route de campagne à double voie bordée de grandes haies.

Une enseigne blanche, « Chartreuse de Westminster », devant un buisson mal taillé, signalait discrètement l'entrée.

Au-dessus, un globe surmonté d'une petite croix symbolisait l'ordre des Chartreux.

Le frère Pete lut la devise : *Stat crux dum volvitur orbis.*

Il se souvenait de ce qu'elle signifiait : *La croix demeure tandis que le monde tourne.*

Le taxi prit à droite dans l'allée, et de nouveau à droite, sous une arche richement décorée. Une centaine de mètres plus loin se dressait un superbe édifice composé d'une tour principale, ornée de trois clochers, et de très longs cloîtres, de chaque côté.

Le véhicule se gara devant la porte en chêne.

Le frère Pete régla la course, se dirigea vers l'entrée et fit sonner la cloche.

La porte fut ouverte par un homme souriant, enrobé, la soixantaine, en soutane blanche.

— Bonjour, je suis frère Raphael, le prieur. Que puis-je faire pour vous ?

— Je suis frère Pete, Pete Stellos, du monastère de Simonopetra, sur le mont Athos. Je viens voir mon cousin, le frère Angus.

— Ah oui, nous vous attendions, dit le prieur d'un ton plus grave. Entrez, je vous en prie.

Le frère Pete le suivit dans un long couloir pavé, dans un escalier, puis dans un autre corridor, jusqu'à un bureau spacieux et confortable, rempli de livres. Le prieur lui proposa de s'asseoir.

— Vous venez de loin, frère Pete.

— Oui, prieur.

— Vous devez avoir faim et soif. Je peux vous offrir du thé ou du café ? Quelque chose à manger ?

— Un café, volontiers. Sans lait.

Le prieur sortit et revint quelques minutes plus tard avec un plateau sur lequel se trouvaient deux tasses, une assiette de biscuits et un petit plat où l'on avait mis un morceau de cheddar, quelques tranches de pain et un couteau. Il posa le tout sur la table, devant eux.

— Servez-vous, je vous en prie.

Pete prit un sablé au chocolat.

— Je suis désolé, mais j'ai une triste nouvelle à vous annoncer, dit alors le prieur.

Pete cessa de mâcher pour fixer son interlocuteur.

— Votre cousin, notre cher frère Angus, est décédé hier soir, après une longue bataille contre le cancer.

— J'arrive trop tard, je... Je le sentais, avoua Pete.

— Sachez que c'était véritablement un homme de Dieu.

— Je le sais. C'est lui qui m'a mis sur ce chemin.

— Il vous a demandé de venir parce qu'il avait des choses très importantes à vous confier.

— C'est pour ça que je suis là.

— Je les ai. Il était tellement heureux que vous soyez en route. Et soulagé, je crois. Il a fait de son mieux pour vous attendre, mais le Seigneur en a décidé autrement.

Le prieur souleva un petit sac en toile de jute.

— Les voici. Je ne sais pas de quoi il s'agit, je n'ai pas demandé, nous sommes très discrets, entre nous. Prenez-les et mettez-les en sécurité, comme il le souhaitait.

Le frère Pete glissa le petit sac dans le sien.

— Je vous présente mes condoléances. Je suis profondément désolé pour vous, et pour nous tous. C'était un vrai visionnaire.

— Puis-je voir le corps ?

— Bien sûr, je vais vous conduire à lui. Voulez-vous rester pour son enterrement, demain ? Je peux vous offrir le gîte et le couvert.

— J'accepte volontiers et vous remercie.

— Comment va la vie, sur le mont Athos, frère Pete ?

— Ça va, dit celui-ci sans s'engager. Le nombre de moines a augmenté pour la première fois depuis longtemps. À Simonopetra, mon monastère, il n'y en avait pas assez pour porter le cercueil du précédent abbé, il y a trente ans. Si nous parvenons à accueillir de nouveaux résidents, c'est uniquement grâce au bouche-à-oreille. Mais, dans le monde où nous vivons, nous offrons un refuge à ceux qui sont dans la tourmente.

— Feu notre frère Angus m'a parlé de vous, de votre vie d'avant, de votre métier de routier et de votre poste de serveur de nuit, chez McDonald's. Qu'avez-vous appris, pendant vos années de retraite dans un ordre monastique ?

— En toute honnêteté ? lui demanda le frère Pete en le regardant droit dans les yeux.

— C'est la seule réponse qui vaille.

— Je n'arrête pas d'entendre que, pour être moine, il faut croire de façon inconditionnelle. Que si vous avez des doutes, vous n'êtes pas à votre place. N'avez-vous jamais eu de doutes, prieur ?

— On naît avec une seule certitude, frère Pete : nous mourrons tous un jour.

— Et la question que nous nous posons, c'est : que se passera-t-il après notre mort ?

— Serons-nous assis à la droite de Dieu ?

— Ou pourrirons-nous dans ce cimetière, que nous voyons par la fenêtre ?

Le prieur sourit.

— Je prie quatorze heures par jour, reprit frère Pete, chaque jour. Parfois, je ressens une connexion avec une puissance supérieure et, d'autres fois, désolé pour ma franchise, mais j'ai l'impression d'être le dernier des cons. Je me dis que je vais vieillir sans jamais avoir vécu. Un jour, je me réveillerai, j'aurai 80 ans – si j'atteins cet âge-là – et je me demanderai ce que j'ai fait de ma vie. Ressentez-vous la même chose, parfois ?

Le prieur secoua la tête.

— La foi m'est venue après plusieurs années d'excès et de plaisirs. La vie n'est pas un cadeau, mais une responsabilité. Dieu attend de nous, les gens intelligents, quelque chose en retour : que nous rendions le monde meilleur. Pouvez-vous dire que c'est ce que vous faites, frère Pete ?

— J'essaie.

— Moi aussi. Et c'est ce que le frère Angus faisait. Paix à son âme.

123

Lundi 20 mars

La pièce dans laquelle Ross se trouvait, au centre de désintoxication La Brea Detox Sisters, était carrelée de rouge. Trois des murs étaient équipés de plans de travail en inox avec des sets de table, serviettes en papier, cuillères et seringues.

Ça sentait à la fois le désinfectant et la crasse. Ross observa un homme en survêtement sale, cheveux gras grisonnants, tonsure de moine, qui devait avoir une quarantaine d'années, mais qui en faisait soixante. Assis sur un tabouret, très concentré, entouré de feuilles à rouler, il tenait un briquet allumé sous une cuillère remplie d'un liquide en ébullition.

Depuis son poste d'observation en hauteur, sœur Marie Delacroix, vêtue comme une hippie, lui expliqua avec son accent traînant du Sud :

— Nous les laissons faire ça ici. Nous avons des médecins volontaires vingt-quatre heures sur vingt-quatre, sept jours sur sept. Nous leur procurons des seringues stériles et, s'ils font une overdose, nous pouvons les aider. S'ils doivent se droguer, autant qu'ils le fassent dans un environnement propre, sécurisé et médicalisé.

Ross étouffa un bâillement. Il était réveillé depuis 4 heures du matin. N'arrivant pas à se rendormir, il avait fini par faire une promenade au lever du soleil. Il était à présent 10 heures.

— Et la police laisse faire ?

— Ils comprennent notre travail. Ils ferment les yeux. J'ai vu ce qui se pratique en Allemagne et aux Pays-Bas. Ils sauvent de nombreuses vies.

— Je pense que je devrais écrire un article sur votre travail et celui d'autres centres, en Europe.

— Absolument. Un peu de presse nous ferait le plus grand bien. Bon, que puis-je pour vous, monsieur Hunter ?

— On m'a dit que vous travailliez avec un volontaire, un certain Michael Delaney.

Son visage s'illumina, extatique.

— Mike Delaney ! s'exclama-t-elle. Cet homme est… comment dire ? Un saint !

— Vraiment ?

— Oh oui, monsieur Hunter !

— Je vais vous dire comment le personnel l'appelle : M. Miracle ! ajouta-t-elle à mi-voix.

— M. Miracle ?

— Cet homme est fascinant. C'est comme s'il avait un pouvoir magique. Il guérit tous ceux qu'il aborde. En quelques semaines, même les plus dépendants arrêtent la drogue. Il a un taux de réussite de 100 %. Il s'est présenté à nous il y a deux ans environ pour nous proposer son aide. Il est étonnant. Si vous croyez aux miracles, c'est ce qu'il fait.

— Et comment procède-t-il ? demanda Ross en masquant son excitation.

— Il pose les mains sur eux, c'est tout.

— Il vient aujourd'hui ?

Elle haussa les épaules.

— Le problème, c'est qu'il vient quand ça lui chante. Ou plutôt : quand il n'a pas trop bu la veille, précisa-t-elle à voix basse.

— Donc, peut-être pas aujourd'hui ?

— Disons qu'il est imprévisible.

— Vous savez où il habite ?

Le comportement de la nonne changea. Elle sembla mal à l'aise.

— Il passe d'une pension à une autre, mais je ne pourrais pas vous donner son adresse sans son consentement.

— Bien sûr.

— S'il ne vient pas aujourd'hui, vous pouvez essayer le Fairfax Lounge, ce soir.

— Le Fairfax Lounge ?

— C'est un bar du quartier. Avant que le démon de la boisson s'empare de lui, c'était un magicien célèbre. Le bar lui offre un acompte pour passer de table en table, faire ses tours de magie. Cette petite somme, plus les pourboires, lui permet de s'acheter de l'alcool. Nous aussi, on lui donne un billet de temps en temps, et j'essaie de lui apporter à manger le midi, un sandwich, ou autre.

— Il travaille au Fairfax Lounge tous les soirs ?

— Quasiment, d'après ce qu'il m'a dit. Même si, à mon avis, certaines fois, il est tellement imbibé qu'il ne sait pas quel jour de la semaine on est. Bon courage, si vous comptez l'interviewer.

— J'ai l'impression qu'il va m'en falloir, oui.

— En plus, il n'est pas bavard. Il m'a l'air très triste. Je crois qu'il n'a pas de famille. On dirait une âme en peine. Et pourtant…

Elle hésita. Ross patienta.

— Parfois, quand je le regarde dans les yeux, j'ai l'impression de fixer un puits sans fond. Il y a en lui des profondeurs cachées que seul Dieu peut voir.

124

Lundi 20 mars

Une fois sorti, Ross remplit ses poumons d'air frais, content d'échapper à l'atmosphère oppressante du centre. Son esprit tournait à cent à l'heure.

M. Miracle ! Il pose ses mains sur eux, c'est tout.

Il se mit à l'ombre pour consulter Google Maps et tapa « Fairfax Lounge ». Le bar se trouvait à un quart d'heure à pied.

Suivant les instructions de son téléphone, il tourna dans une avenue bordée de palmiers et de grands immeubles. À l'intersection suivante, il prit à gauche dans une rue à quatre voies. Il passa devant un supermarché casher, une boulangerie, un Starbucks, un restaurant de burgers, une pharmacie et une boutique vendant des poupées étranges. Quelques minutes plus tard, il se retrouva au niveau de Fairfax et tourna à gauche.

Il dépassa le marché couvert et arriva au croisement avec Melrose. Il longea un lycée, puis le hangar bleu qu'il avait repéré sur Google Earth. Il y avait aussi un magasin de vêtements d'occasion, un bagagiste et un cabinet médical. Et soudain, de l'autre côté d'un passage clouté, entre une boulangerie-épicerie et un magasin de luminaires en liquidation, il le vit. Le Fairfax Lounge était signalé par une vieille enseigne à néons. En dessous, non éclairé, il lut : « Magie tous les soirs ».

La façade n'avait pas été repeinte depuis plusieurs décennies et les fenêtres étaient sales. Ross devina que l'intérieur devait être tout aussi miteux.

Il ouvrit la porte et fut immédiatement assailli par des relents de bière. Il lui fallut plusieurs secondes pour s'habituer à l'obscurité. Il distingua un long bar à gauche, avec un gars déprimé, en manche de chemise, qui essuyait des verres à cocktail. Sur les banquettes incurvées à droite, le cuir pelait par endroits. Une scène, avec un micro et deux enceintes, avait été montée au fond de la pièce. La plupart des lustres, ornés d'abat-jour à pampilles vertes, étaient éteints. Une chanson de Sinatra passait sur une chaîne hi-fi de mauvaise qualité. La moquette collait sous ses chaussures.

À côté d'un gros panneau « ne pas fumer », Ross remarqua une petite affiche mal encadrée, avec un visage qu'il reconnut. Il s'agissait de l'homme flamboyant, aux cheveux longs, 45 ans environ, pris en photo en studio, avec un effet de halo autour de sa tête. La légende disait : « Le mystérieux Mickey Magic ! Une émission ABC pour toute la famille. Début de la diffusion le 16 juin. Tous les vendredis à 21 heures. »

Ross se pencha sur le comptoir pour prendre une photo avec son téléphone.

— Bonjour, dit-il au barman. Vous savez si Mike Delaney sera là ce soir ?

— J'ai l'air de savoir ? dit-il sans lever la tête.

— Vous avez l'air d'être la seule personne présente ici, répliqua Ross.

— Peut-être que oui, peut-être que non. S'il vient, ce sera tôt, pour l'happy hour.

— C'est-à-dire ?

Le gars lui désigna une pancarte au mur.

Happy Hour de 17 h 30 à 19 h 30.

Ross le remercia, reçut un grognement en guise de réponse et sortit. Il avait besoin de caféine. La faim commençait à se faire sentir. Il était encore tôt, mais son petit déjeuner remontait à 7 h 30. Il regarda autour de lui. Rien ne lui sembla appétissant. Il se souvint qu'Imogen avait adoré Melrose Avenue et ses nombreux cafés branchés, quand ils étaient venus ensemble. Comme il avait pas mal de temps à tuer, il se mit en route, retraversa, tourna à droite et repassa devant le lycée.

Il sortit son téléphone pour appeler Sally, tomba sur son répondeur et laissa un message. Il poursuivit son chemin, plongé dans ses pensées, appréciant la douceur de l'air californien. Melrose Avenue. Ce quartier bobo rappelait certains coins de Brighton. Il passa devant une boutique de vêtements pour femmes, longea la façade blanche d'une pharmacie, puis la devanture noire d'un studio de tatouage.

Il essaya de se souvenir du restaurant où ils avaient brunché, un dimanche, et où il avait dégusté les meilleurs œufs de sa vie. De l'autre côté de la rue, il vit un café qui lui sembla cool, et traversa.

La pièce spacieuse, quasi vide, dégageait un esprit bohème. Il s'assit contre la vitrine pour avoir la meilleure vue et commanda un double espresso, un Coca Light, un cheeseburger et des frites. Il observa les passants en essayant de prévoir ce qu'il allait dire à Mike Delaney le soir même – s'il venait.

Que dit-on quand on se retrouve face au Fils de Dieu ?

L'énormité de la situation le rendait fébrile.

Une petite voix dans sa tête lui serinait que ça ne pouvait pas être vrai.

Son téléphone vibra. C'était Sally.

— Salut !

— Salut, quoi de neuf ?

Ross lui résuma les derniers événements.

— Tu veux que je vienne avec toi ? Peut-être qu'on arrivera mieux à le mettre en confiance à deux.

— C'est gentil, mais je préfère être seul.

— Tu m'appelles après ? C'est incroyable, ce qui t'arrive, Ross.

— C'est la déception, qui va être incroyable.

— Je ne pense pas.

Il raccrocha. Les boissons arrivèrent, suivies du plat. Il allait saler ses frites quand il vit, de l'autre côté de la rue, une femme qui ressemblait à s'y méprendre à Imogen.

Son bras resta suspendu en l'air. C'était le double d'Imogen. Était-il en train d'halluciner ? Le décalage horaire lui jouait-il des tours ?

Impossible. Et pourtant…

Il posa la salière, saisit son téléphone et composa le numéro de son épouse. Quelques secondes plus tard, la femme s'arrêta et consulta son portable. Sans le porter à l'oreille, elle appuya sur un bouton et le remit dans son sac.

Elle avait rejeté son appel.

125

Lundi 20 mars

Ross sauta de son siège et s'apprêta à courir après Imogen, mais quelque chose le retint. Il se rassit, estomaqué.

Son numéro avait dû s'afficher. Elle l'avait vu et avait décidé de ne pas décrocher. Pourquoi ? Parce qu'elle marchait dans une rue de Los Angeles au lieu d'être chez sa sœur, dans la campagne du Sussex ?

Cela expliquait pourquoi elle l'avait appelé la veille au soir, à ce qui était l'équivalent de 1 heure du matin en Angleterre. Que faisait-elle là ? À quoi jouait-elle ?

Il n'en croyait pas ses yeux.

Même si c'était l'un de ses quartiers préférés. quel hasard de tomber sur elle dans une ville de cette taille !

Et les coïncidences s'enchaînaient. Il avait rencontré Sally Hughes, dont l'oncle était membre de la fondation du Chalice Well, le lendemain de son premier rendez-vous avec le professeur Cook. Elle s'était retrouvée dans son avion, à une rangée de lui. Et maintenant, Imogen. À quelques minutes près, il l'aurait manquée ou serait tombé nez à nez avec elle.

Les mots d'Einstein lui revinrent : « Les coïncidences, c'est la voix de Dieu pour rester anonyme. » Il déjeuna sans plus d'appétit, complètement absorbé par ses pensées. Imogen était-elle là pour l'espionner ? Doutait-elle des raisons qui l'avaient amené ici ?

Elle lui avait dit qu'elle avait peur, qu'il prenait trop de risques. Qu'est-ce qui avait changé depuis ?

Il sortit du restaurant, non sans avoir vérifié qu'Imogen n'était pas dans les parages. C'était une sensation bizarre que de se cacher de sa femme. Puis il songea que, s'ils tombaient l'un sur l'autre, ce serait à elle de lui fournir des explications. Elle se plaignait d'être fauchée, comment avait-elle bien pu s'acheter un billet pour Los Angeles ?

Il décida d'aller faire un tour dans le marché couvert et se laissa tenter par un énorme beignet, ce qu'il regretta immédiatement. Il se dirigea vers la colline de Hollywood et allongea la foulée pour essayer de brûler les calories qu'il venait d'ingurgiter. Une heure et demie plus tard, il avait toujours l'impression d'avoir avalé un boulet de canon.

Alors qu'il approchait de sa voiture, garée dans le quartier de La Brea, il reçut un texto de Sally :

> Gaffe qu'il te recrute pas comme disciple. Quoique. Je suis sûre que tu serais mignon avec une barbe et des sandales. LOL. Bisous

Il sourit et se contenta d'un :

> Ah ah ! Bisous

126

Lundi 20 mars

Ross s'installa au volant et ferma la portière. Il était 15 h 50 à l'horloge du tableau de bord.

L'happy hour au sinistre Fairfax Lounge ne commençait qu'à 17h30. Mike Delaney serait-il là ce soir ?

Une vague de fatigue l'envahit. Il aurait bien fait une petite sieste, mais son esprit tournait à cent à l'heure.

Imogen avait traversé l'Atlantique sans le prévenir. Lui réservait-elle une surprise ? Dans ce cas, c'était réussi.

Il hésita à la rappeler. Il était presque minuit, en Angleterre. Ferait-elle semblant d'être endormie ou n'allait-elle pas décrocher ? Que lui dirait-il, s'il l'avait au bout du fil ?

Il lança l'appel sans réfléchir davantage.

Après quatre sonneries, il tomba sur son répondeur. Le ton était direct :

> Bonjour, c'est Imogen, laissez-moi un message !

— C'est moi, dit-il sèchement. Désolé de te déranger si tard, rappelle-moi, ajouta-t-il, un rien sarcastique.

Il profita des minutes suivantes pour lire ses e-mails. Sa rédactrice en chef lui demandait s'il était bien arrivé. Il consulta Twitter et Facebook, puis le site de Sky News. Le métro londonien annonçait une grève, tout comme la compagnie de trains assurant la navette vers Brighton ; le téléphone de guerre de Hitler allait être vendu aux enchères – qui pouvait avoir envie d'un souvenir aussi sombre ?

Le culte hebdomadaire en Angleterre passait, pour la première fois, sous la barre du million de fidèles.

Pas étonnant que Dieu se fasse du souci.

Il repensa à ce qu'avait dit un jour le prix Nobel Max Planck, spécialiste de mécanique quantique : « La science avance peu à peu, un mort à la fois. »

La science était-elle, lentement mais sûrement, en train de remplacer l'Église ?

Une nouvelle vague de fatigue s'abattit sur lui et, malgré sa nervosité, il bâilla. Il programma une alarme pour une heure plus tard, abaissa son siège au maximum et ferma les yeux.

Mais, derrière ses paupières closes, Imogen arpentait les trottoirs de Melrose Avenue.

Le trompait-elle ? Il n'en avait rien à faire, mais était-elle bête au point de choisir la même ville que lui ?

Elle savait dans quel hôtel il était descendu et ne l'avait pas contacté. Elle avait ignoré ses appels à deux reprises.

Quand l'alarme sonna, il sortit de sa voiture, toujours aussi perplexe, verrouilla les portières et se dirigea vers le bar.

127

Lundi 20 mars

Le ciel s'était couvert et le vent levé durant les dernières heures. La veste de Ross s'envola quand il traversa la rue pour se rendre au bar. Par temps nuageux, l'endroit semblait encore moins accueillant qu'en début de journée.

Il poussa la lourde porte et entra. Les lumières étaient à présent allumées, mais les ampoules des abat-jour poussiéreux ne dégageaient qu'une faible lueur. Un match passait à la télévision, dans l'indifférence générale. La voix de Dolly Parton sortait d'enceintes défectueuses. Le barman grincheux s'était changé. Il portait désormais un costume rouge écarlate et un nœud papillon. Les mains posées sur le comptoir, il regardait dans le vague, droit devant lui. Un serveur du même âge, petit, habillé à l'identique, s'appliquait à mélanger un shaker argenté avec une longue cuillère.

Deux hommes d'affaires étaient assis sur une banquette, pendus à leur téléphone. Tous deux buvaient un cocktail dans un verre à martini. Un type entre deux âges, également en costume, était accompagné d'une rousse outrageusement sexy. L'homme portait une alliance. La femme arborait quelques grosses bagues, mais aucune à son annulaire. Ross se demanda ce qui les avait amenés là. Il n'y avait pas d'autres consommateurs.

Un troisième barman apporta à la femme une boisson vert fluo, et une bière à l'homme, puis s'approcha de lui.

— Bonsoir, monsieur. Qu'est-ce que je vous sers ?

Ross aurait bien bu un alcool fort, mais, sans savoir combien de temps il aurait à patienter, il ne voulait pas prendre le risque d'être encore plus fatigué.

— Puis-je avoir de l'eau ?

Le gars grimaça, désapprobateur.

— Du robinet ?

— Non, plutôt en bouteille.

— Plate ou gazeuse ?

— Vous avez de l'Évian ?

Pour une raison ou une autre, le vieil homme s'enthousiasma.

— De l'Évian ? Absolument. Avec une rondelle de citron vert ?

— Parfait, merci.

— Pas de problème.

— Savez-vous si le magicien vient ce soir ?

— Il y a deux personnes qui peuvent répondre à cette question : Mike Delaney et Dieu le Père.

Il se pencha et vérifia, par-dessus son épaule, que ses collègues ne l'écoutaient pas.

— Si vous voulez voir un spectacle de magie, il paraît qu'en ce moment, c'est au Black Rabbit Rose, sur North Hudson, que ça se passe. Mike Delaney est de la vieille école. Mais ce n'est pas moi qui vous l'ai dit. Et une Évian, une, avec une rondelle de citron vert !

Pendant l'heure qui suivit, les clients arrivèrent au compte-gouttes. Ross grignota les cacahouètes qu'on lui proposa, but une deuxième bouteille d'eau et se rendit aux toilettes. Quand il revint à sa place, il avait du mal à rester éveillé.

Il pensa au dîner qu'il allait partager avec Sally. Il ne ferait pas forte impression, s'il était aussi mou que ça. Il fallait qu'il reprenne du poil de la bête !

Et où Imogen mangerait-elle ce soir ? Avec qui ? Y avait-il des chances qu'ils se retrouvent dans le même restaurant ?

Ce serait pour le moins cocasse.

Il but une gorgée, reposa son verre et remarqua un vieil homme, grand et mince, légèrement voûté, vêtu d'un costume gris élimé, de bottes usées et d'une chemise noire à boutons en strass qui se dirigeait vers les hommes d'affaires. Il avait un visage allongé, les cheveux gris, le nez épaté et les joues couperosées.

Plongés dans leur discussion, les clients devaient en être à leur deuxième ou troisième martini.

Il se posta devant eux, ouvrit un jeu de cartes en éventail et les aborda :

— Choisissez une carte, monsieur, n'importe laquelle.

Il avait une voix posée et engageante, avec un accent californien.

L'un d'eux lui fit signe de s'éloigner. Le vieil homme leva la main pour s'excuser de les avoir dérangés et s'approcha de Ross avec une agilité exceptionnelle pour quelqu'un de son âge.

128

Lundi 20 mars

Ross se mit à trembler de façon incontrôlée. Il respira plusieurs fois profondément, comprenant que c'était sans doute le moment le plus important de sa vie.

J'ai récemment reçu la preuve de l'existence de Dieu, et on m'a dit qu'un journaliste respecté du nom de Ross Hunter pourrait m'aider à être pris au sérieux.

Lui qui trouvait facilement ses mots se rendit compte qu'il ne savait pas quoi dire. Se rappelant qu'il avait prévu d'enregistrer la conversation, il posa discrètement une main sur son téléphone et mit en marche le dictaphone.

Aussi mal fagoté soit-il, l'illusionniste dégageait quelque chose d'étrangement puissant. Derrière des lunettes tordues, ses yeux noisette brillaient d'un éclat magnétique, qui le faisait paraître beaucoup plus jeune que son âge.

De près, Ross remarqua la ressemblance flagrante avec la personne sur l'affiche. Il s'agissait clairement du même homme, mais dans une coquille plus vieille. C'était comme s'il portait un costume et un masque, mais qu'il y avait quelqu'un d'autre à l'intérieur.

Ross ressentit la puissance de son aura et eut l'impression d'être aspiré. L'envie lui prit de s'agenouiller devant lui.

— Mike Delaney ? demanda-t-il d'une voix désincarnée.

— C'est bien moi, monsieur, répondit-il en ouvrant ses cartes d'une main tremblante, l'haleine chargée. Je peux vous montrer un tour de magie ?

Ross vit la jeunesse derrière le masque. Ses yeux étaient pleins d'humour, de malice et de complicité, comme s'ils partageaient un secret.

Ses poils se dressèrent dans sa nuque. Il était à la fois émerveillé et excité, mais il avait du mal à y croire.

Et pourtant. Il était bien là, devant lui. L'homme qui avait le même ADN que Jésus-Christ.

Mike Delaney le fixait en souriant, comme s'il lisait dans ses pensées et l'encourageait. Ross se mit à ressentir un calme immense. Une impression de bien-être. Un regain d'énergie.

— Je peux vous présenter un tour de magie ? répéta-t-il.

Vous m'en montrez un en ce moment, faillit répondre Ross.

— Pourriez-vous changer cette eau en vin ? se contenta-t-il de dire en désignant son verre d'Évian.

Quand leurs regards se croisèrent, Ross eut l'impression étrange d'être attiré dans l'âme du magicien. Il y avait une présence extrêmement forte à l'intérieur de la coquille, derrière le masque.

— Pinot noir ou merlot ? Ou préférez-vous du chablis ?

— Leur avez-vous donné le choix, la dernière fois ? répliqua Ross.

Delaney fronça furtivement les sourcils, puis se fendit d'un grand sourire chaleureux.

Ross fut envahi d'une sensation inédite. Toute sa fatigue s'était envolée. Il était en pleine possession de ses moyens. Et soudain, il fut parcouru de sueurs froides et la salle se mit à tanguer.

— Je peux, accepta le magicien, mais j'imagine que vous n'avez pas traversé l'Atlantique pour vous faire offrir un verre, n'est-ce pas, monsieur Hunter ?

Ross fut surpris de l'entendre prononcer son nom.

— Je vous avoue que j'espérais un peu plus, confirma-t-il en souriant.

— Je vous attendais. Le vieux professeur est passé vous voir ?

Ross hocha la tête.

Tout tournait autour de lui.

— Oui, le professeur Cook.

— Harry Cook.

À l'intérieur du jeune homme, qui vivait dans la coquille du vieil homme, se trouvait un homme encore plus jeune, et un autre, plus jeune encore, dans une autre coquille. Ross avait l'impression de se mirer dans l'âme d'une infinité d'êtres humains s'emboîtant comme des poupées russes.

— Pourquoi lui ? demanda Ross en étouffant un sanglot. Pourquoi l'avoir choisi, lui ?

— Pourquoi pas lui ? répondit simplement Delaney.

Un silence agréable s'installa entre les deux hommes. Ross se sentit étrangement bien, comme s'ils étaient seuls au monde.

— Je peux vous offrir un verre ? suggéra-t-il.

L'illusionniste s'assit sur la banquette à côté de lui.

— Je ne peux pas m'arrêter trop longtemps, ils n'aiment pas ça, ils veulent me voir circuler entre les tables, mais là, c'est relativement calme, donc on peut discuter.

Ross commanda une bière, et Delaney un bourbon Jim Beam. Quand le barman se fut éloigné, il se tourna vers son interlocuteur.

— J'ai l'impression d'être dans une sorte de rêve. Je voudrais simplement vous demander…

Il ne savait pas trop quoi dire. Il avait une multitude de questions à lui poser, à propos du passé et de l'avenir.

— Je sais qui je suis, si c'est ça, votre question. C'est cela que vous vouliez me demander, n'est-ce pas ?

Ross le regarda dans les yeux, envoûté.

— Pourquoi Harry Cook ? répéta-t-il. Pourquoi un vieil homme lambda alors que vous auriez pu choisir…

Les mots lui manquèrent de nouveau.

— Alors que l'on aurait pu trouver des gens qui passent mieux dans les médias ? Quelqu'un que tout le monde aurait cru ? Pas le pape, pas l'archevêque de Canterbury, pas un imam, pas un leader sikh ou hindou, pas un rabbin, eux ont déjà la foi, ils savent. Ce ne sont pas eux qui doivent croire. Eux n'empêcheront pas l'humanité de tomber dans le gouffre.

Ross se demanda s'il n'était pas face au Grand Imposteur, un gars qui aurait, par le plus grand des hasards, le même ADN que le Christ.

Il avait du mal à y croire. Peut-être se faisait-il des idées. Mais chaque fois qu'il regardait l'homme assis à côté de lui, il sentait son magnétisme et avait l'impression de plonger dans l'âme de tous les êtres humains.

Comment est-il au courant, pour Harry Cook ? Comment connaît-il mon nom ?

— Donc qui est capable d'empêcher l'humanité de tomber dans le gouffre, pour reprendre vos mots ?

Avant de lui laisser le temps de répondre, Ross poursuivit :

— Selon le professeur, Dieu pense que, si la foi était rétablie, nous repartirions sur le droit chemin. Mais, au Moyen Âge, quasiment tout le monde avait la foi, et cela n'a pas empêché des siècles de guerre, puis l'holocauste et les attaques nucléaires sur Hiroshima et Nagasaki. Pourquoi en irait-il autrement aujourd'hui ?

Delaney esquissa un sourire empreint de sagesse et redevint momentanément une seule personne, un vieil homme à la peau fripée.

— Peut-être parce que les foules écoutent une poignée de personnages arrogants. Des scientifiques et des spécialistes imbus d'eux-mêmes, qui pensent qu'il ne peut rien y avoir de plus important dans l'univers que leur ego. Des gens persuadés de savoir comment le monde a commencé, mais qui ne peuvent pas l'expliquer. Ils parlent de façon convaincante du big-bang, mais ça ne va pas très loin. Des particules sont entrées en collision, et puis ? Qui les a placées là ? Ils évitent soigneusement d'aborder ce sujet. Tout comme ils évitent la question du pourquoi. Pourquoi quelqu'un a-t-il mis ces particules là ? Personne ne peut répondre à ça, parce que la seule réponse possible, c'est : quelqu'un de plus grand que l'homme.

— Quelqu'un ou quelque chose ? objecta Ross.

Delaney soutint son regard.

— Une intelligence supérieure, monsieur Hunter. Peut-être est-ce une légende urbaine, mais il paraît qu'en 1899 le commissaire des brevets américains a suggéré au Congrès de fermer ce bureau, parce que tout ce qui pouvait être inventé l'avait été. Selon lui, il n'y aurait plus de nouvelles découvertes. Imaginez ! C'était avant les avions, avant les ordinateurs, avant Internet, avant tout ce qui compose notre monde moderne.

— Si c'est vrai, quel visionnaire ! plaisanta Ross. Mais il faut avouer que l'Église n'a jamais été du côté des scientifiques. Galilée a été jugé coupable d'hérésie par l'Inquisition pour avoir affirmé que la Terre tournait autour du Soleil. La religion n'a-t-elle pas été trop protectionniste et antiscience ?

— Peut-être, concéda Delaney au buvant une gorgée de whisky. Il est possible que la chrétienté se soit trop longtemps accrochée à de vieilles croyances, et qu'au lieu d'accueillir la science elle l'ait repoussée. L'ironie, c'est que la science pose des questions auxquelles seule la religion peut répondre, mais accepter ces réponses reviendrait, pour les scientifiques, à avouer leur défaite.

— À quelles questions faites-vous référence ?

— Êtes-vous familier du principe d'intrication quantique ?

— Non.

— Pour faire simple, si vous coupez en deux une particule subatomique, et que vous mettez une moitié dans un laboratoire à Londres et l'autre aux antipodes, à Sydney, par exemple, si l'une d'elles change de charge électrique, l'autre changera aussi. Einstein, qui était fasciné par ce phénomène, lui a même donné un nom : l'action fantôme à distance.

Ross but une gorgée de bière. Il n'arrivait pas à croire qu'il était en train d'avoir cette conversation.

— Il y a autre chose que personne ne peut expliquer : le magnétisme. Personne ne peut dire quelles en sont les causes. Les scientifiques savent ce que c'est, mais ça s'arrête là. Pensez-vous que l'on puisse vraiment expliquer l'intrication quantique par le principe d'évolution ? Je ne pense pas. Bien sûr que l'évolution existe. Mais elle n'est qu'une partie de l'existence. Une conséquence de la vie, pas la cause.

Delaney fit une pause pour regarder Ross dans les yeux.

— Vous ne savez pas trop à quoi vous en tenir, avec moi, hein ?

— Honnêtement ? Si vous êtes véritablement qui je pense que vous êtes, je ne comprends pas pourquoi vous ne vous êtes pas manifesté plus tôt, pourquoi vous avez attendu plus de deux mille ans.

Delaney réfléchit, puis se pencha pour lui demander à voix basse :

— Qui pensez-vous que je suis ?

— Votre ADN correspond à celui d'une dent ayant vraisemblablement appartenu à Jésus-Christ, et à un prélèvement de ce que je pense être le Saint-Graal.

— Et vous pensez que ça pourrait être une coïncidence, Ross ?

— Non, je ne crois pas.

Cela lui fit plaisir d'être appelé par son prénom. Les deux hommes se sourirent et se regardèrent longuement dans les yeux. Ross sentit un courant électrique passer. Une complicité. Un lien.

— Il faut que vous compreniez que je ne suis pas le Fils de Dieu, chuchota Delaney. Oui, j'ai le même ADN, mais je suis le précurseur, celui envoyé pour se fondre dans la masse et faire son rapport. Pour voir si l'humanité est prête pour la Seconde Venue.

— Le symbole de Nicée, se souvint Ross. Jésus-Christ monta au ciel et il est assis à la droite du Père. Il reviendra dans la gloire, pour juger les vivants et les morts ; et son règne n'aura pas de fin.

— Au mot près !

— Et ?

— Ils ne sont pas prêts.

— Qui ça, « ils » ?

— Tous ceux qui ont des intérêts personnels. Rien n'a changé, en deux millénaires. La vanité, la convoitise et la peur règnent toujours sur le monde. Jésus a été tué pour toutes ces raisons. Les gens redoutaient de perdre quelque chose à cause de lui. Les leaders juifs ont pensé que, s'Il était vraiment le messie, Il représenterait une menace pour leur autorité. Les Romains lui ont reproché de vouloir être roi, ce qui mettait à mal leur empereur. Ponce Pilate croyait sincèrement qu'il pouvait être le Fils de Dieu, mais il œuvrait avant tout pour sa propre carrière, et c'était un piètre diplomate, donc il a renoncé à prendre ses responsabilités et a laissé la foule décider, alors qu'il aurait pu sauver Jésus.

Ross se demanda si tout cela pouvait être vrai.

Comme s'il lisait dans ses pensées, Delaney lui dit :

— Vous doutez, n'est-ce pas ? Vous vous demandez si un vieux type comme moi peut vraiment être qui il est. J'ai essayé de mener une vie ordinaire, la plus ordinaire possible. Je sais que je suis différent, et je sais quel est mon rôle.

Ross sentit l'électricité statique courir sur sa peau. C'était bizarre, mais pas désagréable. Énergisant, un peu comme une douche chaude. Delaney lui sourit. Il savait apparemment ce qui se passait.

La vibration s'arrêta aussi brusquement qu'elle avait commencé.

— Peut-être que le monde a besoin d'une prise de conscience, avant la Seconde Venue. Quelque chose que les scientifiques ne pourront pas expliquer. Quelque chose d'impossible à écarter d'un revers de la main. Quelque chose qui défiera les lois de la physique.

Ross fronça les sourcils. Il avait déjà entendu ces mots. Benedict Carmichael les avait prononcés devant lui.

— Vous voulez dire, un miracle, comme la traversée de la mer Rouge ?

— Un miracle que le monde entier verra sans pouvoir le rejeter.

Ross lut la force et la détermination dans son regard. Une puissance immense. Cette vision le fascina autant qu'elle l'effraya.

— Qu'avez-vous en tête ?

— Vous le saurez quand cela arrivera. Le monde entier saura. C'est écrit dans la Genèse, chapitre 9, quand Dieu dit : « C'est ici le signe de l'alliance que j'établis entre moi et vous, et tous les êtres vivants qui sont avec vous, pour les générations à toujours. »

— Mais comment allez-vous faire comprendre son importance à un monde sceptique et hostile ?

Delaney leva les bras en l'air.

— C'est là que j'ai besoin de votre aide, c'est là que vous intervenez, c'est pour ça que vous avez été choisi.

Il montra du doigt le téléphone de Ross, posé sur la table.

— L'enregistrement que vous êtes en train de réaliser avec ce gadget, vous en aurez bientôt besoin. Ce jour-là, vous pourrez le faire écouter à tous les saint Thomas.

Ross rougit. Il était embarrassé de ne pas avoir demandé à Delaney la permission de l'enregistrer. Comment celui-ci savait-il, d'ailleurs ? L'avait-il vu manipuler son téléphone quand il s'était approché ?

Delaney poursuivit :

— C'est écrit aussi dans Matthieu, chapitre 24 : « Le soleil s'obscurcira, la lune ne donnera plus sa lumière, les étoiles tomberont du ciel, et les puissances des cieux seront ébranlées. Alors le signe du Fils de l'Homme paraîtra dans le ciel. »

Delaney réfléchit, le regard perdu au loin.

— C'est pour bientôt, une fois que j'aurai été rappelé. Les médias sont prêts à vous écouter. Vous avez l'enregistrement. Vous détenez la preuve ultime. Maintenant, il faut que je retourne travailler et que je vous protège aussi longtemps que nécessaire, dit-il en finissant son verre, avant de se lever.

Ross avait du mal à comprendre.

— Où est-ce que ce signe apparaîtra ?

Il avait un milliard de questions supplémentaires à lui poser.

— Partout, exactement au même moment, dans tous les pays du monde, tous les fuseaux horaires. Toutes les créatures vivantes pourront le voir.

— Je peux vous prendre en photos ? demanda Ross.

Delaney sembla hésiter.

— D'accord.

Ross prit deux photos, puis demanda :

— Comment puis-je vous contacter ? Vous avez une carte ? Un e-mail ?

— Je suis désolé, mais je n'ai ni carte ni e-mail. Je suis là quasiment tous les soirs, sauf le dimanche. Vous me trouverez dans ce bar tant que je serai dans les parages, mais ça ne durera pas longtemps.

Quand Delaney lui tourna le dos, Ross en profita pour saisir, avec un mouchoir, le verre dans lequel il avait bu, et le glisser dans sa poche. De retour en Angleterre, il demanderait au labo d'essayer d'en extraire l'ADN. Il arrêta l'enregistrement et vérifia qu'il avait bien fonctionné. À la table d'à côté, il entendit Delaney dire :

— Prenez une carte, monsieur, n'importe laquelle. Ne me la montrez pas. Écrivez votre nom au dos avec ce stylo.

Ross termina la bière qu'il avait à peine touchée pendant leur conversation. Il était bouleversé.

Que venait-il de se passer réellement ? Delaney était-il, comme le professeur Cook, un illuminé ?

Il entendit des rires à la table d'à côté. Le magicien était en train de casser un glaçon à l'aide d'un petit marteau.

Le précurseur de la Seconde Venue ?

Il le regarda sortir une carte pliée du glaçon, la déplier et la montrer. Un nom était noté au verso.

— C'est votre carte, monsieur ? C'est votre écriture ?

Clameur d'admiration.

129

Lundi 20 mars

Quelques minutes plus tard, Ross régla l'addition, laissa un pourboire et se dirigea vers la sortie, comme dans un brouillard. Il eut du mal à ouvrir la porte, tant le vent soufflait. Une tempête semblait s'être levée.

Dehors, il faisait sombre et la circulation était dense. Il lui fallut plusieurs secondes pour s'orienter. Une supérette se trouvait en face de lui, un café juste à côté. Il devait traverser la quatre-voies, tourner à gauche, puis à droite, deux pâtés de maisons plus loin, pour arriver au parking où il s'était garé. Il sortit son téléphone de sa poche, impatient de raconter sa discussion à Sally. Il commença à écrire son message et s'engagea, sans lever les yeux de son écran, quand le feu passa au vert pour les piétons.

Il était à mi-chemin, toujours concentré sur son portable, quand il entendit un vrombissement. Il leva les yeux et vit un énorme 4×4 foncer sur lui.

Le véhicule n'allait, de toute évidence, pas s'arrêter au rouge. Ross fut tétanisé. Les phares étaient de plus en plus proches. Soudain, le temps ralentit. Que devait-il faire ? Courir de l'autre côté ou revenir sur ses pas ? Il regarda par-dessus son épaule et vit que Mike Delaney se trouvait sur le trottoir, devant le Fairfax Lounge.

Un centième de seconde plus tard, l'homme fonçait vers lui, les bras tendus, sans toucher le sol, comme porté par un fil invisible.

Le bruit du véhicule était assourdissant. Les phares aveuglants. Ross entendit une femme pousser un cri. Avant même que Delaney l'ait rejoint, une force le propulsa latéralement. Le choc contre le mur de la supérette fut tel qu'il eut l'impression que tous ses os se brisaient.

Soudain, comme dans un ralenti, le 4×4 heurta Delaney de plein fouet et celui-ci fut catapulté vingt mètres plus loin.

La voiture continua à accélérer jusqu'à se réduire aux points lumineux de ses phares arrière.

Des hurlements s'élevèrent.

Des gens se précipitèrent vers le vieil homme. Comme dans un rêve, Ross s'approcha de lui à son tour. Sa tête était auréolée d'une flaque de sang rouge foncé. Il gisait là, informe, inanimé.

— Vous avez vu ? s'écria qu'elqu'un.

— Il ne s'est pas arrêté ! dit un autre.

— Appelez une ambulance ! lança un troisième.

Ross ne fit aucun mouvement. Impuissant. Horrifié.

130

Lundi 20 mars

— Pourquoi ça n'avance pas ? s'emporta Ainsley Bloor, en regardant par la vitre teintée de la limousine.

Ça faisait plusieurs minutes qu'ils n'avaient pas bougé. Ils se trouvaient au niveau d'une station-service Mobil, entourés de grands panneaux aux couleurs criardes. La voiture progressa de quelques centimètres.

— On ne peut pas prendre une autre route ? demanda-t-il au chauffeur.

Le gars trapu, taillé dans le granit, désigna sa montre en or.

— 20 heures, lundi soir, je ne sais pas ce qui se passe, mais il y a un problème, c'est sûr. À Los Angeles, on peut jamais savoir si ça va circuler ou pas. En général, Sunset Boulevard est une bonne option à cette heure-ci.

— Ouais, mais pas aujourd'hui. On est loin ?

— Sans les embouteillages ? Cinq, dix minutes.

— On peut prendre un autre chemin ?

— Je croyais que vous vouliez passer par les lieux touristiques.

— Quoi ?

Bloor se tourna vers Julius Helmsley, qui rédigeait un e-mail sur son téléphone.

— Tu lui as demandé de nous balader ?

Helmsley secoua la tête.

— On n'est pas là pour faire du tourisme, OK ? On veut aller au Fairfax Lounge, et vite.

— C'est pas ce qu'on m'a dit, répliqua le chauffeur. J'ai reçu l'ordre de vous montrer la ville.

— Eh bien, c'est une erreur. Ça fait quarante-cinq minutes qu'on a quitté l'hôtel. Débrouillez-vous pour nous conduire au bar dans les meilleurs délais.

— C'est vraiment un bouge, vous êtes sûrs que vous voulez aller là-bas ?

— Oui.

— Des gentlemen comme vous, vu l'hôtel que vous avez choisi, vous n'avez pas envie de passer la soirée dans ce trou à rats. Je peux vous montrer des endroits beaucoup plus…

— Emmenez-nous au Fairfax Lounge, bordel ! hurla Bloor, la voix partant dans les aigus.

Quelques secondes plus tard, la limousine tourna à droite dans une petite rue, le chauffeur accéléra brutalement, les pneus crissèrent et Bloor fut projeté contre la portière. Le téléphone de Helmsley s'envola et il dut se contorsionner pour le récupérer. Deux secondes plus tard, le véhicule tourna violemment à gauche, et les deux hommes furent projetés contre l'autre portière.

— Vous êtes spécialisé dans les évasions ? tenta Bloor pour le détendre.

— Hum hum, se contenta de répondre le conducteur sans sourciller.

Quelques minutes plus tard, ils s'arrêtèrent à un feu. Ils se trouvaient désormais sur une quatre-voies bordée de boutiques et de snacks. Le chauffeur dut freiner au carrefour suivant.

— J'ai l'impression qu'on n'a pas de chance.

Les deux hommes découvrirent de nombreux gyrophares rouges et bleus, allumés. Un véhicule de police barrait la rue et de la rubalise jaune et noir flottait au vent. Deux flics en uniforme bloquaient le passage. Un peu plus loin, ils remarquèrent une ambulance et d'autres véhicules officiels. Une sirène approchait.

— Où est le Fairfax Lounge ? demanda Bloor.

— Tout droit, sur la gauche, au prochain pâté de maisons, répondit le conducteur.

— Qu'est-ce qui se passe ?

— J'en sais rien, mais on n'ira pas plus loin.

— Je vais aller me renseigner.

Bloor ouvrit la portière et se plia en deux à cause du vent. Il se dirigea à vive allure vers l'un des policiers.

— Monsieur, je voudrais aller au Fairfax Lounge.

— Où ça ?

L'enseigne lumineuse n'était qu'à cinquante mètres.

Devant le bar était garée une berline blanche estampillée « médecin légiste ». Une camionnette blanche, avec une rangée de gyrophares, arrêtée à côté, arborait sur la portière avant : « Médecine légale de Los Angeles, la loi et la science au service de la communauté. »

Bloor commençait à avoir un mauvais pressentiment.

— Le Fairfax Lounge, monsieur. Il est juste là. Je peux passer ?

Le policier se contenta de secouer la tête.

— Et je... Vous pensez que je pourrai y aller quand ?

— Accident mortel, c'est tout ce que je peux vous dire. Je ne sais pas combien de temps ça va durer.

Un autre flic, plus baraqué, sortit du bar et se dirigea vers eux avec une assurance débordante.

Les deux hommes étaient visiblement amis.

— Ça va être long, murmura-t-il.

— Pourquoi ? demanda le premier.

— Délit de fuite, le bordel, comme d'hab. Tout plein de connards qui prennent des photos. On a deux témoins qui ont vu un vieux essayer de sauver la vie d'un mec plus jeune. Apparemment, il l'aurait poussé vers le trottoir. Le chauffard était bourré ou drogué. Il a déboulé de nulle part, n'a pas freiné, ne s'est même pas arrêté. J'espère qu'on aura sa plaque d'immatriculation grâce aux caméras de vidéosurveillance des magasins.

— La victime avait des papiers sur elle ?

— Il semblerait qu'il s'appelle Mike Delaney. C'est l'un des barmen du Fairfax Lounge qui l'a reconnu. Il y bossait en tant que magicien.

— Apparemment, la magie n'aura pas suffi à lui sauver la vie.

— Excusez-moi, vous avez dit Mike Delaney ? les interrompit Bloor.

— Hum hum, confirma le flic qui revenait du bar.

Bloor eut l'impression que le sol se dérobait sous ses pieds.

— Mike Delaney ? répéta-t-il.

Les policiers l'ignorèrent.

— Je… Je venais justement le voir. Il faut absolument que je le voie.

— Vous n'allez pas le trouver très bavard, monsieur.

— Non, vous ne comprenez pas. Pourriez-vous me laisser passer, une petite minute ? les supplia-t-il.

— C'est vous qui ne comprenez pas. Il est mort. Circulez, y a rien à voir.

— Où vont-ils l'emmener ?

— Êtes-vous un parent du défunt ?

— Oui… Enfin… Oui, c'est mon cousin ! improvisa-t-il. J'ai… je viens du Royaume-Uni pour le voir. On a une réunion de famille. Je l'avais perdu… on s'était perdus de vue, on venait tout juste de se recontacter. Je suis bouleversé. Où vont-ils emmener son corps ?

— Au département de médecine légale, à la morgue. C'est pas idéal pour une réunion de famille.

Bloor grimaça.

— Il y a une seule morgue ?

— Hé, c'est pas comme les hôtels ! Quand on meurt, on ne choisit pas où on passe la nuit, OK ? s'impatienta l'agent.

— Vous… vous ne vous rendez pas compte de qui il est.

— Oh, je comprends très bien, répliqua l'autre. Et maintenant, circulez, monsieur, la voie doit rester libre.

— Non, je vous en prie, écoutez-moi : vous ne savez pas !

— Personne ne sait qui il est tant qu'il n'y aura pas eu d'identification formelle.

— Et où aura-t-elle lieu ? Au département de médecine légale ? À la morgue ?

L'un des policiers acquiesça.

— Vous avez l'adresse ?

— Vous la trouverez dans le guide des meilleurs hôtels, plaisanta l'un des agents.

Son collègue sourit. Bloor le dévisagea.

Ils ne savaient pas qui baignait dans son sang, là-bas, tandis qu'ils ricanaient.

En se dirigeant vers la limousine, il se rendit soudain compte que ce n'était peut-être pas un désastre, mais une opportunité en or.

Un plan commençait à germer dans son cerveau.

— Changement de programme. Pourriez-vous nous emmener au département de médecine légale ?

— Sur North Mission Road.

— C'est l'adresse ?

— Hum hum.

— Alors allons-y, s'il vous plaît.

— Très bon choix, vous y passerez sans doute une bien meilleure soirée qu'au Fairfax Lounge.

131

Lundi 20 mars

Il était un peu plus de 22 heures. Ross et Sally étaient assis dans la section bar d'un restaurant de fusion asiatique. Elle sirotait une margarita, lui avait déjà descendu un double whisky et il tenait une pinte de bière d'une main tremblante. Billy Joel chantait *Piano Man*.

Un assortiment de dim sum se trouvait devant eux, mais Ross n'avait pas d'appétit. Il avait mal partout, mais s'en rendait à peine compte. Il avait envie de raconter à Sally ce qui s'était passé et de lui faire écouter l'enregistrement, mais il ne savait pas par où commencer, et il ne lui faisait pas encore entièrement confiance.

— Coucou, dit-elle en agitant une main devant son visage. Il y a quelqu'un ?

Il sursauta.

— Désolé, je…

Il était ailleurs. Très loin. À essayer de comprendre ce qu'Imogen faisait à Los Angeles ; d'accepter qu'il avait été victime d'une tentative d'assassinat ; et de déterminer à qui il pouvait faire confiance.

— Raconte-moi tout, Ross. On dirait que tu as vu un fantôme.

— C'est peut-être le cas.

— Le Saint-Esprit ?

Il esquissa un sourire.

— Peut-être. Je ne sais pas, j'essaie de me souvenir de ce qui s'est passé. C'était incroyable, d'un autre monde, Sally. Je ne trouve pas les mots. Tout ce que je vais te raconter va te paraître complètement fou.

— Vas-y, je t'écoute.

Elle réussit à coincer un ravioli entre ses baguettes et à le soulever de quelques centimètres, mais il retomba dans le panier.

— Les Chinois les écrasent avant, dit-il pour l'aider.

— Très distingué, fit-elle. Alors ?

Elle prit un ravioli du bout des doigts, le posa dans son assiette et l'écrasa.

— Excuse-moi, je meurs de faim, mais je veux tout savoir. Qu'est-ce qui s'est passé, enfin, que penses-tu qu'il s'est passé, une fois que tu es sorti du Fairfax Lounge ?

— J'ai commencé à traverser la rue, tout en t'écrivant un texto.

— C'est pas malin. Tu as des tendances suicidaires ? lui reprocha-t-elle gentiment.

— J'étais sur un passage protégé et le feu était vert pour moi.

— Je préférerais que tu aies quelques minutes de retard, plutôt que tu arrives en avance dans l'au-delà !

Il sourit.

— Très pertinent.

— J'ai un bon sens de l'à-propos.

— Bref, j'étais à mi-chemin quand un 4×4 a surgi de nulle part. J'ai entendu le moteur et vu les phares. Il me fonçait dessus, j'en suis persuadé. Je me suis retrouvé tétanisé. Honnêtement, je me suis vu mourir. J'étais piégé. Et c'est alors que ce truc mystique – je n'ai pas d'autres mots – a eu lieu.

— Quel truc ?

— Delaney. Je l'ai vu devant le Fairfax. Il devait m'avoir suivi. Peut-être que je suis en état de choc, et que mon cerveau me joue des tours, mais il s'est jeté sur moi à une vitesse impossible, surtout pour un homme de son âge, et il m'a poussé. J'ai été littéralement propulsé sur le trottoir d'en face. L'espace d'un instant, j'ai cru que j'étais passé de l'autre côté, une expérience de mort imminente, tu sais ? J'étais sûr que c'était ça. Un peu comme quand Ricky est décédé. Et puis je me suis écrasé contre le mur d'un magasin, je me suis retrouvé allongé par terre et je…

Il fit une pause pour rassembler ses souvenirs.

— J'ai vu la voiture continuer sa course folle, et Delaney s'envoler dans les airs comme une poupée de chiffon.

Elle se pencha pour poser tendrement une main sur la sienne.

— Pendant un dixième de seconde, le temps s'est arrêté.

— C'est ce que disent les gens qui ont une expérience de mort imminente. Tu as connu ça quand ton frère est décédé ?

— C'était différent. Là, c'était plutôt un…

— Un miracle ?

— Voilà. Mais pourquoi est-il mort ? J'aurais dû partir à sa place.

— Tu penses qu'il t'a sauvé la vie ?

— Peut-être.

— Qu'il s'est sacrifié pour toi ?

— C'est possible, mais pourquoi ?

— Parce que tu as une mission à accomplir, tu ne crois pas ?

— Je ne sais pas. Au bar, il a laissé sous-entendre qu'il allait bientôt mourir. Avant de s'éloigner, il m'a dit : « C'est pour bientôt, une fois que j'aurai été rappelé. Les médias sont prêts à vous écouter. Vous avez l'enregistrement. Vous détenez la preuve ultime. »

— Et c'était comment, de le voir, de lui parler ?

— C'était… indescriptible.

Il réfléchit et reprit :

— Très étrange. Incroyable. Il dégageait une sorte d'électricité statique, quelque chose de surnaturel. Mais c'était peut-être mon imagination, conclut-il en haussant les épaules.

— Ou pas. Il a parlé d'un signe, c'est ça ?

— Il a cité la Genèse. Tout est dans l'enregistrement.

— Je pourrai l'écouter ?

— Bien sûr.

— Après le dîner ?

Il hocha la tête.

— Il a aussi fait référence à Matthieu, chapitre 24, je crois. Il a parlé du Soleil et de la Lune qui s'assombrissent, des étoiles qui tombent du ciel, d'un signe de Dieu. Un signe visible par tous, au même moment, dans tous les pays du monde.

— Même par les aveugles ? Même par ceux qui dormiront ?

— Il a dit quelque chose du genre : « Toutes les créatures vivantes pourront le voir. »

Elle le fixa en silence.

— S'il est vraiment… Alors, c'est…

— Intéressant ?

— Oui. Et c'est l'euphémisme de l'année, voire des deux derniers millénaires.

Ross tapota la poche de sa veste et entendit un tintement. Le verre dans lequel Delaney avait bu s'était cassé dans sa chute.

— C'est le verre dans lequel il a bu. Je pourrai obtenir son ADN grâce à lui.

— Bien vu, même si je ne te savais pas cleptomane.

— Un jour, je les rembourserai pour ce verre.

— Au fait, quelle est la dernière chose qu'il t'ait dite ?

— Il a dit : « Il faut que je retourne travailler et que je vous protège aussi longtemps que nécessaire. » Je lui ai demandé où le signe apparaîtrait. Quand il a parlé d'être rappelé, j'ai pensé qu'il faisait allusion au Ciel. Il a ajouté que je le trouverais au bar tant qu'il serait dans les parages, mais que ça ne durerait pas longtemps. Ensuite, il est allé à la table d'à côté faire un tour de magie. J'ai réglé l'addition et je suis parti.

— Et tu l'as vu sur le trottoir, puis il a été percuté par le 4×4.

— C'est ça.

— Tu penses que c'était volontaire ? Que quelqu'un a essayé de te tuer, ou de le tuer ?

— Eh bien, les policiers qui ont pris ma déposition avaient discuté avec l'un des barmen. Apparemment, il y avait quelques soirs de cela, un client l'avait accusé d'avoir volé 50 dollars dans son portefeuille. Delaney lui avait effectivement subtilisé son porte-monnaie dans le cadre d'un tour de magie, mais il le lui avait rendu. La situation s'était envenimée, les flics avaient débarqué, l'avaient fouillé, mais sans trouver de billet sur lui. Cela n'avait pas empêché le client mécontent de proférer des menaces. Les enquêteurs vont suivre cette piste, mais…

Il resta silencieux.

— Mais ?

Il se demanda qui pouvait avoir projeté de l'assassiner. Le pasteur Wenceslas étant mort, Kerr Kluge devenait le suspect numéro un.

— Ton ami évêque t'avait prévenu que la personne qui affirmerait détenir la preuve risquait d'être éliminée. Tu as été attaqué à Glastonbury et en Égypte, et aujourd'hui tu en réchappes de justesse. Peut-être avait-il raison.

— Peut-être.

— Mais ça ne va pas t'arrêter, n'est-ce pas ?

— Non.

— Tant mieux. Je n'ai pas envie que tu te mettes en danger, mais j'admire tes principes. Quand est-ce que tu vas rédiger ton article ?

— J'ai déjà commencé.

— Et ton journal te prendra au sérieux parce qu'ils te connaissent bien ?

— J'espère. Le risque, c'est qu'il y ait une grosse actualité le même jour, et que ma double page se transforme en brève.

— C'est ton article, la grosse actualité ! Ce jour-là, rien d'autre n'aura d'importance.

— Je croise les doigts. J'ai pris beaucoup de risques, mais j'ai également rencontré des gens incroyables, dit-il en la fixant droit dans les yeux.

Elle soutint son regard et hocha la tête.

Il essaya de saisir un ravioli aux crevettes avec ses baguettes. Après plusieurs tentatives infructueuses, il décida de le piquer. Il mâcha longuement et se rendit compte à quel point il avait besoin d'énergie. Il s'empressa d'en manger un deuxième.

— Tu crois vraiment à ce que Delaney t'a dit ?

— Je ne sais pas à quoi je crois. Il se passe trop de choses étranges. D'ailleurs, je ne t'ai pas tout raconté.

— Ah bon ?

Il repensa à Delaney. Avait-il rêvé ? Avait-il imaginé le jeune homme qu'il avait vu à l'intérieur du vieil homme, et l'homme encore plus jeune ? Toutes ces couches successives ?

— Allô, la Lune ?

Il la dévisagea, confus. De quoi parlaient-ils ?

— Tu me disais qu'il se passait des choses étranges.

— Ah, oui !

Il se concentra de nouveau.

— Ma femme est à Los Angeles.

— Quoi ? Imogen ? s'exclama-t-elle, troublée.

Il lui raconta la scène.

— Tu n'étais pas au courant de ce voyage ? Elle sait dans quel hôtel tu es descendu, mais elle n'a pas essayé de te contacter et ne décroche pas quand tu l'appelles ?

Il acquiesça.

— Sans compter qu'on est fauchés comme les blés.

— À mon avis, elle voit quelqu'un d'autre.

— Ce ne serait pas la première fois.

— Ah bon ?

— Mais imagine. Nous sommes mariés, tu sais que je vais à Los Angeles. Tu choisirais la même ville et le même moment pour retrouver ton amant ? Elle n'est pas bête.

— Si je voulais être prise en flagrant délit, et mettre un terme à ma relation, c'est ce que je ferais, oui.

Il réfléchit.

— Je n'y avais pas pensé, finit-il par dire.

— Certaines personnes ont l'esprit tordu.

— Je ne crois pas que ce soit le cas d'Imogen.

— Elle est intelligente. La preuve : elle t'a épousé !

— Merci pour le compliment.

— J'ai interviewé pas mal de malfaiteurs au fil du temps. Le meilleur moyen de cacher quelque chose, c'est de le mettre bien en évidence, dit-elle.

— C'est une théorie qui se tient, mais je n'y crois pas.

— Tu en as une autre ?

— Non. Je n'ai plus de théorie, en ce moment. Mais il y a une chose en laquelle j'ai foi, et je vais m'y accrocher. Et, tôt ou tard, on sera fixés.

— Tu veux parler du signe promis par Delaney ?

— Oui.

— Et s'il ne se passe rien ?

— J'aime bien cette citation de Martin Luther King, quelque chose comme : « Si on m'annonçait la fin du monde pour demain, je planterais quand même un pommier. » C'est ce que je ressens quand je suis avec toi. Désolé pour le côté kitsch.

— C'est kitsch, je te l'accorde, mais je n'ai rien contre ça, avoua-t-elle en souriant.

En fond sonore, Van Morrison chantait « Have I Told You Lately that I Love You ? »

— C'est pas Noel Coward qui faisait remarquer à quel point les chansons romantiques sont irrésistibles ?

— Et je suis tout ouïe.

132

Lundi 20 mars

— C'est ici, lâcha le chauffeur quand ils arrivèrent à la morgue, mais je crains qu'on ait raté l'happy hour.

Il était près de 22 heures quand il gara la limousine sur le parking du département de médecine légale du comté de Los Angeles.

À la lueur des phares, Bloor distingua une rangée d'immeubles modernes. Sur l'une des façades, il lut : « Laboratoires », sur une autre : « Administration ».

Plusieurs berlines blanches estampillées « médecin légiste » étaient stationnées. Le chauffeur s'arrêta devant ce qui ressemblait au bâtiment principal et lança :

— Que la fête commence !

Bloor l'ignora et sortit du véhicule, laissant derrière lui Helmsley, toujours concentré sur des e-mails. Il monta quelques marches vers une double porte vitrée, conscient d'être filmé par des caméras de vidéosurveillance. Un panneau indiquait : « Accès interdit au public ».

En s'approchant, il vit une petite salle d'attente avec des canapés, du gel pour se désinfecter les mains et une vitrine de présentation remplie de diplômes encadrés.

Un individu apparut. Entre deux âges, coupe au bol grisonnante et moustache, il portait une chemise violette et serrait des photos sous son bras.

Bloor toqua contre la vitre. L'homme se tourna vers lui, secoua la tête et désigna quelque chose, au loin. Bloor se retourna, confus. L'homme refit le même signe, et Bloor haussa les épaules pour signifier son incompréhension. Le gars finit par s'approcher et ouvrir la porte. Bloor sentit une forte odeur de détergent.

— Je peux vous aider, monsieur ? demanda l'homme d'une voix aimable, pleine d'assurance.

Il avait un téléphone dans la poche de sa chemise et un badge autour du cou, sur lequel Bloor put lire : Mark Johnson, directeur du département de photographie, médecine légale, comté de Los Angeles.

— Je l'espère, lui répondit Blur poliment, en prenant l'air endeuillé. Je suis venu d'Angleterre pour rendre visite à un cousin. Il a été renversé ce soir par une voiture. Il est mort. Délit de fuite dans le quartier de West Hollywood. Je me suis dit que je pouvais peut-être l'identifier formellement.

— Toutes mes condoléances. Vous devez vous adresser à la réception, dans le bâtiment derrière vous.

Bloor se retourna et découvrit un bel immeuble en brique.

— Mais nous ne procédons plus aux identifications par la famille.

— Ah bon ?

— Quasiment tout se fait par ADN et empreintes digitales, maintenant.

— Je vois.

— Je suis désolé que vous vous soyez déplacé pour rien.

— Est-ce que je pourrais voir Mike ? Lui rendre hommage une dernière fois ? Je viens d'Angleterre, on avait prévu de grandes retrouvailles.

— Nous n'autorisons malheureusement plus les visites, trop de problèmes d'assurance. Vous devrez aller à la morgue, quand il sera transféré.

— Je pensais que c'était ici, la morgue.

— Ah, désolé pour la confusion, je voulais dire : au funérarium.

— Où est-ce que je pourrais me renseigner pour savoir dans lequel il sera conduit ?

— Comment s'appelle-t-il ?

— Mike Delaney.

— Je vois. Scène de crime. Les visites au funérarium n'auront lieu qu'après l'approbation du médecin légiste.

— Dans combien de temps, environ ?

— On va devoir procéder à une autopsie, et on en a près de cinq cents en attente. Ça peut prendre quelques jours, peut-être une semaine, voire plus.

— Et j'imagine que vous n'avez pas le droit d'enfreindre le règlement, me laisser le voir quelques minutes, étant donné que je ne suis à Los Angeles que quarante-huit heures ?

— Non, désolé, monsieur. Ce que vous pouvez faire, c'est revenir demain et expliquer votre cas au médecin légiste. Ah, non ! Il est en déplacement professionnel avec son adjoint, ils ne seront de retour que jeudi. Navré.

Bloor le remercia, nota mentalement son nom et fit demi-tour. Mais, au lieu de retourner à la voiture, il marcha le long du bâtiment en regardant par toutes les fenêtres. Alors qu'il descendait quelques marches, il sentit une odeur de cigarette provenant du parking en contrebas.

Il dépassa une série de camionnettes, tourna et remarqua un homme en blouse bleue, calot sur la tête, qui fumait devant une porte.

Bloor se dirigea vers lui d'un pas confiant.

— Ça sent bon !

— Vous en voulez une ? lui proposa le gars en sortant un paquet.

— Vous êtes sûr ?

Bloor n'avait pas fumé depuis ses 20 ans.

— Entre fumeurs, on se serre les coudes.

— Absolument !

Il sortit une cigarette du paquet, puis accepta le briquet.

— Vous avez un accent anglais.

— Je suis anglais.

— Qu'est-ce qui vous amène ici ?

— Je suis légiste. On n'a pas beaucoup de morts par armes à feu chez nous, mais, à cause de la menace terroriste, j'ai été envoyé ici pour en apprendre plus, à l'invitation de Mark Johnson, avec qui j'ai passé la soirée.

Bloor remarqua discrètement le nom de son interlocuteur. *Docteur Wayne Linch*.

— Il m'a dit que, demain, je rencontrerais le docteur Linch et que je passerais un peu de temps avec lui.

— Le docteur Linch ? Mais c'est moi !

Ils se serrèrent la main.

— Ravi de faire votre connaissance, docteur...

— Porter. Richard Porter.

— Richard, vous tombez à pic. Quatre morts par armes à feu dans un contexte de trafic de drogue ayant mal tourné, apparemment. C'est pour ça que je travaille aussi tard ce soir. Vous voulez jeter un coup d'œil ?

— Volontiers.

Ils terminèrent leurs cigarettes et entrèrent. Bloor le suivit dans un vestiaire, où le médecin lui tendit une blouse bleue, un masque et une charlotte, puis une paire de bottes en caoutchouc blanches, rangées sous un banc. Il le conduisit ensuite dans un couloir, ouvrit une porte et alluma les lumières.

Un homme d'origine hispanique, nu, était allongé sous un grand scanner circulaire. Il avait un énorme tatouage sur le torse et deux petits trous de part et d'autre de son téton gauche.

— Vous voyez ces marques sur la poitrine ? Il s'agit d'une balle dum-dum, calibre 22. À l'entrée, la plaie est minuscule, mais le projectile explose à l'intérieur, après l'impact. Si je le retournais, vous verriez qu'il a un trou énorme dans le dos. Tous ses organes internes ont été déchiquetés. Ça, c'est pour faire des radios, expliqua-t-il en désignant l'appareil. Nous recherchons tous les fragments.

Bloor observa le tatouage qui disait : « Je suis là. »

Le médecin plaisanta :

— Non, tu n'es plus là, mec.

Une fois qu'ils eurent quitté la pièce, le médecin éteignit les lumières et ferma la porte derrière eux.

— Bon, je retourne bosser. Ravi de vous avoir rencontré, Richard.

— Enchanté aussi. Vous commencez à quelle heure, demain ?

— Oh ! Tôt, à 7 heures du matin.

— Alors, à 7 heures demain !

Le médecin s'éloigna et Bloor resta cloué sur place. Il avait du mal à croire que sa ruse avait fonctionné. Mike Delaney se trouvait dans les locaux, mais où ?

Il faillit paniquer quand un jeune barbu en surpoids, en blouse bleue, lui aussi, mais sans calot, se dirigea vers lui.

— Bonne soirée, lui dit-il en passant.

Bloor grommela une réponse et s'éloigna rapidement. Il ouvrit la première porte qu'il trouva et découvrit une longue pièce avec de nombreux brancards et des cadavres sous des bâches en plastique. La lumière était allumée. Tout au bout, un homme en tenue de travail était penché sur un minuscule corps. Celui d'un enfant.

Il referma la porte, passa devant des toilettes, une fontaine à eau, une poubelle jaune sur roulettes. Il arriva à un ascenseur et hésita. Puis il vit une autre porte, droit devant lui.

Il la poussa.

Il fut accueilli par un courant d'air froid et une odeur poisseuse de chair en décomposition. Il s'agissait d'une sorte de hangar. Des ampoules étaient suspendues à un plafond en tôle ondulée. Les étagères métalliques à cinq étages étaient couvertes de cadavres, à l'instar de dizaines de brancards. Les corps étaient sous des bâches en plastique, certaines transparentes, d'autres opaques ; deux étiquettes pendaient aux orteils de chaque individu.

Il se souvint que Mark Johnson avait mentionné cinq cents autopsies en attente.

Mike Delaney était quelque part.

Les lumières vacillèrent et un coup de tonnerre résonna dans la pièce.

Il referma la porte derrière lui et s'approcha de la première civière. Il vérifia que la porte était bien fermée, puis entreprit de déchiffrer les étiquettes. Il ne s'agissait pas de noms, mais de numéros. Il souleva la bâche en plastique blanche au niveau de la tête et découvrit un homme noir, dont la moitié du crâne avait été arrachée.

Il eut un haut-le-cœur à la vue du cerveau et s'éloigna. Il fallait qu'il trouve Delaney et qu'il lui prenne quelques cheveux pour obtenir son ADN.

Les lumières clignotèrent de nouveau, et il y eut un coup de tonnerre, un deuxième, puis un troisième, assourdissant, qui fit trembler le sol.

Il passa en revue quelques cadavres sous des bâches transparentes. Une femme blanche obèse. Un jeune homme mince. Une jeune blonde superbe. Il s'approcha d'une silhouette dans une housse mortuaire qu'il souleva, pour regarder le visage. Il se retrouva nez à nez avec une jeune femme noire aux yeux ouverts, avec un trou au milieu du front.

Quel enfer ! Où es-tu ?

Les lumières vacillèrent et s'éteignirent, avant de se rallumer, quelques secondes plus tard. C'est alors qu'il entendit une explosion, juste au-dessus de lui. Comme une bombe, qui ébranla tout le bâtiment.

De plus en plus mal à l'aise, il observa plusieurs corps sous les bâches transparentes, mais personne ne ressemblait à Michael Delaney, tel qu'il se le représentait. Soudain, les lumières s'éteignirent complètement.

Nouveau coup de tonnerre fracassant.

Il sortit son téléphone pour activer l'application torche.

Coup de tonnerre.

Il souleva une autre housse. Il s'agissait d'une Asiatique.

Tout à coup, une voix qu'il reconnut comme étant celle de Mark Johnson cria :

— Monsieur, hé, monsieur !

Il se retourna, paniqué.

— Mais qu'est-ce que vous…

Soudain, il y eut une décharge électrique et des éclairs se mirent à danser entre le plafond et les étagères métalliques. Il aperçut le visage empourpré de l'homme en chemise violette derrière lui, puis entendit une énorme explosion au-dessus de sa tête.

Il leva les yeux : le plafond était en feu.

Il courut vers l'homme, le poussa si fort que celui-ci tomba à la renverse, ouvrit la porte et fonça dans le couloir.

Il entendit un nouveau coup de tonnerre et se rendit compte qu'il courait dans le mauvais sens. Il fit demi-tour. Le plafond s'enflamma, là aussi. Des extincteurs à eau se déclenchèrent automatiquement. Il arriva à la réception et se dirigea vers la sortie. Il tira sur la porte, puis la poussa de toutes ses forces, en vain.

Nouveau coup de tonnerre. Une partie du plafond s'effondra derrière lui. Il remarqua un bouton vert à côté de la porte et le pressa. Rien ne se passa. Il se précipita vers le comptoir, attrapa un fauteuil et le lança contre la baie vitrée, qui explosa. Il enjamba les éclats de verre et courut vers la limousine.

— Ça va ? s'enquit Helmsley, nerveux.

— En route ! hurla Bloor au chauffeur.

— Il y a eu deux éclairs. Ils sont tombés directement sur le bâtiment.

Au moment où ils passaient le portail, Bloor se retourna.

Toute la morgue était en feu.

Il entendit, au loin, les sirènes et coups de klaxon de camions de pompiers qui approchaient.

133

Mardi 21 mars

Après une nuit sans sommeil, en partie à cause de l'orage, en partie à cause de ses préoccupations, Ross abandonna, vers 5 heures du matin, l'idée de dormir. Sally l'avait invité à prendre un dernier verre à son hôtel, après le dîner, mais il avait décliné l'offre. Il était de plus en plus attiré par elle. Il ressentait quelque chose qu'il n'avait jamais ressenti pour Imogen. Il y avait entre eux une très forte complicité.

Il n'arrêtait pas de penser à sa femme. Que faisait-elle ici, et à quoi jouait-elle ? La raison de son voyage lui échappait. Cela dit, beaucoup de choses lui échappaient, dernièrement.

Il attrapa son téléphone, espérant avoir reçu un message de sa femme qui lui expliquerait la situation.

Mais il n'y avait qu'un seul texto, de Sally, envoyé à 23 h 30 la veille.

Dors bien, sauveteur du monde !

Il objecta :

Tu veux dire « sauveur »

Elle lui répondit immédiatement. Sans doute n'avait-elle pas dormi non plus.

Ça va, prends pas la grosse tête.

Il sourit.

Il avait l'impression que ses yeux avaient été passés au papier de verre. Il attrapa la télécommande et se mit à zapper. Un vieil épisode d'*Urgences*. Un documentaire sur la fonte des glaces en Arctique. Une chaîne locale montrant un immeuble en feu, entouré de camions de pompiers. Un présentateur photogénique au micro.

« ... qui ont lutté toute la nuit contre les flammes, pour sauver le département de médecine légale, frappé par la foudre. Je suis avec Mark Johnson, le responsable du bâtiment. Quels sont vos espoirs ?

— Il n'y en a pas beaucoup. L'éclair s'est abattu sur une pièce que l'on appelle la crypte. C'est là qu'étaient stockés cinq cents corps, en attente d'autopsie. Nous connaîtrons bientôt l'étendue des dégâts, mais, d'après les pompiers, la majeure partie du bâtiment a été détruite », déclara le médecin, un moustachu en chemise violette, l'air préoccupé.

Ross s'assit. Pendant une heure, il zappa sur plusieurs chaînes pour suivre l'affaire.

Puis son téléphone sonna. C'était Sally.

— Tu as vu les infos ? lui demanda-t-elle.

— Oui, je suis devant la télé.

— Bizarre, non ?

— C'est le moins qu'on puisse dire.

— J'ai été contente de passer du temps avec toi, hier.

— Moi aussi.

— Même si tu t'es endormi à la fin du dîner.

— Vraiment ? Merde, je suis désolé !

— Je te pardonne, à une condition.

— Laquelle ?

— On dîne ensemble ce soir.

Il était de plus en plus convaincu qu'il pouvait lui faire confiance.

— J'essaierai de rester éveillé.

— Je le prendrai mal si tu t'endors une fois de plus !

Il raccrocha. Quelques minutes plus tard, son téléphone sonna de nouveau. C'était Imogen.

134

Mardi 21 mars

— Qu'est-ce que tu fais à Los Angeles ?

— Je ne peux pas en parler au téléphone. Tu peux me rejoindre à 10 heures dans le hall de l'hôtel Serena, sur Sunset ?

Elle ne lui avait jamais semblé aussi froide et distante.

— Oui, mais dis-moi d'abord ce que tu...

Il entendit un clic. Elle avait raccroché. Il la rappela et, redirigé vers sa boîte vocale, ne laissa pas de message.

Il s'allongea, réfléchit, puis, se remémorant les événements de la veille, il ouvrit l'application dictaphone. Il écouta la voix de Delaney, ses nuances et sa sincérité.

« C'est écrit aussi dans Matthieu, chapitre 24 : "Le soleil s'obscurcira, la lune ne donnera plus sa lumière, les étoiles tomberont du ciel, et les puissances des cieux seront ébranlées. Alors le signe du Fils de l'Homme paraîtra dans le ciel." »

Il regretta ne pas avoir pris de baskets, ce qui lui aurait permis de profiter de la salle de sports de l'hôtel. Il enfila un jean, un tee-shirt, ses bottines et sa veste en cuir, et sortit marcher. Le vent était encore plus violent que la veille. Les pluies torrentielles avaient rafraîchi l'air. Il tourna à droite, au hasard, dans une rue arborée, passa devant plusieurs jolies maisons, puis se retrouva dans un petit parc. Les joggers et les propriétaires de chiens étaient déjà nombreux. Il en fit deux fois le tour à un rythme soutenu.

Puis il retourna à son hôtel et déjeuna, dans sa chambre, d'une omelette, de tartines de pain au levain, d'un bol de fruits rouges et d'un café, se doucha, se rasa, et commanda un taxi pour 9 h 45, le concierge lui ayant indiqué que le Serena n'était qu'à quinze minutes de là.

135

Mardi 21 mars

Il était près de 18 heures, et le frère Pete s'en voulait terriblement. Il était monté dans le mauvais train. Il aurait dû prendre celui pour Victoria, mais, comme le lui avait gentiment indiqué un passager, il se trouvait dans celui pour London Bridge. Il allait devoir faire un changement.

La pluie ruisselait le long des fenêtres et un courant d'air froid soufflait sur son visage. Le paysage était gris. Pete était confus, très déprimé. Il avait esquissé un plan, mais commençait à douter. Sa bible était posée sur ses genoux. Il ne l'avait pas ouverte depuis son arrivée.

Il n'avait pas envie de retourner au mont Athos, du moins pendant quelque temps. Il voulait découvrir le monde et tester sa foi, voir si elle le ramènerait au monastère. Explorer les profondeurs de son âme : était-ce sa foi qui le faisait rester là-bas, ou le mode de vie ? Un mode de vie qui lui permettait d'être seul, tranquille – son souhait le plus cher.

Son cousin, le frère Angus, lui avait confié qu'il lui avait fallu plus de quarante ans pour comprendre que le sens de sa vie était de servir le Seigneur, dans la solitude. Pete avait porté son cercueil dans l'après-midi, dans ce cimetière paisible.

Il avait ressenti de la tristesse, mais aussi de la joie pour le vieil homme, parce que, contrairement à de nombreuses personnes, Angus semblait avoir trouvé la paix et la satisfaction au cours de son humble existence. Mais, à présent, assis dans ce wagon, serrant son sac contre lui, Pete ne savait plus quoi faire. À l'intérieur se trouvaient les objets que le prieur lui avait donnés, ceux qu'Angus voulait qu'il protège pour l'éternité. Au mont Athos, ils seraient en sécurité.

Son cœur était pétri de doutes.

S'il retournait au monastère, il ne serait peut-être jamais plus autorisé à en sortir. Une femme épuisée était assise en face de lui avec son bébé qui braillait, le nez plein de morve. Un embryon d'humanité. À côté de lui, un jeune léthargique écoutait de la musique au casque, bien trop fort. Pete était agacé par les *tch-tch-tch* réguliers, accompagnés des mouvements de tête de son voisin. Un couple de personnes âgées avait pris place de l'autre côté de l'allée centrale. Ils regardaient tous les deux dans le vide. L'homme tenait une canne de sa main noueuse. La femme était ronde, dotée d'un triple menton.

— Je m'ennuie, soupira l'homme.

— Moi aussi, renchérit la femme.

— Encore combien de temps ?

— J'en sais rien.

Ils entrèrent en gare. Le frère Pete vit un panneau « East Croydon ». C'était là qu'il devait changer de train pour rejoindre Victoria.

Il se leva et descendit, soulagé de quitter momentanément cet environnement oppressant. Au mont Athos, il avait de la place. Il n'avait pas à supporter la présence d'un petit morveux ni l'horrible musique d'un adolescent. La solitude lui manquait, s'aperçut-il pour la première fois depuis qu'il était parti.

Il traversa plusieurs quais, sous une pluie battante, avant de trouver celui qu'il cherchait. Un panneau électronique indiquait que le prochain train arriverait dans quatorze minutes. Il s'assit sur un banc, à l'abri, sortit la Bible de son sac et se mit à lire.

Quelques minutes plus tard, un groupe s'était amassé autour de lui. Ça sentait l'alcool et la cigarette.

— Qu'est-ce que tu lis, toi ? Le Coran ? le provoqua un jeune.

Il leva les yeux. Ils étaient quatre. Tous tatoués. Deux avaient le crâne rasé, le troisième, une crête, et le dernier, des cheveux verts en pointes, un piercing au nez et un autre à la lèvre. Ils portaient des sweats à capuche, des pantalons de survêtement et des baskets. Trois d'entre eux fumaient et les quatre avaient une canette de bière à la main.

— C'est la Bible, répondit-il poliment.

— Ah ouais ?

Il hocha la tête.

Le train arriva. Il glissa le livre dans son sac et se leva. Tous le dévisagèrent avec un mélange de haine et de bêtise dans le regard.

Il les ignora et monta dans une voiture vide, soulagé de les voir choisir un autre wagon. Il s'assit, perturbé par cette confrontation. Pourquoi y avait-il autant d'hostilité dans le monde ? Peut-être était-ce Dieu qui le testait. Il savait qu'Il avait mis de la colère dans son cœur. Une colère parfois incontrôlable.

Le train démarra et il s'aperçut que des gouttes d'eau passaient par la fenêtre entrouverte. Il allait se lever quand il entendit une porte s'ouvrir et se refermer. L'odeur de cigarette revint, et une voix s'exclama :

— Tu es un putain de terroriste, ou quoi ?

Les quatre jeunes s'approchèrent de lui. L'un d'eux tira sur sa cigarette, qu'il tenait entre le pouce et l'index.

— C'est non-fumeurs, ne put-il s'empêcher d'objecter, sentant la rage monter en lui.

— Et c'est non-musulmans aussi, lâcha le gars avec la crête.

— Je ne suis pas musulman.

— Tu es quoi, avec cette barbe et cette tunique noire ?

— Je suis un moine orthodoxe grec, répondit-il avec un sourire censé les apaiser.

— Et comment on peut savoir que tu n'es pas un putain de terroriste et que tu te balades pas avec une bombe dans ton sac ?

— Je suis un moine.

— Alors, montre-nous, fit celui aux cheveux verts en se jetant sur le sac.

Pete tendit le bras gauche, en défense, mettant son adversaire K.-O. Puis il attrapa sa besace par les poignées et la fit tournoyer en hurlant :

— Laissez-moi tranquille ! Je suis un moine, pas un terroriste !

Elle les manqua de peu et s'écrasa contre la vitre.

— Tu es un grand malade, toi, dit celui à crête.

Le type aux cheveux verts lui envoya un coup de poing dans le nez. Assommé, il vit, dans un brouillard, un autre voyou attraper le sac et le jeter par la fenêtre ouverte.

— Non, pas ça ! hurla le frère Pete.

— Voilà, on est tranquilles. La bombe est passée par-dessus bord !

Les quatre jeunes s'éloignèrent en ricanant.

Pete s'approcha de la fenêtre, le vent et la pluie giflant son visage, les larmes coulant sur ses joues, tandis que le train poursuivait son accélération.

136

Mardi 21 mars

Juste avant 10 heures, le taxi s'engagea dans l'élégante allée menant à l'hôtel Serena. *Évidemment*, songea Ross, irrité, se demandant combien coûtait la nuitée. *Imogen ne serait jamais descendue dans un truc miteux…*

D'un côté, elle voulait qu'ils se serrent la ceinture pour anticiper son congé maternité et, de l'autre, elle s'offrait l'un des établissements les plus chics de Los Angeles.

Le taxi gravit, sur plusieurs centaines de mètres, une route bordée de palmiers, puis arriva devant un bâtiment à colonnade, où une nuée de grooms s'affairaient autour de limousines, voitures de sport et 4×4.

L'un d'eux, jeune, beau et d'un enthousiasme artificiel exaspérant, lui ouvrit la porte.

— Bienvenue au Serena, monsieur !

Ross régla la course en laissant un pourboire au chauffeur et se dirigea vers l'entrée, passant devant les statues en bronze de John Wayne, assis sur un banc, Marilyn Monroe, tout sourire, ou encore Rock Hudson, appuyé contre un mur.

Les portes s'ouvrirent automatiquement et il pénétra dans un hall blanc aux parfums d'ambiance floraux et délicats. Au centre se dressait une majestueuse fontaine, avec trois anges dorés au milieu. Des fauteuils et des canapés étaient disposés autour de l'eau.

Il vit alors Imogen s'approcher de lui, vêtue d'un tailleur, comme pour un rendez-vous professionnel.

Elle était flanquée de deux hommes en costume, entre deux âges, pas particulièrement beaux. L'un était de taille moyenne, chevelure argentée gominée, silhouette élancée, visage de rapace et sourire cabotin. L'autre, grand et mince, arborait des lunettes rondes à monture rouge qui lui donnaient un faux air d'étudiant en art.

Ross les reconnut. Il avait vu leurs portraits sur le site de leur compagnie. Si le mal avait une odeur, ils devaient puer, songea-t-il.

Tels des militaires, ils s'arrêtèrent simultanément et laissèrent Imogen faire les derniers mètres seule, le visage fermé.

Ross avait l'impression d'être face à une inconnue.

— Bonjour, lui dit-elle de loin.

— Qu'est-ce que tu fabriques, Imo, à ne pas décrocher quand je t'appelle ? Tu m'expliques ce qui se passe ? Je me fais un sang d'encre.

— Ah bon, et pas moi, peut-être, depuis que tu as décidé de nous mettre en danger ?

— Je fais mon travail.

— Les gens travaillent pour gagner de l'argent, Ross.

— Qui sont tes larbins ? demanda-t-il en désignant les hommes derrière elle. Tu roules sur l'or ? Los Angeles avec gardes du corps ?

— Ce ne sont pas des gardes du corps. Ils paient pour tout. Et ils sont prêts à nous offrir de l'argent, beaucoup plus que ce que ton journal te donnera.

— Vraiment ? Ce seraient pas les salopards qui ont essayé de me tuer en Égypte ? dit-il à voix basse.

— Tu te trompes, ils n'ont pas essayé de te tuer, ils voulaient simplement les objets. Mais, maintenant, ils nous proposent une belle somme. Encore plus que le Vatican. On pourrait discuter au calme ?

— C'est très calme ici, répliqua-t-il.

— Il faudrait que je m'assoie, au moins.

Elle se dirigea vers des canapés et des fauteuils regroupés autour d'une table basse, en retrait. Les deux hommes la suivirent.

— Ross, je te présente Ainsley Bloor et Julius Helmsley.

Il serra, à contrecœur, la main de l'homme au visage de vautour, puis de celui avec les lunettes ridicules, et ils s'installèrent.

— Ravi de vous rencontrer, Ross, dit Bloor d'une voix métallique et obséquieuse. Souhaitez-vous un thé ou un café ?

— Café au lait.

Bloor claqua des doigts et un serveur en veste beige se précipita vers lui.

— Voulez-vous manger quelque chose ? Vous avez déjeuné ? ajouta Bloor.

— Je n'ai besoin de rien.

Ils passèrent la commande.

— Auriez-vous des cartes de visite, messieurs ?

— Bien entendu, dit Bloor en produisant un porte-cartes en argent.

— Kerr Kluge ?

— C'est bien ça, siffla Bloor en souriant, comme un instituteur sourirait à un écolier.

— Vous êtes le P.-D.G. ?

— Absolument, et Julius est notre chef des opérations.

Ross garda le silence. Imogen le fixait, anxieuse.

— Votre femme vous a sans doute expliqué pourquoi nous sommes tous réunis ici.

— Non, aucune idée.

— Ah, je vois, poursuivit Bloor, paternaliste. Nous pensons que vous êtes venu à Los Angeles pour rencontrer un certain Mike Delaney, qui, selon notre source, pourrait incarner le retour de Jésus-Christ sur terre.

— Votre source ? Quelle source ?

— Votre femme, répondit Bloor d'un ton désarmant.

— Comme vous le voyez, nous sommes relativement bien informés, intervint Julius Helmsley.

Ross fusilla Imogen du regard, puis les deux hommes.

— Alors vous qu'il a trouvé la mort hier soir, dans un accident avec délit de fuite, et vous allez me dire que vous n'avez rien à voir avec ça ?

— Ross ! s'insurgea Imogen.

— On aurait quelque chose à voir avec ça ? Nous sommes venus pour le rencontrer, pas pour l'assassiner. Kerr Kluge est une entreprise très respectable. On ne tue personne.

— Sauf moi en Égypte. Et les pauvres en Afrique.

— Je vous demande pardon ? s'indigna Hemsley.

— Votre société a été, à de nombreuses reprises, critiquée pour avoir vendu des médicaments périmés sur le continent africain, asséna Ross.

— Monsieur Hunter, il y a une marge de sécurité après la date indiquée sur nos produits pharmaceutiques. Ils sont peut-être périmés pour nos distributeurs européens et américains, mais ils sont toujours utilisables. Les céder à un prix réduit à des pays pauvres est une bonne chose, non ?

— Ne vous faites pas passer pour un saint, monsieur Helmsley.

— Les gens ont trop souvent tendance à diaboliser l'industrie pharmaceutique.

— Ah bon ? On se demande bien pourquoi.

— Ross ! souffla Imogen.

— Bref, intervint Bloor. Je ne vais pas tourner autour du pot. Nous aimerions acquérir ce que nous pensons que vous avez, et nous sommes prêts à y mettre le prix.

— Vous pensez ? Vous avez mis mon domicile sur écoute. Vous savez.

Bloor rougit légèrement.

— Et les graffitis, c'était vous aussi, pas vrai ? Très habile de votre part.

Bloor garda le silence.

— Et vous vous êtes débarrassés du pauvre professeur et de son avocat ?

— Beaucoup de gens convoitent ce que vous possédez, Ross. Nous ne sommes pas les seuls.

— Vraiment ?

— J'imagine que vous en êtes conscient.

— Sont-ils aussi peu scrupuleux que vous ? Prêts à me descendre en Égypte et à me noyer dans un puits ?

— Aux grands enjeux les grands risques, lâcha Bloor, cynique. Parfois, les gens doivent payer le prix ultime. C'est comme ça que marche le monde. Vous possédez quelque chose qui pourrait changer la donne. Une fiole contenant vraisemblablement l'ADN de Jésus-Christ, obtenu à partir d'une dent broyée. Imaginez qu'elle tombe entre les mauvaises mains.

Ross dévisagea Imogen, bouche bée.

— Tu leur as parlé de la fiole, à ces ordures ?

— Ce ne sont pas des ordures, Ross. Ces gens font de la recherche, ils veulent le meilleur pour tout le monde.

— C'est ce que tu crois ?

Hors de lui, il fixa les deux hommes, tandis que leurs boissons arrivaient, accompagnées d'une assiette de minuscules biscuits.

— Pourriez-vous me dire, messieurs, en quoi l'ADN de Jésus-Christ est si important pour vous ? leur demanda-t-il une fois que le serveur se fut éloigné. Je sais que la génétique vous intéresse. Prévoyez-vous de Le cloner ? Redoutez-vous que quelqu'un d'autre le fasse et que des hordes de guérisseurs vous mettent au chômage ?

— Je suis athée, Ross, sourit Bloor. Ce n'est pas compliqué. Nous sommes, comme vous l'avez compris, des acteurs majeurs dans le domaine génétique. Je ne crois pas que Jésus-Christ soit le fils de Dieu, ni un guérisseur, ni tout le baratin. Mais il y a plus de 2 milliards de chrétiens pratiquants dans le monde, dont une grande partie sont nos clients. Il s'agit de marketing pur et simple.

— Quoi ? Je ne vous suis pas.

— C'est pourtant enfantin, lâcha Bloor, condescendant. Vous êtes chrétien, vous cherchez un médicament contre le mal de tête ou le rhume, vous avez le choix entre deux produits. Lequel allez-vous choisir, en imaginant qu'ils soient au même prix : celui d'une compagnie inconnue au bataillon ou celui de la compagnie qui possède l'ADN de Jésus-Christ ?

Ross garda le silence quelques instants, puis finit par secouer la tête.

— C'est atrocement cynique.

— Ça s'appelle les affaires, monsieur Hunter, répliqua Bloor en souriant.

— Et combien ils ont promis de te payer, Judas... pardon... Imogen ? Trente pièces d'argent ?

— Le remboursement de notre prêt, de toutes nos dettes, et plus encore.

— Nous sommes prêts à vous faire une offre très généreuse, intervint Helmsley.

Ross se tourna vers sa femme :

— Je n'arrive pas à y croire. J'ai une chance de faire quelque chose pour l'humanité et toi, tu préfères vendre mon âme au diable. D'abord à Silvestri, puis à ces salopards.

— Ross, je ne le fais pas pour le reste du monde, je le fais pour nous.

— Mais tu es censée être croyante, Imogen !

— Eh bien, parfois, je fais passer d'autres considérations avant ma foi.

— De combien parle-t-on ? demanda-t-il aux hommes d'affaires.

— Avant d'entrer dans les détails de la négociation, nous aimerions être sûrs de l'origine, monsieur Hunter, tempéra Helmsley.

Ross sortit son portefeuille de sa poche et le brandit.

— L'origine de ça ?

Des étoiles se mirent à briller dans les yeux de Bloor et Helmsley.

Il déchira la doublure, puis leur montra le flacon miniature étiqueté par les laboratoires ATGC.

— Vous voulez connaître l'origine de ceci ?

— Tout à fait. Nous devons pouvoir répondre aux questions de notre conseil d'administration, lui expliqua Helmsley.

— Mais il doit déjà la connaître, la provenance.

— Je ne comprends pas.

— Vraiment ? Vous avez essayé de me tuer quand je suis allé la chercher en Égypte.

— Quelle insulte ! protesta Bloor.

— Vous savez que c'est la vérité, messieurs. Et je trouve que cette petite chose cause bien des problèmes.

— Ross ! s'emporta Imogen.

Il dévissa le bouchon du flacon, se leva et s'approcha de la fontaine.

— Non ! cria Bloor, si fort que des gens se retournèrent.

— Monsieur Hunter ! l'implora Helmsley.

— Ross, ne fais pas ça ! lui ordonna Imogen.

Il le lança de toutes ses forces vers la fontaine. Des gouttes tombèrent en vol, puis l'objet disparut sous la surface.

Les directeurs assistèrent à la scène, impuissants et choqués.

— Vite, messieurs, prenez un seau chacun ! De l'eau bénite gratuite !

137

Mardi 21 mars

— Ça va ?

Assise à côté de lui dans l'avion, pâle comme un linge, Sally hocha la tête.

— Oui, j'ai toujours du mal avec le décollage et l'atterrissage.

— Personnellement, je préfère atterrir plutôt que de ne pas atterrir.

— Ne parle pas de malheur !

Leur avion, qui avait traversé le tarmac, se trouvait désormais dans la file d'attente, prêt à partir.

Le vent était si violent que l'appareil oscillait.

Ross regarda l'heure à sa montre. 18 h 20. Ils arriveraient à l'aéroport de Heathrow, à Londres, vers midi, heure locale, le lendemain.

— À partir de quelle intensité est-ce qu'ils restent cloués au sol, tu sais ? lui demanda-t-elle.

— Il faut que ce soit vraiment fort. Ces engins, ils sont indéboulonnables, une fois en l'air.

— Dommage, j'aurais bien aimé que notre vol soit annulé. On aurait passé une dernière soirée à Los Angeles.

Il l'observa tandis que les moteurs chauffaient et que la carlingue vibrait.

— Je vais te poser une question, j'attends une réponse sincère, d'accord ?

— Je vais essayer, dit-elle en souriant.

— Ce voyage, c'était professionnel ou pas du tout ?

— Je suis si mauvaise actrice que ça ?

— Non, mais j'ai l'impression que tu peux parfois être un peu coquine.

— Monsieur Hunter ! Ce n'est pas quelque chose que l'on dit à une dame.

— Je suis journaliste, je pose des questions, c'est tout. Tu vois ce que je veux dire.

— Bon, j'avoue. Je suis venue à mes frais. Tu m'intrigues. Ta mission me fascine, je voulais être témoin de tes découvertes et, éventuellement, t'apporter mon soutien.

L'avion commença à bouger. Elle attrapa sa main, planta ses ongles dans sa chair et ferma les yeux.

L'appareil accéléra et rebondit sur la piste, ballotté par le vent. La prise de vitesse s'éternisant, Ross se mit, lui aussi, à s'inquiéter. Allaient-ils finir par décoller ?

Soudain, ils quittèrent le sol et l'avion fut encore plus malmené. Ses ongles lacéraient sa main. L'ascension s'accompagna de secousses et d'embardées. Un bruit métallique à l'arrière les fit sursauter. Puis ils se calmèrent. Une malle s'était simplement détachée dans la cuisinette.

Par le hublot, Ross observa les lumières de la ville et quelques nuages de traîne. Puis les lumières disparurent. Malgré les soubresauts, ils prenaient de l'altitude.

— Tu peux ouvrir les yeux.

Elle le regarda, toujours blême, et esquissa un sourire de soulagement.

— Merci, lui dit-il.

— De quoi ?

— Merci d'avoir été honnête avec moi.

— Tu peux compter sur moi pour ça.

138

Mardi 21 mars

Deux heures plus tard, le petit jet qui devait ramener Ainsley Bloor et Julius Helmsley au Royaume-Uni se prépara à décoller sur la piste de l'aéroport de Santa Monica, à quelques kilomètres au nord de celui des avions de ligne.

Le Gulfstream était ballotté par le vent, qui s'était renforcé ces dernières heures.

Les deux hommes étaient furieux. Le pilote avait tenté de les dissuader de partir ce soir, à cause des conditions météorologiques, mais Bloor était d'humeur à ne recevoir d'ordres de personne.

Installé dans son siège, ceinture de sécurité accrochée, il termina sa deuxième coupe de champagne et demanda à Julius, pour la troisième ou quatrième fois :

— Comment ce bâtard de Hunter sait-il que c'était nous, en Égypte ?

— Aucune idée, je te l'ai déjà dit.

— Quelqu'un a dû lui mettre la puce à l'oreille. Ou vendre la mèche.

— J'ai déjà interrogé les pilotes.

Bloor regarda par le hublot. Les lumières de la piste étaient à peine visibles, comme floutées. La voix du commandant s'éleva :

— Une tempête de sable approche, messieurs. Le vol va être très mouvementé. Mon conseil : on annule et on voit quel temps il fait demain matin.

Bloor attrapa le micro posé sur l'accoudoir et l'alluma.

— On part, vous m'entendez ? Débrouillez-vous avec cette tempête. Vous avez dit qu'on pourrait la doubler, si on décollait tout de suite.

— Pas de souci, c'est vous, le chef, mais ça va secouer.

— Ça va encore plus secouer si vous refusez.

— C'est vous qui payez, c'est vous qui décidez.

L'engin accéléra rapidement.

— Tu es sûr de ton coup ? s'inquiéta Helmsley.

— Le mec s'est tapé des centaines de missions en Irak, et ils ont de vraies tempêtes de sable, là-bas. Il sait ce qu'il fait. C'est une promenade de santé, pour lui.

Quelques instants plus tard, alors qu'ils prenaient de l'altitude, l'avion se pencha brutalement sur le côté, puis décrocha.

Helmsley hurla. Ils montèrent, puis plongèrent. Bloor pâlit. Les secousses se multiplièrent.

L'engin se retrouva à la verticale, nez vers le haut, puis, pendant quelques secondes, nez vers le bas. Il se stabilisa à l'horizontale, mais ils eurent l'impression d'être dans le tambour d'une machine à laver.

— Nom de Dieu ! s'exclama Bloor.

Helmsley vomit.

139

Mercredi 22 mars

La voix du pilote réveilla Ross, qui sommeillait dans son siège étroit. Sally dormait, son visage à quelques centimètres du sien, appuyé contre un petit oreiller. Il entendit le bruit des chariots et sentit une odeur de nourriture.

— Encore désolé pour les turbulences. La bonne nouvelle, c'est que le vent de dos nous a donné un coup de pouce et nous allons arriver à Heathrow avec près d'une heure d'avance. Le temps à Londres est doux, 14 °C, et la journée s'annonce ensoleillée. Je reviendrai vers vous plus tard avec d'autres informations.

Sally ouvrit les paupières et lui sourit.

— Tu as réussi à dormir ?

— Plus ou moins. Si tant est qu'il soit possible de dormir sur un trampoline.

Sans vraiment s'en rendre compte, il posa un baiser sur son front. Elle plongea son regard dans le sien. Elle avait des yeux bleu clair confiants, chaleureux.

— À bientôt ? dit-elle en bâillant.

— À très bientôt, j'espère.

— Moi aussi.

Un peu plus tard, en sortant du parking de l'aéroport, Ross repensa à ce qui s'était passé ces deux derniers jours.

Sally lui manquait déjà. Il l'avait dans la peau. Mais il fallait qu'il se concentre sur son article pour le *Sunday Times* et qu'il trouve un moyen de continuer avec Imogen. La colère monta en lui. Quelle garce ! Il ne comprenait pas son attitude. D'abord, la peur du danger, puis l'appât du gain ?

L'argent était un problème, elle avait raison. Était-ce utopique de vouloir sauver le monde ? Ou avait-il perdu la tête et était-il passé à côté du pactole ? Le frère Angus protégeait la fiole et le calice. Il pouvait faire marche arrière, s'il le souhaitait.

Il écouta les infos à la radio.

La tempête faisait rage sur la côte ouest des États-Unis, la Californie du Sud étant particulièrement touchée. L'aéroport de Los Angeles avait été fermé. Ils avaient eu de la chance de décoller.

Peut-être étaient-ce les dieux qui se déchaînaient, après la mort de Delaney.

Ou plutôt... Dieu, tout court ?

Son téléphone bipa. Il avait reçu un texto. Quelques minutes plus tard, il sonna de nouveau. Il en fit abstraction. Imogen lui reprochait souvent de lire ses messages en conduisant.

Peu après 14 h 30, fatigué, affamé, il s'engagea dans leur allée déserte, éteignit le contact et regarda son écran. Le premier texto était de Sally.

> Salut, j'espère que tu ne m'en veux pas de t'avoir suivi. Je t'apprécie beaucoup, je comprends tout à fait que tu es marié et je ne voudrais pas compromettre ton couple. J'ai déjà été dans ce genre de situation, on n'en ressort pas indemne. Et si on devenait les meilleurs amis du monde ? Bonne chance pour ton article, dis-moi quand il sera publié, j'ai hâte de le lire ! Je t'embrasse

Il lui répondit :

> Bien rentré, chère nouvelle meilleure amie. Bisous

Le deuxième texto, signé Imogen, était particulièrement long.

> Ross, je ne sais pas trop où tu es. Je ne sais pas non plus si tu es au courant, mais Bloor et Helmsley sont morts hier soir. Leur jet s'est écrasé. C'est dans tous les journaux, ici. Je vais rester aux États-Unis quelques jours et rendre visite à une vieille copine. Je n'ai pas pu te le dire quand on s'est vus, mais j'ai malheureusement

perdu notre bébé. Ce n'est pas facile à écrire, mais je crains de t'avoir perdu, toi aussi. Ou plutôt, on s'est perdus l'un l'autre. Je ne te reconnais pas. Tu ne m'aimeras jamais autant que tu aimes ton travail. Il vaut mieux qu'on se sépare. J'imagine que ce n'est pas une surprise pour toi. Je suis désolée, et j'espère que ce message ne te fera pas trop mal. Je t'ai longtemps aimé, sincèrement, et je sais que tu m'as aimée aussi.

Il le relut dans une grande confusion, les larmes aux yeux. Il venait de perdre son bébé et sa femme. Était-ce cette enquête qui les avait séparés, ou n'avait-elle fait qu'acter la fin d'une histoire sur le déclin ? Il était convaincu qu'Imogen le trompait. Cet enfant était-il de lui, d'ailleurs ?

Il lui répondit :

Il y a quelqu'un d'autre ?

Et reçut une réponse quasi immédiate :

Est-ce important ?

Il se dit, sarcastique, que la vie était décidément pleine de surprises.

Son téléphone sonna. Il cligna des yeux pour chasser ses larmes.

— Monsieur Hunter ? dit un homme avec un accent de Birmingham.

— C'est bien moi.

— Commandant Starr. Vous avez un instant à m'accorder ?

— Euh, oui, dit-il d'une voix hésitante.

— J'ai des informations à vous communiquer. Le médecin légiste a terminé l'autopsie du professeur Cook, ses funérailles sont prévues pour vendredi. Souhaiteriez-vous y assister ?

— Je viens d'atterrir, il faut que je consulte mon agenda, mais je pense être libre.

— Et je me demandais si vous seriez d'accord pour faire une déposition plus officielle, pendant que vous serez dans la région.

— Bien sûr. Je regarde mon emploi du temps et je vous confirme ça.

Starr lui donna sa ligne directe et le remercia.

Ross sortit de la voiture, alla chercher sa valise et son sac d'ordinateur dans le coffre, puis se dirigea vers la porte, trop fatigué, moralement et physiquement, pour penser à vérifier s'il n'était pas suivi.

140

Vendredi 24 mars

Au niveau de l'échangeur surnommé « Spaghetti Junction », Ross eut l'impression que ça ne faisait pas dix jours, mais une éternité, qu'il était passé par là.

Et il se dit aussi qu'il faisait trop beau pour des funérailles.

Comme si elle lisait dans ses pensées, Sally, qui était assise à côté de lui dans l'Audi, murmura :

— Je croyais qu'il faisait toujours moche, aux enterrements. Je me souviens de la pluie et du vent, lors de ceux auxquels j'ai assisté.

— Moi aussi.

— À quelle heure est ton rendez-vous avec l'enquêteur, demain ?

— 11 h 30.

— Parfait.

— J'ai fait en sorte que ce ne soit pas trop tôt.

— Et pourquoi donc ? demanda-t-elle en penchant la tête sur le côté.

— Eh bien, l'hôtel a l'air magnifique, on aurait tort de ne pas en profiter.

— Peut-être ! commenta-t-elle en souriant.

Puis elle se concentra sur l'application GPS et lui indiqua la route à suivre. Une fois certaine qu'ils roulaient dans la bonne direction, elle poursuivit :

— Tu sais, j'ai réfléchi à ce que tu as fait, quand tu as jeté la fiole dans la fontaine. Il y a quelque chose de…

— De quoi ?

— Je ne saurais trop comment l'expliquer, du moins pour le moment, mais je pense que tu as pris la bonne décision.

— Peut-être. Je sais où est l'original, si jamais je change d'avis.

Il ressentit soudain une vague de tristesse. Il n'avait appris la mort d'Angus qu'à son retour de Los Angeles. Il aurait aimé assister à son enterrement.

— Au fond de moi, j'espère que tu ne changeras pas d'avis. Cet ADN porte en lui quelque chose de dangereux.

— S'il tombait entre les mauvaises mains ?

— Comme ç'aurait été le cas avec Kerr Kluge.

Elle serra doucement son bras.

— Comment tu te sens ?

Il prit le temps de réfléchir. Depuis le choc du texto d'Imogen, il avait été emporté dans un tourbillon émotionnel. Il doutait, depuis le début, d'être le père. Il aurait dû être triste, voire dévasté, que le bébé soit mort, mais ce qu'il éprouvait, aussi peu avouable cela soit-il, était une forme de soulagement.

En fait, il était détendu comme jamais. Sally était superbe, tout en noir, et c'était comme si elle avait toujours été à ses côtés, comme si c'était sa place. Il aurait dû ressentir de la culpabilité vis-à-vis d'Imogen, mais ce n'était pas le cas. Il se sentait libéré, d'une façon qu'il ne pouvait pas expliquer.

— Je suis content que tu sois venue avec moi.

— J'aime bien voyager avec vous, monsieur Hunter. Rares sont ceux qui parviennent à transformer un enterrement en aventure. Je ne l'ai jamais rencontré, mais j'ai l'impression de connaître un peu Harry Cook.

— Je lui dois beaucoup.

— Peut-être que le monde entier lui doit beaucoup, non ?

— On saura ça dimanche.

— La publication est confirmée ?

— Ma rédactrice en chef a adoré mon article. Elle m'avait demandé de le réduire à une double page, mais son supérieur a insisté pour que j'en aie trois, voire quatre.

— C'est génial… et mérité ! s'enthousiasma-t-elle.

— Je ne m'emballe pas trop, au cas où une affaire plus importante sortirait ce jour-là. Ça m'est déjà arrivé.

— Qu'est-ce qui pourrait être plus important que ça ?

— Une catastrophe aérienne. L'assassinat du président américain. La mort d'un membre de la famille royale.

— Et qu'est-ce qui se passe, alors ?

— Si j'ai de la chance, la parution est décalée d'une semaine. Si je n'en ai pas, ils font tenir l'histoire sur quelques colonnes. Et si j'ai vraiment la poisse, je peux lui dire adieu.

— Comment ça ?

— Elle ne sort jamais.

— Mais c'est impossible, Ross !

— Bienvenue dans le monde merveilleux du journalisme !

— Ton papier va faire le tour du monde, je le sens. Et je crois en toi, ajouta-t-elle en se penchant pour déposer un baiser sur sa joue.

141

Vendredi 24 mars

Quarante minutes plus tard, ils arrivaient à la belle église du village, située à quelques kilomètres seulement de l'ancien domicile du professeur Cook.

Il était 11 h 40.

Ils descendirent de l'Audi. Il faisait incroyablement chaud pour la saison et Ross se sentait apprêté dans son costume bleu marine.

Ils acceptèrent le livret de messe qu'on leur tendit à l'entrée, s'avancèrent vers l'autel et s'assirent derrière le petit groupe composé majoritairement de personnes âgées. Un couple entre deux âges, avec deux adolescents, un garçon et une fille, avaient pris place au premier rang.

La photo de couverture montrait un homme beaucoup plus jeune que celui qu'il avait rencontré. La vingtaine, Harry Cook, moustachu, posait fièrement dans son costume de la Royal Air Force.

Le culte était conduit par un pasteur en robe, avec une barbe blanche, qui avait, de toute évidence, bien connu le professeur. Il le décrivit comme un père de famille accompli, dévasté par la mort de son fils en Afghanistan, puis bouleversé par la récente disparition de sa chère Doreen ; un homme qui adorait sa nièce Angela et ses deux enfants, Alice et Robert ; un professeur d'université respecté, qui avait, au fil des années, transmis à de nombreux étudiants son amour et sa passion pour l'histoire de l'art.

— Ceux d'entre vous qui ont connu Harry ont fait l'expérience de son humour et de sa sincérité. Il y a quelques années, quand un journaliste lui a demandé ce qu'il avait appris sur la nature humaine, d'un point de vue d'historien d'art, il m'a dit avoir répondu : « Voilà ce que j'ai appris : achète des actions dans l'industrie alimentaire ou l'armement. Les gens n'arrêteront jamais de manger... ni de s'entre-tuer. »

Il y eut quelques rires nerveux.

— Je lui avais avoué qu'en tant que pasteur je n'avais pas d'argent à investir en bourse, mais que je me souviendrais de son conseil. Il avait l'esprit d'analyse, il était passionné par ce en quoi il croyait, et surtout, il voulait faire le bien. Nous perdons un homme précieux, mais il est maintenant réuni au Ciel avec sa femme et son fils adorés.

Son neveu lut un passage de la Bible et sa nièce un poème. Puis le cortège sortit, sous un magnifique ciel bleu. Ross et Sally, qui avaient un peu l'impression d'être des pièces rapportées, se placèrent à l'arrière, et tous traversèrent le cimetière.

Le paysage était idyllique. En toile de fond ondulaient de douces collines, sur lesquelles paissaient de nombreux moutons.

L'oraison commença.

— Je suis la résurrection et la vie.

Soudain, Ross eut la sensation qu'un nuage passait devant le soleil. Il leva les yeux. Le ciel était toujours aussi dégagé.

— Celui qui croit en moi, même s'il meurt, vivra ; quiconque vit et croit en moi ne mourra jamais.

En l'espace de quelques secondes, l'azur se transforma en marine.

— Car j'ai l'assurance que ni la mort ni la vie, ni les anges ni les dominations, ni les choses présentes ni les choses à venir, ni les puissances, ni la hauteur, ni la profondeur, ni aucune autre créature ne pourra nous séparer de l'amour de Dieu manifesté en Jésus-Christ Notre-Seigneur.

C'était comme si le jour était en train de tomber.

D'autres personnes levaient les yeux, intriguées. Le ciel était de plus en plus sombre. Une volée d'étourneaux se percha sur le toit de l'église. Ross et Sally échangèrent un regard incrédule.

— Qu'est-ce qui se passe ? murmura Sally. Il y a une éclipse aujourd'hui ?

Le pasteur, distrait également, poursuivit d'une voix hésitante :

— Car, si nous croyons que Jésus est mort et qu'il est ressuscité, croyons aussi que Dieu ramènera par Jésus et avec lui ceux qui sont morts. Et ainsi nous serons toujours avec le Seigneur. Consolez-vous donc les uns les autres par ces paroles.

Il faisait quasiment nuit noire.

— Car s'il a plu au Dieu Tout-Puissant d'appeler à lui l'âme de notre cher frère Harry, nous confions son corps…

Soudain, un arc-en-ciel iridescent apparut au-dessus de leurs têtes, dans l'obscurité la plus totale.

Et il avait quelque chose de différent, remarqua Ross.

Le pasteur se tut. Tout le monde regardait en l'air.

L'arc-en-ciel s'étendait d'un horizon à l'autre.

Ross se rappela alors un moyen mnémotechnique appris à l'école pour se souvenir des couleurs de l'arc-en-ciel dans l'ordre correct. *Roger n'Obtient Jamais Vraiment Beaucoup d'Insectes Vivants.*

Rouge, orange, jaune, vert, bleu, indigo, violet

Les couleurs étaient dans l'ordre inverse.

Violet, indigo, bleu, vert, jaune, orange, rouge.

Les mots de Mike Delaney lui revinrent :

Le soleil s'obscurcira, la lune ne donnera plus sa lumière, les étoiles tomberont du ciel, et les puissances des cieux seront ébranlées. Alors le signe du Fils de l'Homme paraîtra dans le ciel.

Était-ce le signe ?

142

Vendredi 24 mars

Assis dos à la baie vitrée, sur son canapé jaune, Big Tony fumait un cigare et sirotait un whisky en profitant du soleil qui inondait la pièce. Il était rentré de Los Angeles en début de semaine, et il savait qu'il buvait beaucoup trop, ces derniers jours.

Sacré merdier, Los Angeles… Bravo, Tony !

Il se sentait un peu ivre. En temps normal, il ne buvait pas avant 18 heures, et ne l'avait fait qu'une fois dans sa vie, le jour de sa libération.

Le ciel s'obscurcit, mais il le remarqua à peine. Il repensa à ce qui s'était passé lundi.

Perdait-il la boule ?

Le vieux s'était déplacé trop vite, plus vite qu'un athlète. Et il n'avait jamais touché Ross Hunter. Il se trouvait à plusieurs mètres de lui quand celui-ci avait été projeté sur le trottoir d'en face.

Et le type s'était retrouvé juste devant lui, dans ses phares. Impossible de l'éviter.

Il l'avait regardé dans le blanc des yeux. Aucune frayeur. Un grand sourire, comme quelqu'un qui est prêt à mourir. Qui se sacrifie.

Cette vision l'avait fait flipper. Il avait roulé sur plusieurs kilomètres avant de changer de véhicule et de plaques d'immatriculation. Puis il avait pris la route pour Las Vegas, à quatre heures de là, où il avait retrouvé le pote qui lui avait prêté les voitures. Il avait joué au poker avec lui toute la nuit et il avait perdu gros, incapable de se concentrer.

Il faisait de plus en plus sombre. La nuit était en train de tomber. *Comment ça ?* Il regarda l'heure à sa montre. 13 h 25. S'était-elle arrêtée ? Il la secoua, puis vérifia sur son lecteur de DVD. 13 h 25.

Il leva les yeux et remarqua les lumières clignotantes d'un hélicoptère à l'approche. Il faisait nuit noire.

— Bordel de...

Il sauta sur ses pieds, courut ouvrir la porte-fenêtre et sortit sur le balcon.

Il n'en croyait pas ses yeux. Avait-il bu tant que ça ? Il était fasciné par l'arc-en-ciel contrastant sur un ciel de jais. Et il y avait autre chose d'étrange, qu'il mit plusieurs secondes à comprendre. Les couleurs étaient inversées. Violet, indigo, bleu, vert, jaune, orange et rouge.

Il n'arrivait pas à en détacher le regard, mi-émerveillé, mi-terrifié. Était-ce un débarquement d'extraterrestres ? La fin du monde ?

Il prit son portable et descendit demander au concierge de l'immeuble ce qui se passait.

Celui-ci était tout aussi stupéfait que lui.

Big Tony remonta dans son appartement en ascenseur et retourna sur le balcon. Tout autour de lui, les gens observaient et photographiaient l'étrange phénomène.

143

Vendredi 24 mars

La porte du bureau de Hassam Udin s'ouvrit brutalement.

— Hassam !

C'était sa femme Amira, et elle semblait alarmée.

Il était au travail, accompagné de son habituelle tasse de café et d'une cigarette qui se consumait au bord du cendrier. Il avait passé la matinée à échanger des e-mails avec une certaine Hilary Patel. C'était un processus laborieux, car il avait recours à un logiciel qui lisait chaque message, un mot après l'autre.

Hilary dirigeait un groupe gouvernemental local d'engagement pour la foi. Il n'était pas sûr de bien comprendre son titre, mais c'était une femme adorable. Elle l'avait mis en contact avec plusieurs chefs religieux et l'aidait dans l'écriture de son livre, notamment dans l'identification des similarités entre les confessions.

— Hassam, mon Dieu, comme j'aimerais que tu puisses voir ça ! s'écria Amira.

— Dis-moi, mon amour.

— Il fait complètement nuit dehors, et il n'est pas 12 h 30. On dirait une éclipse totale de Soleil ! Les gens sont dans la rue, les yeux tournés vers le ciel. Les voitures se sont arrêtées. Tout le monde prend des photos !

Udin tapota le téléphone qu'il avait à son poignet, afin d'obtenir l'heure.

— 12 h 27, annonça la voix préenregistrée.

— Un arc-en-ciel brille maintenant dans le ciel !

— Je le vois dans ma tête, ma chérie, répondit-il avec le plus grand calme. Mais dis-moi, je me trompe ou les couleurs ne sont pas dans le bon ordre ?

144

Vendredi 24 mars

Le retour au mont Athos n'avait pas été facile pour le frère Pete. Dieu avait mis sa foi à l'épreuve, il en était conscient.

Il lui avait fallu deux jours de recherches, sur les bas-côtés de la voie ferrée, pour retrouver son sac détrempé… et vide.

Son passeport avait disparu, ainsi que ses maigres économies, emportées pour commencer une nouvelle vie en Angleterre, et les deux précieux objets qu'Angus lui avait confiés.

Envolés.

Il était tombé à genoux et avait fait la seule chose qu'il savait faire : prier.

Alors qu'il sombrait dans le désespoir, trempé jusqu'aux os, transi de froid, assoiffé et affamé, en attendant qu'une voiture s'arrête pour le prendre, au bord de la route, Dieu lui était venu en aide, sous la forme d'un sauveur qui l'avait conduit à l'ambassade grecque à Londres.

Il se trouvait désormais sur le ferry entre Thessalonique et Athos. Il était 14 h 25. Quelques minutes auparavant, il faisait beau, mais le ciel était en train de s'obscurcir étrangement.

Était-ce une éclipse ? Un instant plus tard, il faisait nuit noire, et un arc-en-ciel aux couleurs inversées apparut au-dessus de lui.

Irradiant de lumière, de chaleur et d'amour. Un signe.

Comme tous les moines et pèlerins sur le pont du bateau, il tomba à genoux.

145

Vendredi 24 mars

Vers 13 heures, après que l'étrange arc-en-ciel se fut estompé et que la lumière fut revenue, Cilla Bloor entendit du raffut dans les cages.

Je maudis ces singes ! songea-t-elle.

Depuis le choc du coup de fil lui apprenant que le jet de son mari s'était écrasé peu après le décollage, elle n'avait pas quitté sa maison. Leurs deux enfants étaient rentrés – Lucy, 19 ans, qui faisait le tour de l'Europe, sac au dos, pendant son année de césure, et Jake, qui étudiait la biologie à Oxford. Tous deux étaient allés, dans la matinée, à l'ambassade américaine pour organiser le transfert de la dépouille de leur père, après autorisation du médecin légiste de Los Angeles.

Cilla était trop endeuillée pour sortir de chez elle. Lucie et Jake l'avaient-ils vu, cette éclipse aussi extraordinaire qu'imprévue, accompagnée de cet incroyable arc-en-ciel ? Elle ne les avait pas encore appelés.

Les hurlements s'intensifièrent.

Mais taisez-vous, sales bêtes !

Elle avait l'impression qu'ils étaient en train de s'entre-tuer. Mais que faisait Frank, le chef des jardiniers ? Pourquoi n'intervenait-il pas ?

Elle ne s'était ni lavée ni habillée, elle n'était pas présentable, et cela lui était bien égal. Elle traversa, en chaussons de velours et robe de chambre, la pelouse humide, en direction de l'orangerie.

Les cris étaient de plus en plus forts.

Après les funérailles, elle se débarrasserait d'eux. Elle les offrirait à un zoo qui serait ravi d'accueillir six spécimens bruyants, piètres dactylos.

Elle ouvrit la porte de la jolie orangerie de style victorien, en briques orange, mit le pied à l'intérieur et fut assaillie par les odeurs et les vociférations, qui lui perçaient les tympans.

En passant devant les cinq premières cages, elle fut surprise par le calme de leurs occupants. Jefferson, qui épluchait une cacahouète de ses petites mains, lui jeta un regard désintéressé. Gwendolyn – où son mari avait-il trouvé ces noms ridicules ? – était perchée en hauteur. Son ordinateur couvert d'excréments, elle avait l'air légèrement traumatisée.

C'était Boris, au bout, qui faisait tout ce cirque. Il arpentait sa cage de perchoir en perchoir, rebondissait sur le sol, sautait sur le bureau, sur lequel était posé son ordinateur, et secouait les barreaux comme un fou, en mugissant.

Quand il l'aperçut, il ouvrit sa mâchoire, révéla ses dents, poussa un cri strident, puis se jucha, en un seul saut, sur un promontoire à trois mètres de hauteur.

— Qu'est-ce qui se passe, Boris ?

Il hurla, se jeta sur le clavier, puis rejoignit de nouveau son point d'observation.

Qu'est-ce qu'il essayait de lui montrer ?

C'est alors qu'elle remarqua qu'il y avait quelque chose d'écrit sur le papier qui sortait de l'imprimante.

Elle entra prudemment dans la cage et lut. Elle dévisagea Boris, puis dut lire une deuxième fois, n'en croyant pas ses yeux. Quand elle regarda de nouveau le singe, elle aurait juré qu'il lui souriait.

Sur la feuille A4, en lettres majuscules et en gras, était inscrit un mot, suivi d'un point d'exclamation :

ARC-EN-CIEL !

146

Dimanche 26 mars

Les médias ne parlaient que de ça, depuis deux jours. Les astronomes et les météorologues se gargarisaient. Certains journaux annonçaient la fin du monde. Que s'était-il passé, au juste, dans le monde entier, à 12 h 25, heure de Greenwich ?

Comment un arc-en-ciel avait-il pu apparaître sans pluie ? Sur un ciel noir de jais ?

Pourquoi les couleurs étaient-elles inversées ?

Les réseaux sociaux regorgeaient de théories. Les chaînes de télévision interviewaient des témoins. Ross avait vu deux jeunes globe-trotters devant l'opéra de Sydney décrire, le souffle court, l'extraordinaire arc-en-ciel rayonnant dans la nuit, utilisant le mot « mystique » pour relater leur expérience.

Un berger, dans une plaine des Andes, décrivait ce qu'il avait vu ; un ingénieur sur une plate-forme pétrolière en Arctique confirmait le phénomène ; un pêcheur, sur un baleinier japonais ; un soldat devant le Kremlin ; des gens prostrés sur la place Saint-Pierre, devant le Vatican ; des marchands en Irak ; un imam à Bagdad ; un météorologue à Hawaï, avançant que ce dont ils avaient été témoins était purement et simplement impossible.

Ce qui était tout aussi extraordinaire, c'est qu'aucune photo ou vidéo de l'arc-en-ciel n'avait survécu. Des millions avaient pourtant été réalisées, autour du monde. Soit l'enregistrement avait échoué, soit elles s'étaient effacées sans raison.

Aucun scientifique en Chine, en Russie, aux États-Unis, en Afrique, en Australie, en Nouvelle-Zélande, au Japon, en Europe, en Scandinavie, en Inde, ni ailleurs, n'avait d'explication.

Le pape avait déclaré qu'il s'agissait d'un miracle, d'un signe de Dieu. L'archevêque de Canterbury s'était montré plus prudent. Selon son communiqué de presse, un phénomène échappant à nos connaissances scientifiques avait eu lieu. Il demandait aux scientifiques de se consulter pour fournir une explication meilleure que la sienne, à savoir : une intervention divine dans notre monde physique.

Samedi, Ross s'était rendu à Monmouth pour raconter à son ami Benedict Carmichael les dessous de ce phénomène, et pour lui rappeler ce qu'il lui avait confié : pour avoir la preuve de l'existence de Dieu, il lui faudrait quelque chose défiant les lois de la physique.

« Attendons l'avis des scientifiques », lui avait répondu Carmichael avec diplomatie, mais de façon un peu trop évasive pour Ross.

Allongé dans la chambre d'amis chez Sally, Ross avait à peine fermé l'œil de la nuit, dans ce lit simple au matelas dur. Il avait regardé l'horloge marquer toutes les heures. 3 heures. 4 heures. 5 heures. 6 heures. 6 h 15.

Les kiosques ouvraient tôt, mais à quelle heure ? 6 h 30 ? Il s'assoupit et se réveilla à 7 h 20. En se glissant hors du lit, il faillit écraser Monty, qui dormait sur un confortable tapis blanc, posé sur le parquet ciré.

Ross s'aspergea le visage, se brossa les dents, enfila un tee-shirt, un bas de survêtement et une paire de tennis, et enfonça son portefeuille dans une poche à fermeture Éclair.

Le chien sauta sur ses pattes et gémit.

— Chut !

Sally l'appela depuis sa chambre. Il entrouvrit la porte et dit :

— Je vais chercher les journaux.

— Reviens vite !

— Tu peux te rendormir, je ne serai pas long.

Il était pressé de voir son article dans le *Sunday Times*. Il avait toujours hâte de découvrir son travail imprimé, mais jamais autant qu'aujourd'hui. Sa rédactrice en chef avait évoqué quatre pages. Ce serait épatant !

Trois étages plus bas, il accrocha Monty à sa laisse, vérifia qu'il avait bien un sachet à déjections canines dans sa poche, ainsi que les clés, ouvrit la porte et sortit dans ce joli quartier de Bristol. Il faisait frais, et le jour s'était levé.

Il se mit à jogger, Monty galopant avec bonheur à ses côtés.

Ils descendirent une colline et arrivèrent dans une rue commerçante. Un kiosque était ouvert. Il accrocha Monty devant et entra acheter un exemplaire de chacun des journaux dominicaux.

En une du *Sunday Times* se trouvait, comme prévu, le mystérieux phénomène de vendredi.

PLONGÉS DANS L'OBSCURITÉ

Toute la page était noire, et un arc-en-ciel avait été dessiné par un artiste.

Puis Ross courut directement jusqu'à l'appartement de Sally, au désespoir de son chien.

— Pas de panique, mon grand, on fera une vraie promenade plus tard, promis.

Monty lui jeta un regard désabusé, du genre : *Ouais, c'est ça.*

Quand il arriva, Sally était réveillée. Elle regardait *Sky News* dans sa chambre, sans le son.

— Salut, play-boy ! Alors ?

— Je n'ai pas encore regardé.

— Dis-moi. À 9 heures, on suivra l'émission d'Andrew Marr. Je suis curieuse de savoir ce que ses invités et lui ont à raconter. C'est sûr que ce sera le sujet principal.

Il posa les journaux sur la table ronde du salon et se mit à feuilleter le *Sunday Times*. Les premières pages étaient consacrées à l'éclipse et au mystérieux arc-en-ciel iridescent aux couleurs inversées. Aux théories des scientifiques. Aux réactions des hommes politiques. Il dut aller jusqu'à la page 23 pour trouver son article.

Il avait été réduit à une brève, sur une seule colonne.

Il n'en croyait pas ses yeux.

Selon notre reporter Ross Hunter, Mike Delaney, ancien magicien et illusionniste, avait prédit que Dieu nous enverrait un signe pour annoncer la Seconde Venue.

Delaney, qui affirmait être un messager du Christ, avait animé, pendant les années 1990, sa propre émission sur ABC, intitulée *Le Mystérieux Mickey Magic*.
En 2014, il avait été écroué pour conduite en état d'ivresse. Il a trouvé la mort la semaine dernière, en passant sous les roues d'une voiture dans le quartier de West Hollywood.

Furieux et vexé, Ross alla montrer le papier à Sally.

— Quoi ? s'écria-t-elle après l'avoir parcouru. Mais à quoi ils jouent ? C'est l'enquête la plus passionnante des deux derniers millénaires et ils impriment ça ? Ils ne peuvent pas te faire ce coup-là !

— Et pourtant... Je te l'avais dit, lâcha-t-il, dépité. Je hais la presse.

Soudain, il se demanda si Stuart Ivens, des services secrets, n'avait pas quelque chose à voir avec ceci. Il n'avait jamais répondu à sa requête de valider l'article avant publication.

Il attrapa son téléphone et composa le numéro de sa rédactrice en chef. Elle décrocha quasi immédiatement. Il appuya sur le haut-parleur pour que Sally puisse écouter la conversation.

— Ross ?

— Désolé de te déranger si tôt, Natalie.

— Pas de soucis, je suis debout.

— Qu'est-ce qui s'est passé avec mon papier ?

— Comment ça ?

— Tu m'as dit que j'aurais quatre feuillets, et sans doute une accroche en une.

— Absolument. Et j'ai vu la mise en page avant de quitter la rédaction. L'équipe était ravie. Je suis à la campagne, les journaux ne sont pas encore arrivés.

— Y a-t-il eu une quelconque interférence avec les services secrets ?

— Les services secrets ?

— Un certain Stuart Ivens.

— Jamais entendu parler de lui.

— Tu en es certaine ?

— Absolument. Il y a un problème ?

— Un problème ? Oui, c'est le moins qu'on puisse dire.

Deux minutes plus tard, il raccrocha, laissant Natalie McCourt aussi sidérée que lui.

— Il se passe quelque chose de très étrange, conclut-il en se tournant vers Sally.

— Peut-être que je sais ce que c'est.

— Ah bon ?

— Tu te souviens de la mise en garde de ton ami évêque ? « Celui qui apporterait la preuve de l'existence de Dieu serait sans doute assassiné. » Peut-être que Delaney est intervenu pour te protéger.

Il lui jeta un regard suspicieux.

— Je suis sérieuse, Ross. Maintenant, c'est fait, c'est publié. Tu ne seras pas crédité, mais, au final, tu es en sécurité. Tu gagnes au change, non ?

Il regarda dans le vide, pensif.

— Au moins, l'ADN est entre les mains du moine du mont Athos. Peut-être qu'à un moment donné…

Elle l'interrompit gentiment d'un geste vers l'écran. L'émission d'Andrew Marr était sur le point de commencer. Elle attrapa la télécommande et mit le son.

Le célèbre intervieweur, cheveux courts, costume gris anthracite, cravate saumon, se trouvait devant un paysage urbain jalonné par la Tamise, la grande roue de Londres et le palais de Westminster.

Les journaux du dimanche étaient étalés sur une table devant lui.

— L'information de la semaine, c'est l'extraordinaire éclipse de soleil, vue dans le monde entier, vendredi 24 mars. Si tant est qu'il s'agisse d'une éclipse. À 12 h 25, heure de Greenwich, dans les régions où il faisait jour, la nuit est tombée et un arc-en-ciel inversé est apparu. Dans les zones où il faisait nuit, ce même arc-en-ciel a été visible. Des milliards de personnes sont sorties pour observer ce phénomène qui laisse sans voix les astronomes, aussi bien que les météorologues. Nous avons été les témoins d'une éclipse totale complètement inattendue, et d'un arc-en-ciel improbable, selon les lois de la physique telles que nous les comprenons actuellement. Nous serons rejoints sur le plateau par Susan Meyer, professeure de météorologie à l'université de Leeds, Sir Quentin Ferlinger, astronome royal, et le colonel Jeff Hawke, de la NASA.

Perturbé, Ross feuilleta sur le lit, à côté de Sally, les suppléments du *Sunday Times*, au cas où son article aurait été publié dans l'un d'eux, mais ne trouva rien.

Sur le plateau télé, Andrew Marr était installé face à deux hommes et une femme. L'un des hommes, la soixantaine bien tassée, portait un costume gris et les cheveux longs, et l'autre, dix ans de moins, coupe militaire, une veste beige informe, chemise et cravate. La femme, cheveux roux coupés court, lunettes rondes, tenue élégante, l'air déterminé, n'avait pas 50 ans.

— La première question que j'aimerais vous poser, à tous les trois, concernant les événements de vendredi dernier, est relativement facile : de nombreux experts, comme vous, cherchent une explication scientifique. Ont été évoqués des conditions météorologiques extrêmes ; une manifestation astronomique imprévue ; une pluie de météores ; une tentative de communication extraterrestre. Est-il possible qu'il y ait une cause toute simple, quant à ce que, ou qui, pourrait être derrière tout cela ? Une explication que personne n'ait envie de considérer ?

— Comme quoi ? demanda Susan Meyer.

— Dieu ?

Épilogue

Dimanche 26 mars

Un peu plus tard dans l'après-midi, Ross et Sally visionnèrent de nouveau l'émission d'Andrew Marr. Alors que le débat télévisé s'intensifiait, Ross donna un coup de poing rageur dans le canapé.

— J'aurais pu tout leur expliquer. J'aurais dû être invité ! J'aurais…

Son téléphone sonna. Numéro masqué. Il interrogea Sally du regard.

Elle attrapa la télécommande et appuya sur pause.

— Décroche ! l'encouragea-t-elle.

— Ross Hunter, j'écoute.

— Monsieur Hunter, je suis Jim Owen, de l'agence Owen Media. Je ne vous dérange pas ? dit son interlocuteur d'une voix assurée, avec un accent américain.

L'agence Owen, spécialisée dans les grandes enquêtes, était la plus puissante du monde dans l'univers des médias.

— Euh, non, répondit Ross, hésitant.

— Je vous appelle à propos de votre article paru dans le *Sunday Times*. J'ai cru comprendre que vous aviez davantage de matière sur ce sujet incroyable. Je me trompe ?

— Pas du tout.

— Les enchères ont commencé. Des journaux du monde entier sont intéressés. Pour le moment, un groupe de presse est prêt à mettre 3,5 millions, mais je pense pouvoir vous obtenir beaucoup plus. Souhaitez-vous que je vous représente ?

— Ce serait un sacrilège de refuser.

Remerciements

Tout a commencé par un appel téléphonique, reçu en 1989, de la part d'un homme vraisemblablement âgé, me demandant si j'étais bien Peter James, l'auteur. Il prétendait détenir la preuve ultime de l'existence de Dieu, et affirmait qu'on lui avait dit qu'un écrivain du nom de Peter James l'aiderait à être pris au sérieux.

Ce coup de fil fut le point de départ de vingt-neuf années d'exploration, afin de déterminer ce qui pourrait être considéré comme la preuve ultime, et les conséquences que cela pourrait avoir. Pendant cette période, j'ai discuté avec des croyants de différentes confessions, j'ai séjourné dans un monastère grec pour tenter de comprendre le genre de foi qu'un moine doit avoir, et j'ai parlé avec de nombreux scientifiques, universitaires, théologiens et hommes d'Église de toute obédience.

Ces quatre dernières années, avec ma femme Lara, nous avons rencontré d'éminents scientifiques et théologiens, et nous leur avons posé, à chacun, ces deux mêmes questions : que considéreriez-vous comme la preuve ultime de l'existence de Dieu et quelles seraient les conséquences d'une telle preuve ? Nous avons aussi interrogé des athées convaincus, et leur avons demandé ce qui pourrait les faire changer d'avis, ou du moins les faire douter, à l'instar d'Antony Flew, qui a cessé d'être athée en 2004.

J'ai énormément de personnes à remercier pour leur gentillesse, leur temps et leur participation aux débats. Ces trois personnes m'ont apporté une aide inestimable dans l'écriture de ce livre : Dominic Walker, oratoire du Bon-Pasteur, ancien évêque de Reading et de

Monmouth, qui, par hasard, m'a donné envie d'écrire ce roman ; mon ami Ken Owen, qui m'a aidé dans tellement de domaines que je ne peux pas tous les lister ; et David Gaylor, qui, avec son travail acharné et son sens du détail, m'a été d'un soutien inébranlable.

Pour vos contributions théologiques, merci à vous :

Dr Denis Alexander, institut Faraday pour la Science et la Religion
Son Excellence l'évêque Angealos
Qari Muhammad Asim, membre de l'ordre de l'Empire britannique, Chef Imam, Makkah Masjid
L'abbé et les moines du mont Athos
Professeur Andrew Briggs
Andrew Gosler, membre de la Société linnéenne de Londres et de la Société royale de biologie
Vénérable Paul Hackwood
Professeur Rumy Hasan
Roger Homan
Professeur Sir Colin Humphreys
Révérend Ish
Révérend Richard Jackson, évêque de Lewes
Père John O'Leary
Rabbin Natan Levy
Professeur Simon Conway Morris, membre de la Société royale
Professeur John Lennox
Professeur Ard Louis
Alister McGrath, membre de la Société royale des arts
Professeur Abid Nasir, université des Émirats
Amy Orr-Ewing, fondation Zacharias
Nitin Palan, membre de l'ordre de l'Empire britannique, administrateur du temple Swaminarayan de Neasden
Jack Palmer-White, conseiller en relations publiques auprès de l'archevêque de Canterbury
Hilary Patel, chef de l'équipe Engagement pour la foi, département des communautés locales
Révérend John Polkinghorne, chevalier commandeur, membre de la Société royale

Michael Ramsden, directeur international, Ravi Zacharias, ministère international & co-directeur du Centre d'apologétique chrétienne d'Oxford.
Père Raphael, chartreuse de Parkminster
David Ryall
Jasvir Sing, City Sikhs
Révérend Irene Smale
Rio Summers
Professeur Lionel Tarassenko
Révérend Mark Townsend
Chloe Trotman
Révérend Martin Warner, évêque de Chichester
Révérend Justin Welby, archevêque de Canterbury
Professeur Bob White

Pour vos recherches et vos vérifications approfondies, merci à vous :

Susan Ansell
Ross Bartlett
Tiffany Britt Darling
Danielle Brown
Mark et Debbie Brown
Linda Buckley
Rob Cohen
Jane Diplock
Martin Diplock
Jason Edge
Peter Faulding
Larry Finlay
Annabel Galsworthy
David Gaylor
Jack Gaylor
Jane Greenbank
Anna-Lisa Hancock
Christopher et Gill Hayes
James Hodge

Tom Homewood
Mark Johnson
Peter Johnson, LGC Forensics
Rachel Kenchington
Richard Kerbajr
Patrick Lahaise
Kitty Logan
Nick Lom
Sarah Middle
Feu Sir Patrick Moore
Maria O'Brien
Susan Opie
Ray Packham
Julian Quigley, LGC Forensics
Andrew Reeds
Daniel Salter
Susan Sandon
Helen Shenston
James Simpson
James Stather
Guy Swayland
Jolene Thomas, LGC Forensics
Matt Wainwright
Martin Walsh
Arnie Wilson

Merci à mes formidables agents et éditeurs :

Emanuela Anehcoum
Isobel Dixon
Julian Friedmann
Hattie Grunewald
James Pusey
Conrad Williams
Jonathan Atkins
Sarah Arratoon
Jonathan Atkins

Anna Bond
Wayne Brookes
Geoff Duffield
Stuart Dwyer
Claire Evans
Anthony Forbes Watson
Lucy Hines
Katie James
Daniel Jenkins
Sara Lloyd
Natalie McCourt
Alex Saunders
Jeremy Trevathan
Charlotte Williams

Et surtout, je remercie ma femme Lara, qui a toujours cru en ce roman. Elle a été une source inépuisable de sagesse et d'encouragement, par son enthousiasme permanent. C'est, sans l'ombre d'un doute, mon projet le plus ambitieux, de par la complexité du sujet, et celui duquel j'ai le plus appris. J'éprouve pour elle, et pour toutes les personnes citées – pardonnez-moi si je vous ai oublié(e) – une reconnaissance infinie.

Quelques références :

In God We Doubt – John Humphrys
L'Horloger aveugle – Richard Dawkins
Pour en finir avec Dieu – Richard Dawkins
Who Made God ? – Ravi Zacharias & Norman L. Geisler
Who Made God ? – Edgar Andrews
God's Undertaker – John C. Lennox
God & Stephen Hawking – John C. Lennox
There Is a God – Antony Flew
Why God Won't Go Away – Alister McGrath
Inventing the Universe – Alister McGrath
Darwin & God – Nick Spencer
Une sacrée particule – Leon Lederman & Dick Teresi

Dieu existe-t-il ? – Hans Küng & E. Quinn
The Book Your Church Doesn't Want You to Read – Tim Leedom
Unapologetic – Francis Spufford
The Mystery of the Last Supper – Colin Humphreys

*

La traductrice aimerait remercier David Nichols, traducteur.

Composition et mise en pages
Nord Compo à Villeneuve-d'Ascq

Imprimé en France par CPI
en janvier 2020
N° d'impression : 3036683

R14405/01